U0398732

谢冕编年文集

第三卷 1979—1981

北京大学出版社

1980 年在圆明园遗址

1979 年在大连海上

1980 年南宁会议后访问桂林（左起第四为谢冕）

·4· 光明日报 1980，5，7

在 新 的

新诗面临着挑战，这是不可否认的事实。人们由鄙弃帮腔帮调的伪善的诗，进而不满足于内容平庸形式呆板的诗。诗集的印数在猛跌，诗人在苦闷。与此同时，一些老诗人试图作出从内容到形式的新的突破，一批新诗人在崛起，他们不拘一格，大胆吸收西方现代诗歌的某些表现方式，写出了一些“古怪”的诗篇。越来越多的“背离”诗歌传统的迹象的出现，迫使我们作出切乎实际的判断和抉择。我们不必为此不安，我们应当学会适应这一状况，并把它引向促进新诗健康发展的路上去。

当前这一状况，使我们想到五四时期的新诗运动。当年，它的先驱者们清醒地认识到旧体诗词僵化的形式已不适应新生活的发展，他们发愤而起，终于打倒了旧诗。他们的革命精神足为我们的楷模。但他们的运动带有明显的片面性，这就是，在当时他们并没有认识到，历史是不能割断的。尽管旧诗已经失去了它的时代，但它对中国诗歌的潜在影响将继续下去，一概打倒是不对的。事实已经证明：旧体诗词也是不能消灭的。

但就五四新诗运动的主要潮流而言，他们的革命对象是旧诗，他们的武器是白话，而诗体的模式主要是西洋诗。他们以引进外来形式为武器，批判地吸收了外国诗歌的长处，而铸造出和传统的旧诗完全不同的新体诗。他们具有蔑视“传统”而勇于创新的精神。我们的前辈诗人们，他们生活在一种无拘无束的自由开放的艺术空气中，前进和创新就是一切。他们要在诗的领域中扔去“旧的皮囊”而创造“新鲜的太阳”。

正是由于这种开创性的工作，在五四的最初十年里，出现了新诗历史上最初一次（似乎也是仅有的一次）多流派多风格的大繁荣。尽管我们可以从当年的几个主要诗人（例如郭沫若、冰心、闻一多、徐志摩、戴望舒）的作品中感受到中国古代诗歌传统的影响，但是，他们主要的、更直接的借鉴是外国诗。郭沫若不仅从泰戈尔、从海涅、从哥德、更从惠特曼那里得到诗的滋润，他自己承认惠特曼不仅给了他火山爆发式的情感的激发，而且也启示了他喷火的方式。郭沫若从惠特曼那里得到的，恐怕远较从屈原、李白那里得到的为多。坚决扬弃那些僵死凝固的诗歌形式，向世界打开大门吸收一切有
以帮助新诗的成长，这是五四新诗革命的成功经验。
是，当年的那种气氛，在以后长达半个世纪的时间里
出现过。

我们的新诗，六十年来不是走着越来越宽广的道
走着越来越窄狭的道路。三十年代有过关于大众化的
十年代有过关于民族化的讨论，五十年代有过关于向
习的讨论。三次大讨论都不是鼓励诗歌走向宽阔的世
在左的思想倾向的支配下，力图驱赶新诗离开这个世
这些讨论曾经产生过局部的好的影响，例如三十年代
给新诗带来了为现实服务的战斗传统，四十年代的讨
新诗中国作风、中国气派的新气象等，但就总的方面
诗在走向窄狭。有趣的是，三次大的讨论不约而同地
新诗学习外国诗的问题。这当然不是偶然的，这是受
新诗发展道路的片面主张支配的。片面强调民族化群
果，带来了文化借鉴上的排外倾向。

当我们强调民族化和群众化的时候，我们总是理
把它们与维护传统的纯洁性联系在一起。凡是不同于
张，一概斥之为背离传统。我们以为是传统的东西，
固的、不变的、僵死的，同时又是与外界隔裂而自足
其实，传统不是散发着霉气的古董，传统在活泼
着。

我国诗歌传统源流很久：诗经、楚辞、汉魏六朝
诗、宋词、元曲……几乎每一个时代都有自己的诗的
是由于不断的吸收和不断的演变，我们才有了这样一
壮丽的诗传统。同时，一个民族诗歌传统的形成，并

1980 年代在广州流花宾馆（由左及右为谢冕，杜运燮，李瑛，程光锐，刘湛秋，陈爱仪，杨匡满，牛汉等）

起　　面　　前

有的材料，同时要广泛吸收外民族的营养，并使之溶入
传统中去。

是我们把诗的传统看作河流，它的源头，也许只是一湾
在它经过的地方，有无数的支流汇入，这支流，包括着
歌的影响。郭沫若无疑是中国诗歌之河的一个支流，但
却是溶入了中国古典诗歌、特别是外国诗歌的优秀素质
支流的。艾青所受的教育和影响恐怕更是“洋”化的，
却属于中国诗歌伟大传统的一部分。

刚刚告别的那个诗的暗夜里，我们的诗也和世界隔绝
们不了解世界诗歌的状况。在重获解放的今天，人们理
地要求新诗恢复它与世界诗歌的联系，以求获得更多的
展自己。因此有一大批诗人（其中更多的是青年人），开
广泛的道路上探索——特别是寻求诗适应社会主义现代
的适当方式。他们是新的探索者。这情况之所以让人兴
为在某些方面它的气氛与五四当年的气氛酷似。它带来
纷呈的新气象，也带来了令人瞠目的“怪”现象。的
的诗写得很朦胧，有的诗有过多的哀愁（不仅是淡淡
有的诗有不无偏颇的激愤，有的诗则让人不懂。总之，
惯了新诗“传统”模样的人，当前这些虽然为数不算太
是“古怪”的。

是，对于这些“古怪”的诗，有些评论者则沉不住气，
着出来加以“引导”。有的则惶惶不安，以为诗歌出了
，这些人也许是好心的。但我却主张听听、看看、想
要急于“采取行动”。我们有太多的粗暴干涉的教训
次的粗暴干涉都有着堂而皇之的口实），我们又有太多
同风格、不同流派、不同创作方法的诗歌视为异端、判
为毒草而把它们斩尽杀绝的教训。而那样做的
结果，则是中国诗歌自五四以来没有再现过五
四那种自由的、充满创造精神的繁荣。

我们一时不习惯的东西，未必就是坏东
西；我们读得不很懂的诗，未必就是坏诗。我
也是不赞成诗不让人懂的，但我主张应当允许
有一部分诗让人读不太懂。世界是多样的，艺
术世界更是复杂的。即使是不好的艺术，也应当允许探索，何
况“古怪”并不一定就不好。对于具有数千年历史的旧诗，新
诗就是“古怪”的；对于黄遵宪，胡适就是“古怪”的；对于
郭沫若，李季就是“古怪”的。当年郭沫若的《天狗》、《晨
安》、《凤凰涅槃》的出现，对于神韵妙悟的主张者们，不啻
是青面獠牙的妖物，但对如今的读者，它却是可以理解的平和
之物了。

接受挑战吧，新诗。也许它被一些“怪”东西扰乱了平
静，但一潭死水并不是发展，有风，有浪，有骚动，才是运动
的正常规律。当前的诗歌形势是非常合理的。鉴于历史的教
训，适当容忍和宽宏，我以为是有利于新诗的发展的。

第 178 期

《光明日报》1980 年 5 月 7 日发表的《在新的崛起面前》一文

在新的崛起面前 [illegible]

[illegible]，新诗面临着新的崛起，这是不可否认的事实。[illegible]

这种状况的出现，迫使我们作出切实的判断和抉择。[illegible]

[illegible] 我们不必为此不安，我们应当学会适应这一状况，并把它引向促进新诗健康发展的道路上去。

当前这一状况，使我们想起五四时期的新诗运动。新诗运动的先驱者们，清醒地意识到旧体诗词僵化的形式已经不能表现新生活的发展。他们发愤而起，[illegible] 打倒了旧诗。他们是不是中国诗歌革命的先锋，但他们的 [illegible] 革命精神 [illegible] 我们的楷模。但他们的运动常有偏激的倾向，应该说，在当时，他们曾经 [illegible] 历史上是不可否认的。[illegible] 中国诗歌 [illegible] 事实已经证明，旧体诗也是不 [illegible]

[illegible] 新诗运动 [illegible] 他们 [illegible] 的诗体和模式 [illegible] 我们 [illegible] 他们 [illegible] 一种 [illegible] 自由 [illegible] 艺术环境 [illegible] 他们 [illegible] 新诗 [illegible] 中国 [illegible] 诗歌 [illegible]

[illegible] 一次 [illegible] 旧格律 [illegible] 流派 [illegible] 中国诗歌传统 [illegible] 他们 [illegible] 古代 [illegible] 外国诗 [illegible] 从 [illegible] [illegible]

[illegible] 这是 [illegible] 新诗革命的成功经验 [illegible] 没有再出现过。

我们的诗歌 [illegible] 不是 [illegible] 的道路 [illegible] 而是 [illegible] 新 [illegible] 十年代 [illegible] 大众化 [illegible] 四十年代 [illegible] 五十年代 [illegible] 三次大 [illegible] 诗人 [illegible]

《在新的崛起面前》手稿 1

[illegible]

《在新的崛起面前》手稿 2

[illegible] 对于习惯了新诗"传统"模样的人 [illegible]

我们一时不习惯的东西未必就是坏东西，我们读得不很懂的诗也未必就是坏诗 [illegible]

《在新的崛起面前》手稿 3

《湖岸诗评》，云南人民出版社 1980 年版

新文学论丛丛书

北京书简

谢冕

人民文学出版社

《北京书简》，人民文学出版社 1981 年版

目 录

1979

1980

1981

北京书简

1979

《墓场与鲜花》*

《墓场与鲜花》反映的生活，是文化革命大动荡年代的一个侧影。它写的只是一对青年人的不平凡的经历，但却联结着社会斗争的极其错综复杂的现实："四人帮"的肆虐、李兴的卑鄙、父辈的冤屈、一代青年蒙受的磨难及其顽强生机……这一切，构成了那个时代特有的悲壮的画面，如同当初陈坚所认为而朱少琳并不理解的那样：我们的生活，既有鲜花，也有坟墓；坟墓上开着鲜花，鲜花覆盖着坟墓，这是光明与黑暗搏斗的时代。在这样时代生活的人们，不论老年，还是青年，无一例外地都被卷进那奔腾的巨流中去，而经受着血与火的锻炼。可骄傲的是，我们的主人公——走向祖国未来的青年人，没有在恶势力面前屈服，没有因墓场而萎靡。虽然他们有过疑惑、思索和思想斗争，但他们始终迎着风浪顽强地走下去、走下去。这使我们看到了祖国的希望。这些向往着鲜花、又经受过墓地考验的青年一代，将能更好地肩负重任，继往开来。

墓场和鲜花是鲁迅在他的小剧《过客》中涵意深刻的两个比喻，作者借用来构思他的小说，它如神奇的针线，把一对男女青年的血泪生活缝缀成一篇佳妙的文字。《过客》的演出，使男女主人公得以相识；《过客》的讨论，初步展示了人物的性格差异；而且这种诗论，又加深了他们的友谊从而推动着情节的发展。

---

* 此文刊于1979年1月12日《文艺报》1979年1期。据此编入。《墓场与鲜花》，肖平作，载《上海文艺》1978年11月号。

陈坚毕业，朱少琳临别赠送的是载有《过客》的《野草》；大串连中，车厢夜话，他们再一次论及的是《过客》。经过大革命的洗礼，朱少琳成熟了，她对陈坚说："我以前对事情的看法真的有点像那个女孩：只见鲜花，不见坟墓。"而后，小说写他们分别陷入了"墓场"，朱少琳信中的隐语，陈坚黄河岸上的思想斗争，最后他们悲喜交集的"团圆"，可以说，小说发展的每一个环节，都离不开《过客》。整篇被上述这一精巧的构思紧紧联结着。在"墓场与鲜花"的旋律一再出现之中，小说主人公的思想不断发展，主题得到了强调与突出。它告诉我们：生活不尽是鲜花所装扮，更不能只看到繁花满眼，它会有墓场，但重要的是，我们应当坚信：鲜花就在前边。

朱少琳的形象是有特色的：她细腻缜密，对生活的看法有时显得简单，但却不失其独到的见解。她在她的无数同龄人中，以其特有的个性特征而站立了起来。像许多年轻的女孩子那样，她最初对生活的认识显得单线。她认为既有墓场又有鲜花的现象，"那只有旧社会能说是这样"。可是严酷的生活教育了她，她承认她过去的看法是幼稚的。但她坚信：光明终究会战胜黑暗。当她建立了这种信心，她就坚决向恶势力冲刺，不管墓场那面是什么，迈开步子走下去。这个仪表端庄的姑娘，尽管表现出来的是单纯，但是在她"莞尔一笑"中有深沉。表面上，她热情；但她能够把这种热情的潮水控制在闸门之内，甚至让它表现为"冷若冰霜"。当她预感到和陈坚的爱情，考虑到这东西对她不宜来得太早，对事业心很强的陈坚也不是现在就需要，她能断然表示："还不如互相忘却的好。"来人少了，分别了，她的目光却始终追随着陈坚，让爱情的潮水缓缓流动。当陈坚成了"现行反革命"，陷于极端困难的境地时，她便毅然投向了他，决心与她亲爱的朋友共守于"墓场"，迎接光明的到来。朱少琳的爱情是圣洁的。她的性格，单线之中寓有丰富，柔美中寓有坚韧。她由一个"女孩”而成为一个倔强的“过客”的历程，是令人信服的，是那个时代青年人坎坷道路的合乎逻辑的发展。她走的道路是自己选择的、是她所独有的。陈坚的形象也丰富。他的丰富，恰恰在于，他并不是一贯的、天生的成熟，而是成熟之中又有不成熟。他预见到人生道路上既有鲜花，又有墓地。当闯入墓地时，他也有苦恼，也有思想斗争。

当我们看到：在滚滚东流的黄河边上，在一望无际的旷野中，在一座孤零零的牛棚里，一对在大风浪中颠簸的年轻人，举行着一个虽然简单却是难忘的婚礼的时候，都很同情新娘说的一句感慨的话：“我们是在墓场举行婚礼，但是鲜花就在我们前面”。我们都愿意为他们祝福，都愿作那坚韧的“过客”，向前走去，把夜色扔在后头。也许，这就是这篇作品产生的艺术效果吧！

人民的心碑*

——论《天安门诗抄》

一

红心已结胜利果
碧血再开革命花
倘若魔怪喷毒火
自有擒妖打鬼人

凡是在那难忘的日子里到过天安门广场的人，都不会忘记这些诗句。应该用最热烈的语言来谈论它：黑暗里的明灯，严寒中的火种，悲哀而愤怒的人们心头的希望之星。诗歌创造了奇迹。当你被悲哀所压，迈着沉重的脚步来到天安门广场，猛抬头望见了纪念碑上那闪光的诗句，你的心中立刻充满了战斗热情，而且望见了胜利的光明。应当说，不仅这四句诗，而是所有的天安门广场上的诗，都是这样的明灯、火种、希望之星。

马克思在论及巴黎公社的斗争时，曾说过如下一段话："工人的巴黎在英勇地自我牺牲时，也曾把一些房屋和纪念碑付之一炬。既然无产阶级的奴役者们要把无产阶级千刀万剐，那他们就休想凯旋回到完好无损的住宅里去。凡尔赛政府叫喊道：

---

* 此文初刊1979年2月20日《北京大学学报》1979年第1期，初收《湖岸诗评》。据《北京大学学报》编入。

‘放火啦！’同时向它的远及穷乡僻壤的走卒们低声下达这样一个口号：‘把我的一切敌人都当做一般放火犯来搜杀’。全世界的资产阶级看见在战斗结束后进行的大屠杀，心里感到高兴，而看到人们‘亵渎’砖瓦和灰泥却愤怒万分！”[①]历史不会重复，有时却很相似。这段话使我们想起一九七六年的天安门事件。那时，雪片般的白花和诗歌都被当做反革命的证据，而人们愤恨之际对“四人帮”及其爪牙一星点报复行为却被歪曲地加以宣传并施以无情的镇压。千古沉冤，清明一案。所幸，在以华国锋同志为首的党中央支持之下，这场千百万人自觉参加的伟大运动得到了平反昭雪。人民胜利了，真理和正义胜利了！如今，“四人帮”关于“放火啦”的狂叫，以及他们在全国范围内对于“放火犯”的搜捕，已被公认为举世震惊的丑闻；千百万人在那悲愤交加的清明节的泪雨，已化成了满天璀璨的虹霓。人们回首这一惊天动地的悲壮场面时，总忘不了天安门广场那悲哀与仇恨的烈焰中拔地而起的人民憎爱的心碑。这心碑，是人民用深情的悼念，含泪的声讨，愤恨的呐喊铸成的，它是《天安门诗抄》。

一九七六年，共和国的航船在风浪中颠簸。这艘曾经战胜过无数惊涛骇浪的巨舰，随时都可能沉没。奸佞祸国，陷害忠良，伪装革命，倒行逆施，多少党和国家的栋梁被砍伐！中国已是一座孕育着愤怒的烈焰与仇恨的岩浆的火山，每一个正直的人的心中，都郁积着燃烧和爆炸的元素。一月八日，一位伟人的长逝，牵动了亿万人民的心。人们回想周恩来同志伟大无私的、光明磊落的一生，回想他协助毛泽东同志缔造人民共和国的伟业丰功，面对长期以来“四人帮”对他的诬陷，特别是当时，他们疯狂地阻挠以至镇压举国一致的人民的祭奠，于是，一场风暴就

---

① 马克思：《法兰西内战》。《马克思恩格斯选集》，第二卷，第三九四——三九五页。

成了不可避免的了。历史记下了现在已被公开地称为“四五”运动的辉煌的一页。这一页，与其说是悲壮，不如说是雄伟。人民在天安门前举行了气壮山河的示威，它不是用枪炮(尽管人民的敌人“四人帮”动用了棍棒、镣铐和监狱)，而是用诗和花圈。无产阶级以诗和花圈向资产阶级的进攻，这真是空前的壮举。

过去，我们以为关于“诗是炸弹和旗帜”的说法，不过是诗人夸张的比喻。然而，在中国历史的伟大转折点，诗的确成了迎风飘扬的战旗，激励人民奋起的号角，而且，无以数计的诗，像炸弹一样，猛烈地炸向了敌人。如今，至少在中国，不论老人还是孩子，都轻而易举地相信：诗是一种武器，一种团结激励人民和置敌于死地的武器。

文学投身于伟大的革命，不仅成为武器，而且成为前驱，这是中国革命文学的战斗传统。半个多世纪前，在同一城市、同一地点，曾经爆发过伟大的五四运动。五四运动揭开了中国新民主主义革命的序幕。五四彻底的、不妥协的反帝、反封建的革命内容中，包括了以反对旧道德提倡新道德、反对旧文学提倡新文学为两大旗帜的文化革命在内。那时的口号是科学、民主。“四五”则宣告了一个新的伟大时期的开始。这一斗争的直接起因，是由于悼念周总理的逝世，这一斗争的直接结果，是十月六日致“四人帮”于覆灭的闪电的一击。但是，这一斗争不论原因或影响，都要深远得多。一九七五年一月，四届人大召开，周总理抱病参加，提出了在本世纪末把我国建成四个现代化伟大强国的宏伟目标。这一伟大宏图符合我国各族人民千秋万代的利益，为达到这一目标，就要采取最新技术武装工业和农业，就要极大地提高全民族的科学文化水平，这可以认为是新时期的“科学”；林彪、“四人帮”利用文化革命，对广大干部群众实行法西斯主义，践踏社会主义民主，破坏社会主义法制，民怨沸腾，国无宁日，人民采取种种方式，反对这班祸国殃民的野心家、阴谋家，这同样可以认为是新时期的"民主"。是否可以这样认为，天安门事件集中反映了新时期人民对于科学、民主的新的要求。这一伟大运动的爆发，绝非偶然。诗，有感于历史赋予的重任，它在这一重大政治背景下崛起，勇敢地投身这一斗争风暴之中。它成了时代风云、人民愿望的水银柱。诗和人民斗争的关系从来没有这么紧密过。这一诗歌运动在中国文学史上的伟大地位和影响，将在今后的漫长岁月中愈来愈深刻地得到说明。

二

一九七六年刚刚过去的一个星期，中国人民一下子全被埋入悲哀的阴云中。这一年的早春奇寒。人民不仅为痛失自己的好总理而哀悼，而且为失去祭奠周总理的自由而愤怒。怀念，哀伤，愤怒，仇恨，真诚而热烈的激情，终于叩响了诗的门扉。悲哀和愤怒把千千万万普通的中国人变成了诗人。被压抑的哀悼，冲开了禁锢哀情的闸门，诗的浪涛愤怒地喷射、激涌，其势不可阻挡。但是当时所有的报刊都不准刊登这些诗篇。人们只好把诗发表在天安门广场的松墙上，华灯玉柱上，巨大花圈的缎带上，纪念碑的汉白玉台阶上。一边是对周总理的热爱与怀念，一边是对"四人帮"的揭露和声讨，伟大的天安门事件树起的诗的心碑的两面：一面记载着爱，一面铭刻着恨。对于前驱者的爱的大纛，对于摧残者的憎的丰碑，鲁迅对《孩儿塔》所下的断语，概括了天安门诗歌的基本主题。

"人民的总理人民爱，人民的总理爱人民。总理和人民同甘苦，人民和总心连心。"这首诗四句中，句句都有"总理"，句句也都有"人民。"总理爱人民，因此人民爱总理。这种简单而朴素的关系，说明了伟大而丰富的真理：能够爱人民的人，是伟大的；能够得到人民爱的人，更是伟大的。有一首诗，直接阐述我们这里提到的"伟大"："总理形象真伟大，人民敬仰敌人怕。为何生怕死更怕？只因人民力量大。”这两首诗，对周恩来同志光辉一生的伟大品质，作了极大的概括。这样一个伟大战士的逝世，举世震动，人民的哀痛是无可言状的：“相告不成声，欲言泪复垂。听时不敢信，信时心已碎。”这首诗把初闻噩耗的情感表达得真切；“相逢无话泪先盈，启齿欲言已失声。万众一心由衷曲，愿将百死换一生。”这首诗同样是人民由衷的心曲，而且可以认为是当代最悲壮的挽歌之一，它使我们想起《诗经·黄鸟》：“彼苍者天，歼我良人。如可赎兮，人百其身！”“愿将百死换一生”，当然不可能实现，但却表现人民的挚爱和剧痛。

人民由衷地悼念这位战士和我们的永诀。一首散文诗发出真挚而强烈的呼唤：“他没有遗产，他没有嗣息，他没有坟墓，他也没有留下骨灰。他似乎什么也没有留下，但是他永远活在我们心里。他是谁？他是谁？他是总理。”一首七言绝句唱出了人民深情的心声：“京城处处皆白花，风吹热泪洒万家。从今岁岁断肠日，定是年年一月八。”这都是八亿人民心灵的呼唤。

客观现实的斗争，是诗歌的源泉。但造成诗情的契机，却是一种浓郁的激情。一般的生活并不能激发而为诗。人们因斗争的强烈而心灵受到“感荡”，然后发为歌咏。天安门诗歌之所以感人肺腑，刻骨铭心，因为它表达了不仅是真诚的，而且也是强烈的爱憎。爱切、恨深、而且这些爱与恨都不能公开地、尽情地表达，这是受压抑的爱憎。人民的爱憎，革命的恩仇，被压挤在封固的地壳之内，它的能量需要释放，感情的火山需要喷射。丙辰那个清明节，人民连哭泣的权力也被剥夺了。天安门诗歌，“长歌当哭”，是对法西斯“四人帮”的反抗。

对于一位伟大战士的最好悼念是战斗。人民泪眼迷濛，但并没有失去对江青、张春桥、姚文元(那时还不知道他们叫“四人帮”)一伙窃国大盗的警觉。人民在长期的战斗风雨中受到了磨炼。他们敏锐地看到，在中国，在北京，在天安门，“那里有正义的呼声，那里就响着污秽的锁链”，存在着“四人帮”的白色恐怖。在这样严重的时刻，人民百倍地怀念周总理，“您站起来吧”，他们这么喊着。人民需要周总理，需要这柄可以斩妖除魔的长剑，需要这团可以烧毁魔鬼宫殿的烈火。但是人民只能唱着他们的《长相思》：

清明节，失明节，天地黯然泪不绝。献君泪和雪。
思难却，恨难却，新坟三月谁敢掘！捍君一腔血。

这就是悲愤的人民对总理尸骨未寒而胆敢“掘坟”的反动派的警告。人民对这伙阴谋家野心家的态度，只有两个字：战斗！打鬼、擒妖、除国贼，而武器，是花圈，是诗，这就是人民手中的剑与火、刀与枪！“好儿女，皆揩泪，总理灵前列成队。驱妖邪，莫慈悲，要以刀枪对！”这与其说是祭奠，不如说是誓师。人民决心用战斗来保卫自己伟大的战士，他们喊着“已磨斩妖刀，捍卫我红旗”，“我按三尺剑，犬物敢祸国”！而最为响亮的呐喊，则是——

欲悲闻鬼叫，我哭豺狼笑。洒泪祭雄杰，扬眉剑出鞘！

这是令敌人胆战心惊、寝食难安的二十个字。“四人帮”如临大敌，动员所有的力量要查出它的作者来。这首诗，可贵的是它体现了鲜明的人民的立场。在整个政治情况并不明朗的当时，它就分清了人鬼，以及人鬼间水火不容的爱憎悲欢。起首二句，便对那个时期滞云不雨的阴沉的政治气氛，作了有力的概括。后二句，讲对英杰的最好祭奠是战斗，这就是“扬眉剑出鞘”。这一句真是石破天惊。这里，不仅有拔剑而起的雄姿，而且有投入斗争的令人气壮的神情。几笔几划，勾出了伟大人民的战斗形象来。这就是诞生于战场的诗神：一手捧着献给英雄的花环，一手举着捍卫英雄的宝剑——这就是《天安门诗抄》的艺术造型。

这些烈火中诞生的血泪诗篇，从一开始，便具有鲜明而肯定的批判“四人帮”的战斗意识。人民极其蔑视“四人帮”一伙，指出:“三人只是一小撮,八亿人民才成众。”一篇散文诗无畏地讽刺它们:“细看这几只乌鸦,大概有三只,后面还跟着一群苍蝇,形成一大团黑色的妖雾”,写至此,作者禁不住怒从心起,向它们发出惊天动地的怒斥:“那几只乌鸦,听到没有?还不快下台滚蛋!”“四人帮”嘲弄人民的痛苦,他们幸灾乐祸,人民诅咒这班无耻的东西,一首诗这样写道:“素纸黑纱含恸剪,苍松翠柏和泪扎。谁言献花是旧俗?明朝她死定无花!”多么痛快,多么大胆,敢于写出这个骄横淫肆而恶贯满盈的“她”!只要设身处地想想当时骑在中国人民头上的“几只乌鸦”所拥有的淫威与专权,就不难知道,人民这种痛骂怒斥将要付出什么样的代价!但是,中国人民的忍耐已到了极限。他们知道,与其温驯地做“四人帮”的奴隶,不如披枷带锁去做囚犯!

“四人帮”猖獗的丙辰清明,国内一片政治恐怖。天安门前的呐喊,惊慑了敌胆,这是事实;然而,“四人帮”百倍疯狂地报复镇压,这也是事实。在这里,一般的诗情画意的概念不适用了,诗变成了愤怒而狂暴的武器。它始终投身于一场悲壮的生死搏斗之中。中外诗歌史上最动人、最辉煌的一页,是用眼泪和鲜血写成的。诗被列入了黑名单,诗被通缉,诗坐了监牢。这是诗的不幸,却也是诗的光荣。在中国,在“四人帮”横行的时期,诗在人群中示威,诗也在花丛中流血。最后,诗冲破黎明前的黑暗,以胜利者的姿态,沐浴着十月温暖的太阳。如今,我们再一次吟诵那黑暗时日的战斗呐喊,“一寸丹心照日月,中华自有男儿烈”,“鬼蜮欲出笼,九天有霹雳”,这一寸丹心,这九天霹雳,令人神往。

诗人须是战士。首先是战士,而后才是诗人。一个能够吹响鼓舞斗争的号角的人,必须同时是一个能在群众斗争的战场上冲锋的人。天安门前那些无名诗人的行为,是一切诗人的光荣旗帜。应当如他们那样战斗,才能如他们那样写诗。冒着危险写诗，为国家、民族、党的存亡而奔走呼号，毫不计及个人安危；发表诗歌，不为别的，仅仅是为了战斗。这种义无反顾的伟大气魄，可以激动千秋万世的后人！

三

天安门诗歌，不是一般的诗歌，它是应着斗争需要而发出的呐喊和呼号。它的作者们当时的写诗以及决定张贴出来，它的读者们当时的吟诵、传抄，以及随后冒着风险收藏、保护，都不能以正常时日的诗创作视之。它是一种战斗，它是一种的的确确、切切实实的战斗。这些诗，与其说它是艺术品，不如说它是来不及琢磨的武器。拿一般的艺术品去要求它，不尽合适，也未必公允。《天安门诗抄》给我们的启示，首先是、而且主要是政治内容方面的、诗歌作为武器的现实作用方面的。

但这些来自无数不知名的群众的创作，却是伟大的、不可比拟的、也是难以企及的政治艺术相统一的艺术品。诗歌，能够让人流泪，让人感情沸腾而要冒死去为真理奋斗，仅有前进的思想，而不借助于艺术的力量，是不可能的。能够激发人们的无产阶级的诗情与义愤的诗歌，它一定不仅是思想的珍品，而且一定也是艺术的珍品。即使在艺术上，《天安门诗抄》给予我们的启示也是永恒的。

“纪念碑前洒诗花，诗刊不登报不发，莫道谣文篇篇载，此是人民心底花。”像这样一首七言绝句，用少量的文字，概括了当时复杂的政治形势，它的愤怒深刻而强烈，但并不剑拔弩张形之于外。“此是人民心底花”有不尽之意，不仅有强烈的愤恨，而且有无法掩饰的骄傲和自豪。这样的诗，政治艺术俱是好的。“擎天华表依然在，半下旌旗哭样红”，这是一首诗中的一联。华表擎天，伟人长在，让人想起万民爱戴的周总理；后句是半旗低垂，举世哀悼。两相对照，哀思益切。半下旌旗的形象更为感人，旌旗半下，如人之俯泣，旗既如人，则旗色艳红，自是人的泪眼，因此是“哭样红”。有一首《仿十六字令》：“碑，傲立苍天真神威。清明日，落在鲜花堆。”雄碑屹立，万世不移，但在这个清明日，却“落”了下来，而且落在鲜花丛中。把静态的碑，写成了动态，这在艺术上是有创造性的。由于这笔墨的点染，益发显出纪念碑前群情鼎沸，人潮花浪汹涌奔腾的气势。《天安门诗抄》中诸如此类的艺术成就，不胜列举。但这还不是它给予我们的艺术启示的主要之点。

这是真实的诗。哀乐之心感，歌咏之声发；心有所感，歌有所吟。周总理的鸿恩大德，永世铭心；对“四人帮”的深仇大恨，切齿莫名。这些，凝结成那成千上万首令人歌哭的真诗。它干净彻底地扫荡了帮八股，它根本摒弃了那一套虚情假意的陈词滥调。天安门诗歌的语言，绝不矫揉造作，绝不装腔作势，绝不是那种虚伪的“豪言壮语”。诗人们心中有真情，笔下出真诗，这些诗，却能惊天地、泣鬼神。

就诗的语言而言，有的华丽，有的典雅，有的婉约，格调各不相同，因为它的作者也各不相同。尽管有种种不同，它的语言的最主要、最基本特色是质朴真纯，是粗犷的喊叫，是通俗、生动、泼辣。它是群众的创作，因而，心中怎么想，口中怎么说，就成了它的突出特点——口语入诗。“一张报，两个校，几个小丑嗷嗷叫”，这是机趣中带着轻蔑的“顺口溜”、“打油诗”；“江桥摇，眼看要垮掉”，是一种让人在悲愤之中忍俊不禁，从而破涕为笑的“双关语”。“明朝她死定无花”，泼辣尖锐；“红墙那边出妖精”，大胆含蓄；“人民教我识几字，我写此字报人民”，挚诚率真；“横眉冷对狗男女”，无比的痛快！这些，都说明这是群众心中的情，嘴上的话，化为了墙上的诗。有一首五言绝句：“三月二十五，妖风起黄浦，文汇马前卒，应当下锅煮。”人民的愤怒多么强烈！对“四人帮”及其走卒的卑劣行径，不能采用他法，只能以“下锅煮”待之。有一首《青玉案》,其下阙为:“妖精急眼施妖法,又是打来又是压。自有人民不怕吓,坚持马列,坚持战斗,这就叫回答。”讲的是“四人帮”的翻案及其对人民的镇压,以及人民的反抗。这么复杂的内容,用这么通俗的语言,作了极生动的描述。这样充分口语化的诗,流畅,上口,易懂,易记,是诗人创作不易达到的境界。

“诗抄”来自群众,自然就带有浓郁的民间色彩,带有群众所喜闻乐见的作风气派。群众不熟悉、不喜欢的词汇、形象和格式,群众就不会采取,他们采取的总是他们以为是合适的和美的。在群众创作中,诗歌群众化的问题自然地得到了解决。这么多的诗人和诗作,又吸引这么多的诗的读者,这正是诗走向群众的一个极其壮观的场面。天安门诗歌群众化的一个显著后果,是它的民族化。群众创作最接近民间,最接近民族的文化传统。它从民族悠久的文化传统中吸取了养分,用以丰富自己的艺术形象、艺术语汇、艺术风格。诗歌形式的大量采用中国人民所熟悉、所喜爱的诗体,这是明显的。艺术形象也是这样。天安门诗歌囿于当时的形势,一般难以直接点名批判,于是诗中出现了大量的妖精、魔怪、鬼魅、白骨精等以暗指邪恶势力,而人民则是正义凛然的钟馗、孙大圣、不畏强暴、专门打鬼降魔的勇士。许多诗,把周总理比作功德盖世的周公,诸葛丞相,比作国家的栋梁,而“四人帮”则是秦桧、王莽一类万人唾骂的篡国奸臣、民族败类。这些,都与群众的欣赏习惯相谐调。一看名字,立即引起善恶忠奸判然分明的反应。

“神州自古多义士,岂容王莽再篡权。莫道下民见识浅,花开花落看来年。”这是一首富有民族气派的诗。“下民”是对骑在人民头上作威作福的“四人帮”用的。其实“下民”见识不浅,他们以霹雳闪电般的语言发出预言:花开花落看来年!有的诗,把那些陷害忠良的乱臣贼子比喻作“掘坟人”——“新坟三月谁敢掘”！新人死去，尸骨未寒，而就来掘坟，这是我们民族最不齿的无耻背叛行径，而“四人帮”正是这样的坏蛋。“夜随总理讨逆臣，五更醒来泪犹存。若得灵药飞霄汉，愿作英魂马前人。”此诗真情可动天地！它借吃灵药飞霄汉这些民间传说来写强烈意愿，字里行间，有很深的民族文化的因缘。《天安门诗抄》的风格多样，所受的影响是多方面的，但其主流，却是民族文化传统的继承和发扬。它让我们看到了毛主席所热烈希望的那种具有中国作风中国气派的文艺的成功实践。

新诗发展至今，有了伟大的成绩。但较之其他文学品种，新诗还是落后的。对于新诗所以落后原因的探究，众说纷纭。有一种意见，把新诗发展的不尽理想，归咎于没有找到（或没有形成）新诗的合适的体式。天安门诗歌的实践，对此做了回答。它的作者们，首先不是考虑诗的格式，而是内容，为思想内容去找合适的艺术形式。在诗的体式上，群众最无成见，最不保守，最不墨守成规。凡是适合于表达内容的，他们就采用，而不顾及其他。于是，打开“诗抄”，即在诗的形式上，也呈现出五彩缤纷、百卉争艳的繁荣兴旺景象。从诗经的四言到楚辞的“骚体”，从古风到律绝，从四六骈体到抒情小赋，从词到曲和小令，从“楼梯式”到散文诗，从寓言诗到儿歌，有各种各样的抒情诗，也有各种各样的讽刺诗……一本《天安门诗抄》几乎囊括了古今所有的诗体，但群众均能欣赏接受，而没有表现出特殊的好恶。诗的生命在那里？在它的内容思想必须与国家的盛衰、民族的兴亡、人民的悲欢紧紧联系在一起。它要表达人民的思索，它更要启发人民去行动，而不是一味不着边际地“歌功颂德”。只要是代表人民的呐喊，即使显得粗糙，也会有生命。要是有了好内容，再有好形式，当然相得益彰。当前新诗的流弊，主要在思想、在内容，而主要不在形式。这样说，并非形式不重要，但它只是第二位的重要。

一九七六年清明节，人民在天安门前举行了一次空前的政治示威。诗在这一示威中是最活跃的因素，这是中国新诗的骄傲。中共十一大三中全会公报，宣告了对天安门事件的平反，也就宣告了对天安门诗歌运动的平反。华国锋同志亲自为《天安门诗抄》题写封面，这更是天安门诗歌的光荣。天安门诗歌运动，是群众运用诗歌这一武器以反抗“四人帮”的专制统治的一次伟大尝试。“这些群众在实践中学习，他们在众目睽睽之下迈着试探性的步伐，摸索道路，拟定任务、检验自己和自己的一切思想家的理论。这些群众为了能承担起历史所赋予他们的巨大的世界性的任务作了英勇的努力，而不论个别的失败如何惨重，不论流血和成千的牺牲使我们如何震惊，但是群众和各阶级在整个革命斗争中都受到了直接的教育，这一点的意义，从来没有任何东西可以与之相比。”①列宁说得好。我们，全体中国人民都在天安门事件的实践中受到了“直接的教育”。人民的诗歌，也在这一伟大实践中积累了丰富的经验。它树立了一座高耸入云的丰碑，这是人民的心碑。这心碑是不朽的。它将千秋万世屹立在人民心中，记载着爱，也记载着恨。

---

① 列宁：《革命的日子》。《列宁全集》第八卷，第八二页。

和新中国一起歌唱[*]

——建国三十年诗歌创作的简单回顾

隆隆的雷声中诞生的时代

一九四九年九月二十一日，中国人民政治协商会议第一届全体会议在北京开幕。毛泽东同志致开幕词，他以雷电之声宣告："我们的工作将写在人类的历史上，它将表明：占人类总数四分之一的中国人从此站立起来了。""我们团结起来，以人民解放战争和人民大革命打倒了内外压迫者，宣布中华人民共和国的成立了。"[①]毛泽东同志讲话以后，一阵暴风雨突然来临，由远而近地响起了隆隆的雷声。当时，坐在会场里的诗人何其芳听到了雷声。他已经长久不曾写诗了，这雷声重新召唤起他的诗情，他用庄严的声音歌唱这个"我们最伟大的节日"：

中华人民共和国
在隆隆的雷声里诞生。
是如此巨大的国家的诞生，
是经过了如此长期的苦痛
而又如此欢乐的诞生，
就不能不像暴风雨一样打击着敌人，
像雷一样发出震动着世界的声音……

---

* 此文初刊1979年8月25日《文学评论》1979年第4期，初收《共和国的星光》，后收《当代学者自选文库·谢冕卷》。据《文学评论》编入。

① 毛泽东：《中国人民站起来了》，《毛泽东选集》第五卷，第四—五页。

没有找到革命的时候，何其芳作过《预言》。后来，何其芳说："那个集子其实应该另外取个名字，叫做《云》。因为那些诗差不多都是飘在空中的东西。"[①]那些在黑暗的日子里唱着飘在空中的云也似的"夜歌"的时代结束了。如今，全中国的诗人都在那隆隆的雷声中唱着一曲又一曲实实在在的"白天的歌"。

雷声，也是庆贺诗的新生的礼炮。一九四九年七月，在北京召开了第一次全国文学艺术工作者代表大会。过去分别战斗在解放区和国统区的两支诗歌队伍会师了。这是一次历史性的会师。不论来自何方的队伍，在新的时代里，都面临着新的问题：要发扬革命的战斗的诗歌传统，要适应和表现人民胜利的新的时代、新的生活。当时，全国规模的人民解放战争即将结束；建国初期为了粉碎帝国主义挑衅而进行的抗美援朝战争也迅即结束；我们着手从战争的废墟之上，建设起新的国家。

全国解放前夕，毛泽东同志说过，"中国人民将会看见，中国的命运一经操在人民自己的手里，中国就将如太阳升起在东方那样，以自己辉煌的光焰普照大地，迅速地荡涤反动政府留下来的污泥浊水，治好战争的创伤，建设起一个崭新的强盛的名副其实的人民共和国"。[②] 从反动派重压下获得解放的诗人，从战争的硝烟中走到和平环境中的诗人，马上就拥抱了一个全新的生活。

中国新诗的热情创造者郭沫若，这时已经担负着繁重的国务活动和国际交往的工作，但他还是以饱满的热情献给苦难中诞生的人民共和国以新的颂歌：《新华颂》。新生活刚刚开始，《新华颂》对这刚刚开始的生活的认识和表现还不深入。贵的是

---

① 何其芳：《夜歌和白天的歌》《初版后记》。

② 毛泽东：《在新政治协商会议筹备会上的讲话》，《毛泽东选集》第四卷，第一四〇四页。

诗人对于新生祖国的满腔热爱。他的激情的笔不惜为建国初期具体的甚至是琐细的工作任务劳作：他写歌词《毛泽东的旗帜迎风飘扬》，他写灯影剧《火烧纸老虎》，他还写供普通工农诵读的通俗诗《学文化》、《防治棉蚜歌》等。这些诗是热情的，起到了宣传的效果，但表现新的时代尚欠深刻。作为先行者，郭沫若同志当时的探索是有代表性的。《骆驼》的出现，宣告了探索的突破。它说明诗歌的战斗性，并不因简单地配合中心任务而获得，也不能从生活的外在形貌的模拟中得到说明，而要从抒写对象的内在精神上去开掘时代的本质。初看《骆驼》，并不与那一项中心任务有什么相干，它不具体宣传婚姻法，也不直接号召办互助组，但它的典型形象对于现实生活却有巨大的概括力。

诗人这时心目中的骆驼，不仅是沙漠之舟，而且是“有生命的山”。在黑暗中，它昂头天外，“导引着旅行者走向黎明的地平线”，暴风雨来时，旅行者紧紧依靠着它“渡过了灾难”。这形象中包孕着郭沫若蕴积数十年战斗生活的体验，真正的激情所在，引发人们去联想自己所景仰与崇敬的。这位富有创造精神的诗人，在新生活开始的时候，便以“天样的大胆”把骆驼比作“星际火箭”、“有生命的导弹”，这不能不使我们想起他那“女神式”的一贯的革命浪漫主义的精神。应当说，不是《防治棉蚜歌》，而是《骆驼》，更切近实际地表现了出现在诗人面前的新生活。

对于郭沫若来说，他不擅长通过现实的描绘来表现新生活，然而，“天样的大胆”可以使他达到揭示生活的目的。在建国初期，对所有的诗人，诗几乎都是从幻想的空中一下子降落到地面、眼前来的。在旧社会，春天只是在诗意的幻想中存在，希望也可能变得虚妄。如今，一切都变成和正在变成现实。在这样的背景之下，建国初期的诗歌基本形象，与其说是充分想象的，不如说是充分写实的。郭沫若的最初尝试及其《骆驼》的突破，就说明这是一种客观存在。我们都记得冯至的“一个民间的故事”:《帷幔》(1924)。在“帷幔”的背后,汹涌着令人战栗的旧中国的血泪。如今,“帷幔”拉开了,我们在新社会通过“母子对话”听到了又一个民间故事:《韩波砍柴》。当帷幔掩着的时候,它是旧社会一个血泪的故事;当帷幔拉开的时候,那里仍然有血泪,但奴隶终于敢于白天出来伸冤了。血泪的故事终于有了欢乐的尾声,假如还没有成为主调的话。冯至就是这样用“韩波砍柴”来表现他与“帷幔”的联系,也表现他与“帷幔”的告别。

许多诗作,都表现了这种旧时代向新时代的转移,这是生活内容的转移,思想情感的转移,也是诗的主题的转移。在全国解放初期,许多诗都表现了旧时代的人物在新社会里变成新人的过程。阮章竞的《漳河水》,是在延安文艺座谈会感召下出现的作品,又是在全国解放后写成、出版的作品。《漳河水》比《韩波砍柴》更为充分地表现了这个方生未死的旧生活与这个方兴未艾的新生活交替的进程、一代新人怎样扬弃旧社会的尘灰,而走上了翻身解放的道路的进程,它成了联结新旧社会的诗的纽带。现在,阮章竞送他的新人走上了解放之路,他才能够唱着这样喜悦的歌:“太阳从蓝海里升起来,祖国的早晨来临了。”(《祖国的早晨》)

诗人们面对的是日新月异的新生活。但除了从解放区来的以外,他们的多数,刚刚从旧社会的黑屋子中走来。他们的眼里还有昨天的影子,尽管他们面向着今天的光明,臧克家在他的一本自选集的后记中说:“这本集子里的作品,整个说来,暴露黑暗的多,正面歌颂的少,同情人民疾苦的多,鼓励人民斗争的少。”[①]这可以理解,因为新生活刚开始。臧克家解放之初写的《有的人》,不仅已经完全不同于《老马》、《罪恶的黑手》,而且也完全不同于与之毗邻的《生命的零度》,而有了崭新的时代的风

---

① 臧克家:《臧克家诗选》《后记》,人民文学出版社,一九五四年版。

貌。《生命的零度》属于旧社会，而《有的人》则属于新社会。尽管它们的写作时间是靠得很近的。生活就是这样神奇地决定着诗。但就是这首属于新社会的崭新的诗，依然是一首歌颂和诅咒交织而成的诗篇。这首“纪念鲁迅有感”，无疑是对两种人的对比。当然，这首诗由于它的尖锐的典型化对比和深刻的哲理，已经被证明是一首有长久生命力的诗篇。它是作者在新中国写下的第一首诗，也是一首登上了高峰的诗。不仅对于臧克家，而且对所有诗人来说，颂歌的时代来临了。

诗人们投向了崭新的生活，由衷地、满怀喜悦地唱着一曲又一曲新生活的颂歌。他们走过合作化的田野，走过沸腾的建设工地，攀登着正在苏醒的山脉，他们惊喜地昭告：“我所攀登的山脉，不再是寂寞无人迹的了”（徐迟：《我所攀登的山脉》）；他们访问了港湾，又忘情地欢呼：“从这个港湾到那个港湾，搬运工人在拥抱初生的无缝钢管”（阮章竞：《祖国的早晨》）。我们曾经是百孔千疮的大地，如今正在开放着鲜花，这不能不吸引着热爱生活的诗人。张志民已经结束了《死不着》那样的旧的村风，他在新中国的太阳下不断唱出了新的《村风》。在邹荻帆笔下，那些“像一株死了的树，不长绿叶，更不开花结果”的被囚在《木厂》（1940）里的人们，如今唱着华美的《祖国抒情诗》。而严辰，他由翘望天边初现的“晨星”，而终于望到了“繁星”如海的美景。他的欣喜，是中国人民的欣喜。

李季是与共产党领导培养的新人结伴而行的一位诗人，皇皇三部《杨高传》说明了这个经历。他告别了翻身解放的王贵和李香香，从黄土高原走来，立即投入了全新的生活。可以说，李季是一个以全部热情扑向新生活的热潮的人，也是第一个发现石油中有诗的人。几乎是全国一解放，他就着迷似的爱上了石油矿和石油工人。从最早的《玉门诗抄》到最近的《石油大哥》，写玉门、写柴达木、写大庆，他的笔随着石油工人的脚印走，他的诗随着石油河源源不断流。他是一位对生活执著而韧性的诗人。李季的创作道路和创作方向是正确的。也许他并不是才华外露的诗人,但勤恳和专注使他获得了值得庆贺的成就。李季称自己的诗是“石油诗”,石油工人则称他为“石油诗人”。可以说,李季解放后的诗,是我们石油工业成长发展的诗的记录。

《玉门诗抄》是这位石油诗人劳绩的最初检阅。它告诉我们:随着新的生活、新的主题的到来,李季也开始了新的诗风。长诗《生活之歌》是李季以新的语言和格局来表现新的生活和人物方面的开拓性的尝试,在这个意义上,它和《王贵与李香香》同样是李季的叙事诗创作的里程碑。

全国解放以来,诗的一个重大成就是:诗和时代、现实保持着紧密联系的传统,正在日益完善地形成着。建国后五六年间,这种格局已相当稳定。诗与现实紧密联系的风气,除了文化革命十年间受到严重破坏以外,大体上延续到今天。这无疑是一个伟大的成就。文艺为工农兵服务,文艺要表现新的生活新的人物,已经形成了巨大的潮流。现在,它已经成为一个不可动摇的传统。

这个传统值得珍惜,但也要分析。诗无疑应当表现现实,尤其是人民为争取美好前途而斗争的现实,它应与人民生活保持着最密切的联系。但是,文学毕竟不能亦步亦趋地尾随着生活,它是积极而能动地反映生活的镜子。诗尤应如此。诗站在生活面前,它与其他文学品种相比,还有一种特性,那就是:它不擅长直观如实地描绘生活。它不是说明(直接地)着什么,它总是暗示(间接地)着什么。在诗中,直观如实的描写总是吃力而不讨好,只有象征性地加以启迪,才能达到事半而功倍。建国以来,当诗人们望见了祖国新生的曙光,自然满心欢喜。经历长久苦难,他们拥抱着美好的现实,自然不肯轻易松手。为此,他们甚至忘记了瑰丽的幻想、奇异的比喻(这些,恰是诗的极为重要的素质)。诗在他们的心中笔下,变得十分的具体和实在,不再是以前那样云雾般虚幻和不可捉摸了,应该承认,这是了不起的前进。但当诗因太接近实际而升腾不起来,诗因而失去幻想的翅膀时,却又未必是了不起的前进了。新诗三十年中,这是应当加以总结的一个课题。

有些诗人对此抱有警惕,突出的是田间和艾青。他们想超脱一些,想把生活表现得更“不像”一些,因为“不像”,这当然召来了人们的某些批评。但对这批评,也要作切合实际的剖析。田间是多产的诗人,艾青因为大家都知道的原因,后来失去了写作的可能性,但他建国初期的作品,也能说明前述的论断。

自一九四九年的《我的短诗选》,写一九七八年的《清明》,田间解放后出了至少二十部诗集。包括取材于神话传说的题材在内,田间的诗作,都是为现实生活服务的。无疑田间是在努力表现新的时代和新的生活。但是田间今天的诗作和过去那些鼓点般的诗句已经有了很大的变化。那时候,尽管已经露出了某些形象与生活距离较远的迹象,但并没有成为主要的倾向。主要的倾向是闻一多说的“鼓舞你爱,鼓动你恨”的那一片“沉着的鼓声”。解放后,田间的艺术更加老练成熟了,这当然与他在艺术创造中的追求目标有关。他说过:“我愿意做最艰巨的工作。不愿意在每一首诗里,偷巧地放上几个美丽的字眼,来表示自己的立场和倾向。”[①]他不愿意用太直接的简单化的办法来表明诗人对现实的态度和思想倾向,他希望把这表达得曲折一些、间接一些和更考究一些。他说:“我们是为真理歌唱,不是为事实简单地照一个相。”[②]他的诗有了更多的象征意味,他更注重于给人以暗示,让人品味诗中的含意,而不是如过去那样浅白地呼喊。

---

① 田间:《写在〈给战斗者〉的末页》。

② 同上。

这样，尽管田间的语言素朴而不华靡，但由于刻意要和生活保持距离，他的诗变得更加不易懂、不那么顺口，而显得有些生涩。在《给白鹤》里，他不把笔墨投向现实本身的说明，而是通过象征意义的白鹤、露水、山湖、太阳花来让你联想起现实生活的实际。这是田间的追求。这样的追求，已经进行了近三十年。这三十年，田间没有停过笔墨，他是勤奋的。但应当说，从《赶车传》以后，尽管他的不无理由的探索花了极大的精力，但是他的诗离开了太具体而走入太抽象，离开了太写实而走入太与真实生活脱节。他用明快的呼喊而换来了艰涩的比附，这代价未免太大。即使如此，田间的追求仍然属于正确处理诗与生活关系的有益探索，不过是，在田间，这种探索的成果不很理想。

艾青和人民一起"欢呼"这辞别了严冬的祖国的"春天"。这个喝了大堰河的乳汁长大的诗人，从小就感染了中国人民的忧伤。新时代给他以新的情怀，他要为"新的日子歌唱"。艾青热爱这新的生活，但他的笔在新生活面前行。他是一个不善于刻画具体生活情状的诗人。一九五三年写的《藏枪记》："杨家有个杨大妈，她的年纪五十八"，仿佛不是艾青的声音。写农村现实的组诗《播谷鸟》亦失之纤弱，至于"夜行八百，日行一千，逛的是大街，住的是客店"的《女司机》，很难说是写出了新时代气质的"草原新骑士"。艾青规避用诗来描状具体的生活，他很少写那些机械配合中心任务的作品(《欢呼集》中有一些)。他严格信守诗对题材的选择。一九五四年他去舟山群岛，看的是现实生活的生动情景，写的是超脱生活的充满神话色彩的《黑鳗》，这是一种规避。长诗男女主人公生活在黑牢般的黑浪山上，苦难使他们不能到达那仙境般的宝石山，最后他们在火中成了水神，月明之夜可以听到宝笛之音。当时有人据此责备艾青。他的确没有用诗更多地写出现实生活的变革，艾青在思索如何使自己适应现实的发展而不至于落伍。在某种程度上艾青的远离生活土壤,未必不是他的过错,却也未必不是他的求索。如果公平些说,艾青作为一个新中国的诗人,他是属于世界的,他的目光早已飞越重洋,为世界和平和人民友谊歌唱,这正可补偿他在其他方面的缺陷。

组诗《南美洲的旅行》和《大西洋》都是力作。他的视野很开阔,他的诗心不为现实生活的原样所羁绊,而能在生活的空间自由地翱翔。他能从美元上的"自由"字样想到:"有了它,就有了自由;没有它,就没有自由。谁的钱越多,谁的自由也越多;谁一个钱没有,谁一点自由也没有"(《自由》),对资本主义社会的现实作了概括而又透辟的解剖。他还从一个黑人为她的小主人唱的催眠曲中,听到了资本主义世界最悲惨、最不公道的"歌唱":

一个是那样黑,
黑得像紫檀木;
一个是这样白,
白得像棉絮。
一个多么舒服,
却在不住地哭;
一个多么可怜,
却要唱欢乐的歌。
——《一个黑人姑娘在歌唱》

在这里,黑与白、紫檀木与白棉絮的鲜明对比,描画出剥削者与被剥削者的差别。他不是亦步亦趋地临摹生活,他的诗不是生活原样的传声筒,他是在酿造生活。到此为止,艾青尽管受到他缺乏反映现实生活的作品的批评(这批评是对的),但是由于他执拗的坚持,他在某些题材的表现上取得了成功。

最有争论的诗例,莫过于他的《在智利的海峡上》了。现在,我们撇开对他所描写的具体人物的评价,只考虑他的诗的表现:

房子在地球上
而地球在房子里

这诗把我们带进了一个新的意境。这里的表现方式是很特殊的,要是我们不用奇特的或新颖的这样词汇的话。我们不能说它不是生活的反映,它的确不是如实再现生活的原样。它很抽象,却让人从中悟出具体。它让人去猜想这语言外壳包裹着的神秘而又不很确定的内涵。《在智利的海峡上》这首诗初出来时,有各不相同的反映。有人认为"从全诗的布局上,从形象的概括的深度与个性化的统一上,从语言的明洁上,从体现深刻思想的巧妙上,都可看出这首诗对于艾青说来,是新的。"① 又有人认为,这并不新,它的晦涩和朦胧正是资产阶级的颓废派诗歌的特点,艾青应当抛弃这种表现方式。由于当时的气氛,不可能对此展开自由平等的讨论。现在应当对此作出心平气和的评价了。

中国新诗到了五十年代后期,除了以夸张为基本手法的某些民歌,对实际生活的描摹越来越成为主要倾向,大胆的或绮丽的想象越来越少,而作为诗的语言基本特征的暗示,却被过于明白和透彻的乏味的语言所代替,令人厌烦的"一览无余"俯拾皆是!《女神》式的狂歌,《死水》般的吟叹,不仅不可复睹,而且成了不可思议的异物。

诗有点失魂落魄。诗味越来越薄,淡如白水,当然不是所有的诗都如此。造成这现象的原因是多方面的。诗为现实服务应当提倡,但不能要求一无例外地机械配合某一阶段的某一中心任务。诗的思想性不能以诗中是否出现众多的革命辞藻、豪言壮语为衡量标准,标语口号的堆砌并不意味着思想性的加强;同时,具体和真实也不能成为诗的评判的唯一标准。这一诗歌发

---

① 沙鸥:《艾青近年来的几首诗》,《诗刊》,一九五七年四月号。

展阶段留给我们的基本教训是:诗应当反映现实,也应当为现实服务,但诗与生活的关系并不是,至少并不主要是直接的和如实的。直接和如实的反映,只是呆板而单调的镜子,并不是诗的基本反映方式。基本方式应当是生活的折光。这种折光,犹如太阳光之在三棱镜中泛出异彩一般,可以把生活反射得瑰丽而奇妙。

我们的很多流弊,根源在于把诗和生活的关系以及诗在生活中的作用理解得太简单、太直接,以为有什么样的生活,就该有什么样的诗;生活是什么样子,诗就应该是什么样子;表现了重大意义的生活的诗的意义一定是同样重大;表现了重要内容的诗的地位必定同样重要,反之,成正比。这种目光短浅的准则,必然导致鼓励那些苍白的标语口号式的作品、那些故作豪言壮语的虚假作品,以及那些内容空虚、缺少真情实感的以赶浪头为主要特征的作品充斥诗坛,如众多的节日应景诗之类。

新时代的诗歌,无疑要表现这个时代,要求它具有现实的意义。但是诗的时代性和现实性的取得,决不能以取消诗人的抒情个性的代价换取。恰恰相反,无论哪个时代的诗,总是通过诗人的自我抒情达到为时代歌唱的目的,总是通过诗人自己的抒情个性自然地流露出观点和倾向。它可以是直接的、更允许间接地表示诗人的主张和意向,这是诗的个性。不包容个人真情实感的诗篇,也难以揭示出时代的真谛。在中国新诗的今日,诗与现实斗争关系日益密切,现实性在加强,但是诗的个性却在削弱。诗变得越来越被用作记录生活,而不是用作歌唱生活。其实,诗歌创作与现实的关系远不是那么简单的。一首看来不过是友朋应酬之作的诗篇,同样可以反映时代,而不必借助什么政治术语。这是萧三的《自题照片赠老柯》:

休看我饱经风霜模样,
一辈子不失赤子心肠。

这时代说什么“老当益壮”!
来来来,我和你大声歌唱!

这诗题材很小,场面不大,主题也并不雄伟,它只是题写在赠友的照片背后的四行戏谑文字。讲的虽只是自己的“模样”“心肠”,它连“老当益壮”都否定了,他只想到“大声歌唱”。一个老诗人有这等精神面貌,可以想见这是多么了不起的昌明之世、前途光明的时代!以此推论,那健康优美的爱情诗,那蔡其矫式的轻柔的新山水诗,以及悠扬的牧歌般的郭风的“叶笛”,都可以反照出我们时代的侧影来,它们在伟大时代的雄壮交响乐中,可以而且应当和进军号并存!

我们的新诗,歌唱了人民共和国的伟大诞生及其成长,诗已被光辉地载入共和国的编年史。生活的确是在不无曲折的、但又是勇往直前地前进着。我们已经前进,我们的前进还不理想。中国新诗应该有更为伟大的未来,这当然要由老一代的诗人和新一代的诗人共同创造。

天边涌出灿烂的星群

我们的眼前飘起一朵云。共和国一个普通的早晨——

我推开窗子,
一朵云飞进来——
带着深谷底层的寒气,
带着难以捉摸的旭日的光采。
——公刘:《西盟的早晨》

这朵升起在祖国西南边疆的云,它以鲜明而富有边疆特色的形象,引起了人们的关注。这确是一朵带给人以清冽明净的“寒气”,和充分想象的泛着“难以捉摸”的“光采”的云。公刘的诗,最初给人以如上的印象。他的第一本诗集《边地短歌》中的作品，存在着明显的不凝练和缺乏剪裁，他还不能全部摆脱被动的关于情节的叙说交待。到了《黎明的城》，已经表现出游刃自如的驾驭题材、独特的构成形象，以及以具有个人特色的抒情来表现斗争生活的能力。我们从《山间小路》"这座山是边防阵地的制高点，而我的刺刀则是真正的山尖"中看到：公刘没有辜负哺育了他的生活。"真正的山尖"是他在生活中的真正的发现。而且这"山尖"也没有辜负他的苦心，它简括地勾出一个真正的英雄造型来，寓于形象中的，则有边防军战士的豪情。到了《在北方》，公刘的诗作显得成熟了。他能从平凡的《剑麻》中炼出不平凡的诗意："它是哨兵的活刺刀，它是祖国的绿篱笆；然而对和平的客人，它捧上碗大的鲜花"。诸如此类，普通的生活，在公刘的笔下都显得不普通；他用诗意盎然的眼光看生活，生活因之而闪出诗的光芒。一把巨剪似的上海关的钟，沙漠上驮着柳枝的骆驼，"半个世界站在阳台上观看"的北京的五一节，乃至于给肥皂写的诗的广告《我们是擦洗世界的肥皂》，公刘总能使这些不只一次被表现的题材现出全新的面容和全新的寓意。他的诗，节奏自由又有规律，读起来总是那么清亮动听，这从《边地短歌》到《在北方》，是一贯的特点。

> 一朵金色的云，
> 落在银色的雪山顶，
> 素馨兰在凤尾竹下眨小眼，
> 英格花在虎尾松上笑吟吟……
>
> ——白桦：《金沙江的怀念》

这里又有一朵云升起来。这是描写金沙江人民怀念贺龙将军的诗篇。白桦的这朵云，虽然没有公刘的那份奇幻，但却显得清丽，尽管它们都是升自西南边疆那一片开花的土地上，而且都富有少数民族地区特有的风貌。公刘和白桦都吸收了少数民族诗歌的丰富营养，看来白桦更为显著。长诗《孔雀》，直接取材于召树屯和喃穆鲁娜这一傣族古老传说。长诗《鹰群》则以鲜丽的藏族民歌风格歌唱了贺龙部队长征路过滇康发生的故事。而白桦的《露营在雪山上》，生活是豪迈的，诗风是纤丽的。银夜里怒放的红山茶，这是白桦早期诗作的风格。

出现在我们面前的不仅是一朵云、两朵云，而是无数的云。全国解放前夜，许多年青的诗作者跟随部队进军大西南。在云贵川康藏，他们看到了多彩的“云南的云”，听到了雅鲁藏布的江声。他们一边战斗，一边吸取诗的营养，一边辛勤地歌唱。生活的领域开阔了，诗人们面对的是正在消失的战烟，以及一片等待开发的沃土。他们知道，我们今天生活中哪怕是最平常的一天，都是战死的同志当日所向往的未来。这片美好的土地，加上那些泛着奇异光彩的人情风俗，给了年青的诗人们以灵感。公刘是那里来的，白桦也是那里来的，五十年代出现的一批诗人，有不少是与这片土地有关系的。令人惊异的却是共同的时代，共同的环境，大体相近的经历，却造就了各不相同的艺术风格。的确，在同一片天宇上，云涛翻滚，尽管都是云，但没有一朵云是相同的。

雁翼的笔触能跨过“拂晓时分大雾茫茫”的冀鲁平原，来到了“在云彩上面”的祖国西南的建设工地。他的诗中有秦岭山岚，嘉陵江涛，它再现了祖国建设的一角画面。顾工“在世界屋脊的土地上”歌唱飞越“空中禁区”的胜利。他的诗中有高原的冰霜，更有第一次扬花结果的冻土上的春天。梁上泉的《姑娘是藏族卫生员》，以朴素的语言传达出翻身的藏族女儿健美的精神世界，活泼、爽朗、又有些羞涩，无须外在的雕缛，而神情美。但他的诗的主要倾向却与上例不同，他注意词采华美，有时未免失之雕缛。傅仇几乎可以称之为“森林诗人”。他的爱森林有点像李季的爱石油。他的《告别林场》胸襟宽广，格调奇高。这首诗，距今二十余年,仍然是他的最佳诗作之一,甚至也是建国以来最佳诗作之一。傅仇的诗细腻而奇幻,仿佛飘洒在森林上空的“兰色的细雨”。陆棨写了晶光闪亮的多彩多丽的《灯的河》,写《重返杨柳村》时,格调转清淡了。《重返杨柳村》不是单纯的抒情诗,它让抒情诗中有简单的人物情节,他通过精巧的构思来组织这些人物情节,陆棨的这类诗作,内容较一般抒情诗丰富,抒情味道却较一般叙事诗浓郁。它是叙事诗的亲密邻居。《重返杨柳村》发表后,模仿者至今不绝,影响之大仅在《放声歌唱》、《秋歌》以下。高平写得不算多,也不大为人注意,但他的《大雪纷飞》不容忽视。他写藏族,也学藏族民歌,但不作外在模拟,而是以清新明净的语言传其神髓。其余《紫丁香》、《梅格桑》两首长诗,也都清秀悦目。饶阶巴桑更是西南沃土培养出来的一朵鲜花。他的诗,有着深厚的本民族诗歌的渊源,但却不是简单的原始的民歌,而是全新的创造。饶阶巴桑的诗雄奇如翱翔在雪山之巅的雄鹰。

整个五十年代,也许还可勉强加上六十年代的前半期,我们的生活虽然有着曲折坎坷,但大体说来,是壮丽的、多彩的,而且也是前进的。西南边疆丰富而有特色的生活,栽培了一批新诗人,祖国的其他地方又何尝不是这样。那时候,题材是开阔的,创作也没有过多的“理论”的梗阻,整个气氛显得活跃轻松,沉重感是不多的。因此,我们的诗歌创作在头一个十年中呈现了此后不曾重现的初步百花齐放的局面。这个时期的诗,也像生活本身那样壮丽多彩。每颗星都在自己的位置,用各自的光焰,妆扮天空:

在保卫和平运动中,我们有石方禹的《和平的最强音》;在抗美援朝炮火里,我们出现了未央的诗。何其芳说过,未央诗中,

“有一种火一样能够灼伤人的东西。”[①]火是无须装饰的，未央的诗丝毫也没有装饰。他全用参差不齐的诗行，有的甚至不押韵，但却有灼伤人的效果，震撼人的力量。这只靠两个字：集中。生动的场面、典型的情节、动人的感情，再用“集中”来加以改造，便出现了《枪给我吧》、《驰过燃烧的村庄》那些诗的奇效。石方禹的诗奔放，未央的诗质朴，而严阵的《江南曲》，如“月三竿，江水似流烟，杨柳渡头杨柳暗”，不啻是月照荷塘的美。

闻捷是唱着“吐鲁番情歌”、“果子沟山谣”出现在我们面前的。他是南方人，但他几乎不写南方，却爱上了西北。他的奠基之作《天山牧歌》的大部分是情歌。诗集雄辩地证明，闻捷是优美的抒情歌手。这部分诗的成就在于，在一幅幅生动的西北民歌风俗画中，展示主人公在保卫祖国、建设边疆以及爱情生活中生长出来的社会主义精神面貌。

> 夜莺飞向天边，
> 天边有秀丽的白桦林；
> 年轻人翻过天山，
> 那里是金色的石油城。
> ——《夜莺飞去了》

尽管吐鲁番的葡萄甜，泉水清，姑娘美丽多情，但有作为的一代年轻人，要告别吐鲁番翻过天山。那里，壮丽的新生活在等待他，那是石油城。当夜莺飞回的时候，年轻人已成了维吾尔族第一代石油工人。他们的爱情就这样地和新生活联结在一起。新时代劳动——爱情的主题，初次在闻捷笔下形成，这是他的开创性的成绩。闻捷这些诗篇清新娟丽而富有天山南北的民族情调，维吾尔族的诙谐，哈萨克族的爽朗，蒙古族的豪放，在诗中都

---

① 何其芳：《诗歌欣赏》。

得到生动的再现。《天山牧歌》作者几乎是建国以来集中大部笔力，创作民族地区爱情诗的唯一作者。他的新情歌健康活泼，有强烈的时代感，有浓郁的生活情趣。这些诗歌的价值还在于：它通过生活的一个方面，记下了我国各族人民在党的阳光下逐渐萌发的社会主义思想意识和共产主义道德观念。

要是我们只看到《天山牧歌》，我们还没有真正认识闻捷。他不仅是优秀的抒情诗人，他还是叙事诗创作的能手，他的叙事诗成就甚至超过了抒情诗。我们在《天山牧歌》中读到《哈萨克牧人夜送千里驹》，惊叹他的汲取和有特色地表现生活的能力，但那只是闻捷对于叙事诗写作的一次火力侦察。总计一万余行的《复仇的火焰》一、二部，堪称当代叙事诗创作少有的宏伟的殿堂。这里有他的才情，更有他的勤奋。闻捷的创作有着充分的准备，当他唱着天山牧歌时，他已经在酝酿一首表现一个民族翻身解放的史诗了。何其芳评论说，“这样广阔的背景，这样复杂的斗争，这样有色彩的人民生活的描绘，好像是新诗的历史上还不曾出现过的作品。”[①]闻捷是一位有魄力而又全面发展的诗人：他首创了明丽如风景画又有简单人物情节的爱情诗体式，他写了中国空前规模的少数民族解放斗争的长篇叙事诗，他写了《我思念北京》那样自由奔放的具有强烈政治性的抒情诗，他还写了《彩色的贝壳》那样的小诗。正当他精力旺盛、艺术日臻纯熟的时候，却以盛年死于“四人帮”的迫害，这是三十年诗歌的一个重大损人。

在同辈诗人中，就成就和影响而言，可与闻捷相比的是李瑛。他是当代少有的三十年基本没有中断创作的一位诗人。“从战士的脚步获得了节拍，从炮火的红光获得了色泽”（《读萨阿达拉的诗》）李瑛诗中的抒情主人公的形象是一位战士，他以

---

① 何其芳：《诗歌欣赏》。

一个保卫祖国的士兵的眼光看生活，他的诗中处处闪现祖国保卫者的忠诚和自豪。但是战士的身份并没有限制他的想象，他的意境是开阔的；战士的身份也没有限制读者的欣赏，相反，独特的身份、独特的反映角度，使他的抒情更为个性化，却赢得了更为良好的欣赏效果。李瑛的想象能够有力地揭示抒情对象隐秘的特征，他的精微的想象力，能够赋予事物以新的生命。井冈山的五大哨口，在李瑛看来，是“五堆篝火”在中国暗夜里燃烧；《从草地望雪山》，他看到的是：“草地是辽阔的大海，雪山是闪光的海岸，云朵掠过草尖挂在山腰，像泊岸的船落下篷帆”。李瑛的诗风是细腻的，他的语言很考究，很精致，他总是严谨而绝不浮躁地使用他的笔墨：

一朵云，
拧下一阵雨，
匆匆地掠过车篷。
——《雨中》

在敦煌，
风沙很早就醒了，
像群蛇贴紧地面，
一边滑动，一边嘶叫。
——《敦煌的早晨》

戈壁滩上有一朵云，化成了雨。不是洒，不是落，而不是飘，而是拧。“拧”使我们想起，这雨下得艰难，那朵云仿佛是一块布，要使劲拧，才能绞出水来。一个字的选择，可以想见李瑛的细腻。后一例，不说敦煌一早起风沙，而说风沙早醒；不一般地说风沙“滚滚”，声势“蔽天”，而是如群蛇紧贴地面，滑动着，嘶叫着。李瑛的诗风细腻，但不纤弱；李瑛的语言精巧，但不轻柔。他的精美和刚健结合得好，有时甚至表现得坚韧。他的许多国际题材的诗,既是华美的,又是有劲的,往往显示出刚柔结合的特点。

李瑛的优点在于细腻精致,弱点也在此。他的诗可以说是精美的艺术品,但很难说是宏伟的艺术品,尽管我们不能要求所有的诗人都创造"宏伟"的诗篇。他善于用细腻的耳朵和眼睛审视大自然,而且能够有声有色地、精到地表达出它们潜在的美感。但他在再现社会生活的实际方面,却明显地显出力量不足。这些弱点,当然给李瑛的诗的影响带来局限。

李瑛的不足,却成了邵燕祥的长处。从全国解放前夕到今天,邵燕祥的歌声洋溢着民间说唱的旋律,又使之不觉陈旧而富有新时代的青春气息:

> 黄河水破金堤一眼天下黄,
> 云随龙,风随虎,人随闯王,
> 万马千里满地杀声起,
> 一条路奔北京长也不长!
>
> ——《歌唱北京城》

邵燕祥这时十分年青,但歌声却显得成熟。他告别所爱的天安门,也告别"心爱的同志","到远方去"。祖国的远方正在热火朝天地建设。"第一汽车厂工地的第二个雨季",在宽阔的长江心,为祖国的工业建设心迷眼花的诗人,敏感地听到了一个声音,他也向我们的人民传达了这一个声音:"中国的道路呼唤着汽车"!这声音,在当时便是鼓舞人民夺取光明强音,正如二十五年后的今天,他听到了一个声音,并向人民传达了这一个声音:"中国的汽车呼唤着高速公路"同样是当今时代的强音一样。这是一位始终走在生活前面的诗人。

我们无需仔细地读诗,只要看看邵燕祥的那些诗题,就会感受到他的诗喷射出来的烈焰。在建国初期工业建设刚刚兴起的时候,像他这样专心致志地表现工业建设的诗人是不多的。当然有一些工厂里的作者也写工业,但比之邵燕祥,明显地缺少了那种锐利的观察,以及能够传达出大工业震撼心灵的声音的魄力。那些作者,不善于在一定高度上胸襟开阔地写大场面,并且不囿于那些具体的场景而使之与整个祖国的形象结合起来。邵燕祥有这种较为超脱的概括能力,而且能够赋予众人以为是枯燥的题材以具有个性的激情的能力。在他的笔下,我们的建设不是静止的,孤立的,而是不断变化着、互相联系地前进着。

他再现了中国大地上这种建设的壮丽行程的壮丽场景。邵燕祥诗作的路子很开阔,他无疑是一位有才能的、积蓄着无限心力的诗人。可惜,他并不情愿地停止了他的歌唱,一眨眼就是整整二十年的迫不得已的沉默。中国诗人的命运多艰,这是令人感慨的。

我们的诗歌从五十年代开始,大约十年,或者再多一点时间,其成绩是辉煌的。我们在这里不可能开列长长的名单,历数所有的诗和诗人。我们只能这么提要式地例举。但这种群星灿烂的局面,可以说是除了五四最初那十年以外,在中国现代诗史中,是不曾出现过的。这种局面,无疑是值得珍惜的,并且应当保证使之发扬光大。可惜的是,我们当时的生活逻辑却认为,这是无须珍惜的。

多种风格的百花齐放的局面并没有继续下去。一场又一场的"政治运动"(我们没有否定必要的政治运动之意),一次又一次的"阶级斗争"(我们反对的是那些人为的,不分敌我友的"阶级斗争"),助长了粗暴的批评。在这种气氛下,政治、思想、艺术的思想取消了,敌我矛盾和人民内部矛盾混淆了,艺术流派和艺术风格的自由竞争终止了,诗歌被逼向极端的道路。尽管宣传上并不敢对百花齐放方针作露骨的否定,但实际上是在砍杀这一方针。整个气氛是压抑的,不赞成的,这使那些擅长以自己的声音歌唱的诗人感受到压力。大家不约而同地都往一种共同的、公认为是“革命”的风格上靠拢，都力图把自己的歌声变得更“刚强”些，更不“软绵绵”些，更“突出政治”些，更少“人情味”的嫌疑些，一句话，更不具有个人的特点些。这就是五六十年代之交的诗的大体趋向。

一九五七年《诗刊》创刊后，那时的编者颇下了决心要贯彻百花齐放的方针。在一个时期内，他们曾有意识地组织了各种流派的诗人的作品。《诗刊》发表了汪静之、穆旦、杜运燮、陈梦家、萧三、饶孟侃、柯仲平、林庚、王老九、黄声孝、纳·赛音朝克图、康朗甩等的作品，发表了王统照、朱光潜、谢冰心等的诗论，发表了卞之琳、罗大冈、戈宝权等的译诗。由于他的努力，给初生的《诗刊》建树了威信，并为各种风格流派的共同繁荣创造了良好的气氛。但是好景不长。举例说，《诗刊》创刊后的第二期发表了艾青的《望舒的诗》，陈梦家的《谈谈徐志摩的诗》，分别对五四以来的两个重要流派的代表诗人作了评介，这本来是件有意义的工作。后来，评介者连同被评介者都遭到了厄运。以徐志摩为例，一九五七年十一期《诗刊》刊出巴人的《也谈徐志摩的诗》，明显地不赞同陈梦家的意见，并且已经流露出某种粗暴的批评作风。重要的不是巴人文章本身，重要的还是它是一种“收”的信号，也许更为重要的还是事情远远没有就此结束。到了一九六〇年，不仅徐志摩、陈梦家，而且巴人本身，都遭到了更为粗暴的对待。也是同一刊物发表的批判文章，把巴人的批判看做是“一支冷箭”。艾青和戴望舒也不交好运。艾青那篇文章遭到了凌厉的批判，株连到了戴望舒，批判文章对望舒的诗作了根本的否定。艾青自己的诗的遭遇也很典型。半年之前，某刊某人对艾青近作大加赞赏；半年之后，同刊同人对艾青近作大加抨击，这位评论家的处境以及是否系他由衷之言，我们不得而知，但应看到，这绝不是一个人的个别现象（因而也不应过于追究个人的责任），整个的政治气氛，迫使人们向它屈服。

一九五七年，出现了另一个诗歌刊物，它是《星星》。《星星》的编者抱着与《诗刊》编者共同的良好愿望。他们写了一相《稿约》。《稿约》满怀喜悦地宣告：

> 我们的名字是“星星”。天上的星星，绝没有两颗完全相同的。人们喜爱启明星、北斗星、牛郎织女星，可是，也喜爱银河的小星，天边的孤星，都聚到这里来，交映着灿烂的光彩。所以，我们对于诗歌来稿，没有任何呆板的尺寸。……我们只有一个原则的要求：诗歌，为了人民！

应该说，这主张是对的。但一九五七年的形势实在变得惊人。上述那篇稿约，第二期《星星》上就不见了。一九五七年十月号的《星星》，刊出新的稿约，完全修改了创办《星星》的初衷。不久，“星星”本身也从天边消失了。

妨碍诗的百花齐放的重要原因，在于没有良好的政治气氛。诗的艺术，只能在严峻的政治斗争的夹缝中弯曲地生长。一九五七年以后，一批批诗人都因为政治斗争的原因被迫停止了歌唱，没有停止的，有各种情况。个别不自重的作者，为了趋时附势，甚至违背了人民的立场。《骑马挂枪走天下》的作者就是这样的人，他甚至糟蹋自己的作品，把《骑马挂枪走天下》也改了模样，最后甚至造出《西沙之战》那样的艺术畸形儿。这当然是悲剧。

毛泽东同志曾经说过，要在民歌和古典诗歌的基础上发展新诗。作为一个民族的诗歌，要求与本民族的诗歌传统保持密切的联系，这是对的。所谓基础，在这里只能理解为承认传统的意思。毛泽东同志没有提出五四以来新诗自己形成的传统，他也没有讲到新诗形成和发展过程中受到外国优秀诗歌的滋养，显然，他对新诗的发展并不满意。作为一位诗人，一位读者，一位批评家、理论家，他提倡什么，不提出什么，无疑都是允许和正常的。但是，我们太习惯于把某位领导人的意见当做上级的命令，而且也太习惯于通过行政的方法或变相的行政的方法贯彻这种命令。由于长久以来条件反射式的“习惯”，这种“基础”的理论的提出，当然使不符合这一理论的作者作品感到约束与压力，即使它们还顽强地生长着，它也许感到自己的不合时宜或受冷遇。其实，石方禹的《和平的最强音》是“洋诗”，非常欧化，但却是好诗；未央的《枪给我吧》是纯粹的自由体，非常散文化，但也是好诗；郭小川的《致青年公民》是“楼梯诗”，所谓的“舶来品”，也是好诗。在一种诗的窄狭的观念的支持下，像冯至的《十四行集》、卞之琳的《十年诗草》一类既不是古典式的，也不是民歌风的诗体，建国后基本绝迹了。

当然，在中国古典诗歌和民歌的基础上，努力继承和发扬本民族诗歌的传统，从而为丰富发展新诗服务，在此基础上（应当包括新诗六十年来的实践成果和外国诗歌的借鉴），建立一套便于记忆便于吟诵的新体诗歌，是符合人民的愿望的。这恐怕是长期的任务。但是一旦实现了，其余的一切诗体，也不能人为的禁止、消灭，它们必然还是长期共存、相互竞争的。新诗的道路应当十分宽广，应当中外古今兼收并蓄，只承认某种“基础”而忽视其他条件，只提倡某种形式而排斥或忽视某种诗体，只会把诗的路子搞得越来越窄。诗的体式上的片面性的认识，也妨碍着百花齐放的贯彻。

整个五十年代，包括六十年代的前半期，诗有时是大步地前进，有时则受到冲击和阻碍，但毕竟是在扭曲着前进的。从一九六六年到一九七五年这整整十年间，诗歌在一场全国性的激动中遭到了覆灭。几乎所有的有名望的诗人都被剥夺了歌唱的权力；几乎所有的诗集都遭到禁毁；全国唯一的诗刊在此之前已被迫停刊。百花齐放成了幻影，人们看到的只是凋零的花儿在林彪、“四人帮”的淫威下颤栗！

但是,我们毕竟是一个有着诗和文学战斗传统的国度。我们人民的诗人,在这一切充满矛盾的痛苦经历中,不仅挣扎着生存了下来,而且并不放弃自己为人民歌唱的权力。他们的精神可以受到摧残,肉体可以受到磨难,但是一颗坚强的诗心是不会屈服的。

诗和人民在思索中

应当说,诗人永远应当是思想家、思索者。他们应当干预生活。美好的现实,他们歌颂;丑恶的现实,他们抨击;生活中重大的问题,诗人要发言。闭着眼睛唱颂歌的诗人,只是盲目的歌者。说诗人是战士,是说他在生活中像一个士兵,是不竭的斗争的勇士。优秀的诗人,必须是优秀的战士,只不过,士兵手中的武器是刀枪,而诗人手中的武器是缪斯的七弦琴。

随着人民共和国的成立,我们出现了当代两个优秀的抒情诗人:贺敬之和郭小川。他们都是对共和国诗歌的繁荣发展作出了贡献的人。他们的创作实践,给新时代的政治抒情诗从内容到形式勾出了一个相对稳定的轮廓。建国以来抒情诗的盛行,是与贺敬之、郭小川的辛勤劳作不可分的。在我们的记忆中,像《放声歌唱》和《向困难进军》这样的诗,以前还不曾有过。他们的激情而充满朝气的诗句,开创了一代诗风,成为最有代表性的时代风格的诗。

贺敬之曾经这样“放声歌唱”:

啊,多么好!
　　　　我们的生活,
　　　　　　我们的祖国……

郭小川也曾经满怀喜悦地欢呼:

黑暗久远地消亡了,

随太阳一起
　　滚滚而来的
　　　　是胜利和欢乐的高潮。

这都是真诚的声音。但诗人毕竟不是先知。他们的确难以预言:我们的生活也可能变得不那么好,黑暗也有可能重新降临在我们的头顶。当然,从历史的辩证法看,从真理必定会战胜邪恶看,这两位诗人讲的,也还是真理。生活也这样证明了这些诗句的力量。

郭小川是以思想敏锐、善于思索、富有号召力与鼓动性的战士——诗人的身份,在当代诗歌史上出现的。他的最初引起强烈反响的诗篇,是那些以马雅可夫斯基式的诗句如排炮一般震动人们思想的《致青年公民》。郭小川原先写过诗,但一九四三年以后,搁笔达十年之久。建国后重新为诗,是由于强烈的创作冲动。“那时候,社会主义革命和社会主义建设的伟大号召已经响彻云霄,我情不自禁地以一个宣传鼓动员的姿态,写下一行行政治性的句子,简直就像抗日战争时期在乡村的土墙上写动员标语一样。”[①]郭小川把这时写的诗叫做“一行行政治性的句子”,其实是形象丰满生动的充满政治激情的抒情诗。新生活开始了,前进路上并不都是鸟语花香,他号召青年公民“投入烈火的斗争”,“向困难进军”。郭小川送给青年人的,并不是一般意义的诗,而是富有营养的精神食粮。这些诗,经过二十多年,今天仍不失光彩。但是郭小川自己没有满意,他甚至为此不安到“写不下去”“非得探索新的出路不可”[②]。这是一个在成绩面前总是抱着怀疑的人,是一个永不满足,永远探索着前进的诗人。

在郭小川的心目中,诗歌创作是非常严肃的事业。他时刻

---

① 郭小川:《月下集》《权当序言》。

② 郭小川:《月下集》《权当序言》。

想着他的读者，揣摩他们的口味，他经常为此不安。因此，他总是不断地从内容到形式实行自己的诗的“变法”。他写过《致青年公民》式的参差排列的长句，作奔放的讲演式的现场鼓动。这形式出现后，读者反响热烈，但他决心改变。于是立即又创造出《春暖花开》式的短句，作音韵铿锵的节奏轻松的抒情。这种形式，郭小川吸取了我国元明散曲的某些特点创造而成，他以此写出了《林区三唱》、《将军三部曲》等名篇。六十年代初期，郭小川在《甘蔗林——青纱帐》那一组南行的诗中，又对形式作了新的突破。他在新诗体式中吸取抒情赋体诗的特点，对抒写的对象作纵横恣肆的排比咏叹，这在他的《厦门风姿》等一系列诗作中获得了成功。这是一位才华横溢的充满创造性的诗人，在三十年诗歌创作史上，他是名列前茅的。

贺敬之是另外一种类型的诗人。尽管他已经十分娴熟于诗的艺术，但他总是以异常严谨慎重的态度从事创作。他和郭小川一样，在创作上是严肃的。但他们的表现形式却判然不同。郭小川迈着巨大的步子，大喊大叫地前进，因为大喊大叫，有时难免发出个别不和谐的音符来。贺敬之不然，他总是迈着稳重的步子，扎扎实实地前进。贺敬之很少败笔。这是一个拿起笔来便有烈火惊雷的诗人，却也是一个轻易不拿起来便有烈火惊雷的诗人，却也是一个轻易不拿起笔来的诗人。当别人在那里放怀歌唱的时候，贺敬之在冷静地审视着、思索着。他不轻易歌唱，但总在酝酿着情感的电火雷鸣。他的目光始终没有离开过生活中的重大事件，一旦时机成熟，他便笔墨酣畅地放声歌唱！三十年来，他一共只写了那么不厚的一册《放歌集》。从一九五六年的《放声歌唱》到一九六三年的《雷锋之歌》，从一九七六年的《中国的十月》到一九七七年的《八一之歌》，贺敬之每写一首诗，总是代表他的实际水平的一首诗，而且往往也总是经得起时间考验的一首诗。贺敬之相当稳定地保持了他的创作水平线，而这是郭小川所难以做到的。我们可以向贺敬之提出更多写作的要求,但却无法对他严肃的艺术操守加以责难。郭小川不同,他是一位不断地跳着喊着迈着大步的诗人,他带着他的弱点歌唱,《望星空》也许是带着感伤情绪的,但却是真挚的。

不论郭小川,还是贺敬之,他们给予诗歌创作的最大的贡献,在于他们作为真诚的诗人,总是与作为干预生活的勇敢士兵的身份同时出现的。在他们的诗中从来没有消极的抒情主人公,而是人民幸福保卫者的士兵的形象。郭小川在静谧舒适的"山中"焦躁不安地疾呼"我要下去"的原因,是这种生活与他的战士的身份太不协调,他始终不能忘却"我曾经而且今天还是一个战士"(《山中》)。他在甘蔗林中缅怀青纱帐,他在充满香甜的今日,心中眼底总有着昨日的严峻。昨天—今天—明天,这可以说是郭小川诗歌的基本主题。贺敬之也如此。他歌唱繁花似锦的祖国的今天,但总反复阐述今天的幸福正是昨日的苦斗换来的。正是因此,他的诗句总是把新与旧、今天与昨天对比地组织在一起:今天的麦场上,正飘扬着秋收起义的红旗;今天的工地上,正闪烁着延安窑洞的灯光,如此等等。

在抗日战争如火如荼的年代,闻一多说过:"这是一个需要鼓手的时代,让我们期待着更多的时代的鼓手的出现。至于琴师,乃是第二步的需要,而且目前我们有的是绝妙的琴师。"[①]闻一多这话是不朽的。现在我们的鼓手仍然太少,而精美的琴师却很多;尽管琴师多并不是坏事,但并不是第一位的需要。在和平建设的时代(我们的世界仍然断不了战争),我们仍然需要像抗战时的田间那样的鼓手。郭小川和贺敬之可以称作我们时代的鼓手。他们之可以是鼓手,乃是以诗的语言代表并启示了人民对于生活的思索。他们始终不懈地以睿智的思想在为人民呐

① 闻一多:《时代的鼓手》,《闻一多全集》,二三三,丁。

喊、为人民鼓动。他们告诉人民应该怎样前进，怎样迎向斗争。在胜利到来的时候，郭小川提醒人们要更加勇猛地向困难进军；在国际上修正主义思潮泛滥的时候，贺敬之歌唱在和平建设年代一个普通战士坚贞的气节——雷锋精神。郭小川和贺敬之的鼓点，充满了我们时代激昂进取的精神，年青一代和我们全体人民无疑将从中吸取极大的鼓舞力量。他们献给时代以真诚的歌颂，但当他们发现时代的卑污（尽管也许不是主要的），他们的歌声会变得凌厉而无情。郭小川在阴云密布的年代唱出的《秋歌二首》，贺敬之在胜利时节唱出的《八一之歌》里，都有这样愤怒的雷霆。

上述两位诗人的创作，对当代诗歌的影响相当深刻。年青作者竞相仿效，特别是《放声歌唱》、《致青年公民》出现之后，政治抒情诗风靡一时。但多数模仿者，没有从他们的巨大思想概括力和深刻沉厚的生活内容上着力，只求形式上故作"豪言壮语"，出现了大量华而不实的、大而空的"标语口诗"。这类诗歌的特征，其一，内容上虚伪；不说真话，没有真情；言不由衷的歌功颂德，根本缺乏深刻切实的思想；它们无法启示人民以斗争的勇气和真理；其二，形式上虚伪：它们热衷于以激昂慷慨的言词作言过其实的渲染。其实，无论是郭是贺，他们的诗内容深厚、气魄宏大，概括力强，极不易学；学其皮相，失其精英，天上地下，失以万里。尤其"文化革命"之后，在突出政治命题之下，这类"大声疾呼"的政治抒情诗中不乏宗教式的颂赞，更多的则是单纯配合"革命"政治口号的传声筒。诗歌背离了人民的斗争和生活的真实，必然失去它的活力。一九六六年以后，由于林彪、"四人帮"在毁灭文化的总目标下对诗歌和诗人进行了空前的洗劫，残存的某些他们扶植的帮八股的诗歌，已经完全不能代表人民的心声。诗歌远远地脱离了人民的意志和愿望，人民的愤怒和抗议。

一九五八年到一九五九年，全国范围地开展了一次诗歌发展问题的讨论。那次讨论把注意力集中于形式问题和半格律体新诗的创立问题，并没有抓住新诗发展的实质。因此那次讨论尽管是强烈的，但实际收效并不大。三十年诗歌的症结不是在形式。根本弱点是诗歌没有思想。标语口号化的结果，诗人失去了他的独立见解、以及表达这一独立见解的自由。在歌颂与暴露上，也存在着形而上学的观点。对繁荣昌盛、政治开明的时代，我们当然要歌颂；对英勇智慧的人民和光荣的党，我们当然要歌颂。但即使在光明的时代里，我们也有缺点和错误，难道对缺点和错误也唱颂歌？何况，有时我们的时代也充满了阴云。如果这样，我们的诗就失去了人民的信任。当时代变得黑暗和卑鄙时，如林彪、“四人帮”时代那样，再为它唱颂歌，那就不是人民的诗人。他应当暴露这黑暗，这卑鄙。

人民的沉默是可怕的。人民对现存的诗歌失去了希望。人民决心以自己的怒吼来冲破当时死亡一般的沉寂。这就是自一九七六年一月八日周恩来同志逝世起到四月五日天安门事件止的一场以诗歌为主要武器的伟大革命运动。这一运动的意义远远不是仅属于诗歌的。它是人民奋起反对窃国篡党的阴谋分子和悼念伟大的政治家的政治示威，诗和花圈仅仅是他们手中的武器。但是，人民的诗歌能够在一场划时代的伟大斗争中起到如此重大的作用，这是中国六十年新文学史所仅见，也是中外文学史所仅见的。

天安门诗歌运动给我们的启示非常丰富，有一点是突出的，这就是诗必须传达出人民的心声，必须代表人民的思考。它的思想性，仅仅在于要能表达人民的思想。一九五八年，人民的诗歌创作出现过高潮。周扬和郭沫若为之编选了一本《红旗歌谣》。大跃进民歌表达了中国人民要求结束落后贫困的真诚愿望。像《我来了》那样的激情的呼喊，的确显示了人民的力量，那是人民的心声。但大跃进民歌的某些“浪漫主义”的东西，却与当时的共产风、浮夸风紧密地联系着，就这一倾向而言，它的感情是虚假的，它当然概括不了生活的真实。《天安门诗抄》无畏的战斗精神启示了我们的诗歌：那种与国家兴亡、人民疾苦漠不关心的“豪言壮语”不值分文！天安门诗歌运动，打破了十年的沉寂，填补了十年的空虚。在它带动之下，自一九七六年十月六日开始，我们的诗歌可以说是经历了一个起死回生的过程。那个金色的十月，开始是欢庆胜利的鼓点；而后，在狂欢逐渐平息的时候，人民开始回想那噩梦一般的日子，出现了许多缅怀革命先辈、歌唱革命传统的诗作；随着人们对历史和现实的认识的加深，诗人们开始诅骂那已逝的黑暗，控诉那黑暗造成灾难；而且，诗人们在探究造成这一历史性悲剧的原因，他们决心不让这样的历史倒退重演，于是，呼唤社会主义民主和法制的声音，就成为当前诗歌的强音。

三十年，诗歌经历了重大的历史变革。这就是，全国解放使得我们能够以更大规模、更有力的形式把诗纳入为最广大的公民群众服务、为现实斗争服务的轨道。我们的诗歌，找到了产生它的真正的土壤，这便是人民的生活。我们的诗，在常青的生活之树上结出了现实的果。在光明到来之前，诗人诅咒黑暗；后来，追求结束了，投下了巨大的光明，诗人们真诚地唱起了新生活的颂歌。但是，只有颂歌，看不到光明生活的阴暗面，而没有斗争的歌，这诗歌便是跛脚的。解放以来，诗变得不那么缥缈了，变得可以捉摸了，这是进步。但是，一味的歌颂，把诗变成了空中的音乐，离开生活就太远了。经历了一九六六——一九七六的动乱，诗又从云端落了下来，现在，它在现实的痛苦血泊中沉思。

首先出来表达人民这一深沉思索的，是一批愤怒的诗人。他们有的已经沉默了二十年。二十年被剥夺歌唱的权力，这对于一个歌手来说是何等严酷。但诗人们的愤怒却不属于他们自己，而是属于人民——为人民而愤怒！这有点像五四时代的郭沫若，那时，国仇、民恨、个人的悲哀集于一身，而化作火山爆发式的诗情、怒吼的时代的狂飙。我们现在，已经预感到火山即将喷发，狂飙即将卷起。

一九七六年由悲哀、愤怒、接连不断的斗争，最后是胜利的狂欢，编织而成。诗歌适时地歌唱了这一切，《天安门诗抄》是它的值得自豪的代表；从一九七七年想起到今天，在我们当代优秀诗人的主题中，仍然只有两个字：爱和恨。他们爱那一九七六年骤然而至的金色的秋天，歌唱这秋天的“如期归来”，歌唱那驱逐了黑暗的“光的赞歌”，歌唱“又有了诗歌”的中国，诗人和人民都获得了一九四九年以来的第二次解放。他们又像三十年前歌唱新中国的诞生那样，歌唱新中国的再生。诗人们又一次为自己新生的父母之邦唱起赞歌。不过，这激情的赞歌却不显得那么单纯了，它溶进了新的成分，它包罗着愤怒和仇恨。这时期的诗歌，爱与恨、悲与喜、恩与仇、歌与哭总是难解难分地搅拌着。邵燕祥的《中国又有了诗歌》无疑是一首歌颂今日光明之歌。但他的歌颂中分明有着巨大的愤怒，他质问：“无声的中国早变成有声的中国，为什么思想和诗歌又遭到禁锢？”他呼喊：“还我笔，还我歌喉，我要唱人民的爱情，革命的恩仇！”他的欢乐歌中分明有着不可抹去的哀痛：

> 多好啊，今天，如果孙维世和郭小川
> 也带着爽朗的笑声，重来到队伍中间！

邵燕祥热情不减当年，他没有忘记把二十年前的歌声继续下去，一九七九年他唱出《中国的汽车呼唤着高速公路》，这是顺应时代要求的呼喊，但他的声音已经不像二十多年前那样的单纯和欢欣，他强忍着要爆炸的愤怒，理智地唱道：

> 空话不能启动汽车！

豪言壮语也不能铺路。
但我们难道还不能铺一条。
高速公路——
有这么多的痛苦,
有这么多的愤怒,
甚至有这么多的血肉
化为我们特有的混凝土!

白桦的《我歌唱如期归来的秋天》也是颂歌,但他的歌辞包含着严正的谴责:“绝大多数中国人终于又有了舒畅的笑容,会议上又能听到出自内心的发言”,这是在谴责那没有笑容和充满言不由衷的发言的时日;“埋头苦干的人已经不再是罪人,开始得到应有的爱戴和称赞”,这里,在谴责那历史的颠倒和荒唐!同样,公刘的《献给宪法第十四条的恋歌》,也不是温柔而甜蜜的恋人曲,它也全然无法消隐人民的愤怒。至于白桦的《阳光,谁也不能垄断》,与其说是一曲太阳赞,不如说是对于妄图垄断太阳以营私者的激烈的抨击。艾青的例子更为显著,《在浪尖上》是一首英雄歌,这是艾青重新歌唱以来比较宏大的一首诗作。他把它献给了天安门广场上的一代在浪尖上勇敢飞翔的青年,但在这一曲庄严的英雄歌里,当代爱与恨糅合在一起的主题重视了。“这是什么战争”?诗人以极大的义愤向人民披露:“好像不是战争,却都动用了刀枪;说的是,‘触及灵魂’,却造成了千万人的伤亡”!诗人在启发我们思索,而且在直言不讳的要人们思想:它从那里来?什么样的土壤和菌种培植了这些祸国殃民的“妖孽”?中国的诗歌爱好者和人民将会发现,举过“火把”、高歌“向太阳”的诗人回来了,他带来的不再是欧罗巴带回的那支芦笛,而是一支进军号。

一九七八年以来的诗歌,那种千篇一律的应景之作虽然还是大量的,但是已被唾弃并在消失中。它的主调是我们所介绍的:庄严雄壮的旋律中洋溢着众多的欢快,但却交织着悲愤。这是二十世纪与二十一世纪交替的宏伟时代的英雄交响诗的主调。应当说,这是新时代的"光明赞歌"。中国人民不会忘记划破漫漫长夜的光,中国诗人也不会忘记给他们以新的生命和新的灵感的光。诗人们在经过黑暗之后重新发现了这奇妙的"没有重量而色如黄金"的物质,他们歌颂这物质,并且把自己也融汇入这燃烧的运动之中——

我的骨骼就储存着磷——
大约能蘸八千根火柴棍,
哎,果真能够八千次爆发希望的火花,
我倒甘愿在光明中化为灰烬。
——公刘:《为灵魂辩护》

三十年诗歌历史的最后一页便是这样写的。要是它有力量,力量就在于它代表了人民的思索。在黑暗笼罩的岁月里,人民被剥夺了一切权力,而"思索是唯一没有被剥夺的特权"(白桦:《春潮在望》),但在多数诗中,却看不到这种思索。我们不能把那些鹦鹉学舌当做独立的思想,也不要把流行口号等同思维的能力。在当前,我们诗中的思想不是太多,而是太贫乏,废话充斥着我们那些质量低劣的诗篇。代表人民思想的语言,哪怕只有一句,也会不朽!空洞的华词丽句只是稻草人。

现在,我们走过了三十年的不算太短的路。回顾来路,是弯曲的,坎坷的。生活扭曲着前进,诗歌也扭曲着前进。有时也是倒退,但主要是前进。我们庆贺新诗三十年来的成就,我们也惋惜三十年道路的多艰。可喜的是,我们从来没有失去我们的希望,我们望见了汹涌而来的春潮:

我是那样真切地感到了你的临近,
我的血液和祖国的江河一起在转暖;

冻木了的嘴唇已经可以跟着你唱了，
凝固的眉头已经开始舒展。
——白桦:《春潮在望》

1979年3月29日初稿、
1979年5月4日二稿于北京大学

他的诗，由钻石和波涛组成*

——谈李瑛的诗

当代这位诗人，对我们都不陌生。我们能从众多的歌唱中，辨认出他的声音来。这位前北京大学文学院的学生，在解放战争的隆隆炮声中随军南下，三十年来，戎装在身，他一直是个战士。"从战士的脚步获得了节拍，从炮火的红光获得了色泽"(《读萨阿达拉的诗》)。人民战士的生活、思想、情怀，是李瑛诗的"三原色"。他以此在他的诗的调色板上调融出那令人目眩的色彩来。这是李瑛的创作的基础。他总是用战士的眼光观察社会，审视自然，并赋予中国普通士兵的性格与情怀。他的抒情主人公的形象，始终都是战士。

三十年来，他几乎遍走全国。他观察社会的、特别是军队的生活，他也感受一切山水之美。他说："我走过的山川成了我生命的一部分"。但他从不把自己看做纯粹的"山水诗人"。他总把热爱祖国和人民的激情，寄托在山水之间。李瑛特别爱山，他认为，没有山就没有我们的革命，我们今天的一切是从山沟中来的。李瑛把山的形象和战士的形象融在了一起：雄伟而平凡，质朴而崇高，坚韧而持重。李瑛写山，写水，写花，也写云，但总是一位士兵在感受，在抒发，在咏唱！有时，天边涌来云涛，他能够想象这在保卫过海的士兵眼中，一定"看去雾也像那碧波一片"；有时，天顶悠悠飘过一朵云，他会蓦地想起战争岁月中"甚至没

---

* 此文初刊1979年10月10日《诗刊》1979年10月号。据此编入。

有一片流云”的贫困的山区母亲；有时，他会用“一朵云被分成两半”来表达中国士兵对兄弟之邦朝鲜的国土被分割的痛苦。的确，在士兵眼中，云彩也是严峻的。当然，李瑛笔下出现过许多美丽轻柔的云，那只是由于新生活在它的忠诚保卫者眼里泛出了异彩。“谁在清早穿一身白罩衫，比五月草尖上的云彩还要轻”(《养鹿姑娘》)，这朵云就秀丽。战士——诗人眼中的云影波光，总是被恰当地寄托着戍边征战的人民子弟兵的壮丽情怀。

在一首题为《战斗的城》的诗中，李瑛写道：

> 中国，不只在马哥孛罗的航海日记里，
> 她，有闪光的丝绸，但也有火药！

一方面有丝绸的闪光，一方面又有火药的爆炸，这，正是李瑛的诗。李瑛有他自己的抒情个性。我们不仅可以把他和不是部队的诗人加以区别，而且可以把他和同是部队的诗人加以区别，他已是一个有着独立的艺术风格的诗人。作为部队的一个成员，他的诗同样充满了战斗旋律，体现了中国士兵素有的刚毅勇武，但却又有自己的艺术表现方式。他的诗：精致，细腻，甚至有些华丽。李瑛怀着对保卫祖国的士兵的挚爱，来写他的每一首诗。他曾说，不能把我们的战士理解并表现得粗鲁、刻板和僵硬，我了解他们，我特别要写出他们美好的情操，我要表现他们生活的诗意。也许，有人以为李瑛笔下显得文雅的战士形象，未免缺了什么；但不曾缺少的却是李瑛个性化的艺术追求。李瑛当然不是雄而不丽的诗人，却也不是丽而不雄的诗人。他把雄丽如水乳般化在他的诗中。李瑛以自己特有的抒情个性来写豪迈的、粗犷的生活与斗争，他把雄丽、刚柔这些看来对立的特点揉合起来，形成了他自己的艺术风格。

这特点，在李瑛国际题材的诗篇中，表现尤为明显。李瑛认为，中国诗人应当向着全世界发言，应当对世界上发生的重大事件表示自己肯定与否定的意见。诗人的目光向着地球的每一个角落。他的心中,汹涌着被压迫民族斗争的风浪,他的笔下,震响着求解放人民战斗的呐喊。中国诗人与世界隔绝的时间太久了。在这点,李瑛有理由自豪。诗人的房门,向着烽烟滚滚的世界敞开。李瑛的诗中,有燃烧的血,有箭镞的雨,有斗争中崛起的英雄民族的形象:火团般站立,狮子般迈着阔步。《玩具》有让人战栗的主题。《斗争》写一个同样悲惨的故事:一个生活在资本主义世界的作家,为了抚养他的四个女儿而愿意出卖他的眼睛。李瑛向他发出深情的呼唤:

不要!不要去向大人先生们乞讨,
不要用你的眼睛,
　　换一个生锈的太阳,
　　换一片黑暗的大地,
　　换一顿可怜的早餐;
假若你出卖了一双眼睛,
　　你的祖国便失去了一双眼睛……

这语言,已经没有了那种流云和露珠般的轻柔,愤怒和斗争充溢在他那仍然精美的形象中。尽管如此,他的声音仍然不是粗犷的。诗人说,假若你出卖了眼睛——“那么,你将怎样在傍晚找回你出去玩耍的女儿,怎样面对着她们,把她们抱在怀里。”这才是华美的形象和精巧的构思活跃着的李瑛坚强的诗之魂。这是斗争中的战士的心血凝成的。这颗心,不仅为他的祖国人民而跳动,也为世界受苦的和斗争的人民而跳动。

他写的是一种壮丽华美的战斗之歌。亚洲山野美丽的金达莱,黑非洲谷地盛开的中国茶花,海洋上闪光的浪花和飞鸟,地层下坚硬而晶莹的钻石,装点了李瑛这些雷鸣电吼的诗篇。他用“鞭子抽打陀螺”来形容他对一个被压迫的国度的同情;他用老人乞讨的破草帽里"只有一天的冷雨和小姐的唾液",来表达他为一个饥饿的民族的控诉。李瑛就是这样,用青铜来装饰觉醒民族的胸膛,用利剑来比拟人民奋起的目光,用深情而精细的语言——"没有星星的夜,一声枪响,打穿了窗纸,惊醒了黑非洲",来描写那令人警醒的"燃烧的血"。

以华彩写粗放,以精致写豪迈,李瑛手里,仿佛有一柄锐利而灵巧的雕刀,能够把质地坚硬的象牙镂空成三十三层精致的象牙球。读李瑛的每一首诗,总感到他在精心镌刻一件艺术品。他的诗,从不是一蹴而就的敷衍之作。他总让每一个字很熨帖地站在自己的位置上,他总赋予每一个对象以新颖美妙的形象。李瑛不停地写了三十年的抒情诗,从最早的《野战诗集》到《难忘的一九七六》,他出了十八部诗集。应当说,构思和某些形象的重复是难免的,但就主要倾向而言,他总是日新又新地创造着每一首诗——每一件艺术品。当代诗歌粗制滥造的东西太多了,对照起来,李瑛始终一贯的、严肃的创造精神是令人生敬的。

的确,李瑛的气质是内蕴的,他很少火山喷射般的力量的爆发。每个诗人都有属于他的确定的才情,都有属于他的独有的呼喊方式。李瑛的呼喊并不粗放,他极少有那股"野性"。他的歌唱不是不假思索的。即使是愤怒的喊,乃至悲哀的哭,深沉如海的哀思,在他,都显得缜密而总有经过推敲的字斟句酌。《一月的哀思》是极哀痛的撕裂心灵的呼喊,但"至哀无文"仍然对这首诗不适用。即使在这首诗中,李瑛也没有放弃他精心构思、精心塑造形象的一贯追求。我们不能要求李瑛改变他华美的声音而使之"奔放豪迈"起来,那样,李瑛的个人风格也随之消失了。应当允许诗人有各自的歌唱和塑造艺术形象的方式:

> 他用闪闪的钻石作语言,
> 他用滚滚的波涛作韵律。
>
> ——《听一位黑人朋友朗诵诗》

这就是李瑛，这就是李瑛的诗，用钻石和波涛组成的诗。

凡是诗人，总能从对祖国和人民的爱中得到灵感。海涅说，“我的心胸是德国感情的文库。”李瑛诗的力量，源于对人民的挚爱。一个霜降时节，战士值夜归来，刺刀上凝结着昨夜的霜。一缕情思升上心头，诗人想起了一个普通村庄的普通大娘：“大娘呵，大娘，我不能到你那里，去替你加一件衣裳”（《霜降》）。在这里，人民的儿子向伟大的母亲遥寄挚爱之情。他的笔墨是细腻的，甚至是有点缠绵的，但却有着坚韧的内在的力。李瑛常常把这种对人民的热情倾注在母亲的形象之中。《过小河》：他想起一位为子弟兵洗衣而被杀害在河心的大娘。人民不朽，他无限深情地看到：“当年那块洗衣石，像是大娘一颗心，日夜跳动在深山里。”《深山行进》：这里又有一位母亲，她贫困，但她却慷慨：用仅有的一粒盐，为战士冲洗伤口；用仅有的一把米，为战士熬粥暖身。他从不用赤裸裸的呼喊来表达他对祖国和人民的情爱，但我们从这些亲切的形象中，感受到了诗人心中奔腾的激流。

在李瑛看来，诗是战斗的，也一定是艺术的。阐发诗的思想力量，仅仅在于通过艺术。离开了艺术的诗，也将是失去了内容的诗。对祖国命运的思考，对人民未来的祝愿，决定着李瑛诗的思想力量。但他不满足，他总是为此精心探求独到的艺术表达。一条普普通通的小河水，它是闪光的，飘动的，清亮的，李瑛想象说：“草原牧女又多了一面镜子，马场小伙又多了一条带子，乳厂师傅又多了一根弦子，亮晶晶光闪闪的小河水”。只用三个比喻，说尽了这条无名小河的美妙。一个沙原上的平凡的“傍晚”，李瑛也尽心吟咏。当它在勘探队员篝火的跳荡下出现，李瑛说：“太阳像只红灯，一半沉进沙浪”；当那些畅谈明天的人们头顶出现了星光，李瑛又说：“月亮像只红灯，一半浮在沙浪”。开始是太阳，后来是月亮，一个沉下去，一个升起来，同是一盏“红灯”，装点这沙原上其妙无比的“傍晚”。这当然有诗人的一颗巧心，但难道不是极为缜密的观察体验造就的奇迹?

李瑛善于选择最富典型意义的形象,以唤起人们的激动,而这,正是诗歌抒情的目的。当别人习惯于照直地说:"帝国主义的弹片杀死了朝鲜的妇女儿童"时,李瑛不仅用鲜明生动的形象启迪读者,而且"加重"这形象使之压迫着你,如《弹片》:

> 它也许杀死了年轻的母亲;
> ——她刚梳完头,对镜子微微一笑;
> 它也许杀死了五岁的孩子;
> ——她刚帮助妈妈抱来一捆稻草……

只讲杀死年轻母亲和五岁孩子,还不能带给人以令人窒息的悲愤,他只加上一个神态:对镜微微一笑;加上一个动作:帮妈妈抱来稻草;便把帝国主义的暴虐全盘托出,调动了读者的情感。在李瑛笔下,也许根本不存在不借助形象喊出的政治口号。他一般不说"我抗议"、"我控诉",他的抗议和控诉是用血淋淋的暴行的画面来表述的。他抗议沙皇俄国掠夺我国领土是:"像切走一块蛋糕";他控诉他们杀害中国人民是:"用我们婴儿的襁褓擦亮了刺刀"。李瑛总是用形象说明着思想,即使在用诗回答事件的必要性时,也力图避免抽象的阐述。修水库,他不会说:这为了征服洪水,而会说:山要一面镜子,云要一只杯盏,万顷小麦要一瓶足够的奶汁,快乐的小鸟要一片树林作摇篮。

李瑛遍行祖国大地,到处都留下他辛勤的足迹,他曾沿着红军长征的道路,追逐过先辈雄伟的进军。他走一路,也唱了一路。他把中国的昨天和中国的今日对比着写,把胜利的欣悦和夺取胜利的艰辛对比着写,这使他的抒情诗具有了生活的深度。他会在古老的黄河渡口,配上一个鬓边簪着野花的年青的"艄公"(《过渡口》);他也会通过一架"像茫茫的雪原一般古老"的白桦皮做的小摇车,来衬托鄂温克人的今日生活(《小摇车》)。李瑛利用这种对比，娴熟地再现了截然对立的情景，在有力的图景中，在单纯的对照里，有效地显示持重的感情。《大海骑士》是很突出的：一艘海军小艇在黑夜的风暴里寻找倾覆的船只。阴沉的天宇下，疯狂的风浪中，那小艇在“飞”，在“打滚”，我们望见船头上站着水兵：

> 夜的海上，这是唯一的脉搏了——
> 一只螺旋桨，几颗跳动的水兵的心。

黑夜、暴雨，狂涛、一切是骚动的，仿佛又是绝望的，这是动中之静；然而，在这全然失去脉搏的死寂中，却有着“唯一的脉搏”，这静中有动。通过这对比，这一只螺旋桨，这几颗跳动的心，益发显得崇高。生活素材在诗人手中，他反复揣摩，力求有最新最巧的剪裁，最完美的缝缀。要是让我们在李瑛式的讲求艺术和泛滥成灾的粗制滥造之间选择，可以相信，所有的人都会赞成前者而唾弃后者。

李瑛知道在生活的花的原野上，撷取诗的蓓蕾。他的艺术成就，应当归功于他不仅懂得选择诗的材料，而且还会按照诗的特殊规律改造它。普通的生活，在李瑛那里，会泛出奇妙的诗意之光。歌德说：“在每一个艺术家身上都有一颗勇敢的种籽。没有它，就不能设想会有才能。”艺术家的才能是和勇敢联系在一起的。我们从李瑛平凡无奇的一个形象中，看到了这种勇敢。井冈山上有著名的五大哨口，许多诗人都歌唱过它，说它是炮口，是铁拳，是战旗，是梭镖，是雄碑。李瑛不肯这么认为，他坚持自己看到的：这是黑暗中国大地上的“五堆篝火”。这一不落俗套的形象，使他的诗焕然一新。李瑛总是这样，以他的锦心绣口不竭地创造性地歌唱着。至于想象，当然是生活的启示。生活对于所有诗人是同样优惠的，而想象力的强度，却把他们分出了高低。

李瑛严肃地生活着,而且贪婪地积累着生活。他总是一看、再看,不到真有感受时不轻易提笔。他去过西藏,而且喜欢它,但一首未写。他在酝酿着,他等待生活的发酵。最近写的关于西沙的组诗,那是埋藏了二十年的诗情的喷射。“我的诗是我走过的道路的记录”,他严肃地生活着、写着。一个春天的夜晚,李瑛对我说:“诗人的岗位就是战士的单人掩体。诗应该与刺刀、手榴弹同在。”说这话时,李瑛充满了战士的豪情。

李瑛毕竟不是一个纯粹的抒情诗人,他毕竟是个士兵。对于战士,斗争就是唯一的抒情诗;李瑛的诗,是战士心头的歌。那歌声是,既有钻石的光彩和坚硬,也有波涛的流动和气势。华美和斗争精神在李瑛诗中融汇了。布莱希特在《题一个中国茶树根狮子》一诗中写道:

> 坏人惧怕你的利爪。
> 好人喜欢你的优美。
> 我愿意听人
> 这样
> 谈我的诗。

我想,李瑛也一定怀有同样的愿望。

“五四”六十周年于蔚秀园

一个士兵的歌唱*

——中国当代诗人李瑛

一九四八年，距离人民共和国的成立，还有一年多的时间，在反动统治最严酷的上海，出现了一本新的诗刊：《中国新诗》。在《中国新诗》的首刊上，一位诗人向着黑暗沉沉的旧中国发出了“春的告诫”：

凡是陈旧的姿态都应该改变，
凡是不堪积压的都急速突破。
让生者倔强地爆裂开土地，
让死者埋下去填补他的空位。
啊！那些渴求着光和热的，
我给你们年轻的时间，
过时不再，过时不再。

——《春的告诫》（一九四八年）

写这首诗时，李瑛才二十二岁。年青的诗人用当时条件下尽可能明确的语言，表达了他对“陈旧”与“积压”的否定，表达了他对“爆裂开土地”的“生者”的讴歌。李瑛当时还没有成为革命者，但他的确在宣传一种进步的法则：新的必然代替旧的。中国还是子夜，黎明前的黑暗是浓重的，但诗人对未来满怀着希望。

生活果如诗人所预料的，那些“渴望着光和热”的，终于获得

---

* 此文初刊《中国文学》英文月刊1979年第10期，英文题“A Soldier's—On Li Ying, contemporary poet”；初收《湖岸诗评》。据《湖岸诗评》编入。

了“年轻的时间”。一年过去了,中华人民共和国在隆隆的雷声中诞生了。生活在前进,诗人也在生活的激流中前进。一九二六年诞生在一个铁路职工家庭的李瑛,如今已不年青。他和新中国在一起,整整歌唱了三十年。

李瑛和多数在人民共和国怀抱中成长的诗长,有着一个大体近似的经历:他们在最初,往往是普通的革命战士,后来,成为了诗人。一九四九年的早春时节,李瑛还是北京大学文学院未毕业的大学生。他站在刚刚获得新生的北京古城墙上,谛听长江两岸雄壮的沉雷一般的炮声。这炮声召唤着他。他来不及等取得毕业证书的几个月时间,便参加了人民解放军,作为随军记者,奔向了硝烟弥漫的尚待解放的南方。这个大学时代便初露才华的温文尔雅的诗人,他穿起了军装,显得同样的英武。如今,他一手握着发烫的枪筒,一手举着军号——缪斯的七弦琴已经不够用了。李瑛开始了新的歌唱。

红旗、烈火和硝烟,中国人民挣脱压迫的斗争热情,凝聚在他的第一本诗集《野战诗集》(一九五一年)中。一九五〇年冬,诗人来到了冰天雪地的朝鲜战场。他看见废墟上的火光,看见死亡威胁着没有哭泣的朝鲜女孩,为正义而斗争的战士,为此度过一个又一个痛苦不安的夜晚。“记住这一片废墟!”诗人这么喊着。炮火中锻炼成长的诗人,并没有失去信心。他通过一颗弹壳做成的花瓶,预言人民胜利的“春天”。自从李瑛成为一名士兵,他的诗的抒情形象出现了:一个士兵的歌唱。这就是我们的概括,为真理而斗争,为人类的进步事业而歌唱,李瑛诗中,始终活跃着这样的战士的形象。

战争结束了,中国大地开始了蓬勃的建设。在和平建设的年代里,李瑛唱着优美的抒情诗。但是,在这些诗篇里,从来也没有中断过战歌的旋律。枪声召唤着诗人。六十年代,黑龙江边升起了侵略的狼烟,李瑛以他的诗句,痛击那些穿着社会主义外衣的帝国主义者；最近，李瑛的诗句又和中越边境的自卫反击战的炮火一起射击。义愤填膺的战神，在他优美的诗中咆哮。三十年来，诗人戎装在身，始终总是战士。他走在祖国的大地上，他写山，写水，写鲜花，也写流云。但他华美的形象里，总掺和着士兵特有的严峻。大海的浪花，天空的云彩，都会引起诗人丰富的联想。在李瑛看来，那绚烂的彩云，也不是轻飘飘的：

一片国土被分成两半！
一朵云被分成两半！
一颗心也被分成两半！
——《在军事分界线北侧》(一九七五年)

通过一朵云，他寄托了对兄弟之邦被人为地分裂而感到的痛苦。哲学家看到他应当看到的事物；诗人看到他愿意看到的事物。那么一朵普通的云，甚至使他想起战争年代那贫得“甚至没有一片流云”的山区母亲。他为此唱出了深沉的歌：

我们的山还是贫困的，
但最贫困的却是山区的母亲。
你知道，有什么属于她，
除了自己干枯的双手，瘦瘠的腰身。
她，甚至没有一片流云……
但我们倔强的母亲，
十分悭吝却又十分慷慨，
十分严峻却又十分温顺。
她在山洞——
用仅有的一粒盐，
为我们冲洗伤口，
用仅有的一把米，
为我们熬粥暖身，

而自己却煮着一锅草根。
看她呵,一扰头发,
便用粗糙的手,
一勺勺、一勺勺地——
喂养着战士,
喂养着革命,
喂养着我的横卧在千山万水间的祖国,
以及饥饿年代里,
我们整个民族的命运……

——《深山行进》(一九七二年)

在中国,不了解过去的诗人,肯定不会是深刻的诗人。中国的过去,是用苦难的血水浸泡的。为此,中国的诗人总感受着这个多灾多难的古老民族的忧伤,他们唱了一代又一代的悲歌。新时代的诗人,他们唱着雄壮的调子,他们已经没有了那无尽的哀愁。李瑛是属于新时代的,他唱着今日之歌。但他了解过去,而且也像《深山行进》这样有深度地表现由过去发展而来的今天。三十年来,诗人踏遍祖国大地,他唱着一曲又一曲新生活的欢乐的歌。他行走在黄河岸上,看到远古的余辉漂流在浅滩下的烂篷布上,也就是此刻,他的笔下出现了鬓边插着红野花的姑娘在驾舟飞渡(《过渡口》,一九六〇年)。黄河是中华民族的摇篮,李瑛看到,黄河已经改变了旧日的容颜。但当他歌唱黄河的今天,他仍忘不了黄河的昨日:"一轮轮哭泣的大水车,太疲倦了,已走不动路;一只只吞吐在浪尖上的皮筏子,再不忍看茫茫水路"《黄河故事》(一九六〇年)。李瑛总是在新生活中看到中国旧日的灾难,在仍然是贫穷落后的今天看到中国的新生和希望。他的诗歌形象中,有意地让新与旧、欢乐与痛苦作鲜明的对照,这种对照,造成揭示生活的深刻性。热爱自己的土地,歌唱基本主题。祖国的高山、大海、江河、原野是他的生命。在我们面前,是一个充满着爱国主义激情的士兵的歌唱。激情、力量和信心,即使是戈壁荒滩,也因之而富有生气。你看《戈壁日出》(一九六一年),简直是雄壮威武的新生活的宣战:

太阳醒来了——
它双手支撑大地,昂然站起,
窥视一眼凝固的大海,
便拉长了我们的影子。
……
忽然,他好像暴怒起来,
一下子从马头前跳上我们的背脊,
接着便抛一把火给冰冷的荒滩,
然后又投出十万金矢……

李瑛是中国北方的河北省人。燕赵多慷慨悲歌之士。北方是豪放的,但李瑛的诗,就其主要倾向而言,却有着中国江南诗歌的委婉和细腻。有趣的是,李瑛自己说过,他原是南方人,祖父一代因为贫困才漂流到北方定居。也许正是这样,他的南方式的柔婉之中才透出了北方的刚劲。李瑛的每一首诗,都有着精巧的艺术构思,他总是精心地写他的诗,犹如一个玉工的雕琢。他的每一首诗,都是精美的艺术品,却不一定是雄伟的艺术品。这也许是李瑛的弱点,却未始不为李瑛的特点。在今天中国,新的诗人中能够以自己特有的声音歌唱的并不多,因而益发显出李瑛的价值来。他已经形成了他的不同于别人的独立的风格。中国的读者一般都能从众多的诗篇中,容易地辨认出李瑛的声音。这宣告了他的艺术的成熟。

李瑛的诗是细腻而优美的。他能够敏锐地捕捉客观生活中的美。在南方的山中,他看见:"早晨的雾像无声的雨,山鹰扑打着露珠飞起"(《大井的一堵断墙》,一九五五年);在北国的原野,

他发现:“春从冰缝里溢出来了”(《第一支渔歌》,一九七三年);海滩上一只普通的贝壳,引起他一个奇异而绮丽的联想:

我虽然死了,却留下一只金色的耳朵,
为了倾听,倾听这时代的歌!
——《贝壳》(一九五六年)

一只贝壳,一只金色的耳朵,他只用一个创造性的联想,托出了他对新的时代的全部挚爱。新鲜的发现,又有丰富的想象力,因而普通的生活,可以被表现得极其奇幻,从海滩上一只平凡的贝壳,而飞跃到可以倾听时代之歌的金耳朵,他的想象力是惊人的。而尤为可贵的是,这绝非一个偶然的例子。这里有条普普通通的小河,其实只是一条平凡得不能再平凡的人工挖就的灌溉渠,但在李瑛看来,却是:

草原牧草又多了一面镜子,
马场小伙又多了一条带子,
乳厂师傅又多了一根弦子,
亮晶晶光闪闪的小河水。
——《亮晶晶光闪闪的小河水》(一九七三年)

当他审视自然,观察社会,表现了充满柔情的一往情深,在这个时候,他像是一个纯粹的抒情诗人那样唱着优美的歌。但李瑛的风格不仅仅是柔婉的,他通过华丽的形象,精致的语言,绘出了炮火的红光,响起了进行曲的节拍。他的诗,表达了一个中国士兵素有的刚键。他在一首题为《战斗的城》(一九七三年)的诗中写道:

中国,不只在马哥孛罗的航海日记里,
她,有闪光的丝绸,但也有火药!

这也正是李瑛的诗:既有丝绸的闪光,也有火药的爆炸。中国当代著名的诗人兼评论家张光年认为:“李瑛的诗是写得细致的,细致而不流于纤巧。一般地说,他能够把细致和刚强结合起来,寓刚健于细致之中。”[①]可贵的是,李瑛能以细致的,甚至是华丽的风格,表现了一个士兵的斗争意志,他的抒情诗人的性格中融进了为正义而奋斗的勇士的豪情。

外在的委婉,是一个诗人的艺术素质造成的;而内在的刚健,却源于人民的力量。李瑛的诗,表现了人民的力量。前面提到的那个贫困的山区母亲的形象,正是诗人对于哺育了革命,也哺育了他的人民——伟大的母亲的概括。李瑛说:“我热爱我所生长的年代和土地,是她们使我逐渐认识了人民和祖国,认识了斗争和生活,也认识了诗”(《红柳集》后记)。三十年来,李瑛几乎走遍了中国广袤的大地,从海南岛到伊犁,从大兴安岭到澜沧江边。一九五五年,他还沿着当年红军长征足迹进行访问。他把他的感受凝聚在《早晨》(一九五七年)、《花的原野》(一九六三年)、《红花满山》(一九七三年)、《北疆红似火》(一九七五年)等诗集中。他一边漫游祖国大地,一边情不自禁地歌唱,他是这样地爱着他的国家和人民,他什么时候都不能扼制这样激情的倾泻,即使当他飞行在天山的上空,他也要向他的母亲——大地致敬:“温慈的大地母亲呵,你孕育了多少欢乐的生命,一块块彩玻璃,一张张花地毯,我在碧空间向我们的人民致敬”(《在天山上空飞行》,一九六一年)。

这是人民之子向伟大母亲献出的爱。李瑛把这种诚挚的爱,溶化在他的抒情诗中,这成为他的诗歌的基石。深得人民喜爱的长篇抒情诗《一月的哀思》(一九七六年),是悼念人民伟大的儿子周恩来的诗篇,它代表了人民的悼念,表达了人民的情感。这是一首当时以连续三个不眠之夜写成而不能发表,随后,当年十月

---

① 张光年:《李瑛的诗》。

六日人民获得胜利之后，补写了该诗第五章并正式发表的经历了艰辛的诗。在这里，李瑛努力使用如马雅可夫斯基说的那种“奇怪的普通话”，“那种被革命扔到街头上来”的“千百万人说的话”，来表达那浸透泪水和燃烧着烈火的情感。真挚沉痛的抒情和庄严尖锐的政论，在这首气势宏大的诗中得到了高度的统一。李瑛的诗，总是这样与人民的爱憎保持着最密切的联系。

李瑛了解人民昔日的苦难，也了解人民为改变贫困，创造未来而拥有的坚韧和勤奋，因而，他能在他所看到的事物上面寄托他对祖国和人民的炽烈的情怀。他曾漫行在荒凉的戈壁滩上，那里默默无闻的植物：红柳、沙枣、白茨，使他产生了对人民的激情。特别是红柳，他是如此的喜欢这个名字，他把它当作自己十年诗选的集名：《红柳集》（一九六三年）。李瑛这样歌唱那些不引人注目的植物：

> 它们很贫穷，
> 甚至没有一片丰腴的叶子；
> 它们很单薄，
> 甚至不愿占空间更多的位置。
> 它们索取得最少，
> 甚至没有一点雨露的滋润；
> 它们献出得最多，
> 甚至自己的影子……
>
> ——《红柳、枣、白茨》（一九六一年）

这是对中国人民的素质的形象概括。中国诚然还是贫困的，但中国的确存在着顽强的生机，它充满了希望，如同沙漠上与风沙、干旱、贫瘠苦斗的红柳、沙枣、白茨。

中国诗人与世隔绝的时间太久了，唯有李瑛是少数几个例外者之一。诗人的眼光向着世界。透过高山、大海，他注视着变幻的烟云。李瑛的感情不仅与中国人民同脉搏，而且一直关怀世界人民的进步事业。“我虽然住在北京这条僻静的窄小的胡同里，但风暴般的世界，却紧摇着我的房门”，李瑛这么说过。他的房门向着世界敞开。一个春天的夜晚，李瑛对着我说：“我觉得，中国诗人应该向着世界发言。”李瑛正是这么做的。他的《献给火的年代》（一九六四年）和《站起来的人民》（一九七六年）这两部专门表现国际题材的诗集，在他近二十部诗集中，占有不可忽视的地位。

亚洲山野的金达莱，非洲谷地盛开的中国菜花，海洋上的浪花和飞鸟，世界各地吹来的风，一齐凝聚在李瑛诗中。这类诗中，他对祖国和人民的爱扩展了，他爱世界上被压迫的人民，以及创造着人类财富与文明的人民，他为他们写出一行行热情的诗句。他献给火一般年代以火一般的诗。一个普通的中国士兵，用他战士的宽广胸襟，包容了斗争中的不同肤色的兄弟姐妹的义愤和希望。非洲丛林中的“箭镞的雨”，英雄人民为自由而献出的“燃烧的血”，不屈的布拉格，愤怒的巴拿马——

> 谁曾见过这样巨大的伤口，巴拿马，
> 像你这把祖国腰斩的河流；
> 谁能想象有这样的历史，巴拿马，
> 它插在你心上，如一柄匕首！
>
> ——《六十年，写给巴拿马人民的诗》（一九七四年）

李瑛的这些诗中，矗立着世界人民的英雄塑像：青铜装饰了他的胸膛，利剑象征着他的眼睛，头上，是鲜红的阳光，脚下，流动着万古不息的河流。在这样英雄交响乐般的气氛中，他的诗，画出了中国诗人美好的心境。诗人为日本人民送来的樱花欢呼：“东风吹来了一片红云，快让我们打开窗子，打开门”；向着地中海的风烟，诗人真诚地希望：“既然你是三大洲环抱的一湖碧水，就该是三大洲，灯火相映，歌声相闻”。然而，在当今的世界，这些和平、友谊、美好的期望，只能用各国人民的斗争来实现。

一个士兵站在古长城上歌唱，他唱了很多的歌，但他的主题也许只有一个：斗争。中国诗人和他的外国朋友谈论胜利，他认为不仅是蓝色的星星，耀眼的灯光，也不仅是滴露的鲜花，清晨的鸟啼，谈论胜利，“首先应该谈论枪刺”。这是诗人的结论。中国诗人听到一位生活在资本主义世界的作家想出卖自己的眼睛以养活四个女儿，他诚挚地告诉他：

不要，不要去向大人先生们乞讨，
不要用你的眼睛，
　　换一个生锈的太阳，
　　换一个黑暗的大地，
　　换一顿可怜的早餐，
假若你出卖了一双眼睛，
　　你的祖国便失去了一双眼睛……
　　——《斗争》（一九五七年）

他的结论仍然是斗争：“斗争便是粮食！斗争便是河水！斗争便是土地！”李瑛的确是一个弹奏优美乐曲的歌手，他的声音柔和而华彩。但是，当他谈及严肃的论题：生存、主权、独立、自由以及庄严的人类和平时，他的声音便充满了严峻，甚至显得严厉。他毕竟不是一个纯粹的抒情诗人，他的的确确是一个士兵：

对于真正的战士，
斗争就是唯一的歌，
纵使镣铐扣进你的皮肉，
请问：它又能锁住什么？
　　——《写在贺年片上的诗》（一九六〇年）

李瑛怀念他在北京大学学习文学的那段难忘的时光。中国古典诗人和“五四”以来前辈诗人的作品给他的启示。他怀着同样的深情，谈起世界诗人的一系列光辉的名字：惠特曼、裴多菲、艾吕雅、何塞·马蒂、马雅可夫斯基，乃至于当代的聂鲁达、希克梅特、阿尔贝蒂。在北京大学，李瑛听了朱光潜教授讲授的"英诗"，俞平伯教授讲授的《诗》，他还结识了冯至、李广田等前辈诗人。李瑛和中国当代著名诗人郭小川、贺敬之、张志民等有着深厚的友谊。一个诗人的成熟，其条件是多方面的。李瑛是勤奋的，他已经出了十八本诗集。一本歌唱中国新生的《早春》集，正在装订之中，那是他的第十九本诗集。不久，他将着手编选三十年诗作的选集，那将是他的第二十个里程碑。李瑛尽管到了他的艺术的成熟期，但是他说："已经出版的十八本诗集，我愿意它们只是我的尝试。我要前进。我要作新的突破。"说过这话，他又感慨起来："我多么希望能有机会把我大学里读过的书再读一遍！可是，繁重的工作已不允许我这么做了！"一九五〇年以后，李瑛一直担任编辑工作，只有午休和夜晚是他的写诗时间。

"他用闪闪的钻石作语言，他用滚滚的波涛作韵律"（《听一位非洲黑人朋友朗诵诗》）。这也是李瑛的诗，一个士兵的歌唱。钻石的光彩和坚硬，波涛的滚动和咆哮，华美和斗争精神，完美地在他诗中融汇了。德国的布莱希特（一八九八——一九五六）在《题一个中国的茶树根狮子》一诗中写道：

> 坏人惧怕你的利爪；
> 好人喜欢你的优美。
> 我愿意听人
> 这样谈我的诗。

我想，李瑛也一定怀有同样的愿望。

一九七九年五月二十四日于北京大学蔚秀园。

诗和时代*

有些新诗对现实生活的描摹越来越成为主要倾向，大胆的或绮丽的想象越来越少，而作为诗的语言基本特征的暗示，却被过于明白和透彻的乏味的语言所代替，诗味越来越薄，其淡如白水。《女神》式的狂歌，《死水》般的吟叹，不仅不可复睹，而且成了不可思议的异物。

当然不是所有的诗都如此。造成这现象的原因是多方面的。诗为现实服务应当提倡，但不能要求一无例外地机械配合某一阶段的某一中心任务。诗的思想性不能以诗中是否出现众多的革命辞藻、豪言壮语为衡量标准，标语口号的堆砌并不意味着思想性的加强；同时，具体和真实也不能成为诗的评判的唯一标准。这一诗歌创作上的弊病留给我们的基本教训是：诗应当反映现实，也应当为现实服务，但诗与生活的关系并不是，至少并不主要是直接的和如实的。直接和如实的反映，只是呆板而单调的镜子，并不是诗的基本反映方式。基本方式应当是生活的折光。这种折光，犹如太阳光之在棱镜中泛出异彩一般，可把生活反射得瑰丽而奇妙。

我们的很多流弊，根源在于把诗和生活的关系以及诗在生活中的作用理解得太简单、太直接，以为有什么样的生活就该有什么样的诗；生活是什么样子，诗就应该是什么样子；表现了重大意义的生活的诗的意义一定是同样重大；表现了重要内容的

---

* 此文初刊1979年5月《枫叶》第3期，收《湖岸诗评》。据《枫叶》编入。

诗的地位必定同样重要，反之，成正比。这种鼠目寸光的准则，必然导致鼓励那些苍白的标语口号式的作品、以及那些故作豪言壮语的虚假作品，那些内容空虚并无真情感的以赶浪头为主要特征的作品，如众多的节日应景诗之类。

新时代的诗歌，无疑要表现这个时代，要求它具有现实的意义。但是诗的时代性和现实性的取得，决不是以取消诗人的抒情个性的代价换取的。恰恰相反，无论哪个时代的诗，总是通过诗人自我抒情达到为时代歌唱的目的，总是通过诗人自己的抒情个性自然地流露出观点和倾向。它可以是直接的、更允许间接地表示诗人的主张和抗议，这是诗的个性。不包容个人真情实感的诗篇，也决非是时代的真歌。在中国新诗的今日，诗与现实斗争关系日益密切，现实性在加强，但是诗的个性却在削弱。诗变得越来越被用作记录生活。而不是用作歌唱生活。其实，诗歌创作与现实的关系远不是那么简单的。一首看来不过是朋友应酬之作的诗篇，同样可以反映时代，更不必借助什么政治术语。这是肖三的《自题照片赠老柯》：

休看我饱经风霜模样。
一辈子不失赤子心肠。
这时代说什么“老当益壮”？
来来来，我和你大声歌唱！

这诗题材很小，场面不大，主题也并不雄伟，它只是题写在赠友的照片背后的四行戏谑文字。讲的虽只是自己的“模样”“心肠”，但它连“老当益壮”都否定了，他只想到“大声歌唱”，一个老诗人有这等情怀，可以想见这是多么了不起的盛明之世、前途光明的时代；以此推论，那些健康优美的爱情诗，那蔡其矫式的轻柔的新山水诗，以及悠扬的牧歌般的郭风的“叶笛”，都可以反照出我们时代的侧影来，它们在伟大时代的雄壮交响乐中，可以而且应当和进军号并存！我们的新诗，歌唱了人民共和国的伟大诞生及其成长，诗已被光辉地载入共和国的编年史。生活的确是在不无曲折的、但又是勇往无前地前进着。我们已经前进，我们的前进还不理想。中国新诗应该有更为伟大的未来，这当然要由老一代的诗人和新一代的诗人共同来创造。

《湖岸诗评》后记*

我也有过狂热地写诗，真诚地想当诗人的时日。清醒是伴随年龄而来的。年纪大些了，深感为诗之不易，也深知诗人不是随便可以当的。但爱诗之心不死。在海防前线、在大学，我写诗不多，读诗的热情却从未削减。久之，也常发些议论。

记得是一九五八年，我在北京大学学习。某日，徐迟同志等来找我们。他受当时《诗刊》主编臧克家同志之托，要我们写一部新诗简史。那时年轻，什么都不怕，干起来了。新诗史搞了个初稿，任务算是完成了。此后，诗刊便经常交给我一些写作任务。事情开了头，便收不住，我竟写起诗评来了。

前后一算，我学写诗评，也满二十年了。除了文化革命被迫辍笔数载，我执教之余，大抵每年总写一些。或长或短，以编辑出题，遵命而作的居多。我自知阅世浅、才力薄，但凡事关繁荣诗创作、赞助诗坛新进的，不论题目大小，多半总不推辞。

日子一久，也积有若干。敝帚自珍，总是不忍舍弃。师友关心者，亦多鼓励我拼凑一个集子的。我胆小，不敢；但鼓动者热心，我也动了心。这样，我只好硬着头皮献丑。二十年来诗歌理论批评方面的习作，除《北京书简》拟专集出版外，大抵尽收于此集中了。

---

* 此后记初收《湖岸诗评》，又收《流向远方的水》。据《湖岸诗评》编入。

集名《湖岸诗评》，并无深意。我们这里，有个未名湖，是燕园风景佳丽之地。我家濒湖，多数文章皆作于此，是以名之。

谢　冕

一九七九年盛夏于燕园

读《十老诗选》*

《十老诗选》的作者，十位革命老人都去世了，但他们的声音是永存的。最近十余年，十老为之献身的中国革命，经历了空前的浩劫。在胜利的今日，我们回顾混乱和颠倒的历史，而对祖国大地和人民心头的累累伤痕，不能没有忧虑，也不能不严肃地思索！在这个时候，《十老诗选》出版了。它的昂扬的革命精神，驱散了我们的忧虑，它给我们以信心、以力量、以明确而坚定的方向。

本诗集最早的作品写于本世纪初，最晚的收进了诗集编定的六十年代初期的作品，上下竟达一个甲子，内容是十分丰富的。它是中国旧民主主义革命、新民主主义革命，以及社会主义革命漫长革命历史的形象概括。徐特立同志的《书愤》、《言志》，是年代最早的几首诗之一。《书愤》约写于一九〇三——一九〇四年，徐老当时才是青年。他目睹倡导维新运动的仁人志士被诬为"拳匪"惨遭屠杀，而镇压这一运动的以慈禧为首的反动派反而安富尊荣，因此异常激愤，发出了勇敢的叛逆的声音："为恶既无恶报，为善又无善报；何必安分守己，不做土匪强盗！"这是黑暗王国里一声惊天动地的呐喊，是这位青年爱国者大胆而直率的反叛宣言。《言志》作于一九〇五年："丈夫落魄纵无聊，壮志依然抑九霄。非同泽柳新稊弱，偶受春风即折腰。"一首《书愤》，一首《言志》，均不过寥寥数语，却勾画出一个不屈于恶势力的刚

---

* 此文初刊1979年8月21日《光明日报》，初收《湖岸诗评》。据《光明日报》编入。

强不阿的形象来。

十老的青年时代,正是战乱频仍,国事艰危的年月。那时距离十月革命的兴起,还有一段长的时间,天空是黑暗的。十老的诗篇,表现了那时代青年的苦闷,也表现了他们的反抗。吴玉章同志一九〇四年的自题相片诗:“中原王气久消磨,四面军声逼楚歌;仗剑纵横摧虏骑,不教荆棘没铜驼”即其一例。作者那时是留日学生,参加了拒俄运动。仗剑纵横,拯国土于危亡,很表现了一个革命者的英姿豪气。林伯渠同志写于一九〇六年的《游爱晚亭》:“欲把神州回锦绣,频将泪雨洗乾坤。兰成亦有关河感,愁看江南老树�”,也传达了那一代青年忧世之情,报国之志。青年时代的十老,无一不是把人民利益看得重似山岳的人。他们以身许国,万死不辞,这种精神,凝聚在十老闪光的诗篇中。

诗是心窗。优秀的诗作,总能真切地展现诗人的个性和人格。十老都是革命者,又都是诗人,他们的诗真诚地抒发了他们的革命情怀,从而展示了诗人的人格光辉。我们说十老的诗动人,首先是他们伟大的人格动人。他们早年即献身革命,为挽救民族危亡而奔突驰走,流亡、坐牢、甚至流血。他们的诗篇是血泪凝成的。熊瑾玎同志《四十二岁留影》有句:“亲朋漫念风尘苦,正要艰难著此身”,正是革命者对于艰苦恶劣环境的挑战之声。艰苦压不倒他,牢狱也屈服不了他。熊老有一组极其感人的坐牢诗:《入狱》、《闻端绶亦被捕》、《接端绶出狱后来信》、《整容》……端绶是熊老妻子,熊老狱中闻她亦被捕,作诗勉之:“我已在螺绁,君胡入网罗?艰难应共任,患难喜同过”。我们从诗中看不到那种陈旧的生离死别的愁苦,看到的却是敌人为之胆寒的乐观战斗精神。夫妻二人先后都被捕坐牢了,不仅无悲,甚或有“喜”,“患难喜同过”,这是艰苦岁月里最可宝贵的战友的情怀。钱来苏同志著有《孤愤》、《初喜》诸集,是位多产的诗人。诗选选钱诗的第一首,题目便是一篇充满战斗激情的“孤愤”之作——《倭寇肆虐，连陷名城，食肉者无谋，执戈者不战，时事如斯，宁复忍言。我辈书生，斧柯不假，请缨无路，揽镜自伤。唯此忠愤，歌以当哭，良朋昆季，愿共勉旃》："老夫宁作封侯想，斩得楼兰死亦甘"，这里跳动着诗人为国为民的一颗丹心。

诗集选了续范亭同志写于一九三五年的《哭陵》和《绝命诗》。这些诗篇，是当年震动全国的一个壮烈事件的记录。当时，续老去南京呼吁抗日，目睹国民党当局的腐败，到中山陵痛哭，作《哭陵》。诗中尖锐地抨击了现实，"战死无将军，可耻此为最"！哭陵后，作者在中山陵上剖腹自杀，留下了《绝命诗》二章。他的自杀是对国民党政府的抗议。续老在《我的自杀》文中说："当我在中山陵园自杀的时候，我深信我这一刀，是能够影响到希特勒和日本帝国主义的，并且连中国汉奸之类也给他点疼痛"。这说明，他的剖腹自杀正是杀向侵略者及其帮凶的一刀。自杀未遂，续老遇救。"愧我空留一点血，依然国难又秋深"(《自忆》)，"飒飒西风吹逝水，入秦战士愧生还"(《函谷关》)，他不只一次用诗句表达未能一死以唤醒国人的自咎。这些生命化成的诗，是匕首，是投枪，也是炸弹。从徐老的《书愤》、《言志》，到熊老的狱中诗、续老的绝命辞，十老的诗篇，被一种崇高的忧国忧民、为国为民的情感牵系着。"真骨凌霜，高风跨俗"，但都是无产阶级的真骨与高风。展诵这些震撼心灵的诗篇，我们会想到，中国革命是用多少这样可歌可泣的诗写成的，我们应当百倍珍惜这些血写的诗，血写的革命。

《十老诗选》让人"怀旧"，让人怀念那难忘的革命岁月。当我们今天面对着被林彪、"四人帮"摧残了的革命传统时，这种怀念尤为殷切。"历年征战未离鞍，赢得边区老少安。耕者有田风俗厚，仁人施政法刑宽。实行民主真行宪，只见公仆不见官。陕北齐声歌解放，丰衣足食万家欢。"这是朱德同志的七律《步董必武同志原韵》。这里描绘的是三十三年前的延安。法制、民主、宪法、公仆，丰衣足食的人民生活……这三十三年前被总司令喜悦地歌唱过的题目，今天仍然像陌生事物那样被我们谈论着。革命胜利三十年，这些延安时代的传统，本应得到继承和发扬，但是，没有！总司令这首诗使我们感到不安和惭愧。十老的诗中，不仅有艰苦斗争的记录，有对英雄人民的歌颂，有对革命传统的形象描绘，更有着对人类美好未来的向往。十老诗选不仅属于历史，而且也属于今天和未来。

诗选所表现的这上下六十余年的斗争，是血与火的斗争，艰苦卓绝是空前的。但表现这一斗争的诗，却是乐观而自信的。革命英雄主义和革命乐观主义，是十老诗的灵魂。这种精神在朱德同志诗中表现得十分鲜明。他是千军万马中涌现的“金刚百炼一英雄”，他正指挥着千军万马进行夺取全国胜利的浴血战斗，但他却轻松地说：“战事从来似弈棋，举棋若定自无悲”。他的《冀中战况》描写了燕山赵野险恶的战争风云，“河旁堡垒随波涌，塞上烽烟遍地阴”。令人意外的是，朱总却以全然恬静的心情为此诗作结：“沧州战罢归来晚，闲眺滹沱听暮砧”！朱德同志诗朴素如他的为人（续范亭有句曰“时人未识将军面，朴素浑如田家翁”），是传神的笔墨，他的《寄语蜀中父老》是人民伟大的儿子向养育他的父老乡亲的宣誓诗，但通篇不事渲染，只是极朴素的二十个字：“伫马太行侧，十月雪飞白。战士仍衣单，夜夜杀倭贼”。十月飞雪，北国早寒，征人衣单，但杀敌不懈。形象简朴，富典型性，又出以入声韵，表现了险恶，又表现了决绝。这样的诗，不用华词丽语来装饰，“一语天然万古新，豪华落尽见真淳”，它的艺术力量是持久的。

十位革命老人的诗作，共同性是很明显的：百折不挠的革命毅力，中国人民和中国共产党人的浩然正气，极可宝贵的革命风格和革命传统……可以说是诗写的革命教材。十老的诗有很强的生，是自觉地为政治服务的典范。但这种服务，路子是宽广的，方式是灵活的，艺术是丰富多彩的：大自国事兴衰，小至穿衣吃饭；庄严壮烈有绝命之笔，轻松活泼有赏月看花之兴；有的直咏国运民情，有的托物借景曲写个人感兴；……凡斯种种，在革命诗人笔下，总能为革命斗争服务。十位老人的诗，个性也颇明显：朱德诗不喜用典，用语朴实，味吸醇厚；董必武诗古拙沉雄；林伯渠善于即景言情，清新漪秀；吴玉章怀友诸章深情浑厚；谢觉哉诗新奇，时有谐趣；徐特立诗通俗平易，格调极高；续范亭壮烈；李木庵悲慨；熊瑾玎旷达；钱来苏雄浑。

《十老诗选》的编选工作，一九六二年在董老热情赞助下开始进行。其中朱、吴、徐、谢、熊五老诗系自选，董、钱二老诗代选经本人核定，其余诸老诗也由家属代选后经有关同志核定。周振甫同志为本书所作注解，并经诸老或选诗人改定，翔实而精当。这是一本编辑作风严肃认真的具有权威性的革命老人诗选，不仅有很高的文学价值，而且也有很高的文献价值。这本诗选终因文化大革命的发起而泯没十余载。但真理是封锁不住的。于人民有益的事业，绝不会永久地被压制。今日，《十老诗选》终于伴随着我党我军优良传统的恢复而回到了人间。所憾者，它的作者们——我们敬爱的十老没有一个能看到这一珍本的问世。

充满希望的《未名湖》*

——贺《未名湖》创刊

波光塔影，琴韵书声，未名湖是北京大学风景佳丽之地。五四文学社以之命名它的社刊，这当然带给我们以青春的生气和希望。

我盼望《未名湖》的问世，其心情之殷切，不逊于年轻的朋友们。前些时，千呼万唤，听说要出来了，终于没有出。这番首刊，伴随着一个伟大的节日，可喜可贺。

我对《未名湖》的亲切感，不仅因为我与五四文学社这一团体有关系，更因为我有个不能磨去的联想——我联想起五十年代北大一个学生刊物《红楼》的命运。一九五七年，《红楼》在百花齐放的号召下诞生。当时，颇也带着一些青春的生气和希望。但它只出了四期便消失了，如同百花齐放的局面无可奈何地消失了一样。

"红楼你响过五四的钟声，你哟是新诗摇篮旁的心"。二十二年过去了，我没有忘记当年林庚教授为《红楼》创刊题写的诗句。这颗"新诗摇篮旁的心"没有死去，它在《未名湖》上复活了。

从《红楼》的消失，到《未名湖》的诞生，这二十多年，我们走着一个大的弯曲的行程。我们不是绕了一个大圈再回到原来的地方，我们是在前进着，因为是付出了高昂的代价，这前进的步履，便坚忍而扎实。我们懂得，文艺和科学的发展繁荣，除却"齐

---

* 此文初刊 1979 年 10 月 5 日《未名湖》1979 年第 1 期。据此编入。

放”、“争鸣”，别无他路；我们更懂得，实现这一方针，要用血与火的斗争。通往春光明丽、鸟语花香的境界，必定要伴随风刀霜剑、电火雷鸣。

《未名湖》的出现，正是我们多年来苦斗的成果；《未名湖》出现之后，它几乎可说是唯一的任务，仍然是为百花齐放、百家争鸣方针的实现而进行不懈的斗争。北京大学是五四的发源地，它不仅有秀丽明媚的未名湖，它更有斗争怒火中拔地而起的巍巍红楼以及战士们誓师出发的民主广场。北京大学诚然是美丽的，北京大学也诚然是战斗的。北大之所以有希望，希望在于战斗；《未名湖》之所以有希望，希望也在于战斗。

《未名湖》是文学刊物。文学的任务，极简单地讲，只有两个字：战斗！歌颂光明，暴露黑暗，是战斗；团结人民，打击敌人，是战斗；争取新时代的科学与民主，更是战斗。《未名湖》是青年和大学生的刊物，它的战斗更带有青年的特点。它应当有着青年人的勇气和锐利，不迷信，不保守，有为真理而斗争的韧性。即使在文学事业上，也应当富有五四先驱者那种为国为民而义无反顾的进取精神。

我们的笔，是人民给的。我们的笔，是从五四青年那里传下来的。我们的笔，要勇敢地为人民说话。青春的美丽，乃是由于青春是由斗争的火花织成的。我希望《未名湖》将以青年人特有的热情、勇敢和尖锐出现在中国早春的百花齐放的文坛。

战斗的青春值得骄傲。海涅回首他青年时代的创作，禁不住内心深处对于失去的青春的召唤：“众神啊，我并不祈祷你们还我青春，我却要你们给我留下那种青春的品德，那种大公无我的憎恨，那种大公无我的眼泪！……让我变成一个热爱青年，并且老当益壮地还在继续参加青年人的游戏和冒险的老头子！只要我的语言的含义保持大胆和活泼，即使我的声音日渐发颤发抖，那也无妨！”他对于青春的艳羡与赞美，与他渴望斗争的信念紧密相连。他的真诚的话,对于青年以及不是青年的人们,都将有启发。

我祝《未名湖》如青年那般在战斗中发展壮大。我坚信《红楼》的命运不会重复。《未名湖》将永远带给我们以青春的生气和希望。因为时代已经不同,《未名湖》毕竟诞生在祖国前所未有的晴朗天空中。

死水下面的火山*

——论闻一多的《红烛》及《死水》

一九四三年抗战方殷。闻一多在昆明写信给臧克家,他告诉这位青岛大学时的他的学生说:“经过十余年故纸堆中的生活,我有了把握,看清我们这民族,这文化的病症,我敢于开方了。单方的形式是什么——一部文学史(诗的史)或一首诗(史的诗),我不知道,也许什么也不是。”在这里,闻一多是用不确定的语气表示了他确定的结论,尽管这结论未必是正确的。一部“诗的史”:他以惊人的精力和速度从远古神话开始,对《诗经》、《楚辞》,下及唐诗,以至现代诗,做了大量卓有成效的研究。可惜,生命很快地结束了,作为学者,这部“诗的史”并没有写完。一首“史的诗”:闻一多留下了《红烛》和《死水》两部诗集,以及《奇迹》等散章,这些诗作,对新诗的发展作出了重大的贡献。但是,作为诗人,他应当写得更多些,从这个意义上说,一首“史的诗”,也还没有完成。——国民党反动派的枪弹夺去了他的生命。

闻一多曾用美好的语言礼赞过拜伦的战死疆场,他认为“拜伦最完美,最伟大的一首诗,也便是这一死。”(《文艺与爱国——纪念三月十八日》)闻一多是作为民主战士而壮烈地死在昆明街头的。他的死,在黑暗的国民党统治区,升起了一道斗争和希望

---

* 此文初刊1980年5月《十月》1980年第3期,初收《中国现代诗人论》,后收《当代学者自选文库·谢冕卷》。据《十月》编入。

的光。这也是闻一多“最完美，最伟大”的一首诗。他完成了这首可以载入史册的“史的诗”：他以不长的一生，谱写了诗人——学者——人民英烈这一首光辉的交响乐章。

闻一多的第一部诗集，题名《红烛》，出版于一九二三年九月。此集辑诗一百零三首，是当时篇幅较大的一本诗集。这部诗集的序诗，便是《红烛》。一部乐章的序曲，可能是轻婉而抒情的，但它预示着未来的雄浑和壮烈。《红烛》便是如此。此诗以红烛的燃烧比拟诗人的讴吟。开始，他不无疑虑地问：为何必须燃烧成灰，才能放出光明？他为这“一误再误”而“矛盾！冲突！”但他立刻就认定，这是“不误”的，于是他唱道：

> 红烛啊！
> 既制了，便烧着！
> 烧罢！烧罢！
> 烧破世人底梦，
> 烧沸世人底血——
> 也救出他们的灵魂，
> 也捣破他们的监狱！

闻一多在这部处女作的首篇，便宣告了诗的责任：它要唤醒世人的梦，烧沸他们的血，要捣毁禁锢灵魂的监狱。这首诗证实：作为“新月”的一位成员的闻一多，他有着与“新月”这一文学流派的思想艺术上的共同点，又有着闻一多特有的红烛燃烧的热情与光明。也就是这一片光焰，使闻一多最终退出了“新月”的营垒。《红烛》是一支雄丽的心曲。尽管它始终在“伤心流泪”，但诗人说，那是由于“残风”的入侵，它烧得不稳了，心急使然的。诗人这样解释，当然积极可取。但在这一支序曲中，的确也存在着这位文学新人最初的稚嫩和脆弱。这支红烛，尽管有着乐观进取的基调，但却在“莫问收获，但问耕耘”、“流一滴泪，灰一分心”的消极旋律中结束的。他的“矛盾！冲突！”并没有解决。他太爱李商隐了，他选择了这位唐代诗人的名句“蜡炬成灰泪始干”来做《红烛》的副题，这位古典诗人思想和艺术方面的消极因素，不能不浸润了他。

不要把闻一多说成是天生的完美。闻一多的伟大，在于他扬弃了不完美，而最终成为完美。郭沫若说过，“闻一多由庄子礼赞变而为屈原颂扬，而他自己也就由绝端个人主义的玄学思想蜕变出来，确切地获得了人民意识。这人民意识的获得也就保证了新月诗人的闻一多成为了人民诗人的闻一多。”(《闻一多全集·序》)这说明了闻一多由蜕变而造就的光辉。我们不要惊异《红烛》所表露的弱点。闻一多作为一首雄丽而悲壮的“史的诗”，一开头就有不和谐的音符，正是事实的本相。中国的知识分子和诗人，今天把闻一多尊为典范，正是由于他在人生道路上的这种不断扬弃，不断否定的勇敢、坚实的步伐；正是由于他的如红烛那样掺杂着伤心之泪的创造光明的燃烧！写《红烛》的最初一首诗《西岸》时，诗人才二十二岁，怎么能期望他是一个完美而高大的英雄呢？而且《闻一多全集》也忠实地记载着：他曾经攻讦过“赤祸猖獗”，也曾经狂热地标榜自己的“国家主义者”，等等。但闻一多用自己的学术和政治的实践批判了自己，而造就了他的伟大。

《红烛》包括了一九二〇年至一九二三年间的作品。其内容大抵可以他离国赴美的一九二二年七月为分界线。去国之前的闻一多，多半是沉醉在他自己筑就的艺术之宫中。他写《李白之死》，惊慑于月亮那“不可的美艳”，而后，为了挽救月亮的沉沦，蹈水而没。月亮是他所追求的完美主义的倾向。《剑匣》可以典型地概括他这时的艺术理想。《剑匣》似是一位武士的自述。在生命的大激战中，他曾是一员骁将，他养好了战创，也忘了自己的仇敌。他不是磨他的剑，而是决计修葺他的剑匣，宣布“开始我的工匠生活”。他精心地装饰这剑匣，把洗净了血痕和“罪孽的遗迹”的宝剑，送进这匣里：“唱着温柔的歌儿，催他快在这艺术之宫中酣睡”。可以认为，早期（包括“新月”时代）的闻一多，把自己装进了精制的剑匣，如同退下战阵的利剑：“展现着我这自制的剑匣，我便昏死在他的光采里！”当然，战斗的闻一多曾真正地“昏死”，但是他曾经真正地昏睡过。开始，他钻进了艺术之宫，后来，他钻进了古书堆，他受到了青年的批评，他辩解说，他不是书中的蠹鱼，而是杀蠹的芸香。（见致臧克家信）

诗人和学者的闻一多，走过曲折的道路，终于成为战士的闻一多。经过十余年的思索，这支宝剑终于在人民解放的时代醒过来了，寒光闪闪，敌人为之胆寒，此是后话。而在当时，青年闻一多的思想中，总摆脱不了空虚与苦闷。他写《失败》，哀叹于旧梦失落新梦未成，“我到底没有做好我要做的梦”；他写《幻中之邂逅》，沉迷于一种“若有若无的感情——快乐和悲哀之间底黄昏”。但他毕竟是有血性的青年，他《回顾》清华园中那有意义的九年的生活：“是秋夜里一片沙漠，却露出一颗萤火，越望越光明，四周是迷茫莫测的凄凉黑暗。”他写出了那个时代中国青年彷徨而又不曾失去光明的希望之境遇。无可奈何中，他发出了挣扎的声音：“战也是死，逃也是死，降了我不甘心”。（《深夜的泪》）这声音是真实的，又是隐含着奋斗精神的。尽管这时，闻一多还不曾从“剑匣”中睡醒，但他一旦稍为接触现实生活，他的精美的歌声就不能不带上若干苦涩。这表现在《初夏一夜底印象》中，诗的副题是“一九二二年五月直奉战争时”。诗人听到和看到了现实生活的某些“秘密”，他不禁发出惊呼：“上帝啊！眼看着宇宙糟蹋到这样，可也有些寒心吗？”当然，这揭露并没有多大力量，但在闻一多的战斗生涯中，这直奉战争中一个普通夏夜的印象是重要的：他毕竟从封闭的书斋中探出了头，他看到紊乱的现实生活的某些模糊的影子。这，大约构成了去国之前诗作中的一个强音符。

一九二二年，闻一多是在太平洋彼岸的异邦，怀着对他新婚远别的妻子的真诚怀念来写《红豆》的。这年十一月二十六日，他在写给梁实秋的信中说："放寒假后，情思大变，连于五昼夜作《红豆》五十首"。这些情诗，最大的成功是它的真实诚挚。但奠定《红豆》这部诗集的地位的，是《孤雁篇》中的大部作品。朱自清批评论说，"他的诗不失其为情诗。另一方面他又是个爱国诗人，而且几乎可以说是唯一的爱国诗人"。(《新文学大系·诗集·序》)这一判断，大体是据此作出的。闻一多在美国，结交了许多真诚的朋友，但又蒙受到弱国国民的屈辱。生活在受歧视的境遇中，他更加怀念自己的祖国。"天涯涕泪一身遥"，他借杜甫的诗句来写自己的心境。他把自己喻为失群的孤雁，这只流落在"水国底绝塞"的孤禽，发出了哀音。面对着钢筋铁骨筑起的"财力底窝巢"，他诅咒那"喝醉了弱者底鲜血"的"鸷悍的霸王"。在这些诗句中，闻一多尽管还是有明确的反帝的意识，但他却已看到资本主义的罪恶，他诅咒这一罪恶。切身的痛苦经历，把闻一多和受凌辱的人民大众的感情联系了起来。他禁不住思念起自己的父母之邦，如孤雁之想念那霜染的芦林，那芦花铺就的床褥，那友爱而欢乐的雁阵。爱国的热情激励着闻一多。他告诉朋友说："我想你读完这两首诗(指《太阳吟》、《晴朝》)，当不致误会以为我想的是狭义的'家'。不是！我所想的是中国的山川，中国的草木，中国的鸟兽，中国的屋宇——中国的人。"(一九二二年九月二十二日给吴景超信)

的确，他怀念的是整个的中国。他简直悔恨自己所选择的道路，他不无沮丧地奚落自己："我是个年壮力强的流囚，我不知道我犯的是什么罪"(《我是一个流囚》)。与其说，他的去国求艺是怀着憧憬，不如说，他踏上异国土地时是怀着惶恐。他无可奈何地说："我只得闯进缜密的黑暗，犁着我的道路往前走。"去国途中，他在《太平洋舟中见一明星》，他向这生命之海的灯塔真诚祈祷："照着我罢，照着我罢，不要让我碰了礁滩，不要许我越了航线。"闻一多这种诅咒与悔恨是真诚而沉痛的。他在家书中写道："一个有思想之中国青年居留美国之滋味，非笔墨所能形容。俟后年年底我归家度岁时，当与家人围炉絮谈，痛哭流涕，以泄余之积愤。"他来不及等到这个机会的到来，他借助那喷泉般的诗情倾诉了这种"积愤"。

闻一多在异邦怀着炽烈的怀乡之情写下了《太阳吟》。他把太阳看做是来自家乡的亲人。他艳羡太阳，因为它能"天天望见一次家乡"；他借太阳抒发的想象故国的情怀，具体而且切实。他想到北京城里宫柳的秋色，想起自己的憔悴也如柳色一样。但他仍然揶揄地自慰："往后我看见你的，我当回家一次……"《太阳吟》是一曲激情化成的诗篇，它的光热如同郭沫若《炉中煤》之燃烧，它们是姐妹篇。

中国新诗的奠基之作《女神》于一九二一年出版时，引起了闻一多极大的关注。次年，即一九二二年，旅居美国的闻一多便写了《"女神"之时代精神》、《"女神"之地方色彩》两文，对《女神》的出现给予高度的评价，也提出了恳切的批评。闻一多的观点概括地说，就是《女神》富有强烈的时代色彩，但他的地方特色（即我们今天说的民族特色）不足，《女神》过于欧化。闻一多对于《女神》的见解，历时半个世纪，仍然不失其科学的文艺批评之光彩。闻一多是个富有创造性的诗人，他认为新诗要"新"，但不能一味地欧化，他主张新诗应当富有本民族的特色，主张在新诗中用旧典。他的《红荷之魂》诸篇，对此作了明确的试验，这是他对新诗民族化的一个明显的努力。他以为，新诗"不要做纯粹的本地诗，但还要保存本地的色彩，它不要做纯粹的外洋诗，但又尽量地吸收外洋诗的长处。它要做中西艺术结婚后产生的宁馨儿。我以为诗同一切艺术应是时代的经线，同地方纬线所编织的一匹锦。”(《“女神”之地方色彩》)《红烛》中成就最佳的诗篇如《太阳吟》、《秋色》、《忆菊》，都是他力图用上述经纬线织就的五彩斑斓的锦缎。

在那些诗篇里，闻一多凭着画家对于色彩的敏感与热爱，把他所向往的(甚至是近于幻觉的)生活，涂抹成耀眼缤纷的彩画，他在这些美丽的画面中，寄托了他对故国亲人的最深沉的忆念。一九二二年十二月一日，他在给友人的信中说：“佛来琪唤醒了我的色彩的感觉。我现在正作一首长诗，名《秋林》——一篇色彩的研究。”(《致梁实秋》)《红烛》集中有《秋色》，是写秋林的色彩的，不知是否指此。《秋色》副题为“芝加哥洁阁森公园里”，这是一首绚烂的诗。它的色彩令人目眩，劈头一句便是：“紫得像葡萄似的涧水翻起了一层层金色的鲤鱼鳞”。诗人微妙地捕捉了色彩的变动：紫色的涧水，顷刻间泛起了金波，而后，朱砂色的枫叶，如燕子之掠过水面，飘下来，晨曦向着世界笑出了金色，而这金色，在槐树是黄金，在橡树是赤金，在白皮松却是白金；倏地，这些金光闪闪的树又变成了琥珀，玛瑙，“百宝玲珑的祥云”……诗人为这异邦的多彩景色所陶醉，但即使在这样令人迷恋忘返的“浪漫的世界”之中，却出人意外地跳出了“黄浦江上林立的帆樯”的联想，而那无数的秋林，也在他的眼里产生了幻觉：

> 哦，这些树不是树了，
> 是紫禁城里的宫阙——
> 黄的琉璃瓦，
> 绿的琉璃瓦；
> 楼上起楼，阁外架阁……
> 小鸟唱着银声的歌儿，
> 是殿角的风铃底共鸣。
> 哦！这些树不是树了，
> 是金碧辉煌的帝京。

在《红烛》时代，应当说，闻一多对现实中国是相当隔膜的。去国之前，他生活在他自己制造的精美“剑匣”之中，他用醉眼看迷蒙的生活。直奉战争那个“初夏一夜底印象”，毕竟向现实瞥了实在的一眼，但那“印象”也还是相当抽象的。去国之后，他时刻没有忘却自己的祖国和人民，他为故国的“凶年兵燹”而忧苦，但他毕竟缺乏生活的实感。《红豆》是情诗，却与那时许多诗人的此类作品不同，是实有对象的具体入微的情诗，而他的怀念祖国的篇什，却是理想化的，有意的美化，以慰自己的渴念。如同他用繁缛的彩色描摹那“秋林”，他用繁缛的彩色描摹他心中的祖国。在这种心情下，他写出了《红烛》时代的最主要的诗篇——《忆菊》。

闻一多自己十分满意《忆菊》。他说：“这是我的一篇得意之作。朋友们懂诗与否的莫不同声赞赏。”(《致闻家驷》)《忆菊》体现了闻一多《红烛》时代的艺术理想。它表达了“爱国思乡”的“至性至情”，同时，又具有他所崇尚的李商隐和济慈式的“最浓缛的作风”。这是闻一多长期追求的典雅的美与现代文明生活情调的契合。闻一多不喜欢那种纯粹欧化的新诗，他以为新诗应当具有中国式的美。

插在长颈的虾青瓷的瓶里，
六方的水晶瓶里的菊花，
攒在紫藤仙姑篮里的菊花；
守着酒壶的菊花，
陪着螯盏的菊花；
未放，将放，半放，盛放的菊花。

《忆菊》的开头几句，便是纯粹的中国风的。他不是孤零零地写菊花，而是把优雅的中国的花，映衬在同样优雅的中国的情调中，它构成无可替代的东方式的意境。它自然地勾起人们对于古国文明的遐想。不难想象，远隔重洋的闻一多会如何地被自己所创造的美感所倾倒。闻一多没有忘记给他所心爱的“四千年华胄底名花”以多彩多姿的风情；“檐前，阶下，篱畔，圃心底菊花；霭霭的淡烟笼着的菊花，丝丝的疏雨洗着的菊花，——金底黄，玉底白，春酿底绿，秋山底紫，……”《忆菊》是一首忆国思乡的抒情诗，诗人选择了这种“有风俗”、“有历史”，能够概括中华民族独特的精神文化，又能够引发人一系列美好联想的菊花来寄托他的情思。他抓住了抒情诗构思的关键，他把自己对于祖国的挚情，溶解在习习秋风，疏疏秋雨里，在淡烟轻笼的菊花形象上，它构成了一种清远恬淡中蕴涵着浓郁乡情的韵味。这是《忆菊》的成功。

我要赞美我祖国底花！
我要赞美我如花的祖国！

这是《忆菊》点题的名句。单是这两句，便可判断作者是一位爱国诗人。它体现了诗人情感的深沉，但又流露了他的单纯和天真。尽管他的情感是真挚的，但诗人并不真的了解中国。他的爱国激情，是从古老的传统来的，有间接性，他并不了解中国的今日：二十世纪二十年代的中国现实，并不是“如花的”美好。“我们庄严灿烂的祖国，我的希望之花又开得同你一样”。闻一多当时怀有孩子般的天真，他并不知道，他所日思夜想的祖国带给他的，并不是“希望之花”，而是失望。他也不知道，有一天，当他投向祖国怀抱时，他会哭着喊：“这不是我的中华，不对！不对！”

闻一多的梦有醒来的一天。当他从五彩缤纷的花雨之中醒来时，他面对的是一沟绝望的死水。这时，也就是《死水》时代开始之时，他终于从幻想的空中落了下来，他的双脚终于踩在泪与血浸过的中国坚实的土地上。

一九二八年一月,《死水》出版于新月书店。本集辑收诗二十八首,大部作品当是一九二五年七月归国至诗集出版前的两年多内写成的。《死水》出版前后,闻一多先后与徐志摩等人办过《北平晨报》副刊《诗镌》和《新月》。朱自清认为《诗镌》中闻一多的"影响最大",而且他也最有兴味探讨诗的理论和艺术。有感于五四以来新诗的过于散漫自由,闻一多提倡"带着镣铐跳舞"的新格律诗,他主张诗要有音乐的美,绘画的美,建筑的美。他是一个不仅有理论,而且肯实践的身体力行的新格律诗的倡导者。《死水》便是他的诗歌主张的产儿。它不仅是闻一多诗创作的纪念碑式的作品,也是中国新诗史册上的纪念碑式的作品。在中国新诗的创业期,闻一多的《死水》可以和胡适的《尝试集》、郭沫若的《女神》分别代表着不同的劳绩与价值,而并立在最初十年的诗坛上。

闻一多写《红烛》时,带有更多的青年人的冲动与狂热。相隔数年,写《死水》时,闻一多便以沈从文称之为"以一个'老成懂事'的风度"出现在我们面前。《死水》的确少了《红烛》那样的浮想和热狂,现实感增多了。我们看到的不再是那个初夏之夜的朦胧的罪恶,而是相当具体的悲剧性的现实。在这个血淋淋的现实面前,他显得善于思索而深沉。

《大鼓师》是一对贫贱夫妻的生活的哀歌。大鼓师敲着大鼓给别人唱过形形色色的歌,可是,他无法回答他的妻子关于"咱们自己的那支歌儿呢"的问话。他把许多歌献给了别人,给自己留下的只是辛酸的生活之泪。《罪过》是一个比《大鼓师》更为痛楚的现实。一个已经丧失了劳动力的老头,在生活逼迫之下强撑着做小贩谋生。他动作迟钝,摔倒了,"满地是白杏儿红樱桃"。老人忘了伤痛,只是惋惜那水果,不停地自怨自艾。它寄至哀于口语化的精美韵律之中。《飞毛腿》则在一个带泪的诙谐中,讲一个外号叫"飞毛腿"的洋车夫之死。闻一多大胆地尝试用地道的京白土语来写他那节奏感很强的新体格律诗：

> 我说飞毛腿那小子也真够瘪扭，
> 管包是拉了半天车得半天歇着，
> 一天少了说也得二三两白干儿，
> 醉醺醺的一死儿拉着人谈天儿。
> 他妈的谁能陪着那个小子混呢？
> “天为啥是蓝的？”没事他该问你。
> 还吹他妈什么箫，你瞧那副神儿，
> 窝着件破棉袄，老婆的，也没准儿。

这诗用另一拉车人的口吻来写飞毛腿。他酗酒，是为了排解忧愁；吹箫，说明即使在重压下也有他的一份乐趣；“窝着件破棉袄，老婆的，也没准儿”，这“窝着”一词，写尽了寒酸，也许这是他们全家仅有的一件棉袄，飞毛腿出车了，“窝着”它，而他的妻儿只能在冷风里颤抖。飞毛腿的尸首在河里出现了，诗人紧接用一句“飞毛腿那老婆死得太不是时候”，说明老婆立刻也活不下去，死了，情节的交待有强烈的跳动性。全诗不用一句诗人的描述，但飞毛腿的生活哀史以及诗人深深颤动的同情心，全都无遮拦地倾泻于严整的诗行中。《天安门》也是一首以拉车人的口气，以北京土白，写出在帝国主义列强横行肆虐、国内军阀混战形势下，当日天安门一带闹市见到的反常的景象；没脑袋的尸首摇着小旗子，二十来岁的学生被军警轧穿了脑壳，而那些“有的喝”“有的吃”的学生们还在闹事，闹事的结果又是死人。那拉车的没法理解这一切，他于是叹气：

> 怨不得小秃子吓掉了魂，
> 劝人黑夜里别走天安门。
> 得！就算咱拉车的活倒霉，
> 赶明日北京城满城都是鬼！

闻一多已经看到了一幅底层人民生活的悲惨图像，他对这一切充满了同情心。他表现他们的生活，同时也用他们的语言。在对待人民的态度上，闻一多不曾做得比他的同时代的最前进的诗人们做得更多。闻一多已经不是用学生腔，而是人民自己通俗的语言，但闻一多也没有放弃他对诗艺术的基本态度，他坚持要把诗写得美——音乐的、绘画的、还有建筑的美。他唱着一支又一支悲惨的歌，但是悲哀和同情却从未夺去这些诗的美好的节奏。这，闻一多比他同时代的一切诗人都做得更多。

一九二七年五月十九日《新闻报》一则新闻报道说："临淮关梁园镇间一百八十里之距离，已完全断绝人烟……"。这则消息震惊了闻一多，他写了《荒村》。这诗起始就问："'他们上哪里去了?'——门框里嵌棺材，窗棂里镶石块！这景象是多么古怪多么惨！"记得在《初夏一夜底印象》中，闻一多写的也是具体事件（副题为：一九二二年五月直奉战争时），但那时的描绘是何等抽象："夕阳将诗人交给烦闷的夜了"，但诗人并没有看到这夜的真正的"秘密"，他们看到的是模糊的"印象"，诸如"阴风底冷爪子刚扒过饿柳底枯发"之类。而五年后的今日，他看到了实实在在的血淋淋的"荒村"。诗人已经了解这悲剧产生的原因，但仍然忍着泪喊："叫他们回来！叫他们回来！问他们怎么自己的牲口都不管?"最后，他仍然以含泪的幽默，向丑恶的现实发出挑战的声音："天呀！这样的村庄留不住他们，这样一个桃源，瞧不见人烟！"

闻一多已经踩上了生活的泥淖，他不再天真了，尽管他还常用天真的调子歌唱。他不再像过去那样"快酌，快喝！喝着睡着！莫又醒了，切莫醒了！"（《雪》）唱着麻醉自己的歌。《死水》中当然仍有如《末日》《夜歌》一类灰色的诗，但基本情调是健康而充满生气的，许多篇章还有着激昂而强大的冲激力。闻一多仍然热爱那色彩繁丽的大自然的景色，他热爱那悄悄降临的《春光》：

> 静得像入定了的一般，那天竹，
> 那天竹上密叶遮不住的珊瑚；
> 那碧桃；在朝暾里运气的麻雀。
> 春光从一张张的绿叶上爬过。
> 蓦地一道阳光晃过我的眼前，
> 我眼睛里飞出了万只的金箭，……

但是，他已经不轻信这田园诗般的童话王国了。诗人闻一多的平静的心境，已经被现实里的各种悲哀的和丑恶的声音所打破，正如这静悄悄、甜蜜蜜的“春光”中，闻一多忘不了、挡不住那现实的音乐——

> 忽地深巷里迸出了一声清籁：
> “可怜可怜我这瞎子，老爷太太！”

曾经是艺术至上和主张唯美的闻一多，他已经顾不得那画面的恬静与和谐了。尽管他知道这一声“清籁”，对于使他陶醉的诗境是一种破坏，但他容忍、而且似乎更陶醉于这不和谐，这破坏。也许到了这时，他已经否定他的“艺术底忠臣”（《红烛》一诗题）的初衷，他已经改变他对“美与爱”（亦《红烛》诗题）的最初的观念。

时代已经使他望见了“死水”。在《死水》时代，不仅是那明媚的“春光”不能诱惑爱美的闻一多，甚至是极其安详、恬谧、和谐的，由“灯光漂白的四壁”，由“古书的纸香”，以及由“小儿唼呷在母亲怀里”构成的“浑圆的和平”的《静夜》，也不能“降服”闻一多。对此，闻一多把已经颤动在喉里的感激变成了诅咒。他发出了对于一介书生和新月诗人说来是石破天惊的宣告：

静夜！我不能，不能受你的贿赂。——
谁希罕你这墙内尺方的和平！
我的世界还有更辽阔的边境。
这四墙既隔不断战争的喧嚣，
你有什么方法禁止我的心跳？

闻一多几乎变了一个人。他的世界已经不再是那精美却又异常狭小的“剑匣”了，他打开了书房的小小的门，他给自己开拓了更为辽阔的“边境”。他不仅看到了不完美的“春光”，而且看到了不平静的“静夜”。现实无法带给觉醒的诗人以平静，他听到了“四邻的呻吟”，看到了寡妇孤儿“抖颤的身影”，以及“战壕里的痉挛”，现实让他“心跳”！（《静夜》一诗，初版时题为《心跳》）《静夜》宣告了闻一多的蜕变，宣告了闻一多与人民的情感的间隔的打通。闻一多已经学会诅咒那些象牙之塔中的诗人了：

最好是让这口里塞满了沙泥，
如其他只会唱着个人的休戚！

闻一多是带着在美国得到的种族歧视、民族压迫，带着对于资本主义的憎恨回到国内的。他怀着悲愤的心情，写出了《洗衣歌》，他伴着思乡之泪来洗那人间的污浊和不平。还有一首《你看》，抒写了客旅中的诗人对于乡国的挚念之情：“朋友，乡愁最是个无情的恶魔，他能教你眼前的春光变作沙漠”，“呵，不要探望你的家乡，家乡是个贼，他能偷去你的心！”闻一多真诚地渴望着祖国的强盛，他怀着炽热的爱国热情奔回祖国，他投入了祖国母亲的怀抱。但是，迎接闻一多的却是失望。

闻一多几乎是用完全陌生的眼光，审视那在战乱中喘息的残破贫穷的土地。他终于有了最新的《发现》。他发现等待着他的是一场“空喜”，他怀着痛苦，迸着血泪狂喊：那不是我的中华——

那是恐怖，是噩梦挂着悬崖，
那不是你，那不是我的心爱！
我追问青天，逼迫八面的风，
我问，拳头擂着大地的赤胸，
总问不出消息；我哭着叫你，
呕出一颗心来，你在我心里！

尽管这是闻一多最初的“发现”，但这一发现的确打破了他的美好的梦。在现实面前，他不会再盲目地礼赞了，他已经懂得用怀疑的目光看生活。的确，他不再是天真浪漫的青年诗人了，他是一个恍惚经历过沧桑的中年人了。《发现》是希望的破灭，《发现》也是一声惊雷的觉醒，《发现》把罗曼蒂克的诗人从自己创造的五彩祥云上摔了下来。他说会见的是噩梦，其实他会见的正是现实——尽管是他不愿看到的现实。

正是因此，《死水》出版不久，沈从文在一篇评论中就说：“读《死水》容易保留到的印象，是这诗集为一本理知的静观的诗。”他分析说：“以清明的眼，对一切人生景物凝眸，不为爱欲而眩目，不为汗秽所恶心，同时，也不为尘俗卑猥的一片所厌烦而有所逃遁；永远那么看，那么透明的看，细小处，幽僻处，在诗人眼中，皆闪耀一种光明。”（《论闻一多的〈死水〉》，《新月》三卷二号）对照《红烛》，《死水》无疑是更“理知”，也更属于“静观”的诗，《死水》对于人生景物的凝眸，也执著，大胆、认真。沈从文指出闻一多目光到处有“一片光明”，是精辟的，但他过分强调了“理知”和“静观”，而忽视在这背后的潜在的热情与奔放。要是把《死水》真的看成了死水，那是不公平的。

《死水》的大多数诗篇，是以深思熟虑的眼光看现实，也看到了现实的污秽。朱自清说的“死水转向幽玄，更为严谨”（《新文学大系·诗集·序》），应当理解为诗人的思想更为深邃沉稳，艺术更为精到圆熟，不复再有《红烛》的浅露，这是对闻一多诗作成熟的鉴定。但是闻一多的《死水》里的确闪耀着光明。我们从死水的光耀中,可以发觉诗人奔涌不止的热情。剖析《死水》的热情,不能不溯源,不能不探寻闻一多的顽强的“观念”。《一个观念》支撑着闻一多。“一道金光”,“一股火”,这观念成为他的不可扼制、不可扑灭的热情的火种。闻一多知道这观念的分量,他深知他与它间的“因缘”:“我知道海洋不骗他的浪花”,他是从属于那“隽永的神秘”构成的母体的。他用真诚的声音说:

> 你降服了我!你绚缦的长虹——
> 五千年的记忆,你不要动,
> 如今我只问怎样抱得紧你……
> 你是那样的横蛮,那样美丽!

正是这个又横蛮又美丽的观念,降服了闻一多,使他走过曲折的道路,终于走向了人民和革命。开始的时候,闻一多把它看成是凝固而守恒的,事实上,它发展着。“五千年的记忆”不会“不动”,它也只能是一个出发点,而不可能是归宿。更主要的还不是记忆,而是现在。在美国的时候,闻一多抱紧了那“记忆”,他于是只能写怀乡思旧的诗篇。而当他由“记忆”出发,走到现实的天地中来,他看到了劳碌辛苦没有属于自己的歌声的“大鼓师”;看到挣扎在死亡线上的那个摔倒地上的“老头儿”;看到淹死在河里的“飞毛腿”;看到了一座又一座在军阀混战的炮火中毁灭的“荒村”……到了这时,那个永恒的“观念”充血了,获得了新鲜的生命。只有此时,闻一多才是有力量的。因为这位中华民族的诗人,不仅与历史的中国抱得紧,而且也与现实的中国抱得紧,他终于是属于今天的、而不是属于昨天的民族诗人。这“观念”,使闻一多在“静夜”禁不住“心跳”,而且也在心跳之中,孕育着他那惊天动地的《一句话》:

> 有一句话说出就是祸,

有一句话能点得着火。
别看五千年没有说破，
你猜得透火山的缄默？
说不定是突然着了魔，
突然青天里一个霹雳
　　爆一声：
　　“咱们的中国！”

闻一多已经没有当初“发现”自己的祖国是一场噩梦的那份惊骇了。他的声音充满了强劲的力。这里出现的形象，已与《红烛》告别，闻一多已经获得了人民的意识。这一句话之所以有力，因为它是全体的声音，是代表人民的一致的呼喊。闻一多在看到破灭的“荒村”之后，他看到了力量的所在，因此，他看到了光明。“五千年没有说破”，但是，火山在累积着能量；他总是要说破的——犹如火山需要释放它的能量，需要把它的沸腾的岩浆喷射出去。在这样的背景下来读《死水》这首诗，《死水》便显得好读多了。

《死水》作于一九二六年。这首诗，无论从哪个意义上说，都是闻一多的杰作，也是中国新诗六十年的杰作。在艺术上，《死水》是闻一多试验新体格律的典型。这首诗格律极严，每一行由三个“二字尺”和一个“三字尺”构成，节奏相同，字数也相同，是从内在节奏到外在形式都十分严整的一首诗。闻一多说，“我觉得这首诗是我第一次在音节上最满意的试验”（《诗的格律》）。沈从文也认为“《死水》一集，在文字和组织上所达到的纯粹处，那摆脱《草莽集》（朱湘著——笔者注）为词所支配的气息，而另外为中国建立一种新诗完整风格的成就处，实较之国内任何诗人皆多。”（《论闻一多的死水》）

这是一沟绝望的死水，

这里断不是美的所在，
不如让给丑恶来开垦，
看他造出个什么世界。

这是一首激愤之诗。所谓死水，当然是指那时的中国现实。“死水”再加上“绝望”，这是诗人对现实的坚决的否定，这表现了闻一多的鲜明的批判精神。闻一多已经觉醒，他已经有点“大彻大悟”。一方面，对死水，也就是对黑暗，他不存幻想：它是丑恶，断然产生不了美；另一方面，他没有真的绝望，他不是心如槁木死灰，他痛恨这丑恶的死水的存在，他痛恨，当然是要否定它，是要让死水死亡。“不如让给丑恶来开垦”，并不是真的撒手，真的“让”，而只是一种愤激之语。朱自清对这首诗的看法是：“这不是‘恶之花’的赞颂，而是索性让‘丑恶’早些‘恶贯满盈’，‘绝望’里才有希望。”（《闻一多全集·序》）表面上“绝望”，实际是绝望里写着希望，为了希望，他才让丑恶去开垦，他是要让丑恶彻底地暴露。

绝望的死水的死亡，是新的诞生；否定之否定，结论是肯定。这就是死水的希望，以及诗人的进取精神的体现。为证明这一点，可引《红烛》集中的一首《烂果》为证：“我的肉早被黑虫子咬烂了。我睡在冷辣的青苔上，索性让烂的越加烂了，只等烂穿了我的核甲，烂破了我的监牢，我的幽闭的灵魂便穿着豆绿的背心，笑眯眯地要跳出来了！”烂透了，便从绝望处生出希望来，这就是“烂果”的哲学。死水何尝不是如此？尽管死水无法像烂果那样，有个可以烂穿的核甲，从中可以诞生出新的生命，使死水的彻底否定，那一定是活水。“死水”不是死水，死水最终要为活水所代替。死水中蕴含闻一多特有的火。他的心，不是一沟死水，他的心，是为这一沟死水而悲哀、而愤慨。这些，无论如何，最终是说明了他的爱，他的希望，他的不灭的火种。关于《死水》，闻一多有过一段自白：“我只觉得自己是座没有爆发的火山，火烧得我痛，却没有能力（就是技巧）炸开那禁锢我的地壳，放射出光和热来。只有少数跟我很久的朋友（如梦家）才知道我有火，并且就在死水里感觉出我的火来。”（一九四三年十一月二十五日致臧克家函）这是对的，就在死水的下面，埋藏着一座火山。时期还没有到来，火山只是在那里默默地积聚着力量，但火山绝不是睡着的。当然，闻一多诗中的火和郭沫若诗中的火，其表现是不同的。郭沫若喷火的时候，带着天真的狂热，他不拘形迹，自由自在地随意地爆喷；而闻一多，尽管他否定自己是技巧专家，但他看重技巧，死水就是带着镣铐跳舞，在限制中迸射。死水是可以发出涛声的，但却不能像女神那样向天阙升腾。

总有一天，火山要爆发。闻一多是座还没有爆发的火山，他无时无刻不在创造着爆发的条件。一九四六年七月十五日，闻一多在昆明作了最后的讲演。闻一多说：“我们不怕死，我们有牺牲的精神，我们随时像李先生（公朴）一样，前脚跨出大门，后脚就不准备再跨进大门！”他果然没有再回来。当日下午，闻一多在昆明遇害。这座死水下面的火山，终于选择在人民解放战争的隆隆炮声中，冲开了禁锢光和热的地壳，爆发了。一首壮烈的“史的诗”于是完成。中国人民将永远记住它。

一九七九年，闻一多先生诞生
八十周年之岁暮，于北京大学。

在新的生活中思考*

——评张洁的创作

我们在文化的荒漠中等待了多久？谁能想象跋涉在无边黄沙之中干渴的骆驼盼望绿洲的心情？在那一场空前灾难的"革命"中，我们被剥夺了一切文化艺术，我们仿佛是在漫漫长夜等待黎明。一九七六年的四五运动，天安门前点燃了新时代的科学民主的火炬，也点燃了新时代的文学革命火炬——我们因而确信：希望是存在的，而且是在生长着的。不久，这个时代正式地揭幕了。饱经沧桑的前辈文学家，抖落了满身的尘垢，来到我们面前，在他们身后，出现了一支充满生气的年轻的队伍，其中有此刻正为我们逐渐熟识了的张洁。时代和我们大家开了一个小小的玩笑，它仿佛停摆了十多年。张洁已经不很年轻了，但仍然是当代最年轻的作家中的一个。因此，当我们和那个从大兴安岭林区风尘仆仆地来京赶考的少年邂逅相遇时，不无惋惜地说：他是第一名，但却是迟到的。迟到的张洁及其同时代人和迟到的文学艺术的春天，都带给我们以欣慰，在痛苦和灾难中孕育并难产的中国文学，毕竟是迎到了一个充满希望的时代。

在被我们称之为"最年轻"的一代作家中，张洁有她的代表性。她的猝然出现，她的勤奋而稳定的艺术实践，她的迅速成长，以及她所带来的特有的光采，均能够概括当代青年作家的特

---

* 此文初刊1980年2月10日《北京文艺》1980年第2期，与陈素琰合作。据此编入。

点。张洁的处女作《从森林里来的孩子》，发表于《北京文艺》一九七八年七月号，就是说，从一九七八年的下半年开始，到笔者着手写这篇文章的一九七九年底，在不及一年半的时间中，张洁发表了小说《从森林里来的孩子》、《有一个青年》、《含羞草》、《谁生活得更美好》、《非党群众》、《忏悔》、《爱，是不能忘记的》电影文学剧本《寻求》、《我们还年轻》，散文《哪里去了，放风筝的姑娘》、《挖荠菜》，以及诗歌《你说你是一根木头》等。她的写作是勤奋的，她的实践是多方面的，她取得了成绩，我们祝贺她的最初的丰收。

在同辈作家中，张洁尽管不是写得最多的一个，但却是产生了广泛影响的一个。她的作品，迅速地、敏锐地记下了中国当代生活的急速变化，它们吸收了那杂沓而前的喧嚣的脚步声，那现实生活的热情大胆而又不免掺杂着长吁短叹的呼唤声，作家的大脑在这一切迅疾变化着的生活场景中紧张地思考着并作出了及时的反映。

当灾难的黑夜刚刚结束，美丽的晨曦刚刚降临，我们的作者和我们时代的许多作家一样，在痛苦和挣扎的梦魇中醒过来。她向我们讲的第一个故事，便是从森林里来的孩子的故事。小说的主人公少年孙长宁，没有辜负老师临终的嘱托，千里跋涉来到首都，在一场出人意外的也是稀奇的考试中，得了第一名。这个少年有幸生活在一个前所未有的良好环境中、不拘一格选拔人才的正确方针，以及在轻松的环境中重新生长起来的人们之间的友爱和同情心，暖烘烘地包围着孙长宁。长久的压抑之后的倾诉，深重的悲哀和含而不露的愤怒之情，以及歌唱那骤然而至的狂喜和对未来的憧憬与希望，这就是在一九七八年、较早的时候，张洁通过作品表达的我们大家共有的情感。要是说，刘心武是最先表达了我们对新时代的思考，张洁则是最先倾诉了我们对新生活的感情，悲泪和喜泪交织的感情。

那发生在大森林中的阴暗的故事结束了，孙长宁开始了新生活。作者的眼光却没有离开她的人物。她和这一代受屈辱的，被遗弃的青少年始终在一起，她庆幸他们告别了痛苦的折磨，也分享着新生活的喜悦。她艳羡他们的青春年华，她想起自己的童年，想起春天田野里的风筝，想起帮她把风筝送上蓝天的童年伴侣，她问："哪里去了，放风筝的姑娘？"张洁写这篇散文的时候，她被本世纪结束时将要出现的宏丽景色所迷。她的心头是一片光明，她为自己过早地诞生而惋惜，她天真地想，要是与他们一起诞生在今日，"那我们将会免去多少蹂躏、践踏、摧残……"她感到懊恼。她没有别的意图，仅仅是因为即将到来的日子是无比美好的，她期待着与童年的朋友共享这份美好。

但很快，张洁就发现她所倾心的时代，以及这一代青少年身上似乎缺少些什么。她的迷惘惆怅是由"挖荠菜"开始的。早春田野上的荠菜，使她想起童年，想起无边的饥饿，她不能忘记童年时节挖荠菜所产生的那种渺茫的希望与慰藉。解放后，进城了，她也常带着自己的孩子去挖荠菜。在她，是重温过去的辛酸；对孩子，则希望他们了解昨日。但是，这一切并不被理解。她发觉孩子们对诸如挖荠菜这类的举动总带着"赏光似的迁就"："正像那些恭顺的年轻人，迁就那些因为上了年纪而变得有点怪僻的长辈一样"。她为自己的心情不被理解而遗恬。张洁的思考是敏锐的，比较早就发现了如今已被普遍注意到的"父与子的矛盾"这一社会现象。尽管挖荠菜的主要内容仍然是"追昔"，但又有"抚今"。张洁发现了与青年一代思想认识的差距，她不焦躁，也不愤怒，她显得宽容而大度："只要他们不觉得厌烦，我甚至愿意和他们谈谈我们在探索人生方面所曾经走过的弯路，以使他们少付出一些不必要的代价。我们希望我们之间不是各自站在各自的那个圈子里的两代人，而是心心相通的朋友。"

张洁对这一代青少年的问题，一开始就投下了关注的目光，她努力使自己成为他们“心心相通的朋友”。十年动乱，把我们解放后建立起来的良好的社会道德和社会秩序搅乱了。在一部分人中，善良被当做无能和怯弱，欺诈被当作智慧和才干，无知、愚昧、庸俗、粗鲁，像传染病菌一样在空气中传播。在一些青少年身上，这种情况尤为令人不安。真与假、善与恶、美与丑完全颠倒了。我们面对着不仅是物质的贫困，而且是精神的空虚；谁能说，我们仅仅是面临经济崩溃的危机，而不存在精神崩溃的危机？不是吗？有些忧心忡忡的人，正在叹息世风日下，人心不古！作家的良知在召唤，她一旦把目光投向从森林里走来的孩子，她就不能不关注着他以后的行程，她不能不对她的人物命运负责。她没有把目光收回。这目光，犹如舞台上的“追光”，继续“追”着年轻一代的道路与命运。目光投向挖荠菜的田野。她发现了自己与年轻一代感情的互通有了阻隔；目光投向放风筝的山岗：她发现自己有一种淡淡的失落的哀愁。她的目光“追”到了车间，那里，“有一个青年”在重新激动起来的生活的潜流之中感到了落伍与无知的耻辱。作家替他抖去了“四人帮”的黑暗强加给他的心灵的蒙垢，他于是变得好学、有礼貌、爱清洁、遵守公共道德。人的自尊、自爱、自重在他心中复活了，他终于获得了真爱，他是幸福的。作家的目光投向运动场中、公共汽车上，她在生活的表象之下，看到了丑的存在与消失，更主要的，看到了美的生机与发展。

张洁看到了新生活中苦闷、彷徨、奔突、前进的青年朋友的命运，她把这归结为爱情与友谊、生活中美与丑的抗争与搏斗。可以感觉到，这一主题曾经带给她多大的激动与不宁！她不会没有愤怒，当她看到我们这个泱泱大国、古老的礼义之邦、再加上中国共产党有效的教育之下的青年一代，正在蜕化成浅薄与愚昧！但她扼制住愤怒，以女性特有的细腻、温柔与体贴的心情来对这一严重的社会现象握起解剖刀。在《有一个青年》中，她对“我”下了苦药，但她显得平心静气，而且常常带着戏剧性的幽默，令人在笑声中警觉。作家在这一个青年身上，看到了社会的痼弊，更看到了(确切地说是发现了)这一代人身上潜藏着的美的质素。例如，“他”看不惯那“捏着鼻子说话的”，“好像她们全都得感冒”的“漂亮小姐们”；他有“寄托”而不怕孤单，他的寄托在电焊机的鸣响与火花的飞溅中；他因集体的考核成绩不佳而感到耻辱，他要发愤图强。但他又有严重的毛病，他从来没进过图书馆，他不注意公共道德，有时浅薄而又粗鲁。他在剧场看戏，把果皮扔了满地，别人干涉了，他想：

> 真是狗咬耗子，多管闲事！我连头也没回，理都不理他，照扔！服务员干什么的？我要不扔，他不就没事儿干了？！

作家深知造成这一切的原因，她不是简单地跺脚，叹气，大声地呵责，她有深入一层的剖析。《有一个青年》中的男主人公说他的女朋友：“她那双眼睛，不只是温柔的，也是敏锐的！她看得见、在那粗鄙的，没有教养的行为后面，还有一颗追求向上的心！”张洁也有这样一双眼睛。她看到的，不是漆黑的一片，而是漆黑一片中有明亮的星火。“野蓟经了几乎致命的摧折，还要开一朵小花。”(鲁迅：《一觉》)他们像摧折的野蓟一样，依旧开着小花，这就给我们以大的欣慰。张洁借这个青年的心理独白，作为她的宣言：“尽管迟至今日，历史才给我们这一代人，这样一个在十几年前就应该给我们的机会，但我们仍然珍惜它，不放过它！当我们不得不和那咿咿呀呀的小孩子一同向前迈步的时候，这种智力上的畸形发育，带给了我们许多的变态心理。而在我们粗鄙的、没有教养的、玩世不恭的行为下所掩盖着的痛苦，是许多人都不容易理解和原谅的！”我们的作者对这种历史造就的畸形，充满了谅解之情，她写出了这畸形背后“掩盖着的痛苦”。

的确，历史的错误给我们大家、尤其给青年一代带来了严重的“伤痕”。我们有充足而正当的理由揭示它。但我们从张洁的作品得到启发：揭露伤痕并不是最终的目的，我们的目的，在于通过伤痕的揭露以唤起疗救的紧迫感。张洁的作品还告诉我们：青年的身上除了累累伤痕，也还有健康的肌体；除了无知与粗鄙，也还有善良与优美。张洁传达了她的惋惜和迷惘，但又透露了强烈而坚定的希望。她有叹息，但绝不是主要的，主要的是她的作品所表述的进取和抗争的精神。以积极的态度和乐观的精神来表现“伤痕”的主题，这就使张洁的作品有力地区别于当前某些专以灰色的调子来写惊人而离奇情节的作品。

张洁并不是只有谅解而没有谴责，她的微笑，并不说明她对社会弊病的温情。她是有谴责的，这种谴责甚至也是严厉而尖锐的。《谁生活得更美好》中甚至有不留情面的鞭挞。当然，这一切，在张洁笔下也不是怒气冲冲的，我们同样看到了她的带着明显的讥讽的微笑。对那个自命不凡的极其庸俗粗鄙的吴欢，我们感到了作者并不直接表露出来的愤怒的目光。在张洁笔下，暴露黑暗甚至也显得“温柔”。她鞭笞吴欢的丑恶的灵魂。她把那位女售票员写得平凡又崇高，忙碌而典雅。咄咄逼人的吴欢，仿佛是一个强者，他要“征服”那姑娘，但是那姑娘凛然不可侵犯的幽雅而文静的美，显示了他的威严。那个企图加害于她的灵魂，显得卑劣而脆弱。而这种胜利却是始终用和缓而平静的语言来取得的。如她回答吴欢的挑逗是：“您不觉得这很荒唐吗？就算是您不尊重自己，那也是不应该的，更何况是不尊重别人。您记着，什么时候也不要使自己变丑呀！您瞧，我也许说多了，不过请您理解，我的愿望是好的。”这就是张洁的微笑的批判，有节制的愤怒，她仿佛以强者的声音在宣判：你未必生活得比别人更美好！张洁的文章有如平静的海面，但却蕴藏着巨大的力，即使是狂怒也不轻易显示。

尽管张洁在表现生活的阴暗面时，表现了克制，但她塑造有缺点的青年、特别是类似“垮掉一代”的那种青年时，她的文笔属于“进攻型”。她能够以恰到好处的分寸把握住形象。要是说，《有一个青年》中的“我”还不免缺乏立体感，到了《含羞草》中的盈盈，却有了飞跃的进步。盈盈小时头上那只“很大的，像她一样盛气凌人地乍着翅膀的蝴蝶结”，最初地暗示着她的个性特点；到了生日礼物那细节，她的任性、骄矜而又开朗的性格，通过对顾大江那一番嘴巴不饶人的结结实实的揶揄，得到了淋漓的揭示，这类人物中，吴欢是成功的典型。这个人物，自命高雅，鄙夷“小市民”整天捧着一本斯宾诺莎的书(多半是因为它的晦涩，读不读、读得懂不懂是次要的)。他会玩世不恭地在车上对那些“土鳖”的西装加以嘲讽，在人们的哄笑中，他会“很快地，几乎让人觉察不出来地瞟了售票员姑娘一眼”。吴欢是脱离了轨道的生活所造就的畸形儿，他有着病态的残忍。当他在售票员面前碰到有礼貌的钉子之后，便要报复，而报复的方式又是十分卑鄙的。在吴欢身上，张洁概括出一个已经或将要“垮掉”的人物典型，他的外貌、举止以及内心活动是个性化的，但又展示了我们并不感到陌生的似曾相识的普遍性。张洁的笔底有明确的爱憎，但她的情感含蓄而不外露，她借一位老人庄重而蕴藉的话来宣判邪恶：“小伙子。我可惜，可惜你的心，怎么不像你的脸那么漂亮!”我们会在这样的场合里，再一次感受到张洁的辛辣的幽默。

张洁被新生活推拥着向前。她像我们大家一样，开始时，眼里含着昨日的泪水。泪眼迷蒙中，她看到了森林中瑰丽的曙色，她踏着露珠，来到琴韵叮咚的孙长宁所在的校园。在美好的日子里，她缅怀往昔的艰辛，有着抚今追昔感。很快地，她看到了光明生活中不可忽视的阴暗面，看到了青年中精神和道德的衰颓，她竭尽微薄的心力施以针砭。在鞭挞黑暗时，又从尘埃中发现闪光的东西，她又竭尽心力歌颂它。她的颂歌常常是献给平凡的人的。她认为那样的人是真正的美的。她在《你说你是一根木头》这首诗中说过，你不是一根木头，你是一棵有生命的树。但他又说，不是松树，不是合欢，也不是碧桃，而是随处可见的槐树："你不要求人们的照料，也不愿意惹人注意。你就是一棵普通的树，一生和普通的人在一起"。张洁注意写平凡的人，在《含羞草》中，她批判盈盈崇拜冠军的虚荣观念，最后，她让盈盈把冠军手中的鲜花送给了为冠军"陪练"的顾大江。顾大江不是花，只是草，而且是一棵"含羞草"，尽管他有运动员的伟岸身躯，他也有条件当冠军。在张洁的心目中，英雄多半是这样默默无闻的"含羞草"。

能理解青年，也能理解老年。和青年相处时，有许许多多的"解放思想"的共同语言，和老年相处时，又有许许多多的"怀旧"的共同语言。她比较"正统"，但不保守，她有热情，但又冷静——这种冷静，夹带着她作为女性作家的文静与典雅。她的顾大江是青年一代的"含羞草"，而她的老田头（《非党群众》）则是另一棵"含羞草"，老年人的"含羞草"。和顾大江一样，老田头也是默默无闻的英雄。老田头并不怪。他的"较真儿"、死心眼，以及带着怪僻的固执，正是作家在现实生活中感到日渐陌生的事物，她对此充满了怀旧之情。老田头因为舞台设计中一个北海公园中的长椅被弄成水泥的而寝食难安，找党委书记怄气，退休之时提意见，第一条仍是这条公园的长椅。张洁写这个人物，是怀着敬意与挚爱的。这种认真的，一丝不苟的，不灵活而且不怕得罪人的精神，不是在生活中变得越来越少了么？我们的一些共产党员身上不是正缺少这种"非党群众"的优秀品质么？

张洁和我们一样经历过那刚刚消失的黑暗，她也和我们一样诅咒那黑暗，揭露那黑暗。但她并不满足于一般的暴露，她总是在对立面的斗争中暴露黑暗，讴歌光明，即使在那时还只是微弱的一点火星的光明。在最初的《从森林里来的孩子》中，她前半写了迫害梁老师的黑暗，后半写了拯救孙长宁的光明；《有一个青年》中，在“我”的身上，有落伍也有觉醒，在“我”的对面，有“她”的光明；《含羞草》中有盈盈，又有大江：《谁生活得更美好》中，有吴欢，更有田野，也有因与吴欢一起而自惭形秽的施亚男。总之，张洁是从黑暗走向光明的一代作家中的一个，也是在黑暗中能够发现光明，并且真诚地热爱并讴歌光明的一代作家中的一个。

在这样的估计之下，我们可以稍为公允地评价《忏悔》。这篇作品的出现，标志着张洁思考的深入，也标志着她的“创造光明”（不准确地说）的工作的深入。《忏悔》是一个曾经被错划为右派分子的共产党员沉痛的独白。二十年的冤屈得到了改正，但在这时，他的独生子却死了。他的确是失去了青春年华。失去了家庭幸福，失去了二十年为党工作的机会。但这位共产党员在他的独自中，并没有倾诉自己的不幸和忿懑，也没有过多地沉浸在失去亲子的哀痛中，主题是忏悔。但他的忏悔是在更高的境界之上的，指的是，当他被开除了党籍，由革命者变成“专政对象”之后，他尽管没有承认自己已不是共产党员，但他却没有用革命精神去要求、去教育自己的儿子。儿子也和他一样，蒙受着深刻的心灵的创伤。“文化大革命”后期，“他发现儿子那种‘闲人免进’的眼神里，对他渐渐地有了一些开放的征候，可这让他企求已久的谅解很快地又让他自己给推开了”。那是天安门事件时，儿子写了一首诗，告诉他，“我想到天安门去！”他阻拦了他。他告诉儿子，还有比死更可怕的东西。而后，儿子死了。他在恢复了党籍的今天，回忆这段往事，有无可补偿的悔恨之感，他“茫然若失”：“他失去的是一种比生命更重要的东西！二十二年的党龄可以弥补，可是什么能弥补他所丢失的共产党员的天职！”这就是一个共产党员——真正的共产党员的“忏悔”，这不是单纯的悲哀，正如作者说的，是比悲哀更严肃、更深刻，也更凝重的东西。这主题概括起来说，就是这样一句话：他忏悔，“并不是因为他做了什么，而是因为他不曾做过什么！”

三中全会以后，全国范围内开展了对一九五七年反右运动的甄别改正工作，出现了很多关于这方面内容的作品。多数作品都在那里抚摸“伤痕”，有的作品还谴责生活与历史的不公正，这是正当的。无可厚非的。但张洁却在受过不公正待遇的人的心中升起一股无比浓重的“忏悔”之情——一种心灵深处的自我谴责。与同类作品相比，《忏悔》的境界更为超脱了，《忏悔》的思考更为沉郁了，尽管人们可以说——这是悲剧，情调低沉——但是，透过这低沉和阴影的表层，我们不是可以看到紧张搏动的脉管里，殷红的鲜血在充满生机地奔跃？

张洁开始创作以来的基本主题是青年和爱。在爱的主题中，《爱，是不能忘记的》是重要的作品。这篇小说之值得注意，也许还不是故事的本身。它证实，作家的思想触角正向着社会生活的更为纵深的隐秘的部分延伸。这构成了张洁在新生活中思考的一个组成部分。在现今的社会生活中，投有爱情而只有金钱与权势的婚姻的泛滥，引起了作家的忧虑。作家的责任感再一次召唤她，她要写出她的婚姻与爱的观念。她不能不用哀婉的故事，以委曲地表示她对这一现实的愤怒的批判。

《爱，是不能忘记的》这命题，正如《谁生活得更美好》的命题一样，都是有对象的，也就是有对立面的。有的人应该生活得美好，有的人就不配生活得美好。有的爱，是随时可以忘却的，有的爱，则是永难忘记的。当金钱和青春容貌消失的时候，“爱”就被忘却了，那是虚伪的爱；有的爱，则是不会消失的，——“那简直不是爱，而是一种疾病，或是比死亡更强大的一种力量”——这是真正的爱，它超越了婚姻。作者鞭挞那种无爱的婚姻，批判那种交换和买卖的婚姻。作家有感于世风的沦落，她在执拗地宣传一种似乎是“傻里傻气”的执著的揪心的爱。这就是张洁在新生活中最新的思考，当然，思考之离开解决问题是有着长长的距离的。然而，谁能赞成作家停止她的思考呢？不应有人赞同。在当前，作家的思考是较前活跃自由了，但还不十分活跃自由。我们还有许许多多的忌讳，我们还有无穷无尽的忧虑，我们还有着太多的左顾右盼！《爱，是不能忘记的》。无疑在作品的题材与主题上在作一番认真的冲撞。我们认为，凡是从生活实际出发，走在生活前面思考的努力，都应得到鼓励。

“结婚的充分自由，只有在消灭了资本主义生产和它所造成的财产关系，从而把今日对选择配偶还有巨大影响的一切派生的经济考虑消灭以后，才能普遍实现。到那时候，除了相互的爱慕以外，就再也不会有别的动机了。”（《家庭、私有制和国家的起源》）恩格斯说的这段话，不证明着张洁今日的思考并不是幻觉中的绮丽思绪，而是一种相当严肃的命题吗，可以相信，张洁今日的思考，不过是早春的萌芽，随着生活的向前推进——亦即我国社会主义现代化的逐渐实现，这类题材将为更多的作家所注意。

爱，是不能忘记的；爱也并不是一切。爱是一种寻求，但更有超过男女之爱的寻求。张洁并不把自己的目光限制在男女之爱上。在《寻求》中，她除了寻求真正的爱，还寻求更为崇高的对于祖国的爱。涂天塑终于抛却了她生命的寄托的罗切斯特，而回到了祖国的怀抱。涂天塑经受了更为严峻的考验——她回国后的相当多的岁月并不幸福，但她最后说：“我很幸福，我寻找到了最真实的爱……”这就是张洁的爱的交响乐中最华彩的一个乐章，张洁倾注了她的激情。

但她的思考仍然没有结束，她的思考是大胆的。的确，在作为年轻一代的作家的脚下，不存在禁区，她大胆而无畏地前行在布满荆棘的路上。现在，她终于接触了社会主义社会的悲剧。

《我们还年轻》是爱的悲欢与美的失而复得交织的故事，它的主人公曾经受过迫害。但迫害终结了，当路明遥终于有可能去爱唐怀远的时候，他却因公殉职了。路明遥经历了无数痛苦之后即将拥抱的幸福，却失落了。如今，她的鬓角已露出银丝，眼角已出现皱纹，她少年时代以心相许的芭蕾舞，能因这终天的遗恨而停止吗？不能的。作者在用深沉的声音呼唤我们的主人公："我们还年轻！我们还年轻！"让我们告诉那些遭受过不幸的人们，当他们用那双潜藏着淡淡的哀愁的眼睛，望着那蔚蓝的海面上跳动的白色的浪花时，记住：真诚地生活着，真诚地相爱着的人们是幸福的，只有他们，应该比那些不诚实的人生活得更美好。对于张洁，我们的作者，我们说什么好呢，还是用她自己的话来回赠给她吧：我们还年轻，我们的事业在蔚蓝大海的那一边！

笔者穿行在张洁作品所展现的色彩繁丽的生活及其人物之间，为她活泼的思想和锐敏的探索而目乱心迷。一篇长文，竟没有多谈她在艺术上初露的才华。这对张洁，尤其对《北京文艺》编者的殷殷嘱稿之意，实有歉咎。我们预期在另一个场合补偿它。

一九七九年岁暮于北京西郊

1980

诗人对生活的感受*

——和《海燕》的作者谈诗

我刚从松花江畔来到这里。这是我第一次看到松花江。北方美丽的江流，在我这个南方人的眼中，引起了异常新鲜的感觉。我觉得它是美丽的，而且我觉得它的美丽，不同于黄河，不同于长江，也不同于我的故乡的河流。我苦于不能准确地表达出松花江给我的美感，我苦于不能恰如其分地描写松花江独有的个性。

我认为，诗的源泉只能是生活。诗对生活的反映，应当没有秘密。要有，那就仅仅在于，诗应当写出这一生活的独有的面貌，应当努力做到这种描写是不可替代的。要是写松花江，就应当把它写成松花江，而不混同于黄河长江。但的确，并不是所到过松花江的人，都能写出松花江的特点来。我们读到的诗作，大都是似是而非的。"是"，指的是它像我们见过的一般化的既可以是黄河长江也可以是松花江的"江"，说是"非"，因为它不能确切地把握住对象独有的东西，它没有写出特定的松花江来，所有的诗人都会写他们对长江大河的一般化的感受，只有少数的诗人能够写出他对松花江的独特的感受——他们不会把松花江写成长江，也不会把长江写成松花江。诗的秘密只有这么一点点：你要努力去发现生活独特的东西，而不是人云亦云的东西。为什么读者讨厌陈词滥调？因为这类诗没有表现生活独有的面

---

* 此文初刊于1980年1月《海燕》1980年第1期，初收《论诗》。据《海燕》编入。

貌。它的作者可以说对生活毫无所知，但却在诗中充斥着泛滥成灾的、生锈发霉了的形象和语言。试想“东风浩荡，红旗飘扬”究竟解决了什么问题？要是你写十月的天安门广场？总是诸如此类的“东风浩荡，红旗飘扬”，谁能相信你真的到过天安门广场？——事实上，任何不曾去过北京的人，都能写出这样“浩荡、飘扬”的诗！由此我想到我对松花江的感受。我想，松花江应当是松花江，而不是那种千篇一律的“江水滔滔奔腾万里”！

来到大连，有机会看到复刊以来的《海燕》，我饶有兴味地阅读了全部的诗篇。这些诗很有特点：灯塔和海鸟，浪花和咸味的风，造船厂灯火通明的夜晚，水兵登上了海岸……从中我发现了一首关于松花江的诗：

> 哦，莫非你是在梦境中流淌？
> 我的眼前，闪着你北方母亲慈爱的目光！
> 我向你走来，捧一把清凉的江水，
> 这里有北国雪花的凉意，密林松针的清香！
>
> 唱一首：“我的家在东北松花江上”。
> 莫怪我把它唱错了词，唱走了腔，
> 因为我的眼前不止有森林煤矿大豆高粱，
> 看，如林的井架正托起一轮初升的太阳……

我并不认为这首《松花江》是一首出类拔萃的诗，但它的确带给我以欢喜。记得十多天前，我站在松花湖畔，看远山的青翠，近水的澄碧，看水面上那若有若无的轻纱般的雾气，我的确是置身在作者所说的“梦境”，而且，的确从它的云影波光之中，看到了作者所描绘的“北方母亲慈爱的目光”。应当说，这样的描写是有特色的，但这“梦境”，这“目光”，还不是对松花江独到的概括。究竟是什么使我对这首诗产生了喜悦感？我以为，不仅是“梦境”和“目光”，主要是他写出了北国江河独有的东西。“这里有北国雪花的凉意，密林松针的清香”，仅仅一句，我们眼前使出现了一条有特色的典型的北方的河流。的确，松花江的美丽景色是和冬天、冰雪联系在一起的，松花江常常为纷飞的雪花所装扮。把松花江水写成具有雪花的凉意，这种诉诸触觉的描写，就把它和不是北方的江河区别开来；把松花江水写成具有松针的清香，这种诉诸嗅觉的描写，就把松花江和不是发源于长白山茂密林丛的江河区别开来。是这凉意和清香带给我以真正的喜悦的。我觉得，作者说出了我朦胧地感受到、但又不曾准确地道出的感受。这种感受是松花江惠赠给所有的人们的，但收获只属于那些善于捕捉对象的特点、善于发现生活中新鲜东西的人们的。

一首八行的诗，给人们以启示。但它的有特色的歌唱，并不到此为止。站在松花江边，像我这样年龄的人，“我的家在东北松花江上”悲愤的歌声，会自然地在耳边响起。我的感受也是这样。几天之前，我漫步在吉林江城的沿江大道，我在小丰满大坝上凭栏远眺，我总想起这歌声。这是历史的联想，却是松花江所独有的。不仅是联想，而且把历史和今天对比着写，这也是松花江所独有的；今天，松花江畔不仅有失而复得的无尽宝藏，而且，在它流过的地方，还涌起了无边的井架。这就是诗作者“唱错了词，唱走了腔”的今天的最新的松花江交响曲。

一个题目到手，尽管成为好诗的条件是多方面的，但不叫忽视的最起码的条件，应当是“写出”那对象特有的东西。而“写出”的关键，在于“发现”那对象的特有的东西。这就是诗的开掘。两三天前，一位作者让我看她写的一首歌颂张志新的诗，她引申了高尔基《海燕》中的诗意，把这位党的好女儿比喻为惊涛骇浪中展翅而飞的一只海燕——“就在那苍茫的风雨间，一个神奇的精灵，一只矫健的海燕，迎着狂风，穿透乌云，勇敢地冲向雷鸣电闪。她要追逐阳光,高声大叫,把真理呼唤。”把张志新描写成迎向风雨、追逐阳光的海燕是适合的。问题在于,并非只有张志新才是这样的战斗的海燕,无数斗争中的无畏战士,都是这样的海燕。“共同”的海燕,表现不了张志新;“个别”的海燕,才能表现张志新。张志新这只海燕,应当区别于一般的海燕。我以为,只讲她迎着风雨乌云和电闪,只讲她追逐阳光,是不够的。张志新不仅是一只搏击风雨的海燕,她还是一只在这场悲壮的搏斗中受了伤的海燕,一只被无情的风暴折断了翅膀的海燕。从这个意义上讲,诗人的“发现”还不艰苦,诗的开掘也不够深。当然,张志新的特有的东西不仅于此,诗反映生活的道路是宽广的。例如,张志新不仅可以是海燕,也可以是一柄寒光闪闪的长剑,她劈开了乌云笼罩的历史的黑暗;她也可以是一个闪电,一声惊醒人们的沉雷。

能够抓住对象的新鲜的意趣,成为一首好诗便有了基础,这几乎是诗创作的一个普遍规律。我们的弊病往往在于懒汉式的拾人牙慧,而缺乏那种发现生活的新意的毅力与敏感。记得伊萨柯夫斯基在写给青年诗人的信中批评的:你所写的战争生活是任何没有到过战场的人都能够写出来的。不幸的是,我们也有众多的这样的诗。没有到过工厂、农村、前线的任何人都能写出来的关于工厂、农村、前线的诗,没有到过松花江的任何人都能写出来的关于松花江的诗。这状况应当改变,但却非任何人提出的任何写诗秘诀所能解决。——靠认真地生活,靠在生活中认真地“发现”。

读《醉翁亭记》*

醉翁亭在滁州。滁州今安徽滁县,我没有到过。我猜想,滁州一定是风景娟丽的所在——能够不止一次地引起古代文学家的兴致的,绝不会是平庸的地方。比欧阳修的《醉翁亭记》早三百年,唐代的韦应物就写过《滁州西涧》。那是一首非常著名的抒情诗:

独怜幽草涧边生, 上有黄鹂深树鸣。
春潮带雨晚来急, 野渡无人舟自横。

这首小诗,仅四句,却传达出滁州自然景色中那迷人的恬静来。"野渡无人舟自横",确是极静娴的绘画的主题,对比之下,《醉翁亭记》是要热闹得多的。

仔细推究起来,《醉翁亭记》表面上的热闹,却隐藏着内在的深沉。宋仁宗庆历五年,欧阳修被贬,知滁州,当年十月到郡。年谱载:"庆历六年丙戌,公年四十,自号醉翁。"据此可知,他写《醉翁亭记》的时间,一定是在庆历六乍(即公元一〇四六年)以后。也许正是这一年。因为庆历六年,他写过一首《题滁州醉翁亭》的五言古诗:"四十未为老,醉翁偶题篇。醉中迟万物,岂复记吾年。但爱亭下水,来从乱峰间。声如自空落,泻向雨檐前。流入岩下溪,幽泉助涓涓。响不乱人语,其清非管弦。岂不美丝竹,丝竹不胜繁。所以屡携酒,远步就潺湲。野鸟窥我醉,溪云

---

* 此文初刊 1980 年 1 月《散文》1980 年第 1 期,初收《论诗》。据《散文》编入。

留我眠。山花纵能笑,不解与我言。惟有岩风来,吹我还醒然。”这诗是无法和《醉翁亭记》相比的,但它可以帮助我们理解这篇精粹的游记体散文。欧阳修的诗向我们透露,他明知“四十未为老”,而偏要自号醉翁。“醉中遗万物,岂复记吾年”,他希望自己始终是醉的,希望在一醉之中忘记一切,包括自己的年龄在内。不老而偏要称翁,明明醒者而要装醉,这有点像李白的“佯狂”,毕竟是同样地可哀。

据记载,庆历五年欧阳修上书为一些受黜的政治家辩护,“小人素已憾公”,借故把他贬逐出京。他是怀着政治上的不得意来到滁州的。因此,我们知道他的“醉翁之意不在酒,在乎山水之间也”不是随便说出来的。他是寓政治上的失意之心情于山水,他要在山水之乐中忘记其他方面的不乐。从这样的背景看,《醉翁亭记》实在并不是一篇轻松之作,它的热闹之中有着难言的寂寥。

但要承认,欧阳修在文中的确展现了一种轻松活跃的气息。也许,滁州秀丽的山水,淳厚的民俗,再加上他豁达的性格,使他能够忘却那些烦恼与抑郁。

我不能忘记第一次读《醉翁亭记》时那种耳目一新的欢喜和新奇之感。“环滁皆山也”,这劈头而起的一句,足以惊呆那些习惯于按照陈套来写文章的人们。他二话不说,开头就是突如其来的一句,可以说是一声由衷的欢呼:多么好的绵绵不断的山峰,环绕着滁州城!环滁而起的山势的突兀不凡,恰好衬托了文势的突兀不凡。一句之后,迅即展开了一个气势雄伟的全景。共间尽管还有起伏,但文章总的是如从峰峦的颤巅而舒徐地下行。我们从环滁的群山。而找到了西南诸峰中的琅琊山,由此进入山间腹地。这里不仅有山岚,而且有水音,一曲清流从两峰之间泻下,这是酿泉,一个与醉翁亭相联系的美丽的名字!水随山行、迂回宛转,作者的笔墨仿佛是电影的镜头,一步一步地把我们的目光吸引到特写景色中来。他采取“剥笋”的办法，层层剥去笋衣、而让你沿途览胜，取其精英：在环滁之山中，取西南诸峰，西南诸峰中，取琅琊；琅琊山行，取酿泉，酿泉萦回，醉翁亭临于泉边！经过重山复水，在蔚然而深秀的从峦之中、在潺潺的泉音伴奏之下，终于出现了醉翁亭！他不肯平淡地让这亭子出现，他大肆铺排，让它在未出现之前造成那“隆重”的气氛，使之显得不平凡。而一旦出现了，他又以非常省俭的笔墨用于止而描写，总共只用六个字：“翼然临于泉上”。这亭子无疑是非常美丽的了。但真正美的东西并不需要浓妆艳饰。一个“翼然”，便写出了亭子的峭拔飞耸；一个“临于泉上”，便写出它那依依临水的风情！依山临水的醉翁亭，飞檐俏丽，仿佛要展翅而翔，只有六个字。可见其飞动，可见共神采！

《醉翁亭记》一口气用了二十一个“也”，造成了全文咏叹气氛，留下了无拘无束一唱三叹的诗一般的情调，这已经传为文学史上的美谈。但这篇散文的特点，却不仅仅是行云流水般的自然，而且还有与之相结合的内在结构的精练严密。以“若夫日出而林霏开，云归而岩穴暝，晦明变化者，山间之朝暮也。野芳发而幽香，佳木秀而繁阴，风霜高洁，水落而石出者，山间之四时也”为例，这两个句子中，前一句写朝暮，后一句写四时，是很精确的。太阳初起，林间氤氲的云气在消散，这是山间清晨；岩穴里充满了薄暮的雾霭，周遭逐渐暗了下来，这是山间傍晚。那后一个句子，更为凝练，一句之中，每一分句各写一个季节：“野芳发而幽香”，春景；“佳木秀而繁阴”，夏景；“风霜高洁”，秋景；“水落而石出”，冬景。令人惊叹的是，他不仅用非常节省的文字，抓住山中四时朝暮的典型景色作了概括的描写，而且写过之后并没有忘了反过来再作总结性的呼应：“朝而往，暮而归，四时之景不同，而乐亦无穷也”，再一次分别点到了朝、暮、四时。

《醉翁亭记》的作者懂得景和人的关系，他把重点放在景中之人的描写上。而关于人的描写，又是围绕着“醉翁”而展开的。

亭子的景色当然是宜人的，但要是离开了那活泼喧呼着的人，那亭子大概和普通的亭子也没有什么差别。此文写人，大抵和开始一段文字写景的思路近似。“负者歌于涂，行者休于树，前者呼，后者应，伛偻提携，往来而不绝者，滁人游也”，这是一个欢乐的全景，一幅活泼生动的太平景象的画面！（可以想见，欧阳修生活在这样热爱生活的人民中间，精神上得到的慰藉，足以使他忘记了仕途的艰辛和烦恼）写了“滁人游”这一全景，镜头缩小到了临溪而渔，酿泉为酒，山肴野蔌，杂然而陈的充满野趣的“太守宴”上面来。由“太守宴”而“众宾欢”，最后，落到了他自己得意刻画的中心人物形象上：“苍颜白发，颓乎其中者，太守醉也”。苍颜白发，前已述过，欧阳修当时实际上也许还没有这样的“老态”；颓乎其中，也许这“醉态”是有点夸张的。但他的确写出了一个不拘形迹的十分可爱的“醉翁”！这形象，苍颜白发得其形，颓乎其中得共神，也是十分精彩的笔墨。

《醉翁亭记》全文不过五百余字，但它所概括的内容之丰富是惊人的：亭子的坐落，周围的环境，它的建造及命名，它的晨昏及四时景色，游人的熙攘，野宴的欢乐，太守醉后的神态……。但是最精彩要算是结束的一段文字。夕阳在山人影散乱，游人归去。游人一去，禽鸟大欢，花荫树间，鸣声四起。作者在这里写出了充满哲理意味的抒情文字：“然而禽鸟知山林之乐，而不知人之乐；人知从太守游而乐，不知太守之乐其乐其也”。的确，禽鸟并不知人，人也未必能知太守！谁能真正理解太守此时此刻的乐趣呢？太守之乐，在酒，在山水，在山崖水滨的人民的欢声笑语，也许，也在于他在这与民同乐的真正欢乐之中，忘记了政治仕途的曲折与艰险。《醉翁亭记》是一篇明快轻松的文字，但的确并不是一篇单纯写景的轻飘飘的文字。应当认为，这里活泼地跳跃着作家的政治理想和并不单纯的思想情怀，它有政治，但却是隐蔽的。

序《紫色的山谷》*

那个夜晚，在允景洪：晶莹的繁露，喧闹的虫吟，飘忽的萤火，蓝宝石般的天宇里镶嵌着熠耀的星星。尽管节令已是深秋，但西双版纳仍然有着在北方只有盛夏才能见到的美好景象。我们说话的时候，远处，澜沧江轻轻地唱着。此刻，当我读着《紫色的山谷》的时候，我想起了和它的作者那次最初的相会。

当时，我们围坐草坪之上，张长用他的诗人的语言向我们这些来自北方的客人讲起了他所挚爱的边疆风物。我永远记着，就在我们第一次晤面的这个夜晚，他谈到西双版纳的太阳花。他是那样动情地爱着这些平凡得不能再平凡的小花，并把它珍重地介绍给了远方的来客。在西双版纳，我认识了张长，也认识了白族另一位诗人晓雪。我们分手的时候，也许是由于醇酒般的友情给我壮了胆，我居然提笔写了一首多年不写、那时更是怕写的小诗，送给这两位一见如故的朋友。就在这首诗中，我引用了张长描绘过的，而我还没有机会见到的太阳花的形象。

可以想象，当我在这本散文集子中，看到《太阳花》的名字时，会是多么欣喜！我恍若遇见了熟悉的友人，自然地，我想起了在西双版纳度过的日日夜夜。张长显然是以他所喜爱的花来比喻那些建树着辉煌业迹而又默默无闻的劳动者。他以多采的笔墨写云南神奇的风光，从中，寄托着他对人民和劳动的讴颂。他不写那种神一样站在云端上的人，他只写先进的但又是平凡

---

* 此文刊于1980年2月5日《边疆文艺》1980年2月号。据此编入。

的人。这种人,当他单独出现时,有着惊人的光彩;当他处身群众之中,又平凡得令人分辨不出来。他的“太阳花”就是如此:“花虽小,却红得耀眼。不开花时,朴素得像一丛小草,路边,墙脚,不注意根本认不出来。可只要一见太阳,哗一下,一片草地全红了!”这小花让我们驰想。让我们想起人民的平凡和伟大。从一朵太阳花身上,可以看见无数的太阳花,他们都一样地不起眼,却一样地有着火焰似的红。

我从《太阳花》的艺术形象中,感到了张的散文中一种明显的美学追求。他总是给具体的物象以寓意,他总是又写具体的人,又由此出发去作更大范围的概括。例如,当他点出那位傣家少女就是“太阳花”时,他的眼前出现的不只是一朵,而是千千万万朵“哗一下”迎着太阳怒放的“太阳花”——他又认不出她来了。《柚木》也是这样。开始他也如不认得太阳花一样,不认得柚木。后来,他不仅认识了一棵真正的柚木,而且他还确信,当那个黄昏他遇见那位伐木工人时,他实际上是已经闯进一片葳蕤茂盛的柚木园里。置身在这样无边无际的太阳花和柚木丛中,他眼花心迷。他的文章中总是出现这样的境界,他遇见了,而当他回过头去,却辨认不出来了:“再也找不见那人的影子,明亮的天幕上只有一排排参天的大树在晚风里摇着它们粗壮的枝柯。”多么含蓄!我们英雄辈出的时代,我们无可辨认无数向着太阳盛开的太阳花,我们无可辨认的无数质如铁坚的柚木!

张长笔下的人物是让人钦敬的,但绝不是超凡入圣的。即使在“三突出”鼓吹得最狂热的时候,张长也写人的真实和平凡,他把光辉和伟大放在普普通通的形象之中。他不仅刻意写新型的人,而且刻意写英雄的群体,他有意地把一朵花和无数朵花,把一棵树和无数棵树混淆起来,让你分辨不清。“今天从这条沟钻下去,明天又从那个山头钻出来”,默默无闻地劳作在地层下的“蚯蚓”有惊人的光彩;“就在他登上山顶的时候,刮起了一阵山风，他敞开了的白上衣频频地搧动着”，这是展翅于高山的《鸿雁》，那个普通的乡邮员，崇高得令人起敬。张长长期生活在西双版纳美丽的土地上，他爱那里的人民，他为各族儿女唱出一曲又一曲赞歌。就是这些“蚯蚓”和“鸿雁”，构成了他的散文中美妙无比的人物画廊。

在这个画廊中，《僾尼人的老师》有非凡的美丽。它用一种非常自然、非常朴素的语言，讲出一个乡村女教师紧张而又清苦的一天。这位女教师，她单独一人在异乡办学。一勺山泉，一把野菜，她觉得胜似琼浆玉液。在这里她有着许多真诚地关心她的朋友和亲人，她快乐得像一只鸟儿，不停地唱着歌。那些即时送来的青菜，以及用芭蕉叶子包着拌以胡辣椒的岛礁的鲜青果，包容着僾尼山里的亲人们一颗多么热烈的心！我有幸在僾尼山寨中作过短期的客人，我亲自感受过这些纯朴的人民的伟大的爱。因此，我怀着感激的心情，阅读着张长的这些蘸着浓郁的情思的笔墨。我也深信，那位“僾尼人的老师”想到的“我是永远也不离开这里了”的话，是真诚的。张长长期生活在西双版纳，生活在僾尼山上，从事文学工作之后，他仍然经常到那里去深入生活。他爱那里的一切，他自己就曾经像这位乡村女教师那样，在年纪很轻的时候，在一个小小的版纳作过乡村医生。因此，他能够以不加雕饰的语言，来表达他的挚爱之情。他的描写有时显得朴素而恬淡，但却传达出这种浓郁的生活情趣。

但就基本的特点而言，与其说张长的散文风格是朴素而恬淡的，不如说他的风格是华彩而柔开卷有益的。他的散文有着诗一样的情调——他的确把诗带进了散文中来。他总是像写诗那样写散文。（同样，他也把小说带进了散文中来，在这个集子中，少数篇章叙事过于琐屑，情节过于复杂，失去了抒情诗的单纯，也冲淡了诗一般的韵味，这缺点，以《仇恨的火焰》最为突出）他的散文描绘了从西双版纳到苍山洱海的迷人风光，边疆傣、白、布朗、拉祜、僾尼……各族人民的各有特色的生活和文化。他的笔，为我们画出了让人眼花缭乱的五彩的云霞，如那些百折裙上的花绣，如那些头巾上的流苏，如那些闪光的耳环和银镯，如那些“筒巴”上的图案。环珮叮当，五彩乱目。张长的笔墨，为我们写出了祖国西南边疆这块土地的美丽、丰富、神奇。

读他的散文，不仅是耳目上的满足，更主要的是精神上的满足。张长的每一幅画，都写边疆的美，而且是着意写边疆的新美。他总是在他的多彩画幅中，织进了朝气蓬勃的社会主义时代的精神气质。白族的望夫云的故事，是十分古老的；张长笔下的《望夫云》，却是十分年轻的。他改造了旧日故事的悽恻情调，而使之变为白族阿花姑娘的无忧无虑的快乐。他甚至改造传说中的望夫云的性格：“望夫云暴怒的性格不见了。现在的望夫云是多么温柔和善良，她给人们带来了吉祥和幸福。”《紫色的山谷》也有这种奇异的“改造”：原来是“琵琶鬼”聚居的村寨，人们在绝望和悲哀中幻想过山顶飘来紫色的云；这种幻觉却真的成了现实：“这时，正好一片玫瑰色的朝霞升起在天边，山顶上那些紫穗高粱突地像着了火似的一支支都燃烧起来”……

这本散文集给人以美的享受。《泼水节的怀念》肃穆中透出优美，《连理枝》新颖而精巧，而《孔雀的故乡》和《节日的欢乐》的抒情诗般的情调，更使我想起如海的虫鸣，凤尾竹的倩影，以及无边无际的、无所不在的西双版纳的绿。我为《僾尼山春色》所迷，我酷爱它那最末一段的文字，那是最纯真的，不分行的诗。

当我写到这里，我发觉了我的偏爱。（当然，这种偏爱是无罪的。我敢担保，不论是谁，只要他到了云南，他总会为这片土地和人民生活的丰富多彩所迷恋）我想到：张长是写诗的，但又写了许多散文，他是用写诗的心情和方式来写散文的。张长当然没有从诗中走出来（我也不希望他走出来），但他毕竟把诗带到了散文王国中来。这种诗的“移民”我是赞成的。因为想到我所欣赏的张长散文的长处，而想到由此带来的他的散文的短处。因而，我记起我十分欣赏的海涅于一八二六年说过的一段话。后来，我把它抄送给我和张长都认识，并且同样尊敬的前辈诗人。这段话，现在我也把它转送给张长：

> 我作为一个诗人和歌手来说，已经完结了，我投入了散文的宽大的怀抱里；在最近就要出版的几卷《旅行杂记》中，你们可以看到许多毫无诗味的粗暴、激动和愤怒的词句，而主要是论战性的词句。时代是极其卑劣的时代呵！

张长无疑是生活在美好的时代里。但是他所生活的时代，在某一时期（例如林彪、“四人帮”统治的时期）、某些地方，也有着卑劣。张长用抒情诗般精美的调子来歌颂他所热爱的生活，这是理所当然的。他善于构思，而且有时显得精巧而睿智（如《望夫云》、《茉莉信》、《鸿雁》）。作家应当各有艺术个性，但我还是觉得，张长的散文中似乎少了些刚强的气质。有时，我甚至觉得他应当“粗暴”些，而且应当出现“愤怒的词句”。例如同样优美的《泼水节的怀念》，凤凰花影中，像鼓声里，要是掺和着愤怒，那将更有力量，也更能体现出时代和人民的情感来。

张长从遥远的春城寄来了即将出版的《紫色的山谷》大样。他是一位诗人，为诗之余，竟然写了这么多的散文，我庆贺他的丰收，也分享了他的喜悦。他殷殷嘱我阅后为序。挚友深情，却之不恭，只得勉力为之。但愿我的这些读后有感，于作者，于读者，都不至于完全无所助益。

一九七九年十月三十日第四届
文代会开幕之日于北京

他依然年轻*

——谈艾青和他的诗

就年龄而言，诞生于一九一〇年的艾青，无论怎么说，都不能算作一个青年。何况，他开始发表作品，距今四十八年；出版第一部诗集，距今四十四年；而一九五七年以后的被迫停止歌唱，也长达二十一年，仅就这几个数字，也足以证明，艾青早已告别了青年时代。

但是，对于一个“吹号者”，检验的标准是他的号音；对于一个诗人，检验的标准是诗人的青春。最近，艾青在被问及“你以为写诗与年龄有关系吗？年龄大了还能不能写诗”时，回答只有三个字：“问得怪。”[①]在艾青看来，这是一个怪问题。

一九七八年四月，艾青重现在我们面前的时候，他唱着：

火是红的，
血是红的，
山丹丹是红的，
杜鹃花是红的，
石榴花是红的，
初升的太阳是红的；

---

* 此文初刊 1980 年 10 月《中国现代文学研究丛刊》1980 年第 3 期，初收《成功之路》，北京出版社 1981 年 10 月出版，题《他依然年轻——记艾青》，又收《中国现代诗人论》。据《中国现代文学研究丛刊》编入。

① 艾青：《答问十九题》，《诗刊》一九八〇年第二期。

最美的是

在前进中迎风飘扬的红旗！

——《红旗》

透过那燃烧着人民对于压迫与剥削的反抗之火焰、激扬着人民对于自由与解放的希望之火焰的红旗，我们望见，旗影之下站着我们熟悉而又阔别的艾青。“即使被子弹打穿了，也决不会倒下”，“像战马抖动鬃毛，在等待一声号令，随时准备跳出战壕，扑向烟火弥漫的战场”，这似乎就是艾青的形象。二十余年不由自己的沉默，他选择了这样一个明媚耀眼的春日，唱着这么一曲充满了战斗激情的歌，这一切，让我们确信，这是我们思念的当年的艾青，这是我们所惊喜地发现的依然年轻的艾青。

要知道，不仅我们大家，还有我们的党，我们的被战火燃烧的、被烈士鲜血染成红的旗帜，都刚刚从泪与血的浸泡中走出来，而艾青所遭受的，比我们要深重也要长久得多。正是因此，他的重现，而且是如此充满热情与朝气的重现，带给了我们由衷的欣喜。

为什么我的眼里常含泪水

早年，艾青的声音，艾青的形象，总笼罩着轻淡的悲哀。中国的命运是悲哀的，中国诗人的声音也不会轻快。艾青的生活环境及经历，使他从童年时代就感受到了中国人民——特别是生活在最底层的农民的苦难。他始终未能忘怀于以乳汁哺养了他的一个普通的农村妇女，直至他身陷国民党的囹圄，在狱中，在艰难的条件下，他献给了这位劳动人民的乳母以动人心弦的挚情之歌。这就是后来奠定了他的诗创作基石的《大堰河——我的保姆》。这是一个地主家庭的叛逆的儿子，献给他的真正母亲的伟大母性的颂歌。一个普通农妇的命运，艾青把它概括在

“大堰河以养育我而养育她的家”这句诗中；一个中国被压迫的女性的伟大崇高，艾青以极富概括力的寥寥数语来表述：

> 我是地主的儿子，
> 在我吃光了你大堰河的奶之后，
> 我被生我的父母领回到自己的家里。
> 啊，大堰河，你为什么要哭？

艾青报效这位受苦的母亲的，是他被劳动人民的情操启迪而生的真性的抒发。大堰河以乳汁哺育了艾青，大堰河那种劳动人民的爱，流淌在艾青的血脉之中。艾青怀着这种真诚的思念与感激之情，在诗中再现了中国劳动妇女的生活场景及其深沉的内心世界，她的无可逃遁的悲惨生涯，及其最后寂寞而凄苦的死亡。艾青感受了中国人民最深沉的悲哀，他把这种感受，凝聚在《大堰河——我的保姆》之中。这首诗，第一次传达了这样的信息：艾青是了解农民的，他对农民的了解与同情，以及由此激发起来的最初的阶级觉醒，这，确定了艾青诗作的思想基调。艾青以自由诗的奔放无羁和内在的节奏感，以及对于诗的散文美的追求，绘出了以现代西方诗歌的艺术形式为主要手段的、表现具有浓郁的中国乡村生活情调的、充满泥土气息的现代风俗画。

浙江省中部的金华衢县盆地，美丽的富春江从那里流过。那周围，散落着浅矮的丘陵，是富庶的鱼米之乡，艾青就生在这里的金华县一个叫畈田蒋的山村中。艾青怀念他童年的摇篮、家乡的双尖山。直到五十年代，他还在诗篇中唱起双尖山阴天的寒雾，以及那压在山顶的浓重的乌云，那闪电过后的倾盆大雨……艾青自述，母亲生他时难产，算卦的说他“克父母”，因而他在家庭中成了“不受欢迎的人”，不许叫“爸爸妈妈”，只许叫“叔叔婶婶”。他被寄养在农民的家中——这使他有机会最早接受了劳动人民的温暖与恩惠：大堰河赐给他以最初的灵感。

艾青不喜欢他那热心于修身格致、“没有狂热”而又“不敢冒险”的父亲。他的父亲，接触过像《天演论》那样的新学，但在祭祀时却“假装虔诚”；明知革命是一种潮流，却回避冲激，从旁观望。他希望艾青能够继承他的家业，但艾青忤逆了他的意愿。艾青说：“自从我知道了在这世界上有更好的思想，我要效忠的不是我自己的家，而是那属于万人的一个神圣的信仰。”（《我的父亲》）

一九二八年，艾青初中毕业，考入杭州国立西湖艺术院学习绘画。不到一年，艾青接受了院长的劝告赴法国，仍然学画。在法国，艾青失去了家庭的接济。他在一家工艺美术工厂，一边工作，一边自学。他开始接触进步的文学和思潮，尤其喜爱凡尔哈仑的诗。艾青徜徉在塞纳河畔的巴黎公社的故乡，卢浮宫，埃菲尔铁塔，巴黎圣母院，以及矗立在爱丽舍田园大街尽头的雄伟的凯旋门。巴黎的绮丽风光以及她的惊心动魄的历史，给这位刚刚二十岁的青年人以丰富的精神滋养。艾青说：“我在巴黎度过了精神上自由、物质上贫困的三年。”[①]后来的事实证明，艾青在巴黎的三年，精神上不仅是自由的，而且是丰富的。艾青从“彩色的欧罗巴”，带回了一支吹奏自由之声的芦笛，他对这块给他以精神激励的大陆说：

> 我将像一七八九年似的
> 向灼肉的火焰里伸进我的手去！
> 在它出来的日子，
> 将吹送出
> 对于凌侮过它的世界的
> 毁灭的诅咒的歌。
>
> ——《芦笛》

① 艾青：一九七九年版《艾青诗选》《自序》。

艾青在祖国面临危亡的一九三二年“一二八”事变当日，启程归国。在马赛，他唱出一曲诅咒资本主义的离歌：“财富和贫穷的锁孔”，“掠夺和剥削的赃库”，他认为马赛是“盗匪的故乡”。艾青在法国，了解了资本主义的丑恶，也了解了资产阶级革命的性质，以及无产阶级的庄严使命。法兰西的光荣，温暖着青年艾青。归国当年的五月，艾青在上海加入左翼美术家联盟，组织“春地画会”。七月，在画会的活动中被捕。在狱中，艾青写了吴献给他的乳母的赞美诗《大堰河——我的保姆》，以及其他一些名篇。艾青的这些诗，是他在艰难中对劳动者发出的誓言。他认为他的诗，是“呈给大地上一切的，我的大堰河般的褓姆和她们的儿子，呈给爱我如爱她自己的儿子般的大堰河。”严酷的斗争，以及身受反动统治的迫害，艾青的心，因思念大堰河而更为贴近如大堰河那样的善良的人民。一九三五年十月出狱，次年，诗集《大堰河》出版。从此，拿过画笔的艾青，吹响了诗人的芦笛；而此后的斗争烈火中，他又把芦笛换成了号角。

艾青珍惜他的这支初结识的芦笛。他赞赏波兰诗人阿波里内尔的一句话：“当年我有一支芦笛，拿法国大元帅的节杖我也不换。”艾青吹起了这支芦笛，笛音中流露的首先是那份中国农民的哀愁。他奔突在抗日战争的烽火中：他看到《手推车》滚过黄河故道的河底，“响彻着北国人民的悲哀”；他也从无终止地奔走在原野上的《驴子》的“灰色的眼瞳”中，看到了“北方的广漠的土地的忧郁”。他走过旷野，他觉得它是悲哀的，他痛苦地喊：“你悲哀而旷达、辛苦而又贫困的旷野啊”（《旷野》）；他看到燃烧着的北方的土地，也觉得它是悲哀的，艾青说：“北方是悲哀的”。但他又说，“我爱这悲哀的国土”，因为它“养育了为我所爱的世界上最艰苦与最古老的种族”（《北方》）。

艾青觉得，中国的被敌人蚕食着的土地，被无边的严寒覆盖着——

雪落在中国的土地上，
寒冷在封锁着中国呀……
——《雪落在中国的土地上》

写这诗时，是一九三七年的深冬。这年“七七”，卢沟桥事变发生，北京、天津旋即陷敌；十月，日本侵略军攻占上海、太原、苏州；十二月，占南京、杭州。中国大地寒雪飘飘，的确为严寒所封锁。中国的大地是悲哀的，连大地上的风，也像一个“太悲哀了的老妇”，伸着寒冷的指爪。诗人在这片国土上，看到赶着马车的农夫，蓬头垢面的少妇，以及蜷伏在不是自己家里的无数年老的母亲，他对他们说，我也不比你们快乐，“我的生命也像你们的生命一样的憔悴”！国土的沦丧，人民的苦难，加上个人所受的折磨，使艾青诗中充满了哀愁。中国的苦痛与灾难，像这雪夜一样，广漠而又漫长。艾青这时还没有找到温暖与太阳，他不无疑惑地问：

中国，
我的在没有灯光的晚上
所写的无力的诗句
能给你些许的温暖么？

寒夜的哀歌显然没有结束，到一九三八年，艾青写出了一首最深沉，也是最悲哀的诗：

假如我是一只鸟，
我也应该用嘶哑的喉咙歌唱：
这被暴风雨所打击着的土地，
这永远汹涌着我们的悲愤的河流，
这无止息地吹刮着的激怒的风，
和那来自林间的无比温柔的黎明……
——然后我死了，

连羽毛也腐烂在土地里面。

为什么我的眼里常含泪水？
因为我对这土地爱得深沉……
——《我爱这土地》

艾青说过："我始终是旷野的儿子"，也许还应加上，他始终是大堰河的儿子。艾青的悲哀终于有了最明确的答案：他爱这土地。而这古老的土地正在被宰割，正在流血。艾青愿把一切奉献给它：当他活着的时候，献给它以歌喉；当他死去的时候，献给它以羽毛。

艾青的悲哀是深沉的，但却不是绝望的。即使在暴风雨最严酷的时候，他还是期望着"那来自林间的无比温柔的黎明"。尽管这个时候，艾青还生活在寒夜里，但他总是渴望着黎明，而且想象它是"无比温柔"的。在写《我爱这土地》之前，尽管艾青唱过《黎明》，也唱过《太阳》，但那黎明和太阳，具有更多的象征意味，与其说是实在，不如说是愿望，不如说是对于现实的理想化。诗人还不曾看到真实的热气腾腾地上升着的太阳，还不曾真实地看到在斗争中熊熊燃烧着的火把。但诗人的信念是可贵的，而信念之变得坚实有待于斗争的实践。

吹号者——通知黎明的人

艾青没有在悲哀中消沉。如前所述，即使在最深沉的悲哀中，他也没有失去对黎明的企望。即使是寒夜，他望不见黎明，但也要以理想之光装扮一个太阳。你看艾青把日出写得多么雄壮：

从远古的墓茔
从黑暗的年代

从人类死亡之流的那边
震惊沉睡的山脉
若火轮飞旋于沙丘之上
太阳向我滚来……
——《太阳》

闻一多委婉地批评过艾青的"太阳向我滚来":"为什么我们不滚向太阳呢?"[1]但是,当民族遭受深重苦难之际,当他还没有获得更多的通过人民的斗争争得解放的意识时,诗人毕竟表达了对于光明的渴望。这仍然是可贵的。何况,艾青在这里已显示出抛弃旧我的初步觉醒,他的心胸已"被火焰之手撕开",而把陈腐的灵魂搁弃在河畔,从而获得了"对于人类再生之确信"。

从一九三七年开始,至一九四〇年,艾青奔波在抗战的国土上。他由上海到武汉,由武汉到临汾,由临汾到西安,再由西安折回武汉到桂林。一九三九年,艾青执教于湖南新宁。一九四〇年春,他带着《火把》到达重庆。大约三年的时间,艾青在灾难的土地上,目睹了千千万万灾难中的人民生活。这里有只是无声地想被炮毁掉了家的"补衣妇";有在北方到处可见的"伸着永不缩回的手"的"乞丐";一路上,是无尽的伤感与悲哀。一九三九年在桂林,战云密布的天底下,终于跳出了积极乐观的形象来。那是一条被战争毁灭的《街》。但街上,不仅有轰炸之后的瓦砾、焦炭,而且出现了由普通少女而变为穿上军装的女兵的形象。这个少女,不再是受奴役、受迫害的形象了,她从奴隶的地位走出来,而成为中国觉醒的象征。这当然只是并不丰满的雏形。但是,我们却在这一时期类似的题材中,看到了战斗者真实的身影。

首先是《吹号者》。当这个吹号者每日醒来,总是在微弱的

---

① 闻一多:《艾青和田间》。

灯光里，门外依然黝黑。由于他对黎明的“过于殷切的想象”，他于是成为一个早醒者：“惊醒他的，是黎明可乘坐的车辆的轮子滚在天边的声音。”他爱那闪光的铜号，他甚至愿以自己的血丝换来激昂的号音。他吹集合号，出发号，冲锋号，最后，他在前进的行列中中弹倒下：

> 他倒在那直到最后一刻
> 都深深地爱着的土地上，
> 然而，他的手
> 却依然紧紧地捏着那号角；

太阳照着吹号者，也照着他心爱的号角，太阳使它发出了“闪闪的光芒”。在这里，艾青仍然有着那一丝轻淡的哀愁，但已经退居次要的地位。吹号者是悲壮的形象，而且是进取的形象，它的基调是乐观的、战斗的。

《他死在第二次》也是一首长歌。一个士兵，在战斗中受伤了，他被送往后方，他把血淋滴在祖国冬季的路上。艾青以雄壮的诗句写道：“就在当天晚上，朝向和他的舁床相反的方向，那比以前更大十倍的庄严的行列，以万人的脚步，擦去了他的血滴所留下的紫红的斑迹”。在这里，连淡淡的哀愁都销匿了。艾青以空前的豪迈来写这一场保卫中华民族生存的神圣战争。随后，他写这伤者对自己之脱离战场而感到的不安与惆怅，他仍然渴望着战斗。伤好了，他重返前线，后来，他又倒下了，他终于没有再爬起来。艾青用深情的笔墨，记下了这位平凡的战斗者的不平凡的一生。他把这首颂歌献给了为民族生存而决死战斗的人们。从此，艾青的不免有些感伤情调的歌手的形象被改变了，由于他的笔下出现了壮烈的英雄形象，使艾青获得了确定的号手的概念。

《火把》是一个高潮。火把在沸腾之夜点燃、集聚、奔涌，在火把的亮光中，有对战死者的最挚诚的怀念，有继续他的事业的誓愿，也有对爱情的失落的痛苦的描写，但这些属于个人的东西，被火把的火光焚毁了。《火把》是直接表现革命行动的，它的主人公是一些知识分子。诗人写了他们的革命热情，也写了他们的弱点，更写了这些弱点在斗争中得到改造。唐尼在李茵的帮助下，终于把个人在私生活中的失意，服从于整体的利益。《火把》当然是光明赞，它以诗的语言表现群众和知识分子对于斗争的觉醒，而且揭示了这觉醒的全部痛苦的过程，对于小资产阶级来说，这也是个人主义世界观的舍弃过程。新的生命在火把中点烯，旧的生命在火把中焚毁。也许，我们可以这样高度评价这支从烽烟中带给黑暗的"大后方"的《火把》。

以《吹号者》、《他死在第二次》、《火把》为代表，艾青的诗跨入一个新的高度。这意味着艾青对生活实际的锲入更深了。闻一多曾经论述过艾青诗作的弱点："（艾青）也表现人民及战争，用我们知识分子最心爱的，崇拜的东西去装饰，去理想化。如《向太阳》这首诗里面，他用浪漫的幻想，给现实镀上金，但对赤裸裸的现实，他还爱得不够。"[①]《向太阳》写于一九三八年，应当说，闻一多的评论有其合理性，它的基调是高昂的，但不免空泛，不够结实。到了写于一九三九年的《吹号者》、《他死在第二次》、写于一九四〇年的《火把》，艾青在大半个中国的滚滚烽烟之中汲取了严酷的诗情，那些血淋淋的画面、活生生的人物，当然使他的作品具有了深刻的现实性。

但我们也不能因闻一多的评价而忽视《向太阳》的重要地位。《向太阳》是先前写作的《太阳》的姐妹篇。写《太阳》时，艾青有着对于光明的热望，以及抛弃旧我的意愿，当他看见"太阳向我滚来"，也有由衷的惊喜。但当时，他还缺乏"奔向太阳"的

---

① 闻一多：《艾青和田间》。

自觉。《向太阳》展开了一个全新的境界，诗人不再是在想象那林间温柔的黎明，而是“用囚犯第一次看见光明的眼”，看到了“真实的黎明”。太阳光下，诗人用狂喜的目光，注视那充满了生机的世界(这与那些寒夜冰雪的诗篇判若天地)，他向清道夫，家庭主妇，向一切在早晨工作的人们致以晨安。艾青看到了那些太阳光泛滥的广场上的现实的工人、士兵和少女，还有伤兵。当那些伤兵走近他的身边，诗人说：“这太阳下的真实的姿态，我觉得，比拿破仑的铜像更漂亮”。艾青以明朗的心情宣告：他感到他已经告别了“把自己的国土当做病院”的“昨天”，以及“永远唱着一曲人类命运的悲歌”的“昨天”。他说，现在好了，“一切都过去了”，他感谢太阳，“太阳召回了我的童年了”。尽管我们可以认为，他把一切看得太美好，也太完满，这就是闻一多说的“给现实镀上金”。但是，我们肯定这个乐观和狂喜。近乎天真的诗人，把昨日的寒云冷雾一扫而空，艾青告别了眼里常含泪水的世界，艾青来到了一个充满生气的光明的天地。

对于艾青，的确，《向太阳》是空前的昂扬的颂歌。但是，它既然属于艾青，也就留下了艾青的“狐狸尾巴”(闻一多语)：他在“感到了从未有过的关怀与热爱”之时，他“甚至想在这光明的际会中死去”。它仍然留着哪怕只是残余的哀愁。艾青毕竟是艾青，在光明到来的时候，他为什么想到了死？

一九四〇年，艾青见到了周恩来同志，那是在重庆的北碚。艾青回忆说，“在事先约定的时刻，他从浓荫覆盖的高高的石阶上健步下来”[①]。艾青具体而真实地蒙受了党和人民的阳光的温暖。这给艾青作品的基调带来了突变。我们记得艾青写过寒冷、寂寞、雾气迷濛的《旷野》，那是一九四〇年一月。同年七月，艾青赋《旷野·又一章》，情绪发生了根本的变化，那旷野上的一

---

① 艾青：《答问十九题》，《诗刊》一九八〇年第二期。

片光明，正是艾青心中一片光明的反照：

> 阳光从树木的空隙处射下来，
> 阳光从我们的手扪不到的高空射下来，
> 阳光投下了使人感激得抬不起头来的炎热，
> 阳光燃烧了一切的生命，
> 阳光交付一切生命以热情；

不久，皖南事变发生，艾青在周恩来同志的帮助下到了延安。艾青终于生活在人民作了主人的土地上。他成了真正的吹号者。他的号音之中，已经没有哀愁，他吹出了一曲真正的吹号者。他的号音之中，已经没有哀愁，他吹出了一曲真正的《黎明的通知》：他通知眼睛被渴望所灼痛的人类，和远方的沉浸在苦难里的城市和村庄，“他们所等待的已经要来”。这不再是理想之歌，而是绝对真实之歌。艾青没忘了在新的世界里歌唱太阳：“假如没有你，太阳，一切生命将匍匐在阴暗里，即使有翅膀，也只能像 蝙蝠，在永恒的黑夜里飞翔。”（《给太阳》）我们的号手，终于吹出了最强最美的号音。

他活在第二次

那是祖国灾难深重的年月，艾青写了《煤的对话》。在历年的黑暗中，我们听到了充满希望与活力的声音：

> 你已经死在过深的怨愤里了么？
> 死？不，不，我还活着——
> 请给我以火，给我以火！

艾青坐过监牢，经受过战争的痛楚，但在辛苦流离之中，他从未在命运的嘲弄面前低过头。他唱过悲哀的歌，但不是为自己。在艾青的诗中，有第二次死亡的士兵，但却是《国殇》一类的壮歌;同时,还多次出现战胜了死亡顽强活下去的士兵。《他起来了》的抒情主人公就是一个活在第二次的战士。敌人击中了他,但是,他起来了,从几十年的屈辱里,也从敌人为他掘好的深坑旁边。他认定:必须从敌人的死亡,夺回自己的生存。这是艾青笔下的胜利之神,是坚强,是勇敢。这是诗人塑的形象,也是诗人自塑的形象。

在延安,诗人开始了崭新的生命。艾青后来说过,在延安,我第一次看到光明。悲哀的诗人已经完成了他的使命,艾青生活在真正的黎明的阳光中。一九四五年,日本投降,艾青到了华北,先后转战于冀中南地区。一九四九年北京解放,艾青到了北京。艾青在新的时代里唱着新的歌。他欢呼“新的年代冒着风雪来了”,他为人民的新生活大声叫“好”。他说:“我们的队伍竟是这样庞大,必须以十路纵队的形式前进”,“应该让所有阻碍我们的东西滚开,因为我们多数,是广大的人民”(《好!》)。

但不应讳言,在寒夜里唱惯了悲哀之歌的诗人,毕竟容易因过于明亮的阳光而感到目眩。艾青显然已不能再用原先的情调表现这个时代。在《新的年代冒着风雪来了》、《好!》以及《春姑娘》等作品中,艾青选择了以明快的形象写实,这些尝试并未获得新的成功;在《藏枪记》中,艾青力图以民间熟知的形式歌唱新的人物,也正如他自己所判断的,《藏枪记》的尝试也失败了。艾青在新的时代里,把他原先熟悉的诗艺藏了起来,力求采取新的、公认为妥当的形式歌唱,这却给他带来了新的烦恼。建国之后,我国的政治多变,文艺政策左的倾向严重,文艺在政治的强硬指挥下,往往手足无措;也许有的人可以趋尚时风,而艾青却做不到,这也给他带来了更大的烦恼。(一九五六年,他写了寓言《养花人的梦》,表现了他对文艺政策进行批评的意图。)

一九五四年,艾青回了一趟家乡,写了《双尖山》。怀旧的情绪给他的诗充进了新血,但这未能解决在新生活面前的基本矛盾。同年，艾青访问了舟山群岛，那里的新的生活没有给艾青带来创作冲动。他选择了《黑鳗》，他要在神话色彩的题材中逡巡他的诗情。但显然收效甚微。

这位诗人毕竟深谙于世界。当他把目光投向世界时，他从凡尔哈仑，以及法国现代诗人那里受到的影响复活了。《维也纳》、《一个黑人姑娘在歌唱》、《大西洋》等等，无疑是他在新的时代里的杰作。艾青受西方诗歌的影响很深，他不能离开这个传统。他喜欢浪漫主义的情绪，他不喜欢亦步亦趋地摹写生活，他喜欢而且习惯于象征，他不能匍匐在地上爬行。要是把暗示、隐喻、象征这一套艺术手段从艾青笔下夺去，这无异乎是要飞鸟取消翼翅。

一九五七年，他发表了《在智利的海岬上》——

> 你抛下了锚
> 解下了缆索
> 回忆你所走过的路
> 每天瞭望海洋

这种以象征手法抒情叙事的诗，艾青显得得心应手，伸展自如了。但却遭到了非议。艾青在或毁或誉的十字街头，茫然不知何往。但这种局面很快就结束了。政治的飓风卷起，已经不允许在艺术的平静港湾里思索和论辩。在一场严酷的政治运动中(这里指的是一九五七年的反右派运动)，艾青消失了。

但火把没有熄灭。在东北，艾青和伐木工人一起生活了一年半，写了两部长诗，丢失了；而后，在新疆，在一个垦区生活了十六年，艾青说，“我认识了不少新朋友，我也下决心要歌颂这些改造自然的战士们。”艾青生活在人民中，他不会衰老。正是因此，二十一年后，艾青重新出现，他仍然披着火的颜色，血的颜色，旗帜和青春的颜色。二十一年，仿佛什么也不曾发生，时间只是在那里冻结了。严冬过后，是温暖的春潮。

“芦笛也是禁物”(《芦笛》)，不仅在阿波里内尔生活的时代，也在艾青生活的旧中国。不幸的却是，竟然也在新中国的阳光下，在天空出现那一片乌云的时代，芦笛再一次成了禁物。不仅是艾青，几乎一切的诗人都停止了歌唱。要艾青，这造就了长达二十一年的沉默。

事情也许有点凑巧，那个在战场上倒下去的士兵，他没有死在第二次，而是活在第二次。中国人民的命运，有过深重的悲哀，但不会永远悲哀，它也含有在斗争中重获幸福的时候。一九七六年四月五日，那时春天刚刚来临，尽管不是由艾青，而是由艾青所爱的人民，再一次发生了黎明的通知。灾难深重的民族，死而复生；饱经沧桑的艾青，也死而复生。在艾青重新发表的诗作中，《鱼化石》是一首具有历史和哲学深度的诗篇：曾经是活泼而充满生命力的鱼，由于失去自由，一切都完整，却沉默了。艾青认为，这种“绝对的静止”，乃是由于离开了运动。他说：“活着就要斗争，在斗争中前进，当死亡没有来临，把能量发挥干净。”有人问过艾青这首诗的意义，艾青没有正面回答，只是风趣地说：“这些年变成化石的人太多了。”[①]艾青没有变成化石，他始终是埋在地下的煤，一旦接触了火，他便燃烧起来。他像那位受伤而并未死亡的士兵，尽管身上淋着血，“但他却笑着”，从屈辱中崛起。他再一次向着他所爱的太阳高喊：

> 我起来——
> 像一只困倦的野兽
> 受过伤的野兽从狼藉着败叶的林薮
> 从冰冷的岩石上
> ——《向太阳》

---

① 见罗伯特·C.费兰德：《从沉默中走出来》，载《中国文学》一九七九年第六期。

他终于站了起来，打开窗子，去迎接一九七六年十月升起的第一线阳光。艾青再生了。于是他用年轻的喉咙，(而不是如《我爱这土地》那样用“嘶哑的喉咙”)唱出了第一支歌：《红旗》。

在艾青诗中，有不会熄灭的火。他没有忘记黑暗的年代里照耀他前进的“暴怒了的火焰”，也没有忘记当那火把的洪流摇荡的时候，他的诗中人物唐尼的一种感受：这火使他“的确曾想起了一种东西　看见了一种东西　一种完全新的东西　我所陌生的东西……”(《火把》)唐尼当年所感到陌生的“完全新的东西”，对于今天的艾青，已经完全不陌生：那是人民的烈火所点燃的理想之光，这光，一直点燃着，不曾熄灭。

写于一九七八年末，发表于一九七九年初的雄伟诗篇《光的赞歌》，是艾青献给新的时代和祖国三十周年的光明赞。这已经不是旧日的光明之歌。在这首新的光明之歌里，艾青对于世界的认识充满了辩证的哲理。光不单纯是光，光中有暗；但是，我们的信念却像火一样坚强。他对于个人的价值，也有了确切的估价，生命就是燃烧，燃烧就是发光，我们的生命在自己的时代，应该如节日的焰火，欢呼着射向高空，而后迸发出熣璨的光。即使我们只是一根火柴——

> 也要在关键时刻有一次闪耀
> 即使我们死后尸骨都腐烂了
> 也要变成磷火在荒野中燃烧
>
> ——《光的赞歌》

这语调，这神情，这气概，我们实在无法相信这是出自年满七十岁的老诗人的手笔。这完全是一首朝气蓬勃的青年进行曲。可贵的是诗人的青春，诗人不老的青春。

艾青是从昨日的深重灾难之中走出来的，他有对于黑暗的痛苦的记忆。特别是刚刚逝去的黑暗——从那里,艾青收获了例如“听见狼嚎你可以握紧棍子,但毒蛇是没有声音的”,“自私和贪婪相结合,会孵出许多损害别人的毒蛇”(《无题》)之类的睿智的思想珍珠。艾青对那一段中国历史上罕见的黑暗年代,怀着最深切的痛恨,他说,那个时代,“‘幸福之门’是向说谎者敞开的。诬陷人的人走的是鲜花开放的道路。说真话的人走的是烂泥路,而且是通向‘地狱之门’的。”[①]但艾青与其说是不能忘怀于昨日,不如说是更为热烈地寄望于未来。他有一个现代革命诗人应当拥有的那种开阔的襟怀。艾青复出之后,在一个不引人注意的名为《西湖》的诗专号上,发表了诗二首:《伞》和《仙人掌》。在《仙人掌》那里,艾青抒发了“哪怕再干旱,花照样开放”,“养在窗台上,梦想着海洋”的美好情操。《伞》不长,全诗是:

早上,我问伞:
“你喜欢太阳晒
还是喜欢雨淋?”

伞笑了,它说:
“我考虑的不是这些。”

我追问它:
“你考虑些什么?”

伞说:
“我想的是——
雨天,不让大家衣服淋湿;
晴天,我是大家头上的云。”

---

① 艾青:《新诗应该受到检验》。载《文学评论》一九七九年第五期。

伞的愿望,也就是艾青的愿望,诗人的心迹是不辨自明的。仙人掌不抱怨干旱、贫瘠以及不公平的待遇,它照样开花,照样梦想着辽阔的大海。伞超脱了尘俗的考虑,它的职责只是造福于他人的献身。这就是诗人的青春之所在,这是我们所欣慰于诗人的。

一九七九年,艾青重游阔别的欧洲,他邂逅于莱茵河流过的地方。在慕尼黑达豪集中营,他看到《死亡的纪念碑》,那挂在铁丝网上的瘦骨嶙峋的尸体,发出了绝望的控诉,它是震响在蓝天下的汽笛,超过了时间的坚壁,给人类以永恒的警觉。在柏林,他看到一把刀似的一堵《墙》,它把一座完整的城市切成了两半,把一个统一的民族人为地分开,但诗人说,这墙,再厚、再高、再长——

又怎能阻挡
天上的云彩、风、雨和阳光?
又怎能阻挡
飞鸟的翅膀和夜莺的歌唱?

艾青的眼光投向了世界,投向了历史,投向了维护世界和平和人民友谊的斗争。这一年,他还写了长诗《古罗马的大斗技场》,他以炽烈的思想和青春的声音,再一次谴责流血的游戏,残酷的取乐,他告诫时常会失去理智的人类:

时间太久了
连大理石也要哭泣;
时间太久了
连凯旋门也要低头;
奴隶社会最残忍的一幕已经过去
不义的杀戮已消失在历史的烟雾里

但它却在人类的良心上留下可耻的记忆

祝贺艾青，祝贺他依然存在的青春。中国的诗歌负有这样的责任，它应当面对世界发言。

一九八〇年二月十五日夜于北京

诗歌，写人民的真情*

——对于当代诗歌的探索之一

一八四二年，海涅写过一首诗，叫《倾向》，他告诫德国的诗人们——

> 不要像维特那样呻吟，
> 他的心只为绿蒂燃烧——
> 你要告诉你的人民，
> 钟声敲起来的警告，
> 舌锋像匕首，像剑刀！
>
> 不再是柔和的笛箫，
> 不再是田园的情调——
> 你是祖国的喇叭，
> 是大炮，是重炮，
> 吹奏、轰动、震撼、厮杀！

时间过了一百三十余年，他的诗句还是这样新鲜、这样有力量。海涅的号召并未过时，它对我国的新诗依然是巨大的启示。我们刚刚迎接了一个时代，这个时代崇高而光明。屈辱和悲哀的阴云消失了。我们的头顶，的确是艳阳万里，但并非一切都如花的美好。我们面临的，是一场浩劫之后的物质的和精神的断

---

* 此文初刊《宁夏文艺》1980年第2期，初收《共和国的星光》。据《共和国的星光》编入。

壁残垣。反顾来路，余悸在心；瞻望前途，万千险阻。诗歌，肩着何等的重负！

在这样的现实面前，再一次重复闻一多不朽的名言，也许不无意义："这是一个需要鼓手的时代，让我们期待着更多的'时代的鼓手'出现。至于琴师，乃是第二步的需要，而且目前我们有的是绝妙的琴师。"的确，人民需要优美的琴师；但人民更需要激愤的鼓手。在我们的今天，也许不只是需要擂鼓的人，恐怕还如海涅所说，需要把每一首诗变成大炮和重炮，在变革的现实生活中"吹奏、轰动、震撼、厮杀"！

中国新诗，在当前，问题是很多的。读者不满，诗人自己也不满（当然也有对不满的不满）。一些愤世嫉俗的年轻人，甚至在惊叹"新诗的末路"。问题是存在的，但并没有那么严重。在"四人帮"长达十余年的压迫摧残下，新诗的确害病了（当然也有长期郁积的原因）。新诗的病，首先是它的失"真"。生活的真实面貌，人民的真实情感，在诗中得不到反映。前些年，那些不着边际的"豪言壮语"，被理所当然地当做"浪漫"主义来肯定；那些粉饰现实的"为现实斗争服务"的诗篇，被看做是履行了诗的神圣使命；甚至有些诗作还被直接地纳入政治上的阴谋活动之中。人民厌恶这些伪善和虚假的诗。人们把它看做是假诗，而呼吁真诗。但是，在那些年里，说真话本来就难，写真诗，更是谈何容易！这一切，当然会降低诗的声誉。强为之辩，甚无谓也。问题在于，我们必须善于总结"四人帮"祸乱革命以来留给诗坛的许多教训。新诗不能代人民立言，人民在诗中听不到自己想说而不能说、或是不敢说的话，这就使新诗从根本上脱离了人民。诗要是不能为人民呐喊，人民还要诗干什么？这种情况，在丙辰清明时节，得到了根本的改变。这一历史性的改变，应当归功于诗的真正主人——人民。人民用自己无畏的呐喊，挽救了诗的生命。只要想想，那个寒冷的天安门广场，诗的烈火如何地燃烧着人民的热血，就不难了解在过去，诗到底害了什么样的病症。天安门诗歌的生命，在它的真爱、真恨、真骂、真哭！它的真的价值，奠定了它的美的价值。

从一九七六年起，迄今三年，诗歌是在大踏步前进着。我不同意那些悲观的估计。我以为，诗是充满希望的。我们正在扫除那些虚假的诗。悼念敬爱的周总理，诗歌真挚地哭泣，如柯岩的《周总理，你在哪里？》、李瑛的《一月的哀思》；粉碎“四人帮”，诗歌真诚地欢呼，如贺敬之的《中国的十月》、光未然的《革命人民的盛大节日》；歌颂天安门前的英雄，艾青的《在浪尖上》、公刘的《星》，是发自深心的真歌；痛惜党的优秀女儿张志新，雷抒雁的《小草在歌唱》、朔望的《只因》，是和着血泪的真哭。一个真字，如血液之流通，诗的生命复生了。我不止一次地为《小草在歌唱》的真情所动：

我是军人，
却不能挺身而出
像黄继光，
用胸脯筑起一道铜墙！
而让这颗罪恶的子弹，
射穿祖国的希望，
打进人民的胸膛，
我惭愧我自己，
我是共产党员，
却不如小草，
让她的血流进脉管，
日里夜里，不停歌唱……

人民终于在诗中看到了自己的形象，听到了自己脉管中的鲜血流淌之声。而这已经不是个别诗作，个别诗人所拥有的倾向，它已是一个潮流。三年的拨乱反正，诗歌也取得了不容忽视的成果。在论及它的成就时，值得充分肯定的，仍然是这个字：真。

多少年来，许多诗歌评论一直不提倡、甚至反对诗写真情，尤其反对诗人在诗中写出个人的真情。他们害怕"我"，他们把抒情形象的"我"，等同于个人主义、个人突出。他们的主张戕杀了诗的个性。久而久之，我们的诗歌只留下众所周知的"一致"和"共同"，而失去了个性化的真情和实感。基于这个原因，《小草在歌唱》值得充分重视。他写张志新，不仅是大家共同看到的张志新，而是具有雷抒雁才能写出的张志新。他在张志新的形象中，融进了自己的情怀；他的诗，真情动人。

诗歌的不真，使诗歌脱离了群众。如今，"真"回到诗中来了，这是中国当代诗歌的希望所在。生存的树，不能离开泥土；有生命的诗歌，不能离开人民的真实生活以及由此产生的真实的情感。真实的、人民的诗，应当是代人民发言的诗，是勇敢干预生活的诗。我们的生活，存在着光明和希望，也存在令人厌恶的腐朽，诗人不能在光明和希望面前闭上眼睛，也不能在那些发臭发霉的垃圾面前闭上眼睛。诗的干预生活，不应只理解为暴露，但也不应只理解为歌颂。如同海涅所说，我们的诗歌，应当成为"祖国的喇叭"。喇叭可以为勇士们庆功，也可以向敌人发起攻击。人民的创造，党的事业，祖国的希望，我们要真诚地歌颂它！但是，敌人的残暴和阴险，生活的逆流和黑暗，我们也要切实地暴露它。既然人民把诗人的桂冠戴到你们的头上，这就是战士披上了甲胄，你的任务只有战斗，而没有别的。

三年来的诗歌之所以给人希望，正是由于它在生活前面的勇敢冲杀。当然，不全是充满火药味的诗，也有只写鸟语花香的诗，我们不能歧视它。但代表诗歌主流的，应当是勇敢冲杀的诗，起着喇叭和大炮作用的诗。现在，主要也还是这类的诗，在推动着生活向前发展。在对敌斗争的战场,一首短短的“扬眉剑出鞘”,曾使“庞然大物”的“四人帮”为之失魂落魄。这寥寥二十个字,抵得上一门重炮。在实现我国社会主义现代化的伟大进程中,我们需要扫除前进路上的障碍(诸如官僚主义、特殊化、走后门、无政府主义等)。在人民内部,要开展批评,也要进行斗争。为此,诗歌不要推卸自己的战斗责任。假使所有的诗歌都能触及时弊,触及一些人的神经,使一些人为之恼火,更多的人为之雀跃,那么,它肯定是有战斗性的。

面对新诗创作的这一现实,那些认定新诗已走向末路的青年人,是会改变自己悲观的看法的。

戴望舒*

以《雨巷》一诗而获得了"雨巷诗人"称号的戴望舒(1905—1950)是现代新诗中一位产生过重大影响,具有自己独特风格的诗人。他一九〇五年生于浙江杭州。一九二二年,他以一个十七岁的青年,开始了诗歌创作。此后,曾就学于上海复旦大学。

第一部诗集《我底记忆》,出版于一九二九年。这个时期的诗作,以《雨巷》为代表,也以《雨巷》为最高成就。集中诸作,表现了这位青年窄狭的生活天地,以及他的苦闷和彷徨。"人间伴我的是孤苦,白昼给我的是寂寞,只有那甜甜的梦儿,慰藉在深宵",这就是这位青年的《生涯》的描述。他经常在诗中流露出未老先衰的颓唐感情:"我是青春和衰老的集合体,我有健康的身体和病的心"(《我的素描》)他甚至对自己作这样的形容:"就像一只黑色的哀老的瘦猫,在幽光中我憔悴又伸着懒腰"(《十四行》)。对此,艾青评论说:"他像一个没落的世家子弟,对人生采取消极的、悲观的态度。"(《望舒的诗》)这些作品,当然表现了那个时代的某些真实——一个漂泊在生活的十字街头的青年的失望心情。其间,当然也不金色消极颓唐之作,如《断指》就写了一个为"可爱可怜的恋爱"而牺牲的友人,缅怀于他那染着"可爱的光辉的赤色的"油墨的"断指"。

他的诗作,特别是关于爱情生活的诗作,清新娟丽,是耐人

---

* 此文初刊《欣赏与评论》1980 年第 2 期,初收《中国现代诗人论》,题《走出雨巷——论戴望舒》。据《欣赏与评论》编入。

吟咏的，但也失之轻婉而有着沉哀的积郁。《雨巷》的出现，奠定了戴望舒创作的声望。最初赏识《雨巷》的是当时代理编辑《小说月报》的叶圣陶。接到来稿，他当即复信给诗人，称赞这首《雨巷》"替新诗的音节开了一个新纪元"。《雨巷》在一定程度上，是这位才华初露的青年诗人的自况。他，"在雨中哀怨，哀怨又彷徨"，他只是希望遇着一个"丁香一样结着愁怨的姑娘"，这是一个"像梦中飘过的"不肯定的形象。它仿佛是存在，又仿佛是幻觉，但却是诗人真实的希望。希望毕竟只是希望，在那里，它也"像梦一般地凄婉迷茫"。

《雨巷》是戴望舒的呕心之作，他当时主张新诗应当像古体诗那样"可吟"，十分重视音韵铿锵的音乐效果，他和几位朋友（其中有杜衡、施蛰存）当时都热衷于在新诗中讲究平仄的间隔使用。但很快，戴望舒对新诗的主张有了极大韵改变。这种改变，以《我底记忆》一诗的出现为标志。当这首诗出来时，戴望舒便告诉友人："我底杰作！"在《我底记忆》中，我们可以发现和《雨巷》截然相反的努力：它极力摆脱那种音韵和格式的镣铐，而追求一种无拘束的自由的美。"《我底记忆》是忠实于我的，忠实甚于我最好的友人"。这样句子的出现，表现了戴望舒的对"声音乐的背叛"的勇气。他不仅在实践上这么做，而且在理论上也这么主张："诗不能借重音乐，它应该去了音乐的成分"，"诗的韵律不在字的抑扬顿挫上，而在诗的情绪的抑扬顿挫上，即在诗情的程度上"，"韵和整齐的字句会妨碍诗情，或使诗成为畸形的。"（《论诗零札》之一、四、六）

一九三二年，戴望舒动身出国之前，他已决定重编自己的诗集。在题为《望舒草》（1933 年现代书局）的诗集中，他大部删去了《雨巷》一类与他后来的主张不和谐的作品，而辑录了四十一首与《我底记忆》风格相近的作品。戴望舒诗风的变异，与他这个时期接触了外国文化有极明显的关系。一九二五年到一九二六年，牠学习法文，直接阅读了法国象征派诗人的作品。一九三二年到一九三三年他到法国学习西班牙语，曾自巴黎到西班牙作了一次旅行。“这次旅行的重要收获之一，便是对于西班牙人民诗人费·伽·洛尔迦的认识。”（施蛰存）戴望舒热爱洛尔迦的作品，他从西班牙原文译了《洛尔迦诗钞》。这位为人民歌唱的诗人，从思想上，也从艺术上影响了戴望舒。从法国归来，戴望舒着手翻译《唐·吉诃德》。

朱自清把戴望舒归入象征派诗人的队伍：“戴望舒氏也取法象征派。他泽过这一派的诗。他也注重整齐的音节，但不是铿锵的而是轻清的；也找一点朦胧的气氛，但让人可以看得懂；也有颜色，但不像冯乃超氏那样浓。他是要把握那幽微的精妙的去处。”（《中国新文学大系·诗集·导言》），戴望舒的诗较之其他象征诗人的作品，是好懂的。如《村姑》就是一幅健美的充满了青春活力的乡俗画。他的重要成就在于吸收了象征派的手法，又能入了中国古典诗歌的形象和韵调，使他的诗具有浓丽动听的色调以及中西合璧的风格。

一九三七年，出版了《望舒诗稿》（上海杂志公司）。这部诗集系由《我底记忆》、《望舒草》两诗集的大部作品编辑而成。

抗日战争爆发，戴望舒在香港主编《星岛日报》的文艺副刊《星座》。他的刊物刊载了许多宣传抗日的诗篇，他还翻译了《西班牙抗战谣出》，但他自己已经将近两年没有写诗。直至一九三九年元旦，他才重新歌唱，写了《元旦祝福》。戴望舒仿佛变了一个人，他的诗充满了昂扬奋发的精神：“新的年岁带给我们新的力量。祝福！我们的人民，坚苦的人民，英勇的人民，苦难会带来自由解放。”这表明了在民族和祖国危亡时刻的一个诗人的觉醒。

从一九三九年开始，尽管戴望舒还不时地在诗中流露出某种怀旧的落寞之情，但其诗风整个说来是健康的。由于战争的逼迫,使他接近了底层的生活,他终于有机会了解人民,他和受压迫的人民有了更多的共同语言。他终于以明快激昂的语言喊出了:人民、自由、解放!时代给戴望舒带来了飞跃的变化。一九四一年,日军攻陷香港,戴望舒在敌占区里过着奴隶般灾难的岁月。他在《致萤火》中呼喊:"萤火,萤火,你来照我",尽管在压抑中,他的心仍向着在烽烟中战斗的祖国和人民,他充满信心地想象,"在什么别的天地,云雀在青空中高飞。"一九四二年戴望舒被日寇逮捕入狱。在狱中,他写了《狱中题壁》。他在诗中向朋友作着诀别的叮咛:"当你们回来,从泥土中掘起他伤损的肢体,用你们胜利的欢呼把他的灵魂高高扬起。"浓重的爱国主义激情支配了全诗。此后,戴望舒陆续写了《我用残损的手掌》、《心愿》、《在天晴了的时候》、《口号》等健康而又乐观的诗篇,也有着《过旧居》、《赠内》、《萧红墓畔口占》等隽永之作,戴望舒的诗风得到了完全的转变。这些后来收入在《灾难的岁月》(星群出版社 1948)中的诗,大部分都是情绪明朗的,没有早期创作那样不可捉摸的艰涩。

戴望舒一生中留给我们的最后一篇作品,是作于一九四五年的《偶成》、在那里,他满怀信心地昭告:

> 如果生命的春天重到,
> 古旧的凝冰都哗哗解冻,
> 那时我会再看见灿烂的微笑,
> 再听见明朗的呼唤——这些迢遥的梦。
>
> 这些好东西都决不会消失,
> 因为一切好东西都永远存在,
> 它们只是像冰一样凝结,
> 而有一天会像花一样重开。

这一天终于来到，戴望舒不仅迎到了抗战的胜利，而且迎到了祖国的解放。抗战胜利后，戴望舒回到上海；一九四九年，他到了获得解放的祖国首都北京。因为在敌人的土牢中健康受到摧残，他得了严重的气喘病，不幸于一九五〇年逝世。在艰难困苦中受到磨炼而逐渐走向人民的戴望舒，他不能为解放了的人民歌唱，这是中国诗坛的重大损失。“望舒所走的道路，是中国的一个正直的、有很高的文化教养的知识分子的道路”（艾青：《望舒的诗》）。

一九五七年，人民文学出版社出版了《戴望舒诗选》，前有艾青作的《望舒的诗》一文。

除了写诗，戴望舒还是一个热情的翻译家。除了前面提到的《洛尔迦诗钞》，他还翻译过罗马诗人沃维提乌斯的《爱往》、法国夏多勃里昂的《少女之誓》、穆杭的《天女玉丽》、高莱特的《紫恋》以及意大利、比利时、法兰西、西班牙的短篇小说集、《普希金革命诗钞》等作品。他为中外文化交流作出了有益的贡献。

凤凰，在烈火中再生[*]

——新诗的进步

近来，新诗似乎在交倒霉运。去年，一位年轻诗人写了一首批评高级干部特殊化的诗，带来了满城风雨。于是，对于新诗，一时议论纷纷。有的说，诗没人看了，诗集没人买了；有的说，诗出了问题了。总之，小说在交好运，全国评奖已经搞了两次，授奖、出书、宣传；话剧和电影的遭遇也比诗好，它们有人议论，也有人关心和引导。唯独诗歌，评奖是从来不敢想的，它不仅没人关心，受到的却是冷漠和责难。大部分诗集的印数，已经降到无法再降的数字了。最不公平的不是好诗没人说好，而是好诗被说成了坏诗。新诗是苦闷的。

在浩如烟海的诗作中，谁能保证不出现若干不好的诗和坏诗呢？谁也不能担保前进中的新诗不出任何问题，正如谁也不能担保会说话的人不会说错话一样。我认为新诗在进步，新诗在重新获得春天。我甚至认为，中国新诗三十年来的形势，从来也没有像最近三、四年，特别是一九七九年这么好过。现在的问题，是如何保持并发展一九七九年这样的势头，不要退后，继续进步。

新诗的进步，表现在如下三个方面：

---

* 此文初刊1980年6月《长江》文学丛刊1980年第2期，初收《共和国的星光》，改题为《新诗的进步》。据《长江》文学丛刊编入。

一、诗人的使命重新得到确认

诗人的使命，在于替人民说话。他不是神的代言人，他是人民的代言人。诗人不是说无关紧要的话，而是要昭示人民的欢乐与痛苦、不满与愤怒、希望与理想。因而，诗人往往代表真理发言。但诗人这个人民的代言人并不好当，在一定的时候，是要付出代价的。因为在一定的时候，真理的声音并不被认可，真理本身甚至也要蒙受屈辱。《天安门诗抄》的作者们，就付出了代价。当然，历史是公正的，最后还是还给它以荣誉。

诗人要说真话，要说人民想说、要说、说不出、不敢说的话。谎言是诗歌的耻辱。拜伦说，“假如诗的本质必须是谎言，那么将它扔了吧，或者像柏拉图所想做的那样：将它逐出理想国。”（《致约翰·墨雷先生函》）海涅说，“不久以前，我对于一切的韵文起了一种抗拒之情……我猜想，大概是由于美丽的诗篇谎言太多”（《诗歌集二版序》）。我们的诗篇中，曾经充斥过美丽的谎言，我们也有过把谎言当做诗的本质的时代。值得庆幸的是，这个时代已经结束了。它是不会再回来的。这是我们用十年、二十年乃至更多的时间的痛苦换来的诗的觉醒。我们不会轻易抛弃这颗曾被诗人白桦形容为“觉醒”的珍珠。

近年来的诗歌创作，当然不是十全十美的，但却是在十分正常地发展着。就整个倾向而言，诗歌不仅没有走入歧途，而且是走在一条健康的大道上。说是正常和健康，其主要标志就是诗歌代表了人民的利益，它干预了生活，它恢复了五四诗歌的战斗传统。一言以蔽之，诗歌开始说真话！人们不仅可以从我们的诗中看到时代的希望，而且也可以从我们的诗中看到生活的暗影。出现了一批敢哭敢笑、真哭真笑的诗歌。天下人争先吟诵，少数人怒气冲冲。争先传诵的，是因为诗人喊出了他们的心声；怒气冲冲的，是因为诗人触及了他们的隐私。这恰恰是诗歌履行了它的神圣使命的明证。

现在的问题，似乎是一些说了真话的诗人，正在为此付出代价。我们和他们的心情是一样的。让我们说什么好呢？我们只能为诗歌重新确认了它的使命而骄傲。我们通过反反复复的经验得到了一点进步，这就是我们认识到：戴在诗人头上的，并不总是真正的桂冠，有时也可能是荆棘扎成的。你要当人民的诗人，有时，你就不要吝惜代价。

我觉得涅克拉索夫的四句诗，是对诗人使命的概括：

谁要是在受着苦难的兄弟的病床前，
不流眼泪，谁要是心里没有一点同情，
谁要是为了黄金而把自己出卖给别人，
这种人就不是诗人！

——《这种人不是诗人》

诗人的同情心能够激发作为诗人的使命感。对人民和祖国的爱，能够给诗人以灵感。把诗歌当成一种"甜蜜的事业"，实在是一种误会。当然会有，也应当允许有让人休息，让人娱乐，也讨人喜欢的诗歌。但是，这些，从来也不能构成诗歌的主流。

要是把讨人喜欢当作诗歌刻意追求的目的，要是立志只做甜蜜的诗人而回避诗人的愤怒，我们只能为诗歌的堕落而感到羞耻。罗马诗人尤维纳利斯讲"愤怒出诗人"，当然不是指只有愤怒才能有诗，而应当理解为诗人要表达包括愤怒在内的那样有异于常的激情。元稹说过，"凡所遇异于常者，辄欲赋诗"（《叙诗寄乐天书》），即指诗产生在不平常的境遇之中。"荣枯咫尺异，惆怅难再述"，"不眠忧战伐，无力振乾坤"，对人民的同情，对统治者的愤怒，造就了伟大的诗人杜甫。我们生在现代，我们生活在优越的社会制度下，我们当然期望着盛明之治，作为诗人，对于生活的反映也应当比封建时代的杜甫做得更好。所以，我们总是对那些喊出了时代声音的、表达了人民思考的、诗的锋芒击中了时弊的诗和诗人投以感激的目光。

“男女有所怨恨，相从而歌。饥者歌其食，劳者歌其事”（《公羊传注》）。那时也许还没有专业的诗人，人民自己充当了发言人。后来有了诗人，他们就自觉地担负起了人民交付的使命。自觉的诗人总是十分珍惜人民给予的这份权力，总是十分珍惜自己手中的这个武器。正是因此，尽管允许某些诗歌可以和现实隔得较远，但我们仍然主张诗歌不要离开现实而飘到云端中去。许多不朽的诗歌都没有事先想到不朽。它们总是在投身于当前的生活激浪之中，及时地反映出人民的爱憎而获得长久的、以至不朽的价值。

我曾在一篇文章中谈到，全国解放以来，诗的一个重大成就是：诗和时代、现实保持着紧密联系的传统，正在日益完善地形成着。因此，我又认为，诗毕竟不能亦步亦趋地尾随生活，它是积极而能动地反映生活的镜子。诗不满足于如实地描绘生活，它不是说明着什么，它总是暗示着什么。因此，诗在反映生活时往往很超脱，往往有意地把生活表现得更“不像”一些——这大概就是保持距离说了。

这里有两个问题：一个是就诗与生活的关系而言，诗不应离开它的源泉，不应有距离；一个是就诗如何反映生活而言，它们之间不能太直接，诗的光芒往往是反照的和折射的，因此，又应当有距离。“诗使它所触及的一切都变形”，这是雪莱《诗辩》中的一句话。“变形”就是诗对生活进行改造的特殊方法，这当然意味着与生活实际有意地保持一定的距离。

当然，要求诗和时代、现实保持密切的联系，并不就是承认诗应当跟随着政治的指挥棒转动。尽管诗很难脱离政治的影响和约束，但不能认为诗应该被动地从属于政治。不能允许通过行政手段对诗和艺术横加干涉，诗也不应当让自己充当政治的苍白的传声筒。建国以来,我们的一个严重教训,是政治对诗干预过多,以至于发展为诗即政治。政治把诗管得很死,几乎窒息了诗的生命。许多在民主革命时期写过不少好诗的诗人,在社会主义革命时期并没有产生过超越自己原有水平的作品。艾青在对世界发言的时候,他有属于自己动人的声音和风格,但当他面对国内的现实发言时,他往往显得生涩而缺乏激情,他似乎有点不知所措。田间和臧克家的作品也是如此,它们也没有超过《给战斗者》和《烙印》。原因当然是复杂的,但政治对诗的过多的干预不能不是造成这一现象的重要因素。过去很会歌唱的诗人,在新的时代里,仿佛变得很不会歌唱了,我们应当从这里得到必要的启示。

一九七六年以后的三年,特别是一九七九年的诗创作,由于打破了禁锢思想的重重枷锁,中国新诗死而复生了。诗人的神圣使命重新得到确认,诗人不仅能够面向现实说话,而且能够面向现实大胆地说出歌颂光明和诅咒黑暗的话,甚至于诗人能够站在现实生活面前独立而庄严地说话。可以说,新诗恢复了它应当享有的骄傲和荣誉。

二、诗的艺术获得了第二次解放

五四时期的新诗,朱自清把它分为三大流派:自由诗派,格律诗派,象征诗派。那时节,各派诗艺互相竞争,各自在自己认定的宗旨中发展诗创作。在那种自由解放的空气中,各派都出现了有影响的诗人和诗作,如按朱自清的分类法,自由诗派中出现了胡适、冰心、郭沫若;格律诗派中出现了徐志摩、朱湘、闻一多;象征诗派中出现了李金发、戴望舒。朱自清自己写自由诗,但他是一位兼收并蓄的、宽宏大量的选家和评论家。从五四到左联,是中国诗歌艺术的第一次大解放。诗歌是从僵死的、凝固的、陈腐的古典诗歌那里创造了自己的青春的。这种青春的保持，有赖于当时艺术民主自由的有利气氛。

在抗战中，民族矛盾激化，斗争形势需要激动人心的号角和战鼓，艾青和田间得到了闻一多的赞赏和肯定。而对于其他一些流派的诗人，如写了《慰问信集》的卞之琳，以及写了《十四行集》的冯至，乃至于一些受到西方现代诗歌影响较深的年轻诗人们，没有受过应有的评价。在民族危亡时期，号召和希望出现更多的激昂的擂鼓的诗人，而忽视其他，是可以理解的。抗战时期，我们的批评毕竟还没有发展到建国后那样简单的程度，但应当承认，诗的艺术开始走向狭窄。

一九四二年，《讲话》发表。中国作风、中国气派的诗歌得到了理论和实践上的重视。诗人在党的号召下，决心抛弃自己那种“小资产阶级的情调”，去适应人民大众的需要。诗人纷纷走向民间，学习民歌蔚为风尚。陕北信天游登上了大雅之堂，李季创造了皇皇八百行的《王贵与李香香》，可以说是开了一代诗风。新诗在民歌和古典诗歌的基础上，获得了新的发展。阮章竞的《漳河水》，张志民的《王九诉苦》加上《王贵与李香香》，体现了这一时期新诗民族化的实绩。

这样，到了建国后，毛泽东同志从理论上把四二年以来的新诗运动加以总结，这就是：新诗必须在民歌和古典诗歌的基础上发展。这一理论的提出，产生了重大的影响，但是，它带有明显的片面性（这需要作专门的探讨）。不管怎么说，由于《讲话》的指引，新诗开始了新时代，成绩是伟大的。

但问题在于，诗歌不能单打一。它是艺术，在艺术上一律化、行政命令、少数服从多数是荒唐的。我们的问题恰恰在这里。这就造成了几乎所有的诗人都放弃了自己的风格，去适应那些自己并不适应的潮流。写过《天狗》和《晨安》的郭沫若，也改变了自己的声音，以至于解放后三十年让我们觉察不出《女神》作者所特有的《女神》风格。艾青唱不出新时代的《火把》和

《向太阳》。田间也没有擂响向社会主义进军的鼓点。相反,我们一再粗暴地、不加分析地批判新月派、现代派,以及其它流派的诗歌,甚至干预到在诗中不能缺少的个人抒情形象,凡是抒写了个人情致的,一概斥之为突出个人。三十年,我们没有再现五四时期那种活泼的、生动的、真正体现了多风格多流派的自由竞争的局面。我们的道路,到了一九七五年,走到一个死胡同里了。那时的诗歌,只剩下一种声音一个调子:帮腔帮调。

一九七六年"四五"以后,有了根本的改变。一九七九年,是一个划时代的转折。但是,我们的诗歌也像我们的文艺一样:进一步、退两步!我们的黑屋子,开了几个窗子,刚刚投进了几缕明亮的阳光,但立即,又有这样那样的议论想堵上它。最近,某些刊物在稿约中重申提倡具有中国作风气派的,在民歌和古典诗歌的基础上发展的诗歌。一些舆论在谴责诗的欧化和散文化。这种现象无疑是对着近年来一部分诗人在艺术上的新探索、新突破而发的,据此,当然只能推断为只提倡、只允许一种一派的诗,而排斥别种别派的诗。

我们面对的现实是,由于社会主义现代化的进展,人们的社会生活也急剧地变化着,《兰花花》的调子、《虞美人》、《浣溪沙》以及平平仄仄仄平平的调子,和现代生活的节奏有极大的不协调,和人们日益开阔的视野和活生生的语言,有极大的不适应。用旧诗词的形象和韵调,来表现电子计算机和高速公路,我们应当承认它们的差距。现代生活,应当有现代的节奏;现代的诗歌,应当展示现代人的思想和情感乃至习俗。

"你们背离传统"的责难是很吓人的,因为"背离传统"意味着和中国作风中国气派相对立。这里需要反顾一下历史:五四时期的大诗人,如郭沫若、冰心、徐志摩、闻一多、戴望舒,都是学了外国诗并受了外国诗的极大影响的。五四诗歌革命的对象是旧体诗,新诗的创始者学习的模式是西洋诗。郭沫若从海涅、泰戈尔、惠特曼那里得到的营养和力量，恐怕比从屈原、李白那里得到的为多。五四时期是以欧化为武器来对付那几千年的老古董的。他们是诗界的革命者。

后来，我们片面地强调民歌和古典诗歌。尤其是旧体诗词，近三十年来似乎有卷土重来之势。许多在新诗的创立和发展上卓有功勋的诗人，也弃新从旧，纷纷写起旧诗来了（这当然要加以分析，而不能笼统地全加责难）。以造旧诗词的反而成为新诗奠基人的郭沫若，转了一个长达半个多世纪的圈子，终于又回到了旧诗词的营垒，这不能不是一个悲剧。这些现象，没有人反感，也没有人批评。相反，一旦出现了使新诗和西洋诗的传统重新联结起来的努力，就大惊小怪起来，这是不正常的。

传统，不是古董，不是古色古香的客厅里的散发着陈腐气息的摆设。传统不是僵死不变之物。各个民族各个时代的人们，都为丰富和发展各自民族的传统而贡献力量。传统如江河，在它的上游，可能只是一湾浅水，行往雪山草地高原平野，汇合无数支流而成为巨川大河。传统是发展的。新诗固然不应割断与旧诗之间的传统，但新诗又有自己的新的传统。新诗的传统是从胡适、刘半农、刘大白、康白情、郭沫若一直到闻一多、徐志摩、戴望舒一脉相承发展而来的。我们从郭沫若的《晨安》等诗中，可以感受到惠特曼的激浪澎湃，但是他消化了惠特曼给予的营养，而化为自己的血液。然后，郭沫若本身又成为一个支流，带着崭新的内容，汇入了中国诗歌的传统中去。于是，像李白成为传统的一部分一样，郭沫若也构成了传统的一部分。正如马雅可夫斯基既继承了普希金的传统，又与普希金有极大的区别，他是吃了现代派的乳汁长大的。但是俄罗斯诗歌母亲并没有抛弃这个儿子，马雅可夫斯基也毫无自卑感，他堂堂正正地迈入了俄罗斯诗歌传统的长河，并且得到了承认。

我们怎么能够排外呢？高鼻子蓝眼睛可以是八国联军，也可以是马可波罗和白求恩。在诗歌艺术上搞闭关锁国，只会窒息我们自己，最后，我们也许只能得到一条干枯的河床。

三、诗的队伍有一个空前的壮大

我们的诗歌队伍，本来是壮阔而丰富多彩的。前面提到，五四时期，朱自清把新诗归纳为三个大派别。宽容的朱自清并没有按照简单的逻辑，把不同风格流派的诗人排斥在新诗队伍之外。从抗战到全国解放，我们的诗人虽然分别在解放区和国民党统治区，但是整个队伍是兴旺发达的。抗战时期，在香港，在桂林，在重庆，也在陕甘宁、晋察冀边区，各种流派的诗人团结在抗战的旗帜下，以诗为武器，英勇作战。全国解放前夕，延安的秧歌扭到了南京街头，《王贵与李香香》和《马凡陀山歌》在不同的战场配合为战，应该说，当时我们的队伍不仅是团结的，而且是声势浩大的。

可惜的是，我们的诗歌队伍在人民取得了全国政权之后，却日益缩小了。“粉碎胡风集团”，一批诗人的名字消失了；“反右斗争”，又一批诗人的名字消失了；一次又一次的“政治运动”，总有一些诗人的名字在消失。我们的队伍，得了人为的败血病！到了“文化大革命”，这支队伍几乎荡然无存。

直到打倒“四人帮”，我们重新开始，在一片废墟之上，来重建诗人的队伍。一九七六年十月过后，人们陆续听到了熟悉而又陌生的诗人的名字（包括郭小川和贺敬之），居然有了“相对如梦寐”之感。但那时，也只是就那经过“历次政治运动”之后幸存下来的“队伍”的“喜相逢”而言的。一九七八年以后，情形不同了，随着思想解放的深入和各项政策的落实，我们的眼前突然涌现了一批对于三十岁左右的青年人说来是完全陌生的名字。被“政治”放逐的诗人回来了，被各种各样的“政策”所贬斥的诗人也回来了。艾青重新获得了诗的生命和青春，他以前所未有的热情歌唱着。公刘、白桦、邵燕祥、周良沛、高平回来了,吕剑、绿原、鲁藜、冀汸回来了,陈敬容、郑敏、杜运燮、唐祈回来了,沙鸥也回来了……几乎所有的生者和死者都回来了。中国新诗的队伍,从来也没有像目前这么繁荣昌盛,这种盛况是空前的。人们深切悼念着柯仲平、闻捷、郭小川等一些诗人的名字,历史恢复了他们各自应有的地位。

我们队伍的壮大不仅表现在失而复得的恢复,而且表现在生生不断的发展。在这里,我们绝对不应忽略了我们的年轻一代诗人。在动乱的十年中,一批青年诗人在成长。动乱的十年过后,又有更大的一批青年诗人在崛起。他们中的一些人,对于我们是更为陌生的,但却是才华初露的。其中如写了《小草在歌唱》的雷抒雁,写了《将军,不能这样做》的叶文福,写了《关于入党动机》的曲有源,写了《呼声》的李发模,写了《现代化和我们自己》的张学梦,写了《不满》的骆耕野,写了《致橡树》的舒婷,以及北岛、江河、顾城等我们已经认识、或者我们来不及认识、但的确是在那里勤奋地耕耘着、悄悄地成长着的青年诗人们。他们无拘无束地吸收着来自各方的营养。他们是不拘一格的,他们敢于向"传统"挑战。因此,他们容易遭到非议。但不论他们有多少的短处,他们终究是我们的希望和未来。

他们中的一些人,正在写着一些新的诗,这些诗,显得有点"不合常规",是不免古怪的。因此,他们受到了歧视。我不主张连作者自己都读不懂的诗,诗应该让人懂。但显然,读得懂或读不懂,并不是诗的标准。有的诗,对生活作扭曲的反映,有的诗,追求一种朦胧的效果,应当是允许的。

前几天,两位年轻人来看我。他们的诗并不难懂,而且有才华。但他们受到了歧视。其中一位,把一首二百余行的诗投给了某刊物。回信说,太长了,建议采用其中最后一节。这是一首歌唱由黑暗走向光明的"开始"的诗,编者只喜欢"光明",不喜欢

“黑暗”。年轻人照办了，留下了“光明”，赶走了“黑暗”。但立即又建议说，诗应当精练，这一节五十余行太长，可否再加压缩？当然照办。作者亲自动手“砍杀”，剩下了三十七行。回答说，可以了，拟在某期刊用。临到刊期，也就是到了最近，不知道又有了什么风，作者收到了不加任何说明的退稿。同来的另一位青年的一首诗，也遭到了同样的命运。据说，仅该刊的这一期，收到退稿的不仅这两位，他们都是属于那些“不好懂”的流派的诗人。

编辑部和批评家不应该制定不成文法的规定，编辑部和批评家也不应该对不同风格流派的诗歌怀有偏见。李白和杜甫，应当说在艺术风格和艺术方法上是两种很不相同的诗人，但他们互相倾慕，互相敬重，他们不互相排斥，他们有着伟大的个人友谊。年长的同志们，前辈的诗人，编辑和批评家们，关心我们的晚辈吧！热情地扶植他们、指导他们吧，给他们以发表有异于众的、初看不免有些古怪的作品的权利吧！看不惯的东西，不一定就是坏东西。在艺术上，即使是坏东西，靠压服和排挤是不能解决问题的，要竞争！对于旧体诗，胡适是怪东西；对于胡适，郭沫若是怪东西；对于郭沫若，难道徐志摩和戴望舒不是怪东西吗？甚至对于传统的新诗，李季和阮章竞也是怪东西。对待青年人，要严格，不要歧视。但目前更需要的，是宽容和慈爱。

凤凰，在烈火中再生；新诗，在时代的激流中进步。新诗队伍的成长壮大，已经有了空前的规模。保持这一良好的势头，看来还要走一段艰难的历程。

一九八〇年四月八日于南宁

诗人的使命*

中国诗歌的春天是悄悄降临的，寒冬的尽头是一九七六年。以“四五”为界线，划开了两个时代。诗的噩梦结束了，烈火中诞生了真实的、战斗的诗歌。

从那时算起，三年的时间，新诗跨进了一个由大苦大难、大悲大喜铸就的诗的凯旋门。诗人的使命重新得到确认。人们意识到：诗人要做人民的代言人。这个代言人的责任，在于替人民说话，它要表达人民的心声。谎言是诗的耻辱。

近年来的诗歌创作，当然不是十全十美的，但却是十分正常地发展着的。诗歌开始说真话。人民不仅可以从我们的诗中看到时代的希望，而且也可以从我们的诗中看到生活的阴影。出现了一批敢笑敢哭、真笑真哭的诗歌。记得海涅说过这样一段话：“不久之前，我对于一切的韵文起了一种抗拒之情……我猜想，大概是由于美丽的诗篇谎言太多。”（《诗歌集·二版序》）在刚刚消逝的诗歌的暗夜，我们的诗中曾经充斥着这种“美丽的谎言”。如今，谎言得到了认真的（虽然并非彻底的）荡涤，对比之下，毕竟是天翻地覆的变化。

把诗歌当成一种“甜蜜的事业”，实在是一种误会。常常人们喻诗歌为炸弹和旗帜，是就其主要的战斗性能而言的。这种性能当然不是唯一的，当然会有也应当允许有让人娱乐、让人休息、让人轻松的诗。但这些，从来也不构成诗歌的主流。要是把

---

* 此文初刊于1980年4月23日《广西日报》，初收《论诗》。据《论诗》编入。

讨人喜欢当作诗歌刻意追求的目的,要是立志只做甜蜜的诗人而回避诗人的愤怒,我们只能为诗歌的失责而遗憾。

我们不是不需要轻松和休息,而是我们不愿闭眼不看严酷的现实。在当前,在十年浩劫留下来的一片废墟之后,我们宁可不看那些纸扎的花,而要正视那些不很美丽的和很不美丽的现实。对于我们,街心花园里的漫步和悠扬的轻音乐,毕竟是一种美好的憧憬和希望,在目前,我们更需要切实的警觉。涅克拉索夫说:

> 谁要是在受着苦难的兄弟的病床前,
> 不流眼泪,谁要是心里没有一点同情,
> 谁要是为了黄金而把自己出卖给人们,
> 这种人就不是诗人!

我们总是对那些喊出了时代声音的、表达了人民思考的、以诗的锋芒击中了时弊的诗人报以感激的目光!

诗人对自己的作品,当然负有社会责任。滥用自己的感情,而不管自己的感情是卑微的还是崇高的诗人,不是负责任的,因此我们要考虑作品的社会效果,但"社会效果"显然不能成为某些人用以压制和阻碍自己不喜欢的作品的借口。要是夺走了旧鞭子,又舞起了新鞭子,那是可悲的。受到人民欢迎的诗篇,必然是社会效果好的诗篇,因为生活的主人是人民。写出了这样诗篇的诗人,便是站稳了人民立场的、有党性的诗人。这样的诗人,理应受到尊敬。

诗人要热情大胆地为人民代言。应当坚信,真理是属于人民的,为真理而呼喊奔走的人,才是真正的战士。

美好的山水，美好的歌*

——读贺敬之的《桂林山水歌》

“几程漓水曲，万点桂山尖”。几天前，当我漫游在秀丽的桂林山水之间，曾经想过，应该用怎样的笔墨来描绘它？我感到很难。一是桂林山水的美是奇幻的，用一般的笔墨写不出它的神采；一是历来写桂林的诗篇实在太多了，一个题目，被反复描写，难以出新，而没有新意的诗歌是没有价值的。诗歌创作大约总是处在这样的竞技状态之中，后来的人总要超过前面的人，在形象上、在构思上、也在语言形式上，总要求不断地创新。

在写桂林山水的诗篇中，最为人称诵的，是唐代韩愈《送桂州严大夫》中的名句：“江作青罗带，山如碧玉簪”。韩愈用青罗带来形容漓江的水，用碧玉簪来形容桂林的山，两件妇女的饰物，写尽了桂林山水柔美的风情。在这样的诗句面前，我曾想：对于桂林山水的描写，是否到了极限了？有哪一位诗人能够超越它？的确，历史上有的名篇后人是无法超越的。但诗歌对于客观事物的描绘却不会有极限。有才能的诗人，总是在前人没有涉及的领域发掘出新的美。这就使我想起了贺敬之的《桂林山水歌》。这首诗是这样开头的：

> 云中的神呵，雾中的仙，
> 神姿仙态桂林的山！

---

* 此文初刊1980年4月《名作欣赏》1980年第2期，初收《论诗》，改题为《美好的山水，美好的诗——析贺敬之〈桂林山水歌〉》。据《名作欣赏》编入。

情一样深呵，梦一样美，

如情似梦漓江的水！

这四句诗的形象让人吃惊。我意识到：贺敬之毕竟从许许多多的桂林山水的艺术形象中，作出了不同于别人的探索，并取得了突破。他没有重复别人的形象，甚至投有重复别人塑造形象的方式。贺敬之知道，要是再用客观实物去形容桂林山水，他在青罗带和碧玉簪的形象面前，是难以超越的。他决心另找出路。这出路就是，他不再拘泥于以实比实，而采取了以虚喻实的办法。桂林的山，不再是妇女发间俏丽的碧玉簪，而变成了云中的神、雾中的仙；漓江的水，不再是妇女腰间柔软飘拂的青罗带，而变成了深的情、美的梦。

神仙是谁都没有见过的。但是云雾之中影影绰绰出现的仙女的形象，能够唤起人们捉摸不定的那种美感。情是什么样，梦又是什么样，它也是不确定的。悠悠流过的绿得发黑的漓江水，留给人们的印象是难以具体描述的。青罗带也只能传达出它的美感的一部分。任何比喻在客观事物丰富的美面前，都会黯然失色，何况神奇而迷人的漓江水？贺故之抛弃了习见的方式，他让我们看到的不是漓江水的具体的样子，而是让我们去想象那最深沉的情爱和最美丽的梦境。这样，虚写的结果，反而获得了最具体的效果。

《桂林山水歌》是坚持写出新意而另辟蹊径的一首诗。它避开了具体描写和以实物相比喻的手法，而采取了抽象的概括。神姿仙态也好，如情似梦也好，都没有如实地描写山水，它只是让你想象。神仙有多么优美的姿态，桂林的山就有多么优美的姿态；情爱和梦境有多么深沉多么美好，漓江的水就有多么深沉多么美好。构成诗歌形象的主要方法是想象，想象的方式是诗歌对事物的再创造的方式。在一定的时候，诉诸想象比如实描绘更易于奏效。雨果说过：“想象就是深度。”

贺敬之的实践告诉我们，诗人应当坚持自己对客观事物的独特的观察，并保持独恃的见解。他不应该重复别人说过的话。他应当具有不抄袭也不重复他人的独立创造的精神。当一般的比喻不足以穷尽客观事物的美感的时候，他应当动员一切手段打开一条道路去揭示事物内在的美。贺敬之不仅回避了韩愈已经获得巨大成功的碧玉簪和青罗带，而且在桂林寻找了神、仙、情、梦四个字。他无异于发现了一片崭新的艺术天地。这种发现，使贺敬之的诗能够在众多的桂林山水诗中卓然自立。

神姿仙态，如情似梦，桂林的山和水是这般美妙，但是桂林所拥有的，却不是一座山，一湾水，而是重重山，重重水。“水几重呵，山几重？水绕山环桂林城……是山城呵，是水城？都在青山绿水中……”前两句写秀丽的山水拱卫着桂林城，后二句又写桂林城错落地散置于青山绿水之中。要是说，开头那四句诗是抓住了桂林山水的个性的话，则现在这四句话是抓住了桂林这座城市的个性。它只用四句诗，便把桂林的特点加以突出，使之区别于其他风景秀丽的城市。桂林的美是不可替代、也不可混淆的。

前面提及的八行诗过去，贺敬之接着唱道：“此山此水入胸怀，此时此身何处来？”诗人身处这样惊人的美景之中，反而怀疑自己是到了仙境或是梦境。这是一首诗的转折之处。从这里开始，《桂林山水歌》在对客观景物作了概括的描绘之后，转向了对主观心境的抒发。这种抒发不是孤立进行的，它的特点是没有游离开桂林的具体景物去作抽象的抒情，而紧紧抓住桂林风景的特点以抒写诗人独有的感触和情怀：

招手相问老人山，
云罩江山几万年？

——伏波山下还珠洞，

宝珠久等叩门声……

鸡笼山一唱屏风开，
绿水白帆红旗来！

大地的愁容春雨洗，
请看穿山明镜里——

首先，他借老人山的形象发出对于悠长的历史的慨叹。伏波山下的还珠洞，有老龙谢情还珠的神话，"宝珠久等叩门声"，借一个传说以抒写对于光明和解放的憧憬。"鸡笼山一唱屏风开"。雄鸡唱晓，一唱而社会主义生活场景的屏风如画展开。他用这个联想以象征如花岁月的涌现。绿水、白帆、红旗，这当然是美好时代的写照。在桂林市区，穿山的形状如一面明镜，诗人借此以抒发大地洗尽愁容面对明镜的喜悦。这里的八个句子，既是对于桂林自然景色的描绘，又是服务于作品主题的进展着的情节的抒唱。句句都写客观的景，句句都表主观的情。这种主观抒情和客观景色的完全的契合，使抒情诗清新自然而不觉沉闷：景色是新鲜的，即景兴叹又是贴切的。凭借了诗人的一片巧心，桂林绚烂的景色给主观情致的抒唱提供了条件。

《桂林山水歌》是一首歌唱祖国壮丽河山的诗篇。它不仅传达出了山水特有的美，而是让人从中鲜明地感受到蓬勃的时代气息。这是一曲社会主义时代的新山水诗。此诗写作日期是一九五九年，正是建国十周年的年代。诗人在此寄托了他对相同繁荣昌盛的良好祝愿。也许自古到今，桂林的山漓江的水并不会有太大的变化，依稀总是旧日模样。但我们从诗人充满热情与朝气的歌唱中，感到了沐浴在社会主义阳光下的山河的新气象。"江山多娇人多情，使我白发永不生！对此江山人自豪，使我青春永不老！"诗人把对祖国、对社会主义的爱溶入了对于山水的讴歌之中：大地景色之所以如此美丽，不仅在于桂林的山神姿仙态，漓江的水如情似梦，而且在于大地经春雨的洗涤而一扫愁容。诗人不仅看到了大自然的美景，而且看到了新时代的祖国的笑容——祖国的笑容正是桂林山水在诗人心中的投影。在一片对于山水的尽情歌唱中，我们感受到诗人一颗热爱自己伟大祖国的跳动的心。

我们读贺敬之的诗，总鲜明地感受到诗中活跃着诗人的自我形象。他总没忘了把自己写进抒情诗中，在《放声歌唱》中，他是一个向往光明奔往延安的普通小八路，在《雷锋之歌》中，他是雷锋班里的一名老战士。诗人自我形象在诗中的出现，能够增强抒情的亲切感，也便于袒露诗人的内心世界。在《桂林山水歌》中，"我"仍然是一位士兵。他迎着黄河的浪涛，塞外的风沙走来，走向了马鞍上梦见、沙盘上画过的锦山绣水之中，他为此激动。无数为祖国的解放而奔走征战的士兵，他们的日思夜想，他们的流血牺牲。正是让美丽的山水回到人民手中，正是为了让美丽山水更加美丽。贺敬之表达了一个为祖国而征战的士兵的真挚的感情。士兵一旦投入祖国美丽山水的怀抱，他被这种幸福感而沉醉，他觉得自己会与美好的山水同在而永葆青春。《桂林山水歌》传达的是一种充满时代精神的热情。

《桂林山水歌》由描绘桂林山水的情状入手，开篇便不寻常。它传神而又含蓄地道出了桂林山水诱人的美，它的好处是，在无法说清的情况下，把桂林山水的好处说清了。从全诗的结构看，除了开篇的不同凡响，诗中情感的富于起伏变化而转折的自然合理，也是一大长处。开头的四节八行，是对桂林山水和城市的特点的概括，诗行是简短的，而含义是毕备而深邃的。从"此山此水入胸怀，此时此身何处来"开始，转为联系个人感受以抒发对山水的挚情，这就开始了有个人特点的抒写山水之美的文字，这段文字共六节。"招手相问老人山"以后八行，通过老人山，还珠洞，鸡笼山，屏风山，穿山等自然景色含蓄地概括了桂林从历史到现实的巨大变化。从“桂林的山来漓江的水，祖国的笑容这样美”开始到诗的结束，是主题的升华。由具体的桂林山水而扩展到对祖国美好河山的歌颂。这种主题的升华，使《桂林山水歌》不是停留在一般山水诗的范畴，而使之从具体的山水的可爱，概括到祖国江山的可贵，由普通的吟咏山水之作，而发展为爱国主义的颂歌。“人间天上大路开，要唱新歌跟我来”，这声音充满了士兵对于祖国的信念与热情。

《桂林山水歌》所以成为一首优美的抒情诗，诗人在声韵节律方面的努力也是起了重大作用的。它采用两行一节，每节押一个韵的句式。因为每行都有韵，而换韵又很频繁，形成了全诗感情跌宕跳动而多变化，节奏轻松、活泼自如的韵调。由于在词组、句、节等方面的对仗的广泛应用，形成了全诗节奏匀称而音调铿锵的音乐美。仍以开头四句诗为例：“云中的神”和“雾中的仙”相对，“神姿仙态”是一个巧妙的复沓；“情一样深”和“梦一样美”相对，“如情似梦”又是一个巧妙的复沓。这两节诗合在一起，又是一个完整的对偶的诗节。这就造成了全诗回环往复、余音萦绕的音乐效果。

《桂林山水歌》当然是一首具体歌唱桂林的诗篇。既写桂林、当然要像桂林，如前所述，贺敬之采用抽象的写法，概括出桂林山水给人的那种奇幻的神采，以及梦境一般的情调，让人在充分幻想中，感受到桂林那种难以表达的美，这是它的极大的成功。但是，对于现代的诗歌，仅仅满足于传达出那种客观的美是不够的——这一点，古代的诗人们早已做到了，例如韩愈已往所达到的，甚至后人也是难以超过的。我们时代的诗人，总致力于使诗歌有更高的典型价值，有更大的思想容量。《桂林山水歌》正是这么做的。它不肯拘泥于具体的桂林，面寄望于桂林有更丰富的概括意义，做到既是桂林，又不只是桂林。因此，它不仅写桂林的自然风貌,更有对于桂林历史的有深度和广度的概括;它突破了具体的对于桂林的美的颂歌,而引申为对于“祖国的笑容”的咏唱。在这一点上,《桂林山水歌》堪可作为我们时代新山水诗的一类典型。它给我们的启示是:第一,既是写桂林的诗,就应当传达出桂林特有的素质来。贺敬之是成功的,他写的是桂林,而不是苏州或杭州,尽管他采用了虚写的手法,但桂林的美被捕捉到了;第二,我们不能只满足于写桂林像桂林,应当让具体的桂林蕴涵更多的内容,给人以更丰富的思想和美。因此,它应当跳出桂林。这,大概就是抒情诗的典型化;它应当是这一个,同时,又应当代表这一切。因为它写出了桂林特有的美,因而它给人以陌生的新奇之感;因为它通过桂林概括出热爱和赞美祖国的情怀,因而它又给人以大家普遍都有的、但又不能充分表达出来的普遍和典型的思想情感。《桂林山水歌》是一首个性和共性相统一的、给人以既熟悉又陌生的感受的典型化的抒情诗篇。

在新的崛起面前[*]

新诗面临着挑战，这是不可否认的事实。人们由鄙弃帮腔帮调的伪善的诗，进而不满足于内容平庸形式呆板的诗。诗集的印数在猛跌，诗人在苦闷。与此同时，一些老诗人试图作出从内容到形式的新的突破，一批新诗人在崛起，他们不拘一格，大胆吸收西方现代诗歌的某些表现方式，写出了一些“古怪”的诗篇。越来越多的“背离”诗歌传统的迹象的出现，迫使我们作出切乎实际的判断和抉择。我们不必为此不安，我们应当学会适应这一状况，并把它引向促进新诗健康发展的路上去。

当前这一状况，使我们想到五四时期的新诗运动。当年，它的先驱者们清醒地认识到旧体诗词僵化的形式已不适应新生活的发展，他们发愤而起，终于打倒了旧诗。他们的革命精神足为我们的楷模。但他们的运动带有明显的片面性，这就是，在当时他们并没有认识到，历史是不能割断的。尽管旧诗已经失去了它的时代，但它对中国诗歌的潜在影响将继续下去，一概打倒是不对的。事实已经证明：旧体诗词也是不能消灭的。

但就五四新诗运动的主要潮流而言，他们的革命对象是旧诗，他们的武器是白话，而诗体的模式主要是西洋诗。他们以引进外来形式为武器，批判地吸收了外国诗歌的长处，而铸造出和传统的旧诗完全不同的新体诗。他们具有蔑视“传统”而勇于创

---

* 此文初刊于1980年5月7日北京《光明日报》，初收《共和国的星光》，又收《当代学者自选文库·谢冕卷》、《谢冕论诗歌》。据《光明日报》编入。

新的精神。我们的前辈诗人们，他们生活在一种无拘无束的自由开放的艺术空气中，前进和创新就是一切。他们要在诗的领域中扔去“旧的皮囊”而创造“新鲜的太阳”。

正是由于这种开创性的工作，在五四的最初十年里，出现了新诗历史上最初一次（似乎也是仅有的一次）多流派多风格的大繁荣。尽管我们可以从当年的几个主要诗人（例如郭沫若、冰心、闻一多、徐志摩、戴望舒）的作品中感受到中国古代诗歌传统的影响，但是，他们主要的、更直接的借鉴是外国诗。郭沫若不仅从泰戈尔、从海涅、从歌德、更从惠特曼那里得到诗的滋润，他自己承认惠特曼不仅给了他火山爆发式的情感的激发，而且也启示了他喷火的方式。郭沫若从惠特曼那里得到的，恐怕远较从屈原、李白那里得到的为多。坚决扬弃那些僵死凝固的诗歌形式，向世界打开大门吸收一切有用的东西以帮助新诗的成长，这是五四新诗革命的成功经验。可惜的是，当年的那种气氛，在以后长达半个世纪的时间里，没有再出现过。

我们的新诗，六十年来不是走着越来越宽广的道路，而是走着越来越窄狭的道路。三十年代有过关于大众化的讨论，四十年代有过关于民族化的讨论，五十年代有过关于向新民歌学习的讨论。三次大讨论都不是鼓励诗歌走向宽阔的世界，而是在左的思想倾向的支配下，力图驱赶新诗离开这个世界。尽管这些讨论曾经产生过局部的好的影响，例如三十年代国防诗歌给新诗带来了为现实服务的战斗传统，四十年代的讨论带来了新诗中国作风、中国气派的新气象等，但就总的方面来说，新诗在走向窄狭。有趣的是，三次大的讨论不约而同地都忽略了新诗学习外国诗的问题。这当然不是偶然的，这是受我们对于新诗发展道路的片面主张支配的。片面强调民族化群众化的结果，带来了文化借鉴上的排外倾向。

当我们强调民族化和群众化的时候，我们总是理所当然地把它们与维护传统的纯洁性联系在一起。凡是不同于此的主张，一概斥之为背离传统。我们以为是传统的东西，往往是凝固的、不变的、僵死的，同时又是与外界隔裂而自足自立的。其实，传统不是散发着霉气的古董，传统在活泼泼地发展着。

我国诗歌传统源流很久：诗经、楚辞、汉魏六朝乐府、唐诗、宋词、元曲……几乎每一个时代都有自己的诗的骄傲。正是由于不断的吸收和不断的演变，我们才有了这样一个丰富而壮丽的诗传统。同时，一个民族诗歌传统的形成，并不单靠本民族素有的材料，同时要广泛吸收外民族的营养，并使之溶入自己的传统中去。

要是我们把诗的传统看作河流，它的源头，也许只是一湾浅水。在它经过的地方，有无数的支流汇入，这支流，包括着外来诗歌的影响。郭沫若无疑是中国诗歌之河的一个支流，但郭沫若却是溶入了中国古典诗歌、特别是外国诗歌的优秀素质而成为支流的。艾青所受的教育和影响恐怕更是"洋"化的，但艾青却属于中国诗歌伟大传统的一部分。

在刚刚告别的那个诗的暗夜里，我们的诗也和世界隔绝了。我们不了解世界诗歌的状况。在重获解放的今天，人们理所当然地要求新诗恢复它与世界诗歌的联系，以求获得更多的营养发展自己。因此有一大批诗人(其中更多的是青年人)，开始在更广泛的道路上探索——特别是寻求诗适应社会主义现代化生活的适当方式。他们是新的探索者。这情况之所以让人兴奋，因为在某些方面它的气氛与五四当年的气氛酷似。它带来了万象纷呈的新气象，也带来了令人瞠目的"怪"现象。的确，有的诗写得很朦胧，有的诗有过多的哀愁(不仅是淡淡的)，有的诗有不无偏颇的激愤，有的诗则让人不懂。总之，对于习惯了新诗"传统"模样的人，当前这些虽然为数不算太多的诗，是"古怪"的。

于是，对于这些"古怪"的诗，有些评论者则沉不住气，便要急着出来加以"引导"。有的则惶惶不安,以为诗歌出了乱子了。这些人也许是好心的。但我却主张听听、看看、想想,不要急于"采取行动"。我们有太多的粗暴干涉的教训(而每次的粗暴干涉都有着堂而皇之的口实),我们又有太多的把不同风格、不同流派、不同创作方法的诗歌视为异端、判为毒草而把它们斩尽杀绝的教训。而那样做的结果,则是中国诗歌自五四以来没有再现过五四那种自由的、充满创造精神的繁荣。

我们一时不习惯的东西,未必就是坏东西;我们读得不很懂的诗,未必就是坏诗。我也是不赞成诗不让人懂的,但我主张应当允许有一部分诗让人读不太懂。世界是多样的,艺术世界更是复杂的。即使是不好的艺术,也应当允许探索,何况"古怪"并不一定就不好。对于具有数千年历史的旧诗,新诗就是"古怪"的;对于黄遵宪,胡适就是"古怪"的;对于郭沫若,李季就是"古怪"的。当年郭沫若的《天狗》、《晨安》、《凤凰涅槃》的出现,对于神韵妙悟的主张者们,不啻是青面獠牙的妖物,但对如今的读者,它却是可以理解的平和之物了。

接受挑战吧,新诗。也许它被一些"怪"东西扰乱了平静,但一潭死水并不是发展,有风,有浪,有骚动,才是运动的正常规律。当前的诗歌形势是非常合理的。鉴于历史的教训,适当容忍和宽宏,我以为是有利于新诗的发展的。

有趣而寓有深意*

——读胡世宗同志《鸟儿们的歌》

世宗：

五月十九信并五月号《鸭绿江》收到。高兴地读到了你的新作：组诗《鸟儿们的歌》。你寄作品给我看，在你，是“怀着一个小学生写了一篇自己满意的作文交给语文老师看的心情”；在我，却也相似。读了《鸟儿们的歌》，产生了像是小学生聆听了老师有趣而寓有深意的故事之后的满足的心情。我从《鸟儿们的歌》里，听到人生的歌，我觉得是在受着诗人的启示。

最近很忙，很少读作品，你的作品也不多读。我所能加以比较的，是《北国兵歌》。我觉得，《鸟儿们的歌》（当然，也许还有你提及的《爱辉行》、《战烟的追念》等作品），在你的创作中，是一个新阶段的标志。你初学写诗时，要用诗来表现人民军队充满朝气的生活实际，这个观念是明确的。因而，你那时的诗，很具体，很实在。读了那些诗，能窥见切近于生活的真容，这当然是好的。但是，也可以说，这不一定全是好的，因为你太拘泥于生活的实际。你那时的诗，思路不开阔，联想不丰富，太拘谨！长此以往，必有局限。诗植根于生活，但又要很超脱，它不应当被“生活”所捆缚，而应当在生活的弹跳板上腾跃，“挣脱”它，而向云天万里作自在的“逍遥游”。飞机通过跑道飞向高天，诗也要通过

---

* 此文初刊1980年9月《鸭绿江》1980年第9期，初收《谢冕文学评论选》。据《鸭绿江》编入。

生活争取一个无边际的想象的空间。《鸟儿们的歌》就是你的创作中一批作这样飞翔的“鸟儿”，我祝它们鹏程万里。

这组诗讲的是人生义理，却不是通过直接的说教，也不借助习见的生活场面，而只是通过一些我们知道的、或不知道的鸟的故事来暗示。这也许就是托物言志，说透了就是一种取譬，这是诗的“惯技”。诗，大凡直说的，效果总差，大凡曲说的——即借助某种联想，加以引申而后让人体味的——效果大体是好的。我想过，我们写诗，总不好摆脱这种诗反映生活的主要的和基本的方式的。

这组诗的最后一首，是《关于鸟的思考》，就思想性而言，最具尖锐性。小时候，母亲问：树上十鸟，打落一鸟，尚余几鸟？答：都飞走了。于是反问母亲：那飞跑的九只鸟儿能否再回来？回来后，会不会再被打落？这个反问是意味深长的，它把一个智力测验的命题，变成了一个关于人的命运的思考的命题，而这种思考是令人揪心的：

> 我越想越觉得问题重要，
> 直到如今我们在继续思考……

每一个中国人都应当在这个严肃的故事面前，认真地思考一番：我们应当如何为那些“惊弓之鸟”创造和平而不受危害的生存环境？

我觉得你的诗比以前深沉多了。你的诗的进步，恐怕主要不是在艺术上，而是在思想上。从艺术上讲，你仍然像过去那样写着半自由体的诗，语言风格上也没有太多的改变。但是，你的思考深入了，你能够通过一些“微言”，来昭明“大义”。

在这里，你歌颂了三种鸟儿：始祖鸟、萤鸟、啄木鸟，都是一些“丑”和“笨”的鸟。古老的始祖鸟，只有既蠢又笨的“简单的翅膀”，但是，它有自由而无拘束的对于天空的向往。萤鸟可以说长得很丑：脑袋顶上生出翅膀，身上裹着杏黄色的硬壳，但是它发光，可以为夜行人引路。啄木鸟既无华羽，亦无珠滑玉润的歌喉，它不会用婉转动人的歌声去颂扬参天的高树，它只会以单调的啄木之声，锲而不舍地默默地为大树治病。读着这些诗，我觉得你是在讲一种美的东西：美的品格，美的情操，美的追求。而且，我还觉得，你是在企图改变业已被颠倒的社会上对于美与丑的观念。

这一点，读了《鹦鹉的歌》，就清楚了。这些美丽的鹦鹉，这些讨人喜欢的鹦鹉，它们要是如像开头所说，仅仅因为"只有声带和舌头，没有大脑"，当然是可怜的，也许还能引起人们的若干同情。然而，情况比这要坏得多。它们不仅为了讨好人们而趋尚时髦，而且还若无其事地自我标榜：

> 我学过的话有百条千条，
> 它们的含义我压根不去思考。
> 如果说错了，我概不负责，
> 因为每句话的出处，我都能找到！

这便是可悲而又可恶的！

诗歌要表达人民崇高的审美理想，你颂扬那些又"笨"又"丑"的鸟类，正是这么做的；同时，诗歌又要表达人民对于丑的揭露，你在这里对"美丽"、"聪明"、着实讨人喜欢的鹦鹉的抨击，也正是这么做的。你履行了诗的神圣职守。我觉得，那些像鹦鹉的歌一类的只求讨人喜欢的诗应该减少以至绝迹，而像你这样对于鹦鹉之歌进行批判的诗应该多些更多些。

这些诗中，《笼中鸟的歌》给我震动最大。它给予我的，不是那种对于崇高精神的向往，也不是那种对于阴鸷丑陋的憎恶，它带给我的是痛苦。我一边读，一边不由自主地想：但愿我、但愿我们都不是这种笼中鸟！也许，我们曾经并不情愿地、程度不同地有过笼中鸟那样的际遇？我们的飞翔功能逐渐退化，我们也逐渐地习惯于那种“在笼子里慢慢饮水”，“在笼子里轻轻鸣叫”的生活。但这能责怪我们吗？——笼中鸟并不是自觉自愿地钻进那透风的囚牢的！

也许可怕的还不是那个别人做好的虽然四面透风却又是有形的囚牢，而是那些鸟儿自己制造的心甘情愿地关进去的那些无形的囚牢。——那些鸟儿在那特定的生活环境中所产生的特定的意识：

> 我害怕变幻莫测的云朵，
> 我害怕猛然摇动的树梢，
> 我害怕飓风把我刮到天涯海角！
> 甚至怕雨水淋湿我的羽毛。

还有更为可怕的：

> 如今笼子已被砸个粉碎，
> 我怎么办呢？这多叫人烦恼！
> 我是飞向森林、飞向云霄呢？
> 还是去把新的笼子寻找？

我觉得你在这里写出了一代人、几代人的命运及其思索。也就是在这里，我得到了开初讲的那种感受，我觉得我是在谛听令人战栗的（远远超过了“有趣的”）故事，尽管你隐约地用了近于诙谐的调子，有时甚至还带着微笑。

笼子砸碎以后，许多鸟儿飞向那密密森林，浩浩蓝天。却有不少鸟儿惶惶然不知所措，它们觉得没有了笼子便无所归宿；而且，居然生活中消失了笼子，那简直是不可思议的！它们觉得生存也发生了问题。

你是深刻的，仅仅这一点，就值得向你祝贺。

南宁诗会期间，与方冰、晓凡、阿红诸同志小聚十余日，留下了美好的记忆。他们岭南之行谅已归去，当是空前的丰收，请向他们致意。

谢　冕

一九八〇年六月五日北京

云雀还在歌唱*

——江枫译《雪莱诗选》序

公元1822年的7月，意大利有灿烂的阳光，但却酷热而窒闷。上旬的某一日，在斯佩齐亚湾，暴雨，排空的巨浪，吞噬了一只小帆船。海湾的另一边，玛丽在苦雨凄风中焦躁地等待。但她再也没有等到——雪莱死了。这位流浪异乡的英国诗人，一生爱海，他终于在海的怀抱中认识了那个他所称道的"伟大的神秘"。他的遗体在为创造人类文明作出过辉煌贡献的意大利的海岸上焚化。拜伦为他的挚友送别，他把乳香、盐和酒撒向燃烧的火堆。然后，他脱衣走向海水，表示他至深的哀悼。当他回头望去，沙地上只留下一片闪烁的火花。

诗人的生命结束得太早。他1792年生，1822年死，活了不足三十周岁。但他留给世界的光辉却是永恒的。

雪莱生在一个男爵家庭，他的父亲拥有一所富裕的田庄。他幼年生活在由广阔的树林和美丽的花园包围的一座白色建筑物中。那个家庭的保守气氛以及那种矫揉造作的绅士风度，使少年的雪莱深感厌恶。在学校，他饶有兴味地研读自然科学以及柏拉图、休谟、狄德罗的哲学。他接受了18世纪启蒙主义思想，英国早期的空想社会主义思潮更给他以深刻的影响。

雪莱最为喜爱的一本书，是葛德文的《政治的正义》。这部著作把他引入田园诗般的意境，他在这位前辈的启示下陷入了

---

* 此文初收《雪莱诗选》，江枫译，湖南人民出版社1980年10月出版。据此编入。

沉思:哲学的解放铲除了迷信的恐怖,爱情的自由代替了不合理的婚姻,可是,偏见依然禁锢着世人的心……在伊顿学校杂花开遍的校园,雪莱伸开四肢,让阳光爱抚着,早熟的心灵在默想着人类的不幸。这时节,雪莱向着蓝天和大地,发出了诚挚的心誓:"我誓必正直、明慧、自由,只要我具有此种力量。我誓不与自私者、权势者为伍共谋祸人之事,而且我必加以抨击。我誓必将我整个生命贡献于美的崇拜。"①

1810 年雪莱入牛津大学。他是一个勤奋的大学生,同时,又是一个直言不讳的无神论者。一年后,他因著作并刊行《无神论的必然性》而遭校方开除。由于政治和哲学观点的分歧,雪莱也与他那富裕的家庭决裂。1812 年,雪莱曾投身爱尔兰的民族解放运动。他亲自散发传单,发表演说,很表现了一位热血青年的激情。从爱尔兰回来,他写了第一部长诗《麦布女王》。在这里,雪莱第一次用诗的形式抨击压迫和强权,召唤对于现实的变革,热烈地憧憬人民的幸福、科学、解放的未来。他的诗触怒了统治者,他不得不于 1818 年永远离开英国。

雪莱年轻的生命,一开始便是这样富于反叛与斗争的精神。我们从他的作品中接触到一颗不肯宁静的灵魂。无疑地,他有一切条件可以享受世俗所称道的人生乐趣,但他舍弃了。他似乎只能在汹涌的大海给予的颠簸与袭击中,才能得到真正的幸福感。为了这些,他宁肯过着朝不虑夕的饥饿与颠沛的生活,而保住了他思想上的解放与自由。他不愿在爵位与遗产面前牺牲他精神的不羁。在那个时代,雪莱无疑也是一个先驱者的形象。雪莱的这种人生态度,体现在长诗《伊斯兰的反叛》中,更体现在诗剧《解放了的普罗密修斯》中。

他不满意埃斯库罗斯剧本中那种妥协的结局。他的斗争精

① 此段引文,见〔法〕莫洛亚著《雪莱传》第一章。

神鼓舞他去作超越前人的尝试。“我根本反对那种软弱无力的结局,叫一位人类的捍卫者同那个人类的压迫者去和解。普罗密修斯忍受了那么多痛苦,说过那么多激烈的言辞,如果我们认为他竟然会自食其言,向那个耀武扬威、作恶多端的仇人低头,那么,这部寓言的道德意义可能会完全丧失。”[①]雪莱这么说过,雪莱自己也是这么生活着。要是只看到诗中那位盗火者宁愿受苦而拒绝屈服,那还不是雪莱。他的心灵不仅是坚忍,而且泛着一片希望之光。雪莱的精神化为了飞翔的星星,托附在诗剧中那些能够预言未来的精灵身上。那些精灵坚信:人类反对专制的斗争和毅力,以及自我牺牲的精神,足以证明他们有着充满希望的未来。

一方面是面向现实的诅咒、揭露和无情的抨击,一方面是满怀信心地预言未来。雪莱不停地寻觅他所喜爱的明天,他陶醉于这种幻觉造成的未来的笑颜,但是他也“可怜”自己的遭遇——“找到的总是我们所要逃避的今天”(《明天》)。向往着明天,而又不能逃避今天,这也许正是雪莱之所以为雪莱。这与其说是雪莱无可躲避的遭遇,不如说是他的执著地的追求——他是不会离开“今天”而陶醉于虚幻的“明天”的。这种精神,使雪莱不仅区别于那些消极浪漫主义者,而且也区别于拜伦那样的积极浪漫主义者。雪莱和拜伦,无疑都是积极投身斗争、反对现实黑暗的勇士;但是,当他们把目光投向明天,鲜明的差异便显现出来了:拜伦的目光多半是悲观而不免落寞,雪莱则总是充满信心地为未来呼号。

面对英国之暗夜的雪莱,他的声音是明确而勇敢的。他公开向英格兰人发出有益的启示:英格兰人,为什么要给蹂躏你们的老爷们种地,为什么要用自己纺织的锦绣去打扮暴君的身体!

---

① 《解放了的普罗密修斯·序》。

他把那些鱼肉人民的政客形容为兀鹰,为蝎子,为豺狼,为毒蛇。在雪莱的政治诗中,已经有了鲜明的反对剥削和压迫阶级的觉醒。他的诗宣告了对英格兰现实的不妥协的立场:屠杀人的法律,是黄金和血污所写成;而议会,则“意味着已废的历代最坏法规的恢复”。他不仅在英格兰看到了罪恶和卑鄙,而且就在这座坟墓中,他也能看到,“其中会有幽灵奋然高飞,焕发出灿烂荣光,照亮这风狂雨暴的年月”。

雪莱总是这样热烈地呼号着,他把目光投向那些奋起反抗暴政的斗争。1819 年 10 月,雪莱为重获自由之前的西班牙,唱起了真挚的《颂歌》。他以充沛的热情呼唤人民“醒来”,他真诚地讴歌那些“地面上神圣斗争中高于一切的呐喊”。在那里,仍然是雪莱式的光明,鼓励着人们以“碧绿的力量、永恒和蔚蓝的希望”去覆盖额上的血迹！雪莱让人民看到:自由正在扬鞭策马向前猎取胜利！

1820 年 1 月,西班牙军队掀起革命,斐迪南被迫恢复 1812 年宪法并取消异端裁判所;同年 8 月,葡萄牙爆发革命;随后数年,意大利也爆发革命……雪莱为此欢跃,他歌颂自由的浩荡前进,从而使压迫者惊慌退缩。最典型地代表了雪莱这种昂扬乐观精神的诗篇,是《西风颂》。西风来了,“一切都惨然变色,胆怵心惊,战栗着自行凋落”;但雪莱不仅看到它的“破坏”,而且也看到它的“保存”。他从西风的肃杀之中,唤起了对人生悲剧的联想,“我倾覆于人生的荆棘！我在流血!”但雪莱并未颓唐和屈从。

我若是一朵轻捷的浮云能和你同飞,
我若是一片落叶,你所能提携,
我若是一头波浪能喘息于你的神威,

分享你雄强的脉搏,自由不羁,

仅次于,哦,仅次于不可控制的你;

……

在这些唱给自然界的大风,也唱给人类社会革命暴风的诗行中,我们感受到一种充溢着活力的战斗的肃穆和壮烈气氛。这是一颗不甘寂寥的灵魂的自语。他的生命的乐趣在于斗争,哪怕是一片落叶,它也要在强劲与肃杀的西风之中自由而雄强地飞翔。有了这种精神,雪莱能借这篇颂曲,把他的"预言的号角"("如果冬天来了,春天还会远吗")传向天地间的万户千家,自然绝非偶然的笔墨。

雪莱不竭的斗争精神给人民以鼓舞,他对于光明的信念,的确在黑暗中燃起了火光。但是,雪莱毕竟是从空想社会主义的前辈那里得到火种,因此,他所燃起的火光还是渺茫和飘忽不定的。他把对于爱、对于美的喜悦,看成是永恒的和不变的,"不存在变化和毁灭",在他的心目中,"爱的花园"和"美好的姑娘"——

其实,从来没有消亡,变化了的

不是他们,是我们和我们的一切。

雪莱坚信那火光也是永恒的,"感受不了光明是由于本身阴暗"(以上引文见《含羞草》)。这里,既体现了雪莱的激进,又体现了雪莱的局限。当然,主要的是,他是一位对人类抱有光明的希望的"天才的预言家"。热爱并景仰拜伦的雪莱,曾经为拜伦的忧郁与怀疑而惋惜。他们二人在威尼斯曾经有过认真的辩论。拜伦指责雪莱:"你谈的是空想";雪莱答:"这还有待于未来"。我们当然为雪莱对于未来的信念所感召,但拜伦对他的批评并没有错。雪莱给予我们的信念,是鼓舞人的,但却不免空泛。

放逐的生活,使雪莱浪迹天涯。漂泊无定的生活,带给他痛苦,也给他以诗的灵感。他是人民的儿子,也是大自然的儿子。

他生活在一个世界里，在那里，政治的纷争，舆论的压力，感情的苦闷，使他焦躁不安。但在另一个世界里，他的心变得异常安恬、纯净，而充溢着崇高的美。那是意大利的六月，深蓝的夜空，月亮像一颗宝石，不断地发射出美丽的光波。雪莱沉迷于华美的幻境——那里，水晶的宫殿，霓虹的雾霭，花在含苞，草尖有晶莹的露水……这种情景，使雪莱的诗情在萌动。在雪莱的创作生涯中，大自然给予他的恩惠，并不比社会给予的为少。他自己说过，他从童年时代起，就熟悉山岭、湖泊、海洋和森林，他与"危险"结成了游伴。关于《解放了的普罗密修斯》的创作，雪莱说过：

> 我的这首诗大部分是在万山丛中卡拉古浴场(罗马古迹之一)残留的遗址上写作的。广大的平台，高巍的穹门，迷魂阵一般的曲径小道，到处是鲜艳的花草和馥郁的树木。罗马城明朗的青天，温和的气候，满空中活跃的春意，还有那种令人心迷神醉的新生命的力量，这些都是鼓动我撰著这部诗剧的灵感。

雪莱不仅热爱自然、感受自然，他更把自己的生命投入自然，使二者融为一体。他把自己的人格，化为了大自然的灵魂。因而，我们在雪莱歌唱自然的诗篇中，看到了他的自我在歌唱。他写过一首叫做《云》的著名诗篇，他本身就是这样一朵云。他在雷声中走过，威武而又强悍，但却是一朵为焦渴的鲜花带来甘霖，为绿叶披上凉荫的云。云说，"我是大地和水的女儿，也是天空的养子，我往来于海洋、陆地的一切孔隙——我变化，但是不死。"这的确是雪莱的形象。这是一个美好、善良、却又冲动的灵魂，它在诗中得到了不加掩饰的表露，体现着雪莱鲜明而独特的个性，他的忧愁，他的憧憬，他的奔突。在艺术上，雪莱完成了一个溶于伟大的自然的自我形象。

这个形象萌兴的历史价值在于，它是一个正在勃起的新时代的典型。雪莱生活在这样的时代：19 世纪初叶英国开始了工业革命，工业无产阶级在壮大。这一新兴阶级已在破坏机器和工人暴动方面显示了它的威力。为此，它受到大企业主和金融寡头的反对，以及维护资本统治的政府的镇压。一些激进的资产阶级民主派站在同情人民斗争的立场，他们用空想社会主义的政治理想来武装自己，而在为反对封建和宗教统治、争取个性解放、“建立理性和永恒正义的王国”的道路上驰进。

在诗中，这一时代造出这样的形象：它狂热地歌唱自己的理想，抒发强烈的个人情感，它重视个人的社会作用，尊重人性以及人的智慧创造，他们把自然人格化，在人格化的大自然中站立着宏伟的个性解放的“人”。在这些被称为积极浪漫主义的作品中，千年沉睡的山川、树林、草原、沼泽，突然间变得充满了生命的活力，这种光华灿烂的自然的美，把黑暗龌龊的现实社会的丑，对比得十分鲜明而强烈。受到重新估价和尊重的个人，在任何力量也无法加以拘束的气氛中，得到充分的保证，能够发展成长，而与古典主义的维护王权统治、提倡自我克制和泯灭个性判然划分为两个时代。

雪莱属于那种前进的力量。他把一个充满诗意光辉的、然而又是不驯的反叛的心灵，寄托在美好而光明的自然之中。他为自己铸造了一尊永恒的铜像，他在这里获得了永生。他曾借阿波罗之口说：万道金光是我的利箭，我用它射杀依恋黑夜畏惧白昼的奸伪和欺诈，一切艺术的和自然的光明，一切的赞美都属于我，属于我的歌。作为一个为自由解放歌唱的新时代的歌者，雪莱无疑地拥有阿波罗般的光明、力量与自信。但雪莱的歌声，又与他的善良美丽的内心、雍容华贵的外形充分地和谐，而具有优美、清丽和充满温情的个性。

向上，再向高处飞翔，

从地面你一跃而上，
像一片烈火的轻云，
掠过蔚蓝的天心，
永远歌唱着飞翔，飞翔着歌唱。
——《致云雀》

这正是雪莱的象征。他是云雀，他是不具形体的力量与欢乐在沐浴着明光飞行。的确，他是黑夜里一片孤云背后明月的光辉，他的歌声是能够唤醒希望的美丽的音乐之雨。尽管有重重的黑暗和深深的迫害，但任何艰难和压迫都不能阻止它不断地飞翔，向上，歌唱。从雪莱歌唱的时代至今，已将近二百年。尽管他的诗篇带有他所生活的时代的局限，他所从属的社会阶级的弱点，但他是站在时代的前头放歌的。而且他是他的阶级的逆子，他紧紧地和人民站在一起，他代表他的时代前进的力量。

这是一只在暗夜中呼唤黎明的云雀，他今天还在历史的层云之上歌唱。

诗歌没有国界。一切优秀诗人的创造属于全人类，雪莱当然也是。“修黎（即雪莱——引用者注）抗伪俗弊习以成诗，而诗亦即受伪俗弊习之夭阏”（《摩罗诗力说》），我国人民十分熟悉鲁迅对雪莱的创作及其运命的这一精到的概括。我们也熟悉并喜爱雪莱。这一点，广大的不能直接阅读雪莱诗篇的人，从文学翻译家的劳绩那里，得到了切实的恩惠。

雪莱诗译本，过去出过，现在也在出。要是有条件，像雪莱这样的大诗人，有几种中文译本，应当是正常的和必需的。翻译中，译诗最难，有哪一个译本能够穷尽原诗的精妙幽微呢？基于这个认识，我欢迎江枫的《雪莱诗选》。不论从哪个意义说，他的工作都是有益的：也许它已经超越了前人，也许它能够启示来者，至少，它可以为诸译本提供一个比较。

严复用三个字概括他所主张的翻译工作三原则:信、达、雅。这三个字,可以认为是真、善、美在翻译工作中的体现。江枫不止一次地向我表述了他对严复三原则的钦敬之情,这也成为他翻译《雪莱诗选》给自己提出的要求和标准。为了从事这一工作,他阅读了若干雪莱诗译本。在学习前人之长的同时,他发现并纠正了上百条前人的误译。江枫的工作是认真的。

江枫不仅爱诗,而且也写诗。多年的诗歌实践,加上他在西南联大附中以及清华大学外文系打下的英语和英国文学根基,不仅使他的译笔流畅、清新、准确,而且也是诗的语言。他力求译文在内容上忠实于雪莱,在风格上也忠实于雪莱。在他的译本中,我们可以看到:《西风颂》的奔放不羁,《致云雀》的优美清新,《阿多尼》的缠绵悱恻,《暴政的假面游行》的刚正严肃,《颂歌》有进行曲般的昂奋,《印度小夜曲》有花前月下漫步轻语的细腻热烈……

江枫说过,他要做到自己读懂了再译,决不写连自己也不明白的句子。他不"死译",也不"活译"。他忠实于雪莱原诗,在遣词造句上尽可能贴近原文,却不肯呆板滞涩。每首诗,他都力求做到:雪莱的意境,属于他自己的传达手段。因而读他的译文,不再感到是由方块字写成的英国诗,而仿佛是雪莱写的汉语诗。在英诗的格律上,他拒绝生硬的移植,而采纳了汉语诗歌可以接受的成分。建行、分节都保持了原诗的形态;韵脚,他也力求依照原诗安排,但当照搬形式有损于内容的表达时,又不拘泥于原诗的格式。他没有为了韵脚而生硬地造词,或违背汉语习惯而颠倒词序。在译诗过程中,他宁肯把一座座艰难的关隘竖立在自己的前面,而不肯贪图近便而削足适履:把长句不适当地压缩;也不在酒中掺水:以虚词或同义反复的办法任意拉长句子。江枫认为,译诗,应该是原作在完全符合译入语言诗歌规律的条件下的再现。我同意这一观点。正是因此,我相信,由于译者的辛勤劳作，今天我们也许有条件像读汉语诗那样，来吟诵英国这位像流星一样划过天空、却留下了永恒光照的诗人的作品了。

1949 年年初参军南下以来，江枫的生活环境并不安定。但一本《雪莱诗全集》即使在行军途中也始终伴随着他。翻译雪莱的诗，是他多年的心愿和业余爱好。为此，三十年断断续续的努力。这个努力，如今终于有了成果，这是应当为江枫庆贺的。

1980 年 6 月 6 日于北京蔚秀园

南疆吹来的风*

——《南方诗丛》简评

在南方，诗歌在坚韧地生长着。那里有一批热情的诗人和诗的园丁在耕耘。第一批《南方诗丛》出来了，第二批《南方诗丛》又送到了我们面前。当诗歌被认为有点“交倒霉运”的时候，我们意外地得到这些果实，是格外兴奋的。

这批诗丛收诗集五种。《大海行》是以艾青为团长的诗人团访问祖国海疆的纪游之作，已有专文介绍了。我要补充的是，这样的“大海行”，是一种值得提倡的方式。诗人通过长期的“蹲点”以获得对诗之泉源的专与深的把握，诗人又通过短期的“跑面”以获得对诗之泉源的广与博的把握，这都是切实的观察生活的方式。过去的宣传，强调前者，而贬抑后者，讥之为“游山玩水”。我以为，对诗人而言，只要条件许可，“游山玩水”是正当的。山川风物能给诗人以创作的灵感，这早已为古今无数诗人的实践所证实了的。

除《大海行》外，尚有两本抒情诗集。祖国南疆的艳阳和无边无际的葱绿，给沈仁康的《南疆风》以明艳的色彩。这部诗集，凝聚了作者长期在岭南生活的体验。“我惊岭南花似锦，岭南拂我花一身”，它表达了新鲜的生活所带来的惊喜之情。这里不仅“花香潮湿得叫人着迷”，而且，“相思树下的三百里蛙声”也叫人

---

* 此文初刊于1980年6月10日《诗刊》1980年6月号，初收《共和国的星光》。据《诗刊》编入。

沉醉。在沈仁康笔下，荒原正在苏醒。垦荒的烟雾间隙之中，涌现出咖啡园、胡椒园、橡胶园。而后，割胶工人的《头灯》亮起来，组成了“无边的光网”，诗人于是惊呼：“这里出现了新的星座！”《南疆风》表现了南方大地的变化，历史上苦旱的雷州半岛，已被绿的山头、绿的平原、绿的河道所铺盖；也表现了南方人民新的精神面貌。《一枝山茶抖在枪口上》是值得称道的诗篇，它述事而不繁，寓挚情于含蓄优美的画面中，没有通常看到的那些爱情诗的浅露造作。入集诗作的水平并不整齐，《开山炮》寓意浅硬，《出门》虽热情，但不免琐琐。

李瑛以《在燃烧的战场》为题，唱出了新的战歌。在那里，南方的群山滚动着愤怒的复仇之火。诗人跟随我自卫反击的队伍踏过正在燃烧和爆炸的通往前沿的道路，摄下了一幅幅气壮山河的、令人歌哭的画面。《深夜里发生的故事》有让人泣下的悲壮；《记一位勇士》有让人颤抖的挚情。在这部诗集中，他的一贯的绮丽精巧中又添了一股悲凉豪壮之气，这当然给他的作品带来了新鲜感。要是说，沈仁康写出了美好的和平建设的“南疆风”，李瑛则写出了严峻的浴血战斗的“南疆风”。祖国的南疆，既是欢快的，又是愤怒的；既是建设的，又是战斗的。

很明显，诗丛的编者关切于叙事诗的繁荣成长。《勇士与死神》载雷铎等的叙事诗九题，《海峡情思》载罗沙的叙事诗四题。以两本很薄的诗集，而集中发表十三首叙事诗，此事虽小，却切切实实可称为一个壮举。诗丛编者刻意提倡短小的叙事诗，此事我极赞同。叙事诗应以短小为主。篇幅的短小，能够限制人物情节的繁复化。因为人物情节的繁复往往使叙事诗因事而“忘情”，叙事诗的“忘情”，反过来会断送读者对它的兴趣。叙事诗是“多情”的、还是“寡情”的，这是叙事诗生存的关键。

十三首叙事诗中，罗沙的《海峡情思》和雷铎的《勇士和死神》均系佳篇。罗沙是一位对叙事诗锲而不舍的探求者。他在诗集的后记中说到叙事诗的"三难":难于找到适合写叙事诗的故事;难于把叙事和抒情结合得恰到好处;难于写出真正是诗的叙事诗,要言不烦。这"三难",确是深谙此中甘苦者言。"三难"的核心是什么?我以为是:叙事诗要重视诗的抒情的特点。叙事诗要写故事,但故事不宜过繁,要适当。所谓适当,就是不能让叙事挤走了抒情。如《望夫山之歌》,它以深情绵邈的诗行着重刻画了妻子对远隔重洋的亲人的渴念,它着重在情怀的抒写,而不在情节的描述。《海峡情思》当然是成熟的。一个海峡,阻隔着母与子。某日,儿子捕鱼遇险,为大陆渔民所救,母子团圆;但儿已成家,于是又告离别。罗沙把事件过程减少到极限,却以大量笔墨写母子之情的缠绵与波动。《海峡情思》是抒情的,更是音乐的,因而,它最后是属于诗的。《卧狼山》有藏族民歌风,清新明净,但较之《海峡情思》,却显得线索较多,篇幅较冗长,而不够集中。在这点上,柯原的《好兄弟歌》是成功之作。它不及百行(在叙事诗中,其篇幅之短是罕见的),讲述一个担架队员受重伤(流出了肠子)而坚持把伤员抬到目的地自己壮烈牺牲的故事。先是,另一担架队员批评他步子不平、不稳,过于粗心,他一直没有答腔;后来,那一位担架队员面对烈士的牺牲,又痛心地谴责自己错怪了自己的"好兄弟",这就是《好兄弟歌》。柯原选择了一个最激动人心的故事,截取了最激动人心的一个片断,又以那位民兵的发自内心的抒情的方式去叙事。可以说,是篇较好的小叙事诗。

我始终视叙事诗为诗的一个变种。诗的本质在抒情。要诗去叙事,是勉为其难的。但叙事的诗的确可以容纳更多更具体的内容,因而也是一种需要。但它必须是诗,必须须臾不忘诗之抒情的特点,并且要用这一特点来统御叙事诗的创作。诗的叙事必须采取诗的方式,而应当弃绝小说的方式。长时期来,把叙事诗写成了分行押韵的小说,几乎成了一种传染病。甚至不是一般的“小说”，而是“长篇小说”：篇幅愈来愈长，人物情节愈来愈复杂。这样，叙事诗的作者，就不可能从容而专注地在这一诗的变种中去维护诗的最基本的特点——抒情，而不得不疲于奔命地用押韵的句子去交代情节、描写人物，反而显得笨拙。

明智的叙事诗作者，知道叙事与抒情之间的矛盾，他们以精巧的构思和富有特点的表达方式来解决这一矛盾。《勇士与死神》就是一个成功的实践。它由六首互相连贯而又相对独立的小诗组成，全诗不到二百行。故事是曲折的，但被分散在自成段落的小诗中，读来亲切而不吃力。它线条明晰，化繁复为单纯：勇士化险为夷、死而复生，山重水复，柳暗花明，起伏曲折而不觉冗繁。这个集子里的其余诸篇，如《血路》（柳朗）、《南陲浩气歌》（陈潮荣）、《小河静静地流淌》（邢晓宾）、《英雄花》（向明）、《机灵虎》（果报）、《杜鹃姑娘》（瞿琮）、《激战红石山》（叶知秋）讲述的都是那场为维护祖国庄严而战的英雄故事，血火飞迸，惊心动魄，都是壮歌。但有的故事平淡，有的情节造作，激情是有的，只是在有的诗篇中，激情却被那些复杂的（甚至是蓄意编造的）情节给吞噬了。

重获春天的诗歌*

——评一九七九年的诗创作

小　引

寒冬过去，春天悄悄来临。对中国当代诗歌来说，春天也是悄悄来临的。当怀着偏见的人们还在那里说新诗这也不行那也不行的时候，中国新诗史上新的一页正在揭开。历史将证明：二十世纪七十年代结束、八十年代降临这一交接时期，在中国，诗的凤凰在火中再生了。

大苦大难、大悲大喜，铸就了一九七九年诗歌的凯旋门。

十年的灾难给诗歌带来严重的后果，三年的战斗，清除了十年的积垢。一九七九年到来之前，新诗的面貌已经焕然一新：宗教式的颂赞基本绝迹；空洞的标语口号已不多见；题材风格的多样化已经代替了干部腔的可憎面目。一九七九年初，召开了全国性的诗歌座谈会，这仿佛是一个宣告诗歌之冬结束和诗歌之春开始的庆祝会。诗人们在会上讲了一个又一个"在漫长的冬夜等待春天的故事"。万木凋零中，春天在孕育；禁锢并不能扼杀诗的生命，在忍耐与寂寞中，诗成熟了。

它的名字叫做：觉醒

举过"火把"的艾青，没有忘记把火种带给祖国的大地。这

---

* 此文初刊于1980年6月12日《文艺报》1980年第6期，初收《共和国的星光》。据《文艺报》编入。

年一开始，艾青率先唱了一支《光的赞歌》。祖国和人民刚刚度过长夜，一旦拥抱这“没有重量而色如黄金”的“奇妙的物质”，不仅获得了重见光明的喜悦，而且通过诗人对于诞生了光的撞击、磨擦与燃烧的颂赞，感受到对于斗争的生命力的肯定。尽管久经艰难，诗人的青春如火，他的积极信念，凝聚在这一句中：

让我们从地球出发
飞向太阳……

不是如往常那样坐待“太阳向我滚来”，而是主动“飞向太阳”。闻一多要是活着，他一定为艾青的这一改变欣喜。艾青爱海，他知道海水是咸的；他与祖国同过患难，他也知道泪是咸的。他当然了解亿万年的泪含聚成海，但他仍然执拗地相信：“总有一天，海水和泪都是甜的”（《海水和泪》）。也许这永远不会成为事实，但都是艾青真实的希望。

我们经历过太多的灾难，我们的泪可以泛滥成海，但我们不能被泪水所淹没。这一年的诗歌，更多的是擦干泪水之后的冷静，冷静而又不失热烈的希望，这是诗的主潮。的确，在我们百孔千疮的国土上，诗人的神圣使命显然不是叹息，而是吹起前进的号音，这才是诗的责任。但那些空洞的“豪迈”的调子，已经令人厌憎，人们需要切实的进行曲。这年开始的时候，邵燕祥唱了一曲《中国的汽车呼唤着高速公路》。这是一首含泪的希望之歌。他肯定，空话不能启动汽车，豪言壮语也不能铺路；他也肯定，我们有如此之多的由痛苦、愤怒与血肉铸就的“特有的混凝土”，我们将能铺就一条高速公路。尽管诗行中夹着血泪，但目的却是乐观的前进。到了年底，邵燕祥“以八十年代第一个春天的名义”，发出了坚定的呼喊：《沙漠吃不掉北京》。他当然知道沙漠在一寸一寸地吞噬着北京，但还是怀着绿色的信念。这就串成了一条光明的线。这条线，不仅在邵燕祥的诗中，也在白桦和公刘的诗中。

白桦也是从灾难中走来的战斗者。他以富有政论色彩和充满论战精神的诗句，冲击着迷信、愚昧与专横。就像艾青歌唱永远运动的“光”一样，白桦歌唱永远运动的“风”。他不能设想，也不能容忍那失去了风的情景：沉默的风铃，僵死的树影，不转动的风车，水面上没有波纹。他鼓励人们迎向风暴：“千万别做没有信念的革命者，如果你的确在忧虑中国的命运；即使像拔尖儿的大树被吹折，也将无愧于后代子孙。”（《风》）白桦的积极信念也是以痛苦的代价换来的，可贵的是他也没有被淹没在昨日的泪中。他希望人们“勇于回顾”，他认为回顾能使我们拾起被我们抛撒的《珍珠》：

> 真理往往像珍珠那样，
> 是精神和血肉之躯在长期痛苦中的结晶，
> 三十年凝结了一颗巨大的珍珠，
> 它的名字叫做：觉醒。

一九七九年诗歌创作的最主要的收获，就是收获了这颗巨大的珍珠。这是觉醒之歌。这种觉醒，最概括地讲，就是人民力量的再一次被确认：创造世界的是人，而不是神。

公刘早在《为灵魂辩护》中宣布，他的骨骼中。贮存着能够“八千次爆发希望的火花”的磷。在《鞍山评论》中他再次认定：“在这个繁衍兴旺的种族。血肉中一概包含着铁矿，如果还有别的什么元素，那准是会燃烧的硫磺。”总之，他心中的烈火并不因长久的严寒而熄灭，他始终热爱并歌唱那种会燃烧的物质。公刘的诗精于构思，富有哲理，擅长把聪慧的思想藏在精致的语言中，他的诗句有巨大的思想容量。公刘也如同时代诗人一样，把诗句献给了历史的主人，而以锋利的思想抨击宗教迷信：“须知菩萨和人都是泥土所生，社会主义岂能靠明烛高香！”

诗的觉醒，是思想理论战线关于实践是检验真理的唯一标准的讨论唤来的。这种觉醒集中地表现于对人民的歌颂。人们终于有勇气喊一声："太阳美呵，人民是太阳"（雷抒雁）；也终于有勇气承认："假如不是被太阳的光芒浸没，白天也会有繁密的群星"，"太阳、月亮、地球，在无尽的空间也都是普通的星星"（雷霆：《群星》）。到了公刘，他在一九七九年十二月二十六日的《人民日报》上，用最明确的语言评价了领袖与人民的关系：

无可置疑，他是一面大旗，
旗的概念是什么？是飘扬，是进击，
旗应该永远是风的战友，
风，就是人民的呼吸。

假如旗上有弹孔，
那正是光荣之所在，何必忌讳！
迎风抖擞才能避免蒙尘和发霉啊，
为什么偏有人主张压入箱底?!
——《十二月二十六日》

把无产阶级领袖头上的灵火撤走，恢复他庄严的人的地位，诗歌为此作出了贡献。

一位女共产党员的死，在一九七九年，几乎激动了所有诗人的悲怆的琴弦：悲歌张志新身上的巨大的光明和勇敢，诅咒和声讨残酷杀害了她的黑暗与卑鄙。在一个短时期内，自发地掀起如此巨大的规模、集中地为一个普通共产党员唱颂歌，这是罕见的；而且，以相同的题材，在一个时期集中出现构思各不相同、思想艺术各有突破的诗篇的数量如此之多，更是罕见的。张志新的生与死，无法扼制人们对她的挚情；有了真情，就含有真诗，这是无须发起一个歌颂运动的。程光锐的《不朽的琴弦》、朔望的

《只因》、李瑛的《红花歌》、周良沛的《沉思》……都是向这位普通的女共产党员唱出的。

在此类题材的诗中，雷抒雁的《小草在歌唱》是影响最大的一首诗。这是一首沉痛的觉醒之歌。一个死于“革命”的枪口下的共产党员的鲜血，唤醒了年青战士的心。殷红的血，被遗忘了多年，只有小草没有忘记：当风暴来时，是她冲在前面，竟以惨死殉身真理。诗人以无产阶级的义愤，谴责那苍白得如同废纸的法律，谴责那连死者自己也料想不到的极刑，诗人还谴责自己的昏睡。多少年来，我们极少读到袒露了诗人灵魂的诗篇，(郭小川的《秋歌》留给人们极深刻的印象)，雷抒雁不掩饰自己的愧疚与悔恨，他无疑是把个性唤回到抒情诗的领域中来了。而正是这个匮缺使抒情诗长时期来失魂落魄！流沙河的《哭》，让我们也想为那刚刚逝去的日月痛哭一场——

不装哑就必须学会说谎
想起来总不免暗哭一场
哭自己脑子里缺乏信念
哭自己骨子里缺乏真钢

“我要用真话武装我的诗句”

这是一位青年作者的诗句，它让我们想到诗的真实。记得海涅说过，“不久前，我对于一切的韵文起了一种抗拒之情，据说，有很多当代作者，也抱有这种类似的憎恶！我猜想，大概是由于美丽的诗篇谎话太多，而事实是不喜欢披着音韵的外衣出现的。”(《诗歌集：二版序》)海涅预见了我们的时代。前几年，我们的诗中也是谎言和矫情太多，在为政治服务的极端的命题之下，本来应当是表现诗人的人民的赤子之心的诗歌，却充斥着虚假。“四五”无疑是恢复了诗的生命力，但那时，多数诗篇只做到倾诉与呐喊,切实深厚地揭示生活的真象,则有不足。三年的实践证明,我们的新诗,不仅能自大的方面抒写人民的哀乐,也能从细微处表达人民的谴责与隐忧。和文学的其他种类一样,诗在生活的真实——它在诗中体现为生活激发的真情——面前大步前进着。

不少诗篇,写了刚刚过去的黑夜里真实的故事。李发模代替一个新中国亲爱的女儿喊出了绝望的《呼声》。叙事诗的女主人公仅仅因为是地主的孙女,“血统”不正,而被剥夺了一切为祖国献身的权利和她的正当的爱,遭受凌辱后,她含冤跳崖而死。李发模是年青的作者,他与同辈人息息相通,他所喊出的对黑暗控诉的呼声,以其真实性而唤起人们的共鸣。李松涛的《没有完成的爱》,也是昨日的故事。它告诉人们,在革命的国度,为真理而奋斗竟要付出悲剧的代价,这真实未免太严酷!为了让人长记这历史的教训,回顾并抚摸这伤痕是必要的。诗不能粉饰现实,而要讲真话。尽管这可能要付出代价,但历史的重托不可推卸!

这一年,除了先前已发表不少诗作的徐刚、刘祖慈、丁力等外,新出现了为数甚多的青年诗人。他们敢于解放思想,敢于向昨天和今天的现实作出大胆而公正的评价,从而勇敢地干预了生活。他们不满于我们古老、落后、停滞甚至是后退的生活。骆耕野响亮地喊出他的《不满》之鸣。他说,不满不等于异端,也不意味着背叛:“哥伦布不满铅印的海图,才发现了大洋的彼岸;哥白尼不满神圣的《圣经》,才揭开了宇宙的奇观。”这首《不满》,使人耳目一新,它的不落俗套的新颖见解,让我们窥见当代青年不拘一格的思想境界。这是思考的一代,又是充满希望的一代。这批年青人,崛起于“四五”,成长于与“四人帮”的战斗。开始的时候,他们幼稚,且不免偏激,但在实践中成熟了。

舒婷的诗,最初发表在非正式出版的刊物上。《诗刊》刊载了她的《致橡树》，让我们初识了她的诗作坚强不羁的个性。“有这样顽野的浪花，就有这样骠悍的蝴蝶”(《帆》，载沙县《绿叶》第二期)。她也许就是这样充满希望的帆，就是这样在“顽野的浪花”之上飞舞的“骠悍的蝴蝶”。她的诗，透过绮丽的幻想，表达了艰难中成长的青年一代坚定的信念。随后，我们读到了她答一位青年朋友《一切》的《这也是一切》。她论辩说：不是一切种子，都找不到生根的土壤；不是一切星星，都仅指示黑夜而不报告曙光。舒婷的“一切”，是积极的，而非悲观的：“一切的现在都孕育着未来，未来的一切都生长于它的昨天。希望，而且为它斗争，请把这一切放在你的肩上。”读着这样的诗句，我们为这一代人的逐渐成熟而感奋。我们从舒婷的诗作，看到了祖国的虽然有过迷惘，但却在成长的一代。她的声音，有着这一代青年经常会有的那份轻淡的哀愁，但她没有变态的对于哀愁的陶醉，她的诗，显示出这一代人从痛苦的泥土中萌发的希望的心芽。

一九七九年，诗坛涌现了一大批具有这种气质的诗青年。感谢《安徽文学》热情的编者，在它的十月号上，开辟了《新人三十家诗作专辑》。其间诗作，确如新展的青枝绿叶，鲜艳满目。他们来自动乱的岁月，如今呼吸着时代的春风，又通过更为广泛的渠道吸取诗艺术的滋养。让我们确信，较之他们的兄长一辈，他们获得了更为健全的发展条件。中国新诗划时代的新陈代谢是可以预期的。

这些青年作者的诗的力量，就在于对生活的执著。这种执著，可以理解为热爱，但绝不是粉饰，粉饰不是真爱。过去诗坛的阴暗，的确在于谎言太多——这不应归咎于诗人，诗受政治运动的影响太大了。拜伦说过，“假如诗的本质必须是谎言，那么将它扔了吧，或者像柏拉图所想做的那样：‘将它逐出理想国’”。(《致约翰·墨雷先生函》)可喜的是，我们已经醒悟，必须把谎言逐出诗国。

叶文福的《将军,不能这样做》,是一首说真话的诗,它勇敢地干预了生活。这首诗,已经在广大的国土上不胫而走。虽然有人读之不悦,但人民以及和人民站在一起的将军们都真诚地欢迎它。这诗中有火,热烘烘、火辣辣的阶级之情让人感动。它义正词严,情深意切,不难想象,只要不忘我党历来教诲于人民的真理的人,都会被这位青年诗人真诚的爱护以及合乎情理的谴责所动的。无疑,它代表了人民的心声,任何想把它置于人民利益相对立的意图,恰恰是违背了人民利益的。诗毕竟参加了维护党的光荣传统的战斗,这给一九七九年新诗带来了骄傲。另一位青年作者曲有源,一年来致力于以诗揭露人民内部矛盾的战斗。他的诗有对于社会主义民主的呼吁和歌颂,有对于官僚主义的抨击。他的《"打呼噜"会议》、《关于入党动机》等诗作,尖锐幽默,切中时弊,产生了积极的影响。人民和党需要的是能医治创伤的"带韵的盐",而不是肉麻的阿谀之辞。罗丹曾这样嘱咐人们:"你们要有非常深刻的、粗犷的真情,千万不要迟疑,把亲自感觉到的表达出来,即使和存在着的思想是相反的。也许最初你们不被人了解,但你们的孤寂是暂时的,许多朋友不久会走向你们——因为对一人非常真实的东西,对众人也非常真实。"(《遗嘱》)我们需要的是罗丹所鼓吹的勇气,我们毕竟比他要幸运得多,至少在我们这里,讲出非常真实的东西的人是不会"孤寂"的,感到"孤寂"的,可能倒是那些不让人们吐出真情的人。

早春的眺望

有一曲《早春之歌》(徐敬亚)告诉人们:春天是美好的,但不要忘记春天的另一端连接着冰雪,万紫千红,甚至要从"零"开始生长。也许聊堪自慰,我们的生活实际,却远较"零"富足得多。诗歌的早春也是如此。

这一年，的确出现了诗的题材、品种、风格以及艺术表现手法的争奇斗妍的局面。杂花生树，群莺乱飞，良辰美景，目不暇接。详述是不可能的，只能例举二三，以窥全豹。

张学梦的《现代化和我们自己》，是一首走在生活前面的诗。当人们还弄不清现代化是怎么回事的时候，敏感的诗人已在那宏伟的目标面前，感到了自己的苍白与空虚："仿佛我是佩青铜剑的战士，瞅着春笋似的导弹发呆"。像这样引人深思而不是简单"配合形象"的诗，我们需要它，但还不多见。但愿这是一枝报春的寒蕾。林希的《夫妻》是一组充满人情味的诗篇，它把人带到元稹的"贫贱夫妻百事哀"的联想中去。那"凄凉的婚礼"，那揪心的"离散"，那充满娓娓的劝解和欢愉的美酒的"窗口"，都能引人共鸣。这一对夫妻的忧患与欢乐，深沉地打着时代的鲜明烙印。我们需要这样抒发普通人生活而又具有时代特征的抒情诗。画家黄永玉的诗才，直到最近，才为公众所知晓。他的组诗《幸好我们先动手》、《犹大新貌》，熔睿智与风趣于一炉，在活跃的气氛中，表达他深沉的思索。他不避俗语入诗，他的"仿彭斯体"《幸好我们先动手》以明快的歌谣风，传达了我们共有的欢愉。讽刺诗的创作有新的发展，刘征的《春风燕语》是一幅绝妙的诗的漫画。近年，表现农村题材的诗，数量和质量均有下降。值得提及的有陈所巨的《早晨，亮晶晶》，它披示了乡村的宁静与诗意。我们需要带泪的呼喊，也需要轻声悄语的吟哦。

这一年的诗，不仅是在思想内容上大步迈进，也在艺术形式上产生新气象。诗的形式更为活泼、多样、宽广。艾青带回了诗的散文美，许多诗人带回了新诗与外国诗的亲密关系。这就打开了原先那种只能在古典诗歌和民歌的基础内求出路、而其结果多半是生硬模拟的偏向。如艾青的《大上海》，这是一首优美的表现现代生活的诗。它以生动的造型，以富有表现力的海潮般的汹涌气势，以及雕塑般的戛然而止，谱就了一曲雄浑的都市交响诗。艾青的诗,显然是从外国的诗艺术中吸取了有益的营养的。他的实践启发我们:只停留在旧诗词或民间歌谣的意境、韵调、节奏上,新诗是否能够满足表现现代生活的需要?应当看到,古典诗词中那些田园情趣以及蕴藉含蓄的格调,与高速公路、电子计算机、气垫船的流韵已经呈现出极大的不调和。在诗的形式上,过于强调"国粹"与片面地"排外",将不利于诗的健康发展。"五四"时期的文化革命,首先是拿旧诗词开刀的。尽管那时对古典文化有些片面性,但就基本倾向而言,"打倒孔家店"是革命的口号。于是诞生了白话作的新诗。而新诗的诞生,又受到了外国优秀诗歌的决定性的影响。就其产生与影响而言,新诗更接近外国诗、更远离古诗词,这是切近于历史真实的事实。既然如此,某些新诗之有点"欧化",是不必大惊小怪的。(当然,我们要重视新诗的民族化,任何促进新诗民族化的努力,都应当热情肯定)十年动乱,中国诗歌与世隔绝太久,与外国诗歌的沟通也中断太久。当前的主要危险,不是什么散文化或欧化,主要危险恐怕是那种固步自封的"排外"的观点。这种观点,题为《新诗要革命》(见《社会科学战线》七八年第四期)的那篇文章,是有代表性的。新诗的路子要宽,不要窄,新诗应当在吸收多方的营养中求发展,不要对此干涉过多。

处于早春时节的诗歌,始终与国家的兴亡、人民的哀乐紧密联系着,它没有脱离政治。但这几年的诗歌已不再是政治的单调与呆板的号筒了。不论歌颂或暴露,都发自诗人自觉的对于时事的关切,而不是由什么运动或号召来指挥的。这就造成了这样一种应当认为是正常的局面:诗不从属于政治、但又没有脱离政治;它可以为政治服务,但却是自觉的和能动的。值得高兴的是:在诗人身上,那些精神枷锁已经打烂了,那种"非礼勿视"一类的"凡是"派的规劝,那种"你们缺德"一类的恐吓,那种"要表现重大题材"一类的说教,都已没法约束诗人们自由的心灵了。

现在，在漫长的冬夜等待春天的故事已经结束了，我们已经跨进了八十年代春天的门槛。但是，对于诗人来说，他们的主要工作不是在明媚的春光中，唱着甜蜜的春之歌，而是用歌声提醒人们如何珍惜并保卫这血泪换来的春天。早春还会有寒潮，但是我们的目光在早春里眺望，我们的心向着未来，也向着希望。世界需要和平，人民需要安定的生活环境，让灾难和倒退永远成为可诅咒的历史：

我真诚地希望——
每一株芦苇都成为
发明证、教科书和诗集；

而不是成为人民手中
燃烧的和滴泪的
控诉书、揭发信和告状纸
——陈所巨：《给绿苇和苇纸》

对于诗，没有什么能比讲出人民的愿望，喊出人民的心声更重要的事了。

《荔枝蜜》*

——散文中的诗

《荔枝蜜》的主题思想，如果用一句话来说，就是：为集体献身的平凡而无私的劳动是伟大的。这无疑是一句很好的话。但是，这样直白地讲出的思想，并不能留给人们长久的印象，也不能打动人的感情。文学家的任务，就是要把这些思想形象化，让读者根据他们提供的形象明确作者所要表达的思想——这既是创作的过程，也是欣赏的过程。

《荔枝蜜》正是这么做的。作者起笔写道：

> 花鸟草虫，凡是上得画的，那原物往往也叫人喜爱。蜜蜂是画家的爱物，我却总不大喜欢。

这是整篇文章严密构思的一个起点。作者早已“胸有成竹”，但是他绝不急躁地把全部用心一下子端出。他要藏头露尾地包着，但又不引人注意地掀起那帷幕的一角。就是这样的一角，预示了文章含蓄曲折的内容。画家爱画蜜蜂，是因为它讨人喜欢。但作者反过来写“我却总不大喜欢”。一开头，就来了个曲折：为了写喜欢，先写不喜欢。这样，比直接说如何喜欢显得更有力，更深刻，更有感染力。

随后，作者又几乎不露痕迹地讲起了儿时有关蜜蜂的趣事：爬树，掐海棠花，被蜜蜂螫了，于是对蜜蜂不满，又听大人说，蜜

---

* 此文初刊1980年7月《陕西教育》1980年第7期，初收《论诗》，题《读〈荔枝蜜〉》。据《陕西教育》编入。

蜂轻易不伤人，为了自卫才螫，但它一螫，自己耗尽精力，也活不久了，便原谅它，同情它。又来了个转折，纠正了不满情绪。但这样并不能抹去这段经历，他写道："可是从此以后，每逢看见蜜蜂，感情上疙疙瘩瘩的，总不怎么舒服。"

作者讲了一大段蜜蜂，好像接近了文章的主旨。然而第二段却又绕开蜜蜂，大谈起从化温泉的荔枝树来了。但对荔枝树，也并不直来直去地写：正是南国春深时节，从化温泉四山环抱着一潭春水，那水又浓又翠，竟是一幅青绿山水画。那是夜晚，又是阴天，倚窗一望——

> 奇怪啊，怎么楼前凭空涌起那么多黑黝黝的小山，一重一重的，起伏不断。记得楼前是一片比较平坦的园林，不是山。

天明一看，竟是荔枝树。"一棵连一棵，每棵的叶子都密不透缝，黑夜看去，可不就像小山似的。"

写蜜蜂，似是闲笔；讲温泉之夜的错觉，又似是闲笔。高明的散文作家往往就在这似是闲笔之中寓有真意。接着是第三段，由荔枝树的话题而引入"荔枝也许是世上最鲜最美的水果"。何以见得？杨朔并不直说，却让古人替他作答，他引用了苏东坡"日啖荔枝三百颗，不辞长作岭南人"的名句，荔枝的美味就不言而喻了。

可是荔枝虽妙，来得偏不逢时，吃不到。文笔又来了个波澜。但吃不到鲜荔枝，却可以吃荔枝蜜，这是第四段。开始提到蜜蜂，扔下了；后来提到荔枝树，由荔枝树而荔枝，由荔枝而荔枝蜜，几经曲折，才把笔墨引到了切近文章的心腹，出现了"荔枝蜜"三个字。

这第四段是转到"荔枝蜜"正题上的关键段落，转得精妙而自然，它只是轻松的一句："吃鲜荔枝蜜，倒是时候。"之后，作者便从容地说起荔枝蜜来：采蜜的蜂儿“有时趁着月色还采花酿蜜”，这荔枝蜜成色纯，养分大，甜香里带着清气，喝着它，“你会觉得生活都是甜的呢”！有了这些关于荔枝蜜的赞美，加上还有几笔关于蜜蜂辛勤采蜜的描写，于是引出了由一句话组成的第五段：

我不觉动了情，想去看看自己一向不大喜欢的蜜蜂。

这是与开篇相呼应的一段文字。童年被蜂螫的记忆，使“我”一向不大喜欢蜜蜂，因而不可能对之动情，这番从化温泉的观感，尤其喝了荔枝蜜以后，感情起了变化，“不觉动了情”。由不喜欢到如今的不是不喜欢，由不动情到如今的不觉动了情，终于开始透露出文章的主旨——颂蜜蜂。行文是何等严密，何等自然！

杨朔的文笔起伏跌宕，变化繁多，层层紧逼，推转自然。读着他的文章，令人常有花明柳暗、应接不暇的感觉。从“花鸟草虫，凡是上得画的，那原物往往也叫人喜爱”开始，我们不知道作者想说什么，到“蜜蜂原是画家的爱物，我却总不大喜欢”，以为是：说蜜蜂。但第二段却换了话题，又叫人摸不着头脑了。“今年四月，我到广东从化温泉小住了几天”，写的是温泉的景致，转到夜晚小山的幻觉，这才悟了过来：他是在诱人入胜地写荔枝树。第三段，据说荔枝好吃，可惜来得不是时候，也是欲擒故纵的笔墨。到了第四段才知道，他在用鲜荔枝未吃到，来引出毕竟吃到了荔枝蜜；而写荔枝蜜的目的，在于写酿蜜的蜜蜂。

抒情散文和诗接近，但毕竟不是诗，它比诗具体，总要求有些实际的东西。在抒情散文中，作为支撑点的，仍然离不了一些具体的东西。由此而抒情，这情方能抒得实在。要是说从开始到“不觉动了情”这五段文字，是主题的初露，那么以后的文字，直到“我的心不禁一颤”，则是正式写蜜蜂颂了。往后几段，先写“蜜蜂大厦”的里里外外，然后是“我”和老梁的对话，这都是些实际的内容。那些对话,看起来是参观过程中随意的问答,却也是精心设计和富有概括力的。比如,说蜜蜂一年四季都酿蜜,酿得多,自己吃得少,“它从来不争,也不计较什么,还是继续劳动”。寥寥数语,就刻画出一种崇高的思想境界来。这些平凡的小生灵身上的平凡本质,已足以使人感动。再加上这样一段话:它们寿命短促,工蜂不过六个月,但却是认真、紧张、辛苦地度过一生,即使死,也是自己飞出去悄悄地死在外边,不给人家添一点麻烦,蜜蜂的崇高品质的确是撼人肺腑的。写到这里,对蜜蜂既有了外在的观察,又有了深入的了解;既有了理智的分析,又有了情感的激奋,于是水到渠成地发出了一句由衷的赞美:

> 我的心不禁一颤:多可爱的小生灵啊,对人无所求,给人的却是极好的东西。

“我的心不禁一颤”,是情感的合乎逻辑的发展,与“我总不大喜欢”“我不觉动了情”相呼应,错综复杂的文思有着首尾一贯的线索。到这里,和盘托出寓意的时机已经成熟,他可以正面地发议论了:“对人无所求,给人的却是极好的东西。蜜蜂是在酿蜜,又是在酿造生活;不是为自己,而是在为人类酿造最甜的生活。蜜蜂是微小的,蜜蜂却又多么高尚啊!”这就是全篇《荔枝蜜》所要阐明的思想意义,所要歌颂的一种人生哲理。

这是全文结束的第一段。作者还并不以此为满足。在下一段里他写道:

> 透过荔枝树林,我沉吟地望着远远的田野,那儿正有农民立在水田里,辛辛勤勤地分秧插秧。他们正用劳力建设自己的生活,实际也是在酿蜜——为自己,为别人,也为后世子孙酿造着生活的蜜。

原来,作者要歌颂的是蜜蜂的精神。那辛辛勤勤地“用劳力建设自己的生活”的农民,不也是像蜜蜂一样,在为大家酿着“生活的蜜”吗？文章的主题进一步深化了。但更为有趣的是，《荔枝蜜》的结束还有惊人的一句：

> 这黑夜，我做了个奇怪的梦，梦见自己变成一只小蜜蜂。

这是文章的最后一段，说明蜜蜂精神已深入“我”心。日有所思，夜有所梦，蜜蜂进入了梦境。这结尾的三个段落，有三个不同的层次，三个不同的引申：第一，蜜蜂酿蜜，它是在酿造生活；第二，农民劳动，平凡人的劳动，都是蜜蜂式的劳动，都在酿造甜美的生活之蜜；第三，“我”也希望自己是蜜蜂，“我”将会变成蜜蜂。

这第三小段一句结尾，空灵超拔，戛然而止，留下了悠长的余韵，无尽的意绪，让人去体味，去揣摩。

作品开头，由“我”儿时的回忆说起：小时候爬树，掐海棠花，蜂螫，差点跌下树来……直到最初听到关于蜜蜂习性的介绍。这是充满童心的文笔：天真，纯净，自然，是孩子般的甜蜜的忆念。到了结尾，“我”又像孩子似的做了一个梦，而且梦得奇特：变成了一只蜜蜂。由对蜜蜂的没有好感，到自己心甘情愿地要做一只蜜蜂，这种照应，这种对比，有着突出的美学效果。

《荔枝蜜》是一篇抒情散文。抒情散文和诗一样，要有浓厚的抒情色彩，浓厚的诗味，杨朔的散文自不例外。但杨朔的特点还在于，他是自觉地、有意识地用写诗的方法来写散文的。杨朔自己说过：“我在写每篇文章时，总是拿着当诗一样写。我向来爱诗，特别是那些久经岁月磨炼的古典诗章。这些诗差不多每篇都有自己新鲜的意境、思想、情感，耐人寻味，而结构的严密，选词用字的精炼，也不容忽视。我就想，写小说散文不能也这样么？于是就往这方面学，常常在寻求诗的意境。”（《东风第一枝·小跋》）杨朔是这么想的，也是这么实践的。《荔枝蜜》就是散文中的诗。

一束心花万年香*

——读朱德同志诗

到过井冈山的人都记得，在那壮丽的高山流水之间，流传着毛主席和朱德同志许多动人的故事。朱德同志于一九二七年参加领导了南昌起义之后，于一九二八年率部上井冈山与毛泽东同志会师。从此，他便一直跟毛主席战斗在一起，度过了他的光辉的一生。他既是一个指挥千军万马的总司令、军事家，又是一位诗人。他在《红军会师井冈山》一诗中，曾以"领导有力经百炼"之句，歌颂毛主席亲手创建的第一个革命根据地。朱德同志在世的最后一年，毛主席发表了《词二首》，他"聆读再三，欣然不寐"。飞跃的联想，把他再一次带到了早年战斗的井冈山，他真挚热情地歌颂毛泽东同志：

> 无产者必胜，
> 领袖砥柱坚。
> 几度危难急，
> 赖之转为安。
> 布下星星火，
> 南北东西燃。
> 而今势更旺，
> 能不忆当年？

---

* 此文初收《湖岸诗评》。据此编入。

朱德同志有一首诗，是写遵义会议的。这次会议，确定了毛泽东同志在全党的领导地位，在中国共产党历史上是一次伟大的转折。朱德同志用鲜明生动的艺术形象来歌颂这一伟大的历史性事件："群龙得首自腾翔，路线精通走一行。左右高低能纠正，天空无限任飞扬。"表达了他对毛主席领导的无比信赖和欣喜之情。在另一首诗中，他用另一种艺术形象，表达同一思想："且有操舟神舵手，能团大众去撑天"(《贺董老六三大寿并步原韵》)。他把最壮丽的歌，献给了伟大的领袖毛泽东同志。朱德同志的这些诗，展示了他作为伟大的无产阶级革命家的品格中最光辉的一面。

《寄语蜀中父老》是朱德同志写于抗日战争艰苦岁月的一首抒情诗。诗生动地描绘了抗日根据地太行山区冰天雪地的情景，歌颂了抗日健儿的英勇。朱德同志来自人民，热爱人民，和人民心心相印，他总是在诗中热烈地讴歌人民。在《太行春感》一诗中，他向人民表明自己忠贞的心迹：

忠肝不洒中原泪，
壮志坚持北伐心。
百战新师惊贼胆，
三年苦斗献吾身。

在《赠友人》一诗中，他坚信，有英雄的人民和军队，中国革命是一定要胜利的。当人民军队打了胜仗时，他感到慰藉和骄傲："我党英雄真辈出，从兹不虑鬓毛斑。"这是多么激动人心的豪言壮语。

朱德同志的诗，都是政治诗。他总是用自己的诗篇，作为战斗的武器，自觉地为贯彻毛主席的革命路线服务。但他又是优秀的抒情诗人，非常注意诗的抒情特点。他总是把表现革命精神与个人的抒写情怀结合起来，通过鲜明的艺术特点，熟练地运用着中国诗人传统的赠答应和的方式，交流革命情谊，彼此激励斗志，起到诗歌的战斗作用。

朱德同志写的是中国旧体诗。这种诗体，要求把尽可能丰富的内容凝练地容纳在严格的格律中，因此就要求文字一以当十，做到概括、含蓄。朱德同志很注意这种“炼句”的功夫。如“独裁政体沉云黑，解放旌旗满地红”（《寄南征诸将》）二句，对激烈搏斗的敌我双方，用彩色鲜明的对比，既描绘了现状，又瞻望了前途。朱德同志有的诗作，用语平实，却极隽永，如庆祝建军三十五周年写的：“枪从无到有，术由粗到精。诸将老尚健，新兵百倍增”，仅短短二十个字，便精当生动地概括了我军的成长壮大的历史。朱德同志的诗多数是在戎马倥偬之时写的，他的诗并不刻意求工，却充满了战斗的诗情，表现出一种临危不惧的刚健气度，给人以积极的感染力，如《出太行》就是很好的代表作。诗人站在太行山的群峰之巅，万里黄河尽入眼底，呈现出一幅壮丽的画面，表达了诗人开阔的胸怀。

中国人民的革命事业，经过长期的浴血苦战，终于迎到了“内忧外患澄清日”。朱德同志晚年在工作之余漫游南北，他尽情地和人民一道分享着社会主义祖国的欢乐。他的诗，更见清新了。他看到贵州省花溪如花的景色，热情地赞叹人民公社的锦绣土地：“公社公园新建好，长征战士赋归来”。他到过海防前哨，他的《游鼓山》，把景色秀丽的福州鼓山，形象地描绘成面貌庄严的祖国守卫者，寄托了他热爱祖国的热烈情怀。

陈毅同志逝世的时候，朱德同志写了一首悼诗，概括地总结了陈毅同志光辉的一生，

一生为革命，
盖棺方论定，
重道又亲师，
路线根端正。

这四句,用以概括朱德同志的一生,也是恰切的。他的革命的一生,也突出地表现在“重道亲师”四个字上。重“道”,就是对马克思列宁主义、毛泽东思想的无比忠诚;亲师,就是对伟大导师毛泽东同志的无比热爱。这两点做到了,路线就会很端正。朱德同志的一生,是继续革命、斗志不竭的一生,是伟大人民公仆的一生。他的一生是战斗的,他的诗歌也是战斗的。他的诗,一直在为抗击国内外反动派而呼号,一切敌人,从国民党反动派、日本侵略者到苏修美帝,都没有逃脱他批判的笔锋。在他的九十高龄,仍然充满了一个革命战士的战斗豪情。他在《喜读主席词二首·其二》中,歌颂了那象征着革命者的鲲鹏的壮志,揭露了那象征着社会帝国主义的蓬雀的卑微,朱德同志即使在晚年,仍然保持着伟大的无产阶级战士的昂扬斗志。他以“真心搞马列,地覆又天翻”的锐利诗句,有力地揭露了那一些不搞马列主义、专搞修正主义的丑恶嘴脸,预示了以华国锋同志为首的党中央领导下我国人民粉碎“四人帮”的伟大胜利。

朱德同志曾用“更有心花开得好,一年转变万年香”(《和郭沫若同志〈春节游广州花市〉》)的诗句,来表示他活到老、改造到老的不断革命精神。今天我们怀念敬爱的朱德同志逝世一周年,展读他的光辉诗篇,始终令我们激动的,正是他的这束不朽的“心花”。朱德同志的诗,是他伟大一生的艺术写照,是一束万年飘香的“心花”。他的不朽名字和他的诗篇,将为人民永远缅怀和尊敬。

梅岭诗情不朽*

——读《梅岭三章》

陈毅同志的七言诗《梅岭三章》写于一九三六年冬季，那时候毛主席率领的中央红军经过两万五千里长征，已经胜利到达陕北一年多了。但是陈毅同志等领导的赣粤边区还没有和党中央取得联系，正处于极端艰难困苦的环境中。

为了战胜四面包围、日夜搜剿的敌人，陈毅同志领导游击队风餐露宿，昼伏夜行，在广东的南雄县与江西的大余、信丰县之间的崇山峻岭中，开展机动灵活的游击战争，生活十分艰苦，吃无粮，住没房，无医少药缺衣裳。陈毅同志大腿负伤，瞒着同志们，一个人躲在树林里挤去脓血，用破布沾着万金油治疗伤口。就这样，游击战争整整坚持了三年。陈毅同志说："这三年游击战争，是我在革命斗争中所经历的最艰苦最困难的阶段。""最艰苦最困难"，不仅仅表现在吃、穿、住方面，由于敌人年复一年，日复一日地搜捕围剿，内部蛀虫的叛变出卖，使陈毅同志多次遇险，受难。《梅岭三章》小序里说的："一九三六年冬，梅山被围"，就是其中的一次。

梅岭，也叫梅山，属大庾岭山脉。位于广东南雄县北，江西大余县南，是沟通广东、江西两省的交通要道。据说那岭上每到春季，梅花盛开，故称梅岭。一九三六年冬天，陈毅同志身带重伤，被敌人围困在梅岭，在草莽丛中潜伏了二十多天，情况十分

---

* 此文初收《湖岸诗评》。据此编入。

危急，他下定牺牲的决心，写了三首七言诗留在身上，作为绝笔，向党向人民表明自己坚贞不屈，与敌人斗争到底的决心。

正因为《梅岭三章》是“绝笔”之作，因而全诗表现了一个中国共产党员视死如归的浩然之气，悲歌慷慨，真切动人。深为广大群众珍爱，纷纷传抄吟诵。

断头今日意如何？
创业艰难百战多。
此去泉台招旧部，
旌旗十万斩阎罗。

开头就是一个设问句，诗人在问自己，面临着为革命而牺牲的严重时刻在想些什么？他回顾中国革命创业时期所经过的艰难曲折。千百次英勇战斗，用鲜血和生命换来的革命成果，一定要保存，发展，无论遇到多少艰难险阻，都要将革命进行到底。于是诗人用气势磅礴，震撼寰宇的诗句，表现了战斗到底的决心：“此去泉台招旧部，旌旗十万斩阎罗。”

“泉台”就是传说中的阴间，“阎罗”是阴间最高统治者，俗话叫阎王爷。作者是把国民党反动派的黑暗统治看作“泉台”，用“阎罗”来指独夫民贼蒋介石。当然，阴间并不存在，人死了也不可能“招旧部”，“斩阎罗”。但是诗人的这种充满革命浪漫主义精神的诗句，却真实地表达了共产主义战士的伟大胸怀，深情地抒写出千千万万革命烈士不屈的斗志：生，为革命而战斗；死，也要成为鬼雄，继续斗争。

南国烽烟正十年，
此头须向国门悬。
后死诸君多努力，
捷报飞来当纸钱。

如果说《梅岭三章》的第一章主要是表明自己的志向，那么

第二章，就是激发勉励后人，要把革命进行到底，表现出作者对未来充满无限希望。

“南国烽烟正十年”，是回顾中国共产党成立后，祖国南方所进行的整整十年的武装斗争。从一九二七年“八一南昌起义”、“秋收起义”到“井冈山革命根据地”的建立，到赣粤边区的三年游击战争，是硝烟弥漫的十年。十年中锻炼了无数革命战士，也锻炼了陈毅同志。“此头须向国门悬”，这一句里，引用了一个典故：春秋战国的时候，楚国有个伍子胥，父亲、哥哥被楚王杀害，他逃亡到吴国，因为帮助吴王阖闾攻打楚国有功，被封为相国(也就是宰相)，成为百官之长。后来吴国和越国打仗，越国大败，越王勾践向吴国议和。伍子胥劝吴王夫差不要答应，多次进谏，吴王不听，得罪了吴王，因而吴王命令他自杀。伍子胥临死前对他家里人说：“我死了以后，把我的两只眼睛剜下来，挂在吴国的城门上，看越国怎样消灭吴国。”陈毅同志在诗里借用这个故事告诉自己的战友，即使他是牺牲了，也要把他的头悬挂在国门上，让他亲眼看到人民胜利的这一天。“此头须向国门悬”七个字，写出了人民必胜，敌人必败的坚定信念。“后死诸君多努力，捷报飞来当纸钱。”诗人嘱托战友要以不屈不挠的斗争，不断取得胜利，用纸钱般纷飞的捷报来祭奠他。“斗争”，“胜利”，这就是诗人和战友们诀别时刻的唯一期望。

投身革命即为家，
血雨腥风应有涯。
取义成仁今日事，
人间遍种自由花。

诗人在最后一章里抒发了自己的理想，可以说是一曲共产主义世界观的热情颂歌。诗中讲到他从投身革命的那一天起，就把革命队伍当成了自己的家。这个家培养教育了他。陈毅同志曾说过:“我自己在部队所受到的共产主义教育,真是十分深刻。我是一个知识分子,几十年来在部队中所受的教益,只有用革故鼎新、脱胎换骨八个字约略可以形容。”“革故鼎新、脱胎换骨”就是革除旧社会给自己的影响,树立共产主义世界观。“血雨腥风”是形容反动派的残暴疯狂。“应有涯”是说一定会有尽头。反动派的残酷统治是不会长久的。陈毅同志在极端危难之中,在反动派的血腥屠杀下,坚定地相信反动派的本质是虚弱的,腐朽的,敌人终将灭亡这一伟大真理。“取义成仁今日事”,意思是说为人民英勇献身的时刻到了。因为革命者从他投身革命事业的那一天起,就下定为人民牺牲一切的决心,这是很平常的事。但是平常的事里,又包含着不平常,这就是一个革命者倒下了,千万个革命者将要踩着他的血迹前进。倒下的革命者将变成一颗种子,撒在祖国大地上,经过斗争的风雨浇灌,将开遍自由解放的鲜花。“人间遍种自由花”,这是多么豪迈昂扬,而又闪耀着革命乐观主义光芒的诗句啊!

读了陈毅同志的《梅岭三章》,我们被那种激昂悲壮的革命豪情所激励,脑海中升起一个正气凛然,英勇无畏的无产阶级战士的光辉形象。他不仅视死如归、无所畏惧,而且有着至死不渝、毫不妥协的斗争意志。生前,他千里转战,系革命安危于一身;死了,他也要悬首国门,亲眼看着敌人覆灭。这里表现了陈毅同志诗歌创作中的一个突出的特点:通过富有革命浪漫主义色彩的大胆的想象,把自己的情感、愿望更突出、更强烈地表达出来,使它更激动人心,更加感人。这就是伟大的导师列宁所提倡的那种艺术创作中的“幻想”,有助于表达革命激情;有助于鼓动群众斗争之火的幻想。

诗言志。最感人的诗,是那些抒写了个人的真挚情感而又具有典型意义的诗篇。诗人品格的崇高,决定着诗歌境界的崇高。有第一等的襟怀,才有第一等的诗篇。《梅岭三章》字里行间奔涌着热爱祖国、热爱人民、献身于革命理想的澎湃激情，这是作者向党向人民诀别时候的忠心赤胆的表露。这种壮烈的情怀，发自肺腑，燃烧于内心，借助于诗的语言、艺术的形象来表达。用神奇的想象写豪情，以瑰丽的色彩画悲壮，构成了《梅岭三章》独特的艺术风格。作者运用传统的七绝诗的格式，表现了内容全新的革命战斗生活，而且使用富有民族特点的民间传说、典故，借以抒写共产主义战士的伟大情怀，因而使《梅岭三章》成为共产主义内容与民族形式完美统一的典型，也是古为今用的好典型。

陈毅同志的诗篇，不仅是艺术珍品，而且首先是思想珍品。我们读他的诗，缅怀他的为人；我们学他的诗，更要学习他的崇高品格和彻底革命的精神。

艰苦岁月的抒情曲*

——读《赣南游击词》

在陈毅同志光辉的一生中，诗是和他的战斗生活紧紧联系在一起的。陈毅同志的诗，不仅是激励人们英勇斗争的精神武器，而且是党领导的革命斗争生活的形象再现。《赣南游击词》就是这样一首典型的诗篇。

一九三四年秋，红军主力开始长征，离开了在江西南部和福建西部的中央革命根据地。陈毅同志因为身负重伤，留下来同一部分红军和当地人民一起，坚持游击战争。当时，国民党反动派一面加紧围追堵截长征途中的红军，一面以重兵“围攻”我中央革命根据地。一九三五年，我中央革命根据地全部被敌人占领。接着，国民党反动派纠集了十几万军队，气势汹汹地扑向陈毅等同志领导的赣粤边（江西、广东边区）游击根据地，妄图一举消灭我南方革命势力。《赣南游击词》这首诗所反映的，就是这个时期赣粤边游击队的壮烈斗争。

赣粤边根据地，位置在江西南部信丰、大余和广东北部南雄三县边界。这里山深林密，形势险要，群众基础好，又是两省三县的接合部，我赣粤边区特委就以大庾岭的油山为中心，开展有力的游击战争。因为赣粤边根据地东靠桃江，北挨章水，南临浈水，国民党反动派就在这三条河的各个渡口设了重重哨卡，在大余、信丰、南康等公路上建了密密层层碉堡，对我根据地实行切

---

* 此文初收《湖岸诗评》。据此编入。

割包围。这还不够，他们还年复一年，日复一日地搜山、烧山、移民、封坑、包围、“兜剿”，妄图把游击队烧死、冻死、饿死在山里。陈毅同志和他的战友们，坚决依靠群众的支援和掩护，开展灵活的游击战争，打击国民党的反动气焰，牵制和消耗了敌人的有生力量，配合了其他游击根据地的斗争，支援了红军北上抗日。伟大领袖毛主席对陈毅等同志领导的南方各游击区给予了高度的评价，指出这是我们和国民党十年血战的结果的一部分，是抗日民族革命战争在南方各省的战略支点。《赣南游击词》就产生在这个时候，是反映这时期斗争的壮丽诗篇。

《赣南游击词》是用《忆江南》词牌的格式写成的，由十二节相对独立而又互相联系的短诗组成。全诗歌颂了英勇的赣南游击战争，揭示我党领导的革命队伍顽强的斗争精神和崇高的革命气节。诗的这个中心思想，是通过严密的结构，一层深似一层地逐渐揭示出来的。

全诗，大致可以分成三层意思。第一层意思由诗的前六小节组成，通过对游击队日常生活的描绘，使人们对赣南游击斗争有一个概括的认识。最前三小节，通过早晨、中午、傍晚，写游击队的“住”、“吃”、“行”。

天将晓，队员醒来早。
露侵衣被夏犹寒，
树间唧唧鸣知了。
满身沾野草。

天将午，饥肠响如鼓。
粮食封锁已三月，
囊中存米清可数。
野菜和水煮。

日落西，集会议兵机。
交通晨出无消息，
屈指归来已误期。
立即就迁居。

游击队没有房子住，夜间露宿在密林茂草之间，破晓时候醒来，衣服被子全叫露水打湿了，身上还沾满了野草。快到中午了，游击队还吃不上饭，粮袋里的米少得可以数得出来了，他们就吃煮野菜。日落西山，天要黑了，正是游击健儿大显身手的好时候，可是交通员还没回来，只好全体队员立刻搬家。这种昼伏夜行、不断搬家的极不安定的生活，是游击队生活的常规。

接着的三小节，集中笔力写游击队在夜间的斗争生活。

夜难行，淫雨苦兼旬。
野营已自无篷帐，
大树遮身待晓明。
几番梦不成。

天放晴，对月设野营。
拂拂清风催睡意，
森森万树若云屯。
梦中念敌情。

休玩笑，耳语声放低。
林外难免无敌探，
前回咳嗽泄军机。
纠偏要心虚。

南方夏季多雨，一下就是十天半个月，雨夜行军，陡滑泥泞的山路，是很难走的。住下来，别说房子，连帐篷也没有，只好借大树遮身，坐等天明。晴天的夜晚，清风徐徐，月挂树梢。四周茂密的林木，好像浓云集聚。即使这样美好、宁静的夜晚，游击队也不能放心安睡，梦里还要想着敌情。耳语要很轻很轻，开玩笑更是不允许的。

抽出游击队普通的一天做典型，概括描写游击战争的艰难困苦，这是《赣南游击词》的第一层意思，作者的语言是通俗、平易的，仿佛谈家常，没有惊人之语。正因为这样使我们读了这首诗，受到很大震动——我们的革命前辈在那艰苦岁月里，过的是极其困苦危难的日子，进行的是惊天动地的卓绝斗争，为我们打下了红色江山。可是，他们把这一切看得是多么平常啊！用平淡来描写艰巨，用白描来表现雄奇，这正是陈毅同志诗的独特风格。我们就是从这种诗的风格中，看到陈毅同志临危不惧、履险如夷的无产阶级革命家的神采风韵。

敌人为了扑灭赣粤边的革命火种，使尽了阴险、毒辣、残酷的手段，妄图割断人民群众和游击队的联系。强迫群众迁进据点，禁止群众在集市上购买限量以外的物品，以便断绝游击队的生活来源。敌人镇压，人民反抗。陈毅同志在诗中用七、八两节作了高度的概括，这就是诗的第二层意思。

叹缺粮，三月肉不尝。
夏吃杨梅冬剥笋，
猎取野猪遍山忙。
捉蛇二更长。

满山抄，草木变枯焦。
敌人屠杀空前古，
人民反抗气更高。
再请把兵交。

没有粮食,陈毅同志号召大家"靠山吃山",自己动手,用山中的野物来养活自己,渡过难关。"夏吃杨梅冬剥笋,猎取野猪遍山忙。捉蛇二更长。"就是这种斗争的一个生动活泼的场面。对敌人军事上的暴行,作者只用"满山抄,草木变枯焦"八个字来概括。这短短八个字,把国民党反动派惨无人道的"三光"政策,作了尖锐深刻的揭露。又用"敌人屠杀空前古,人民反抗气更高"这样的警句,来阐明压迫愈甚,反抗愈烈这条革命真理。"再请把兵交","把兵交"就是打仗。说明我们要顽强斗争,誓与反动派血战到底!我赣粤边军民正是依靠这种"人民反抗"的斗志,在陈毅等同志领导下,保存了革命火种,壮大了革命队伍,最后联合了南方八省的游击健儿组成新四军,开赴抗日战争的最前线。

《赣南游击词》的第三层意思,是写只要根据毛主席的战略、战术思想,游击战争必然能取得胜利。这就是全诗的最后四小节。

讲战术,稳坐钓鱼台。
敌人找我偏不打,
他不防备我偏来。
乖乖听安排。

靠人民,支援永不忘。
他是重生亲父母,
我是斗争好儿郎。
革命强中强。

勤学习,落伍实堪悲。
此日准备好身手,
他年战场获锦归。

前进心不灰。

莫怨嗟，稳脚度年华。
贼子引狼输禹鼎，
大军抗日渡金沙。
铁树要开花。

在敌强我弱的情况下，斗争能不能取得胜利？取得胜利的保证是什么？诗中回答是："讲战术"、"靠人民"、"勤学习"。陈毅同志用极通俗而又风趣的语言，依据毛主席的军事思想，阐明了游击战争中的战术问题："敌人找我偏不打，他不防备我偏来。乖乖听安排。"这不就是毛主席的"敌进我退，敌驻我扰，敌疲我打，敌退我进"十六字诀的形象化的描绘么？有了正确路线作指导，我们就能变被动为主动，转劣势为优势，敌人虽然强大，也要"乖乖听安排"。陈毅同志用"他是重生亲父母，我是斗争好儿郎"这样精辟、凝练的句子，刻画出军队和人民的血肉关系，表达了作者自己对人民无限深沉的热爱。有人民群众的支援，有军队和人民的团结一致，我们的革命事业必然是"强中强"的。革命要取得胜利，还必须"勤学习"，陈毅同志特别强调不学习就要掉队。在赣粤边三年游击战争时期，游击队手里只有寥寥几本马列主义的书，因为大家反复传读，破了的地方补了又补，都成了"厚面精装本了"。这种学习风气是和陈毅同志不断提倡，以身作则分不开的。

陈毅同志写《赣南游击词》的时候，红军长征已经胜利到达陕北一年多了，但是陈毅同志并不知道，他在一九三七年写的另外一首诗里还讲："红军主力西去秦陇，消息难通。"在这极端困难，异常危险的情况下，陈毅同志对毛主席的领导无比信赖，对革命前途充满信心。他勉励自己和战士们，不因重重危难而"怨嗟"，不悲观，不叹息，满怀豪情，一步一个脚印地度过艰难的岁月，去迎接胜利。“贼子引狼输禹鼎”一句中的“禹鼎”是个典故，传说夏禹曾经收集九州的金器铸成九鼎，成了传国之宝。后来人们就把禹鼎比喻为天下。“输禹鼎”就是出卖祖国。陈毅同志用“贼子引狼输禹鼎”一句诗愤怒声讨国民党反动派卖国求荣的罪恶行径。“大军抗日渡金沙。铁树要开花。”是全诗中最光彩的诗句。它生动地抒发了陈毅同志遥望远方，思念金沙，对毛主席和红军主力寄托全部希望的炽热感情。赣粤边游击根据地火种不灭、红旗不倒，除了“讲战术”、“靠人民”、“勤学习”之外，最重要，最根本的原因，就是毛主席正确路线的领导，有了这一条，铁树也会开花！这就是《赣南游击词》的第三层意思。

《赣南游击词》的艺术感染力，不仅在于真实地再现了艰苦岁月的惊心动魄的斗争，而且在于展现这一壮丽画卷的时候，用的是清新明丽的风格，抒写革命者的伟大襟怀，把严峻的内容和豪放的乐观主义精神完美地统一了起来，使人们感到游击生活是无比地丰富和有意义。你听，“树间唧唧鸣知了”，这是一个多么清新的早晨；你看，“森森万树若云屯”，这又是一个多么静谧的夜晚！读着“露侵衣被夏犹寒”，“满身沾野草”，眼前立即出现一个活泼的画面：清晨，游击队员们在知了喧叫声中醒来，拍打着身上的露水、野草，相对而笑。读着“猎取野猪遍山忙。捉蛇二更长。”仿佛看见游击战士矫健的身影和回荡在山间林下的欢声笑语。读了这首诗使我们精神上受鼓舞、思想上受教育，决心学习陈毅同志和老一辈无产阶级革命家的光辉榜样，用他们当年那种无所畏惧的英勇斗争精神，对革命事业无限忠诚的革命情操，在华国锋同志为首的党中央领导下，高举毛主席的伟大旗帜，把无产阶级革命事业进行到底！

独有松柏枝，青青向寥廓[*]

——读董老《答徐老延安赠别》

董必武同志的《答徐老延安赠别》是一首五言古诗，这首诗写于一九四〇年十月。抗日战争开始，董老奉党中央之命坚持在武汉开展工作，一九四〇年八月，董老风尘仆仆地回到延安，在延安仅住了短暂的时间，同年十月又出发去重庆开展抗日统一战线工作。董老离延安去重庆前夕，徐老（即徐特立同志）写诗赠别，董老这首诗是回答徐老的《延安赠别》的。

“山居感秋意，草木渐萧索。独有松柏枝，青青向寥廓。”十月，位于高原的延安已经感到深深的秋意，草木在秋风中萧索。这时，只有松柏的英姿特别引人注意，它的青翠的枝叶伸向了寥廓的蓝天。董老这首古风，开篇便不平常。它首先在一片苍凉肃杀的景色中，托出临寒不凋、四季常青的松柏来。使深秋草木逐渐枯黄的大地，顿时充满了英气勃勃的生机。这松柏的形象，寄托着董老对徐特立同志的尊敬和称赞：徐老不老，如松柏常青。

“干挺不畏风，根深土嫌薄。吸取无所限，到老犹磅礴。”这里，进一步歌颂松柏：它枝干挺拔，不畏狂风；它扎根深厚，好像老是嫌土薄。接着，写松树的根须，深入到深深的土壤里，从中吸取养分，因而，松树虽老而磅礴苍劲，充满了青春活力。以上四句，处处写松，处处比人，徐老就是一棵把根子扎在人民群众

---

* 此文初收《湖岸诗评》。据此编入。

中的不老松！“高逸孺可钦，清标邈如鹤。忧国心耿耿，夙夜求民瘼。”四句，是由松树转而直接写人。这是对徐老人格的高度品评。这里，董老从徐老的姓氏出发，举了历史上姓徐的名士来比拟德高望重的徐特立同志，认为徐老作为一位革命长辈，他的道德风范和革命气节，可用后汉时的徐孺子和三国曹魏时的徐邈相比。当然，这只是一种比喻。意思是说，徐老是无产阶级的革命战士，但他品格的高尚，可与历史上那些为人所称赞的典型人物媲美。“孺可钦”、“邈如鹤”，这里除了是指人名，意义还是双关的：孺是孺子，鲁迅诗“俯首甘为孺子牛”，意指俯首甘为人民大众的牛。孺在这里指人民，说的是徐老高逸的革命气节深为人民所敬仰。邈是指“远”的意思，“邈如鹤”是说徐老清越的革命风度，恰如迎风远翔的仙鹤。总之，是赞美徐老的品格高尚。“忧国心耿耿，夙夜求民瘼。”夙就是早，瘼指疾苦。这两句赞扬徐老忧国忧民，耿耿忠心，为了解除人民疾苦，早起晚睡，数十年如一日，辛勤不懈。

从开始，到“夙夜求民瘼”，共十二句，是歌颂徐老的为人。以下，便由品人转为论世：“人世将巨变，吾华亦有作。力拒豕蛇侵，欲去东邻恶。阋墙不可再，巢覆当共愕。同心可断金，首要重然诺。”这八句中，前四句，讲国际形势；后四句，讲国内形势，总的都是论世。一九四〇年，董老写诗时，正是国际法西斯德意日极其嚣张的阶段。一九四〇年秋，希特勒军队席卷大半个欧洲；在远东，英美为了绥靖日本，正积极策划牺牲中国的远东慕尼黑阴谋。这时，正是二次世界大战非常艰难困苦的时刻，但董老的诗充满了昂扬的斗志、充沛的信心。“人世将巨变”，在困难中，他看到“巨变”的必然，他认定光明必将来到人世。“吾华亦有作”，在这种把黑暗转变为光明的斗争中，我们中国应当，也必定有所作为：我们应当为战胜国际法西斯的伟大斗争作出贡献。具体说，就是要“力拒豕蛇侵，欲去东邻恶”。豕蛇都是侵略者的丑恶形象,即德意二国法西斯;东邻,指东边的日本帝国主义。我们要打退侵略者的进攻,要把来自东邻的恶人赶出国土。为了达到上述目的,国内的抗日统一战线的建立,就是非常必要的。

当时的国内形势也极严峻。一九三九年国民党的反共活动日趋公开化,他们在政治上搞防共、限共、溶共,军事上搞摩擦,到处打击我抗日力量。一九三九年我党发布"七七宣言",提出"坚持抗战,反对投降;坚持团结,反对分裂;坚持进步,反对倒退"的口号。董老在诗中旗帜鲜明地提出:"阋墙不可再,巢覆当共愕"。"阋墙"出于《诗经》的《小雅·常棣》,原句是:"兄弟阋于墙",是指兄弟相争于内。这里董老严肃地警告国民党:外患当前,对内搞倾轧的局面不可重演。"巢覆当共愕",常言说:覆巢之下,必无完卵。在外敌深入国土,民族矛盾已上升到主要地位的严重时刻,要是一味的对外搞投降、对内搞分裂,那么,亡国之祸将是不可避免的。董老义正辞严地告诫国民党,不可冥顽到底,应以亡国之危引为共同的警惕。董老这一番话,有理有节,用语平和,却有极鲜明的战斗性,是针对当时国民党的消极抗战,积极反共的反革命行径而发的。

"同心可断金,首要重然诺"。"同心断金"是一句成语,《易经·系辞》有"二人同心,其利断金"的话,意思是说,两个人要是同心同德,其锋利可以砍断最坚硬的金器。要抗战,就要同心同德地一致对外。"然诺"就是已经答应的诺言,为了建立抗日统一战线,重要的是要在政治上讲信用,不可出尔反尔,自食其言。这是针对国民党当时在政治军事各方面的反革命表现所说的。董老这番正气凛然的话,表现了中国共产党人的伟大胸襟和高尚品德,读之令人气壮。

董老在表述对于当时国际国内形势时,全局在握,胸有成竹,表现了诗人睿智的思想和高度的斗争艺术。接着,董老把眼光从四海风云中收回，投向了党领导下的陕甘宁边区，这里，是一派生机勃发的景象，这就是："延水流潺湲，嘉岭足堪托。政行三三制，防守倚卫霍"四句。延水欢歌，嘉岭雄峙，这是写景。"政行三三制"，指当时我党在边区民主政权人员组成方面实行的一个统战政策，即共产党员占三分之一，非党的左派进步人士占三分之一，以及中间派占三分之一，董老诗中引用这一事例，说明我党的政治开明。"防守倚卫霍"，这是与前句的政治方面的内容相对而指军事方面说的，倚是倚重，保卫边区的责任倚重着像汉代的边防大将卫青、霍去病那样的卓越的军事指挥员。董老只用四句诗，高度精练地概括了我边区从自然风光到政治军事等方面的崭新气象，这在诗的精练生动方面也是一个典范。

歌颂边区和延安的四句诗，又为后面的离别延安作了准备。"驱车从此别，巴渝暂栖泊。口舌倘可用，相期保謇谔"。延安是如此美好，延安令人万分留恋，离别不免依依，董老这种心情，这里没有写明。但在写于同时期的《过劳山寄延安诸同志》诗中，却深切地表达了这种依依惜别之情："亦知此别寻常事，总觉难言隐曲衷。今夜鄜州看明月，得无清皎与延同？"字里行间，流露着董老对党中央、毛主席，对自己生死与共的战友极其眷念的情意。"巴渝暂栖泊"，巴渝是指四川重庆，栖泊是指暂时居住、停留的意思。董老在这里用"栖泊"一词，说明他老人家的谦虚。董老当年离延安，去国民党反动派的统治中心重庆，说是"暂栖泊"，实际上是与敬爱的周恩来副主席并肩战斗在刀山剑树、龙潭虎穴之中。"口舌倘可用，相期保謇谔"。董老和周副主席当时与敌人斗争的主要手段不是武装，而是"口舌"，即通过针锋相对的，同时又是有理有节的谈判。这两句诗，是董老的自励，也是誓愿。"口舌倘可用"，用的是设问语气，其实是坚决地向党、向人民表达自己的决心。决心以不懈的斗争，用"口舌"与敌人展开针锋相对的斗争，以完成党交给自己的神圣使命。"相期保謇谔”，相期，是可以预期的意思；謇谔，指无所畏惧地仗义执言。在雾重庆，周副主席及董老等革命前辈，正是这样，像前方战士用枪炮一样，用自己的卓越的才能和斗争艺术同敌人展开激烈的斗争，在革命史上，写下了可歌可泣的光辉一页。中国人民将怀着深深的敬意，怀念周恩来同志，也怀念董老的不朽功勋。

《答徐老延安赠别》一诗，内容极为丰富。他对二次世界大战期间国际反法西斯斗争，以及当时国共两党错综复杂的斗争形势作了形象的概括。对当时的斗争，它叙述得那么透辟、那么准确、又那么恳切，国际、国内有条不紊，斗争、团结有理有节，立场鲜明，又富有策略。这里有对国民党黑暗统治的深刻揭露，又有对党领导的抗日根据地的热情颂赞。董老此诗，有很强的政治意义，又有浓郁的抒情气氛。特别是他满含革命情谊，用敬重的笔墨赞扬自己的同志和战友，表现了董老和徐老之间伟大的革命友谊。同时，我们还应看到，董老对徐老的赞扬，不仅仅是他对徐特立同志个人的尊敬，其实，董老是在歌颂共产党人的坚贞品德，是在歌颂共产主义的世界观。这个世界观的核心，就是和人民群众永远生活斗争在一起，以及不论如何艰难困苦而始终保持无产阶级品质的伟大的松树风格：

干挺不畏风，
根深土嫌薄。
吸取无所限，
到老犹磅礴。

这真是一字千斤的革命格言。这里，蕴含极丰富的革命哲理：革命者要像松树那样，根子要深，甚至深厚的土层都不够用，都嫌太薄了。它把革命者和人民群众的关系，阐述得深入而浅出。向人民学习，是无止境的。人民的生活斗争的源头活水，是我们的力量所在，我们从中吸取，也是无止境的。因为根子深，又不断地吸取营养，因此，这个革命者就可以获得无限的生机，而永葆美妙的革命青春，这就是“到老犹磅礴”。

董老这首诗，是五言古风，它古朴真淳，不事雕琢，语言形象浑厚质朴，字字句句，如金似铁，发出了铿锵的声响。这诗，一如董老的为人。诵董老的华章，想董老伟大的一生，我们充满了对敬爱的董老的深深的怀念。

诗评及诗评的写作*

——在《解放军文艺》编辑部举办的文艺评论学习班座谈会上的讲话

作为文艺批评组成部分的诗歌批评，是繁荣诗歌创作的主要斗争方法之一。诗歌创作的繁荣发展，固然主要依靠诗人的创作，但只有创作而没有批评，便会阻碍这种繁荣发展。诗人苦恼批评界对他的冷漠，他们把这看成是一定程度的读者的冷漠，而诗歌创作的目的是为了鼓舞读者的热情而决不是相反。

正确的诗评，对诗人来说是一面镜子，他从中可以看到创作的成败得失，有利于发扬成绩，克服弱点，总结经验，继续前进，也可对健康的诗风的形成，起倡导和培植的作用；正确的诗评，对读者来说也是一面镜子，读者可以从对于作品的正确介绍和评价中，认识作品的客观价值，便于提高阅读和欣赏的水平。诗评是沟通诗人和读者的一座桥梁。它对诗人、对读者、对繁荣诗歌创作都是必不可少的。

一　评论是一种调查研究

文艺作品是一种客观存在。评论作品，就是一种对于客观存在的认识活动。当我们从事诗歌评论的时候，诗和诗的作者，就是我们的认识对象。我们要正确地评诗，其实也就是一种正确地认识客观存在的活动。

---

* 此文初收《湖岸诗评》。据此编入。

评论作者的眼力，决定于他的思想理论水平（其中包括对特定的认识对象的特有的规律的理论水平），但是绝对不要忽视熟知自己的认识对象这一极端重要的条件。毛主席讲，没有调查就没有发言权，“你对那个问题的现实情况和历史情况既然没有调查，不知底里，对于那个问题的发言你一定是瞎说一顿”（《反对本本主义》）。诗评的第一步，就是要对评论的对象进行调查研究。从一定意义上说，评论工作，就是对作品的调查研究。这种调查研究的基础，便是熟知作品。应当给自己定下一个规矩：不反复读作品，就不轻易进行评论；不熟悉作品，就不要拿起笔来写评论。评诗并不轻松，短诗要反复读，长诗至少读三遍，诗集也要至少读三遍，集子中的优秀作品，更要精读。——我把熟读作品当作诗评这一认识客观世界的认识活动的第一步。

关于至少读三遍（当然，每个人的习惯不可强求一律，然而，熟知作品这一点，却要带点强迫性），每遍的任务是不相同的。具体讲：第一遍，把自己完全当作读者，让自己完全进入作品中去，去受感染、受教育，努力捕捉并珍惜作品给予你的第一次印象。这第一次印象是极可贵的，往往就是你的评论的初步。这一次，不一定做笔记，不让自己分散精力。第二遍，继续当读者，并且开始当批评者。继续当读者，就是在深入读诗的过程中，印证自己的第一次印象是否正确，纠正第一次印象中粗疏的、片面的地方，并且把感性认识往理性认识方面发展，开始当批评者，具体即指从第二遍开始对作品作科学的分析，开始记笔记（评论工作一定要做笔记），记下有用的材料（好的诗句或有问题的、不好的诗句）以及自己读诗过程中的“思想的火花”。这种“火花”不应轻视，例如在读《我们的队伍向太阳》这部集子时，其中的“我贮存的是火，我喷射的是火”这一诗句，就启示了《火一样的歌》（载《解放军文艺》一九七八年四月号）那篇评论的最初的构思。第三遍，目的是熟悉作品，争取把它变成自己的东西，不仅了如指掌，而且力争烂熟于心。这一遍，要对作品的突出和主要之点进行提炼，并且开始归纳自己的论点。

这三遍阅读，只是评论的最起码的准备。三遍以后，或通读，或重点读，或只读自己的笔记，开始评论的构思——评论也有构思，这种构思同样是艰苦的，甚至数日、十数日地反复思索，考虑如何组织自己的论点。但重要的是前述那至少三遍的阅读，这就是把我们的评论工作放在扎实的对客观实际调查研究的基础上。从具体作品出发，而不是从别的什么先入之见出发，从什么现成的概念出发。无疑的，我们要有自己的观点，但观点不是先天的，而是从对作品这一客观存在的分析中形成的。调查好比“十月怀胎”，没有“十月怀胎”，谈不到评论的诞生，谈不到“一朝分娩”。

毛主席讲：“文章是客观事物的反映，而事物是曲折复杂的，必须反复研究，才能反映恰当”（《反对党八股》）。评论工作的关键在哪里？关键在于对客观事物——作品，进行“反复研究”。但这种研究，不是孤立的，而是彼此联系的；不是片面的，而是全面的。我们的认识活动，不能停留在孤立现象的研究上，而应当找出事物之间的彼此联系。评论就是鉴别，鉴别的前提是比较，有比较才能鉴别。所谓好，是比较出来的好；所谓不好，是比较出来的不好。作品和作家都是互相联系的，一个诗人的前后作品，他的所有作品，都是互相联系的。评论家的眼力，也可以说是比较的眼力。跟谁比较？跟这一诗人自己的作品比较，跟这一诗人的同时代人的作品比较，甚至跟不同时代人的作品比较。要了解“五四”时代的郭老，要了解他的《女神》，就必须了解他与外国诗人泰戈尔、歌德、惠特曼等的联系，要了解他与中国诗人屈原、李白、杜甫等的联系，也要了解他与同时代诗人的联系。只有这样，才能对《女神》的诞生，对《女神》在整个中国新诗发展中的不朽地位有确切的判断。

不要孤零零地就一首诗论一首诗，要联系这个诗人的其他作品，前期的、后期的、当前的作品进行比较，看他在什么地方发展了，什么地方后退了，什么地方改进了，这样才能比较准确地判断一个诗人和他的作品。诗歌也是运动中的事物，我们要在运动中去考察它，而不要静止地、孤立地、片面地去考察它。

二　养成科学的批评作风

诗是艺术的一种。作为艺术，有许多共同的规律。进行艺术批评，包括诗的批评，都要遵循这些共同的规律，解释阐明这些共同的规律，这是文艺批评的共性。

评论一部作品，往往是指思想性和艺术性两个方面。它们不是油与水般游离，而是水与乳般交融。作品的倾向性溶化在艺术形象中，越是优秀的作品，二者越是完美地结合在一起。艺术品中离开艺术形象的空头政治，当然谈不上通过艺术起到政治的效果；同时，离开政治的艺术，这艺术就会背离时代和阶级，背离人民的愿望和要求，艺术就会失去方向。

正确地进行艺术评论，就要从对立统一的辩证关系中去看政治和艺术，特别重要的是，要通过艺术形象的分析去看思想主题、作者的政治倾向，而不是离开作品，离开艺术形象，去做什么先入为主的“抽象”。分析作品的思想，不要只表面地看它写了什么，而着重要看它怎么写。而要了解怎么写，一定要从形象入手。

当然，写作评论时，有时为了叙述方便，先谈思想主题，后谈艺术，是允许的；把作品的思想性和艺术性分开来谈也是允许的。但绝不意味着写评论就一定要一政治、二艺术，先思想、后艺术。那样做，只会形成评论文章的套子。从原则上讲，政治和艺术是统一在作品之中作为一个完整的艺术品而出现的，因此毛主席才讲“革命的政治内容和尽可能完美的艺术形式的统一”。简单地给作品贴思想标签,不从作品的艺术分析入手去看作品的思想,只满足于简单抽象地给作品作思想鉴定,严格地讲,这不是艺术批评,也不是诗的批评。让我们记住,我们不是一般地从事政治思想评论,而是从事有其矛盾特殊性的艺术评论的。

批评要注意政治,这是坚定不移的。批评工作和创作一样,要与时代共呼吸,要从人民的根本利益和愿望出发。正是基于这一前提,我们高度评价打倒“四人帮”前后的诗歌运动及其成绩,因为它有力地投入了关系到党和人民命运的伟大斗争。但也基于同一前提,我们觉得诗歌的发展和我们壮丽的斗争现实还很不相称,其突出的表现是,诗越写越精致了,越写越光滑了,诗(不是全部,是大部)失去了那种火辣辣的语言,失去了那种质朴的,但又是尖锐的战斗风格。仍如闻一多先生当年说过的那样,当前我们还是缺少那由“简短而坚实的句子”组成的“响亮而沉重”的鼓点般的诗。这还是一个需要鼓手的时代。当然,我们不反对华美的诗。从另一方面说,这样的诗也缺少,特别是那种经得起反复玩味的诗意浓郁的诗。文艺批评要有针对性,就是要了解当前创作的主要倾向,胸中有全局,批评就会有准的。这样的评论,不发空言,不隔靴搔痒,意见能够说到实际上,这当然是富有战斗力的文艺批评。

矛盾有普遍性,又有特殊性。毛主席非常重视矛盾特殊性的分析。他认为,只有注意了特殊点,才有可能区别事物。任何运动形式,其内部都包含着本身特殊的本质。就创作和评论来说,各有矛盾的特殊点;就评论小说和评论诗歌来说,又各有矛盾的特殊点。

诗评是一种文艺批评,它有文艺批评的普遍性,又有诗歌批评的特殊性。诗评的特殊性,是由诗歌的特殊性决定的。讨论小说的要害是要分析典型环境中的典型性格。评论诗歌,则要分析它如何通过抒情以言志,分析诗的抒情方式。

一个诗歌评论工作者,应当替诗人设身处地,把自己摆到诗人的创作状态中去,这是一种“还原”。还原到诗人的构思过程中去,把自己设想成诗人,体会诗人创作过程中的形象思维活动,只有这样与创作状态的没有隔膜,批评家才能真正悟出并道出诗人的艺术匠心。对于一首诗的分析,能够设身处地和只满足于抽出几条抽象的概念,情况很不相同。正是因此,批评工作者搞一些创作是很有益处的。写诗评的人试着写些诗,他写诗评时,就比较能够进入诗人的创作境界中去,这样他就不至于老在创作的圈外说些不着边际的话。

批评家应当不仅是诗人的同志,而且是朋友;不仅是朋友,而且是知心朋友——是高山流水的知音人。我们评诗,诗篇捧在手上,应当感到分量的沉重,这里的成败得失,全是诗人心血凝成。要尊重诗人的劳动,要珍惜创作的艰辛。讲好处,讲缺点,哪怕是严格的批评,都要同志式的与人为善。总得让自己的意见于作者、读者有用,这是我们批评的目的。

普希金说:“批评是科学。批评是揭示文学艺术作品的美和缺点的科学。”科学的批评态度,就是实事求是。从作品的实际出发,用马克思主义的观点如实地加以分析,好就是好,不好就是不好,有几分好,就说几分好。这样的评论才有威信。鲁迅先生曾经用蔑视的口吻说过中国早期幼稚的批评界的批评,“不是举之上天,就是按之入地”,他风趣地说,“倘将这些放在眼里,就要自命不凡,或觉得非自杀不足以谢天下的”(《我怎么做起小说来》)。不良的批评作风发展到“四人帮”,达到了空前恶劣的地步。这影响到我们前几年的文学评论的风气,没有科学分析,形而上学猖獗。我们要恢复革命的文风,我们要养成科学的批评作风,要实事求是。

在我们评论的作品中,最大量的是优缺点兼有的作品,对这类作品或举之上天，认为美玉无瑕，或按之入地，认为罪该万死，都是错误的。科学的态度，是“剜烂苹果”。鲁迅说：“我们先前的批评法，是说，这苹果有烂疤了，要不得，一下子抛掉。……此后似乎最好还是添几句，倘不是穿心烂，就说：这苹果有着烂疤了，然而这几处没有烂，还可以吃得。”“希望刻苦的批评家来做剜烂苹果的工作”(《关于翻译(下)》)。

批评家的心胸应当很宽广，他应当容许苹果的烂疤，也应当容许多种多样的艺术风格、艺术流派，不应当褊狭于个人的艺术趣味，特别是对于有创造性的，哪怕是处于萌芽状态的作者，更应当及时发现，热情培植。批评家也是园丁，应当把栽植鲜花的责任承担起来。

三　诗评要注意诗的特点

诗评要替诗人设身处地，其实就是说，要充分重视诗的特点，即诗反映生活的特有规律。文学是表现社会生活的，是表现人类的阶级斗争、生产斗争和科学实验这些革命运动的，其中心是人。而大量的诗歌，甚至没有写人物，这是抒情诗的一个特点，分析诗时就不能把分析小说的办法硬套。诗反映社会生活的特点是什么呢？概略地说，它主要是以抒发激情的方式达到反映社会生活的目的，主要是通过大胆的想象构成它的形象，在概括反映生活时要求高度的精练和集中，以及诗的语言具有音乐性，等等。

评诗和评论其他文艺作品一样，最主要、最大量的工作，是分析他的艺术形象。而诗的形象和其他艺术相比，就很不相同。诗的形象往往是抒情的(特别是自我抒情形象)、夸张的、带有很大的幻想性的，和叙事作品对比，它要显得虚一些。如大跃进民歌《我来了》中的“我”，就比较虚，是抒情性的主人公。这个“我”不仅是概括的典型，而且是充分夸张的，带有很大的幻想色彩的。要是把诗中“我”往实里套,便会完全弄错。要分析好这个“我”,就要从它出现的时代背景,从中国人民在那些年代的精神面貌去考察,那就不难发现,这个“我”并不就是实际的我,它要丰富得多,要概括得多,它是我国人民伟大形象的象征性的表现。而构成形象的方法又是充分幻想的、极其夸张的大胆想象的结果。再如,由于诗要精练,就不能无约束地铺张地使用语言,这在构成形象上,就表现为形象的高度凝聚和彼此的不连贯性。诗的形象是跳跃的,好像前后有很多的删节号,断断续续。我们分析诗的形象,就要把它们的删节号“还原”,把断断续续的空格填补起来,把断线珍珠用丝线串起来。这就是,要在跳跃式的、不连贯的形象中,理出诗人感情的线索来。通过“还原”,要告诉读者,像“五月——麦浪。八月——海浪。桃花——南方。雪花——北方”这样的诗句,包含了什么样的丰富的内容。尤其较长的诗,要从它的艺术构思去理解诗人感情的波澜是如何发展的,诗人的想象活动是如何跳跃地发展的。如《一月的哀思》,全诗五章,它的布局有什么讲究,可以肯定的是,它不是采用小说那样情节发展的逻辑,而应当找出它的感情发展的脉络,这样,才能说到是处。另外,为什么作者不断地重复“车队像一条河,缓缓地流在深冬的风里”以及“呵,此刻,灵车,正经过十里长街,向西,向西”这两句诗。诗评都要根据诗的个性特点,对此作出回答。

有了对作品的周密的调查研究,又有了基于诗的基本特征的切合诗的特点的对作品的分析,诗评的准备阶段,大体完成了。此后即可着手写作。写作要有提纲,没有写提纲的习惯的,则心中应有文章的大体轮廓,这种轮廓应当逐渐地鲜明起来。要充分重视和利用自己的笔记和那些原始材料的摘引。当内容繁多时,应对这些材料和自己初步形成的论点进行分类。提纲应以自己的论点为主线,列出栏目,与之配合,把准备应用的材料分别归入题目之中。这样,观点和材料就配成套了。

写作开始了,往往要用一段时间考虑文章的开头和结尾。特别是文章的开头,要花更多的力气。这样考虑的目的,就是反对老一套,力求用有自己特点的开门见山的语言。不要搞穿靴戴帽。诗歌评论也是一种宣传。宣传要注重效果。因此,写法要不拘一格,不断创新,要有好的文风。文章的开头要干脆,要切题。文章的结尾,则要与之呼应,或戛然而止,或余韵悠长,都要视内容而定。至于内容,应当特别注意归纳属于自己的心得感受。这种心得感受,尽量地不要疏漏,要珍惜它。写诗评,不必求全,别人讲得多的,就略;别人讲得少的,就详。也要"惟陈言之务去",也要讲避俗意、求新意。这样,文章就新鲜引人了。坚决不要陈辞滥调,不要人云亦云的东西。要把那些可有可无的、说了等于没说的话,统统扫除干净。留下的应当是自己的独到之见。

诗评的命题也要新鲜醒目,最好有点诗意。题目或者是文章内容的概括,或者是艺术特点的概括,最好是既是诗的、又是评的特点的概括。如《战斗前沿的红花》(见《解放军文艺》一九七三年八月号),这题目就想了很久,评的是《红花满山》,"红花"就点了诗集的名字;作者是部队的,用"战斗前沿"较好。这诗,是生活的红花,这是评文的主旨,谈诗从生活来。生活,是战斗前沿;开放在生活中的诗,是红花。红花是双关的,诗的红花,生活的红花。题目不要千篇一律,有的严肃,有的轻松,视内容而定。总的是,从文章的写法到文章的定题,都不要千篇一律。文章的格调,应当让人想到这是谈诗的文章,颇有点诗味。不要让人觉得枯燥,读了心烦,生厌。

从写成草稿,到送到编辑部,一般的要三易其稿,进行三道工序。第一道是草稿,就是按照自己的构思,把论点和材料组织在一块,把文章的转折、关节搞好,搞成一个毛坯。这个草稿满纸密密麻麻,乱极了,别人是看不懂的,接着来第二遍,第二遍是边抄边改边打磨。第二遍大体上眉目清楚了,自己反复读、反复改,从调辞遣字,到标点符号,都仔细斟酌。最后,可以读得通顺了,便誊写到稿纸上,这是第三道。誊完后,再读再改,用毛笔在稿纸上把改掉的加以整齐的涂抹,把修改的符号勾画清晰,直到每句每字自己都认为很妥帖了,才算放手。当然,文无成法,每人的习惯也各不相同,但认真、仔细,反复修改,不改到自己遂心满意绝不罢休,这应当是共同的。

让“自我”回到诗中来*

——对于当代诗歌的探索之一

诗要吟咏性情，这是公认的。进步的诗歌，当然并不满足于此；它要求诗人跳出个人的圈子，拥抱广大的民众，为更多的人歌唱，于是有了炸弹、旗帜、战鼓之类的比喻。诗歌不再单纯歌唱一己的哀乐，它的琴弦为人民的命运而颤动，这当然是伟大的革进。

但进步的诗歌要求超越个人，却不等于要在诗中驱逐自我——任何事情都不好推向极端。不论是儿女情爱的吟哦，也不论是天下兴亡的嗟叹，主要是写情的诗歌，很难全然抛开诗人自我抒情的形象。事实却是这样：那些袒露了诗人的内心世界，显示了诗人的独特个性的诗作，它对于自历史到现实的重大事件的抒唱，往往是有力的，感人的，因而也是成功的。

杜甫的诗作被称为诗史，因为它真实地再现了他所生活的时代的忧患与动荡。但杜甫一般并不赤裸裸地单纯地演绎政事，他的那些最有价值的、也是最动人的诗篇，其所以动人，也往往在于他能够通过切身的经历遭遇，来抒写他对时代政治的认识及评价。我们在他那些具有诗史价值的诗篇中，往往可以遇见这位饱经风霜、不免有些狼狈潦倒的诗人自己。杜甫没有在表现很有政治性的重大题材的诗中驱逐自我——尽管他的伟大

---

* 此文初刊于 1980 年 9 月 10 日《新疆文学》1980 年 9 月号，初收《共和国的星光》。据《新疆文学》编入。

在于他不是只为个人忧患喋喋不休的人。当然,再现了血淋淋的现实生活痛苦画面的“三吏”“三别”,是一种写法。那背后,依然有着诗人情感的动荡 ,甚至或隐或显地感受到诗人身影的移晃,但诗人自己并没有直接成为主人公,他只是“记者”。而有的表现历史宏伟场景的诗篇,如《北征》,就不一样了。他通过自身的行止,来显示动乱生活的场面:

瘦妻面复光,痴女头自栉。
学母无不为,晓妆随手抹。
移时施朱铅,狼藉画眉阔。
生还对童稚,似欲忘饥渴。
问事竞挽须,谁能即嗔喝?

在这个久经离乱的残破家庭里,它的一个主要成员突然地归来,感慨唏嘘之中,一片莫可名状的慌乱惊喜之情,跃然行间。这情景,让我们从家庭生活的一角想起那时代的全景,想起那动乱,那离散,那战场的血泪,那历史的悲欢。

和杜甫一样,裴多菲也写过许多时代号角般的热烈诗篇,但他也不排斥在很有意义的诗中写进自己。而且,他似乎致力于这种浓厚的个人色彩与诗的时代性的结合。一八四〇年,他写过一首《我父亲的和我的职业》。这是他对于诗人崇高使命的讴歌,但却使我们窥及纯粹属于裴多菲的个人色彩:

你总是吩咐我,亲爱的父亲,
要我追随你,要我继承
你的职业,作一个屠户……
可是你的儿子却做了文人。

你用你的家伙击牛,
我用我的笔和人斗争——

我们做的是同样的事，
不同的只是那名称。

这告诉我们，虽然诗的表现时代，途径不一，但是，那些通过诗人所特有的生活感受以再现时代的诗笔，是易于拨动读者心弦的。这道理很明显，诗是抒情的，情萌发于人心，把自己包裹起来，隐藏起来，甚至完全消失了自我的诗篇，它便失去了动人以情的基本条件。

艺术的典型化规律，同样制约着诗。诗歌的典型形象，当然也是诗人对于客观世界的再创造，而这种再创造的诗歌，很大程度上，是掺入了诗人对于自我形象的再创造的。也许可以这样认为：不论诗人在诗中表现什么，他总不能不表现自己。在诗中，特别在抒情诗中，抒情主人公往往既是诗人自己，又不全是诗人自己，“既是”，已如前述；“不全是”，则是由于诗歌毕竟要典型化，要求有典型概括的力量，在进步诗歌，还要求代表人民发言。因此，它责无旁贷地要求表现“大我”或“我们”。需要强调的是，这种表现“大我”和“我们”的努力，一般要通过“小我”，即充分个性化的“我”来体现，这就是文艺的典型化规律在诗中的特殊体现。

我国革命取得全国胜利以后，诗歌也完全开始了一个新时期，它的划时代的意义与成绩是毋庸置疑的。但是，当我们今天回首总结这三十年的经验，不能不惊异地发现：那种“五四”时期随着个性解放一起来到诗中的鲜明的、各有特色的自我形象，几乎完全消失了。我们看不到《炉中煤》那样喊着“我为我心爱的人儿，燃到了这般模样”的“我”；我们也看不到《发现》中那样“迸着血泪”喊着“这不是我的中华，不对，不对”的“我”；更不用说，像那些邂逅于秀丽的“湖畔”的诗人们，那种对于爱情的低呼轻唤了。在这么长的时间中，我们遇到的绝大部分叫做“我”的抒情主人公，是从外貌到内心都完全一律的，毫无个人特色的“平均数”。

诗人们当然不肯受拘于此，他们尝试着来一些突破。五十年代，当郭小川在诗中以“我”的名义向“青年公民们”发出召唤的时候，许多人都吃了一惊！于是，“口气太大”“突出个人”的指责随之而来。也是五十年代，当贺敬之在党的颂歌中插进一段“我”的经历的抒唱的时候，不少人（包括笔者在内）沉不住气，对此提出异议。而事实却是：这时的“我”已经在“烧杯”之中经过“提炼”了的、失去了“杂质”的“我”了！连这样的“我”，我们也不能容忍，怎能期望那些谈谈自己的苦闷与欢乐，谈谈关于自己爱情与友谊之类的诗篇？

我们很习惯于那无数消隐了诗人的真心的、而仅只满足于板着面孔说教的诗篇，而却不能允许哪怕只有一首那种带有明显的局限的、然而却是真实的活生生的、血肉丰满的诗人自我形象的诗篇。我们怀着偏见欢迎“纯”，同样怀着偏见排斥“杂质”；我们满足于吊在高空的“崇高”，却无视行走在地面的真实的灵魂。以爱情的歌唱为例，这几乎是触动历史上许许多多天才诗人的灵感的命题。为此，那些世界诗史的天宇中，最明亮的星辰们：雪莱、拜伦、海涅、普希金……都写出了大量的杰作。在我国，情况也如此，郭沫若的《瓶》，闻一多的《红烛》，都可以和他们最好的诗篇相提并论。事实的真相只要进行对比即可判明。建国三十年来，闻捷几乎是唯一的写了大量爱情诗的诗人，有趣的是，其中竟然没有一篇是写诗人自己的爱情的。难道新中国的诗人们都不曾有过自己的爱情的欢乐与苦闷、追求与失落，难道他们的心弦不曾为此激动？我们竟然连吞吞吐吐的、羞羞答答的爱情诗都没有！这当然不能责怪于诗人的无情或寡情。问题在于我们的理论界长期以来对于文艺的政治作用，社会价值、作品题材等持有一种极其狭隘、片面的指导方针。

建国之初，我们的诗歌理论总在提倡抒情主人公必须是摆脱了“小我”的“大我”,提倡以“我”的面目出现,而实质上,是消失了自我的一种并不存在的“纯粹之人”或“完人”。的确,诗人的情操必须高尚.诗人所宣扬的东西必须美好。但是,真实的诗人所写的真实的诗,却不可能是完美无缺的。生活中既然没有完人,而诗人把自己装扮成完人,总难免有着虚假的成分。应当承认,一个并不“纯粹”而有着“杂质”的诗人,仅仅因为说出了真话,也比那些“绝对正确”而说着言不由衷的话的诗人,其形象要高尚得多。

诗歌的生命力,并不由不着边际的豪言壮语构成,也不由诗人自我形象的“高大完美”决定。抒情主人公的形象应当是真善美的统一,而首先必须真。凡是好诗,无不以真动人。陈毅的《六十三岁生日述怀》,讲自己“一喜有错误,痛改便光明”,甚至不讳言自己的过失:“有时难忍耐,猝然发雷霆。继思不大妥,道歉亲上门。”他袒露胸怀,不隐瞒缺点,让我们在他的爽直坦白的形象面前,感受到他那伟大的真诚。郭小川在《自己的志愿》中讲的也是自己的缺点:“一个微小的成功之后,有时在梦里,却沉醉于自我欣赏的酒筵;当犯了一些过失,曾经找尽了理由洗清自己,而向党抱怨。”他也是一个真诚而不虚伪的诗人,同样在诗中闪烁着他的性格光辉。后来,他终因在《望星空》中讲了自己真实的思考而遭到批判,这在今天,已被认为是极大的不公。但当时郭小川并不因而改了初衷,他继续以赤子之心无畏地袒露自己的内心。他在充满战斗信念的《秋歌》中,仍然没有忘了检讨自己曾有过“迷乱的时刻”和“灰心的日子”,而这,恰恰完成了他作为一名真诚的战士的全部光辉。在诗歌史上,凡是这样的诗,它留给人们的印象是持久的。我们总不能忘记何其芳那发自内心的、诚挚的、但又鲜明地表现了思想局限的诗句:

我是如此快活地爱好我自己,
而又如此痛苦地想突破我自己,

提高我自己！

——《夜歌》(一)1940

这句诗活活托出了一个刚刚走向光明，开始了新生活，充满了自我欣赏，而又开始觉醒的知识分子的形象。这样真实而有缺点的形象，当然比那些没有缺点而不真实的形象要有力得多。

诗歌从内容到形式都要美，首先是内容要美。而我们认为，表现了哪怕带有明显的缺点的自我形象，恰恰是一种美；而隐瞒或回避诗人自己的匮乏与缺陷，把自己装扮为完人的，恰恰是一种丑。一个即使是站在时代前列的伟大诗人，他有献给时代的鼓点与号音，同时也会有属于生活另一侧面的短笛或小提琴。当郭沫若立在太平洋边放号，为旧时代唱着葬歌、而热烈欢呼"新鲜的太阳"时，他仍然未能忘怀于他的"梅花"之恋。隔《女神》之诞生不久，他在一个短时间内一口气写了四十二首情诗《瓶》。郁达夫建议予以公开发表，并作《附记》阐明公开发表的理由：

> 我想诗人的社会化也不要紧，不一定要在诗里有手枪、炸弹，连写几百个"革命"、"革命"的字样，才能配得上称真正的革命诗。把你真正的感情，无掩饰地吐露出来，把你的同火山似的热情喷发出来，使读你的诗的人，也一样的可以和你悲啼喜笑，才是诗人的天职。革命事业的勃发，也贵在有这一点热情。……南欧的丹农雪奥作纯粹抒情诗时，是象牙塔里的梦者；挺身入世，可以作飞艇的战士。中古有一位但丁，逐放在外，不妨对古国的专制施以热烈的攻击，然而作抒情诗时，正应该望理想中的皮阿曲利斯而遥拜。

郁达夫的看法是正确的。世界万物，社会生活的复杂多样性，同样无例外地体现在诗人和他的诗中。不应该把社会与个人、重大题材与个人生活的某些侧面、歌唱人民的斗争与通过自我形象对立起来。我们召唤“自我”回到诗中来,与诗要为人民服务、为社会主义服务这一方向绝不矛盾。我们的目的,是为了恢复诗反映生活的特性,只是为了促进诗歌在个性与共性统一的典型化道路上健康发展,只是为了强化诗歌创作中的个性特征,只是为了使诗歌更多样,更丰富,更有特色。

我宁愿它是苦涩的*

诗就是诗，我同意这个见解。因为我们曾经不把诗当作诗，我们曾经把诗当成别的东西，例如政策的解说词、报纸社论的分行。我们曾经把诗直接当成了政治。当诗中充斥着标语口号唯独失去了诗的素质的时候，它便被人民抛弃了。诗必须从那些绝境中走出来。

我当然愿意在诗中看到月亮和星星，看到微风中摇曳的如丝的垂柳，菩提树的浓荫，情侣们会说话的眼睛，街心花园的漫步和悠扬的琴韵。我希望诗是美的。我希望诗能弹奏出我们生活诗意的旋律，我希望诗能陶冶和丰富人们的情操，我希望诗在美化生活和美化心灵方面作出它那无可替代的贡献。

但是，当生活变得不美或不那么美的时候，我们又怎能苛求于诗呢？

我们的一些孩子在堕落，我们的由泪痕和血迹浸染的生活刚刚成为过去，特别是，我们的喉中还有着张志新不曾喊出的呼声。在这样的时候，我宁可诗中少一些玫瑰和夜莺，而多一些对于愚昧与黑暗的诅咒，以及对于光明的含泪的召唤。我宁可更多地听到诗人真实的怒吼，而不愿更多地听到诗人虚假的颂词。诗人应该说真话，尽管有些真话说起来并不那么为人喜欢。但是，谎言是诗的耻辱！

在目前，把诗当作一种"甜蜜的事业"，实在是一种误会。假

---

* 此文初刊于 1980 年 9 月《海韵》1980 年第 1 期，初收《论诗》。据《海韵》编入。

如生活是严峻的,我宁愿诗变得苦涩些,而不是甜蜜。诗人是人民的代言人,他不应迷恋诗人的微笑,而回避诗人的愤怒。为民立言,是诗的职责。在这个命题下,歌颂是神圣的,暴露也是神圣的,关键在于它是否代表了人民的根本利益。社会效果也是如此,符合人民意愿的暴露,效果是好的,不符合生活实际的歌颂,效果未必是好的。当我们正为社会治安和青少年犯罪而大声疾呼的时候,却在那里起劲地歌唱“夜不闭户,路不拾遗”,真要研究一下,这到底是什么意思?

我们谴责行政命令对于诗的横加干涉。我们主张诗对生活的恰如其分的干预。一个时代的好诗,往往和那个时代的现实生活保持着密切的联系。正因为它真实地反映了当时,因而获得了永久。对人民的同情,对祖国的热爱,对社会生活重大事件的关切,没有一位人民的诗人而能违背了这神圣的职责。从这上意义说,诗不应当和现实持有距离。

话说回来,诗应当是诗。当它在生活的原野上驰骋的时候,它的任务不是描摹和图解,而是对生活作艺术的反映。雪莱说,“诗使它所触及的一切都变形”。变形,就是诗对生活的艺术改造。诗的光芒投射到世间万物,是折光和投影,它往往借助于飞腾的想象。所以,诗人多狂言。论及诗反映生活的时候,不能不注意它的“脱离”生活的倾向:它总是对生活作若即若离的反映,而往往不是如同实际的反映。

我希望诗能面向现实发言,同时又希望它能采取属于诗的、对生活进行艺术的改造的方式发言。

一朵奇异的云*

——公刘和他的诗

一

我的歌,是活的传单
——公刘:《因为我是兵士》

那时节,他的眼前是无边的沙漠:酷暑、干渴、还有不时而起的沙暴。动荡的岁月,连生存也感到困难,他没有心情去想象自己是不是一只骆驼。但他却像骆驼一样,艰难地、又是坚忍地迈着步子,寻找绿洲。苦难孕育的青年一代是早熟的,公刘很早就参加了进步的学生运动。几乎与此同时,他就找到了诗这一向旧中国宣战的武器。他充满自豪地以诗宣告;

和风雨斗争的日子,
树林
是春天的据点;
和黑暗斗争的日子,
火把
是光明的据点;
和恶魔斗争的日子,

---

* 此文初刊于1981年8月《文学评论丛刊》第10辑,初收《中国现代诗人论》。据《文学评论丛刊》编入。

我们
是真理的据点；

这首叫做《我们是春天的据点》的诗，是公刘以扬卡为笔名，发表在一九四七年一份铅印的学运小报上的。他当时二十岁。二十岁的青年，庄严地意识到历史的重负，他自觉地站到了“恶魔”的对立面，热烈而又单纯地承认自己是属于春天、属于光明、属于真理的。

这时，新中国还没有诞生，公刘也没有成为诗人。但是，他已经开始运用这个诗的武器了。一个站在时代前头的诗人，不能不是一个战士，这在公刘，是很早就认识到的。他希望诗能达到“宣传的目的”，同时“也希望它们是诗”。在很早的时候他就说：“我们都应该努力学习马雅可夫斯基，继承和发扬他的战斗精神。”[①]一个对黑暗不满的青年，他唱着战斗的歌——撒着他的活传单，来到了未来的年代。

此后，不管道路多么曲折，坎坷，他从来没有怀疑自己这种最初的抉择：我们理所当然地要始终生活在“真理的据点”中，我们的使命也只能是“和恶魔斗争”。

二

我走着走着，诗句就像我的汗
水一样流了出来。

——公刘：《在学习写诗的道路上》

蒋家王朝覆灭的前夕。一九四八年二月，在白色恐怖中公刘被迫出走。他由南昌取道上海来到了香港，参加了党领导的进步文化工作。一九四九年广州解放，他参加了中国人民解放

① 公刘：《〈神圣的岗位〉校后附记》。

军。对公刘说来，生活曾经是沙漠，他终于找到了绿洲（当然，后来，绿洲又消失了，他仍旧回到了沙漠）。此后，他跟随部队进军云南。云南是哺育诗人的地方，建国后有一批诗人是在它的土地上成长的。公刘毕竟有幸，拥抱了这片丰富、美丽、而且神奇的诗的国土。假如说，当初是由于与黑暗抗争的需要，使他认识了诗的武器；现在，却是边疆绚烂的光明，召唤着他作为诗人的无尽的灵感。

在云南，公刘有机会生活在卫国的士兵中间。他和战士们一起攀登过许多边远的山峰，一起走过许多山间小道。“我走着走着，诗句就像我的汗水一样流了出来”，公刘这样说过。是汗水，而不是别的，化为了公刘对于新生活的诗情。在一首题为《山间小路》的诗中，他写道：“一条小路在山间蜿蜒，每天我沿着它爬上山巅，这座山是边防阵地的制高点，而我的刺刀则是真正的山尖。”公刘认为这最后一句诗，是他在边疆生活的全过程所凝成的。他说，“如果说，这座山的海拔高度应该加上战士的身躯和他的枪刺的长度乃是一个形象的结论，那么，在导向这个结论之前，就必须占有大量的形象‘数据’，进行反复的形象‘归纳’；诗，来源于生活，我怎能不信服这一真理！”[①]这些话是真诚的。在他开始诗人生涯的最初日子里，对生活的挚爱，是支配着他的全身心的信念。《边地短歌》出版，他表示“要用整个的心去歌唱亲爱的边疆和亲爱的战友，和他们一同进入战斗”。（《初版后记》）随后，他再一次表示了对于这种创造性劳动的执著心情。他说：“我一定要再刻苦一些，劳动，劳动，第三个还是劳动。”（《〈边地短歌〉新版题记》）

从《边地短歌》到《黎明的城》，公刘为从生活中提炼诗情而付出了艰苦探索的代价。当他投入新生活，也如我们时代许多

① 公刘：《在学习写诗的道路上》，见《希望》1980年第2期。

诗人那样，崭新的充满生气的现实令他激动，他渴望记载下那生动的一切，使自己的诗篇成为现实生活的忠实画卷。因其急切，而往往缺乏从大量的“数据”中进行严格“归纳”的功夫，因而有些篇章（特别在《边地短歌》和《神圣的岗位》这两个集子中）表现了未经适当加工的粗糙和生硬。例如《士兵啊，你们要小心》，叙述过于琐屑，许多诗句被用来记述抓土匪的过程（如“他大喝一声，一个箭步闯上前：“谁？快给我出来！”说着又故意扳了扳枪栓。”）而缺乏提炼。这些作品，保留了新生活开始时对于诗的质朴的看法，诗句过于拘泥，有太多的用诗来纪实生活的性质。在初期，这类作品有相当数量，但即使在这样的作品中，也出现了明显的迹象企图超脱些，而事实也证明公刘完全能够这样做到。《自从来了边防军》，写姑娘对边防军的感情仍然热衷于交代而缺少诗意（“那天你帮阿爹盘田，浑身是泥来浑身是汗，劝你歇歇你不肯，给你茶水你不沾唇”），但结尾却出现了属于诗的神来之笔：

> 要不就让我变成枪把，
> 跟你，随你，不离身！

在《边地短歌》中，公刘的创作个性还未曾形成，但他却实实在在地记下了那片土地上正在萌生的诗情。瑞丽江的秀丽，阿佤山的奇伟，西双版纳的浓郁，丽江的清俊，刚刚从黑暗中出来的诗人，行走在这片同样刚刚从黑暗中复苏的土地，充满生命力的山水城郭在他眼前搏动，恍若置身仙境！他欣喜，激动，新生活展示给他新奇之感。在公刘以往的生活中，有赣江岸边的徘徊，思索以及流亡的记忆，那一切，与如今这获得光明与自由的生活形成判若天地的对照。人民军队的英雄集体，很快地使他获得了兵士的气质，公刘没有成为一般意义的抒情诗人。几乎就是从这时起，他自觉地把诗人和战士的双重身份统一在自己

身上，他说："因为我是兵士，我才写诗，因为我写诗，我才被称作兵士。"(《因为我是兵士》)

《边地短歌》是公刘记载新生活的第一本诗集。一个党所领导的觉醒的士兵在歌唱。生活甩掉了过去的沉重感，而以前所未有的明朗轻松的调子在他的诗中出现。瑞丽江边的景色秀丽得让人沉醉，但是《兵士醒着》——他先只是看到了即目的迷人的景色、继而体味到其中有一种庄严的情调：

"什么在天空照耀？"
"瑞丽江上的星光。"
"什么在士兵肩头？"
"人民发下的刀枪。"

这是公刘创作较早的一首诗，它也较早地显示了作为抒情诗人对于自然的感受与表现的才能。不是天上的星光映入了瑞丽江中，而是瑞丽江中的星光照耀在天空之上。诗句充满机趣，寓丰富于简朴。这让人玩味的一问一答，却写尽了瑞丽江边夜色的清明澄澈，不仅是让人沉醉的夜色，而且是让人激奋的夜色：在美丽的江畔，在星光照耀之中，有人民战士荷枪的身影。这是新时代的山水诗，在这里，卫戍边疆的士兵生活所具有的庄严肃穆之感，完全被溶解在由铿锵的音韵所造成的轻松节奏中，它自然地涌现出全国解放初期那种蓬勃的青春感：

"蓝色的瑞丽江，
是不是你的家乡？"
"我是喝黄河水长大的，
我的家在北方。"

明朗代替了阴暗，开阔代替了沉郁，公刘以他节奏明朗的朴素诗行，传达出共和国创造期那种朝气焕然的时代气息。

公刘把自己早期的大部分作品喻为"叶笛"，这是他创作的"叶笛”阶段。这阶段包括了《边地短歌》(1954)、《神圣的岗位》(1955)、《黎明的城》(1956)以及《在北方》的大部作品。叶笛是优美的抒情曲，轻快明朗，但不免纤细，它概括了公刘早期创作的初露的风格。叶笛再现了美丽的和战斗的边疆所特有的那种色彩、气氛和情调。更主要的，在于它塑造了一个充满诗情的保卫祖国边疆的青年士兵的形象。在公刘笔下展现的，不仅是诗人眼中的美好的自然，而且是战士心中的经过浴血战斗解放了的神圣国土。例如，石林是奇丽的，但诗人眼中却不仅是奇丽，而具有了战士心中时常出现的那份庄严之感。诗人说：“我从远山上眺望石林，石林像一队森严的士兵，披着铁灰色的梆硬的盔甲，无数尖利的刀斧直指天庭。”(《石林，撒尼的灵魂》)旧时代的诗人把自己钟爱的山水，看成了情人；新时代的诗人把自己钟爱的山水，看成了自己的兄弟——人民的子弟兵。

论及公刘早期诗作的艺术贡献，不能不注意他为把自然美与心灵美契合起来的努力，他把美丽的自然和美丽的胸襟完美地统一在抒情形象中。在诗人看来，涂上了我们时代的瑰丽色泽的生活才是最美的。他在美丽的云南画了一幅又一幅风俗画，但没有一幅不是按照他对初诞生的祖国的信念描绘的。这里有一幅《雨后小景》，是色调鲜丽的水彩画：

> 牛背上伫立的白鹭惊飞天空，
> 雪亮一团，灼人眼痛，
> 长翼搧起阵阵湿风，
> 山腰草棵悉索摆动；
> 警觉的哨兵走出哨棚，
> 在他的明晃晃的枪刺上，
> 跳跃着一片七彩的虹……

要是只有牛背上的白鹭，只有雨后的虹，这小景也可以是属于前人的。然而，在他笔下，美丽的白鹭惊飞搧起的湿风，居然引起了哨兵的警惕；特别是同样警惕的枪尖上，却挑起了同样美丽的虹彩。这便是既有着边疆风情又有着时代色调的属于现代的诗。

公刘此类诗作之所以值得注意，在于“那一层生活的彩釉和泥土的本色”[①]。如前所述，公刘确是以创造性的劳动以及不惮于流汗的努力，换来了对于生活的把握。因为来自汗水换来的收获，因而具有“泥土的本色”（这许多诗人能够做到），而又上了一层“生活的彩釉”（这只有具有创造精神的诗人能够做到）。这种表现，是公刘早期创作获得成就的一个标志。这一标志，集中体现在《黎明的城》这个集子中。在这里，不仅是富有地方特色而又充满了朝气的生活吸引了人们的注意，而且那摆脱了陈旧的形象和辞藻，寻求新鲜的表现手法的真正新诗的意象与语言的出现，更引起了人们的喜悦。如他写《夜的狙击》：“远远近近的寨子，都熄灭了最后一盏灯，因为寒冷和疲倦，狗在睡眠”，渲染夜的漆黑与冷寂，全然不落窠臼；又如通过《炊烟》写人民战士的情怀，它用的遥隔两地的实际难以进行的母子对话的全新的构思——

母亲，我告诉你，
我喜欢了望祖国的炊烟，
炊烟，就是平安。

不错，炊烟报平安。
唯愿它长飘在你头上，长记在你心间，
不要再有炮火，再有硝烟。

---

① 公刘：《在学习写诗的道路上》，见《希望》1980年第2期。

不仅是构思不落俗套，表达的思想也不落俗套。在一个众所周知的题材面前，公刘表达了他的深沉的思索。他的诗总是给人以新鲜之感和新奇之感。这与其说是技巧的力量，不如说是思想的力量。公刘以情感的深沉和思想的深刻，当然还有构思的精湛，而铸造出他的诗的独特而奇崛的形象。一个我们所期待的诗人。他的寻求并不止步于写出属于时代的诗，他对期待的回答，是写出既属于时代、又属于自己的、为他人所不能替代的诗。“行云自行，飞鸟自飞，每个诗人都可以在自己的脚下发现自己的舞台。”[1]公刘已经发现了自己的舞台，这时机的成熟的标志，是《西盟的早晨》。

三

……我们的任务是跨过它，把诗歌带领到光明的开阔的小草丰美的原野上去，和前进中的人民作战斗的终生伴侣。

——公刘:《诗的构思》

我推开窗子，
一朵云飞进来——
带着深谷底层的寒气，
带着难以捉摸的旭日的光彩。

——《西盟的早晨》

当这朵云在五十年代出现的时候，人们为它难以捉摸的光彩所惊慑，后来，便自然地用它来取譬这位诗人的出现。不断地在战斗生活中行进的诗人，也不断地在诗的土地上收获。当我们远望西南边疆那一角彩云飞扬的土地，在千姿百态的云南云中，发

---

① 公刘:《诗的构思》，见《边疆文艺》1979年第9期。

现了升起于西盟的这朵奇异的云。在这里，公刘把平凡的边防战士的生活，写得充满迷幻的绮丽，于新鲜柔美之下寓着豪放超迈的情致。公刘已经不满足于《边地短歌》那种如实地描状对象的诗的格局了。他已有富裕的能力使平凡焕发异彩，以平淡写出神奇。整个西盟山上的特殊风光，他只用一朵飞进窗子的云、只用它的寒气未消而又通体披着梦幻的光，来为西盟的早晨造型。诗人的彩笔，把梦幻似的云朵变成了浮雕，永留于我们的脑际。

这时期，公刘以大体上每年出一部诗集（不计其他作品）的速度前进着。紧接着《黎明的城》，第二年，他又出版了《在北方》(1957)。公刘的确没有停留在唱“边地短歌”的地方，也没有停留在“黎明的城”，他的任务是“跨过”。他跨过了边疆奇峻的山峦和密林，来到了北方。“在北方”，他“把诗歌带领到光明的开阔的水草丰美的原野上”来了。在这里，在北方粗犷的风格之前，诗人感到南方清丽而不免纤弱的叶笛，已不足以吞吐那北方给予他的豪迈而粗放的风物了。他在匆忙中，失落了叶笛，北方贻他以唢呐，并对他说：“这是你的乐器。”

他举着唢呐，夜半跨过黄河，穿行在古老的中原，越八达岭，登烽火台，以青春的步履跨上“台阶般的长城”，“望黄河犹如门前一湾流水”。在天坛，他贴着回音壁轻声地喊：“北京，我们爱你”；在节日的天安门观礼台上，他看见“整个世界站在阳台上观看”中国的笑容，情不自已而发自内心地说：“生活多么好，多么令人爱恋”！在北京的日日夜夜，诗人处在亢奋之中。他由衷地祝祷祖国，祝祷人民，其虔诚近乎天真，但却极其真挚。这个时期，他吹着欢快而带着乡土气息的唢呐，但也不曾忘却叶笛，他说，“我仍然有楚幻和情思，因为我啜饮过南方的泉水”。他把唢呐的喧闹和叶笛的柔和结合了起来。这个时期，他的诗不仅保留了原先的奇幻的色彩，而且具有了豪迈与豁达的气度。借用公刘自己的诗句来形容，即“她爱这雄壮中的美丽，她爱这美丽中的雄壮”（《白杨》），雄壮与美丽二者的结合。北方的雄浑与南方的俊秀，在公刘诗中，如两股清泉汇流到一起来了。

他到了上海，心胸顿然开阔，大城市跃动不息的脉搏，唤醒了他立志要成为无产阶级诗人的良知，他真诚地记下了这一经历：

我本想从繁星中寻找牧歌，
得到的却是钢铁的轰鸣。

轮船，火车，工厂，全都在对我叫喊：
抛开你的牧歌吧，诗人！
在这里，你应该学会蘸着煤烟写诗，
用汽笛和你的都市谈心……

——《上海夜歌（二）》

公刘在创造新的诗，他在开拓着自己的诗的疆域，也改造着、完善着自己的诗的情调和风格。他穿行在工业的地平线上，他遇到的不再是西双版纳那样的原始森林，而是一座新的森林、由烟囱组成的工业的森林；在这座同样奇幻而绮丽的森林里，在烟囱和高压塔下，每到一处他都以抑制不住的热情写出了新的诗篇，关于橡胶厂的诗，关于肥皂厂的诗，关于造船厂的诗，……

这些诗篇之所以留给人深刻的印象，在于他不像当时流行的工业诗那样堆满了马达和汽笛以及具体的劳动过程的外在描摹，而着重捕捉由具体的对象所引发出来的超拔奇特的联想，并且通过这些联想创造出一个完整而独特的形象。在绢纺厂，公刘没有去写织机的喧腾和纺绽的飞旋，他避开了他人容易“就地写生”的机器和车间，而是由具体的《丝》，想起要用一千首诗“赞美自古而今采桑的女子，养蚕的女子和织绢的女子”，她们创造的丝：

> 像良心一样干净，
> 像爱情一样缠绵，
> 骑士因披肩而威风凛凛，
> 舞姬因长袖而飘飘欲仙。

干净的良心，缠绵的爱情，讲丝的素质；骑士的披肩，舞姬的长袖，讲丝的用途；但却都巧妙地构成了一个关于良心与爱情，关于骑士与舞姬的浑然的联想，这一切，都是从那些劳动妇女双手纺出的丝的形象上引发的。最后，这一切化为了"披着丝的头巾"，"走在世界大街上"，她的娟好曼妙吸引了行人的"母亲中国"的形象。由一座普通的绢纺厂萌生了这么丰富的想象，而且是如此超脱而不受羁束，这在当年，是少有的。在五十年代，诗人们生活在刚刚诞生的共和国土地上，一切都新鲜，一切也都可爱，他们往往为热情所驱使，按照当时流行的现实主义的法则，写了一首又一首描状实际、配合任务的诗。这些，作为生活的实录自无不可，但就其大体倾向而言，均属琐琐，而毫无趣味可言。在这点上，公刘没有随俗，他走着自己的路。

《上海夜歌(一)》是公刘一系列工业题材诗中的上品。记得这首诗当时的出现，以其全然新颖的不拘一格，而带来了震动。它开始就是一个对于上海的最具特征的景物的特写：

> 上海关。钟楼。时针和分针
> 像一把巨剪，
> 一圈又一圈，
> 铰碎了白天。

首先是上海关的整座建筑物，而后是钟楼，再后是钟楼上面如同一把巨剪的时针与分针。它不说白天结束了，而借剪刀的形象，说它把白天铰碎了，最后，我们仿佛是从高空看到具体的可捉摸的夜色来临：

> 夜色从二十四层高楼上挂下来，
> 如同一幕垂帘；
> 上海立刻打开她的百宝箱，
> 到处珠光闪闪。

这首一共只有十二行的诗，表现了大上海所具有的那种雄浑、壮美的气魄。不和自己所描写的对象靠得太紧而与之保持一段距离，它不以状物写景的形似为目的，而追求一种富有表现力与概括力的深度与力感。这种比较超脱的捕捉形象的办法，在当时一片用诗写实的空气中，无疑是投下了一块激起波浪的石子。

从《黎明的城》到《在北方》，我们看见一位有希望的青年诗人的崛起。从生活到艺术，从思想到风格，可以说，公刘至此已获得了可望成功的条件和基础。他自己，也完全沉浸在一种创造力旺盛的空气中。开始的时候，我说过，尽管他不曾意识到自己是一只追寻绿洲的骆驼，而这时，他已经具有了这种意识，骆驼在他的诗中正式出现了：

> 大路上走过来一队骆驼，
> 骆驼骆驼背上驮的什么？
> 青绿青绿的是杨柳条儿吗？
> 千枝万枝要把春天插遍沙漠。
>
> 明年骆驼再从这条大路经过，
> 一路之上把柳絮杨花抖落，
> 没有风沙，也没有苦涩的气味，
> 人们会相信：跟着它走准把春天追着。
>
> ——《运杨柳的骆驼》

眼前还有风沙，还有苦涩，但他坚信明天将没有。不容置疑的信心与信念，洋溢在字里行间的那种热情与坚毅，公刘这时，完全被理想，被对于未来的憧憬所燃烧。也许他有点天真，也许他把生活看得过于单纯，但作为人民的歌者，他在这里所显示的精神状态，是令人羡慕的。这是今日播种春天的骆驼，这是欢乐的和为明天跋涉的骆驼。与此同时，公刘诗中也行走着昨天的骆驼，那是《姐姐》这首诗中所提供的形象。在北方，他看见了骆驼，他想起了有着苦难青春的姐姐给他讲过的关于北京和骆驼的故事。那是“被鞭打的骆驼，被鞭打的北方”；而姐姐，她也被贫穷和迷信断送了生命，诗人哀悼她的不幸：“你自己呢，在没有骆驼的南方，岂不也像骆驼一样？!”《姐姐》的篇名，应该叫做《骆驼》，昨日的骆驼，以及今日的骆驼交织的故事。这是一曲悲哀和欢乐交织的乐章，它以悲歌起始，而以欢乐颂作结。公刘这时认为，欢乐的时代降临了，悲哀的时代应该结束。

这是公刘创作生涯的一个新的高潮。一九五七年一月，长诗《望夫云》出版，一九五七年九月，抒情诗集《在北方》出版。整个高潮是由欢乐与亢奋的激情组成的。公刘是这样一代诗人中的一个：在旧中国生活过，他受过压迫，了解它的黑暗与暴虐；又与新中国一同成长，他爱它的光明和希望，爱它的一切。他不怀疑这满眼阳光是荫庇万物的，他觉得，他的责任在于歌颂这一切。他如当年许多诗人那样，不会理解阳光之下含有阴暗。因此，迄今为止，无论是叶笛，也无论是唢呐，欢乐总是主调，几乎也是唯一的旋律。

事情发展到五十年代后期，正当公刘跨过了一道又一道思想与艺术的关隘，有希望获得巨大成就，即他所冀企的光明、开阔、水草丰美的原野的时刻，几乎是作为中国诗人无以摆脱的厄运却过早地在公刘身上降临了——绿洲正在消失！政治上的简单粗暴和不信任的风暴正在卷起。正是当他在《五月一日的夜晚》中忘情地呼喊“生活多么好”的时候，生活正在变得不很好。

这个夜晚过后三个月，公刘被拖入一场无端的“审查”达一年之久！通过了一年多一点，他被宣布为“右派分子”：由人民的战士而骤然变成了人民的“敌人”。几乎也是这时开始，作为诗人，他开始了深沉的思索：“我开始模模糊糊地看见了，革命，除了热烈的一面，还有并不热烈的一面。”①

但即使在不具绿洲的沙漠里，骆驼仍在坚韧地走。一九五八年五月，诗人以“待罪之身”被送到山西“劳动锻炼”。处于逆境的诗人，他没有抛弃叶笛，也没有忘了带去唢呐。这年冬天，他在一个水库劳动，他迷醉眼前推过的《一车黄土，又一车黄土》，他几乎忘记了自己当时的处境，仍然忘情地喊：“快乐是如此巨大，几乎把人噎住……”他显然为眼前这种全民为改变贫困而作的奋斗所感动，他忘记了自己。公刘仍然是一名战士，即使是烈火烧到身上，也没有忘记他所深爱的人民。也是那年冬天，在“万山丛中”，公刘写了一组“探矿日记”。在那里，他不只一次地表达了“祖国，需要一张坚固的盾”的信念，以及“愿我立地变作高炉，将矿山纳入胸膛”的豪情。可贵的是，战士不曾失去它对人民的赤子心，他通过《铁的独白》向自己的祖国发出深情的呼唤：

> 领我去吧，领我去吧，领我去到车间，
> 把我捣碎，把我砸烂，烈火烧我三遍；
> 去做齿轮，去做垫圈，继承您的贞坚，
> 既当大锤，又当铁砧，听从您的召唤！

这就是诗人的“独白”’。当他蒙冤受屈，却是满腔赤血，一如既往！别人把他当作“敌人”，他却始终把自己当作阶级大军中的一名奋勇向前的兵士：

---

① 公刘：《在学习写诗的道路上》，见《希望》1980年第2期。

哦,早醒的大军!歌唱的大军!
吹一声号,整队向前进,各兵种蜂拥上阵!
——《汽笛》

四

歌声多情,歌声有义,歌声并未弃我而去,只是由缺乏活命的水,连它都变成火了。
——《离离原上草·序》

公刘说过,从一九四九年到一九七九年的三十年中,他被允许发表作品的时间加在一起,大约不过十年多一点。这是悲剧性的。但在公刘,可贵的是经历长期的劫难之后,诗人的青春如故。他的话题又转到骆驼上来,这个曾经穿行在干旱和风沙,寻觅失而复得的绿洲的坚毅的动物,始终伴随着诗人的生活与思考。他说:"但若仍以骆驼为誓,则不怕吃苦,日夜专程,还算得它的一点长处。"①

事实上,骆驼从来不因沙漠的险恶而停止跋涉。从一九五七年算起,即使在很险恶的境遇里,公刘也时有写诗的时候,长诗《尹灵芝》,一批反映农村和工区生活的诗篇是产生于六十年代前期的作品。但他的基本境遇是:只准许沉默,而歌唱的权利不时地要被剥夺。在沉默中,诗人和人民共担着苦难,一九七六年严寒的一月,他默默地写着:

沉重的云,沉重的泪,沉重的步子
——《誓》

① 公刘:《离离原上草·自序》。

那曾经是升自深谷的带着氤氲的水气和泛着夺目的光彩的美丽的云,如今变得是何等的沉重!但在满天风雪中,诗人和人民一道,“静悄悄烧着火辣辣的誓”。也是那个寒冷的冬季,诗人扎着哀悼的显得苍白的纸花——

> 我说:苍白得如同因中暗箭而失血的勇士,
> 其实我是想说,人民的心要爆炸!
> ——《白花》

长达二十年的挣扎于底层的生活,使诗人能和普通的劳动者为友,这促使诗人的感情更为深厚,思想更为成熟。与人民患难与共的诗人,也因而能够听到人民的心声,那一年,我说是一九七六年,冬天过去了,成熟的季节来临,那年九月,他于滞闷之中,发出了雷一般的轰鸣:

> 勇敢地迎上前去!中国——
> 将有一场特大雪暴!

在论及上述题为《大地以红心为盾》这首诗时,公刘说,“它接触了一个极其巨大而又极其复杂的主题,由于主观的客观的限制,不允许我去作深入的探索;……这里的寥寥数笔,不过是一九七六年九月上旬至十月中旬局势混沌不清,人民彻夜难眠的那些日子,信手勾勒的一幅社会心理速写而已。”[①]即使在逆境之中而始终未能忘却诗人崇高职责的公刘,他当然是极其敏锐地把握了当时形势的特质:爆炸与风暴将要发生。他说:“我并没有失去信心,我总觉得有一种既无形而又实在的保证——人民成熟了。”[②]

此后的事实,当代人都很熟悉:人民和诗人都重获了春天,

---

① 公刘:《〈白花·红花〉后记》。

② 同上。

公刘也不例外。他在一九七七年那个明媚的春天，用清丽而充满生气的语言与节奏，喊了一遍又一遍的《春天，你好》。在当时，几乎所有的诗人都曾经用这种调子歌唱。人们的心情确实如此，公刘也不例外。但是，正如诗人自己说的“不论作者愿意不愿意，他的艺术都必然辐射出他的思想原子能来”。[①] 要是说，公刘早先吹着叶笛随后又吹着唢呐的时候，他把生活看得完满而且美丽，这反映着他对新生活的热爱，也反映着他对生活认识的不深入和肤浅；那么，经过了沙原之上长途的困难劳顿，他是不会永远地停留在“春天，你好”的轻松愉快上面的。长年的磨炼，有两个思想，决定了公刘必然地扬弃他的叶笛、有节制地使用他的唢呐，不能不吹奏起雄浑而激越的“铜号”，而成为二十世纪八十年代新一代“吹号者”（公刘继《叶笛》《唢呐》之后，把《离离原上草》的第三部分命名为《铜号》）。这两个思想，是思索和诚实，或者合二而一为“诚实的思索”。

诗人曾经把现实的生活看成天真无邪的欢乐和天国般的幸福，为此他们唱过一支又一支真挚的颂歌。但是生活教育了他，生活中不单单是阳光、露珠和紫罗兰，生活中也有风雪和泥淖。经过噩梦般的日子，打破了那种甜蜜的梦幻曲，开始了一个思索的时代，素来对生活抱有执著的独立见解的公刘，他也获得了同样的觉醒。“我思索，所以我充实”，公刘这么说过，“只要我还活着，就谁也不能禁止我思索”。[②] 公刘痛感到了这种思索的迫切性，他说：“诗的贫困反映了我们思想、精神生活的某种贫困，诗的虚伪反映了我们社会政治生活中的某种虚伪。”[③]虚伪的对立面是诚实，他痛切地感到了这种诚实对于诗的极端重要。当然，正确

---

① 公刘：《诗的构思》，《边疆文艺》1979 年第 9 期。

② 公刘：《在学习写诗的道路上》，见《希望》1980 年第 2 期。

③ 公刘：《诗与诚实》，见《文艺报》1979 年第 4 期。

的思索，其动机和归宿无疑都应该是诚实（或叫真诚）。“诚实无罪，诚实长寿，诚实即使被迫沉默依然不失为忠贞的诚实，而棍子在得意呼啸中，也不过是没有心肝的棍子。诚实必定胜利，因为人民喜欢听真话”。[①] 这是用痛苦的经历换来的觉醒。无耻的棍子乱舞的时代应该说是结束了，但不能排除诚实也会有被迫沉默之时。但是，生活在祖国经过动乱之后中兴时代的有使命感的诗人，是不会轻易放弃诚实而自甘沉默的。公刘是履行了自己的诺言的。天安门事件发生后，他为两句诗句的胚胎而痛苦地思索着：“条条道路通向天安门广场，为什么……广场竟通向牢房？”经过长时间的痛苦构思写出了十首十四行体的《星》（其中第九首经作者修改仅剩八行）献给了“大有希望的一代”：

> 呵，多么明亮！多么明亮！
> 黎明前的星光！黎明前的星光！

《星》，还有气势浩大的《琴》，是公刘近期创作中的一种创新的尝试。这是一种在严密的艺术构思控制之下人物较通常的叙事诗抽象，事件又较通常的抒情诗具体的诗体的试验。它是一种围绕一个中心寓意辐射开去的，寓抒情、叙事、议论以及哲理的思辨于一炉的抒情长体。但是不论《星》还是近期其他作品，其动人的灵魂全在于诚实的思索——走在生活前面启示人们的思索。他眼前不是没有“残雪”，但是他看到“残雪在消”“它在退却，它在逃跑”，因而他坚持呼唤说：“春天，你好！”他知道真理有时像无花果，没有耀眼的红花；有时像毛栗子，却把果仁藏得很严，但是他坚持对于真理的召唤——

> 尊重无花果吧，
> 它没有那股招蜂惹蝶的甜；

---

① 公刘：《诗与诚实》，见《文艺报》1979年第4期。

理解毛栗子吧，
它告诫采集者：艰难。
——《关于真理》

公刘决心做采集毛栗子的人，尽管他知道采集将是艰难的。但他已经具备那勇气，那信心，他说过"好自为之，有时候，也许是知道其不可为而为之，这就是我的座右铭"。[1]

诗必须对人民诚实，诗不能对人民虚伪，这是公刘的创作所信守的，他在履行这一神圣的职责。一九七九年，诗人在沈阳凭吊张志新殉难地——大洼，回到上海，在台风呼啸声中，写下《刑场》。他看到死者的血痂凝成的"紫花"，他看到了被割断了喉管的"杨树"，他看到了一个"大不平"的现实。而成为诗的基本旋律的是他在每节结束时的三个可怕的字眼："哦，可——怕！"他不能不把这种战栗的情绪告诉人民。诗人是诚实的。这种诚实，也体现在他"刻在烈士饮恨洼地上"的一首诗中，这就是《哎，大森林！》他没有对他之所爱唱好听的赞美诗，而是讲出真实的他之所感：

哎，大森林，我爱你！绿色的海！
为何你喧嚣的波浪总是将沉默的止水覆盖？
总是不停地不停地洗刷！
总是匆忙地匆忙地掩埋！
难道这就是海?！这就是我之所爱?！
哺育希望的摇篮哟，封闭记忆的棺材！

诗人认为要是啄木鸟拒绝走向森林，那么这可爱的所在明天肯定要化作尘埃。害病的森林是需要啄木鸟的。公刘不仅愿意讲出森林的"洗刷"和"掩埋"，而且他愿意充当专心治病而不为之

① 公刘：《在学习写诗的道路上》，见《希望》1980年第2期。

唱赞美之歌的啄木鸟。典型地代表了诚实的思索的诗篇，是刊登于一九七九年十二月二十六日《人民日报》上的《十二月二十六日》。在那里，他思索着作为中国人来说是极其严肃的主题。他把一个内容相当复杂的命题，表达得相当的精辟，他在扫荡着现代迷信的造神运动，他愿意恢复旗帜以本来的面目：

无可置疑，他是一面大旗，
旗的概念是什么？是飘扬，是进击，
旗应该永远是风的战友，
风，就是人民的呼吸。
假如旗上有着弹孔，
那是光荣之所在，何必忌讳！
迎风抖擞才能避免蒙尘和发霉啊，
为什么偏有人主张压入箱底?!

公刘的诗风在转变中，他逐渐地失去了对于大自然美感的关注，他更习惯于在政治性很强的命题中思索。他变得更喜欢思辨，乐于对客观事物作哲理的阐发。要是说二十多年前，那朵升于西盟山上空的，是一朵奇异的云，那么，在今天，说它仍然奇异的话，已不再是旧日意义上的奇异了。如今由人民众多的热泪与赤血蒸腾凝成的云，它孕育着雷电，随时都准备发出巨响，随意都准备以强光划破沉郁（假如它还会变得沉郁的话）的长空！

其实，这朵云，它的奇幻的色彩和抒情的情调正在消失。它凝重、充满了纷纭的严肃的思想。太阳升起来了，它被强光映照，仿佛变成了火团，正如他自己形容过的，“由于缺乏活命的水，连它都变成火了”——这简直不是云，而是火！公刘显然充满信心，但却不是全然的乐观。多年的曲折，使他不再轻信笔直的道路。他仍然把自己喻为骆驼，他告别了流沙，但他也随时准备告别绿洲，他说，"假如七八年再来一次流沙，我就再变成骆驼，再默默地负重蹒跚，再期待着有朝一日走出流沙……"[1]

公刘的诗从它的出现到今天，从《西盟的早晨》、《上海夜歌》、《星》到《十二月二十六日》，构成了一个始终与他人判然有别的、具有独特个性的形象。公刘始终只能是公刘自己，正如他在一首诗中说的，"阿佤山只能是阿佤山自己"。让我们祝福这朵奇异的云吧！

> 你属于党，属于人民，属于中华民族，
> 啊，诗人！你的诗是子弹，也是珍珠！

这是公刘怀念郭小川的《哀诗魂》中的句子。对于公刘的诗，子弹与珍珠的比喻也是合适的，我这么想。

一九八〇年中秋，于北京。

---

① 公刘:《离离原上草·自序》。

呼唤多种多样的诗*

——对于当代诗歌的探索之一

当《芒种》的编者按每人一首的规格，把沈阳五十余家诗作汇集在一起的时候，我们看到了诗的园丁创造的绮丽的图景。今年年初，我曾为《南方诗丛》的出版，对在南国炎阳下耕耘的诗编辑的勤劳致以感激之情；现在，在北方，我又看到了芒种时节的劳作。中国新诗是有希望的：从南方到北方，到处都有众多的诗的作者，到处都有众多的诗的园丁。《芒种》的努力，再次给了我们这样的信念。

诗辑的水平并不一致。一些业已从事多年创作实践的作者，其作品自是精深圆熟；一些"处女作"也给人以新鲜明亮之感；当然，其间某些作品不免掺杂着不曾清除的空话，个别爱情诗则因矫作而乏真情。瑕瑜互见，是事物的正常状态。但当编者把众多不同风格的诗汇集在一起，却奇迹般地给我们留下了百卉争新的深刻印象。

这里有关于人民和时代的强音，也有对"我心中的彼岸"的真挚的歌吟；也曾燃起战场上正义的硝烟，也曾响彻车床与马达的轰鸣；从"用凝练的思路把长夜压缩得很短"的老科学家的《明天》，到《村头上响起一串串鞭哨》的欢快的村风，《芒种》把当今时代的声音传达给了我们。它仍然饱含着热情说：《我歌唱党的

---

* 此文初刊 1980 年 11 月《芒种》1980 年第 11 期，初收《共和国的星光》。据《芒种》编入。

光辉》,这歌唱已不是我们曾经厌烦了的廉价的颂歌,而是从事实出发的实在的歌声;它不是缥缈的神火,而是从“一缕缕昭雪沉冤的泪光中”,从“一张张平反复职的通知上”,从“一页页劫后余生的论文中”,看到了这种实实在在的“光辉”。

经历了空前灾难的祖国,一切有待振兴。尽管前途多艰,但党在积极地工作着,这就是我们的现实。仅就这一点而唱出颂歌,也仍然不失为真诚的。我们反对那种虚假的“歌德”,我们却真挚希望读到实实在在的颂歌。人民不曾失去信念,他们有在暗夜里唱出的《曙光之歌》(未凡):

> 我曾在暗夜里听你雷鸣般呐喊,
> 我曾在浓云中看你厮杀的剑光;
> 我曾以赤子之心想着你,想着亲娘,
> 我曾以混浊的眼睛顾盼你,顾盼光芒!

这当然是昂扬的声音。要是说,在这首歌中少了点什么的话,我以为是少了点属于当今时代的深沉的思索。而诗辑的许多作者,却在现实生活中辛勤地思索着。经过思索之后唱出的歌,无疑是增加了重量。今年,阿红去了海南,他为壮美的河山激动。当他《车过琼崖群山》,看到放火烧荒,他却只能唱一曲诅咒之歌:“真应该天降一道甘霖,浇熄这叫人痛心的野烟!”诗人的良知召唤了他,尽管他不曾歌颂,却是真切的声音。最鲜明地打上了时代印迹的诗篇,我以为是厉风的《哦,大海……》。他歌唱大海“威严的容貌”,“暴风般的声喧”,但他却不能掩饰自己经过痛苦思索后的迷惑:

> 怎样理解你的爱,你的恨,
> 你的多变性格,澎湃的情感,
> 和你重复了亿万年的单调的呐喊?

尽管他得不到答案,但这种思索具有典型意义。我们失去独立的大脑的时间太长久了，我们需要学会属于自己的思维。《哦，大海……》表达了我们生活某一方面的真实。大多数诗篇抛弃了虚假的声音，在此基础上获得了思想深刻性，这是《芒种》诗辑多数诗篇所已取得的主要成就。

随着思想的解放，诗歌艺术也得到了解放。从诗辑看，题材广泛了，诗体和艺术风格更为多样了：有浓郁的诗，也有清淡的诗；有豪放的诗，也有婉转的诗；有含蓄的诗，也有明澈的诗。从我个人的感受而言，由于腻烦了前些时流行的那种过于雕缛的诗，而在感情上倾向于朴素自然。因而，岸冈的《露珠》给我以好的印象。那露珠，“不修饰”，也“不言语”，却婀娜而艳丽：当人们睡去，它悄悄地在花序上，在草尖上，在树叶上，以晶亮的眸子向大自然致敬；而当太阳升起，它留下了给万物的湿润，却默默地消隐了。诗风朴直自然，正是思想之单纯明净的反照。这种诗，平凡得像不引人注意的露珠，但却可净化人们的灵魂。在现在，这种默默地贡献而无所需求的精神，对比那些庸俗的丑陋的人与人之间的关系，显得是多么可贵。

诗辑中有若干关于爱情与友谊的篇章。其中仲克的《相信你就要归来》是写得好的。因为它朴实挚诚，故不属于轻飘飘的恋歌一类，而蕴蓄着非常凝重的情感：

> 你曾在风雪中送我一条围巾，
> 那风雪便如芬芳的梨花飘落；
> 你曾在暴雨中送我一柄小伞，
> 那暴雨便如同叮咚的山泉之歌。

他们分手了，但却没有一般化的伤心痛苦的描写，而是在欢乐与痛苦、追求与思索之中不曾泯灭了爱的光焰：“虽然你的友谊和爱情姗姗来迟，我却等待着每一趟误点的列车。”这首诗有动人的质朴，对比之下，另一首情诗《蜜月里》企图把劳动与爱情掺和起来,因为矫饰而明显地失真了。

因为我们的生活经过了重大的磨难,也因为当前世界正在急速地变化,历史与现实的种种原因促使我们的诗歌变得复杂起来:对于现实的思考厌忌单纯,抒写情怀转向繁复幽微,在摒弃标语口号的同时,人们已不再满足于对事实作外在的单一的描述了。这里是一曲《怀念》(邓荫柯)之歌:浓黑的悲凉中有明亮的灯,窒闷的禁锢里有温馨的风,迷惘的希望里有招展的旗,冰冷的沉默里有傲然的歌:

> 在柔情的思念里,
> 你是一个微笑的梦,
> 在进军的行列里,
> 你是一名昂首阔步的士兵!

他把柔情的思念和微笑的梦并列在进军的行列里,他把矛盾的现象组织在一起,他也许不曾说清楚什么,但是,这难道不是存在于普通人的普通生活之中的怀念?诗歌正在回到自然朴素,诗歌正在摆脱虚假矫作,这是可以庆慰的。

《芒种》诗辑的丰富,使我思绪纷紊,逐一地评介是难以做到的。我只能对此加以概括的评说:这是我们所希望看到的景象。一种什么样的景象呢?一种多种样式、多种风格、多种艺术方法创造的各式各样的诗并存的景象。近来对于诗有许多议论,这是好现象。我对此也说了点意见。对于那种把我说成是只主张某一种诗,甚至只主张“古怪诗”(我在一篇文章中曾用了带引号的“古怪”,不知为什么却被悄悄地把引号取消了)的企图,我不想说什么。我的真诚的希望只是:让紫罗兰和玫瑰花并存,让艳丽的牡丹与有刺的仙人掌并存,给人们一时不习惯的“古怪诗”以生存发展的权利,不要轻率地对你所“不懂”而别人却懂的诗加以限制!我只是愿意看到许多热心的园丁所已经作过、如今

《芒种》编者也在进行的这种对于多种多样的诗加以栽培的局面。

对于诗歌艺术，过去的噩梦般的教训是：过于褊狭。现在，鼓吹一下各种艺术流派（假如我们还有流派的话）的彼此“容忍”，也许不无好处。彼此“容忍”，目的是彼此竞争，在竞争中见优劣。我们希望看到并存并且竞争的局面，而不是一种“有我无他”，“你死我活”的势不两立的局面。新诗诚然是处于重大的转折关头。不满足于前人成就的一代新人正在崛起。他们立志于变革，而且正在进行探索。我以为探索不应是排他的。我们尊重自己的探索，也尊重他人的探索（包括坚持），并尊重一切人们的认真劳动的成果。我们呼唤多种多样的诗。

新诗的希望*

当前，在中国诗歌的发展中，成为重大论题的，是所谓“朦胧诗”的出现。我不同意“朦胧诗”的提法，因为它是偏见的产物。它是对于试图突破三十年来所已形成的诗传统之努力的并不科学的概括。而这种努力的基本力量，是由在动乱年代中成长起来的一代青年构成的。因此，我认为，当前对于“朦胧诗”的争执，其实质乃是对于青年诗作的总的估计与评价。争论的焦点并不在“朦胧 ”或不朦胧，问题远不那么简单，以为是什么看不懂或看得懂的问题。其实，大量的诗是容易懂的。全然不懂的、真正晦涩的，只是极少数。极少数的晦涩，也不至于造成新诗的危机或覆亡，何必为此大动肝火？可见，当前的争论并不在那些极少数的诗上，而在大量的并不是“读不懂”的诗上。而这种大量的并不是“读不懂”的诗，却被不加区别地加上了“朦胧诗”或“古怪诗”的谥号，所以说，这是偏见。

既然大量的诗是可以懂的和容易懂的，为什么要反对呢？这就是分歧的真正所在。因为这些可以懂的所谓“朦胧诗”是以反传统的挑战姿态出现的，它们不论在思想上，或在艺术上较之存在了三十年的诗歌，都试图作出新的突破（这些突破需要专文进行研究，此处不及细论），因此，引起人们的关注乃至焦虑是必然的。

无论何种艺术，也不论哪个时代的艺术，如要革新，必然触

---

* 此文初刊于1980年12月4日《云南日报》，初收《论诗》。据《云南日报》编入。

犯传统,因而也必然激起传统的反击,这是规律。当前新诗,面临着的正是这种情况。当然,革新并不意味着否定和抛弃传统——传统是否定不了,也抛弃不得的,当前青年的诗作中,仍然流淌着传统的血液,这是事实。但显然,传统有待于更新和扩展,死守传统,必然导致停滞和窒息,这正是当前围绕青年诗作所引起的一番大论战的核心。

对于新诗三十年的成就和缺点——亦即三十年来的新诗传统,应作重新的估价。三十年来,我们的几代诗人,以不同的声音,讴歌新中国,颂赞新生活,作出了重大的贡献。但我们的诗歌在反映时代、抒写情怀方面,存在不容忽视的问题,内容的虚伪,题材的狭窄,风格的单调,艺术的平庸,这些痼弊是普遍存在的。对这些痼弊进行革新,则是新诗希望之所在,为什么要对此惴惴不安?

青年人的"反传统",的确表现了某种不无偏颇的情绪。但试想当年的鲁迅,对于"古董"和"国粹"的批判是何等的激愤,可见,这些并非不正常的。"反"传统并不是全盘否定传统,它只是要求扬弃新诗发展中成为梗阻的因素。它并不意味着,也不应当意味着否定一切。甚至可以说,它所争取的,只是对于新的尝试与探讨的承认,而这种承认是艰难的。

三十年来的新诗,道路在走向窄狭。我的这一论点,曾经遭到非难,但我仍然坚持,因为这是符合事实的。近年来的新诗,正在打破窄狭而趋向于宽广,它让人们看到了希望的光芒。所谓"朦胧诗"和"古怪诗"的出现,正是这种希望的一个表现。因为新诗中冲进了这些陌生的,"朦胧"的乃至"古怪"的因素,它打破了新诗的平静。

新诗的道路应当越走越宽广。新诗应当欢迎带来了不平静的新探索的成果。我赞成冯牧同志的意见,"新诗应当是多血型的"。多血型是对于单一血型的反动。而过去,我们总是习惯于单一和统一。长期以来,我们喜欢提花样繁多的口号,这些口号的目的,多半在于使艺术和诗规范化。在诗歌领域,规定发展的"基础"和"道路",规定创作方法,当然,还有一个更大的口号,就是"为政治服务",这些,客观上都在驱使诗走向"统一"。在艺术和诗歌中推行单一和统一,是愚蠢而不是明智的方针。

诗的"统一"化和规格化是诗歌走向窄狭的一个极其重要的原因。当前新诗之所以不存在危机而存在希望,就在于对于这种统一规范的打破。目前,已经没有任何一个权威可规范新诗了。新诗从内容到形式的探索正在冲破一切人为的禁锢。已经出现了艺术个性迥异的各色各样的诗,我们业已熟悉的老、中青年诗人正在进行着新的创造,更为年青的一代诗人正在涌现。一年多来,有影响的刊物陆续发表了他们的作品,而他们更多的诗作则发表在非正式的诗刊上。值得称道的是《诗刊》,它为青年诗人举办了读书班,组织他们参观、座谈,最后又以"青春诗会"的形式公布了他们的成绩。"青春诗会"是当前青年诗歌的缩影,它是多样化和广阔的。它展示了当代诗歌冲破思想和艺术禁锢之后的丰富多彩。

目前,不仅诗歌,而是在整个文艺领域,多元化的格局正在涌起或正在形成,这是令人鼓舞的迹象。诗歌要多元化,不要一元化,一元化只会把新诗引向绝路。我反对过去的一元化,也反对现在的一元化。有人把我描写成只推崇"古怪诗"的"古怪理论家",这绝不是我本来的用意和形象,我不反对已有的一切形式的诗,我认为这一切无疑应当存在,并得到合乎情理的发展,但我反对对"古怪"、"朦胧"乃至真正有些晦涩的诗歌的歧视。共存共荣,自由竞争,鼓励一切探索,也允许探索的失败;在目前,特别要鼓励冲破禁锢的探索,这就是我鼓吹的目的。

昆明是诗坛前辈闻一多先生战斗并洒尽热血的地方。闻先生一生的实践是丰富多彩的。闻先生曾经为新诗的战斗而呼吁，今天，新诗仍然要记住自己的战斗使命，应当无愧于诞生它的时代，它应喊出时代的声音。但这声音应当是真实的，同时也应当不是单一的，可以呼喊，可以沉思，也可以有哀愁，也不妨叹息——让人民从这一切之中感受到历史命运和前途。闻先生诗主张的最主要特点是随时代而前进，以及艺术上的探索与更新。闻先生不是一个狭隘的诗人。来到昆明，我愿以闻先生的名字与诗友共勉。

失去了平静以后*

中国新诗失去了平静。人们因不满新诗的现状而进行新的探索，几经挣扎，终于冲出了一股激流。几代人都在探索：老的、中的、特别是青年人，他们是主要的冲击力量。

青年人热情而不成熟，富于幻想也易于冷却。对青年施以正确的引导，对此不应有异议，但对那种带引号的"引导"，却也不可苟同；同时，若是真理掌握在他们的手中，则我们也不可拒绝接受引导。韩愈说过，"弟子不必不如师，师不必贤于弟子"，这是常理。我们深信未来不致因我们已经不在而泯灭，我们就要相信青年。

当前新诗所受的冲击波，动摇着建立在许多人心头的褊狭的诗的观念。分歧是巨大的。在如下问题上，不同意见有着尖锐的对立：三十年来新诗的发展是否遇到了挫折、从而由宽广而渐趋于窄狭？新诗是否只能拥有一个"基础"——"古典诗歌和民歌的基础"、一个"主义"——"现实主义"，它是否应当拥有更为广阔的借鉴对象和艺术表现的方法？是否承认当前新诗正面临着一番大有希望的新崛起，从而给予科学的评价：它究竟是一股激流，还是一股末流乃至暗流（不曾有人这么明确地说过，但"沉滓泛起"、"颓废派"、"古怪诗"等等谥号早已用上）？

失去了平静以后，我们应当如何？我们需要恢复平静。我

---

* 此文初刊于1980年12月10日《诗刊》1980年12月号，初收《共和国的星光》，又收《谢冕论诗歌》。据《诗刊》编入。

们需要平静地想想分歧何在？我们也需要了解我们所不曾了解的诗的新潮及其作者们——主要是青年人。

历史性灾难的年代，造就了一代人。他们失去了金色的童年，失去了温暖与友爱，其中不少人，还失去了正常的教育与就业的机会，他们有被愚弄与被遗弃的遭遇。“它们都不欢迎我，因为我是人”(舒婷)，这位女诗人感到了不受欢迎与不被理解的悲哀，她有着置身荒漠的孤独。以致直至今日，她还在痛苦地呼唤：“人啊，理解我吧。”“我不愿正视那堆垃圾，不愿让权和钱的观念来磨损我的童心。我只有躺在草滩上看云，和我的属民——猪狗羊在一起。”(顾城)这位诗人看到了丑恶，清高使他同样获得了孤独感，而且不掩饰他的愤激。青年一代的情况，有惊人的相似，不独城市青年如此。一位写了很多美丽的诗篇的出生于农村的青年说，他之所以喜爱大自然，是由于“讨厌社会上的尔虞我诈，人与人之间的互相倾轧”，他说，我“喜爱那稍稍远离权力之争的乡村，但我又为农民的痛苦生活而流泪”。(陈所巨)他们不约而同地都对现实持怀疑态度，他们发出了迷惘的问话：“冰川纪过去了，为什么到处都是冰凌？好望角发现了，为什么死海里千帆相竞？”(北岛)他们对生活的“回答”，是“我不相信”四个字。

于是，他们对生活怀有近于神经质的警惕，他们担心再度受骗。他们的诗句中往往交织着紊乱而不清晰的思绪，复杂而充满矛盾的情感。因为政治上的提防，或因为弄不清时代究竟害了什么病，于是往往采用了不确定的语言和形象来表述，这就产生了某些诗中的真正的朦胧和晦涩。这就是所谓的“朦胧诗”的兴起。

黑暗的年代过去了，人们可以在明亮的阳光下自由地生活。他们开始怀着忐忑的心情唱起旧日的或今日的歌。他们由迷惘而转为思考；当然，他们的思考也带着那个年代的累累伤痕。畸形的时代造就了畸形的心理。他们要借助不平常的方式来抒写情怀，这就造成了某种在思想和艺术上都显得“古怪”的诗。这种诗在悄悄地涌现。尽管他们长期处于“地下”，但却顽强地萌动着，这是一个崛起的过程。

也许有些人不喜欢它的产生，但它毕竟是不合理时代的合理的产儿。它所萌生的温床是动乱的年代——“文革”十年打破了他们天真烂漫的幻想世界，痛苦的经历以及随后对它的思索，成为这一诗潮的生活和情感的基础。到了为这一时代送葬的礼炮响起——天安门事件的发生，为诗歌的复苏燃起了光明与希望的火种。许多青年的创作基调也由此获得了转机。即时出现了这样的一首诗：

一个早晨
一个寒冷的早晨
中国在病痛、失眠之后
被雾打湿了的
沉重的早晨
一双最给人希望的眼睛没有睁开
亿万个家庭的窗口紧闭着
——江河：《我歌颂一个人》

这里所提供的形象，以及它那不是由叮当作响的音韵所构成的内在律动感，对于统治了十年的“帮诗风”，不能不是一种具有叛逆性质的挑战。

在社会主义现代化的旗帜下，中国向世界敞开了门，窒息的空气得到了流通，人们的眼界和胸襟为之开阔。这不能不促使新诗考虑从情感、形象、语言以及节奏上，作一番变革。

诚然，在某些青年的思潮中，不免夹杂着空虚、颓废以及过多的感伤情绪，但这并不是事情的全部，而且也并非不可理解。

顾城把他“文革”时期的作品称之为“近代化石”。化石是曾经存在的生命。从它的线条和图案上,人们确可辨认出那丑恶时代的鞭痕与弹孔,以及天空中黑云凝成的斑点。难道能够仅仅因为调子的低沉,而去扯断诗人悲怆的琴弦吗?这样的蠢事不能再重复。

需要强调的是,作为这股激流的主潮,是希望和进取(尽管夹杂着泪水与叹息),而不是别的。梁小斌的《中国,我的钥匙丢了》,是一首可以列入建国以来新诗最佳作品行列的诗篇。它的确有着浓重的失落的怅惘与悲哀,但它仍然呼唤太阳的光芒,它顽强地“寻找”、并且“思考”那“丢失了的一切”。他们摒弃那种廉价的空话,而以切实的语言触及血淋淋的生活:

我是痛苦。
我听到草根被切割时发出呻吟
我的心随着黑色的波涛
翻滚、颤栗

——杨炼:《耕》

但他们不曾为痛苦所吞噬,而是顽强地耕耘着:“我迫使所有荒原、贫穷和绝望远离大地”。读这样的诗,有一种凝重的质感,一种内在的力的搏动;谈不上豪放,却有一股传达了时代气息的悲凉。

青年是敏感的。他们较早地觉察到封建主义的阴魂正附着在社会主义的肌体上,他们最先反叛现代迷信。他们要弥补与恢复人与人间的正常关系,召唤人的价值的复归;他们呼吁人的自尊与自爱,他们鄙薄野蛮与愚昧。他们追求美,当生活中缺少这种美时,他们走向自然、或躲进内心,而不愿同流合污。他们力图恢复自我在诗中的地位。作为对于诗中个性之毁灭的批判,他们追求人性的自由的表现,他们不想掩饰对于生活的无所羁绊的和谐的渴望：

湖边，这样大的风，
也许，我不该穿裙子来，
风，怎么总把它掀动。

假如，没有那些游人，
听，我会多自由啊，
头发、衣裙都任凭那风。

——王小妮：《假日 湖畔 随想》

这样的诗，的确没有多重的意义，但它却有价值。它揭示了“人”的存在，而这种“人”，曾经是被取消了的。

这并不意味着他们都沉溺于自我，他们的诗篇并没有忘却时代和人民。他们说，“我的诗的主人公是人民”（江河），“我欢呼生活中每一株顶开石头的浅绿色的幼芽”（高伐林）。他们有带着血痕的乐观，他们中不少人意识到了历史赋予的使命感。他们对着自己的长辈发出了要求信赖的呼吁：“快把最重的担子给我吧”；而且他们渴望着超越自己的长辈。他们没有一味地追求那种病态的华靡与轻柔，他们说，“我要横向地走向每个人的心中……我要寻找那种雄壮、达观、奔放的美。”（徐敬亚）

个性回到了诗中。我们从各自不同的声音中，听到了整整一代人、甚至几代人对于往昔的感叹，以及对于未来的召唤。他们真诚的、充满血泪的声音，使我们感到这是真实的人们真实的歌唱。诗歌已经告别了虚伪。舒婷的《母亲》便是充满人性的颤音：

“啊，母亲，
我的甜柔深谧的怀念，
不是激流，不是瀑布，
是花木掩映中唱不出歌声的古井。”

一切听凭挚情的驱使,没有矫作的"刚健"。要是内心没有激流和瀑布,它不装假,而且坦率地承认是"唱不出歌声的古井"(尽管深知这可能会受到责难)。这首弥漫着哀愁的诗引人沉思,这一代生活在新社会的人,为什么会有这样委曲饮恨、欲言又止的复杂心情?我们听到过对于这些诗人"太个人化了"的指责。滴水可以聚成大渊,无数的"个人化"集合起来,可以构成当代生活的喧闹。这种"个人化"当然是对于极"左"的反"个人化"的报复,是矫枉过正的产物。当然,舒婷不全写这些,她的若干已为公众知晓的诗篇,有着更为积极的主题。

较之思想内容方面给人以警醒与震动,恐怕艺术上带来的冲击尤为强烈。这些青年,他们有过艺术营养贫瘠的童年。今天他们是幸运的:他们终于有条件不担惊受怕地吮吸丰富多样的诗营养。他们终于以不拘一格的新奇的艺术结晶体让人目眩:对于瞬间感受的捕捉,对于潜意识的微妙处的表达,对于通感的广泛运用,不加装饰的情感的大胆表现,奇幻的联想,出人意想的形象,诡异的语言,跨度很大的跳跃,以及无拘无束的自由的节律……在艺术上,他们正在摆脱一切羁绊而自由地发展。

有人笼统地把当前新诗斥之为"朦胧""晦涩",因而令他"看不懂",情况不全是如此。某种欣赏和批评的惰性,在彻底摆脱了那种生硬摹写事物的诗篇面前,表现得尤为突出。过分"恋旧"的批评家,易于产生偏见。有的诗,并不晦涩,也不朦胧。像舒婷《中秋夜》中的句子:"不知有'花朝月夕',只因年来风雨见多。当激情招来十级风暴,心,不知在那里停泊。""人在月光里容易梦游,渴望得到也懂得温柔。要使血不这样奔流,凭二十四岁的骄傲显然不够。"它的沉郁丰富的意绪,蕴藏在有点飘拂无定的形象之中,只有反复咀嚼,才能寻出那介于显露与隐藏之中的美的效果。这样的诗,当然比"东风浩荡"、"红旗飘扬"要"难懂"得多。我们不同意青年人沉溺于"哀愁""绝望"之中,我们也不主张艺术上追求"不可知"的晦涩.但我们希望在艺术上讲点宽容、讲点仁慈,我们更不赞成以偏执代替批评的原则,从而对青年人的作品施以贬抑。

潘多拉的盒子里装的不全是灾害,也深藏着对人类说来是最美好的东西——希望。只是盒子放出了灾害之后便被关闭了。当今的使命,是敢于向"万神之父"宙斯的神圣戒令挑战,释放出那深藏盒底的"希望"来。青年人的冲激,带给了我们并不渺茫的希望。中国新诗确曾有过诸种艺术流派"共存共荣"的自由竞争的局面,只是后来消失了。当前涌现的新诗,也未曾形成流派。青年人的创作,并不全是"朦胧派",他们是多样化的。诗刊的《青春诗会》就为我们展现了中国青年诗作丰富繁丽的缩影。不可否认,当前的这股潮流,的确蕴含着形成诸种艺术流派的契机——要是我们采取明智而积极的方针的话。

的确,青年人的状况并不全然让人满意。某些青年人表现了蔑视传统的偏激心理。我们对此务须分析:有的属于偏激,有的不是。某些青年的"偏激",是对于企图引导新诗向旧诗投降的反抗。中国有灿烂的古文化,但中国由于民族之古老与传统之丰富,较之世界其他民族,我们有无可比拟的因袭的重负。我们的民族意识中,本能地有着某种拒绝外物的心理。新诗也是如此:一切外界有的,我们的祖宗都有了,连"现代派"的东西,在我们的祖宗李贺、李商隐那里也有,如此等等。长期的封建帝国统辖下的小农经济自给自足的心理,在文化和诗歌上也有充分的表露。新诗不能倒退。青年人担心并且敏感地觉察到新诗在某个时期的倒退。他们对于"国粹"与"古董"之怀有并非无可诟病的警惕,与其说是历史的虚无主义的表现(他们当中某些人有此倾向),不如说是对于中国封建"遗传"的警觉与批判。

经过了长时期梦魇般的挫折,新诗正在顶破那令它窒息的重压。它在寻求更为合理的发展。新诗的道路不应只有一条,新诗也不能只在古典诗歌与民歌的“基础”上求发展。它应当吸收多种营养。它应当拥有多种的“血型”(冯牧同志语)。新诗应当改变长期以来的“贫血”的状况。世界在敲打中国的门窗,在新诗的发展中,继续实行那种闭关锁国的政策,看来已经不行了。

失去了平静以后,希望在缓慢地、但又是富有生气地生长着。我们已经跨出了地狱之门,我们听到了但丁的歌唱:“我们并不休息,我们一步一步向上走……直走到我从一个圆洞口望见了天上美丽的东西;我们就从那里出去,再看见那灿烂的群星。”(《神曲·地狱篇》)

真的,群星已在前面闪耀。

我们需要探索*

中国新诗走过了六十年的长途，它业已取得伟大的成绩，它无愧于诞生它的时代。六十年前，新诗从没有路的地方踩出了一条路。我们的前辈是勇敢的拓荒者，他们是在不断探索中前进的。六十年后，新诗面临的是崭新的现实：祖国社会主义现代化的序幕已经揭开，新生活在我们面前跳动着耀眼的浪花，时代要求新诗传达出它那震耳的声浪，适应它的强大生命力律动的节拍。

肩起时代的使命，为生活的主人呼唤心灵的声音，这对于诗，从来都是没有止境的探索。那种认为已有天才或先知给我们规定了道路，我们不必思考，也无须探索的想法，那种认为一切存在的全都完美，我们不必再有探求，我们的任务仅仅在于遵循已往存在的规范摆动的想法，是迂阔的。唯有探索，方能前进。在探索中前进，在前进中探索。探索之无止境，正与前进相同。这是已为生活发展的历史，也是新诗发展的历史所昭示了的。要是有一天，我们的诗人和诗评家竟然停止了探索，诗，也就停滞不前了。

不存在永恒的完好，诗也如此；即使有，我们也不能满足于这种“完好”。五言诗到了六朝，是很完好了；七言诗到了唐代，是很完好了，要是我们的古典诗人停止了新探索，那就不会有中

---

* 此文初刊 1980 年 12 月《诗探索》第 1 期，署名本刊编辑部；初收《共和国的星光》。据《诗探索》编入。

国古典诗歌一浪高于一浪的向着高峰的发展,它的生命早就终止了。不满足于现实的"完好",于是才有探索,才能前进。我们深深祈愿这种探索的精神永存。正是因此,当我们考虑给这个诗歌理论批评刊物定名的时候,我们一致选择了这一深刻而富有时代气息的字样;诗探索!

我们需要探索,不仅过去,不仅现在,而且更着眼于将来。我们愿意生活更加美好,我们才需要探索,我们愿意诗更加美好,我们才需要探索;墨守成规永不会有创造。诗人在用诗探索人生和人的心灵。我们,则探索诗,探索诗人从事这一精神生产所达到的和未曾达到的思想与艺术的境界。探索的精神,就是一种思想解放的精神。不满才有改变,改变乃是一种催促前进的动力。我们不是怀疑论者,也不是虚无主义者,我们珍惜一切前人的、包括我们自己的劳作的结晶。但我们不愿守成不变,我们愿意永远地处在这种不断探索的追求之中。

我们追求诗之与时代、生活在思想艺术上的合理的适应,我们只有这个目的。我们认为这种适应,将是广泛的、多样的、丰富多彩的。道路不会只有一条。条条道路通罗马。对于艺术,对于诗,情形尤其如此。艺术的探索不存在禁区。应当允许各种各样的、多种道路的探索。对于已经进行过的,例如探求在民歌或古典诗歌基础上的发展,还可进行下去,以使此种实践更见成效;过去未曾涉及的,我们可以大胆探求,这是一种新的探索。一切艺术都贵乎创新。应当鼓励人们勇于探索,让人们在探索的过程中辨真识伪,推陈出新、标新立异。

《诗探索》坚持新诗创造性地为人民服务、为社会主义服务。为了探索新诗继续繁荣发展的道路,我们将通过积极而及时的诗歌评论以总结推广诗人创作的经验;我们将开展诗歌基本规律的探讨以促进诗歌理论的建设;我们将加强对于诗歌史的研究以增进诗歌发展的知识;我们也将鼓励更多的人们向诗歌美学的广度和深度进军。我国古典诗论的遗产十分丰富，我们还来不及用马克思主义的观点加以系统的研究并使之服务于当前；对于外国诗论我们所知甚少，对此也有更广泛地绍介之必要。《诗探索》无疑将以适量的篇幅来刊登这方面的文章。我们希望把诗的理论批评搞得切实些，一切理论，或直接或间接，均将以于新诗的发展有所助益为评价的标准。我们不愿充当老古董或洋货的收藏家。我们深愿《诗探索》是一个始终充满了首创精神的充满了青春与朝气的探索者。我们将时刻警惕不使其因脱离今日诗歌的实际而"老化"起来。诗在中国这个古老的国度，有悠久而丰富的传统。人类文化的紧密交流，更是当今变得很小的世界的必然现象。对于传统和外国的东西，我们都要借鉴，取其精华，弃其糟粕，以利于今日中国的诗歌。

我们生活在现代，我们是作为现代的中国人，在写现代的中国诗。我们认为新诗要有时代感，我们同样认为诗的理论批评也要有时代感。我们站在当代生活的坚实土地之上，我们深深地感到了时代赋予的庄严使命。

诗歌之有专门的理论批评的刊物，在我国，似乎还是第一次。事情虽然起始于一九八〇年在南宁召开的全国当代诗歌讨论会，但究其缘由，到底还是为诗本身的发展规律所决定。中国当代的文艺复兴，包括诗歌繁荣的成绩。全国文艺报刊都刊登诗歌。《诗刊》再生之后，《星星》、《海韵》，据说还有若干种专门的诗刊物相继涌现，客观的形势呼吁着诗评论专门刊物的应运而生。本刊编者担起了这样的责任，当然是为当前这一兴盛局面所感奋，同时，也基于下述两点实际存在的事实：有感于诗歌评论园地的狭小；有感于诗歌批评队伍的贫弱。上述两点，与诗创作的现状极不相称。我们设想，也这么希望：《诗探索》的出现，也许将有助于略加改变这一明显的比例失调。

在文艺评论的队伍中，最薄弱的是诗评论。要改变这一状况，首先要团结现有的作者。南宁诗会作为一次壮举，恐怕主要在于，它第一次把中国的大多数诗评的力量聚集了起来，第一次把原先各自为战的、分散而互不联系的专家汇集而为可观的队列。但现有的这支队伍毕竟太小。我们深知，要改变这一状况，没有青年的加入是不可能的。因此，我们寄希望于青年。没有青年，便没有未来；没有青年，我们的一切探索，都是徒劳的。《诗探索》决心从创刊开始，就重视来自青年的有生气的、敏感的和尖锐的文章。我们把发现、培养、提高新人的工作，郑重地放在自己的肩上。我们已经有了一支相当宏大的青年诗人的队伍，我们也应当有一支与之相当的青年的诗评家的队伍。而事实证明，后者的建立远较前者艰难得多。

这是一个学术性、理论性与知识性并重的刊物，我们愿意它是适应多方面需要的和雅俗共赏的。我们不愿因它的"雅"而脱离了现实的需要，我们也不愿因它的"俗"而失去理论的深度。在学术性和理论性之外，还要有一个知识性，因为，我们有责任关心青年的兴趣和成长，愿意为这批有希望出现新的人才的广大的读者群，做些力所能及的工作。

长期来，在艺术和科学的领域，党所制定的双百方针没有得到很好贯彻。今天，这种情况正在改变。这为我们的探索，提供了良好的条件。我们将通过自己的实践，在诗歌战线上，为维护艺术民主，为促进实现"百花齐放，百家争鸣"而努力奋斗。我们认为，凡是好诗，不应当只是一个样子的。应当允许读者各有不同的嗜好，诗人也有各具个性的创作风格。我们将不怀成见地重新评价中国新诗发展的历史，只要在思想或艺术上有一定价值的诗人诗作，就给以适当的地位。我们将不忽视那些有自己的独创性而长期受到歧视的不同流派的诗人。

《诗探索》的主张，可以简单地概括为三个短语：自由争论、多样化、独创性。自由争论是艺术民主的前提，在学术面前，权威和普通读者是一律平等的。真理总是越辩越明,而且只有用无拘无束的自由争论,才有可能达到多样化并鼓励独创性。我们将在《诗探索》上体现各种不同观点的交锋,我们将欢迎并发表对本刊文章、以及本刊以外的文章、包括本刊编委的著述在内的讨论、批评。我们鼓励说理的批评,更鼓励说理的反批评,我们希望经常保持一种不同意见自由论战的热烈局面。我们想让大家都习惯于生活在这样一种艺术自由民主的空气中。从而确认这是一种正常的秩序。本刊声明:为了贯彻自由争论,来稿凡是说理的和有见解的、而文风又是好的,均将予以发表。一切文章,当然不代表编辑部,即使是本刊编委的文章,也只是代表他个人在发言,文责自负。我们想,这样做,将在一定程度上增加一点艺术民主的气氛。

诗人的失去个性,长期成了公开的危险,引起了人们的警觉。而评论家的没有个性,情况则更为严重。我们希望本刊的文章能加强同新诗发展实际的联系,杜绝那种徒做隔岸观火的空论,少一点教条气、经院气和八股味,而多一些新鲜的语言、活泼的思想。文风必须改革。

人们的主观意愿,对于一件事业的成功,化为条件,可以是重要的,但却远非是决定的。以《诗探索》的出现而言,尽管这是诗人以及广大诗爱好者长期的愿望,但也仅是愿望而已。愿望而能成为现实,离开了十年浩劫之后的整个事业的兴旺,离开了国内政治气氛的改善,离开了一系列制度的改革,离开了党为我们创造的这一良好的学术环境,像这样一个颇为专门、属于分工细致的学术刊物的创办,是难以设想的。试想当年,泱泱大国,竟连唯一的一家诗刊都不允许生存,我们怎能不感激这个新生的时代所照临的灿烂阳光!

正是由于时代的热情感召,我们愿意充当诗歌为人民、为社会主义服务的探索者。我们的刊物将与广大作者和读者携手,共同为加强诗歌研究,活跃诗歌批评,发展诗歌创作,壮大诗歌队伍,为繁荣发展我国多民族的绚烂多彩的诗艺术和诗评论而作出自己的贡献。

迎接诗的新时代*

一、飞跃的发展，一个勇敢扬弃的进程

我们曾经有一个诗的时代，那是诗歌死亡（或基本死亡）的时代。挽救中国诗歌于危亡的，有几代人的努力，其中主要是战斗在天安门前纪念碑下的青年人的努力。

一九七六年，中国终于又有了诗歌，没有被割断的喉管终于发出了呐喊。我们把天安门诗歌运动当作中国新诗的复活节，这是中国人民和中国诗歌的光荣。但经历了四年多的实践，我们今天反顾这段历史，却愿意对它作一番切近实际的鉴定。以“天安门诗歌”为代表的诗歌运动，更确切些说，是一场以诗为武器的政治性示威。它给中国诗歌带来了起死回生的刺激。这种刺激，主要是内容上的，战斗传统在诗中的恢复，人民信念在诗中的恢复。诗歌冲破了“四人帮”毁灭性的禁锢，得到了再生，这诚然是一次伟大的进步。但它本身并不构成为一场诗歌艺术的解放运动。一九七六年天安门前的“诗爆炸”，它的政治色彩远远地超过了艺术色彩。

从一九七六年开始，加上一九七七、一九七八两年，大约三年的时间，在诗歌运动中值得一书的是被政治的狂风暴雨打散了、打残了的队伍的重新集结。那时，人们把久经离乱之后的诗

---

* 此文初刊《新时期文学探索——中国当代文学研究会第二次学术讨论会文选》，云南人民出版社 1981 年 6 月出版，收《共和国的星光》。据《新时期文学探索》编入。

人们“相对如梦寐”的“喜相逢”，当作诗歌的复兴，那只是一个错觉——诗歌并不曾真正复兴。那时主要的诗歌主题；也如文学的主要主题一样，是“歌颂老一辈，痛斥四人帮”。诗歌从毛泽东、周恩来等革命家开始，挨个为之唱了怀念与颂扬的歌，同时，以满腔怒火揭露批判了那一伙祸国殃民的政治窃贼。我们不去苛责当日部分诗歌中仍然保留着的浓重的现代迷信的残余（主要表现是：把人仍然当作了神来歌颂，人民是真正的创世主的观念并未确立）。事实让我们了解到，当日的所谓两大主题，实际上仍然是三十年来延续不断的中心任务、重大题材在新时期的变相出现。中国新诗沦为政治的附庸的时间太长了（其中又有相当长的时间受到政治的欺骗）。我们不怀疑一九七七至一九七八年间多数诗人的真诚，其中如李瑛的《一月的哀思》、柯岩的《周总理，你在哪里？》、贺敬之的《中国的十月》、光未然的《伟大的人民勤务员》等，都唤起了千百万人的同声一哭。但是，从历史发展的角度来看，这两年来多数的诗歌艺术上没有大的突破，思想上也不曾完全挣脱呆板地、被动地为政治服务的羁绊。新诗要谋求发展，就必须扬弃这种羁绊，而寻求艺术创造的自由而广阔的空间。

一九七九年是新诗真正复苏的一年。艾青、公刘、白桦、邵燕祥、周良沛，随后还有流沙河等一批重新归队的老兵为这一复苏作出了毋庸置疑的贡献。艾青的《在浪尖上》、《光的赞歌》，邵燕祥的《中国又有了诗歌》，白桦的《我歌唱如期归来的秋天》、《阳光、谁也不能垄断》，公刘的《为灵魂辩护》、《星》等作品组成了这一时期诗歌实质的主要部分。这个贡献实际上从一九七八年下半年就开始了，一九七九年得到了集中的检阅。当然还有一批才华初露的诗人写出了好诗，骆耕野的《不满》是其中特别引人注目的。

一九七九年轰动了整个诗坛的是两首青年诗人的诗：叶文

福的《将军,不能这样做》和雷抒雁的《小草在歌唱》。前者,以鲜明的人民立场,尖锐干预生活的姿态而恢复了新诗的现实主义战斗传统;后者,以不掩饰自我世界的披露,而恢复了新诗具有个性特征的对于真实情感的抒发,从而证实:重大的题材的抒写仍然可以、而且应当体现出诗人的个性。而过去三十年中,诗歌中的个性的丧失的现象,则是不健康和不正常的。

但显然,即使是这样一些优秀诗歌的出现,也不能证明中国新诗的新时代已经开始。它们闪现稀有的光芒,但在整个诗坛,依然只是稀有的光芒。而且从总的发展趋向看,它们仍然是三十年传统新诗的惯性运动。中国新诗应当有一个认真的、广泛的、从思想到艺术的全面突破,原来给新诗规定的发展道路,需要重新加以审定。三年的准备和孕育,这个时期在逐渐成熟。可以庆幸的是,截至一九七九年为止,那种粉饰现实的、虚假的、丧失了个性的、机械地配合中心任务的、沦为政治的仆役的诗的阴影正在消失,新的一线光明正在涌现。

一九八〇年是重要的一年,这是新诗发生重大变革的转折期。新旧两个诗时代在这里交替,三十年来带给新诗的良好的传统将保持并发展下去,而三十年来带给新诗的不健康的影响,将得到扬弃。一边是地狱——毁灭诗歌个性的地狱,一边是净界——恢复真实的人在诗中的地位并且把神驱逐出境的净界。一九八〇年,新诗就站在这个交叉点上。

二、一代人在觉醒,新的力量的崛起

一九八〇年早春时节,因为出现了种种表面迹象,使我们对诗歌的前景作了悲观的估计。我们当时的标准就是:一九八〇年没有出现《将军,不能这样做》和《小草在歌唱》,因而,诗歌在倒退。这是很不全面的估价。事实上,一九八〇年的诗歌,从思想到艺术都开始了全面的突破。那两首诗,其在政治上的积极作用是无可争议的,但是作为艺术上的标准已经不够了。

今年的诗歌形势,用两个字可以得到传神的勾画,这就是“乱”和“怪”。“乱”就是乱糟糟,诗歌失去了统一的理论准绳,旧日的规范已经不能约束它,几乎近乎经典的“发展道路说”也被越来越多的人所怀疑。从诗歌队伍的组成,到诗的内容和艺术,都出现了一系列纷陈杂现的斑驳现象。“乱”是从整体上说的,从诗创作的侧面看来,是“怪”。“怪”,就是超出常规的“古怪”诗的出现。这主要是一些青年人的作品,他们无视“传统”,蔑视“权威”,不拘一格地自由创造,造出了使某些人感到“气闷”的“朦胧诗”,也造出了使某些人感到吃惊的“读不懂”的诗。

针对这些现象,一些批评家沉不住气,发出了责难。但是,“乱”的现象并不因而停止,“古怪”诗源源不断地涌现。它们先是在油印的刊物中悄悄地露一下面,慢慢地、而且也是悄悄地,有一两首诗在全国性的刊物上出现。舒婷在她的家乡长时间得不到承认,《福建文艺》支持了她,以大量篇幅开展了将近一年的讨论。情况在悄悄起变化。这变化主要是在一九八〇年发生的。今年年初,在南宁的诗歌讨论会上,一些批评工作者为此发出了呼吁,引起了一番激烈的争论。今年夏天,诗刊来了个壮举,召开了青年诗人的读书班,把各种风格的诗人,其中也包括把写“古怪诗”的诗人找到一起。十月号的“青春诗会”可以说是青年专号,集中地发表了他们的代表作。秋天,诗刊又在北京召开了一个理论座谈会,会上争论的焦点仍然是“古怪诗和古怪理论”。

要是一个没有生命力的东西,值得这样讨论过来讨论过去吗?这些东西,要只是一个莫名其妙的怪胎,经得起这样的反复推敲吗?古怪诗者,原来是并不古怪的。

我们回过头来看看乱和怪。文学上的变革,总是对于平衡和平静的破坏,这就是乱。一潭死水,最平静不过,也最不乱,但不含有变革，只是死水一潭。而山间的流泉，越过岩石，卷起旋涡，也夹带着杂草，最乱，但也最有生命力。文学上的变革，最基本的特征是一批不按常规创造出来的“怪”作品的出现。新的东西，往往不同于旧的东西，而且显得古怪——古怪不一定都是好东西，但新东西往往是古怪的。对于新诗来说，“东风浩荡，红旗飘扬”最平易近人、最不怪的，但这种标语口号和空话连篇的劣作，已被唾弃。看来古怪的并不是古怪的诗本身，而是那些不加分析、不加区别地一律把新的探索斥之为古怪的批评家。他们对延续了那么长时期的僵死的诗歌毫不气闷，一旦看到了自己一时不习惯的、看来也并非坏东西的诗篇就冒火，这倒是古怪的。

其实，用古怪诗或朦胧诗来概括当前青年诗人的创作，是明显的偏见。有的诗，也许“古怪”，有的诗一点也不古怪；有的诗很明朗，并不朦胧，而且朦胧未必就应该反对（这后面再谈）。《青春诗会》中梁小斌的《雪白的墙》和《中国，我的钥匙丢了》，是两首让人读了灵魂也会颤抖的诗。它一点也不朦胧。我们的青年一代，曾经有过灰暗的童年，他们曾经被剥夺了家庭、友谊和温暖。他们被驱赶到荒凉的地方，在那里，他们感到了被遗弃的孤独。但值得庆幸的是，孤独、感伤而迷惘的一代人正在觉醒。他们已经懂得，在雪白的墙上乱涂乱画是丑恶的，他们已经懂得了保护那比牛奶还要洁白的墙。他们还要顽强地寻找丢失了的钥匙，包括认真思考那已经丢失了的一切。

一个长时期动乱的时代，一代在动乱中成长起来的青年人，他们有不平常的灾难性的经历，他们有郁积心中的太长久的不平，他们要求抒写激情的诗歌发出他们心灵的声音。研究当代诗歌，不能不研究当代青年，不能不把他们放在一个大的时代背景中考察——一个绝对大的背景：“文化大革命”。今后相当时代，它将是诗和文学的思想和情感的源泉。不论是直接的表现，还是间接的表现,我们随处都可以看见这个时代的影子。十年的动乱,甚至上溯三十年的曲折迂回,人们不能不发出思考,是什么东西造成了我们民族精神上的衰退、现实生活的停滞乃至倒退。人们发觉再唱那种粉饰现实的廉价颂歌是可耻的。可以昂奋,也可以感伤;有的不免彷徨,有的热烈召唤未来;但较之往昔的诗,它们最值得珍惜的,是真实。

诗的发展基础,不应该是诗本身。它的发展基础应当是生活的时代、时代的生活。诗在新时期的兴盛,首先就在于它获得了一个雄厚的基础,在此基础上可以产生出激动人心的思想和情怀。因为基础的丰厚,因而题材的开阔与主题的多样是必然的。需要特别提及的是人在诗中的地位得到了恢复,人的尊严,自我意识的可贵,开创了三十年来不曾有过的令人耳目一新的局面。最明显的是舒婷的诗,她的《致橡树》表现了一个不依附他人的自强的女性的形象,它体现人对于自我价值的觉醒:"我必须是你近旁的一株木棉,作为树的形象和你站在一起。"《自画像》:"她是他的小阴谋家",有人指责为"玩弄男性",实际上这是一首抒写少女在恋爱时节那种复杂、充满矛盾、而又最隐秘的心情的大胆而真实的诗篇。这种诗,已经长久地绝迹了。三十年来,只有一个闻捷致力于写情诗,而那些情诗又都是替别人写的。

青年诗人的创作,最为突出的是艺术上的突破。而艺术上的突破说明人们的美学观念正在改变,艺术必须适应这种需求。正因为它突破了传统的防线——例如传统的"发展基础"说,这个"基础"如今正在崩塌,因而艺术上所承受的压力最大。"帽子"几乎是无穷尽的:欧化、散文化、自我表现、贵族化、颓废、没落、三十年代的破烂、数典忘祖等等。其实,青年人探索在艺术上的成效显著。最主要的一个特征是:他们使新诗与世隔绝的状况得到了改变,新诗的艺术借鉴的触角,开始向着更为广阔的领域延伸。艺术上多种营养无所拘束的吸收，特别是大胆地向西方诗歌艺术的学习和“引进”。他们的功绩在于使中国新诗与外国诗歌的传统纽带恢复了联系。民族化的、中国作风中国气派的诗，当然是好的；但显然民族化不能成为排斥外物的借口。同时，即使某些诗不很民族化，这也未必就应该反对。

思想上的准备，加上艺术上的准备；思想上的觉醒，加上艺术上的觉醒，使新诗在新的时代的崛起就成为必然。已经涌现了一批各有特点的诗人。他们之中，有的一出现就呈现出早熟的迹象，例如舒婷和北岛。顾城少年时代的作品，有不可掩饰的天真的光彩，近来某些诗不易读懂。我们可以对他们提出批评和要求，但要爱护，要讲点仁慈。当前的危险，绝不是什么“捧杀”。事情恰恰相反，尽管不曾“骂杀”，却还有骂的。朦胧、气闷、没落、颓废，不加分析地指责古怪，都不能称之为“捧”，而颇为接近于“骂”的。一边在骂，一边却喊“捧杀”，这公平吗？

三、多样的、真正宽广的道路，是中国新诗的希望

新诗在它的创始期，当它以“白话怪物”为武器，向着雍容典雅的古典诗发起冲击时，并没有顾及艺术上的多样化。胡适当日“尝试”新诗，是抄起家伙就打。他当时所作的新诗中，还含有不少旧的成分，但确乎起了战斗的作用。新诗站稳了脚跟，随之而来的，便是艺术个性与艺术风格上的大开放。这是新诗内部的自由竞争，这种局面造成了新诗历史的大繁荣。体现了这一时期诗歌的繁荣景象的是朱自清主编的《新文学大系·诗集》。朱自清把当时诗歌分为自由、格律、象征三大诗派。三派之中，资历最深、力量最雄的是自由诗派，富有朝气而具有战斗能力的是新兴的格律诗派，象征诗派就历史、就实力、就影响，都不足以与前二者抗衡。但朱自清不怀偏见（他不喜欢、也不写这类诗）地给它以三足鼎立的地位。可以说，朱自清是宽容的，他具有批

评家的风度。

五四当年的新诗繁荣给我们留下了什么经验？我以为经验就在于当时允许并鼓励新诗的多样化。尽管后来也有各派之间的争论，但是并没有、也不可能发展为利用行政力量对应写什么样的诗加以限制和规定。所以争论的存在反而促进了竞争与繁荣。

五四以后，诗歌在发展着。继胡适、郭沫若、闻一多、徐志摩、戴望舒之后，出现了臧克家和汉园三诗人（何其芳、卞之琳、李广田），随后，艾青与田间跃然而起，给新诗的发展注入了新鲜的血流。抗战后期与解放战争中，在敌后有晋察冀勤奋耕耘的诗作者，在大后方有以马凡陀为代表的与反动派坚持斗争的进步诗歌。这一切，最后汇流到由李季、阮章竞、张志民所代表的人民性诗歌的传统中来。诗歌在它的发展过程中，由于各种条件的综合，使这种发展产生了在某种思想原则下加以统一的可能性。

强调文艺是整个革命机器的一部分，诗要为革命而歌唱，是理所当然的。但是诗歌也还有别的功能。包括让人轻松和休息的功能。诗可以也应该表现政治，但诗并不等同于政治。诗应当表现人民，但诗也应当表现自我（在诗中，人民的形象往往是通过诗人的自我形象而活生生地站立起来）。可是我们却长时期地鄙弃诗中的我，斥之为资产阶级的或小资产阶级的自我表现。解放以后，我们更对诗歌的创作方法作了种种硬性的规定或提倡，例如过去宣传"革命的现实主义与革命的浪漫主义相结合"最好，如今又有人提倡现实主义最好。我们的思维逻辑，总是习惯于单一化和统一化。"二革"也许果真"最好"，但用"二革"来统一全部诗歌创作，则未必"最好"，这是显而易见的。

对诗歌的发展起大的阻塞作用的，是"发展道路"的提出。这个理论硬性规定新诗只能在中国古典诗歌与民歌中建立它的基础。这是一种主观的和褊狭的诗歌观念的产物。前面提及，诗的基础不应当是诗本身，而是社会生活以及由此而产生的人的感情。即使假定诗本身可以是基础，则外国诗歌对于新诗的建立，其作用显然重要于中国古诗，为什么又把它排斥在基础之外呢？我已多次说过，新诗是反叛旧诗而起的，怎么能反过去承认自己所要打倒的对象是自己发展的基础呢？（当然，真的“打倒”和全盘否定古典诗歌是不对的）同时，这种理论还无睹新诗自己经过数十年的发展业已形成了自己的传统这一事实。显然，新诗半个多世纪所积累的经验，使它本身成为发展之前提的条件，显然也较古典诗歌与民歌更为优越。这种理论当然堵塞了新诗发展的诸种多样的可供选择的道路，也堵塞了诸种多样的可供借鉴的来源。以上种种因素，构成了新诗的贫血症。

拯救新诗于危机的（在此意义上，新诗潜伏着危机），在于要使新诗从那些长期形成的思想桎梏中获得解放，从而使新诗有可能获得多种多样的营养。在此基础上，使新诗彻底改变过去那种单一血型的状态，而使之拥有多种血型。

我们的新诗原先是多血型的。胡适与郭沫若不同，冰心与闻一多不同，朱自清与徐志摩不同，戴望舒与朱湘不同，这不是很好吗？为什么要驱赶新诗往一条窄胡同里去挤呢？在新诗的园地里，让郭沫若站在太平洋岸边放号晨安与让戴望舒怀着丁香般的忧愁在雨巷中彷徨同时并存不是很好吗？让徐志摩不无惶惑地倾诉“我不知道风是哪个方向吹”与闻一多迸着血泪呼喊“这不是我的中华”并存不是很好吗？让李季的“烟锅锅点灯半炕炕明，酒盅盅量米不嫌哥哥穷”的质朴的情爱与马凡陀的“忽听门外人咬狗，拿起门来开开手”的颠颠倒倒的讽刺并存不是很好吗？为什么要大家都变成郭沫若或都变成李季呢？

当前，新诗已从那一统的窄胡同里走出来。新诗正在走向多元化。从思想内容到艺术形式，从借鉴、继承到创作方法，从语言形象的构成到诗人个性与风格的追求，新诗都呈现出前所未有的丰富多样和不拘一格的景象。这是一种健康的和兴旺发达的前兆。

的确，出现了为某些人所不喜欢的“古怪”诗（或称“朦胧诗”），作为个人尽管可因此而感到“气闷”，但最好不要反对。正如有人已经腻烦了那种不古不今、半文半白的“新”诗一样，可以腻烦，但也用不着反对。即使现在有人仍然迷恋于“东风浩荡，红旗飘扬”，别人也是干涉不得的。创作应当自由。创作不能强迫实行或强迫禁止，它只能竞争。让每个人用自己的声音说话，让每个人选择适合的调子歌唱。一切有益于人的诗歌都应当存在，但是一切有益于人的诗歌都不应当“统一”。不能强迫紫罗兰发出玫瑰花的香气，但是却要让紫罗兰和玫瑰花按照自己本来的样子开放。我们的诗歌应当是开放一百种鲜花的百花园，而不是开一百种玫瑰的玫瑰园。

我们的诗，应当是多样的、不一律化的。可以有明朗、奔放的诗；也可以有含蓄、乃至艰涩的诗。至于朦胧，不仅不应当谴责，而且应当视为正常。朦胧是一种美，朦胧属于美学范畴。可以认为，通常的、习见的诗的美，是朦胧的美。朦胧是一种诗对于生活之表现的基本的手段。诗只求传情，而不求写实；诗要求意会，而不要求言传。“明白如话”、“妇孺皆知”并不能说明诗的成功，反倒极有可能证实它的平庸。诗对于生活中的感情、事理要求表现、又要求隐藏，它所追求的介乎隐显之间。隐显之间就是一种朦胧。当前“朦胧诗”的兴起，既是一种诗的规律之呈现，也是十年动乱之后人们的意识更趋于隐秘与复杂的体现，同时，它也是对于标语口号的“明白如话”的反动。朦胧是可以理解的，对于朦胧，不应当简单地加以反对。

我主张对一切有益于人的诗的宽容，也主张对一切有偏激情绪的人的宽容，例如应当允许有的人对“朦胧”感到“气闷”。

但是，他要是批评家，我们就要劝告他：胸怀应当宽广。偏执之对于批评家实在不是一种必要，正如冯牧说过的，批评家应当有“最大的包容性”。最近吉林大学中文系的学生给我寄来了他们的诗书，上面登了老诗人公木的诗，并录了他的一段话。我很欣赏这段话，他的话是针对有人认为自由诗失去了音乐性而发的，他说：“我们不反对戴上镣铐去跳舞，那也许能够显示出某种特殊的功力；但是放开手脚，尽情歌舞，有什么反对的必要呢？诗与音乐，如果说合则双美，那么离也不致两伤……自由诗自有其独到的境界，指责它‘散文化’，贬斥它‘欧化’，很类似于欣赏三寸金莲的人看不惯天足，那有什么办法呢？”但愿我们大家都不要成为那种沉湎于欣赏三寸金莲的人。

1980 年岁暮，福州—北京—昆明

寻梦者的等待*

——论戴望舒

彷徨在雨巷

江南秀丽的山水，陶冶了诗人的才情。那是孤山，那里有如雪的梅林；那是断桥，那里有生生死死的爱情；长堤的桃花，柳岸的啼莺；登上六和塔，看钱塘江闪闪而去；还有那午夜的社戏，那水乡的菱藕和乌篷船……这些，装点着诗人的童年。公元一九〇五年，戴望舒诞生在这一片锦山绣水之中。

如画的景致，并不意味着如花的年华。也许是江南的春雨春花给了他太多的柔情，使他过早地染上了人世的烦忧。戴望舒早年的诗作，向我们勾画出一个天生的多愁善感的诗人形象，当然，由于年青，他免不了也有"为赋新词强说愁"的时候。但他所生活的时代，的确不会带给人们太多的欢快，毕竟带给了年青诗人以早熟的忧患。杜衡在给《望舒草》所作序中，论证了诗人这种早熟的忧患的真实性：

本来，像我们这年岁稍稍敏感的人，差不多谁都感到时代底重压在自己底肩仔上，因而呐喊，或是因而幻灭，分析到最后，也无非是同一根源。我们谁都是一样的，我们底心是谁都有一些虚无主义的种子：而望舒，他底独特环境和遭遇，却正给予了这种子以极适当的栽培。

---

* 此文初刊《贵州民族学院学报》1985年第1期，初收《中国现代诗人论》。据《贵州民族学院学报》编入。

大约是一九二二年，十七岁的青年开始了他的创作生涯。贫乏的生活，空虚的心境，使戴望舒早年的诗，充满了凄凉的情味。在《夕阳下》，他留恋于“荒冢里流出的幽古的芳香”；在《静夜》，他沉迷在“这烦忧是从何处生，使你坠泪，又使我伤心”的叹息中。最初展现在这位青年面前的诗的天地是狭小的，大概总是那种无以排解的小小的愁芥。过多的凄苦之辞从他的诗行涌出，以至形成了这样的印象：他是颓唐的。

他的确在认真地开始生活，但他的生活除了“抛残”的泪珠，却“只剩了悲思”。“人间伴我的是孤苦，白昼给我的是寂寞”，这是诗人对他的《生涯》的描述。写这些诗句时，他还非常年青，但他甚至以令人惊异的笔墨，夸张地描写自己的未老先衰；“就像一只黑色的衰老的猫，在幽光中我憔悴又伸着懒腰”（《十四行》）。也许实际上没有这么落拓，但的确表现了某些真实的东西：那个时代的阴暗，以及漂泊在生活十字街头的青年的失望。

总的说来，戴望舒此时的歌唱，并不属于那个时代的前进的声音。艾青认为：“他像一个没落的世家子弟，对人生采取消极的，悲观的态度。这个时期的作品，充满了自怨自艾和无病呻吟，作为一个二十世纪三十年代的中国青年，写出那样的诗，显得离时代很远。”（《望舒的诗》）

当然，也不全然是颓废和消极，他是矛盾的。他没有完全否定自己：“我是青春和衰老的集合体，我有健康的身体和病的心”（《我的素描》）。他也许怀有希望，但他的希望却只是在“雨巷”的彷徨中遇上那“丁香一样”“结着愁怨的姑娘”。

《雨巷》是诗人此际的希望之歌，作为一个美丽的憧憬和追求，它不是一首写实的诗，它由一个“好像梦中飘过的”虚幻的形象构成，但却因被相当精美的外壳包裹而具有了质感。《雨巷》奠下了戴望舒最初的声誉，它甚至成为概括这位诗人的才华以及艺术个性的专用名词，从此，“雨巷诗人”就和戴望舒的名字联系在一起。最初赏识《雨巷》的，是当时代替编辑《小说月报》的叶圣陶。他亲笔回信称赞这诗“替新诗底音节开了一个新纪元”。

《雨巷》确是戴望舒当时诗歌主张的一个标本，当时戴望舒和他周围的朋友追求的是诗的音律美，他们都“努力使新诗成为跟旧诗一样地可‘吟’的东西”。他们都热衷于实践平仄规律在新诗中的运用，甚至致力于旧诗形象、意境在新诗的再现。《雨巷》一是这种追求的极致，它借诗韵上连绵不断的、此起彼伏的环珮丁东之声，表示那种不绝如缕而又是迷离扑朔的柔情。它在表达凄迷与怅惘的意绪方面，充分显示了东方情调的韵味。

事实竟是这样的令人难以置信：这位“雨巷诗人”不曾跨出雨巷，却已厌弃了它。这是指的，不仅是在形式上，而且也在内容上。《断指》的出现能够说明戴望舒从诗的内容上的“告别雨巷”，这是一首与《雨巷》同一时期的作品。一只老旧书橱内酒精瓶中的断指，勾起了诗人。“含愁的”、“悲哀的”“记忆”：一个为了“可笑可怜的恋爱”而被捕的友人，酷刑、牢狱、处死，留下了这只断指——

> 这断指上还染着油墨底痕迹，
> 是赤色的，是可爱的光辉的赤色的。
> 它很灿烂地在这截断的手指上，
> 正如他责备别人怯懦的目光在我心头一样。

戴望舒是这样一个带着明显的有高度文化素养的中国知识分子弱点的诗人，他有过多哀婉的声音，但他又有洋溢着壮丽情怀的“断指”的歌咏。几乎是幻象的丁香也似的哀怨，眨眼间变成了断指“可爱的光辉”。这是没有魔法，这只是说明：诗人内心潜藏着实在的东西。尽管在那时，它还只是酒精瓶中的微芒，但却是可以捉摸的实在的光耀。《断指》让我们窥见了未来的诗人。

然而，告别《雨巷》的时代，与其说在内容上，不如说主要更在形式上。一九二五、二六年间，望舒学了法文，他能够从原文阅读法国象征派诗人魏尔伦等人的作品。这些，立即磁石般吸引了诗人。他曾经说过："诗是由真实经过想象而出来的，不单是真实，亦不单是想象。"戴望舒写诗，习惯于谨慎地把他所感受到的真实，以想象的屏障加以隐匿。杜衡认为，"象征诗人之所以会对他有特殊的吸引力，都可说是为了那种特殊的手法恰巧合乎他的既不是隐藏自己，也不是表现自己的那种写诗的动机的缘故。"一旦接触到这片新奇的天，地，在诗艺的探求上执著而坚忍的诗人，立即开始了新的尝试。

他一反过去对于诗的音乐性的追求，而提出了与前迥然不同的主张："诗不能借重音乐，它应该去了音乐的成分"，并且进而阐明："韵和整齐的字句会妨碍诗情，或使诗情成为畸形的"。基于这样的认识，他实际否定了《雨巷》。

戴望舒的第一个诗集《我的记忆》于一九二九年出版。这个集子中他以《旧锦囊》为题，保存了早期的一部分诗作。到了第二个集子《望舒草》（一九三三）出版，望舒干脆把改变诗风后的《我底记忆》放在集子的首篇，而彻底地抛弃了"旧锦囊"，最后也抛弃了他的诗歌奠基之作的《雨巷》。标志着望舒诗作的新的里程碑是《我的记忆》。这首诗出现了与《雨巷》不同的格调，它几乎完全甩掉了音韵的镣铐，而追求那种无拘无束的自由节奏的美：

> 我的记忆是忠实于我的，
> 忠实甚于我最好的友人。
>
> 它生存在燃着的烟卷上，
> 它生存在绘着百合花的笔杆上，

它生存在破旧的粉盒上，
它生存在颓垣的木莓上，
它生存在喝了一半的酒瓶上，
在撕碎的往日的诗稿上，在压干的花片上……

戴望舒是一位严谨的人，写诗从不苟且，选诗尤为严格。他一生只留下八十八首诗。前已述及，编第一本诗集时，他淘汰了早期作品的大部，仅留下了《旧锦囊》；编第二本诗集时，他又淘汰了《旧锦囊》，连同享有盛誉的《雨巷》。他对自己作品要求之严厉，出人常情，卞之琳最近说："如果他还在人世，我敢信他不会愿意看到它们全部编入一本诗集的。很可能他自己会至少删去一半，据他生前自编《望舒草》所规定的严格标准判断。"（《戴望舒诗集·序》）。

《望舒草》列《我的记忆》于篇首，宣告了望舒对于诗之艺术主张的天翻地覆的变革，如他自己所宣称的，他的确在诗中驱逐了音韵铿锵的努力（他没有驱逐节奏，因而也没有驱逐音乐美），他大胆地采用了象征派的形式，却装进了属于中国传统的内容。

这里，谈到的戴望舒的遽然变革，仅就语言形式而言。实际上，他早期的诗尽管取法于中国旧诗词不少东西、但也开始了与中国传统不同的追求。他写"金色的空气和紫色的太阳"（《十四行》），写"在枕边找到了悲哀"（《生涯》），这都不是中国古诗词所习见的形象。写《雨巷》前后，他写《古神祠前》，这在中国旧诗是被反复表现过的题材，无非是写古刹隐者、青松明月，但戴望舒这首诗却追求比传统旧诗更为抽象的捉摸不定的形象，它讲古神祠前逝去的"暗暗的水上，印着我多少的思量底轻轻的脚迹"，他把无形的"思量"变成了物质，而这物质却有着空灵的活跃：

从苍翠的槐树叶上，
它轻轻地跃到

饱和了古愁的钟声的水上
它掠过涟漪，踏过荇藻
跨着小小的，小小的
轻快的步子走……

从《我的记忆》开始的诗之旅，它的前景如何？戴望舒是否不仅在诗的语言、形式，而且也在诗的思想内涵上作真正的突破？这是难于预料的。这本诗人亲自选定的《望舒草》的末篇是《乐园鸟》。值得注意的是这只乐园鸟，它并不曾带给诗人戴望舒、也不曾带给我们真正的乐园的欢愉，我们感受到的，仍然只是——

乐园鸟的烦忧

尽管它披着一身华羽，却找不到乐园的归宿，它所知者，唯有路途的寂寥。诗人是寂寞的。他仍然怀想着冥冥的天国的乐园，传递着他不无忧愁的依恋。诗人当然只能得到失望的昭示。二十世纪三十年代，中国的大地在躁动着。但是诗人只站在那边沿，他旁观，他感受不到那种先进分子所拥有的火热斗争的激情。戴望舒至今也没有懂得那断了指、送了命的友人的"可笑可怜的恋爱"是什么。他似乎也不想去弄懂。他只是一味地诉说自己的痛苦和忧患。

需要提到的是《望舒草》中的《寻梦者》这首诗，它可视为诗人自况。此刻我们看到的是，寻梦者还在做他的梦——他陶醉于旧的梦，他还不曾寻觅新的梦。他总是沉湎于梦境的吟哦："于是我的梦是静静地来了，但却载着沉重的昔日"。

望舒的忧愁真是无以排解的。那个时代，迫使一些诚实的人，生活在抑郁的环境中，他们只能依靠那些并不欢愉的"记忆"，来维护自己生存的信念。戴望舒不仅感到了自己的落寞，而且也了解他人未必生活得美好。在《祭日》里，他对亡友“快乐吗，老戴”问话的回答，是无可奈何的：“快乐，希望有吧”。希望有，实际却没有；不仅自己没有，相信别人也不会有。是什么促成了戴望舒此际的深哀？当然有希望的幻想、生活的困顿……有时，他把自己形容为“可怜的单恋者”。他究竟“单恋”着什么？他以反问的句子做了回答：

> 是一个迷茫的烟水中的国土吗？
> 是一枚在静默中零落的花吗？
> 是一位我记不起的陌路丽人吗？
> 我不知道。

说他只为自己而忧愁，看来未必合适。他的所恋，的确是一个“集合体”。他“单恋”着生活，生活却不钟情于他，这就是可悲哀的。尽管有过颓唐，但他也有幻想，幻想着天的青、海的蓝、幸福无边际：“我渴望着回返到那个天！到那个如此青的天”（《对于天的怀乡病》）。

但诗人的家乡并不在天上。他的家乡在杏花春雨的江南。在《二月》的冥冥暮色里，飘浮着游女轻轻的惋叹，诗人看到了充满生机的早春的踪迹；在江南的原野上，诗人描写《村姑》勤劳、天真、素朴的美，那里有一幅纯真的乡村生活的健康娟丽的画面；《小病》中，他惊喜于“从竹帘里漏进来的泥土的香，在浅春的风里几乎凝住了”，他不禁神往家乡小园莴苣的脆嫩，雨后新韭的翠碧，甚至是细腰蜂翼翅上微风的振鸣。他爱泥土，也爱生活，他一旦接触到生活的清芬，一种自然的挚情便从他的心灵中流了出来（尽管在更多的时候，他的歌声里带着浓重的泪痕与灯影）。

戴望舒无疑是把他的窄狭而极其局限的思想装进了一个非常精美的艺术锦匣之中。他表达那种不可排解的淡淡的哀愁，那种朦胧的追求，以及失望之后的惋叹，是精微的。其精微的程度，往往为同辈诗人所不及的。从飘落的铃声之幽微，到一颗青色的珍珠坠落古井的沉寂（《印象》）；从迢遥的牧女的羊铃摇落了树叶（《秋天的梦》），到竹帘里“漏”进来的泥香在“浅”春的风里凝住（《小病》）；生活中的景物的细微的变化，他都有真切的观察，并予以创造性的再现。戴望舒的特长，是能够表达柔婉的美，他会把有力的概括结合在细枝末叶的雕琢上。他写《旅思》：“栈石星饭的岁月，骤山骤水的行程”，十四个字便对客旅的艰难困顿作了总括（新诗能精约如此，却难为了诗人的用心）。接着是“只有寂静中的促织声，给旅人尝一点家乡的风味”，便又回到戴望舒纤细入微的风格上来，他不再写大的景致，只用那一声声促织的鸣叫，以映衬客子的乡心，便精妙不可言。

戴望舒有深厚的中国古典诗词的修养，他的诗能够传达出那种只有中国古诗才有的浓郁的风格。如《二月》的结语：

> 于是，在暮色冥冥里，
> 我将听了最后一个游女的惋叹，
> 拈着一枝蒲公英缓缓地归去。

这全然是中国传统的写法，那一声惋叹，那一个拈着花枝缓缓而去的行动，却造成了余音缭绕不绝如缕的诗境。戴望舒的好处是他不单在新诗中保持了古典诗词的韵调，而且使之与西方诗艺的优点融汇。他把东西方、古典与现代的美揉搓到一起，造成了独特的“戴望舒风格”。例如“月移花影地淡然消融：飞机上的阅兵式”（《不寐》）一句，“月移花影”是东方情调，“淡然消融”表明古典式的节奏；下句有意与之形成对照，“飞机上的阅兵式”，全然是迅疾的急迫的现代的情调和节奏，他把二者结合在一起。造成了现代的中国诗。上述二句是明显的结合的方式，而在《前夜》那里，二者简直是水乳难分地互相溶解：

明天含有太淡的烟和太淡的酒，
和磨不损的太坚固的时间，
而现在，她知道应该有怎样的忍耐：
托密已经醉了，而且疲倦得可怜。

这离别前夜感到的淡酒轻烟，岂不就是“念去去千里烟波，暮霭沉沉楚天阔”么？他把古典美令人不觉地改造成为现代美。“磨不损的太坚固的时间”，形容这番握别，离恨长存，全然是现代派的表述方式。

这一段实践，其成效远远超过了“旧锦囊”和“雨巷时代”，在那时，他的确致力于“可吟”的、而且充满了古典诗那样韵调的创造，但那时，他只满足于将那些“搬入”新诗。较之《雨巷》、《我的记忆》以后诗作，自然是深厚而更有创造性的。戴望舒很快便觉察到这一点，他不顾舆论的褒扬，毅然走出了那悠长的巷子。谁能说，性格偏于柔弱的戴望舒没有潜藏的勇气！

他是个性格内向的人，他甚至不喜欢别人当面翻阅他的诗集，让人把自己的作品在大庭广众宣读更是办不到。他不仅严于创作，而且不肯轻易表现自己，要是轮到表现了，也总是那么怯生生的。他的歌唱拘谨到近乎羞涩的地步。因而，即使是思索有了成果，他也不轻易表现出来。从一九三三年以后，他虽未搁笔不作，但创作却稀疏到近乎空白的程度。此后五、六年间，有时每年一首，有时终岁无诗。内容大抵还是乐园鸟叹息之余音。

《古意答客问》大约就是戴望舒一生平静生活的终曲。这时的诗人，还不曾预感到“灾难的岁月”的迫近。他仍然把自己浸泡在“古意”中。他逃避一切人世的“挂虑”，而只在“窗头明月枕边书”中寻觅他的“欢乐”，他让自己的灵魂栖息于“袅绕地升上去的炊烟”，而飘缈随风。这里仍然看不到那山雨欲来风满楼的时代的潜流。

寻梦者还在梦中。他写《灯》,还在那里忘情地吟哦:“采撷黑色大眼睛的凝视,去织最绮丽的梦网”;他写扑火的《夜蛾》,他承认,这既不是飞越关山前来熨我寂寥的亲人,也不是被记忆所逼离开夜台前来哀我不幸的亡友,他认定这夜蛾只是他自己——“绕着蜡烛的圆光,夜蛾作可怜的循环舞。”他仍然和现实生活隔绝着,人民的呼吸,时代的潮音,/他都听不到。他“夜坐听风,昼眠听雨”,被永存的“寂寞”包围着。他只能在“旧时的脚印”、“青春的彩衣”和“星下的盘桓”中寻求慰藉,他不住地哀叹:“日子过去,寂寞永存。”

这一时期,他显然被比诗更为重要的事情所骚扰:他在寂寞中等待。一九四四年,戴望舒写《萧红墓畔口占》时,谈到这种“等待”;“走六小时寂寞的长途,到你头边放一束红山茶,我等待着,长夜漫漫,你却卧听着海涛闲话。”渴望安宁的诗人,此刻真诚地羡慕萧红那永恒的超脱:萧红是无须等待了,她是幸福的。而我们的乐园鸟,依然没有找到它的天国。如海的忧患窒息着它。戴望舒显然没有力量挣脱那无涯的痛苦,他仍然怀着一颗忧愁的心,作——

漫漫长夜的等待

不久,民族决死的战斗开始了。诗人的生活失去了往日的宁静。一九三七年,戴望舒抵香港,为《星岛日报》编《星座》。他投全力于编务,经他的手,《星座》发表了不少鼓动抗战的诗及其他作品,而作为诗人的戴望舒却沉寂了。沉寂不是失去生命。感情细致,不肯轻易爆发的诗人,在孕育着艺术生命的蜕变。

一九三七整整一年,戴望舒仅成诗二首,合起来不过十六行。一九三八年,终岁不吟。令人吃惊的是一九三九年元旦,戴望舒歌唱了。这首《元日祝福》,从内容到形式,一变往日的“戴望舒风格”:健康激昂代替了多愁善感,新的概念——人民觉醒的概念，新的诗风——明快豪迈的诗风，使诗人以前所未有的姿态站在我们面前。

《元日祝福》的八行诗，对于中国诗坛，乃至诗人本人，都是一个惊人的宣告：一个曾经沉溺于个人命运的哀吟的诗人，第一次以激越的声音为土地和人民歌唱：一个用自己的诗句完整地塑造了知识分子型的自我形象的诗人，第一次在诗中消失了这一形象，而把它融入更为壮伟的集体中。经历多年的思索，加上战时颠沛的生活，使他有可能走出迷漫着轻愁淡恨的温柔之乡，而接近了人民的底层。

生活推着人们向前走，一个正直的中国人，在那个民族灾难深重的年代，不能不承担起中国人民共有的那份忧患，也不能不为时代的激流而感奋。一九四一年香港沦陷。次年，戴望舒被捕入狱。国仇家恨，个人的磨难，促使他在原先纤柔的诗中卷起悲烈的回风，《狱中题壁》、《我用残损的手掌》、《心愿》这三首写作时间相近的诗，正是《元日祝福》强大声音的持续。不过不只是明快和激越了，而是杂糅着悲愤，显得更为沉郁深厚。

他的诗风急剧地变化着。这是他所生活的时代让他变的。这个战烟与悲风回旋的动荡岁月，彻底地掩没了那种关于个人的哀戚。戴望舒是一位有良知的正直的知识分子，他不能不为国土的沦丧、人民的受难动容。更何况，这种危难已经破坏了他的美好生活，甚至已经淹没了他的生存！从《元日祝福》起，到《狱中题壁》，一条浩大的地下河突然涌出了地面，它让我们看到了长久蕴积的力量，以充满生机的蓬勃跃动着。如今的诗人，不是自溺于一己的哀伤，而是以《狱中题壁》那样的悲壮劝慰众人：如果我死于囚牢，不要为我悲伤，而且要记住：

当你们回来，从泥土
掘起他伤损的肢体，
用你们胜利的欢呼

把他的灵魂高高扬起。

这已经完全抛弃了"丁香一般"的愁怨。要是说,充溢在这诗中的是一种冲出了个人局限的人民意识,恐怕还不够;要是说,这是一首有着铮铮铁骨的英雄歌。也未必过分。由昔日的雨巷连到这暗黑而潮湿的土牢,再从土牢的阴暗里发出这悲壮的声音,我们不能不为诗人骄傲。

也是在那黑暗的地方,他唱出了另一曲激越的爱国爱民之歌;《我用残损的手掌》,"这一角已变成灰烬,那角只是血和泥;这一片湖该是我的家乡,我触到荇藻和水的微凉",长白山的雪峰,黄河夹着泥沙的浊流,岭南的荔枝花,南海没有渔船的苦水……他说是用手摸索着这片广大的土地,其实,他是用心拥抱着这片母亲的国土,诗人之心没有在残破的国土上破碎。在灾难的岁月,他从这一面黑暗的窗口望见了尽管还是遥远的光明。苦难可以把一个惯写哀怨的诗人。改变成向往光明并与人民站在一起的歌者。通过这些诗篇,我们可以确认,戴望舒的心已经和中国共产党领导的斗争融合在了一起。

这些写在苦难年代的诗篇之所以感人,不仅因为他抒写了壮烈之情,还在于他写出了一个热爱生活的人对于幸福的渴望。这反使那种壮烈之情因充满人情的温馨而更显充实。诗人仍然不能忘怀于他的记忆。当"记忆"还不曾成为记忆,而是现实时,他有过多的哀叹;而如今,那存在于记忆的辛酸的一切,又都变成了甜蜜。这个时期,戴望舒怀旧之章在为数不多的诗中占了大部分。他一唱《过旧居》,再唱《过旧居》;他先写《示长女》,再写《赠内》,都充满了对于战前生活的殷切眷恋。在《示长女》中,他怀着深沉的忆念,回想沦落天涯的妻女。他抒写了往昔生活的梦一般的温情。他的深情的回忆,同样唤起了我们淡淡的哀愁,但如今的诗人并不甘愿被"悲往昔"的泪水淹没。在满大阴霾的日子里,他想象《在天晴了的时候》。他以健康而充满信心的声音召唤人们:“在天晴了的时候,该到小径中去走走:给雨润过的泥路,一定是凉爽又温柔”。诗人坚信天是会晴的。

十多年前,与写《乐园鸟》差不多同时,他还写过《寻梦者》。在那里他自信“梦会开出花来的”,但那毕竟是梦!它可以有天上的云雨声,海上的风涛声,但毕竟是虚幻的。寻梦者走过漫长的路,如今来到了我们面前,他当然已不满足于梦中的慰安,如前所述,他的确望见了切实的战斗和生存的光明。执著的寻梦者在等待。一九四三年与一九四四年之交,他接连着写了两首《等待》。他眼已望倦,担心自己等待不到那个时刻,但他还是等待。

不管这个等待是如何漫长(《萧红墓畔口占》:“我等待着,长夜漫漫”。)但是他耐心地等待着:“我永远不屈服”。真是,柔弱的诗人,仅仅因为生活的磨难,他变成了一块铁!一九四五年,望舒写了他一生的最后一首诗:《偶成》。这仍然是一首充满信念的等待之歌:

如果生命的春天重到,
古旧的凝冰都哗哗的解冻
那时我会再看见灿烂的微笑,
再听见明朗的呼唤——这些迢遥的梦

这些好东西都决不会消失,
因为一切好东西都永远存在,
它们只是冰一样凝结,
而有一天会像花一样重开

戴望舒一生诗作,以忧愁和悲伤起始,而仍对于“生命的春天”重到的信念结束。他的等待终于有了尽头,“迢遥的梦”也变成了现实。诗人不仅等到了抗日战争的胜利,而且等到了解放战争的胜利。寻梦者毕生寻觅的梦境，像花一样地开放在现实的土地上。一九四九年，戴望舒乘香港货轮抵塘沽，再由塘沽改乘火车直达解放了的人民的首都——北京。新的生活在饱经忧患的诗人面前展开了！遗憾的是，他等待到了祖国的黎明，而我们却没有等待到一个崭新的人民诗人的完成！一九五〇年二月，戴望舒以身心交瘁而在人民共和国刚刚建立的时刻猝然长逝。

在新的日子里，他将唱新的歌。根据我们对诗人的了解，这将是肯定的。他等待到了人民胜利的时代，却没能为它高歌，这在诗人，在我们，都是无以补偿的遗憾。

一九八〇年，戴望舒先生逝世三十周年，初稿于北京；
一九八五年三月重新整理。

1981

作家要有勇气写美*

我希望战斗的文学。在那里，我愿能听到时代的足音、望见生活的风云。真实的笑语和悠长的叹息，我都希望。我希望愤怒的文学，当它向社会的痼弊举起闪亮的手术刀时，我感到了中国的光明。我希望作家和诗人有勇气履行他们的使命。

我以为文学的战斗并不意味着只写重大的题材。作家要注意大事，但也不要忽视“小事”，而“小事”往往容易被忽视。近年来的文学，表现我们社会生活中让人振奋和让人揪心的重大题材，从而让人窥见我们急剧变化着的生活的真容，这已经形成了潮流。但是，生活要求我们更深入到那些隐秘的不引人注意的部位。有的作家已致力于此，但并未引起更多的注意。

以我个人为例，我的生活是平静的书斋生活。打破我的感情之平静的，有大事，但更多的是“区区小事”。这就是我要向作家发出呼吁的缘由。我所居住的地方，介于圆明园与颐和园之间，是一座破败的园林。旧日的华贵已经剥蚀，如今剩下几丘土山，几处浅沼，鲜花当然没有，只有麻雀的喳喳。某日，那荒草离离的沼泽中竟然有了悦耳的鸟鸣。尽管只有一只鸟在叫，但却给沙漠般的寂寥带来了欣慰。一连数日，她总在那里孤寂地、但却是优美地叫着。但这无忧无虑的歌唱却引来了一位手持鸟枪的青年，他轻步逡巡、寻觅、击发，终于消灭了那美好的声音。使我感到失落的悲哀。

---

* 此文初刊于1981年1月10日《北京文艺》1981年第1期。据此编入。

北京的交通算是方便的，但我除非特别需要，宁愿骑自行车——因为我要逃避公共汽车站上那些不守纪律的粗暴与无礼；北京有很多可供休息的公共场所，但我除了非去不可时，绝对不去——因为我不愿看到人们（当然是少数、乃至是个别的）无动于衷地践踏花草和随心所欲地吐痰、扔果皮。这都是“小事”。但让人感到：文明在衰落，道德在沦丧，美在毁坏。尽管这决不是全部生活，却是存在。

因而，我更希望文学是美的。我希望作家拯救和重建沦落的心灵。作家要用作品告诉人们——特别是那些执意要消灭生活中业已无多的鸟语与花香的愚昧而麻木的人们，告诉他们，除了电子音乐和大立柜，生活中还应当有流云的采丽和花草的馨香。世界应当是美的，人应当是美的。记得一位诗人说过，人与人的关系，应当是星星与星星的关系，它们彼此照耀，却不彼此挤轧。我希望作家有勇气写出美的文学、美的诗，用以净化人们的灵魂。

我以为，以文学和诗的力量，改造我们的社会使之前进发展，是文学的战斗使命；以文学和诗的力量，在人们心中建立起一座美的殿堂，同样是在履行文学的战斗使命。

孔雀已经归来*
——论白桦的诗

1

原来你是这样呀，光明！

——《鹰群》

一树白桦站立在原野，它本来是娟丽的，但因为承受了过多的风雪，不免斑驳，而且苍劲了。

要是不受政治风暴的干扰，诗人将把所有的青春年华都用来歌唱。但他不能。白桦因文思敏捷而多产，在被剥夺歌唱权利的前三年中，他出了两部抒情诗集、两部长诗：《金沙江的怀念》(1955)、《鹰群》(1956)、《热芭人的歌》(1957)、《孔雀》(1957)。要是用这种速度计算，三十年，他该为中国诗坛做多少工作！

如今，我们谛听白桦昨日的歌，那份单纯而明净的热情，虔诚、自豪、由衷的欢愉，毫无忧伤而充满憧憬，对照心灵普遍受到污染的今天，禁不住心跳，我们恍若隔世！那时，白桦真诚地歌唱祖国、歌唱北京和领袖，他热情地抒写对屡建战功的传奇性的将军的怀念：

---

* 此文初刊于1981年8月1日《上海文学》1981年8月号，初收《中国现代诗人论》。据《上海文学》编入。

鸡叫头遍，
将军把最后一杯酥油茶喝干，
将军跨马扬鞭去了，
金沙江失去了一座最威严的雪山……
——《金沙江的怀念》

凝重的笔墨轻轻地点出了雍容，洒脱，而充满豪放之风的形象，这在当日崇尚写实的诗风中，显示了白桦初露的才情。

一九四七年秋，白桦加入了刚刚渡过黄河的中原野战军的行列。此后，他随军踏过了祖国南方广袤的土地。在云南边疆，他为“这里第一面五星红旗是我们团队竖起的”而自豪。部队在挺进，马蹄声中土地在复苏，诗人的生活是丰富的：巡逻兵以无数个“白夜”迎接祖国的早晨；露营在雪山上，“篝火像一朵鲜红的山茶花在银夜里怒放”；拨开拦路的桃花和浮云的山野里的货郎；以及由十个彝族姑娘组成公路道班的《小白房》：“就像宽阔的公路掩盖了狭窄的驿道，今天的欢乐埋葬了往日的忧伤”。是的，欢乐正在诞生，忧伤正被埋葬。

在祖国的西南边疆，白桦度着一生中最美好的青春，也写着这样青春的战斗的诗。从《金沙江的怀念》到《热芭人的歌》诗的基调是宣告苦难时代的逝去，美好生活的降临。一切都是生机勃发的，白桦此时的感觉是：当连绵的阴雨突然放晴，人民被强烈的阳光惊醒；瑰丽的大地奇迹般展示在眼前，他惊呼：“原来你是这样呀，光明！”(《鹰群》)在白桦的诗中，革命斗争的雄伟主题和绮丽的自然风光得到了融汇与契合，诗人认为，第二者都是值得为之倾倒的。革命解放了河山，自然的景色必然改变了容颜，在诗人眼中，它们是一致的。他把这种生活描绘得极其华美，这恰好映托出他此时心中无尽的欢乐和希望。

经过浴血战斗之后，新生活正在开始。那时不仅是诗人，由衷地庆幸从旧中国的深渊中获得新生的人民，无不把未来的生活涂抹得异常美好——

> 一切希望过的，
> 我们都能得到！
> 即使我们要展翅飞翔，
> 白云也要裂开一条蓝色的大道。
> ——《青年骑手之歌》

实际的生活当然不会如此，今天人们难免要说这种描写未免天真烂漫。但这是真诚的代表了时代潮流的声音。中国五十年代前期的诗歌，大体上都传达出这样的音响，人们只知道黑暗已经被驱逐，并不能预卜未来——“谁知道哪儿是他的目的？草原前面还是草原”（《赛马会上》）。的确，草原前面还是草原，道路伸向不可预测的远方。

《金沙江的怀念》是白桦早期的作品，它是稚嫩的，并没有形成自己的风格。从《鹰群》开始，经过《热芭人的歌》，最后形成于《孔雀》，白桦在努力追求自己的艺术个性：他一方面追求普遍意义的诗的美——他对鲜丽的、令人愉悦的色彩的选择，构成了一幅蓬勃兴旺的画面；一方面又追求这种美是富有地方和民族特色的表现。

云南是一个非常美妙的地方，那里有多彩多姿的自然风物，那里又有同样多彩多姿的兄弟民族，这些民族的文化宝库又给诗人提供丰富多彩的民族诗歌的营养。白桦在边疆，一方面坚持对于战斗生活的实际体验，一方面吮吸这些美丽的民歌，用以丰富自己的创作。《鹰群》是一部“诗体故事”，这是白桦首次创作长诗。这首长诗记载了滇康边境近二十年游击战争的历史：奴隶的觉醒、英雄的成长、爱情的考验、英勇的战斗和牺牲——矫健的鹰群在血火中飞翔，这一切，都被组织在富有特色的藏族民歌的格调之中。《鹰群》的故事过于繁复，人物的头绪也太纷繁，尽管有着十分动人的类似"茶会"那样瑰丽的吟唱，但过多的叙事却把优美的抒情冲淡了。写《鹰群》时白桦还很年轻，尽管他怀着忐忑的心情自问："我不知道诗体故事是不是这样写？"但他已获得了成功。在同辈诗人中，这已是勇敢和富有成就的创作冲击。

就在《鹰群》的结尾，诗人在呼喊："过去了，都过去了！那些只存在于将军深沉的怀念；开始了，都开始了！苦难的祖国各个角落都开始了春天。"只有到了饱经沧桑的二十余年后，到了一九七九年，白桦仍然回到了告别冬日的门槛上来，眺望即将来到的"春潮"，这才不无遗憾地责备自己当日的幼稚和简单：

我以为从此春天将在中国落户，
那时候我是多么的天真烂漫；……
真让人难以相信，
用青春和鲜血迎来的春天会和我们离散！
——《春潮在望》

诗人不是先知，他当然无法预料这个严酷的现实："人类最伟大的一次进军会被迫止步，新中国会遇上一个长长的倒春寒。"

但是到了《孔雀》，白桦在这首非常美丽的长诗中已经寄寓了较《鹰群》更为深沉的思想。《孔雀》保持了《鹰群》那种强韧的战斗精神，它仍然宣传一种前进的哲学："人面前没有走不通的道路，我的道路就在我的刀刃上。"作为人民解放军的一名战士，白桦的诗人才情也染上了勇士的风格：

锦绣的箭袋不是藏身之处，
箭的快乐是追逐疾风闪电！
哪怕射中的是一块石头，
也会闪射一团火焰！

这种韧性的战斗精神，使《孔雀》和《鹰群》以及其他抒情诗篇保持了思想精神的延续性。

《孔雀》写一个失而复得的爱情故事。王子召树屯和孔雀公主喃婼娜由于奸人暗算久经离乱而终于团圆。结局是美好的,但获得美好的过程却是痛苦的。痛苦的历程教会了人们深沉的思考,生活让人成熟起来:“赢得胜利的箭留在腐烂的尸骨上,但得到荣誉的却是没有出弦的箭”;“人们呀!要牢牢地记住!阴谋在迷信的人们中间最容易施展……”应该说,白桦的思想在转向深刻精微。但他仍然为自己的认识肤浅而感到遗憾。二十多年后,《孔雀》再版。他在后记中说到西双版纳的迷信,他认为人们“由于对神的迷信而变得比三岁小孩还要愚昧,多么可怕!我当时天真地认为,全世界大概只有这么一个小小的角落才会有这种怪诞的事情。”白桦又一次谴责了自己的天真。他当然为此陷入了痛苦的思索:“今天我们能够庆幸迷信和愚昧的阴影已经或正在消失吗?——这是我近年来常常苦苦思索的一个问题……”(《孔雀》《重版后记》)

经过了二十年、三十年,我们还在思考这样的问题,本身就具有讽刺意味。然而,这正是中国发展的现实。《孔雀》可以认为是白桦前期诗创作的一个总结。不仅思想臻于深刻,而且艺术也臻于成熟。但不幸,《孔雀》出版的年代是难忘的一九五七年。此后,白桦长达二十余年的劫难,对于我们都不陌生,重复地加以叙述是痛苦的。

如今,站在平原上的白桦已经在风雨中成长,它变得坚强了。一九七九年《诗刊》召开诗歌座谈会,白桦在会上告诉人们,他“没有死,没有倒,也没有老”,他用年轻的声音宣告:“诗人的青春不以年龄为标志,诗人的青春等于希望加战斗。”白桦的确不曾绝望,他在希望中探索、寻求,而且坚定地战斗着。

诗人曾在漫漫长夜等待春天,他终于迎到了失而复得的“孔雀”的归来。

2

> 思想在禁锢中成熟了。
>
> ——白桦

重新归来的也许已非昔日的孔雀。华羽彩翎，已经不再是主要的了。孔雀仍然热爱它的故乡，但是，那种“热恋”的单纯已经消失。历史常常是这样，“思想在禁锢中成熟了”。（《五点和诗有关的感想》）也许孔雀的比喻并不贴切，但孔雀无论如何是美好的象征。而我们的生活确实是开始了前所未有的美好。

当代中国诗人似乎都在这样实践：在空前美好的时代里，唱着痛苦的歌。因为我们都经历了一个由几乎望不到边的漫漫长夜换来的“复活节”，而这个“复活节”，却是用像祖国的好女儿张志新那样的仁人志士的鲜血换来的：

> 沉默的张志新走向枪口。
> 脖子上的血滴在胸前……
>
> ——《复活节》

白桦从这样的史实中得到了启示，也得到愤怒的激情。重新开始歌唱以来，支配着他的，是这样为不平而歌的激情。他的诗篇，以尖锐的思辨和哲理的议论而一变以往的风格。诗人的才华，集中地通过他对于时事的尖锐抨击和热情的阐发显示出来。张志新事件，激动了整个中国诗坛，一时成为一个集中的主题。白桦把这概括为复活节，他解释，不是为上帝，而是为无数革命者的复活而狂欢。孔雀的归来当然也在内。强者是永生的，但白桦的《复活节》所显示的雷霆暴吼的愤怒，却为他人所难以代替：“面对着喷射死亡的枪口，一个不能参加任何会议的党员行使了否决权！”在社会主义国家由于反对封建专制而判处死刑,“二十世纪的东方竟会出现中世纪的奇冤!”

白桦在思考中。他的思考具有深刻的历史使命感。他曾在《今夜星光灿烂》的后记《而今天……》中向人们发出了一连串的问题:“今天,我们这些幸存者,面对着战友们用鲜血浸透的土地,思考过三十年前那场决战和今天的联系吗?今天,我们还像三十年前那样,无条件地把人民的愿望当作我们前赴后继的战斗目的吗?能回答吗?是理直气壮地回答?还是面红耳赤地支吾?……”白桦诚挚地说,这些问题,三十年来,像大海岸边的浪花那样,冲激着他那容易激动的心!这种激情的思考,使白桦的诗具有了强烈的自觉的战斗意识。我们也由此感到了前面那种比喻的矛盾所造成的不谐调:孔雀的华彩翎羽已经换上了鹰的搏击长天的翼翅!

白桦和我们一样,都由衷地欢呼光明时代的降临。他这个时期的最早引起注意的一首诗,是《我歌唱如期归来的秋天》,欢呼一九七六年十月这个给人们带来成熟和希望的秋天的归来。这首诗,记载了那个时节中国大地上出现的金色的现实:“我们又听见了列宁喜爱的贝多芬的交响曲,热情洋溢的旋律回响在中国美丽的傍晚。”

白桦一面充满希望地欢呼,一面又思想家似的思索。《我歌唱如期归来的秋天》只是一个开始。它对于时代的反映还不够深刻。白桦在作新的探求。这种探索用白桦自己的话来表述就是:“一首诗哪怕有一句是人民群众想要说的话,有一句剖析了现状,提出了问题,预见了未来,就是有思想的诗。”(《五点和诗有关的感想》)他此时追求的是这种“有思想的诗”。也许人们将据此责备白桦的无视或忽视艺术。然而,白桦的主张是可以理解的,他不是无视或忽视艺术,而是在这个时刻,他更加重视思想,中国正处在新的思想解放的伟大潮流之中。我们需要呐喊的诗。闻一多先生当年说的,至于琴师,那是第二位的需要,这时仍然是适用的。

白桦的探求果然得到了成果。《阳光,谁也不能垄断》,这是一首诗的题目。人们不能忘记,当时有一些仍然坚持“左”的错误的人,正企图垄断阳光。诗人向这些人发出了断喝,这声音让人震动:

> 有些人以真理的主人自居,
> 真理怎么能是某些人的私产!
> 他们妄想像看财权放债那样,
> 靠讹诈攫取高额的利钱;
> 不,真理是人民共同的财富,
> 就像太阳,谁也不能垄断。

要是只有谴责和“断喝”,这诗仍然谈不上强大的力量。它的长处在于思考,从革命的历史、从社会发展的规律上进行思考,从而以精到的概括化而为思想锋利的诗句。就在这首诗中,白桦针对中国产生“四人帮”的现实作了历史的溯源,从而赋予这种思考以思想价值。在党的历史上,曾经把毛泽东提出的革命思想判为异端,“他们用豪言壮语去攻打大城市,用精装的书本去抵挡炮弹”;到了六十、七十年代,老问题又酿成一场新的灾难,“种田,用口号代替灌溉;炼钢,用语录充当焦炭;像巫婆那样装神弄鬼,亿万架机床整整空转了十年!”这些诗句,愤激中包孕着沉痛。白桦把思辨和哲理,也把诗人作为战士的使命感带到了诗中。他在用诗总结中国革命经过挫折的经验,他把这叫做《珍珠》。

> 真理往往像珍珠那样,
> 是精神和血肉之躯在长期痛苦中的结晶;
> 三十年凝结了一颗巨大的珍珠,
> 它的名字叫做:觉醒。

……

我请求同志们和同胞们勇于回顾，

勇于回顾正是为了勇于前进；

把被我们随手抛掉的珍珠拾起来，

我们将是世界上最富有的人民。

白桦一面热情地扑向光明的未来，一面又频频回顾往昔。为了拣拾这些痛苦凝成的闪光的珍珠，他宁可抛弃孔雀羽衣的华彩。他执意要把诗写成以政论的尖锐性见长的文字，甚至有意抹去文采以加强诗的鼓动的效果。要问白桦三四年来诗的主题是什么，概括为两个字就是：觉醒。他认为觉醒是一颗巨大的闪光的珍珠。

革命在诗人的心灵中永存。他的回顾过去，包括长达十余年的动乱，也包括数十年为争取光明而进行的斗争。白桦是跟随着解放全中国的大进军队列走过来的：淮海战场的冰雪，战友们洒在冰雪战场上的鲜血，在新中国成立的隆隆炮声中，他们的团队正在梅岭上急行军……这一切，他不能忘。他把这写进诗中，《珍珠》中有，《春潮在望》中有，当他展望澎湃而来的春潮时，他也不曾忘了回顾往昔的艰辛，请看这是一幅多么壮观的场面："我们踏着中原的大雪，军、师、团、营的路标一律指向江南；当密如云层的白帆铺满大江，敌人的'钢铁江防'立即变成雪堆的堤岸。""我们用最快的速度前进，因为我们的脚步划分着地狱、人间；我们的枪弹点燃着祖国的黎明，每一寸土地我们都不吝惜用血去交换。"

白桦的这些回顾的文字，当然不是为了炫耀我们的历史曾经有过多么辉煌的一页。他的心情与其说是欢快，不如说是沉重，因为历史曾经因被蹂躏而倒退。一位年轻记者在庐山访问了白桦，她的记述有助于我们理解白桦的这些诗作："一九七八年，淮海战役三十周年，白桦一连几夜披衣临窗，遥望星空，回忆那炮火连天、铁骑挺进的年代，当年，每一场残酷的厮杀结束，每打下一个村庄，都要从战友未寒的尸骨旁走过，烈士的生命就像满天繁星一样闪着永恒的光。”（宋球生：《让星光照耀我们》，《福建青年》一九八〇年十一月号）白桦的心中总闪耀着这永恒的星光，他不能忘却，他也希望人们不要忘却。温故而知新，他认为这是觉醒。

白桦把赤诚的爱，献给了祖国和人民，他一再阐发这一崇高的主题。当他重新歌唱的时候，他没有忘记以充沛的激情抒写自己的《情思》——它从屈原为爱而投身汨罗开始唱起，纵观历史，多少仁人志士莫不为爱而生，为爱而付出代价，但他们仍然执著地爱着。白桦坦诚地反问自己：“我能像他们那样勇敢地爱吗？把生命当做保卫爱的权利的投枪？”回答是肯定的：“只要我的生命之火不熄，我就要去点燃千万次失望中的希望。”（《情思》）

白桦诚然处于昂奋的战斗中，为了挚爱，他才无所畏惧地战斗。早在创作《孔雀》的时候，白桦就说过，箭的快乐是追逐疾风闪电。历尽坎坷，白桦不改初衷，他仍然呼唤供给万物以活力和生命的不息的“风”。他不能设想一旦失去了风的情景：沉默的风铃，僵死的树影，不转动的风车，没有波浪的水面……作为战士，他不祈求在风平浪静中安闲度日——“即使像拔尖儿的大树那样被摧折，也将无愧于后代子孙”（《风》）。作为战士的诗人，在热烈的为真理和战胜黑暗与贫困愚昧的斗争中，他感到了失而复得的春天已经降临。我们衷心祝愿白桦为失而复得的春天，为重新归来的孔雀唱出更多动人的歌。

1981.1.于北京

和人民站在一起*

我们的时代，处在一个重大的转折点上：从混乱转向正常，从破坏转向建设、从愚昧转向觉醒、从黑暗转向光明。这是一个充满痛苦的回忆与美好的希望的时代。一个从精神与物质的废墟之上建设起来的新生活，不清除那些残砖碎瓦和垃圾是做不到的。在这个时刻，那些揭露愚昧、黑暗的愤怒的诗篇，仍然是人民的需要。它揭露的是阴暗，启示人的却是光明；它让人痛苦和愤激，但由此却生发出创造新生活的热情。从这个意义上说，熊召政的《请举起森林一般的手，制止！》是一首传达出当前时代声音的诗篇。

当然，诗的使命并不全在于揭露与鞭挞。诗的使命是：当人民需要鲜花的时候，献给他们带着露水的玫瑰；当人民处于痛苦的时候，再现他们晶莹的泪滴，乃至愤怒的呐喊。诗最终总是人民情感的导体。我们呼喊“自我”返回诗中，其实质在于要它能以更自然、更真实的方式，通过带有个性之血肉的“我”去表达人民的情爱与恩仇，而不意味着要诗脱离人民。

衡量诗歌作为艺术价值的最终的标准，在于它能创造性地表达了人民的意愿，包括在整个历史进程中人民对于理想境界之争取、追求的全部的痛苦与欢乐的表达。当然，有一部分诗歌纯粹属于个人，这不仅正常，而且也应得以承认，但是，二者之间的价值是不相同的。风雨雷电与花朝月夕是绝不相同的两种境

---

* 此文初刊于1981年2月15日《长江文艺》1981年2月号。据此编入。

界,它们也唤起人们绝不相同的两种情怀;这对于诗同样都是需要的。当人们处于热烈斗争的环境,它需要借助风雨雷电以表达搏斗于暴风雨中的海燕的情怀,当人们处于甜蜜温暖的心境,他们愉悦并吟咏花前月下的情致,这也是自然的。诗人,有人喻之为琴师,有人喻之为鼓手。无论琴师,无论鼓手,都是人民的需要。琴师和鼓手不是对立的,在优秀的歌者那里,往往是统一的。当诗人处于战斗热情中,他可以是英勇的鼓手;当诗人流连于花朝月夕中,他可以是优雅的琴师。在抗日战争烽烟中,闻一多曾经热烈地召唤过"鼓动你爱,鼓动你恨"的英勇的鼓手,他明确地认为,在当时,鼓手,是第一位的需要。闻一多作为战斗的批评家,他的观点是正确的。他不曾脱离他那如火如荼的时代,他了解在战斗中的人民对于战斗诗歌的渴望。闻一多生活的年代已经过去,但是他的话仍然是有生命力的。我们当今的生活,需要琴师,但也需要鼓手。我们的社会生活经历了太长时期的不正常,种种原因,造成了当今生活的落后贫困与愚昧。我们的生活诚然照耀着阳光,但是阳光下存在阴影,而且借助阳光我们可以更清楚地看到那些阴影。我们召唤鼓点般的诗歌,其目的在于唤起人们对于社会生活的阴暗面同仇敌忾的义愤。

中国新诗和中国的文学艺术一样,正在恢复它的生命力,诗歌已经勇敢地和决绝地告别了粉饰生活的虚假的时代,人民的声音开始得到表达,社会生活的真实面貌开始得到展示。一些诗歌,开始冲破了禁锢,揭露了生活中的丑恶。《将军,你不能这样做》这首诗引起强烈的反响,说明了人心是如何地向着那些说出了真话的诗歌。和《将军,你不能这样做》属于一个类型的,是《请举起森林一般的手,制止!》,这也是一九八〇年诗歌中引起很多人关注的一首诗。这也是战斗鼓点一般的诗。这不仅是一首闻一多所形容的"沉着的鼓声",而且是让人心灵为之颤动的愤怒的鼓声,它不仅告诉人们中国的光明之中有着多么不可容忍的阴影，而且告诉人们，这阴影是笼罩在曾“用仅有的一根线缝补红旗的弹洞，用仅有的一把米挽救饥饿的革命”的老苏区的土地上，那些为革命的胜利作出了卓越的贡献的人民，却正过着令人无法相信的痛苦的生活。在那些堂皇的“苏区学大寨”、“旧貌变新颜”的豪言壮语的掩盖下，诗人让我们看到了“土圆仓凄凉的蛛网”“卖嫁女泪湿的衣襟”。真是：“一笛秋风，不忍传递：报纸力夺的丰收，白发饥病的呻吟。”

有人企图要我们相信这些诗句是不真实的，但祖国大地上传来的不少信息都证明它的真实性。要是一切都真的如“歌德”派所形容的“河水涣涣”“莲荷盈盈”之类，我们何必用这么大的力量在农村调整政策！多少年来，我们一直在报纸广播上自欺欺人地宣传“形势大好”，然而农村却濒于破产。“报纸力夺的丰收”七个字，对此作了具有讽刺意味的概括。我们不怀疑这位歌者的真诚，他要是对哺育了革命的红色的土地，对世世代代耕耘着这片土地的父老兄弟没有深挚而揪心的爱，他怎能迸发出那些催人下泪的痛苦的声音？

读这首诗，让人想起海涅的话，“我现在知道我要做什么，应该做什么，必须做什么……我是革命的儿子，……递给我琴，我唱一首战歌……语言像是燃烧的星辰从高处射下，它们烧毁宫殿，照明茅舍……我全身是欢快和歌唱，剑和火焰。”（黑尔郭兰通信）支持着诗人创作的，正是这样的热情。是的，这些可亲可敬的人们，他们用鲜血染红了新中国的大印，但是他们的生活并没有春天；他们为革命承担了牺牲，他们在生活里仍然不是主人。“难道革命是用饥饿、贫困，来报答你们抚养的恩情?!”这些话，是何等义正词严！不说苏区的这个县，也不说众人皆知的延安的贫困，在中国的广大农村，仅仅由于近年来的农村政策的落实而使经济逐渐得到复苏，在此之前，中国的多数农村只能用“饥饿”和“贫困”四字来形容，有谁能否认这样的事实？一位革命的母亲，一位烈士的儿子，一位双目失明的红军老人，他们的悲哀，不是他们个人，我们从他们的遭遇中，看到了中国农民的遭遇的很有说服力的概括。我们从《请举起森林一般的手，制止！》看到诗人显示给我们的真实生活的画面，中国由于长期极“左”路线的影响所造成的农村破败的面貌，得到了集中、强烈的表现。

诗就是诗，诗人感情激动免不了要喊“起来揭露他们！起来控告他们”，也希望他的诗“能长上强健的翅膀”飞到省委领导同志的办公桌上。但若据此论定这不是诗，而是揭发信和控告书，进而要求事事有对证，不允许事实上有任何出入。对这种要求，我们能说些什么呢？某些争论已经超出了艺术的范围，我们对此实在无话可说。但是，的确，诗就是诗。诗当然是通过生活的场景以抒发人们的情感的，不平常的生活，易于引起诗人不平常的情感的燃烧。他觉得除了诗之外，很难能用别的语言来表达他的情怀，这首《制止》无疑喷射着愤怒的火焰，这火烧得他疼，使他产生了感到利用别的方式都不足以表达他的愤激之情，只好诉之于诗，它是受激情支配的。诗人为了唤起人们的共鸣，为了有效地感染读者，他就要对此作感情色彩十分浓重的强烈的描写，他要对他所看到的触目惊心的事实作夸张的形容。诗人总要作惊人之语。这已被公认为诗的一个规律。把诗的概念降低到揭发材料的概念，从而要求诗人平心静气地用那些官场习见的统计数字来说话，这和诗有什么相干？对于那种“要看到(某一具体地区)解放三十年来人民生话毕竟较之解放的有了显著的提高”一类的说教，我们很熟悉。但要指出，在这种“轻松”堂皇的语言背后，是隐藏着不少自欺欺人的东西的。

诗人的悲剧也许在于他抒真情，讲真话。叶文福因为向将军“将”了一军，因而招惹了麻烦。熊召政也如此。他要是跟着一些人唱“颂歌”，谁会有闲情从他那些“颂歌”中去找与事实和数字有出入的地方？中国唱了多久的廉价的颂歌，但极少受到谴责。但是，只要一触及生活的阴暗面，特别触及掌权者，这些人自己尽管不直接出来说话，也会有人以“公允”、“事实”、“本质与支流”、“混淆矛盾”等等施以指责。而人民的痛苦，他们的挣扎于饥饿与贫困线上的呼喊全然消失了。

的确，对于诗人，通向琴师的道路会平坦一些，而充当英勇的鼓手，的确需要勇气，特别是这些鼓声是向着我们社会生活本身的不健康与丑恶势力的时候。但是，人民是和说真话的诗人站在一起的。人民已经厌恶了虚伪的诗，他们真诚地希望诗能够喊出他们心中的声音。记得有人说过，“如果惹人憎恶是为了真理，那么，宁可惹人憎恶，也强似埋没真理。”相信对人民负有责任的诗人和刊物的编辑都不会因为怕惹人憎恶而放弃真理。

不会衰老的恋歌*

——序《中国现代爱情诗选》

一

以诗歌来表达爱情，几乎和爱情本身一样的古老。事实也许是：在未有文字之前，便有了爱情的讴吟。但爱情这一古老的主题却也是永远年青的主题。历史匆忙地过去，那些唱着恋歌的人们不在了，而他们所唱的恋歌却留传了下来。那些真挚而优美的诗篇，千百年间奇迹般地保留着青春的鲜艳，以至于能够激动着世代年青的和并不年青的人们。打开我国第一部诗总集，开篇第一章便是《关雎》，它已存在了数千岁，但还青春永在！

在中国的新诗史上，爱情诗是重要的一页。新诗作为伟大的"五四"文学运动的组成部分，它一出现就举着彻底的反帝、反封建的战旗，而以攻击封建制度、批判封建道德，争取恋爱婚姻自由，探索通往光明的生活道路为其突出内容。"五四"当年，在科学、民主的呼唤声中，挣脱了封建羁绊的个性解放，得到了知识界的普遍关注。那时唱出的爱情之歌，伴随着对人的价值的确认。独立、自由的人的生活应当被尊重，作为人的生活权利的爱情与婚姻，也应如此。

鲁迅作为文化革命的先驱，他自称为了给当时寂寞的诗坛

---

* 此文为《中国现代爱情诗选》序，王家新等编，长江文艺出版社 1981 年 9 月出版。初刊 1981 年 7 月《艺丛》1981 年第 4 期，初收《中国现代诗人论》，改题为《永不衰老的恋歌——论现代爱情诗》。据《艺丛》编入。

“打打边鼓，凑些热闹”，作了几首新诗，其中就有《爱之神》。最先倡导白话文学的胡适，很早就有爱情诗的创作。他作于一九一九年的《应该》，自云是由友人所作的两首被辞藻遮住了真情的旧体改写而成，他作出了一首旧诗中所没有的自然朴素的新体爱情诗：“你要是当真爱我，你应该把爱我的心爱他，你应该把待我的情待他。”这首由旧情诗改写成的新情诗，概括了新诗起步的幼稚。而这幼稚的一步，却是划时代的。

爱情诗并不是中国新文学的创造，历代的杰出诗人，几乎都留下了动人的情诗。但用白话的语言形式写成、其内容又属于在科学、民主号召下获得了恋爱婚姻自由之意识的爱情诗，却属于中国新文学的范畴。也许基于胡适的思想局限，他的爱情诗虽有了自主自立的爱的醒悟，却少了些对于封建传统的勇敢挑战。与《应该》写于同年的郭沫若的《Venus》就不同了，它的大胆直率足以使封建道学家们瞠目结舌。这种鲜明的开放的倾向，对于传统的诗歌、乃至于传统的爱情诗，都具有叛逆的性质。旧文学中文人所作的情诗，大都雍容典雅而讲究含而不露，而新文学中出现的爱情诗，却以无可阻挡的气势，冲开了禁锢的闸门。它敢于把自由恋爱写成神圣，把男女之大防彻底冲决，而不回避对于表达恋情的真切的抒写。“我远远的望着你，我近近的觑着你，我紧紧的握着你……”封建礼教讲“非礼勿视”，它无视这个“札”，偏要反其道而行之。俞平伯的这首叫做《占有》的爱情诗，不仅大胆地写了如上的诗句，而且宣言式地呼喊：“我们要爱，我们要热烈的爱”。他在这首短短的诗中，两次挑战性地反问：“谁敢说这是一种罪过？”

“五四”当时出现的爱情诗，大都具有此等挑战的姿态。郭沫若的《瓶》，计四十二首，是一组由爆发式的爱情凝成的炽烈而透明的结晶体。在那里，仍然有着不妥协的对于封建礼教的批判精神：“我爱兰也爱蔷薇，我爱诗也爱图画，我如今又爱了梅花，我于心有何惧怕？”(《瓶·献诗》)对于封建制度的桎梏，爱的解放是个性解放的一部分，毫不畏惧地面对着数千年的封建黑暗，从渴望自由的心灵迸发出来的激情之花，是何等迷人！

俞平伯说：“谁敢说这是一种罪过？”爱，以及对爱的歌唱，曾经被认为是罪过。只是到了争取科学、民主的革命兴起，它才获得了应有的地位。尽管有无畏的先驱在那里搏战，但人们对于爱情的追求与歌唱，却是在艰苦的长途上跋涉挺进着。他们不时地要发出“不是罪过”，“无须惧怕”之类鼓舞自己的话。黄婉作的《自觉的女子》的确是“自觉的女子”的心声：“我没见过他，怎么能爱他？我没有爱他，又怎么能嫁他？”质朴无华的语言表达了对于包办的无爱的婚姻之觉醒与抗议。

“湖畔”四诗人中，汪静之的《蕙的风》是影响很大的一部诗集。其中有一首《过伊家门外》曾经引起一阵小小的波澜：

> 我冒犯了人们的指摘，
> 一步一回头瞟我意中人，
> 我怎样欣慰而胆寒呵。

在那时，要是斗胆敢“一步一回头瞟我意中人”，是要冒犯社会舆论的。他“胆寒”，是预感到了封建道德意识的顽强；他“欣慰”，是他敢于行使爱的权力。汪静之的胆寒不无道理，而他确也欣慰得过早。他的诗立即招来了鲁迅称之为“‘含泪’的批评家”的“谴责”。是鲁迅在这样的“批评家”面前挺身卫护了这位写诗的青年。他写道：“因为《蕙的风》里有一句‘一步一回头瞟我意中人’，便科以《金瓶梅》一样的罪：这是锻炼周纳的。……我以为中国之所谓道德家的神经，自古以来，未免过敏而又过敏了……”(《反对“含泪”的批评家》)幸亏有了鲁迅这样开明的长者，不然，那“含泪”的批评的“笃诚”，足以令那些阅世不深青年惶惶然的。

爱情在蒙昧社会里，仍然是一种能够触动社会神经的异物。我们今日展读那一篇篇美丽的情诗，的确也可以从中窥及当日的泪痕乃至血渍。从这一意义上说，爱情诗仍然传达着时代的足音，尽管这足音是温弱而纤柔的。爱情诗不曾脱离它的时代，它自然地加入并成为那一时代争取进步活动的有力的一个侧翼。

早期的歌唱自由恋爱与婚姻的诗篇，是与对于黑暗社会的抗争，对于被压迫者的同情的代表了民主主义倾向的诗篇一道出现的。它们同属于进步的思想解放的营垒。这时出现的情诗，着重于阐述对于现实的态度，描写现实生活的场景而不重想象。以白话语体为手段，或押韵、或不押韵，格式不受拘束，质朴而极少艳饰。新诗的早期开拓者们，除上面提及者外，如刘半农、刘大白、康白情，徐玉诺，还有湖畔派的诗人们，都有爱情诗留世。他们的创作，大抵都保留了爱情诗不可缺少的素质：挚诚与率真。那时的自由体爱情诗，多半以当日盛行的小诗形式出现，往往或二三句，或三五句（当然也有稍长的）即成一章，这种诗篇幅短促，加上刻意接近日常口语，质朴自然自是优点，但不少诗作内容趋于平淡而少蕴藉，形式趋于散漫而不谨严。借用朱自清评论当时诗之重于说理的话“太晶莹透澈了，缺少了一种余音与回味”（《新文学大系诗集·导言》）以概括早期爱情诗的缺点，是适当的。

上述缺陷，待到主张诗的格律美的新月一派兴起，方始得到了某些弥补。新月的主要诗人，几乎都作情诗。闻一多有著名的《红豆》，徐志摩、朱湘等人开始把爱情的歌唱用精美的框架加以约束，不再让它随着情潮的起伏而自由奔涌。他们都追求把诗写得浓丽华美。他们重想象，他们着重表现的不是实际存在、而只是向往的存在，正如朱自清说的，“只是想象着自己保举自己作情人”。先前那种过于写实的浅露没有了，他们所作的情诗,尽管不失现实的依据,但却带有更多幻想性和浓重的罗曼蒂克的情调。新月派诗作的缺点是太注意音韵与技巧,不适度的夸饰使他们的情诗失去了天然质实的情趣。他们“做”情诗的时候多,真情的自然流露却少了。徐志摩是他们一群中作得最好的,但像《沙扬娜拉一首》那样的纯熟朴素,却依然是一种例外:

最是那一低头的温柔,
　像一朵水莲花不胜凉风的娇羞,
道一声珍重,道一声珍重,
　那一声珍重里有甜蜜的忧愁——
沙扬娜拉!

二

爱情诗到了新月诗人那里,当初那种反抗封建的强烈讯息已经减弱,而艺术却渐臻于精美圆熟。这表明,“五四”开始的现代爱情诗在它的发展过程中,并不满足于单线平涂式地抒写情感,它趋向于要求细腻、幽微、曲折与繁复,自然,这一切仍不离“真挚”二字。三十年代以爱情为主要内容的诗集,较有影响的是何其芳的《预言》。《预言》给我们留下了若干缠绵而轻柔的,浮动着淡淡哀愁的诗篇,它以立体的容量蕴蓄了青春的恋情。何其芳表达爱情的方式是独特的:

你听见金色的星殒在林间吗?
是黄熟的槐花离开了枝头。
你感到一片绿阴压上你的发际吗?
是从密叶间滑下的微风。
玲珑的阑干的影子已移到我们脚边了。
你沉默的朱唇期待的是什么回答?

是无声的落花一样的吻?

——《圆月夜》

白话新诗发展到这时已近二十年。二十年经过各个流派的磋磨与竞争,爱情诗也有了长足的进步——艺术已到了成熟期。不仅何其芳,在他之前或他之后,戴望舒自是一大家,其余诗人如金克木、陈梦家、沈从文、卞之琳等等,都以各自的努力,把爱情诗的创造推向新的境界。在这个时候,抗日战争的炮火掩盖了、驱走了恋人们的轻歌。人们在烽烟满地之中,陷入了国破家亡的深重灾难。

爱情诗开始了第一个零落的季节。这个时期出现的重要诗人都很严肃。艾青、田间、臧克家是各自独立的诗家,他们几乎都没有发表爱情诗。艾青的《火把》倒是涉及了爱情(当然还有革命)的主题,但却与前期的爱情诗有了迥然不同的风格和追求。总的是、激昂的战声代替了个人情爱的悲欢之咏叹。

大概是时代过于严酷,我们在战乱中即使是爱情悲剧的屐痕也难觅到,更不说欢情曲了。但在道理上爱情的主题应当是不会中断的。即使在战乱中,人们也要相爱,也在相爱,因此也应当有爱情诗。那种经历了危难所造成的爱情悲剧,乃至于长久的思念之苦后意外重逢的欢乐,都会深深地刻上时代的印痕。这样的诗篇,是不应斥之为个人休戚之可怜的歌唱的。正如我们读杜甫的《月夜》、《春望》,可从私生活的一个侧面窥及这位伟大诗人的宽广怀抱,以及那个时代的悲凉一样。但事实却是:自本世纪三十年代后期直至四十年代后期,我们大体上留下了爱情诗的空白。

的确,在战火连绵的时节,诗人们有更多、更重要的题目要做,对比之下,情诗是微小的命题。国家的存亡,民众的血泪,早已盖过了儿女情长的慨叹。但它们并非是不相容的对立物。一个伟大的诗人,并不因为他写了情诗而变得不伟大,事实也许正相反。在个人生活的范畴中，具有崇高风范和炽热情感的诗人，对于国家和人民的事业与命运，将不会失去赤子心肠。写过《女神》的郭沫若，也写过《瓶》；写过《死水》的闻一多，也写《红豆》，他们都可称之为私生活的多情者，却同样成了坚定的革命者。“湖畔”四诗人以写爱情诗称著，但唱过《妹妹你是水》的应修人和《问美丽的姑娘》的潘漠华，先后都为人民献出了鲜血。

当郭沫若的《瓶》第一次发表时，郁达夫写了《附记》。他对诗人讴歌社会人生与抒写个人情感的关系作了精辟的阐释：

> 我想诗人的社会化也不要紧，不一定要在诗里有手枪、炸弹，连写几百个“革命”“革命”的字样，才能配得上称真正的革命诗。把你真正的感情，无掩饰地吐露出来，把你的同火山似的热情喷发出来，使读你的诗的人，也一样的可以和你悲啼喜笑，才是诗人的天职。革命事业的勃兴，也贵在有一点热情。这一种热情的培养，要赖柔美圣洁的女性的爱。……南欧的丹农雪奥作纯粹抒情诗时，是象牙塔里的梦者；挺身入世，可以做飞艇上的战士。中古有一位但丁，逐放在外，不妨对古国的专制，施以热烈的攻击，然而作抒情诗时，正应该望理想中的皮阿曲利斯而遥拜。

中国诗史的事实，证明郁达夫所说不妄。苏轼写过“赤壁怀古”。他的笔下，大江东去，乱石穿空，惊涛拍岸，雪浪蔽天，何等的豪放悲慨！而当他怀念妻子的丧亡，却写出了“十年生死两茫茫”那样哀艳动人、缠绵悱恻的《江城子》。陆游更是一位无论对天下兴亡，还是对个人恋情都是情感丰富的诗人。谁能想到，写过“僵卧孤村不自哀，尚思为国戍轮台。夜阑卧听风吹雨，铁马冰河入梦来”这样诗篇的伟大爱国者，同时也是写了柔肠百转的《钗头凤》的多情人？

对于一个诗人，铁马金戈的慷慨悲歌与花前月下的浅唱低吟,应该是不矛盾的。“儿女情长”,并不就意味着“英雄气短”。当然,那种在天下兴亡面前只沉溺于个人小小悲欢的人是可耻的。但一般的道理是:立志为创造美好生活而斗争的人,在私生活中同时也具有丰富的情感。曾经有一个时期,爱情诗明显地由冷淡而濒于绝迹了。这种状况,在革命到达高潮或获得成功之时尤为明显。究其原因,不外乎:第一,一般的看法易于把革命与爱情对立起来。恋爱与婚姻的“渺小”似乎势必危及革命的伟大;第二,文艺为政治服务这一公式的干涉,政治试图使爱情诗更富有革命的气息。良好的动机也许并未造成良好的效果。一些人仍然忘不了爱情这个永恒的题目,他们在政治的夹缝中为爱情谋求地位,这种势力也收到了一定的成效。

事实证明:爱情诗想要生存下去,让爱情与革命发生联系是一种可行的稳妥的方式。在这方面,成绩最著的要算闻捷。中国当代诗歌不会忘记闻捷的功绩,他几乎是建国后十七年间极少数专致写爱情诗的诗人。《天山牧歌》这个集子集中了大批优秀的爱情诗,少数民族地区特有的风情,加上建立在共同劳动生活中的真正倾心,闻捷无疑地为爱情诗开拓了崭新的领域。在吐鲁番盆地,在博斯腾湖滨,在天山脚下,他为我们保留了人民获得解放的爱情生活动人的画面。可惜的是,他只是在替别人唱出动情的爱歌。先前那种以我为主人公自我抒情式的爱情诗消隐下去了,而代之以更多的是替别人叙述式的爱情诗。爱情诗的主观色彩逐渐地被客观色彩所替代。这不是一个诗人的倾向,而几乎成为一般的倾向。

革命成功之后,诗人们似乎都羞于公开自己的爱情。久而久之,他们都习惯于把自己对爱的渴念、追求与缅想包藏起来。“五四”以后那一段比较开放的时期过去了,个人的爱情生活在诗中呈现出封闭的状态。间或有的,也多系诗人“假想”的爱情,而绝少“真正的”情诗。这种诗当然让人感到隔膜。由于文学为政治服务的提倡，诗人们多半不愿意写那些“没有意义”的爱情。那时的人们，对政治与诗的关系有一种过于简单的理解。也许从根底上谈，爱情诗和诗一样，它们离不开政治。它们终究为政治（当然更有经济这个基础）所制约。但诗不是政治，爱情诗尤其如此。

基于上述的观点，人们使爱情与政治、与劳动和先进人物的荣誉紧密联系起来，是一种必然。这样的爱情的确是新社会的合理的产物。但这并非一切。没有炸弹和手枪的文学，不意味着对于革命的脱离；不写奖章的爱情也未必缺少重大意义。在比较流行的那类爱情诗中，往往所爱的不是具体的人，而是抽象的概念，热恋中的人可以钟情于劳动的业绩与荣誉而无视人的存在，这当然不是正常的。所幸这也并非事情的全部，有一些诗人仍然坚持比较超脱地抒写爱情。公刘的《小夜曲》就摒弃了某些习见的概念标签而保留了纯真的抒情：

> 当我们风华正茂，青春像酒一样醇，
> 谁没有一些刻骨的相思？谁不喜欢
> 那柔条上半睡的小花？那一片绿荫？

邵燕祥则不隐匿诗人爱的追求中的“隐痛”，他的诗依然以真情感人：

> ……闪笑的睫毛，握手的余温，
> 交臂错过的一瞬，永远不了的恋情……
> 在太阳系里，我愉快而矜持地运行；
> 但是谁懂得这一难言的隐痛！
>
> ——《地球对着火星说》

蔡其矫坚持写着清丽婉转的自由诗。在他的诗中，保留大自然的美最多，也最细微。他还有对于人的感情具体化的微妙的表达。他写的爱情诗克服了当时风行的太过明确而且生硬浅露的缺点，他会把恋情写得十分微茫：

在一片幽黯中睁着几点不动的光亮
犹如渔火在朦胧的江上
油灯在深谷孤独的小屋
停落在草上的流萤
一瞬不眨的林中野兽的眼睛
在沉思默想的子夜
荆棘中燃烧的心

——《夜》

"文革"前十七年,整个文学都在新的历史时期中取得了新的进步,但爱情诗是一个例外。基于上面述及的原因以及其它尚有的原因,爱情诗的创作没有满足人们对于诗歌的多方面的需求。较之长远的战争年代,它虽不再是空白,却无疑属于淡季,而且是长长的淡季。

三

但令人遗憾的是,这长长的淡季之后到来的并非旺季,而是爱情诗的彻底的消匿,"文革"的十年的遭遇,如今生活的几代人都经历过,毋庸赘语。严酷的事实,只需一句话便可讲清:它留下了我们六十多年新诗史上的真正的空白。

感谢一九七六年的清明时节,天安门前爆发了伟大的四五运动;也感谢那一年的金色的秋天,它宣告了中国上空的乌云已被驱散。历尽劫难而濒于绝境的诗歌,经过一段短暂的恢复,在早春的美好季节里,终于怯生生地(带着不无疑虑的神情),试着唱出了为中国读者所已经陌生的爱情之歌。应当指出的是,它是作为新时期的思想解放运动所感召而诞生的精神产物之一,就一般性质而言,它最初是受到当时所谓的伤痕文学的启迪的。

一些在青年时期经历政治上的逆境而失去了青春的中年诗

人，他们在春天重临时刻也获得了重临春天的爱情。他们唱出了使人心酸的恋歌——那一曲血恋歌中渗透了历史的错误所造出的泪水。写过《草木篇》的流沙河，他的爱情经历是令人感动的。他的《赠女友洁》是真实的心曲。这些诗写于"难忘的一九六六年'落花时节'"，他说，"那时我们天真极了，不知国难家灾之将至，居然在那里大谈其恋爱。不久以后，我们在窗外民兵持枪监视之下结婚了。接踵而来的便是茹辛含苦，挨批受斗，一言难尽。如今好了，我们的儿子都十三岁了，光明的中国在春天里到处有着欢乐的爱情。"流沙河抒写的是患难之交坚贞的爱情，它已不是那种轻飘飘的男欢女爱的描写：

> 让尘世纷争遗忘我们
> 让岁月在门外悄悄地走过
> 我们将平分欢乐与忧愁
> 在眉间看出对方的心事
> 直到黑发凝结了秋霜
> 相爱还如初恋的时候

流沙河所说的到处有着欢乐的爱情的春天来得太晚。我们等待这个春天，已经等到了早生华发的年龄。在这个迟到的春天里，读那些误过了青春的人们写的情诗，心中自然地会浮起一阵酸楚。但它们还是带给我们以欢乐——这迟到的浸泡着泪水的欢乐！一个诗人(他是曾卓)，他自称是来自感情之沙漠的旅客。他饥渴、劳累、困顿，突然，在他前面出现了爱的光亮。他对着他的女友说：

> 一捧水就可以解救我的口渴，
> 一口酒就使我醉了，
> 一点温暖就使我全身灼热，
> 那么，我能有力量承担你如此的好意和温情么？

我全身颤栗，当你的手轻轻地握着我的，
我忍不住啜泣，当你的眼泪滴在我的手臂。
你愿这样握着我的手走向人生的长途么？
你敢这样握着我的手穿过蔑视的人群么？
——《有赠》

这真是受苦受难的爱。谁能说，从这些含泪的爱歌里，看不到过去的时代留给人们心灵的累累伤痕，以及骤然而至的光明给予人们的惊喜？《寻求》（袁成兰）写的也是这种久经离乱之后突然降临的爱情所带给人们的骚扰："你太坏了，我的好人，添我离愁又夺我宁寂，为什么在我已疲于寻找的今日黄昏，你热烈走来，少了黑发，多了泪滴！"

然而，爱情更是属于青年人的。我们有理由为这一代青年祝福。他们尽管经历长久的坎坷，但他们毕竟走到这春光明丽的田野上来了。前面定然仍有险阻，但黑暗已经消逝。他们不像我们，不必担惊受怕地、而是可以理直气壮地唱着发自心灵深处的爱歌了。青年人的爱情在发展，正如他们的诗在发展。他们是有力量的。也许就在他们手里，会创造出一个前所未有的诗的时代，包括爱情诗在内的诗歌全面繁荣的时代。

在为数众多的青年的歌者中，我愿意举出舒婷的名字来。她最初引人注目的，是她发表于《诗刊》的《致橡树》，这是一首爱情诗。在爱情与婚姻受到严重污染的今日，舒婷这首诗否定了爱情的依附关系，而郑重宣称：在橡树面前——

我必须是你近旁的一株木棉，
作为树的形象和你站在一起。

这诗的主人公是一位自尊而又自强的女性，她摒弃金钱和权势装饰的伪爱，她也摒弃对于男性的附着。这是一位觉醒的女性对于独立的爱情与生活的渴求。诗的情调温柔而和谐，但却潜藏着锋芒,它的尖刺向着那些无爱的爱情与婚姻。我们仍然从情诗中听到了她所属于的时代的足音,意识到的艰难与阻塞,但却有明确的追求与信念,在刚刚消褪的暗色里,它头上有闪烁不定的光明。舒婷在短时间里已写了不少诗,其中也有爱情的咏唱。有一首题为《自画像》的诗,讲到“她是他的小阴谋家”,“她破坏平衡,她轻视概念,她像任性的小林妖,以怪诞的舞步绕着他”。这首同样拥有率真这一爱情诗的灵魂的诗篇,真切而有特点地表达了一位恋爱中的少女复杂而微妙的心理状态。仅仅是排除了虚情假意这一点,我们也应确认它的价值。

爱情诗将在这一代青年手中恢复它的个性和真实。年青的歌者们在把诗的触角深入到现实发展的脉搏的同时,也深入到人的和社会同样丰富的内心世界——这后一点对于爱情诗的创作尤为重要:爱情之歌是心弦的颤动。

诗歌进入八十年代,是进入了一个重大的转折的时代。爱情诗和文学的整个形势是一样的:它将完成长久的停滞之后的恢复期,而且孕育着大有希望的发展。在这个发展中,爱情仍然只是一个不占重要地位的主题,却同样地不可缺少。无疑的,它的健康发展,将给人们的心灵建设带来良好的助益。

这里,我们还应看到,“五四”以来爱情诗中也有一些消极颓废乃至肉感色情的污秽,这些早已为时代的洪流所荡涤,《诗选》自然未录,但今天的读者和诗作者也不应完全忘记它,以至对此失去戒备。

四

以上都是因《中国现代爱情诗选》而发出的随感。该书编者武汉大学王家新、张天明、徐业安,张水舟四位同学诚挚地要我写几句话,不想却写了这许多。我是被他们的热情所感召的。几位青年,利用课余的时间,翻阅了大量的资料,编成了第一本单一题材的新诗选,这个工作当然属于开创性质。

编者在和我的交谈与通信中谈到了他们对爱情诗的见解和编选方针。他们的想法是:力求给读者提供一条清晰的发展线索,使读者对六十年来爱情诗创作在各个历史阶段的发展有一个概括的认识。他们除了选取过去有过影响,而今天仍不失其价值的作品之外,还搜集选取了一些过去为偏见所蒙蔽而长期被淹埋的诗篇。他们对一首爱情诗的思想、美学价值提出了自己的看法:有真挚、深厚的感情,有或浓或淡的时代特点;有一定的思想深度;有对于爱情这一特殊题材领域的独特的发现和表现,以及在诗的思想艺术上的属于自己的创造。在上述前提下,他们不怀偏见地、平等地对各个时期各个流派、各种风格的诗篇进行选择。这些见解大体是妥善的,他们也是这么实行的。

编选的工作如今已告完成,我们终于有了一本中国新诗的爱情题材的选本。这对于青年的精神需要,当然是一个满足,对于一般的文学爱好者、乃至于研究工作者,也不失其参考的价值——爱情在诗中的特殊地位乃是一个事实。

我对这个选本之怀有信心,首先是由于四位青年的专注与坚毅的努力,其次是由于他们的工作得到了良好的指导——他们的老师陆耀东、陈美兰同志都是这方面的专家,这无疑会给这本书的质量提供有力的保证。

一九八一年春节于北京大学

道路应当越走越宽*

——对于当代诗歌的探索之一

在当代文学艺术中，诗所承受的灾难最为深重。三十年来，没有一个文学品种，比诗更容易、也更经常地沦为层出不穷的、各式各样的“政治运动”及“中心任务”的“工具”了。

从理论上讲，属于文艺的诗，可以是精神之武器（或称之为工具）的。但它可以是直接的“工具”，可以是间接的“工具”，也可以不充当“工具”，而只是“闲情”的寄托，甚或是休息，甚或是娱乐。诗可以、也应当成为炸弹或军号，而且属于此类的诗而艺术精湛的，往往具有重大之价值，但也不能排斥吟花草，弄风月。当它“喜柔条于芳春，悲落叶于劲秋”的时候，我们仍然要承认，它是在履行诗的某一部分职责。但是“工具”说却把诗引向了这样的局面：题材重大的，意义必定同样重大；喊出了豪言壮语的，必定比其他的更具革命性；一般化的“大我”，排斥着具有鲜明个性的诗人的“小我”……久之，诗由广阔无垠的题材天地，由可供自由驰骋的艺术表现空间，也由纷纭繁复的艺术风格、流派、创作方法的国土上退却下来，而只能在单调的为“政治”服务的胡同中踌躇。

在一切都变态的动乱十年中，诗走向了极端。大多数诗变成了由标语口号所装扮的连篇空话，它只是空壳，内里装的多半也只是矫情。“节日诗”、“中心诗”，“欢呼诗”，以及连篇累牍的

---

* 此文初刊1981年2月《海韵》第3集，初收《共和国的星光》。据《海韵》编入。

带有浓厚宗教色彩的诗，已经把诗引向了歧路。

无情不成诗歌。政治任务的需要（可能这种需要是正当的），距离真正的诗的冲动，还有漫长的间隔。诗有自己的规律，政治运动的或中心任务的规律是无法替代的。作为艺术的诗，绝不是其他意识形态的附庸，即使是政治，诗也不是它的附庸。当前，我们提文艺为人民服务、为社会主义服务，服务是积极而能动的，也不意味着附庸，它不能以取消诗的自身特性为代价。

“文革”十年，或者把时间再往前推，我们在这一属于诗（也属于文艺）的命运上，教训是深重的。对于诗的功能窄狭的理解，抑制了已经成名的一批卓越诗人的艺术生命，同样，也窒息了方兴未艾的一代有可能取得成功的诗人的艺术生命，使他们的才能只能在夹缝中扭曲地发展。

但灾难性的后果，并不能完全归咎于诗之沦为政治的简单号筒，甚至主要地不能归咎于它。诗的走向窄狭，还有更为直接的原因。长久以来，我们不断花样翻新地提各式各样的口号。在文艺领域中，受“口号”的影响最深的，恐怕也还是诗。除了一般的、共用的口号之外，诗还有若干专用的口号。片面强调古典诗歌和民歌的基础，即是其中的一个。

“新诗发展基础”一说的提出，在文学运动中，是一个罕见的例外。我们不曾规定小说必须在古典小说和民间话本的基础上发展，也不曾规定话剧必须在元明杂剧和“小放牛”的基础上发展，唯独给诗歌作了这样的规定。这是令人迷惑不解的。我们姑不论，把文学本身的现象当作发展的基础是否科学，我们单就古典诗歌与新诗的关系进行一番考察，也不难判别这个口号即使是可以理解的，但也是偏颇的。众所周知，中国新诗在五四的兴起，最具离叛的性质。它是对于古典诗歌批判的产物，是对于僵死的旧诗词的否定。事情过了几十年，怎么又回过头去，把当年的革命对象当成了安身立命的“基础”呢？

诚然，五四当年血气方刚的青年，对于中国古典诗词缺乏分析，采取一概打倒的办法是片面的。但他们进攻的方向明确，批判的锐气也可贵。有人说，中国新诗的草创时期就已在古典诗歌和民歌的基础上发展了，他们举出胡适和刘大白等人的诗为例。事实恰恰作了相反的说明：对那种半文半白的"新诗"，连胡适自己也承认那是"放大了的脚"的，正是难以摆脱旧诗词影响的不成功的例证。新诗的着眼点是"新"，带着旧的痕迹的，正是新诗未曾脱尽旧诗窠臼的惰性的表现，怎么能把它看成是正常的呢？

现在，我们克服了五四当年的片面性，使新诗和古典诗歌的血脉贯通起来，批判地继承灿烂的中国古典诗歌和民歌的优秀传统，以滋养新诗的繁荣，这是恰当的。但是，把它作为基础，而且堂而皇之地排斥了新诗孕育期受到的外国优秀诗歌的影响，乃至于断然驱逐了五四新诗自身半个多世纪的发展所形成的传统于上述"基础"之外，这是何等的武断和不公！

我们不妨排除"基础"这个有争议的词，肯定新诗是可以并且应该借鉴古典诗歌和民歌而发展的，但即使这样，也不能把这作为所有新诗都应遵循的准则。这诚然是一条可行的道路，但新诗发展的道路不能只有这么一条。不能认为，除此以外的所有道路都走不得、也都走不通。一个"基础"，一条道路，它造成了新诗的单调与贫乏，因为它排除了从多种多样的渠道取得营养的来源，从而获得多种多样的借鉴，它排除了多种艺术风格、艺术流派的形成与发展；也排除了多种创作方法的运用。对于今日中国新诗的"萧条"，大家纷纷抱怨新华书店的征订手续，唯独不检讨新诗自身的问题，这说不过去。

"悟已往之不谏，知来者之可追"。我们反顾了历史的教训，得到了这样的认识：给诗的发展规定这样那样的"基础"（何况有的"基础"要打大大的问号），恐怕是不足取的，同样，给诗歌规定

"创作方法"(例如有人主张新诗只能采用现实主义的创作方法),恐怕也是不足取的。政治上,给人民以民主自由;艺术上,给艺术家以民主自由。让诗人自己去选择道路吧! 为了新诗的繁荣,为了新诗能更好地为人民服务,为社会主义服务,应该条条道路都亮起绿灯,让诗人自己去奔突驰驱。

道路应当宽广,道路也应当多样。允许有通天的大道,也允许有通幽之曲径。允许诗人作各种各样的试验,同时也允许试验的失败。失败了,改弦更张,再试验新的。也许在艺术上,艺术家往往是固执的,不容易讲宽容。但我们却要主张互相宽容,可以竞争,但不要排他。

正是在这个认识的基础上,我以为当前诗坛出现的气象是好的,它打破了旧日的平静。人们难免为此议论纷纷,有人看不惯,跺脚,叹气,但事情还是发生了。一种事物的兴起,难免夹杂着泥沙,于是又有人指责,谥之为"沉渣泛起"。我不这么认为,我看到了他们当中的热气与锐力。我以为新诗正在经历着巨大的变革,新诗正在崛起,这是一场认真的挑战。对待这一现象,办法只有一个:支持它们的自由竞赛。

她给我们带来了什么?*

——评张洁的创作

一个认真的挑战

当眼前还是一片荒原时,人们希望有几枝新艳聊以点缀那难堪的寂寞。但当新奇之感过去之后,有些人审视那应时而开的花朵,一切陈旧的标准又都发生了效力:他们或隐或显地责难那些不合乎常规的花朵,责难它们的形态、色泽以及香气的背离"传统"。我们撇开其他一切因素不论,单就人们的欣赏习惯而言,它总是处在一种矛盾的发展状态中。对有的人说来,他们的欣赏习惯趋于保守,他们几乎不能容忍那些有异于常的现象,于是,便有了文学史上众多的由此引起的论争。当然,经过缓慢的适应之后,人们对那些看不惯的一切默认了,新的矛盾又发生在更为陌生的一些新的文艺现象上。

张洁出现在刚刚复苏的文苑时,带着那大森林新奇的风光,以及一个由血泪浸泡过的悲喜交集的故事,受到了人们的欢迎。随后,她的《挖荠菜》、《哪里去了,放风筝的姑娘》、《有一个青年》、《谁生活得更美好》等作品,也都以人们可以接受的方式,得到了整个文坛的认可。1978 和 1979 年两次评选优秀短篇小说,张洁连续获奖便是证明。

开始,张洁以擅长于在沉思中细腻地表述她独到的思索,给

---

* 此文初刊 1981 年 3 月《十月》1981 年第 2 期,与陈素琰合作。据此编入。

读者留下了一个女性作家温柔文静的形象,给人以平和之感。但事情发展的急速,出人意想。离她的出现仅及一年光景,当《忏悔》、特别是《爱,是不能忘记的》、《拣麦穗》诸作相继出现,她在一些习惯于生活旧轨的读者和批评家眼里的形象便发生突变:由原先的某种新奇之感变成难以捉摸的“怪”了。

以《爱,是不能忘记的》为例,不少人为它的大胆、坦率和不拘一格的思索所惊讶。他们担心作家会给已经相当混乱的人们的思想,增加新的混乱;他们难以理解作家提出的命题,于是对作家提出的严肃而又道德的主题,作了歪曲的、相反的解释。在一些人看来,原来好端端的张洁变“怪”了。

是张洁变“怪”了么?其实张洁在执笔为文时,已经预料到会有这样的反应,她在小说中就曾为“我”“总好拿些不成问题的问题不但搅扰得自己不得安宁,也搅扰得别人不得安宁”而恼火。我们显然地陷入了张洁的“搅扰”。但是,究竟有多少人理解了她的思索?她那种为无爱的婚姻而感到的“说不出的怅惘”?她不无感慨地说:“如果我们仅仅是遵从着法律和道义来承担彼此的责任和义务,那又是多么悲哀啊!那么,有没有比法律和道义更牢固、更坚实的东西把我们联系在一起呢?”有谁能够理解这些词句背后的痛苦的追求?张洁把精神上的满足和美的理想看得那么重,要是拿这些来对照目前那日益滋长的拜金主义的世风,对照那几乎整个社会都习惯于旧道德规范的显得麻木的精神状态,《爱,是不能忘记的》所表达的思索就毫不足奇了,这不正是张洁向着我们古老社会的传统力量,也向着我们面对文学实际时便显得脆弱的批评界发出的认真的挑战么?

被认为更“怪”的《拣麦穗》,同样是一篇带有挑战意味的作品。初看,的确是怪,一个黄毛丫头拣麦穗,是为了准备嫁妆,而且居然还宣称要嫁给那个老态龙钟的卖灶糖老汉;更怪的是,老汉居然真的疼她,而她,也居然有了这样的感觉:“我不明白为什么,我倒真是越来越依恋他,每逢他经过我们村子,我都会送他好远。”面对这样的描写,一些人不免产生疑问:她为什么要写这些?张洁是不是走得太远了?是不是太出格了?

文学存在的本身,会培养与之相适应的读者和批评家。简单化的作品,也必然产生头脑简单的欣赏者,而“出格”的作品一旦产生,也会逐渐造就“出格”的读者。当时难以理解的《拣麦穗》,逐渐地变得可以理解了。现在的许多读者都会认识到,《拣麦穗》尽管是属于让人感到陌生的作品,但却是十分深刻的作品。它通过一个不明世事的贫苦的村女心灵与情感的细致描写,揭示了旧社会那些小人物可怜而又可悲的“理想”:小姑娘天真无邪的“倾心”与饱经沧桑的老人的真诚的同情与爱怜,构成了一幅浮动着淡淡的哀愁的令人伤感的风俗画面,传统的摄取题材和提炼主题的方法,在这里受到了蔑视。

张洁当然不是在故意炫耀自己的标新立异。从大森林走出来,她来到这片曾是荒原的田野上,挖荠菜,放风筝,拣麦穗;她思考着昨天和今天,苦难和解放,失落和追求,社会和人生。不知是谁讲过:有思想的人是痛苦的。同样,作为一个肯思索的、有思想的作家,她也是痛苦的。青年的时代结束了,经过了一番空前的历史性的灾难,人已中年。如今,当她肩起文学家的责任,她不能不用已经成熟的目光观察生活,思考人生。她思考着,充满了痛苦。有时,她回到了旧日的黑暗:“在那夜雾腾起的黄昏,趟着沾着露水的青草,挎着装满麦穗的篮子,走回破旧的窑洞的时候,她想的是什么呢?”当然,她只能想着她那渺茫的“嫁妆”,以及与那个比她还要潦倒的卖灶糖老汉的绝不可能的“爱”。她只能想这些。而今天,她要是还活着,又会想些什么呢?张洁就是在这样的条件下思索的,而她的思索对象却是贫困、落后而近于麻木的失去了弹性的生活。她要记住很多,更要忘记很多,但忠于生活的积习难改:“该记住的我却记不住,而该忘记的却又忘不了”(《让我忘记》)。这简直就是一个诚挚的灵魂的叹息:作家不能忘记生活的沉渣以及没完没了的贫困。她不能不在被许多人认为的“区区小事”上动火,例如对那个在剧场中旁若无人地照扔果皮的青年,以及那个不听劝告而满地吐蔗渣的女孩等等。作家动感情,而且呼喊;但反应却是冷淡的。她感到了在猿类中一旦直立行走所可能有的孤立与压迫之感。然而,她不管这些,她还是向着那种近于停滞的生活,发出了一个又一个思考的响箭。的确,我们的社会太古老,我们的文学受着凝固的教律禁锢的时间太长,我们的作者和欣赏者的思想,都被束缚得如浓得流不动的一沟腻水,我们实在需要这样一种冲击的力量,一种使水流更为畅快的力量,向我们守旧的、停滞的、浓得流不动的文学挑战。这种挑战绝非坏事,对于中国文学来说,这种挑战是来得迟了!

前面,我们说到人们欣赏上的保守习性,这是一种相当普遍的现象,不仅对张洁如此,对其他作家也如此。王蒙的《组织部新来的青年人》至今留给人们的是美好的印象,有些人就希望他永远停留在那由春夜槐花香气装点的凄迷的诗情之中,不被新来的变化所破坏。然而王蒙向前走了,走上了新的探索之途,于是有人为他惋惜、甚至感到失望。他们觉得王蒙不应向前走,他应当珍惜自己所已获得的东西,而不要改变它。这是希望,还是希望的失落?一个作家的艺术生命应该怎样度过,这命题是严肃的。对于任何一位作家,随时都存在着极限,尤其在他取得明显的成就之后。只有无视这种“极限”的人,他才没有极限。要是一个作家只是在他业已获得的成就上讨生活,由谨慎而停止了探索的勇气,那将不仅带给人们以失望,而且是真正的可怕。

张洁艺术形象的变异,正说明张洁之所以为张洁。这是我们所愿意看到的——探索的张洁、奇崛的张洁,也是前进的张洁。较之王蒙,张洁的创作历史要短得多,但她仍然遵循着共同的艺术规律递进着。要是把她的《从森林里来的孩子》比作王蒙的《组织部新来的青年人》，那么，王蒙用二十年的时间（这是历史造成的）走过的，她用更短得多的时间走完了。如今，他们都在新的——尽管是各不相同的——探索面前，开始了自己的艺术新生命。

要问张洁给我们带来了什么，首先，她带来一个认真的挑战。

不会衰老的是思想

在我们面前，张洁是一个属于我们时代的、有点"固执"的醒着的人。她之所以是属于我们时代的，在于我们觉得她是一个始终跟随生活而不断思考的人。她的思想的火花，爆燃在现实生活的严酷的炉膛里。发表在前的作品，我们已有专文论及，自那以后，张洁没有停止她在新生活面前的思考。她在生活的崎岖路上留下了鲜明的蜗痕。她在生活中观看，更在生活中思索。她讲述了不可忘记的爱，她又讲述了应该忘记而又不能忘记的现实。她为自己的"不能忘记"而恼恨，因而把一篇文章索性命名为《让我忘记》！

是什么样的现实让张洁感到揪心的痛苦？仍然是些在他人未必动情的"区区小事"上。张洁始终是这样一个不免"固执"的作家，她有点死心眼。她的目光一旦接触到生活的丑陋，她就不会轻易移开，在闽东的一座小城，在一条相当堂皇的柏油路上，她看到了满地的甘蔗渣，以及那个有着漂亮脸蛋而不听劝告照样"噗"地吐甘蔗渣的女孩。作家为她的愚昧而揪心，也为全县城居然没有一个果皮箱而痛苦。作家的良知迫使她不得不把眼光停留在不屑一顾的小事上。她不仅从吐甘蔗渣，也从卖耗子药和打蛔虫药的场面，看到了当前社会的人心世道的痼疾。这是一个让人欲哭无泪的画面——

这时，有人问他，二层楼上那一只小白鼠为什么畏缩着不会动弹？

他淡淡地说："它快死了！"

又有人戏谑地问："是吃了你的耗子药吗？"

他不无歉疚地说："不是！"仿佛在责备着自己的失职：那耗子竟不是因为吃了耗子药而送命的。

人们哄笑起来。就连卖耗子药的人自己也笑了起来。

那笑声很有一点嘲讽的味道。不过那是嘲讽什么？又是嘲讽谁呢？

张洁弄不清楚，这有什么可笑？她从这些人们的"漠然的感觉"上感觉到了深沉的悲哀。她悲哀的是：在我们"那么广大的幅员上，还有那么多人谁也不拿耗子当回事儿，当做生活里一桩不应该的、不愉快的事、当做是一种贫穷和落后的表现……"这正如一个县城找不到一只果皮箱一样，我们那些享受俸禄的人们，他们的眼里难道没有满城的甘蔗渣吗？我们仅仅责怪那个"噗"的又是一口吐甘蔗渣的女孩的愚昧，这够吗？这就是喜欢思考的作家所感到的悲哀。

也许真正悲哀的事还在于：张洁所看到的那种"漠然的感觉"，让我们想起鲁迅笔下的"麻木"的"国民性"。不幸的是，它们已经存在了若干世代，而并没有从我们优越的社会制度所创造的生活中驱逐出去。写到这里，想起了批评界对张洁作品的一种议论，认为她写的题材、主题都太窄狭。也许他们认为，张洁的笔下没有农民，偏重于知识分子，她应当"宽广"一些。然而，只要深入地加以剖析，张洁的艺术追求恰恰在于：她在普通的、不被注意的若干生活现象上，看到了这些生活现象所显示的"宽广"。她所触及者小，她所揭示者大。狭小的题材限制不了她，她以女性作家一般含有的纤细的笔墨，写出了她所特有的雄浑，应当说，张洁是宽广的。

同时，张洁是独立的。她无视那些要作家写这个或是写那个的指令，她坚持写生活中真正让她激动——包括愤怒的激动的东西。生活曾经让她产生过希望，但生活中也滋长着让人揪心的失望。于是在张洁的笔下就出现了这样的矛盾：当她看到了生活中的光明与希望，她回首往昔，切望旧日的噩梦成为过去，那些在旧社会受过苦难的人（例如放风筝的姑娘），能够共享新生活的温馨，于是，她要挣脱那梦境；当她看到生活中有着无以排解的积垢，她便要回到往昔的梦中去，到那里去寻找失落的希望，她宁愿成为梦中的醒者，而不愿成为现实中醉生梦死之人。她一方面诅咒往日的噩梦，一方面又迷恋那梦也似的童年的纯真。当她目睹现实的不完满，她会情不自禁地回到过去："我还能追捕回来这许多年所丢失的欢乐吗?""我最想留住的，还是那永远没有长大、永远没有变老的心啊！只有它，才使我的心里充满诚挚和热爱"(《梦》)。

张洁流露出这种眷恋过去的迷惘，我们当然可以责备她的脆弱，以及她只是叹息那生活的缺陷而不曾积极地探求出路。但在她的慨叹的背后，无疑有着未能忘却的进取精神。在当今的社会中，由于长达十余年的极不正常的环境，除了大多数的辛勤建设新生活的人们之外，还存在着两种类型的人，他们分别生活在这个社会的两个方向相反的顶端。一种人，由于长达十余年的精神上的奴役，作为文化愚昧的产物，他们丧失了自我。他们不懂尊重他人，也不懂尊重自己，人的本性已经异化。在《有一个青年》中，张洁已经朦胧地感到了这种人的本性的蜕变，但还不很真切。而在《谁生活得更美好》中，她第一次明确地感到并且表达了出来。"就算是您不肯尊重自己，那也是不应该的，更何况是不尊重别人。您记着，什么时候也不要使自己变丑呀!"作家认为不会尊重他人乃至不会尊重自己的人，是丑的，反之，是美的。还有一种人，是在痛苦的思索中成长的觉醒者，他们是重新确认了自我的人。他们要为恢复人与人之间的信任，友爱、以及相互尊重而努力，他们认为理想的社会生活应当是文明、清洁和有礼貌的。在当前，偏偏是那些失去了人的尊严的人，有着忘乎所以的自满自足，他们仅仅由于无知和愚昧，而过着浑浑噩噩的生活。而后一种人，则感到了地老天荒的痛苦。

张洁属于后者。在一篇文章中，她谈到了书籍给予她的文化上的启蒙："它使我看到我虽然已经具有了人的形体，而在精神上却还是一只需要向人、向一个美丽的人进化的、无知而丑陋的猴子。"(《耕耘播种的人》)张洁鄙弃那种徒具人的外形的完整而失去了丰富的精神境界的人。《爱，是不能忘记的》中的乔林，《谁生活得更美好》中的吴欢，都是这样的人。与之相对，她向往那种脱离了"无知而丑陋"的猴子阶段的、重新获得了人的尊严而内心优美的人，这就是张洁对美的理想的追求。这种追求，贯穿于她的所有作品中，她把那种合理的生活叫做"我曾在人的世界里生活过"，而把那种不合理的生活看做是"不过是一场噩梦"，她坚定地宣称：

等这梦醒了，我们还会回到人的世界里去……

张洁对现实的肯定或谴责，使用的就是她对于美丑观念的标准。她在《含羞草》、《非党群众》、《忏悔》中，礼赞了美好的人性；她在《有一个青年》中呼唤了迷途的人性；而《我不是个好孩子》是一篇幼年期的反省之作，这里有对于现实生活的真正的觉醒，这是张洁在短时间内发表的第二篇《忏悔》。它集中地阐述了张洁对于自我的觉醒与认识："为什么我们总喜欢丢掉自己的尊严，而宁愿自己奴役自己呢？"——她认为不自尊自爱的人，就是自我奴役的人；"世界上有千百种使人感到痛苦的理由，而我不知道是否有人也曾体会过这种感到自己不再是自己的痛苦。"——她认为人一旦失去了自我，便是受到了最大的痛苦。

然而浑浑噩噩的芸芸众生多的是，因此，张洁深情呼喊这些迷途的人性，抨击这些麻木得失去了知觉的、对一切都带着漠然表情的人们。

张洁在不少场合都渲染自己在衰老中，实际上，张洁并不老。诚然，衰老是自然的规律，她的额上迟早会出现皱纹，鬓角将生出白发，但会老的是年华，不会衰老的是思想。张洁的青春、在不断的思考中是会永驻的。要是她不怀有作家的使命感，要是她在生活的阴影面前闭上了眼睛，要是她的笔不去涉猎那种容易被斥为异端邪说的奇怪的命题，那么，她也许会更加宁静一些。但她做不到，她坚持思想上的探索，精神上的追求。她所看重的东西，往往是目下未必被看重的东西。她认为："物质和精神上的得失有时是相反的两极。我们紧紧抓住的，常常是身旁顺手可以触摸到的实体。这些实体的冷或热的实感，会立刻传达到我们的意识中心，于是，我们很容易地、毫不吝惜地丢掉我们那无罪的——常常不是法律观念上的——灵魂。这也许是因为我们毕竟还是作为一个动物——虽然是一个高级动物——而残留在我们身上的痕迹吧！你不觉得这是我们的悲剧吗？"(《我不是个好孩子》)张洁认为只抓住物质，而丢弃了人的灵魂的，只是作为动物的标志，并不属于人。这是她的思考的核心。

也许有人听惯了阿谀之词，而看不惯张洁这种盯住生活中的阴影的固执劲儿，看不惯她的文静温柔之中不驯的带刺的思想，他们觉得是作家的多事打破了现实的完好。但是，我们仍然认为张洁的思考是积极的，她的鞭挞乃是为了促进新的成长。她写《让我忘记》，其实是为了不忘，就在这篇文中，她呼吁："让我们有更多的甘蔗；让我们的下一代从儿童时代起就知道肮脏是生活里多么令人憎恶的一件事；让我们有更多的孩子在阳光下踢踏着白白胖胖的小脚丫；但是也要有更多的自来水管道通向偏远的山区小镇，让孩子们更加方便地洗干净脸上的灰尘和掉在地上的甘蔗;让更多的人知道我们应该过一种文明的生活,应该有一个文明的环境。”

英国当代作家格雷厄姆·格林认为,每一个有创造性的作家“是为某种思想所困扰,所主宰的人”。张洁的情况也正是如此,她也被自己的思索所困扰,于是她愿意躲进“梦”中。对于张洁的作品,用是否切合实际(或是否有现实可能性)来品评,恐怕是并不切合实际的。“假如真有所谓天国”,她当然并不相信真有天国。然而,她却相信现实不曾有而理应有的世界。当她在现实中没有发现这个世界时,她就创造它。在这个世界里,有着排除了其他考虑的,不由法律或社会道德来维护的有爱的婚姻;在这个世界里,凡是高尚的人(不论他从事何种职业),都应当生活得美好。而不诚实的、残忍的和卑劣的,都不配有好命运;在这个世界里,人不仅在肉体上而且在精神上都发育健全,懂得爱,也懂得恨,充满理想,不仅为了物质,而且也为了精神上的富足,不惜作如醉如痴的追求。

有人觉得,我们的作家不是生活在现实的世界里,他们认为,爱也许不能忘记,但爱也并不现实,他们揶揄那两个头发花白的精神爱恋者忘了自己的年龄。但他们这样说的时候,他们并不真的了解张洁。张洁思考的出发点,是一个让人感到空虚和失望的现实,但她痛苦地认为:现实不应是如此的。凡是合理的,都必须出现。于是,她造出了一个天国。“我只能是一个痛苦的理想主义者”,《爱,是不能忘记的》这篇小说中母亲的这句话,也许正是张洁的自况。现实中不存在,只好托诸理想;明知理想之难以实现,所以又是痛苦的。正是在这个思想基础上,产生了张洁这一类由痛苦的理想凝结而成的作品。作家明知其不是现实才去写它,明知其为现实的欠缺,于是才去呼唤它。而这一切,又是现实的真切反映。跟随生活的进程而发出的思考,它是不会衰老的。

并无争议的艺术才能

张洁可以说是幸运的,她写的并不多,却被谈论很多。对她的作品,尽管有很多争议,但没有争议的却是这位异峰突起的女作家的艺术才能。

人们最初为张洁作品中那种抒情诗般的优雅所倾心。《从森林里来的孩子》给读者以错觉,以为张洁是一个乐于和善于把自己沉浸在田园情调中的人。但最初的作品,却只提供了一个例外。事实是,在她开始写作以后,她已经被社会人生的严峻现实锻炼得实际了,她无心去欣赏大自然的景色,她几乎完全抛弃了自然风物的感受,而去探索人的内心的奥秘。张洁作品的主要特点,是善于通过深沉的但又是平静的内心独白,倾泻出那种令人颤慄的情感的风暴,她几乎很不重视情节的生动性,她不喜欢讲述离奇曲折的、动人心弦的事件。她把情节的交代赶到最次要的地位,甚至有时让人觉得,她有意挑拣那些平淡无奇的事来写。她不重视情节,但却重视由这事件引起的思索。这种现象最早体现在《忏悔》里。《忏悔》当然是同类题材中具有很高思想境界的作品,仅就艺术而言,也是突出的。读《忏悔》仿佛在听一颗灵魂的自语,通篇的思想是严峻的,但并没有消失张洁细致温柔的艺术个性。她擅长以抒情的笔触来写严肃的主题。下面是一个悔恨交加的人在回忆中思念自己的儿子——仍然是通过内心独白来表达的:

> 他想到儿子四岁多的那一年,有一个晚上,因为开会,他回家很晚。他看见床头柜上放着一小盘已经剥了皮的荸荠,而且每一个荸荠上都有一个小缺口,好像有一个并不贪吃,可是相当顽皮的小耗子,在每个荸荠上咬了一口。妻子对他说:“儿子给你留的!”

他不解地指着荸荠上的小缺口，笑着问："这是怎么回事？"

"他把每个荸荠都咬了一小点，尝尝那个嫩就给你留下，老的他自己吃了！"

张洁的作品中，很少采取直接出现场面并对之进行直接的描写，更多地采取上述这种客观叙说（通过回忆）的办法，但仍然是细致的和抒情的。上引这段文字，通过一个感人至深的细节，再现了幼小的儿子对父亲的天真的至情，它是属于抒情诗的。

《爱，是不能忘记的》是一篇引起了广泛兴趣，而且不管是赞成的还是反对的，无不引起震动的小说，但却没有什么让人震动的情节。它的基本情节，甚至也只有经过人们的精心连缀，才能给人以略为完整的轮廓，即使这样连缀之后，它仍然没有一个可以吸引人的故事。那个老干部并没有留下姓名，粗心一些的读者也不容易找出作品中妈妈的名字叫钟雨。它只是靠那种月下的海涛轻语般平静的语调悄悄诉说，而力量却是无形而博大的。张洁的作品，有着外表的娴雅与内在的雄浑的结合。《爱，是不能忘记的》概括了张洁创作平淡中见细密的特点。通篇只是珊珊的自语，但却不是单调的自语：由珊珊的无保留的独白，引出母亲的经历；再引出母亲遗物的笔记本；而笔记的行文又形成了另一层次的母亲内心的絮语。而后，时而珊珊自语，时而笔记摘引，时而又从笔记跳到生活的实境中来，它是穿插的，但又是一贯的——而自语则是一种统一的力量，它构成通篇小说那种发自心灵的深深的、轻轻的、又是充满了哀愁的叹息的气氛。我们不妨摘引一段来看这种穿插而又一贯的文风：

我的心情一定被那敏感的妈妈一览无余地看透了。她温和地对我说："别怕，去吧！让我自己呆一会儿。"

我没有错，因为她的确这样地写着：——

你去了。似乎我灵性的一部分也随你而去了。……除了我们自己，大概这个世界上没有一个活着的人会相信我们连手也没有握过一次！更不要说到其他！

不，妈妈，我相信，再没有人能像我那样眼见过你敞开的灵魂。

啊，那条柏油小路，我真不知道它是那样充满了辛酸的回忆的一条小路。我想，我们切不可忽略世界上任何一个最不起眼的小角落，谁知道呢？那些意想不到的小角落会沉默地缄藏着多少隐秘的痛苦和欢乐呢？

这一小段文字就有极其自然的穿插，过渡很自然，没有通常见到的那种繁冗的铺排，不仅有妈妈的说话，笔记的引文，女儿的插述，甚至还有作家的抒情。张洁的文章，正好可用一个“洁”字加以概括；文洁而体清。

浮动在张洁行文之中的，确有一种淡淡的哀愁。她不会大喊大叫（似乎也没有放怀大笑的时候），她只是在那里悄声轻语，有时显得欢快，则露出那轻轻的微笑；有时则显得狡黠，油然泛出一种幽默感。如《我不是个好孩子》讲“我”在地理学上的造诣，要在一块方地上把地球刨穿的描写：“虽说那个异国最终并没有在我的脚下出现，但那并不是因为我没有把事情干到底的决心，而是因为校长先生那样恶狠狠地拧了我的耳朵，以致我当时确信，我的耳朵已经不再贴在我那脑袋的两侧。”这种风格，对照《从森林里来的孩子》的田园诗般的情趣，可以看出张洁的文路也并不是单调的。

而最初，张洁给人的印象，则是由《从森林里来的孩子》奠定的：在那里，笼罩着大森林里氤氲的云气，茂密的枝叶间依稀可见的缓缓飞过的云朵，以及林下腐叶之间开放的野花。不仅景物充满了诗的情趣，而且就在故事的行进中间，也是抒情诗般的韵调。这种引人注意的风格，仅在随后若干篇散文中得到继续，张洁自己并没有太注重它。也许她会认为，这容易流于浅露，而不适宜于表现一种严峻的沉思。在生活面前不愿停步的作家，尽管没有甩掉这种文风，但还是暂时把它搁置起来了。但不论张洁采用何种文体，她仍然有着属于她自己的一贯的东西。那就是她总是在文中无遮拦地披露作家的内心。她不喜欢振臂直呼，也不喜欢作惊人之语，但却通过娓娓动听的谈话使我们接近了她。我们觉得捧着的不是没有生命、没有血肉的文字，而是一颗火热的充满了爱情和痛苦的心。她如醉如痴地把精神上的完美当作生命。她恋旧，喜欢回顾过去，当她想起少女的时代，想起那如花的年华，那贫瘠中度过的往昔，总怀着酸酸的、甜甜的、梦也似的眷恋。当生活向前挺进时，她陷入梦的怀想，歌的情怀；当现实降下了阴影，她不禁眷眷于往昔，为过去的泯没而唱起挽歌，萌起诅咒的心念。在这里，我们撇开作品所表达的作家的思想以及世界观方面的因素不论（在张洁，她的思想中也许是多了些愁绪，而少了些乐观），在艺术上，她往往会把这种很复杂的思绪表达得细致而且微妙。她的行文有时让人觉得，既分不清她究竟在描述别人的事还是叙说自己的经历；又分不清这篇作品是属于散文还是属于小说。

在张洁，明明是在写小说，但却时不时地从那些情节中跳出来，发表纯粹属于作家自己的抒情式的议论。《我不是个好孩子》就是一篇难以分辨是小说还是散文的作品，《十月》把它当作小说。即使是小说，张洁也不放弃机会离开人物情节抒发她的慨叹："要追究造成我们那些错误的种种原因也许是相当复杂的，是我们自己永远也无法准确地说清楚的事。因为我们在社会学、心理学——说句玩笑话，也许还有玄学——等等方面的常识实在太少了。不过，我想有一点是我们可以说得准的，那就是我们自身对压力、对诱惑的软弱无力。"这段文字之后，作家又连续用了几段文字来发挥这些议论，以此结束这篇小说。《忏悔》

可以说是一篇结构很特别的小说。而《爱,是不能忘记的》的结构、依传统的观念来看,则是一篇极不完整的小说。它的原意是要讲述珊珊关于爱情与婚姻的思考:乔林是她的求爱者,他有一副"掷铁饼者"那种优美的外形但没有与之相应的丰富的内心,珊珊拿不准要不要嫁给他,于是想起了自己的母亲的婚姻悲剧。话题一移到母亲身上,作者便把乔林扔掉了,以至于通篇都没有再提到他;原先要说珊珊,却变成了说母亲钟雨……这确是一篇新奇的小说,它的行云流水般的叙述,冲淡了一切所谓严密结构等等的概念。

张洁的创作,注意的似乎只有一条:着力表现自己对于生活的思考。她是一位新人,她之值得重视,不仅在于她在表现当代社会生活方面所达到的思考的敏锐、揭示的深刻、探索的勇敢,而且在于她创造了一个独特的艺术个性,尝试着一种不拘一格的文体。对于这样一朵在十年荒芜之后萌生的新花——它有属于自己的光泽与芳馨,尽管这些并不被所有的人所喜欢,但是,它无疑是一个良好的迹象:传统的、习惯的一切,正在被打破,一个由千篇一律的整齐划一的文艺现象构成的文坛已经不存在了。对于张洁的艺术实践,人们已经发表了很多的议论,这也是良好的迹象,本文对于所有评论张洁的文章,只是一个小小的补充:她并非异端,但却是一个挑战。

历史启示着未来*

——《现代诗人及流派琐谈》序

中国新诗的发展，寄希望于创造。但是，诗人的创造性劳动，却不能离开历史发展所提供的依据。每个富有创造性的诗人，他的工作是开创性的，却也是历史的。

作为旧体诗词的叛逆的中国新诗的出现，始于本世纪的最初几年。它的历史是丰富的，当然也是曲折的。从它的丰富中寻求营养，从它的曲折中吸取经验。人们确信：新诗要获得发展，诚然不能离开中国数千年古典诗歌和外国诗歌的滋养；但新诗六十余年的积累所提供的自身的历史经验，却是新诗最重要、最主要、也是最直接的向前发展的基础。

我们承认并尊重新诗的历史。但在它面前，我们不是依附的。我们不断创造新的历史——这意味着对于今天尚有价值的遗产的继承，也意味着对于今天业已失去价值的陈迹的扬弃。有继承，同时又有扬弃，才有前进。然而，不论继承或是扬弃，都要以切实的对于历史的研究为前提。

在新文学的发展中，新诗的发展是最不平静的。这大概因为，在旧文学中，旧诗的势力最大也最顽固，因而新诗的战斗最艰苦，需要解决的困难也最多。各种各样的论争，半个世纪来总在断续地进行。许多问题都展开了热烈的、甚至是激烈的讨论。

---

* 此文为《现代诗人及流派琐谈》序，钱光培、向远著，人民文学出版社 1982 年 2 月出版，初收《论诗》。据《现代诗人及流派琐谈》编入。

同一现象，誉之者目为发展，毁之者判为倒退，毁誉之间，差之千里。究竟我们较前人发展了些什么？我们又是怎样从历史的事实中倒退的？一些文章似乎都不能在对于新诗历史的研究的基础上，提供有说服力的论据。基于这个原由，我们期待着一本中国新诗史——哪怕只是简略的——但至今也仍然只是期待。

钱光培、向远同志合著的《现代诗人及流派琐谈》，能够满足我们初步的渴求。这是一本有关中国新诗历史的专著。从《新青年》到《晨报副刊·诗刊》，本书记载了五四前后大约十年间新诗创业期的风云。它以集合在刊物或社团周围的人为“群”立题，每题之下又具列有代表性的诗人立节。在论述的体式上，明显地纠正了那种延续甚久的按照政治态度或思想倾向以判定诗人成就的做法，而代之以既不忽视对于诗人政治思想之分析，但更重视关于艺术规律的研讨，重视诗人的艺术旨趣以及这一流派和它的成员个人的艺术风格的探求。它力图把新诗的研究建立在科学的基础上。

过去，在论及新诗的历史现象时，有一种“正统”的看法，即“历史早已作了结论”。这些论者无视中国新文学运动的复杂的经历，无视各种非无产阶级思潮（在中国，近三十年来主要是极“左”的思潮）所带给文学研究的影响。他们认定一旦作出了“结论”，就是毋庸置疑的永恒的结论，是不可改变的。与此有关的，是长期以来实际奉行着一种“突出政治”评价历史现象的方法，结果是政治代替了艺术。在这种思潮影响下，往往根据某一社团或刊物的政治倾向而对诗人进行简单的分类，从而作出判决。《琐谈》能够从上述的积习的泥淖中拔出脚来，坚持一种严肃的科学的立场。它严格地遵从诗歌艺术的规律以判定每个人在历史发展中的地位。例如它论述的第一个诗人便是胡适，指出胡适是第一个发表白话诗和出第一本新诗集《尝试集》的人。作者认为，胡适于新诗有开拓之功，并说新诗之有今日，“和胡适当初的标‘新’立‘异’是分不开的”。这些论断是大胆的;因为有事实作根据,因而也是科学的。这种态度在分析周作人、徐志摩等诗人时均能坚持。当然,作者在论述徐志摩时,也还有简单粗疏之处,如从他的“思想被主义奸污得苦”一句诗出发,而判断他“彻底地堕落了”即是。

《琐谈》其实不琐,它能够从琐屑的历史现象中概括出规律性的东西。尽管它的章节之间似乎没有联系,但处处显示出历史的延续性。如论及俞平伯时,并不把他从新诗历史中孤立出来,而是把眼光投入历史发展的全景,从而确认他对新诗的一个贡献是:“他通过自己的创作实践显示了自由诗的实绩,并为自由诗的‘诗化’积累了可贵的经验。”随后,我们又从作者论述《晨报副刊·诗刊》之群时,看到新诗发展过程中对于自由诗的否定(当然是暂时性的)。作者用概括的语言指出:“从不戴脚镣到戴上脚镣,新诗发生了深刻的变化。”作者认为《晨报副刊》试验并推进了新格律诗的发展,无疑是具有历史的眼光的。我们从这些断续的叙述中看到了作者的长处是不流于琐细而善于作历史性的审视。当然,新格律诗此后并未得到完善的发展。但诗歌运动中自由与格律的交替兴衰,无疑是值得研究的现象。

我国新诗史料浩繁,但作者无意炫示他们的广博。他们要言不烦。他们能够从纷繁中理出头绪,以简约求赅备;读来觉得丰富,而线条却明晰。他们注意从大处、总体处着眼,有概括力,但又不遗漏那些看来细小(细小到一首诗的分析和评价)、但却重要的历史现象。例如作者对沈尹默的《三弦》、徐志摩的《为要寻一个明星》、闻一多的《红豆之十》等诗,均作了有价值的分析。这些诗篇,有的属于在推动新诗发展中起了重大作用的,有的属于最能阐明诗人的创作思想与艺术个性的,有的属于艺术上有突出成就的。但对周作人的《小河》一诗,尽管作者引用了胡适的判断(“是新诗中的第一首杰作”),尽管也说到它是五四以前最长的一首新诗(五十八行),但遗憾的是未能就这首诗在新诗发展中的地位作出自己的估价。我认为,《小河》的出现,是新诗完全摆脱了旧诗影响而卓然自立的一个标志。

因为作者娴于史料,因而他们根据事实作出的判断便非常有力。如《少年中国》对新诗的贡献,过去的论者或未曾提及,或提及而不能充分肯定。本书作者则认为这个社团“对中国新诗发展所作的贡献是不可低估的”。这一大胆的判断建立在牢固的事实上。事实之一是发表新诗的数字:“据我们粗略统计,仅在已出版的四卷《少年中国》月刊中所发表的诗作就达近一百五十首,而在有九卷之多的《新青年》中所刊的新诗亦不过二百多首。”这种方式也运用在提醒对于个别诗人的关注上,如论及俞平伯时指出:“我国第一部新诗集是一九二〇年三月出版的胡适的《尝试集》;第二部新诗集是一九二一年八月出版的郭沫若的《女神》;第三部新诗集呢?那就是一九二二年三月出版的俞平伯的《冬夜》了!”寥寥数笔,如刀刻般有分量。

作者治学严谨,论据翔实,不作虚夸之论。本书的写作,是一种开创性的工作,但又是“开掘性”的工作。许多当年活跃诗坛的诗人和诗运工作者,海内知之甚少,由于作者的介绍,方才有所认识。有些诗歌现象,不下深刻的工夫,是难以作出判断的。例如田汉发表在《少年中国》二卷三期上的《黄昏》一诗,大家原是陌生的。作者录出了全文,并加以判断说:“如果我们要想在中国新诗中寻找意象派的踪迹,恐怕田汉的这首诗要算是出现得最早的了。而作为一首意象派的诗来看,田汉的这首黄昏诗也可以说是写得相当成功的。”这些论述,无论对我们认识历史,还是思索现实,无疑均有充分的价值。此类事例比比皆是,不作赘述。

本书成书,准备一年,写作一年。时间不长,工作却是大量的和艰巨的。作为同辈人,我对二位作者充满了钦佩之情。我相信，读者将从这本薄薄的书中感受到它的重量，这里面凝结着他们劳作的晶体。对于他们的劳绩，自难尽述，但有一些小小的事例却令人难忘。如《新潮之群》论康白情诗，述及他的下落时，作者引用了斯诺《西行漫记》记载的材料：毛泽东同志在回顾自己在北京大学工作那段经历时，曾对他说过："我在北大图书馆工作的时候，还遇到了……康白情，他后来在美国加利福尼亚州入了三K党〔!!!〕"由此可见作者掌握资料的苦辛。又如新潮社的高尚德对于读者是相当陌生的，作者简述了他的经历（这是十分宝贵的）。但高尚德没有诗作发表于《新潮》，作者却从一九六二年出版的《革命烈士诗抄》上发现了他（即高君宇）的遗诗：

我是宝剑，
我是火花，
我愿生如闪电之耀亮，
我愿死如彗星之迅忽。

这个材料，使得关于高尚德的介绍具体而有力了。我想，作为读者，我们都应该感谢《琐谈》作者辛勤的工作。

一九八一年晚春于北京大学

青年——属于未来的诗*

我几乎每天都收到青年们寄自全国各地的诗。其中，当然也有来自我的家乡福建的。去年北国朔风乍起时节，我有幸回到了阔别的家乡，那里依然春光明媚。朋友曾写信告诉我："你的家乡出了个青年女诗人。"我知道他指的是舒婷。一个普通的青年女工，因为写了些诗，人们花了这么多时间来谈论她，我想，这事本身的价值已经远远地超过了舒婷的出现。

中国新诗复兴的整个局面是相当壮观的。我们的前辈和已经成名的诗人，正在辛勤地耕耘这片已经荒芜了十多年的园地。在明亮的阳光下，诗的幼芽也悄悄地破土而出。许多来不及崭露头角的青年人，正在艰难的条件下磨砺自己的笔锋。记得我与刘心武、李陀、孔捷生一行结束对厦门的访问而登上开往南平的夜车，是舒婷的诗给这个长长的旅途生活带来色彩与声音。我们身边带着这位诗人的油印诗集，我们每人轮流着，一首接一首地吟诵。她的诗篇篇可诵，篇篇耐读(多么难得!)——也许是让人甜的蜜，也许是让人醉的酒，也许是掺着泪的苦汁，总之，它不是白开水，也不是那种染了色的假的果子露。对比那些平庸而灰色的诗，舒婷的作品给了我们真正的愉快。我记得很清楚，当我读到下面这样的诗句时，心头浮起了一种熟悉而又陌生的感觉——

---

* 此文初刊1981年5月1日《福建青年》1981年第5期，初收《共和国的星光》。据《福建青年》编入。

我是你的十亿分之一，
是你九百六十万平方的总和；
你以伤痕累累的乳房，
喂养了
迷惘的我、深思的我、沸腾的我；
那就从我的血肉之躯上，
去取得
你的富饶、你的荣光、你的自由；
——祖国呵，
我亲爱的祖国！

——《祖国呵，我亲爱的祖国》

这是含着泪迹、带着伤痕、又汹涌着赤诚的血潮的真实的歌唱。当它表达对于祖国的光明的挚爱时，没有从眼前抹去那些祖国的昨天令人神伤的阴影：河岸上破旧的老水车，隧洞里熏黑的矿灯，干瘪的稻穗，失修的路基，纤绳勒焦胳膊的淤滩上的驳船。但它又看到了“祖祖辈辈痛苦的希望”，因此，酿就了发自内心的爱之歌。

论及当前青年的创作，有人担心他们的低沉乃至颓丧。

应该看到，不是所有的诗篇，甚至也不是多数的诗篇都低沉和颓丧，他们当中，也有昂奋和激扬。当代青年的声音，与五十年代青年的声音已有极大的不同，因为他们经历了前所未有的人为的灾难，当他们醒悟过来时，他们已不年轻，他们更深沉，更善于思考。我们当然希望读到那些让人热血沸腾的诗，也希望青年能写出这样的诗。但诗是心灵的歌唱，而人们心灵中的光明与阴影是世界的光明与阴影的反照。诗，又是诗人壮志的抒发。因此，我们更希望诗人能更多地创作出激昂的，鼓励人们为四化奋斗的诗篇；还愿意读到多种多样的而不是单调划一的诗。可喜的是，新诗已经出现了多样艺术相互竞争的良好局面。

的确，在当前青年的诗作中，也存在着某些我们不应赞成的颓废的东西，但并非主流。事实上，在他们的诗篇中，希望与信念的火光正在升起。这一希望与信念的核心，正是人民的觉醒。这一庄严的觉醒是以各不相同的、各具个性的诗的形象与语言来表述的。这是今天的诗篇有异于昨天的诗篇之处。舒婷也正是如此，她的柔婉中有刚健：

答应我，不要流泪
假如你感到孤单
请到窗口来和我会面
相视伤心的笑颜
交换斗争和欢乐的诗篇
——《小窗之歌》

不是不会流泪，而是要求“不要流泪”；不是在“孤单”中沉溺，而是要在“伤心的笑颜”中昂起。我们的生活中诚然存在着泪水与寂寞，正如舒婷不想淹没其中而要顽强地交换“斗争和欢乐的诗篇”一样。在经历了历史性的苦难之后，我们的年青一代已经懂得，要摆脱个人的苦难，必须把多数人的命运担在肩上。

我们面对的是一个新的世界，我们面对的是一种新的诗。它的形象属于青年，它蕴含着昨日的梦幻，它预告着明天的希望。我们从那些赤诚的呼吁中，从那些细声悄语的倾诉中，听到了对于未来召唤的涛音。这不仅仅是今天的诗。青年是我们的未来，因而，这也是属于未来的诗。我们的明天靠青年创造。我们诗歌的今天，诚然是从昨天走来了，但必然要走向明天。为了属于未来的诗歌，我们今天为之付出辛劳，甚至付出代价，乃是历史赋予我们几代人的使命。

南国乡野的叶笛*

——论郭风和他的散文诗

一

与其说他是一位散文家，毋宁说他是一位诗人。较之那些轻率地写作并发表诗篇的人，他更是一位严肃的诗人。他主要以散文的文体写诗，他写的是散文诗。我在这里要谈论的郭风，他不仅信奉诗的散文美，而且堂堂正正地把诗的精髓与散文的体式会合而为一种新的文体：散文的诗或诗的散文。这种文体当然早已在五四新文学中存在，但是在郭风手里得到了完好的发展。

认为他是一位诗人并非无端，他的第一本著作是诗集《木偶戏》。在那里，他为被粗暴地挤压在主人的箱子里的木偶戏小演员的命运而愤懑——我发现了一颗同情而善良的诗人之心。《木偶戏》不仅内在素质是诗的，而且形式也是诗的，但郭风把诗的内在素质看得比它的外在形态要重。他以一颗纯净的童心把握对象，而且要求得到单纯而质朴的表现。像下面这寥寥数笔，简直是神奇的联想与淳朴的表达的完好的结合：

一只蝴蝶从竹篱外飞进来，
豌豆花向蝴蝶道：

---

* 此文初刊1981年11月《长江》文学丛刊1981年第4期，初收于《中国现代诗人论》。据《长江》文学丛刊编入。

"你是一朵飞起来的花吗?"
《蝴蝶、豌豆花》

有着一颗衰老之心的人不会是诗人。郭风总是怀着一颗童心生活着、观察着、创造着,他是一位童真永驻的诗人。

我们说他严肃,是说他对生活是严肃的,对诗也是严肃的。"我自己常常这样想,恐怕我是不会写诗的。"郭风这样说过。实际上他都在写诗。不过,他把诗看得过于神圣,他只是不满意自己的诗,而宁愿不以诗的形式出现。《叶笛集》后记中的一席话可以证实这一点,他说:"写作时有的作品不知怎的我起初把它写成'诗'——说得明白一点,起初还是分行写的;看看实在不是诗,索性把句子连结起来,按文意分段,成为散文。"这说明,他太严肃,他宁愿把诗改变形态而以散文的面目出现——与其分行押韵徒有其表而非诗,不如把诗的纯正素质保存在散文的躯体中时时发光。我认为这正是一位严肃诗人的执著。

二

——他们真心真意地开放花朵,在不很显眼的地方,给大自然增加了美丽。

——《酢浆草,野菊……》

戴云山巅终年郁结着流云。木兰溪从云雾缭绕的山谷流下来,穿过富庶的莆田涵江平原,流入了绿波碧浪的兴化湾。眼前是荔枝林覆盖的绿得发黑的溪水,从茂密的枝叶间望去,是无边的甘蔗田,再远处,是红砖砌成的小楼群——这就是闽南特有的农家景象。这里就是莆田,郭风的家乡。他以美好的语言礼赞过生养他的乡土:蓝色的南方的早晨,透明的天空,注满了阳光和云彩的泡沫,流动着和煦的风,小城被花和绿荫拥抱着……。他在这里上过私塾,背诵过《论语》、《孟子》、《千家诗》。回忆这段生活时,他情不自禁地说:“背书极苦。”但背书无疑给了他滋养,增长了日后的中国古典文学的素养。后来,他在这里上新式的小学。他至今还怀着深深的敬意回想起最早让他看到美丽的蝴蝶和蜻蜓标本的小学老师。若干年以后,他自己也当上了小学教师,轮到他给孩子们展示昆虫标本了。

闽南莆田、泉州一带,曾是古代海上交通枢要,中西方文化在这里有紧密的交往。这里今天仍是侨乡。浓郁的亚热带风光加上某种由居民习俗构成的异域情调,陶冶了诗人的性灵。郭风生活在这里,小时接受着爱的教育,长大又施爱的教育给儿童。他此时的生活充满温情与憧憬。他的生活较之那些在生活里激荡奔波的人,是平淡的。但是茂盛的花草和五彩的昆虫,给了他一个广大的世界,一个陶冶性情的充分幻想和想象的世界。

他的大部分经历是教师和编辑。早年他的主要活动范围是滨海的城乡。那一片南国艳阳照耀下的田野和城市湿润的街巷,带给这位早熟的诗人以美丽的遐想。他像一位天真的孩子,在辽阔的乡野嬉游。对于他,一切都是充满趣味的;那里有一架丝瓜垂下了藤蔓,他由此感到从未有过的新鲜的感觉,“一种生命力的勃发的新鲜”(《丝瓜》);那里有一只蜜蜂在玻璃窗上冲撞,他把它放走了,他的心也随着蜜蜂飞腾在那些“开着草莓的小花的地方”,他感到蜜蜂投入自然怀抱是非常有意义的,“于是想到这只蜜蜂就感到亲切”(《蜜蜂》)。

他在大自然的恩惠之中,感到了生活的美好。仿佛行走在美丽的原野,那里碧草绵绵。他发现那草丛中:有一种在叶托上不被人觉察地开着小白花,另外一种则开着小黄花,同样是隐秘地躲藏起来的;那里有一个小女孩在采撷那些花草以装饰她的竹篮,他为天真无邪的景象而目乱心迷,但又不愿惊动,怕损害她以至“失去天性上应有的活泼”。但他因而满足,他说:“对于严肃的人,会感到在那些碧草里,也是一个极大的世界。”(《摘草》)在那个时代,有的诗人投身到直接为未来而奋斗的抗争,郭风是内向的,他没有激昂的行动,却也不愿同流合污。他拥抱着那个微小的但又是"极大的世界"。这个世界是纯洁和干净的,现实生活中丧失了的东西,在这里却完好地保存着。对于诗人,这无疑是一个与混浊的现实相对抗的理想的世界(这当然并非那个为理想而奋斗的同类意义上的对抗)。

那是一个暗淡的年代。饥饿,贫穷,后来是战乱,给他的童话般的心灵天宇,布上了阴暗的雨云:

> 那些云的颜色忧然而浑浊,从似乎很久以前,从似乎被遗忘时日起,就压在那里,连结一个一个没有改变的日子。

诗人感叹说:

> 日子很暗淡,很暗淡……没有头,没有尾。像那些云一样。人们对于自己的生活,也没有丝毫的感觉——只是一个夜晚过去了,天还没有亮。
>
> ——《和昨天一样的日子》

日子的确暗淡,加上他生活的天地又是窄小的。但即使窄小,也仍然充满了泥泞,潮湿,污秽。人们几乎找不到平坦的路面,他们蹒跚行走在泼满药渣的凹凸不平的陋巷中。

作家在他所居住的城市的路旁,看到许多令人揪心的苦痛。在拥挤的街巷,那里有一个人在等待;细看不是等待,而是在"虚弱地喘息"。他为这些普通的生活场景动心:"我们一向都不曾有过一个机会,来回味一下有过的快乐的事情;否则来抚摩抚摩自己的周围的深沉的苦痛!我变得迟钝了吗?真正成为畏怯的吗?这篇题为《节目》的散文是由街旁一个喘息的人引发的。作家由此而对生活作巨大的概括,他叹息说:"没有节目!人们是不分晴雨,没有欢乐,没有休息,没有阳光!昏天黑地……"

不要轻责年青作家的沉哀。他对这"节目"是怀疑的,他反问:“难道到这一天,他们还没有抗议吗?”一件小小的场景往往能够牵动他更大范围的联想,这说明他的思维的习惯与规律完全是诗的。正如他爱原野上那些小花,由此受到美丽的自然的启迪。但那个时代,眼前更多的是“发出臭味的湫溢之所”。许多令人吃惊的场面,使他对整个生活产生怀疑,他禁不住要发出沉重的慨叹:天空是平庸的,不是蓝,便是阴暗,成为一块凝定的矿物质之类的东西压在上面!他呼吁:“下一阵暴雨是人心所快的!”

生活的上空是布满了云层,但是诗人却向往着云层之上的明艳的阳光,他由衷地歌颂“乐天派的哲学家”,歌颂即使在阴郁中也要快乐唱歌的喜鹊:“你同情人们,你看见那些灰暗的生活……但不肯一同哭泣!你总是从苦痛中间,透露出可以快乐的消息。”(《喜鹊》)

那个时代的青年,有他分内的苦闷,郭风也逃避不了这时代的悒郁症。但他毕竟不是多愁善感的人,他有一颗童心。他对于生活,总是于苦难之中寻求友爱和同情;在混浊污秽之中,他追求并维护心灵的纯净。读他的诗一般的文章,你会随时听到他的欢乐豁达的声音:“我们要有很多很多的窗,大大的窗,永远地开放着。”尽管他和他所接触的大多数人,当时都生活在没有窗或很少窗的阴暗之中。他不理会你对这种召唤的怀疑,他会对你解释:“开着的窗就表明一个人心情很好,很愉快的……表明一个人很开怀,在伸开着两手,在大声地说话,在欢迎着他的朋友。”(《开窗的人》)他像一切诗人那样,心地光明,富于幻想。当他抒写着自己的情怀,目光投向不可知的明亮的去处——

> 我们越向前,前面的路越宽越阔,空气越显得清鲜,日光更加明灿!有那长着阔大的绿叶的树枝,在风中摇摆。如果洒下一点急雨也多么好,急雨洒在树叶上!——
>
> ——《曹》

他幻想那无边的光明,甚至忘记了他所居住的“室内,多么穷,多么杂乱,有阵阵的霉味”。幻想,使他仿佛生活在另一个世界里。

诗人们往往如此,他们敏感,这种敏感甚至带有神经质。他们易于激动,对丑恶的不可忍受往往令他们痛苦地爆发。一旦发现这个世界不那么美好,他们就着手创造一个新的世界。当他们进行这种创造时,并非绝无客观依据,只不过,诗人运用他特有的才能,给这种依据披上了金色的光痕。本世纪四十年代,一个普通的黄昏,那年月当然并不是美好的,但郭风确认这是“一天中最柔和的时刻”。诗人因向晚的煦风而感觉“些微的沉醉”,他看见榕树以“最雅妙的姿势”装扮着那迷人的暮色。一切如往常一样,当然也是平淡而又平淡的。这时,驶来了一架没有搭客的空马车,御者穿着粗布衣,路边一个褴褛的孩子迎上马车,爬了上去,和驾车人并排坐着。这平凡的情景,引起了诗人的激动。诗人自问:这其中有着什么样的默契呢?他认为贫苦人是一有机会便会互相帮助。他看到了人性的美丽,特别是在那些受苦受难的人们那里。他欣慰地感到:“就在这个晚晌,太阳快要低落下去的一刻,有一种看不见的力量,使人互相拥抱在一起。”他得到了一种安慰,说:“这个黄昏,我觉得多么柔和!”(《马车和小孩》)

从早期散文诗看,郭风的生活范围的确并不广阔。窄狭的生活不能令他满足,特别是那窄狭而又平庸的生活。他从丑恶的现实中发现了永恒的东西,这种东西是无须用言语表达的。例如御者与小孩之间的默契。他认为这是唯一能给彷徨中的人们带来慰藉的东西。

郭风一跨进文学的门槛,便是积极的。他有着同时代人少有的那份纯真的乐观,他不是没有忧郁和哀愁,但也被镀上了童话般美丽的光泽。他极少那种强烈的情感的表达,他总是平平淡淡地,甚至轻声细语地——即使在诉说不平和苦难的时候也如此。收在他新近出版的《你是普通的花》集中第一篇《草》，写于一九四一年，大概是他的最早的散文诗中的一首。在这里，我们依然可以看到他的虽然不深刻、但却无疑是乐观而顽强的生活哲学：

> 昨天不是为野火烧成焦褐色的灰烬么。昨天不是封禁在冰雪的下面么。受着春风的抚慰，太阳的照射，露的滋润，一夜之间，草原上绿色的海满潮了。
>
> 草启示着什么呢。
>
> 草启示生命的繁茂和旺盛。

郭风在编选这本自选集的时候，“一连数日想不出书名”，最后选中其中一篇文章的篇目作为书名，这就是《你是普通的花》。是的，这些普通的花，也许是紫罗兰，也许是郁金香，也许是蒲公英——郭风确认它们是蒲公英。他对着这种极其平凡极其普通的花发出了由衷的礼赞：“你谦逊。你开放很小的花。你坚定。当你确认了自己是喜欢淡黄的色彩的，你服膺自己确认的信念，始终如一地开放小小的花，开放焕发着淡黄的色彩的花朵。”（《你是普通的花》）

散文诗这种文体确是“普通的花”，它体积小，声音也不宏大。它只在文学这个广大的天地里，选择一个角落，默默地开放着。这种普通的花，它也和一切的花木一样，艰难地生长，含苞，开花。它同样的认真和严肃，从不苟且。从写《草》算起，近四十年了，郭风一直坚持“服膺自己确认的信念，始终如一地开放小小的花”。这种韧性，这种锲而不舍的坚毅，是从事文学事业者的可贵的素质。

在郭风的文学生涯中，他十分敬重西班牙的阿左林。这位诞生于伊比利亚半岛的莫诺伐尔城的作家，他毕生以主要的精力从事散文小品的创作。据说他当选学士院院士的就职演讲用的是散文《西班牙的一小时》,以代替一篇枯燥的官样文章。郭风认为,一位作家,能够忠于自己所擅长的文体的职责,是“一种可贵的品质”(见《关于阿左林·之一》)。郭风从这位前辈身上,承继了这种品质。

当我们置身在浩如烟海的文学的天地,我们为那些花团锦簇的景象所感动,我们不可忘了在默默的角落认真地但也可能是寂寞地履行自己使命的普通的小花。须知:“苔花如米小,也学牡丹开。”整个春天的创造,也有它的劳绩。

三

——那笛声里,有故乡绿色平原上青草的香味,有四月的龙眼花的香味,有太阳的光明。

——《叶笛》

郭风是一个乐观的歌者,即使在本世纪四十年代后期蒋家王朝统治的最黑暗的年代,他也没有断了希望之歌。当周围没有美的时候,他悄悄地创造着美,在美被潜藏在平凡人的心灵的时候,他默默地开掘着美。在那些阴郁的岁月,在消失了光明的暗夜,诗人注视着现实,他仿佛在暗夜里的天空寻求远处忽有忽无的星星。他开始注意一些细小的事情,他毕竟有了欢喜的发现:“在这互相漠不关心的时日里,有人在廊檐下面悬挂一盏灯。”他于是记下了那诗一般的场面——

我曾见到一个很小的孩子,站在一只倾斜的木凳上,举起小手在那盏灯里添了油,他的举动使我欢喜极了。

——《廊檐的灯》

这盏灯以及这个给灯添油的孩子,使诗人产生罗曼蒂克的幻想,他的空寂的心得到了充实。他由此认为“这个世界是可诅咒的,但我不相信,它是没有希望的”。那个时候,他实在只能这样寄希望于微茫，光明的祈求对于他是抽象，黑暗的重压对于他却是具体。他看到的世界诚然并不开阔。那是《低的屋檐》："它很破烂，它像破烂的云一样，低低地，阴暗地压在那里。"他由此感到了"我们有太多的忧患，太多的憎恨"。即使创造财富的《犁》："这黑色而沉重的农具，像枷锁一样套在牛的颈项上"，他对此也禁不住发出叹息："犁是沉重的、无情的工具"。但郭风的艺术倾向于内蕴，一般不作浅露直白的表述，我们只能从他的曲折婉转之中去寻找它的倾向。他把强烈蕴藏在浅淡中，他把激情的呼吁，化作了一片柔婉之声——我们只能遵从这样的角度，才能有效地欣赏郭风的散文诗。"那些满缀着补丁的褴褛的白帆也回来了，那些满身披着海洋的长征的倦怠的双桅船也回来了，那些贫穷的渔船也回来了。母亲的渔港，以激动的两臂搂抱着她的自由的、永远流浪的子女们，听着他们各式各样的细诉，他们的抱负和在远征途上的遭遇的叙述……"(《港》)我们从那些飘泊者的形象，可以想见奔波在辛苦劳碌中的底层人的生活，从渔港的张开双臂，可以想见人间受苦受难的母亲与儿子的挚爱。这些词章之中，隐藏着人世的辛酸。

从《木偶戏》开始，郭风便尝试童话与诗的融汇。这种融汇的产品，便是带有浓厚的童话色彩的散文诗的出现！这是郭风独特的创造。童话展示了诗人的天真与质朴。当现实生活中有太多的苦难无以排解，诗人便在童话世界中寻求内心的平衡。在那里，他寄以满心的希望，而且他可以获得光明之慰藉。《月亮的船》是写得较早的一首童话诗，郭风的哲学在这里得到了体现。他把月亮船看作是有异于现实生活的船，尽管它普通得甚至没有船篷，但上船时，无须经过麻烦的检查，以及没有随意斥责穷人的警察，使人忘却了它的简陋。诗人认为这是"看来各方面都是顶好的""平民的船"。广义地说，《月亮的船》是对美的创造，当他创造的时候，他理所当然地摒弃了丑。

新时代到来的时候，郭风吹起了叶笛，这是他的故乡乡野的叶笛："像民歌那样朴素。像抒情诗那样单纯。比酒还强烈。"当别的诗人用号角和战鼓奏起新中国乐章的时候，郭风用他的叶笛吹出了他的新生活的抒情曲。他仍然如往日那样默默地、悄悄地在为中国新到来的春天创造着美。《叶笛集》是郭风解放后的第一本散文诗集，在那里，我们所熟悉的早期的阴云消失了，而保存了明快与柔和，再加上无忧无虑的欢乐。《叶笛》中如下的诗句，可以认为是对五六十年代郭风创作基本主题的概括，它——

> 吹出了对于乡土的深沉的眷恋，吹出了故乡景色的激越的赞美，
>
> 吹出了对于生活的爱，吹出自由的歌，劳动的歌，火焰似的燃烧着的青春的歌……
>
> ——《叶笛》

他的笔下，南国风情更加妩媚：果园像一顶花冠，龙眼树开放着米黄色的小花，橙花散发着醇酒一样的浓香；麦田像一座天空，里面注满阳光和流动的风，南方的乡野上到处"吹出花一般的音乐，吹出南方的阳光一般明媚的音乐"。(《麦笛》)

祖国社会主义的宏伟建设不能不在他的叶笛中得到显示。作为郭风创作新阶段的一个特色，那便是他的散文诗增添了新时代的节奏与音响！那些褴褛衣衫的孩子不见了，那些喘息于路旁的孤独人不见了，甚至那些阴沉与潮湿的发出霉味的空气也消失了。这是郭风眼中此时的《天空》：

> 蓝色的天空啊，
>
> 无边的广阔，那样的深远——
>
> 白天出现太阳，晚上出现星星和月亮。鸟从那里飞过，风迎着行云从那里吹过。雨点从那里滴落下来。

> 吹着南风的日子，蒲公英带着白色绒毛的种子，好像雪花在那里飞扬。
>
> 节日里，我们放出气球。一个一个向天顶上，红的、玫瑰红的、绿的，柠檬黄的和紫的色球，带着我们欢呼，在那里浮游，在那里翱翔。

这是新中国的光明澄澈的天空，那是纯净的，没有一丝云翳的、透明的天空。与其说这是对于我们当时生活的写实，不如说是诗人此际心境中浪漫情调的展示。现在反顾建国初期的文学艺术，大抵都是这样一片透明纯净的美好。新生活的美丽娟好太让人沉迷，人们来不及寻找它的缺陷和阴影（绝非没有！）。但是人们对比前此的苦难和黑暗，他们有着极大的满足感。

郭风仍在写他的童话般的散文诗。这些散文诗里，轻柔的情调中充满了安恬与幸福。他写《豌豆》，它的花“像小小的蛱蝶，像很多的小蛱蝶停在绿色的篱笆上”；不久结成了豆荚。最好的是关于豆荚的联想：那豆荚内好像铺着一层天鹅绒，圆圆的小豆好像姐妹一样，一起睡在这铺着天鹅绒的小床上——“她们在做一个美丽的梦，梦见一只彩色的蝴蝶飞起来了……”那些躺在柔软的天鹅绒的小床上做着美丽的梦的，是我们的有着幸福童年的孩子，也许也是我们这些不再担惊受怕的平凡的人——他们世世代代都梦想着这样可以平安地做着甜蜜的梦的一天！除了《豌豆》，他还写《水蓼》：他对水蓼说，“你是鲫鱼的朋友。你是浮萍的朋友。你是水藻的朋友。……小涧里的水蓼花，蜜蜂是你的朋友，我也是你的朋友。”在这些笔墨的背后，是郭风对于新社会中新型的人与人关系的赞歌。他在旧中国曾经发出叹惋，那时人与人是冷淡的甚至是残忍的。因而，他夸大那无边的暗夜里一盏为他人也为自己悬起的灯，在这微茫的光明里，他寻求苦闷的解脱。而现在，他的赞歌是由衷的。水蓼花有那么多的朋友——几乎所有的一切都是它的朋友，这是五十年代共和国繁盛时期的社会风气的真实的折光。

郭风还是郭风。只是先时,他的叶笛声中带着淡淡的哀愁,现在,只是明快、轻柔、无忧无虑。他仍然画着南国的风情画。但时代强劲的风,不能不吹到他的优美抒情的画幅中来。但郭风也仍然顽强地使之为自己的风格所融化。他的清丽的水墨画中,从此闯进了一些热闹的角色。——在那个不平静的甚至难以冷静的时代,很少能保持一角绝对静谧的山水,郭风的散文诗当然也不会绝对静谧——新的风浪带着杂沓喧闹的声音闯进他的童话境界中来:《水电站示意图》、《电动打麦机》、《农具厂正在讲话》、《水平仪试制》、《水电联合加工厂》、甚至是《村镇示威游行》。在这些篇目中,郭风当然要谈论重大的内容,例如政治生活,这是这一时期(主要的是“大跃进”时期)不能不谈论的内容。但是,他的癖性使他仍然不忘记美好的自然景色,他的笔下不能没有色彩、音响和香气。例如水电站,他沿着公路走向那里,他看见:“雾慢慢地消失了。早呵,路旁的荔枝林,村前的木瓜树和玫瑰花。早呵,我们的溪流和我们的麦田……”(《水电联合加工厂》)在这里,他顽强地保护着人们心灵的美的艺术再现——尽管它业已显露出与当时的“时代精神”某些不和谐的迹象——但他仍然保护着。但当日那种气氛实在太强大,它不能不使郭风作品产生即使是称不上严重的变化:柔婉的东西有些消隐,而概念的堆积与空洞的说教也不能不有所侵蚀——

这个农具厂,党支部书记告诉我:去年产值十万元,今年产值要达到一百五十万元(翻它十五番):去年制造水田深耕犁七百部,今年要生产五万部!去年生产的碾米机才十三台,今年要制造二百六十台!……我们还要制造手推车五万部!……

(因为农业大跃进要求我们这样做呵!不这样做,还谈得到为农业生产服务么?这是方向问题,这是我们的路线问题！不这样做我们能够实现省委所提出的，五年之内实现农业四十条纲要么？……）

这是《农具厂》中整段文字的抄录，通常文章都是如此。在这里，郭风的风格消失了。当然，类似《农具厂》这样的作品只是个别的。应当说，郭风是当代作家中少有的一位执著地忠于自己所钟爱的文体的作家。但是“时代病”也不能不传染了他。那时候他真诚地歌颂那些“跃进”。出于热情，他歌唱了某些不值得歌颂的东西。有的工厂竟开设在密林深处：有的机器厂在深林与崇山的后面升起了“一道一道强烈的浓烟”，有的水泥厂，通过“苍郁的大森林”和“滔滔奔流的溪面”撒下了“棕褐色的烟雾和细粉末”（《沿着溪岸，往前走……》）一股政治的浓烟，使作家失去了自己！那是一个感情过多而缺少理智的年代，我们不知道森林被砍伐，不知道空气被污染，不知道我们的热情发挥得近于浪费！在那些年代很少作家能够如郭风那样对待对他的艺术如此信誓旦旦。我们只是慨叹，即使热爱美好的山水如郭风，他的纯净的天地也不能不受到某种骚扰。

不知是幸与不幸，连这样的时代也过去了。中国陷入了更大的热狂之中，那是动乱的十年！除了那些貌似革命的大喊大叫，以及那些由肮脏的语言构成的“大批判”，一切文艺都遭到了贬斥。厄运保存了郭风的文风和韵调，在那些时日，他也被驱赶到了一个南方高寒地带的小山村。动乱的生活没有遗忘了他，但是这个动乱却使他亲近了大自然。即使当时，郭风只能偷偷地（郭风说是“暗自”）写作。但是，那些优美的山川草木和浓郁的抒情情调无疑是回来了。郭风仍同往常那样，写着他的散文的诗、诗的散文。他仍以一颗诗人的童心拥抱自然所创造的美的世界。这些“暗自”写出的文字，当他重返文坛之后，得到整理和发表。《山中叶笛》、《松坊随录》、《花卉、风景画自选》中有新作，也有旧作的整理。经历了危难，郭风的童真不改，但是，他毕竟显得深沉了。下面一段文字，录自他的他的《花卉、风景画自选·序》，它帮助我们认识重返文坛的郭风：

> 在一个历史性的时刻，我一家旅居于一个小山村。其地民情醇厚，其地山水甚美，雪甚美，花草树木甚美，雀鸟蝴蝶甚美。我忽地有动于衷，并异想天开，以小散文试作花卉画，试作风景画。
>
> 现在自选若干章公之于世。文痞呵，且把棒子挥过来。是为序。

在被人遗忘的角落（其实不是“角落”，是广阔无垠的乡野），他发现美仍然完好地存在着；当文化专制主义极其肆虐之时，他居然“异想天开”地要作花卉画、风景画。这本身便是挑战：“文痞呵，且把棒子挥过来”一语，乍看是对这篇隽永娟美文字的完美的破坏，但是，这种不和谐正好表达了作者来不及选择更为恰当文字的愤激之情。

多年以来，批评界对于这样一些始终不渝地悄悄地（甚至是偷偷地）给我们的生活增添诗情的作家怀有偏见。我们以为他们只是寄情山水而脱离现实的人。这种认识之所以是偏见，是由于它要求所有的作家在反映生活的态度和方法上“高度一致”，还由于他们不能理解文艺之与生活（包括政治）的关系多半是曲折的。尤其是抒情诗、散文诗这些文体。郭风当然不属于脱离生活和脱离政治的作家。在旧中国的暗夜里，他礼赞“点灯的人”；在那些“大跃进”的年代，他也热情地“配合”过它（这要作合理的分析）。如今，当《雪从我们村庄的上空降落下来……》的时候，他一方面看到——

> 好像有很多的、很多的
>
> 白色的山百合花和蒲公英，白色的酢浆草、紫罗兰以及白色的菊花，

从我们村庄上空降落下来，……

一方面也看到：水磨坊的大木轮，“仍然不停地在转动着，转动着又转动着，在挥动着一串又一串的水的珍珠”。生活并没有在雪压中静止，它的大木轮仍然在转动。诗人仍然在思索和工作。

一九七九年，他一口气“改写”了四篇构思并初稿于“流放”山村时写的《雪天漫笔》。在雪天里，他“忽地想到我国古典山水画有一种很强的艺术表现力，有一种特殊的现实主义传统”。他认为那种代代相传的山水画“确是极为传神和富有魅力”。他想到清人邹喆的雪景图；想到郑燮的双松图；想起宋人杨补之的雪梅图；以及宋代佚名作者的《湖岸泊舟图》。他由现实的雪景所感奋而神游于前人创造的美妙的艺术境界中。他的“漫笔”是写在文化灾难的一场“革命”中的，他的思索，与其说是愉快，不如说是痛苦！那业已消逝的文明的创造，此时到何处寻觅？理解了郭风就能理解蕴于此中的抗议，有时，他甚至不顾一切地直接出来抗议：“我觉得随意菲薄前人，或者轻率否定他人的劳作，即使不是别有用心，也是愚蠢的。当我回到村里时，对着溪边山涧的积雪，忽地想起那些放肆地摧残我国文化的人，不禁怒火中烧”。（《雪天漫笔·二》）

在那个高寒的小山村，那里不仅有美丽的寒冷的雪，而且也有同样美丽的霜。如同欣悦美丽的雪一样，他欣悦那美丽的霜。他的作品中不时出现有霜的夜，他为那些霜夜中坚持远征的雁群“深深地受到鼓舞”，而且“深深地有所思考”。有一篇，干脆名为《夜霜》，他写道：

月亮好像一枚冰冷的黄玫瑰。北斗好像几颗冰冷的宝石。我看月光和星光把乌桕树和梅树的树枝，画出树影来，画在溪岸的草地上。

他为自己再创作的这幅“山水画”而“深深地感动了”。但是写美还不是他的最终目的,他要借此以怀念美的真诚创造者,以及对美和创造者的迫害的抗议。但在郭风,在他的散文诗中,这种激情往往是令人觉察不出的“不动声色”。《夜霜》中的激愤在结尾:“这一刻间,我忽地无缘无故地思念起一位友人,一位刻苦的、勤奋的、谦逊而又有点固执的画家来了。”如同写于一九四七年的《鹰》是悼念一位牺牲的游击队中的同志一样,《夜霜》也是有所为而发的,郭风有一段文字可以佐证:“我记得我一家下放一个高寒地带的小山村时,我经常于夜深时走过山路回到家里。山村浓霜的夜晚多么美丽,多么动人。我想起我的许多被迫害的同行战友;我想起了我党的艰苦卓绝的战斗历程;我思考党、国家和民族的命运;我在农村里暗自写了《夜霜》、《夜雁》、《水磨坊》等作的草稿。”(《你是普通的花·自序》)

这是一位严肃的诗人。他的严肃体现在对于自然和人生的挚爱上,体现在他对于艺术的挚爱上,更体现在他卫护着艺术自身的圣洁而不受污染上。即使当他对生活发出呼吁的时刻,他也严格遵守着艺术的法则。经历十年动乱之后,郭风的清丽依旧,只是更显深沉了。他的深沉仍然是郭风式的,如《夜霜》等篇即是。

四

在新中国文坛中,始终坚持写散文诗的人并不多,郭风是最专注者中的一个。这种文体太不起眼,郭风一直是寂寞的。但他认为自己是一朵普通的花,他只在那里默默地结着蓓蕾,悄悄地开放。一朵普通的花,同样是艺术的结晶。散文诗这个文体,玲珑精致是它的特点,加上郭风恬淡清远的个人风格,读它的散文诗是一种美好的享受。“在风中,棕榈树美丽得好像雨伞。”“在炎热的夏天的日午,它美丽得好像招风的蒲扇。我们的村庄是清凉的。”(《棕榈树》)它以委婉的气氛包围着你,让你心境宁静，沉浸在安谧的沉思中——它当然也告诉你一些重大的问题，但是它从不浅露，它很委婉，它只是含蓄地给你暗示，引发你的联想。郭风的作品，诚然多写风花雪月一类，这类作品，其首要使命是让人觉得这世界，这人生是美的。他追求美的再现，他能够把自然界写得充满诗意和生命。这里有一股《涧水》，它活泼地流进我们的心田："水是明亮的，欢愉的；涧中的绿的飘带一般的水草，生长起来了。水中好像有风，飘带一般的小草，好像在水中风里飘动着。"

但这种再现并不令我们的诗人满足，他要求这种再现能够传达出那语言难以传达的韵致。他甚至把自己的散文诗叫做花卉、山水、风景画。他甚至寻求在诗中以泼墨的手段再现他所看到的雨中的山，雨中的松林，雨中的溪石……但艺术上的苦苦追求带给他以烦恼，他反问自己："我又应该怎样来描绘从雨中的松树林间传来的、越来越壮丽的瀑布声？怎样来描绘我们村庄里雨中的风声以及山间方兴未艾的雨意呢？"

当然，这并非事情的全部，郭风再现美的任务还不尽于此。不存在离开作家思想的单纯的自然描绘。"一幅花卉画，都可能倾注作家、艺术家的美学理想，倾注他们对人生、社会和政治的某种评价，或在其中曲折地表达其政治主张！"（郭风：《我所受的文学教育》）在郭风的创造中，风花雪月不曾离开对人民和祖国命运的关切。散文诗较之其他文体，当然是袖珍型的。但是富有实践经验的有才能作家，能够以这种袖珍型的文体对生活作巨大的概括。这种概括只能以极少的文字来承担，而且还要不失散文诗的活泼、轻快的特征。郭风曾以千余言写过《人民大会堂颂》："人民的威力统治着一切。你是人民的权力的象征，人民以太阳一般的智慧和创造力量塑造了你。"有力、准确、也深刻。他擅长以不很具体的语言把对象鲜明地显现出来，他能以寥寥数十、数百言刻画着一座城市，它写长江，写徐州，写泰山，写一

望无边的华北平原。在他对无锡的描写中,简括与丰富有完美之结合:

> 我感到你的天气像丝绸一般妩媚。我感到你的工厂的烟囱里的烟,好像也是滤过似的,那么纯净。你的桑园,你的沃野,你的湖滨的工人疗养院的屋檐和玻璃窗,你的水边的垂杨,总是浴着阳光。
>
> 呵,你是绿的城市;你是面粉的城市,你是炼钢冶铁、制造机械和纺纱织布的城市;你的田野里生长的是芬芳的、玉般雪白的大米;你山上的泉水可制佳酿,你的泥土捏塑成美丽的泥人……

有的诗人写得精致而细腻,有的诗人写得雄浑而凝括,有的诗人清约淡远为其所长,但不善于作纵横交错的概括。郭风就其基本倾向而言,属于清婉一派,但他能以抒情曲般的文字写大的场面。《无锡》的凝括是在轻松愉悦中达到的,同类诗人往往会为此而感到吃力。

我们一再强调郭风是一位诗人,他的思维和构成形象的方式的确是属于诗人的。有一首叫做《我的愿望》的"童年回忆",说"我想用我的手巾,把启明星拭得更亮一些";又有一首叫做《电》的单行体:"你是在雨中燃烧的火焰?"表明了郭风完全具有诗人的才智和胆略。

郭风不全是新巧,也不全是婉约,在他的散文化的句行中,往往蕴藏着极奇妙、极雄浑的真诗。他有一首写海的散文诗,其中的诗句的威力可与那些最善于写雄浑诗篇的诗人比美:"海有豪华的日出奇景。这时,我看见海像一座万顷的玫瑰园。"当别的诗人在那里以美好的音节和艳丽的诗句装饰他的诗时,郭风仅以一句话震动了我们的心灵。

读着郭风的作品,特别是读他构思并初稿于十年动乱的逆境的那些作品，让人想起柳宗元写《永州八记》时的遭遇、心境及文风。那的确是一些艺术精湛的清泊淡远的文字，但又寓着隐痛，郭风无疑从这位古典散文大家兼诗人的前辈身上承继了许多东西。如前所述及的，幼年的郭风读过私塾，背过书，但是最早给他以启蒙的，也是那些中国古代的作品，他有着一般的文学少年对于文学的最初的感应。他自述，当他在私塾中跟着老师朗读“云淡风清近午天，傍花随柳过前川”时，“我朦朦胧胧地感觉到，这诗中有一种音乐的美，画的美”。乃至于读到“学而时习之，不亦说乎；有朋自远方来，不亦乐乎？”时，他也感受到了一种令他愉快的内在旋律之美，尤其令他感觉到其间“有一种建筑艺术上的对称的美”。是诗人，总会在属于诗的领域中寻到共鸣，他总会在平凡朴素的生活中找到诗的结晶体——甚至是诗的闪光的碎屑。“我的私塾老师是我最初的文学启蒙老师。”郭风这么说过。随后，他认识了贾谊、司马迁、柳宗元、苏轼，而且更多地认识了冰心、鲁迅、叶圣陶，许地山……他第一次发表的作品，是散文《地瓜》，刊登于茅盾主编的《文艺阵地》。他对这位前辈怀着敬意和感激，《你是普通的花》书名是茅盾亲笔题写。

郭风所受的文学教育，不仅是中国的，而且也是世界的，到现在，当他和青年朋友谈及往事，总怀着眷恋的心情向他们叙述：当年，一个十二三岁的少年怎样从屠格涅夫的《海上》感受到了这个俄罗斯老人晚年的心境：南欧的海面，浓雾迷茫，十九世纪末期的远航轮船告别了陆地。那离别了亲人的旅人的寂寞，感染了这位少年的心，以至于至今他还感到了那种永恒的寂寞的心境……读《海上》也许是散文诗这一文体与他的最初的结识。郭风的文学涉猎甚广，叶芝、果尔蒙、H·D等象征派、意象派的诗，他都读。时至今日，他还怀着浓厚的兴趣谈到了凡尔哈仑的“风车旋转于夕暮之深处，徐缓地，面向抑郁而悲愁的天空”，他还铭记着凡尔哈仑的《风车》中这些淡淡的悲哀的句子。

当然,对郭风产生了极大影响的是西班牙的阿左林。这位散文大师以其辉煌的作品和毕生对艺术的忠贞之心影响了郭风。阿左林有一段话,我以为对郭风的艺术生涯起了决定性的影响,这话便是:“劳动者对于他的职业的爱,便是在一件不论是‘自由’或是‘机械’的业务中最关紧要的东西,不论我们所做的是什么,主要的事是带着一种热烈的感情去做”(戴望舒译:《西班牙的一小时》)。郭风对于他为之贡献了毕生精力的文体——散文诗,便怀有这种“劳动者对于职业的爱”,他认定这是他的“职业”,而且数十年如一日地“带着一种热烈的感情去做”。

也许直到今天他也还是寂寞的。人们不知道,在春天的原野上,岁岁年年,总有无数普通的花在认真而执著地开放。不甘于寂寞的花,可以是不平凡的;甘于寂寞的花,也并非注定是平凡的。有一篇《草莓》,其中有些话,我以为可以用以形容郭风,尽管我知道他不是在讲自己。“那些野外的路旁和草地上,草莓多得很。这些普通的东西,竟很少有人注意她们的美质。我记得泰戈尔的诗句:“当我们谦卑的时候,便是我们最近于伟大的时候。”

一九八一年五月二十一日于北京蔚秀园

对有些新诗不用标点的理解*

艾青的《黎明的通知》一诗，基本不用标点符号（通篇只有一个放在句末的破折号以及若干个放在句中的逗号），这在新诗中是并不罕见的现象。

我以为诗中的不用标点，其实只是不见标点（符号被略去了）。其道理犹如不加句读的旧体诗词一样，阅读和理解都建立在正确的断句上，而不是句子不用断开，其区别只在于已经或未曾用明确的符号加以标明。

诗歌的语言是一种提高了的语言，它对与语言的表达关系极密切的标点符号的使用，自然也是要求极严格的。诗人的不用标点，其实不是心目中没有标点，而是他认为对于这些语言的表达，标点是“不在话下”和“不成问题”的。因此，当我们阅读或朗诵那些无标点的诗时，首先一道“工序”，就是要在心中对它正确地断句（这在分行的新诗中是不成问题的），并给它“加”上必要的、适当的标点。例如：

> 让劳动者以宽阔的步伐走在街上吧
> 让车辆以辉煌的行列从广场流过吧

在阅读时，句末均可分别“加”上一个惊叹号，表示祈使的意向和

---

* 此文初刊1981年6月5日《河南教育·中学版》1981年6月号，初收《论诗》。据《河南教育·中学版》编入。前有编者按：偃师县缑氏公社姚凹学校姚改月、邓县文渠公社教育组闻宗泽等同志，来信询问关于艾青《黎明的通知》一诗的标点问题。我们约请《诗探索》杂志主编谢冕同志作了解答。

激动的情感。读时,便可根据这些看不见的符号,把句子读得有力而激昂。再如:

> 请叫醒殷勤的女人
> 和那打着鼾声的男子
> 请年轻的情人也起来
> 和那些贪睡的少女
> 请叫醒困倦的母亲
> 和她身边的婴孩

这里的三段中,每段的头一行可用逗号,第二行可用分号,以此类推。诗人认为只要你会欣赏诗,你就一定意识到了这些标点符号的存在,这是“不言而喻”的。

如上所述,还不是理由的全部。我以为最重要的是诗人认为,在他的某些诗中若用上标点符号,对他的思想感情的自由抒写,是一种拘束和限制,是有意地不用,而不是一种省略。

诗歌艺术是一种很考究、很精粹的艺术。诗的形象和语言均不注重直接说明和刻板摹写,而总是借助于隐喻和想象。因而,诗的含义往往也不是直接表示出来,而更多地依靠读者通过丰富的联想来完成。正是因此,诗的语言形象往往是多义的,往往很费琢磨。与语言的表达密切关联的标点,自然也具有诗的这种“天性”。在应该出现标点符号的地方,遇到用哪一种符号都不能让人惬意时,干脆不用标点,而让读者自行选择和掌握。像——

> 而且请你告诉他们
> 说他们所等待的已经要来

这后一句,究竟是用句号,是用叹号,是用删节号,还是用破折号?应当说,用上述的任何一种都不能算错;但用上述的任何一种,又都显得不能让人完全满意——它有多种含义,它所蕴含的感情色彩是多样而丰富的。诗人在这里不用标点，而是让聪明的读者按照自己的体会去“设想”那些标点，甚至是“设想”若干种符号的“综合性”使用了。

其实，这种对于“综合性“的感情表述的要求，在某些诗人的创作中已经出现。所不同的，有的诗人是正面使用标点，例如，贺敬之的《又回南泥湾》有这样的诗句：

> 红旗万丈向天举——
> 革命的烈火几万里?! ……

“几万里”后面就同时用了三种符号。显然是诗人认为只用其中任何一种都是不尽意的。因为这里表现的不是单一的情感、单一的语气，而是丰富复杂的感情，是一种“综合”的语气。有的诗人在这种情况下就干脆不用标点符号来表达了。(需要说明的是，一首运用了标点符号的诗中，应该处处都用标点，而不能随意不用)。朗诵者通过自己的“再创造”，在感情的表达上显得丰富、复杂、曲折，而具有动人的“立体感”。如这两句诗：

> 趁这夜已快完了，请告诉他们
> 说他们所等待的就要来了

它是《黎明的通知》全诗的结束句。这里如果单用一个惊叹号为全诗作结，我想未必能表示出诗句的丰富的内涵。

既然写诗不用标点，有以上许多理由，那么，是否可以看作写作的普通规律呢？不，不是这样。无标点的诗，作为诗的一格，是无可非议的。但写诗如同写文章一样，一般都要用标点。特别是初学写诗的人，还是要写有标点的诗，不要简单地模仿，弄巧成拙。

永不熄灭的“歌唱的烈火”*

——读海涅的《德国，一个冬天的童话》

一个真诚的诗人，他的创作历程，无疑地会成为他的生活历程的写照。也许我们很难想象，当初唱着清风般的抒情诗句，从玫瑰、夜莺，唱到“蓝色的春天的眼睛”的海涅，会喷发出雷电般的“我是剑，我是火焰”的战斗呼号。而事实确是如此。生活的辩证法能够改变一个诗人。海涅经历了无尽的艰难的路途，终于以战士的姿态投入了马克思、恩格斯所组织的英勇的战列。一八四四年，正是《德国，一个冬天的童话》写成并出版的时候，恩格斯喜悦地宣告：“德国当代最杰出的诗人亨利希·海涅也参加了我们的队伍”(《共产主义在德国的迅速进展》)。当然，在海涅写成这部充满战斗精神的长诗的时候，他已经写出了像《西利西亚的纺织工人》那样十分有力的诗篇，但无疑的，《童话》是集大成者。它集中代表了海涅自从一八四三年在巴黎与马克思相识以来，诗歌创作所达到的高峰。长诗雄辩地证明：海涅不仅是优美的抒情歌者，他更是一个忠诚地为祖国、为人类吹响进步斗争号角的人。

一八三一年，海涅流亡法国。到写《德国，一个冬天的童话》时，他离开祖国已经十二年。他无时无刻不在想念亲爱的德意

---

* 此文初刊1981年6月《春风译丛》1981年第2期，初收《论诗》，又收《流向远方的水》，题《歌唱的烈火——读海涅的〈德国，一个冬天的童话〉》。据《春风译丛》编入。

志:“夜里我想起德意志,我就不能成眠。”他想念母亲、想念他爱过的人,他想念德国大地上的槲树、菩提树,想念“山毛榉林的静寂”,泥炭和德国烟草的气息,以及他时刻感受到的“温暖而清新”的“祖国的空气”。一八四三年,他踏上了阔别的祖国的土地,他听到了德国的语言,他流泪,他的心脏“好像在舒适地溢血”。

但是,德国的现实仍然是不美好的。在边界,他就听到了女孩的竖琴弹唱。她唱的是一首古老的歌。她歌唱消失了苦难的“在美好的天上”的“重逢”;歌唱“彼岸”,“解脱的灵魂沉醉于永恒的喜悦”;她唱古老的“断念歌”,那是一首“天上的催眠曲”,要把“哀泣的人民”“当作蠢汉催眠入睡”。海涅爱祖国,但却不能爱这样发霉的戕害人民心灵的歌。而这样的歌,他是毫不陌生的:

> 我熟悉那些歌调与歌词,
> 也熟悉歌的作者都是谁;
> 他们暗地里享受美酒,
> 公开却教导人们喝白水。

海涅的笔墨无情。他没有谴责那歌唱的女孩,他把批判的尖刺,径直刺向那些陈腐的歌的作者,刺向那些背地里喝着美酒、公开却号召喝白水的伪善者。他可谓洞察其奸。跨入德国的疆界,劈头就是这样的遭遇,德国的现实可知!这竟是海涅日思夜想的德意志吗?阔别十二年,德意志并没有从泥淖中爬出来,它反而在下沉。海涅借进入边界听到的歌,就给予沉沦中的德国以清醒的一击。海涅没有明说,但在长诗的标题上却鲜明地指出了德国的现实:冬天般的严酷,童话般的虚幻。

在柏林大学读书时,海涅与黑格尔曾有过一次谈话。他对“凡是存在的都是合理的”那句话表示不满。黑格尔听了,奇异地微笑着，并解释说：这也可以说成是，“凡是合理的都必须存在”。这段对话，海涅后来把它记在《关于德国的通信》中了。海涅尖锐地批判黑格尔哲学中的保守倾向，他以激进的精神揭示了其中的辩证法，引申了黑格尔“凡是现实的都是合理的，凡是合理的都是现实的”的命题。无疑的，黑格尔哲学中的那些积极的因素，影响了这首长诗的命题与立意。海涅是被恩格斯称赞过的那个在德国哲学教授“迂腐晦涩的言论中”和“笨拙枯燥的语句里”发现了“隐藏着革命”的人。恩格斯称赞说；“不论政府或自由派都没有察觉到的东西，至少有一个人早在一八三三年就已经看出来了；的确如此，这个人就是亨利希·海涅。”（《费尔巴哈与德国古典哲学的经验》）黑格尔唯心主义哲学的革命内核，被海涅攥住了。冬天的德国并不合理，它的存在即将成为过去，必须有更为合理的现实取代它。因此，海涅把“现实”的德国和不现实的童话联系在一起，让人们从“现实”德国的迷离扑朔之中看出它的不现实的“童话”性质来。

因此，尽管边界上那竖琴弹唱的是一首曾经存在、目前仍然存在的歌，但海涅认为它只是“天上的催眠曲”。它属于德国的过去，它不属于德国的将来。在长诗的第一章，与那首古老的断念歌相对立，海涅断然说，应当把统治者所鼓吹的天堂，交给那些“天使和麻雀”。为了世上的众生有面包、玫瑰、常春藤，为了使人们不再挨饿，也不再让懒肚皮消耗劳动的成果，海涅说——

> 一首新的歌，更好的歌，
> 啊朋友，我要为你们制作！
> 我们已经要在大地上
> 建立起天上的王国。

在《童话》的第一章，海涅就用如此明朗而坚定的调子，为我们唱着这样“新的歌”。他没有在德意志阴沉的天宇下委顿起来，他坚强地向前走去，一路走，一路唱。祖国的生活是阴暗的，但他的心却是明朗的。他比喻说，踏上德国的土地，“巨人又接触到他的地母，他重新增长了力量”。兴奋的火焰燃烧着，海涅觉得自己是坚强的：“我能够折断栎树！”在受难的国土上，在阴郁的生活中，海涅唱着这样充满信心的歌，这是他的伟大。

海涅的歌，把黑暗和光明，把童话和现实，把过去、现在和未来都糅合在了一起。他尖锐地讽刺现实，不留情面地嘲讽、挖苦、鞭笞那些没落的、愚昧的、与反动的。海涅把他的剑与火投向十九世纪三十年代、四十年代之交普鲁士王国统治下四分五裂的封建联邦，投向那些与封建势力妥协的资产阶级，那些“反政府”的自由主义派别，以及作为封建制度支柱的教会（特别是天主教会）。他对上述那些恶势力的仇恨，往往通过充满幽默情调的锋利的反语，以及充溢着愤怒的冷嘲热讽来表达，海涅把这部长诗叫做“一篇极其幽默的旅行叙事诗”。尽管幽默是它的主要特色，但并不纯粹如此。它的讽刺中有鼓动，它的批判中有号召。在诙谐成趣的诗行间，在愤怒的烈火燃烧的火舌里，响彻了极其热烈的关于革命的呐喊。革命是主调，是长诗压倒一切的声音。

由于海涅对德国的黑暗有深刻的了解，当他借旅途中所见所闻来抨击这黑暗时，态度非常决绝。他的尖锐讽刺的目标，指向普鲁士的容克贵族，愚昧的日耳曼民族主义者，和天主教的蒙昧主义者，这些阶层的人们的思想，组成了封建国家制度的统治思想。海涅的讽刺主题，是德国资产阶级民主革命的任务规定的，他对封建王朝、资产阶级市侩，以及对精神鸦片的宗教的批判，表现了不可摇撼的坚定性和不容妥协的革命性。如前面提及的，在女孩弹唱天堂快乐的歌声中，具有讽刺意味地走来个普鲁士的税关人员，他们粗暴地乱翻行李，也查抄违禁的书籍。诗人怒不可遏。他恨不得行囊中的针织花边的锋芒，能刺向那些流氓。他挑战地说:“我随身带来的私货,都在我的头脑里藏着。”诗人轻轻的一笔,不仅勾出了一个警察国家的轮廓;而且,它还借此宣告:觉醒的人民是不可征服的。在诗人的笔下,精彩地描绘着亚琛街上连狗都感到无聊的衰颓景象,而且辛辣地讽刺普鲁士军人那尖顶的军盔:一旦暴风雨来临,那尖顶就很容易“把天上最现代的闪电导引到你们浪漫的头里”,而且,“如果战争爆发,你们必须购买更为轻便的小帽;因为中世纪的重盔使你们不便于逃跑”。这与其说是挖苦,不如说是淋漓尽致的揭露,写尽了他们的丑态与劣迹。

海涅不仅嘲弄那装腔作势的反动军队,而且蔑视这个极端反动的警察国家。长诗多次提到普鲁士国徽上的那个“鸟”。海涅嘲弄它:有一只鸟把它的卵,下在市长的假发里,并且直言不讳地说,“谁是这只讨厌的鸟,我用不着向你们说明——我一想到它,我吃的东西就在我的胃里翻腾”。他仇恨那只鸟,甚至号召具有民主传统的莱因区的猎手对它来一番“痛快的射击”。海涅与作为普鲁士统治象征的秃鹰的仇恨是不共戴天的,诗人公开向它宣战:

一旦你落在我的手中,
你这丑恶的凶鸟,
我就揪去你的羽毛,
还切断你的利爪。

这些顶着书报检查令的淫威写出的诗句,表示了诗人非凡的勇气。诗人不仅宣告他仇恨那秃鹰,他不要那黑红金的三色旗,而且宣告他也不要圣王和皇帝。他对红胡子皇帝说:“没有你,我们也将要解救自己”;他对科隆教堂中坐起来的三个骷髅圣王喊:“滚开,从这里滚开,坟墓是你们自然的归宿”,甚至他要使用暴力,“用棍棒把你们清除”;当那“圣王”絮叨地列举理由说,首先因为他是个死人，第二因为他是个国王，第三因为他是个圣者，而要求对他敬仰时，海涅的回答是惊人的：

> 我看，无论在哪一方面
> 你都是属于过去。

这里有革命的辩证法，凡是属于过去的，都没有存在的价值，它们的归宿只能是坟墓。

长诗后半部，出现了汉堡守护神汉莫尼亚的形象，作为资产阶级市侩社会的代表，她美化现实，鼓吹德国在“进步”，“这里支配着纪律和道德”，“人民享受思想自由”，“只有少数人受到限制，那是些写书印书的人”，对于她那些冗长而庸俗的说教，海涅的讽刺同样是毫不容情的。最后，汉莫尼亚让他从一口锅的圆洞下去窥望德国的将来。在这里，诗人的讽刺力量，发挥得极其充分：在圆洞下边，升起一种烂白菜和臭牛皮煮在一起的气味，诗人写道：那像是有人从三十六个粪坑里扫除粪便的气味。而所谓三十六个粪坑，正是当时德意志联邦三十六个封建侯国的数字。写到这里，海涅认为：

> 不能用玫瑰油和麝香，
> 治疗人的重病沉疴。

这充分表现了海涅对于必定死亡的事物的不妥协态度。海涅对那一切，全然不存幻想。对于封建帝制，诗人经过深思熟虑，也发出了斩钉截铁的宣判：

> 我若是把事物仔细思量，
> 我们根本用不着皇帝。

海涅说过，“消灭对天堂的信仰，不仅具有道德的重要性，也有政治的重要性；人民群众不再以基督教的忍耐承受他们尘世上的苦难，而是渴望地上的幸福。共产主义是这转变了的世界观的自然的结果,并且将遍及全德国”(《关于德国的通信》)。人们常说德国人是惯于在天上的王国中思维的民族,海涅则把目光从天上投向地面。他抨击愚昧的宗教,在《童话》中,他把神圣的科隆大教堂喻为“精神的巴士底狱”,并且预言在将来的年代里,人们将把教堂“当作一个马圈使用”。他建议应把教堂供放的三个圣王装进三只铁笼,悬在明斯特的圣拉姆贝尔蒂塔上示众。而三个圣王,三只示众的铁笼,在这里,还是一八一五年结成的普奥俄三国“神圣同盟”的隐喻。

恩格斯给予海涅文学中的讽刺以高度评价。他在《诗歌和散文中的德国社会主义》一文中指出:倍克笔下的讽刺只能成为对于诗人自己的讽刺,同样题材由海涅来处理,它将成为对于德国国民的最辛辣的讽刺。恩格斯说:“在海涅那里,市民的幻想被故意捧到高空,是为了再故意把它们抛到现实的地面。”海涅在《童话》里大量运用反语。这些反语让人忍俊不禁,而诗人却装作若无其事,海涅的讽刺艺术已达到炉火纯青的境界。他的漫不经心的嬉笑怒骂,他的令人快乐的笑声后面,有着极其凌厉的批判的攻势。这当然是为了后来让它们从高空重重地抛下现实的硬土上来。在长诗十一章,诗人让那些德意志国粹主义者们陶醉在远古的幽情之中,让他们发出要是没有祖先的胜利,“我们会只有一个尼禄,而没有三打的君王”的梦呓。海涅的意思是,三打君王,三十六个皇帝,在这些日耳曼民族主义者看来该是何等的辉煌!海涅善于在轻松的气氛中,用戏谑的语调,来表达严肃的思想。他称耶稣为“表兄”,骂他是“呆子”,他认为耶稣生在印刷术还没有发明之前,是一种“厄运”,要是生在现在的德国——

对地上有所讽喻的字句,
检查官会给你删去,
书报检查在爱护你

免得在十字架上钉死。

这笑声后面有眼泪。谁都清楚，海涅深受书报检查令的迫害，他为了使作品得以问世，进行了不屈的斗争。海涅恨透了书报检查制度，而在这里，他却用诡谲的反语“歌颂”它。他愈是揶揄得厉害，被揶揄的对象就愈是暴露得充分。

海涅不仅是诗人，他还是哲学家。他的诗，形象地展示了他的哲学的力量；他的哲学，赋予诗以睿智的思想。正是因此，《童话》不仅具有叙事的特点，讽刺的特点，而且还具有政论的特点。不能不提及的是他在长诗中设计的那个“黑衣乔装的伴侣”。这个假面的客人，他是诗人思想的实行者：“我具有实践的天性……要知道，你精神里设想的，我就去实行，我就去做。”海涅主张，“思想要成为行动，语言要成为肉体”。（《论德国的宗教和哲学的历史》）他一方面在讽刺诗中以奔放的热情鼓吹他的革命思想，同时，他又强调思想必须变为行动，他强调行动的重要与必要。席勒唱过“自由只在梦国里存在，美只在诗歌中繁荣”，他颇为陶醉这种逃避现实的唯心主义的境界。海涅不然，他对德国人往往只满足于在思想中寻求自由给予讽刺。他讽刺德国人只想不做，讽刺那种认为“罗马不是一天筑成”，“谁走的慢，就走的稳当”的庸人哲学。要说这是德国当时的国民性的话，海涅鞭挞的正是这种国民性，正如鲁迅鞭挞阿Q的精神胜利法一样。伟大的作家，总是十分了解自己的民族的。海涅曾论及马丁·路德。他认为路德的性格中，“德国人所有的一切优点和缺点完完全全地统一在一起，因而他个人也就代表了这个不可思议的德国”。然而，海涅并不是面面俱到地分析马丁·路德，而是强调了他的行动精神：

他既是一个富于梦想的神秘主义者，同时又是个实事求是的人物。他的思想不仅长有翅膀，而且长有双手，他不仅说了，而且也做了。他不仅是他那时代的喉舌，而且也是他那时代的刀剑。

——《论德国宗教和哲学的历史》

当然，海涅不是一个神秘主义者，尽管他富有梦想。然而，除了梦想，就他的求实精神，他的行动精神而论，说海涅的思想不仅长有翅膀，而且长有双手，不仅成为那个时代的喉舌，而且成为那个时代的刀剑，不是十分确切的吗！要是我们读了海涅的诗，再读海涅的文，而后反过来温习恩格斯说的"德国人是一个从事理论的民族，但是缺乏实践"这句话，我们便不难发现海涅的光辉。我们应当如当年海涅推崇马丁·路德那样，为海涅那个乔装的黑衣伴侣说一句：荣誉归于海涅！

海涅是德意志的忠实儿子，他爱德意志。因为他爱得深，他恨的也深。他爱的是应当有的德国，他恨的是不应存在的德国：冬天的德国，童话的德国。海涅的这部长诗，不仅揭露，也不仅控诉，而且响彻了愤怒的呼号。这种愤怒的每一个音符，都浸透了他对祖国的爱、对危害祖国的敌人的恨。在长诗的末章，他反复强调诗人的力量。这不是对于个人力量的强调，这是对于哺育了诗人的人民力量的强调。因为海涅说过，他是祖国大地的安泰，他的力量是从母亲那里来的。因此，我们听到他喊——

不要得罪活着的诗人，
他们有武器和烈火，
比天神的闪电还凶猛，
天神闪电本是诗人的创作。
……
难道你不知但丁的地狱，
那令人悚惧的三行诗体？
再也没有神能把他救出，

他若被诗人关了进去——

从来没有神，没有救世主
把他从歌唱的烈火解救！
你要当心，不要使我们
把你的这样的地狱诅咒。

的时候，我们感到，这是诗人以他“歌唱的烈火”来显示他的“威慑力量”。这种显示，足以壮人民的胆，丧敌人的气。这与其说是诗人的宣战，不如说是人民的宣战。

海涅是反动的专制德国的受害者，他了解这个德国的脓疮。因此，在他的喜剧性的笑声中，我们感受到泪水的荧光。要是拿海涅对斯宾诺莎那两句格言般的评语来论海涅本人，那真是再合适不过的：“犹如他以前由于宗教的长剑而理解了宗教一样，现在他又因政治的绞索而理解了政治。”（《论德国宗教和哲学的历史》）德意志以他的政治的黑暗和暴虐而使海涅长期流亡他邦，甚至连亲爱的母亲也难得会面，海涅怎能不理解德意志？从这个意义上看，《德国，一个冬天的童话》，是一篇真实的童话，那是真实的德国的童话，海涅所深知的童话。

当然海涅不是完人。诗人有自己的沮丧，我们是从他写“太阳的沮丧”看到诗人的沮丧的。那太阳，它刚刚照亮地球的这一面，当它去照地球的另一面时，这一面又转为黑暗。诗人为此叹息，好像石头总为西锡福斯下滚，达纳乌斯的女儿们的水筲总不能把水盛满一样，“太阳照亮地球，总是徒劳”。这是海涅思想的苦闷和矛盾。海涅在德国的黑暗年代召唤革命，但他并不真正理解革命。无疑，他企图了解无产阶级革命的性质，但他又害怕无产阶级的胜利。特别到了晚年，诗人生活在长达八年的“床褥墓穴”里，他的世界明显地后退了。他重新皈依了他曾经坚决反对过的宗教，他甚至用一种忧虑和惊恐的语调来谈论他曾经那么热情地歌颂过的没有剥削的社会。海涅并没有成为科学的社会主义者,他只是一个资产阶级民主主义者。但不论怎么说,海涅始终是一个战士。即使当他卧病不起,他也没有放下手中的武器——笔!他的剑,始终是寒光闪闪的;他的火焰,始终没有熄灭。直到生命垂危,他还在歌唱:

一个岗哨空了!——伤口裂开——
一个人倒下了,别人跟着上来——
我的心摧毁了,武器没有摧毁,
我倒下了,并没有失败。

是的,海涅没有失败。一个曾经为祖国和人民竭诚战斗的诗人是不会死亡的。海涅说过:"我实在不知道,我是否值得人们将来用桂冠来装饰我的灵柩。……我从来不特别重视诗人的荣誉,人们称赞或责备我的诗歌,我都很少在意。但是你们应该把一柄剑放在我的棺上,因为我是人类解放战争中一个善良的战士。"(《从明兴到热那亚的旅行》)我们要以战士的葬仪来纪念这位战士,让我们把他在《颂歌》中热烈地歌唱过的诗句还赠给他:"我是剑,我是火焰。"

战斗的秋歌*

——读郭小川《团泊洼的秋天》

一九七六年十一月号的《诗刊》，也就是打倒“四人帮”后编出的第一期《诗刊》上，刊登了诗人郭小川的遗作《团泊洼的秋天》和《秋歌》，总题为《秋歌二首》。诗中那激昂的声音是和郭小川同志的死讯一起传来的。而当时，我们大家正在过着节日一样的狂欢日子：全国人民都在欢庆粉碎“四人帮”的伟大胜利。欢庆胜利的时刻，我们却失去了为胜利而战斗的诗人。

《秋歌二首》，其中《团泊洼的秋天》写于一九七五年九月。这首诗名字叫《团泊洼的秋天》，却不是单纯吟唱秋天的歌，而是借秋天来抒写诗人战斗情怀的歌，是一首慷慨激奋的战歌。一九七五年的秋天，距离人民胜利的金色的十月，整整还有一年多，那正是阴云密布的日子。诗人自己进一步受到江青一伙的迫害，他再度被遣返干校重新受“审查”，实际上，被“四人帮”残酷囚禁着。但是，也正是这一年的秋天，七、八、九三个月，邓小平同志重新工作。尤其是七月二十五日，毛泽东同志对电影《创业》作了批示。这一批示，好像伴随着隆隆雷声的一道闪电，划破了“四人帮”统治的乌云密布的天空，对早怀不满的人民群众起了直接动员的作用。人民采取种种有效方式，向着当时还窃踞高位的一伙政治野心家展开了激烈的斗争。诗人此时再也按

---

* 此文初刊于1981年7月15日《冀东文艺》1981年第4期，初收《论诗》。据《冀东文艺》编入。

捺不住心中的积愤，他不能再沉默了。他对别人说："我是个战士，不能没有自己的声音。"于是，他冒着更大的政治风险，在团泊洼，他唱出了适应战斗需要的激越的战歌。

诗一开始，诗人即向我们展开了一幅团泊洼的非常美丽、非常宁静的秋天的图景：秋风像一把柔韧的梳子，在给恬静的团泊洼梳理鬓发。秋天的清晨，到处都是闪光发亮的露珠。这露珠，在平滩上飘飘扬扬，垂柳，芦苇，芦苇丛中的野花，已经成熟的高粱和向日葵，水面上，默默地浮动着的野鸭。整个团泊洼，很美，美得像"羞羞答答"的少女；很静，静得仿佛在香甜的梦中"睡傻"。诗人为什么要极力为我们描绘这样一幅无声的静景呢？他如此描写团泊洼的宁静，正是为了渲染它的"不静"，为了讲它的"不静"，因此先造成一种"很静"的气氛，这叫欲扬先抑。先抑而后扬，扬的效果就强烈。

但是主要特点还不在这里。我以为主要是在作者从自己的处境出发，非常恰当而又不露痕迹地借团泊洼以"自况"，借团泊洼的景色来抒写自己的情怀。前面提到，作者当时是没有自由的，"四人帮"扼杀诗人的声音，当然更不允许诗人发出战斗的呐喊。诗人于是只能很"平静"，只能"沉默"。这种平静和沉默，恰如团泊洼的秋天，只是表面的。紧接着诗人就问："团泊洼，团泊洼，你真是这样静静的吗？"他表面上是问团泊洼，其实是问自己，也是问我们。正像鲁迅先生，当年看到无数令人痛心的现象时，愤恨得经常这样说，"我不如不说的好吧"。其实不是不说，恰恰是要说，其实不是沉默，恰恰是要呐喊。《纪念刘和珍君》一文，就是无畏的战斗的呐喊。团泊洼表面是静，但是"团泊洼的呼喊之声，也和别处一样洪大"。诗人尽管遭受着迫害，他尽管"不能用声音"，但却能用"没有声音的'声音'加以表达"。我们就是从诗人这种没有"声音"的表达中，听到了他的怒吼的。

用平静来写不平静，用迫不得已的"沉默"来写反抗；用团泊洼的秋景来表示自己当时的境遇;用团泊洼的静中有不静来写当时人们表面的沉默而又郁积着火山般热力与岩浆。诗人正确地把握了一九七五年的斗争形势和时代脉搏。他从自己的即目所见中,看到了一个潜伏着的、酝酿着的即将喷发出来的火山。他从军营的“马蹄踏踏”声中,从荧光屏不时出现的《创业》和《海霞》的画面上,从同志式“温存的夜话”中,看到了人民的力量,人民不可阻挡的对“四人帮”愤怒的激流。在斗争的契机正潜伏着,反动的力量还貌似强大、仿佛要把革命人民一口吞掉的不可一世的时候,他预见了斗争的不可避免性,还预见了革命的无比磅礴和壮阔。他把团泊洼在静静的秋日的照耀下孕育着的斗争,作了这样的描绘:

> 这里没有第三次世界大战,但人人都在枪炮齐发;
> 谁的心灵深处——没有奔腾咆哮的千军万马?
>
> 这里没有刀光剑影的火阵,但日夜都在攻打厮杀,
> 谁的大小动脉里——没有炽热的鲜血流淌哗哗!

站在时代的前面,预见到即将来临的斗争的风暴,并且向人民发出战斗的歌声,向人民播送马列主义真理,这就是我们时代的诗人,人民的代言人所应当负起的职责。在人民痛苦的时候,他鼓舞人民;在人民沉思的时候,他启示人民;在万马齐喑的时候,他吹响了战斗的号角;在团泊洼还在“香甜的梦中睡傻”的时候,他看见了“千军万马”的“厮杀”,这就是诗,站在时代前面的诗;这就是歌,鼓舞斗争的战歌!

这首《团泊洼的秋天》不仅强烈地跳动着时代的脉搏,同时,诗人自己在诗中袒露了他的一颗表面平静,内里却不平静的心。这颗心,有着“雷霆怒吼”,它时刻都会轰轰爆炸。在这首诗中,可以说,诗人突出地提出了一个命题,就是:诗人,应当是战士。

这个战士不仅在战争年代的炮火硝烟中勇敢冲杀，而且在和平的年代，在没有刀光剑影的环境中，甚至在“不用声音”的激烈搏斗中，也应当奋不顾身地勇敢冲杀。他在《团泊洼的秋天》里，充分抒写了一个革命战士应有的战士的性格、战士的抱负、战士的胆识和爱情。有了这种革命战士的高尚情操，自能战胜那“一切无情的打击”“一切无稽的罪名”以及“一切可耻的衰退”“一切额外的贪欲”而使其青春长驻。

战士自有战士的性格：不怕诬蔑，不怕恫吓；
一切无情的打击，只会使人腰杆挺直，青春焕发。

战士自有战士的抱负：永远改造，从零出发；
一切可耻的衰退，只能使人视若仇敌，踏成泥沙。

战士自有战士的胆识：不信流言，不受欺诈；
一切无稽的罪名，只会使人神志清醒，大脑发达。

战士自有战士的爱情：忠贞不渝，新美如画；
一切额外的贪欲，只能使人感到厌烦，感到肉麻。

这是诗人自我人格的写照。事实上，诗人正是一名勇敢的战士，当许多好同志在“四人帮”的法西斯的淫威之下不得不用沉默来反抗的时候，郭小川却始终没有停止他战斗的呼号。他的生命的最后几年，正是他一生中经受最严峻的考验的几年。可以说，比他在战争年代所经受的考验还要严酷得多。这首诗正凝聚着多年来他对一名战士应当具备的气节和品格的深思熟虑。诗的风格是由人的品格，即人格决定的。血管里流出来的，都是血。没有郭小川这种崇高的思想境界，就不会有《团泊洼的秋天》中这种诗的意境。郭小川的诗，主要是诗人的品格给它以生命，当然,由于诗人艺术表现力的纯熟,使他的诗又反过来充分地反映了他的思想光辉。

当我们阅读《团泊洼的秋天》这首诗时,会感受到字里行间喷射出一股不可扼制的愤怒与仇恨,一股炽烈的情感的激流,它催动诗人的心血,汹涌着、澎湃着,使我们分明地看到了平静中的不平静,在没有“声音”的声音里,有“奔腾咆哮的千军万马”在冲杀。这些,正是抒情诗的一种不可缺少的东西,可以称之为生命的东西。抒情诗,顾名思义,要抒情。要是没有那个“情”,所抒就无对象。对我们来说,是什么催动我们作诗?是产生于革命斗争中的革命之情。这种革命之情,不真挚,不强烈,不像火团一样燃烧还不行。有些诗之所以不感动人,就是缺少强烈的革命激情,他的感情还没有达到这种要燃烧要爆炸的程度。有些诗,并不是要叫,要喊,而是“做”出来的。

郭小川在这首《团泊洼的秋天》中,向读者讲他的真实思想,抒他的真挚的革命战士之情,正如诗中写的,他的诗“就是战士一句句从心中掏出的话”。他无保留地向我们打开了他的心扉,让我们一下子看到他的内心深处。在郭小川的诗中,我们觉得诗人是崇高的,并不是因为诗人是“高大完美”的;不是因为他自诩一贯的“百分之百”,而是他不隐瞒自己的真实思想,乃至于自己的弱点和缺点,他勇于作自我批评。正是因此,诗人的思想便和读者的思想交融在一起,诗人赢得了读者对他的了解和信任。读者喜欢他的诗,首先是因为喜欢他的为人,为人的品德。

在郭小川那里,是诗中反复表现的永不衰竭的战斗热情、战斗意志。抒情诗的通过个别表现一般,很多时候是通过浸透着诗人自己的思想感情甚至是诗人的自我形象来体现典型,体现这种一般性、普遍性。抒情诗往往是通过诗人的这个“一”,来表现我们的这个“万”,通过诗人带有浓厚的个性特点的这个“异”,来表现我们要在诗中找到的——即找到我们共同的心声的这个

“同”。《团泊洼的秋天》,就是通过诗人自己所看到的秋天,他心中所拥有的秋天结合他自己的经历、遭遇,通过很有特点的自我抒情,抒写了我们大家共有的战斗之情。他的作品,通过特殊的“我”,通过“异”,他的“这一个”,表现了普遍性,这就很好地完成了抒情诗的典型化的任务。可以认为越是结合着自己在生活中的创见,抒写了自己独特感受的带有浓厚的个人特色的抒情诗,它作为典型化的形象,便越能体现出普遍性来。

每一首诗的成功,首先要靠精到的构思。《团泊洼的秋天》就是把握了抒情诗构思的某些特点,使它的充满昂扬斗志和崇高思想的主题,借助于团泊洼的很有特色的秋天的客观环境,得到了恰当的、充分的,同时又是有特点的表达。抒情的容易空泛,往往是抒情诗作者不了解情是由景而生的,也就是人的思想感情是由客观的生活决定、产生的。情在一些作者笔下,变成了孤零零的、干巴巴的、抽象的东西,他们不太懂得借景抒情,不太懂得抒情要有依托。郭小川选择秋天这个客观环境来写这首诗,不仅使它的战斗的主题有了落脚点,而且使这个主题的表达,很有他个人的特点。我们要问,他为什么不取其他景色,而单唱秋歌呢?这不是没有原因的,首先,这种感情产生于秋,诗人的际遇发生于秋,他的诗情,是由一九七五年的秋天引起的。诗中的秋是有寓意的。抒情诗往往有这个特点,写的是这个,指的不仅是这个。写的是眼前景,抒的是胸中情;写的是小小的团泊洼,抒的是无比广阔的世界,是比团泊洼大得多的“千军万马”的“厮杀”。这是抒情诗常见的艺术手段:寓虚于实,因小见大,言近旨远。

在团泊洼的秋天中,作者的本意是写喧哗无比的战斗,是写极不平静的战斗的秋季。他的这种主观的意图和客观事物的实质统一起来,因此显得协调、有特色。那时的客观形势,不可能是明朗的秋高气爽的万里澄云的秋天,而只能是一个酝酿着斗争的秋天，是人人心头极不平静、而又有某种压抑的——至少是不可能畅快地表达心意的秋天。他抓住了客观存在的这个特点，恰当地表达了他那种同样有特点的胸中之情，于是他笔下的秋天就出现了一种异乎寻常的平静，这是我们前面讲到的。这种平静，真的非常迷人，迷人的美好，我们仿佛也被这种动人的情景迷住了。但是作者有意这么“骗”我们的。他先让我们看到团泊洼秋天的无比宁静，让我们先被它的“静”所着迷。然后，他出来说，你们看，团泊洼的秋天才不静呢！团泊洼的秋天是平静的，但是静中有不静；战士的沉默中，有愤怒，有不平，这才是作者要表达的真意，经他的艺术上稍加处理，就把这秋天写活了，也写深了。目的在写不静，在写千军万马，在写厮杀、搏斗，但是由于当时斗争形势所约束，这种斗争的特点是悄悄地进行的，因此通过静来写动，写不静，这是从现实出发的独到的艺术构思。

由静到不静，由团泊洼的秋天，到人民战斗的秋天，到诗人心境的抒写：

> 战士的歌声，可以休止一时，却永远不会沙哑；
> 战士的眼睛，可以关闭一时，却永远不会昏瞎。

到了这几句——

> 是的，团泊洼是静静的，但时刻都会轰轰爆炸；
> 不，团泊洼是喧腾的，这首诗篇里就充满着嘈杂。

就是一个高度的概括，不是团泊洼的秋天了，而是对一九七五年整个斗争形势的概括，是人民斗争力量和反动势力搏斗的一种概括。箭在弦上，即将射出，但还不曾射出。这首诗篇，是愤怒的控诉，是勇敢的战斗的呼号，但也有被压抑的隐曲，人民的愤怒是强烈的，但斗争的火候还没有完全成熟。所以，诗人最后用寓意深长的两句诗来结束《团泊洼的秋天》：

不管怎样，且把这矛盾重重的诗篇埋在坝下，
它也许不合你秋天的季节，但到明春准会生根发芽。
……

诗是暂时埋下了，果然到了明春，它生根发芽了。第二年的十月，我们的祖国，我们的人民正如诗人所预料的迎到了一九四九年以后的第二次伟大的节日。人民群众从“四人帮”的重压下解放了，春天来到了人间。正在这个时刻，我们读到了《秋歌二首》，觉得这才是真正革命的诗篇，勇敢向“四人帮”挑战的战歌！当然，我们为失去这么好的诗人而无比惋惜。一位老诗人曾这样悼念郭小川：“当我们大家沉默的时候，他敢于放声歌唱。而当我们放歌的时候，火葬了凤凰。不过他的歌声还在飞翔，并将不息地回荡。而我们虽然放开了嗓门，还不如他豪放。”我愿意引录这些深情的诗句，表示我对诗人的尊敬和怀念！

从发展获得生命*

——对于新诗发展规律的认识

一、由觉醒的自我到觉醒的民众

——抒情形象的变易

中国新诗从内容到形式的变革，是不可避免的，或者说，已经发生了。少数人对此持有多余的忧虑，多数人——特别是年轻的一代，则由衷地欢迎它。唯有发展，才有生命。新诗已经发展了半个多世纪，它还要发展下去，而变革则是正常的必然的。新诗不会死亡。即使在那空前灾难的十年中，它也不曾死亡。它如冬天的树，尽管寒风扫尽了叶子，但根须还深深地在地下吮吸着甘泉，滋润着春天的未来。黑暗企图禁锢诗和艺术，而人民却充满信念地——

……且把这矛盾重重的诗篇埋在坝下，
它也许不合你秋天的季节，但到明春准会生根发芽。
……

——郭小川：《团泊洼的秋天》

天安门前的诗歌运动，是一次空前的“诗爆炸”。而这，恰恰发生在那“中国没有诗歌”的时代。这说明，在中国，诗有着怎样坚韧的生命力！

---

* 此文初刊1981年7月《春风》文艺丛刊1981年第2期，初收《共和国的星光》。据《春风》文艺丛刊编入。

从那时开始，中国新诗复苏了。当诗挣脱了桎梏与镣铐，当诗从那几个政治野心家所制定的歧途回归到它的正常状态时（这段时间，大约历时三年），新的变革的要求，便在孕育与萌发之中。

这是正常的，它是历史的必然。六十多年前，新诗化为旧诗的叛逆，标新立异，从无而有，立下了伟大的业绩。新诗的革命，其根本动力是：随着社会的发展与变革，要求诗对此作出相应的反应。但新诗立志变革的第一刀，却是从形式的革命割开伤口的。朱自清说，“新诗运动从诗体解放下手”（《新文学大系·诗集导言》）。不妨设想一下，当“传统”要求把活现实装裹在僵死的诗格，当四声八病一类无穷的束缚要把诗扯离社会生活而成为发霉的客厅中的摆设的时候，《新青年》杂志首先发难，刊行白话诗，这是何等英勇的对于传统的挑战！历史肯定了这样的现实：俗而又俗的白话怪物，终于战胜了古雅圆熟的旧体诗词，并且堂而皇之地取代了它。历史写下的这神异的一笔，当然是依靠奋斗换来的。

创造期的新诗，它从僵化的程式中挣脱出来，开始接触了活泼的自然、社会和人生，也开始无拘无束地抒写觉醒的个性，以及不加矫饰的个人生活场景、纯粹属于个人的情感。在这时期，郭沫若创造了女神的形象，作为“五四”狂飙的艺术造型而长存于世。此举当然奠定了他们为诗界一代宗师的地位。另一些人，他们的成就不及郭沫若，但他们同样创造了个性解放的自我形象。

在这之前，中国古典诗中并非没有自我，但是它们总难摆脱封建知识分子孤高清逸的情趣。这些情趣在更多的场合表现为程式化的、亦即缺少了真实的血肉的苍白形象——其主要特征仍然是真实的自我的消失与隐藏。“五四”诞生的诗的自我，从大的方面讲，它打上了觉醒了的时代的鲜明印记，因此，在多数诗篇中，那自我从被麻醉的状态中苏醒过来，它在被封建主义与帝国主义所蹂躏的生活中痛苦呼唤；从小的方面讲，仿佛从数千年蚕茧中挣脱而出，纯粹属于个人情感与意愿，获得了一片广阔的无拘束的空间。新诗的崭新生命，就在这样一片空前的自由和解放的气氛中展现。在新诗草创的这一阶段，从诗的艺术形象的构成上，不论是郭沫若、也不论是更多的其他一些诗人，他们所作的不同领域、不同意义的贡献，同样具有价值。

革命阶级的影响，很快地延伸到诗的国土。由于革命意识的勃兴，代表个性解放的自我形象，几乎以迅疾的速度消隐下去，而代之以意识到要摆脱奴隶地位的大众的群像。人们认为，在大海的洪流之前，小鸟般的歌唱一己的哀乐是不谐调的、甚至是羞耻的。新诗把历史性的荣誉赠与那些崛起于新的生活，明确地吹奏前进号音的诗人。从《前茅》到《孩儿塔》；从《给战斗者》到《火把》；从《烙印》到中国诗歌会的诗人们；从《王贵与李香香》到《漳河水》……诗歌与社会进步、民族解放、人民革命的关系日益密切，从而形成了进步与革命的新诗传统。从觉醒的自我到觉醒的民众，这是一个巨大的形象的演变。在新诗的历史上，这一划时代的变革，造成了新诗的巨大的转机。当然，诗的生命由此得到了更新。

本世纪三十年代，祖国在内忧外患中喘息。生活的严峻，呼唤着时代的旗帜与战鼓。当民族处于危亡边缘，当人民陷于苦难深渊，生活召唤诗的女神放下华美的竖琴，而变为猛士，吹响冲锋的号音。正是因此，曾经热情地倡导过诗要有音乐美、绘画美、建筑美的闻一多，不仅转而呼唤鼓手并揶揄琴师，而且极而言之，提倡新诗要“完全洗心革面，重新做起”，“要把诗做得不像诗”(《文学的历史动向》)。潮流如此，当然要明显地冷淡了那些与当前时事政局脱节的诗作，这是吻合于时代精神的。

我们反顾这一段历史，需要辨明的是如下的观点：诗的职能是多方面的,而非单一的——不仅仅是旗帜的号召或炸弹的轰鸣。尽管在诗歌史上,这一类战斗的并为精湛的艺术所表达的诗篇,从来都呈现为辉煌的主潮,但却不能因而排斥和取消风雨的慨叹,花月的沉吟。不能总是军号与战鼓的激昂,作为诗,也应允许休息与消遣,友谊与爱情的浅唱低吟。这些,虽非首要的,却是正当的。

从此往后,我们的进步在于认识到诗是革命斗争的一个切实的精神武器。进步之中,却也寓着退步。那就是我们不自觉地削弱了诗的社会作用的更为广泛的范畴。我们确实把诗的功用看得过于单纯、过于直接,以至于开始驱使诗人在窄狭的题材中歌唱。这一时期的实践,造就了如下的事实:我们明显地忽略了"五四"开始的那种不同诗歌流派、不同艺术风格、不同创作方法的提倡;我们的诗歌发展,开始了不是骤然而至但却是日益加深的窄狭。

中国诗歌发展到今日,诗人们始终不曾背离新诗革命进程中所形成的这一进步传统。几乎在所有的进步诗歌中,巍然而立的,是已经获得主人公意识的民众的形象——在相当长的时期中,这种形象被概括为实际上排斥了其他民众的"工农兵形象"。和文学的其他品种一样,诗大体上只能在这一范围内讴歌生活。

我们不能轻易否定新诗发展中的前已述及的巨大进步,但不能不看到,它是以诗中自我形象的削弱以至于丧失为代价换来的。自我形象的丧失,是造成诗歌个性的丧失的最直接和最主要的原因。今天,我们呼吁诗人拿起雕刀去寻求隐蔽在白色大理石中的"自我",决不意味着要诗背离人民群众而去开创个人的小天地。我们的真正用意在于:诗人应当不回避自我,他应当通过真实的属于"自己"的抒情以表达普遍的属于"我们"的抒情。也就是说,觉醒的"民众"应当通过觉醒的"自我"来表达,后者应当生存在前者之中。“五四”初期，新诗获得了自我，大多数诗人并没有从自我获得民众；如今，诗人从自我走向了民众，这是伟大的前进；但是，因获得后者而摈弃前者，却属于前进中的后退。

我们展望未来，认为未来属于觉醒了的自我与觉醒了的民众的拥抱。它的实质是完美的融合，而却以具有鲜明的自我色彩的形式表述出来。

二、“颂歌”时代的终结与思索主题的勃兴

我们曾经有过一个美丽的时辰，那是当人民共和国的曙光降临的时候。生活的前景从来没有这么光明过，人们理所当然地要求诗比过去更为宽广地反映出生活的丰富来。这在一部分诗歌中做到了。前所未有的新生活，向诗歌投下了七彩的虹霓：战争废墟上响起的马达的旋律，鸭绿江畔战斗的壮歌，康藏高原上春天的新绿，获得解放的冻土上的第一次丰收……诗，打开了绚烂的新页，这是事实，但仅仅是事实的一个方面。

全国解放以后，马克思主义的文艺理论得到了系统的传播，诗由此获得了这样一个明确的意识：它是作为整个革命机器中的不可缺少的零件而存在的。从此而后，诗不再是（至少不主要是）传达诗人心声的方式，而的确变成了表达革命意识的号筒，我们开始把精神产品的社会功能看得过于神妙，以至于我们不再是仅仅要求诗与现实生活保持联系，而是不断地、愈来愈严重地强调诗作为政治斗争和党的中心任务的工具的职能。甚至最后，诗由为政治服务而实际上成了政治的附属物——诗彻底地丧失了自己的个性。

三十年中，特别是灾难的十年中，这种极端的现象不是个别的，而是普遍的。“四人帮”统治时期，相当数量的诗由豪言壮语和标语口号的倾向而恶性发展，最后仍然是在为政治服务的旗

帜下沉沦为“诗报告”一类的怪物。不是所有的诗人都如此，自觉地充当那些野心家的耳目的只是极个别的现象。中国具有战斗传统的诗仍然活着：那一时只能“埋在坝下”而在静待着来春“生根发芽”的“秋歌”仍然活着；那曲折隐晦地表现了抗争的诗仍然活着；那以沉默来反抗的“无声的诗”仍然活着——但在这黑暗的时期，成为主潮的是那些虚假的诗篇。这些诗，在人民群众的心灵中造成了对诗的恶感。

人民对虚假的诗的鄙夷与轻蔑是正当的。当前诗集印数的锐减以及某些诗集的滞销，主要不是由于哪一种力量的梗阻，确实是由于前一时期恶劣影响仍未消失；同时，就多数诗而言，本身也未能有力说明它已全然弃旧从新。正是在这样的背景之下，近三年多来，作为诗的春天已经来临的标志，不是它业已取得了辉煌的成绩，而仅仅是变革新诗的呼声和实践已露出初步的端倪。

这一变革具有深远的历史意义。变革的最初的也是最主要的成绩，是虚假的廉价的颂歌(特别是对个人的)的终止。有一段时间，我们曾经相当自豪地把当代诗歌的主要特征概括为：颂歌的时代，时代的颂歌。这种概括，有合理与正确的因素。对历史与生活的真正创造者——人民，对由人民做主人的新的社会体制，无疑要有颂歌。但是颂歌应为真善美而发，而不应为假恶丑而发；颂歌应当献给伟大的人民的整体或是组成那伟大整体的“渺小”，而不能成为对某一个别人物(即使是杰出与伟大的人物)作不加分析的颂赞；诗不能无视社会的阴暗面，以及必然存在于健康社会之中的弊病，更不允许为此唱“颂歌”。把诗歌的功能仅仅概括为颂歌，必然造成诗的战斗力与真实性的削弱。后来，某些诗由盲目地唱“颂歌”而蜕变为对于丑恶的吹捧与粉饰，这造成了诗的耻辱。

卑鄙和虚伪的时代(我指的是“四人帮”统治的时代)结束

了，诗开始了新的生命。以天安门诗歌为标志的新的诗时代宣告了旧的诗时代的结束。在那一场由诗与花圈充当武器的血与火的搏斗中，出现了真正的战斗的诗篇，从而宣告了繁衍了将近三十年的“颂歌”时代的终结——不是颂歌就此绝迹，而是作为一个由廉价的颂赞以及与诗的真实性相对立的诗的畸形发展时代的终结。无疑，人民唱出的颂歌，以及对于人民的颂歌还将存在，而且还将久远地唱下去。但是，那以廉价的粉饰为基础以及充满个人迷信色彩的诗时代是真正地终结了。

颂赞是需要的，同样，抨击也是需要的，不仅仅是对敌人，而且也对人民内部的阴暗。三十年的教训是，我们没有把真正的颂赞与粉饰阿谀加以分辨；我们更没有把对社会弊端的负责的批评与恶意的攻击加以分辨。形而上学从来认为，歌颂光明一定用心良善，暴露黑暗定然不怀好意。他们往往认定：诗人的使命仅仅在于唱颂歌，从而把歌颂与暴露对立起来。不歌德，便缺德，这并不是前些时那篇颇为有名的文章作者独有的哲学。

歌颂与暴露不可偏废，它们是社会主义诗歌的两只脚，只承认其中之一，便是跛脚的。诗人是独立的。歌颂什么，暴露什么，写歌颂的诗，还是写暴露的诗，诗人听命于现实。是两只脚，又是两件武器，目的全然是为人民而战斗。近年来的诗创作，证明了这一点。粉碎了“四人帮”，人民由衷地高兴，诗人为此唱起颂歌。狂欢的锣鼓过后，诗人在空前的破坏所造成的现实的满目疮痍和精神上的废墟面前睁开了眼睛。同样是人民赋予使命，诗开始对此发出引人警觉的抨击。近年来的经验证明，凡是庄严地行使了这一权力的诗，无不在人民群众中引起反响；诗篇不胫而走，洛阳纸贵。

人民热爱真诗，唾弃假诗。觉醒了的诗，在空前灾难造成的事实面前，开始了深沉的思索。我们生活在一个充满了痛苦记忆的年代。由于颠颠倒倒的十年动乱，我们又生活在一个是非曲直、真理与谬误激烈争论的年代。生活所及之处，无不矛盾重重；对于一个习见常闻的事物，往往众说纷纭，莫衷一是。于世事未能忘情的诗，为党性与良知所激励的诗，不能不挺身为真理代言，它要为正确而大声疾呼，它要为谬误而直言不讳。这就构成了当前时代的诗的最主要的特色：哲理的、思辨的、甚至议论的色彩，这种色彩，甚至较之新诗已有历史中的任何阶段都要强烈、鲜明、深刻。它摈弃了脱离现实的廉价颂歌，而代之以在血淋淋的现实面前的深沉的思索：

> 我们从千万次的蒙蔽中觉醒
> 我们从千万次的愚弄中学得了聪明
> 统一中有矛盾、前进中有逆转
> 运动中有阻力、革命中有背叛。
>
> ——艾青：《光的赞歌》

随后，有对于天安门前的"不屈服的星光"的义正词严的辩护；有对于企图垄断阳光的行为的正义的谴责；有对于沙漠是否将吞没北京的严肃的思辨；有一棵平凡的小草对于一个伟大女儿的同情与挚爱；更有以一名微不足道的士兵的身份为一位屡建战功的将军发出的忠告与责问……直到一九七九年、即新诗诞生的六十年的时刻，作为一个新的诗时代的标志：对于现实与历史的思索业已完全取代了盲目的颂歌。新诗当然仍然要向前发展，但它必须沿此走下去。前进的时钟是不可逆转的。

三、不可抗拒的规律：自由与格律的交替

对于诗，尽管形式不是首要的，但却的确是重要的。我们不会遇见不具形式的内容，极好的内容要是失去形式，同时也失去了内容。正是因此，当变革的潮流涌向新诗的时候，首先冲决的是形式的堤坝。

诗的形式(主要是韵律)方面的发展,其基本动力,始于人们在纷繁杂乱的语音之中追求整齐一致的要求。乱中之齐会造成一种和谐悦耳的美感,这就促成了韵律的出现。但语言的太整齐一致又造成单调平板,人们的欣赏习惯于是又要求同中之异、律中之变。形式上自由解放的要求,冲破了格律的束缚,不同程度的散文化便渗入诗律的王国,从而再度打破平衡。这是诗的律变的大体规律。

中国古典诗歌在形式上的主要特点,是由严格的格律所造成的音乐美。这构成了古典诗歌在其长期发展中形成、并不断完善的传统之一部分。我国古代诗歌最初的总结,是四言诗的完善;这是诗由蒙昧时期的散漫和不谨严发展到规律化的第一步。以《离骚》为代表的楚辞,是对较为工整的以风雅颂为代表的四言诗的否定。至此为止,远古的诗发展,可用自由——格律——自由的简单公式加以表述。汉魏乐府是楚辞在形式上的自由化运动的延伸,而五、七言诗的形成和成熟,则是对于楚辞开始的“自由化运动”的反动,它创造了一个空前规模的严格的格律,七言律诗的完成是它的登峰造极的阶段。宋词、元曲都企图以自由的改良来动摇诗的律化王国的根基,它们各自得到了完善的发展,但并不能取代它。五、七言律绝由于长时间的发展,造就了它顽强的生机,轻易难以动摇。但是诗的体式上同异、律变的客观规律是不可抗拒的,格律化太顽固了,自由化须要用烈性炸药爆破它。清末的改良主义“诗界革命”并不能动摇古典诗词的根基,于是,声势浩大的和彻底变革的白话诗运动出现了。

在与古典诗浴血奋斗中诞生的白话诗,其最初的特点,在于彻底摆脱格律约束的诗体解放。从冰心的《春水》《繁星》到周作人的《小河》使五四自由体的发展达到了一个高峰。新月诗人揭竿而起,他们看不惯新诗毫无节制的自由散漫,于是要为新诗

"创格"。他们认为，带着镣铐跳舞才是美的，闻一多、徐志摩、朱湘等人在新诗的格律化方面，贡献了毋庸置疑的业绩。新月派的理论和实践，造出了强大的声势，对比之下，自由体诗的呼声减弱了。新月风靡之时，虽有以戴望舒为代表的现代派，以李金发为代表的象征派企图打破新月所追求的过于精致的韵律，但它们的力量在新月整齐的营垒面前显得是过于微弱了。但新月的存在，便决定着它必须接受认真的挑战，它激使着自由诗派的东山再起。这一状况，由于艾青、田间的出现，得到了证实。

艾青举起的散文美的大纛，有力地冲击着新月派惨淡经营的防线。艾青、田间，以及一大批诗人的尝试，无疑地吻合当时如火如荼的局势。他们得到朱自清强有力的支持。自由体诗以所向披靡之势，战胜了格律诗派。这一局面一直延续到一九四二年的延安文艺座谈会讲话的发表。解放区的诗人在中国作风中国气派的号召下，致力于在民歌和古典诗歌基础上建立新诗体，其代表作是李季的《王贵与李香香》。这是一种崭新形态的格律诗。它的出现，仍然是对自由诗以及它的理论基础散文美的强力摇撼。由于一种崭新理论的支持，加上大批诗人的响应，新的主要是借鉴民歌和古典诗歌的潮流涌现，由此造成了一种不具统一格式而讲究韵律的诗的盛行。但有些人并不就此止步，他们渴求一种统一诗格的建立。对此，五十年代、六十年代之交对此有过热烈的讨论，讨论当然不会有明显的结果——一种新式诗体的建立，从来不是靠学术讨论，而仅仅是靠艺术实践。

以民歌和古典诗歌为基础发展新诗的理论的提出，对于诗的格律化趋向，是一种促进。由于民歌和古典诗歌多系格律诗一类，由此基础产生出来的，必然是过于讲求音韵铿锵、格式齐整的诗，这样的诗一旦数量多了，就使欣赏者厌烦。共和国成立之后，一种介乎格律与自由之间的诗格得到了广泛的流传。这种押韵而大体整齐的半自由、半格律诗,闻捷、李瑛实践最力。李季自《玉门诗抄》而后,亦致力于此,他取得了进展,亦可谓对于民歌体的反叛。

不仅由于形式、也由于内容;不仅由于艺术、也出于政治,七十年代后期,整个形势在酝酿着对于过去的否定。从大的趋向说,是诗体解放对诗体律化的否定。长久的阴暗所造成的心灵创伤,对于理想与前途的朦胧的认识与追求,一种萦绕心头的纠缠不清和捉摸不定的思绪,促使人们追求一种新的更为超脱的表现形式。当前,这种新的探索的呼声正在高涨。这次在诗形式上的变革呼声,其规模之大,来势之猛,在新诗历史上也是少有的。这是一次新的崛起,我们理应欢迎它。

这种崛起有利于形成真正的多样化。而多样化不仅是我们多年的梦求和渴想,而且也是新诗繁荣发展的标志。尽管在新旧发展中,人们对于整齐与不整齐、格律化与自由化的追求,几乎是成规律地此起彼伏、彼此交替的,但是我们却要因势利导,竭力把历史上业已形成的多形式的实践肯定并保留下来。在诗的形式上,应当是共存共荣,而不应当是你死我活。一个时代可以有一个时代的风尚,但是,诸种形式的并存,必然有利于互相竞争和互相学习。

长久的形而上学统治,造成了批评风气与欣赏心理的畸形发展。在此之前,被谑称为"朦胧体"诗乍现,有些人仅仅因为不习惯而目之为异端,想通过"引导"以淹没它;在此之后,"朦胧体"似乎获得了生机,甚至在繁衍之中,一种潮流的兴起,似乎又造成不如此不足以为诗的空气,这当然也并不是健康的。我现在仍然认为:诗不能不让人懂,但诗也不必让所有的人都懂,特别要允许某些诗让人一时读不太懂。我还要补充:诗可以"朦胧",但不必大家都"朦胧",允许"明白如话",允许"妇孺皆知",允许各样各式、五花八门。

我真诚希望，在当前的形势下，一切认真的艺术实践都不要停止。不要强人之难，自己也不要勉为其难，照自己喜欢的样子去写。尽管新诗必须在民歌和古典诗歌基础上发展的提法在理论和实践上都不尽科学，但我却赞成有些诗人在学习民歌和古典诗歌以发展新诗的实践中作出成功的新的探索。总之，探索不仅是宽广的，而且应当是自由的。

时代召唤着新的声音*

——1979—1980年部分获奖诗歌漫评

无论从哪一个意义上说，当前诗歌的繁荣，其发端总要追溯到丙辰清明天安门广场上诗的呐喊。那是一次足以彪炳千秋的人民诗歌运动。它也是预示着一个新的诗时代的序曲。

一个壮烈而华采的序曲过后，诗歌的主题转向了沉郁。

要是从1976年算起，经历了大约三年的恢复和调整。以这次有史以来的首次诗歌评奖为标志，可以说，我们迎到了新时期第一个诗歌创作的高潮。这一诗歌创作高潮的一个主要特点，是诗的思想触角敏感地伸向人民的心灵，它以新的声音传达着人民对于刚刚过去的那段历史的回顾与检讨，以及对于新的时代的企望与要求。以天安门诗歌为标志的中国诗歌的复兴运动，其早期的特征是带着深切的爱与恨的激昂的呐喊，是一种基于战斗要求而作出的，虽是热烈的，却也是单纯的对于生活的反映。

新时期的伟大思想解放运动推进了诗歌对于时代的思考。这种思考失去了原先那种单纯感，其深刻性往往体现在人民对于历史和现实的复杂纷繁的思索中。诗歌能够更为准确地传达出新时代的呼声，从而展示它所从属的时代的风貌。

在为争取社会主义的实践及其挫折中，特别是十年动乱的

---

* 此文初刊1981年8月10日《诗刊》1981年8月号，初收《共和国的星光》。据《诗刊》编入。

经历中，诗歌变得成熟了。历史走着曲折的（有时，例如“四人帮”时期，甚至是倒退的）路。但这种曲折却丰富和充实了人们的思想。综合观察这段诗歌，也许有人会因它的失去“一致”的声音而怅然，但这确是一种前进。它无疑宣告：人民的诗歌已断然驱逐了虚伪和欺骗，真实的、真诚的声音代替了那些虚伪和空洞的声音。

诗歌仍然充满了爱国的热情，但这种热情是实在的和可信的。它无意掩饰也不矫作，它唱的是真诚的颂歌和赞歌：贫困包孕着昂奋，悲哀启示着热情，痛苦而又不曾熄灭希望的光照——

> 我是你河边上破旧的老水车，
> 数百年来纺着疲惫的歌；
> 我是你额上熏黑的矿灯，
> 照你在历史的隧洞里蜗行摸索；
> 我是干瘪的稻穗；是失修的路基；
> 是淤滩上的驳船，
> 把纤绳深深
> 　　勒进你的肩膊；
> ——祖国啊！
> 　　——舒婷：《祖国啊，我亲爱的祖国》

不怀偏见的人们将从这些诗句中获得某些新鲜的印象。这是一首亲子对于祖邦的礼赞之歌。在这里，杜绝了粉饰之后的坦率和真诚，强化了它的情感。我们从它所展现的贫困、落后以及艰难行进的形象中，了解到诗人对祖国的挚爱。

同样，诗歌仍然表达着人民对于“率领我们冒着炮火迎接过春天”的中国共产党的信赖。但这种信赖不是盲目的，而是经过了审慎的思考，充分的谅解得出的。白桦的《春潮在望》表达的正是这种对党对祖国的“苦恋”之情：

千家万户都受到过“四人帮”的伤害，
亿万人的心灵里都留有永远的遗憾；
而受伤最重的还是我们的母亲，
我们的党——她还挑着最重的重担。

这种伤害所造成的“永远的遗憾”，以及受了重伤仍然挑着最重担子的形象，是白桦对于现实生活的一种概括。但他像许多站在时代前列的诗人一样，并没有悲观和颓唐，而是满怀希望地扑向哪怕只是初露的早春的曙色：

党心和人心从来也没有像今天这么近，
领袖也是人民中亲密的一员；
党中央的号召正是群众的希望，
雨滴恰好都落在苏醒了的种子身边。

被四人帮所戕害的诗歌已经得到了复甦。它已经从虚假的泥淖中挣脱出来，如今正在真实的大地和天空行进或飞翔。它所传达的不再是那种为刻板的“思想性”所切削的形象和被“过滤”了的声音，而是忠实于生活的实际和人民情感的包孕着生活的多侧面的繁复的、甚至是矛盾着的声音。欢乐中有痛苦；失望中有希望；看到大量的美好，又不是无视那些丑恶的存在；诗歌仍然在不遗余力地揭示一个永恒的主题：爱。但这种爱不再是虚假，也不再是空妄，而是一个“有血有肉的立体”（赵恺：《我爱》）。

诗歌正是由平面地刻写情感，走向立体地展示情感。它业已改变过去习见的那种表现方式：要么是纯粹的暗色，要么是通体的光明。现在，它的色泽和光线是复杂的和多层次的，因而是更为真实的。当阳光从一面投来的时候，另一面却留下了阴影。获奖作品中，刘祖慈的《为高举的和不举的手臂歌唱》可以说是最明确地体现了这种追求的一首诗。“一致高举”的手臂不一定就是事物运动的正常状态，当我们在“高举”中看到了“不举”，而且承认并尊重这种“不举”时，我们才能够说，它庶几乎接近了事物运动的正常规律。对这首诗进行了最好概括的，是诗人自己。这种概括就是：“我歌唱这不和谐中的和谐。”只有承认不和谐，并且正视它的存在，我们获得的将是真实的和谐。

获奖作品中有两首诗作的命题和立意是令人注目的，这便是赵恺的《我爱》和骆耕野的《不满》。一个讲“我爱”一切：从柳枝削成的第一支教鞭，到公共汽车月票和工作证……；一个讲我“不满”一切：从陈列单调的橱窗，低产的田地，蹒跚的耕牛，到被绳纤勒紫的肩头……忠诚的“爱”和由衷的“不满”构成了一个“不和谐”的综合体。爱应当是充分的愉悦和充满幸福感的，赵恺正是这样地展现了，但他的爱之歌却是由矛盾的情绪“夹杂”而成的：

> 我把平反的通知，
> 和亡妻的遗书夹在一起；
> 我把第一根白发，
> 和孩子的入团申请夹在一起。
> 绝望和希望夹在一起，
> 昨天和明天夹在一起。

充满爱情的歌声中，掺杂着无可补偿的悲凉和沉哀，这正是我们这个经过动乱的时代生活的真实回音。

时代是前所未有地充满生机。它创造了条件让人迷恋和深爱；它也创造了条件，允许人们“不满”现有的生活。在今日，能够理直气壮地，对现状喊出“不满”之声的，仍然是政治盛明的时代的赐予。如鲜花之憧憬果实，如煤炭的渴望燃烧，诗人认为“不满”正是矛盾的过渡，怨哀的余音：

> 我不满步枪，不满水车，不满帆船，

我不满泥泞，不满噪音，不满污染。（骆耕野《不满》）

这里有一系列的“不满”，其前提是对于希望的渴求，对于进步的憧憬。因此，当前这种摆脱了虚假与伪善的真实的声音，这种充满了矛盾的由不和谐构成了更大和谐的声音，它是反映了时代向前进要求的积极的声音。

我追求，我寻觅，
我挖出当年那颗珍藏进泥土的泪滴。
时间已把它变成琥珀，
琥珀里还闪动着温暖的记忆。
——赵恺：《我爱》

泪珠不再是泪珠，它已经变成了琥珀，琥珀闪射的也不再是悲哀的泪光，它已经化为了温暖的记忆，这就是今日生活的主人对于历史的革命的乐观的态度。

在那些异常的年代里，人们失落了很多。孩子们失落了童年，青年人失落了青春，几代人都失落了不可复得的时间。当光明重新回到了生活，人们不免要寻觅那丢失了的一切，杨牧的《我是青年》，以自我揶揄的语气寻觅自己失去的青春：“青春曾在沙漠里丢失，只有叮当的驼铃为我催眠。”但这首诗的基调依然是带着悲慨的昂奋，它确认了“青春的自主权”。对这种寻觅主题作了集中体现的，是朱红的《寻觅》。“轻信的少女寻觅失落的贞操。幸存的孤儿寻觅双亲的身影。复苏的心灵寻觅青春的风采，而风采早溶为苦泪洒落干净。”在这样的命题下，没有丝毫的悲哀是不可能的，但它并不沉溺在“虚无的憧憬”和“幻想和梦魇的回声”里。痛苦寻觅欢乐，欢乐寻觅永恒，沉浮的历史寻觅真理的明灯，诗人认为，寻觅原是执著的追求。的确，寻觅是一种追求，不仅是追求那丢失了的一切，而且追求更为完好的生活环境，更为完好的人与人之间的和谐的关系。因为历史曾经产生过逆转,因而人们在对于失落的寻觅中,始终着急于寻觅一种对生活的觉醒。一个诗人借“一位长者在弥留之际的思绪”写出了这种对于生活的觉醒:假如我重活一次,我将十倍珍惜同志的温暖,我将因自己的错误而向自己的兄弟赔罪:

假如,假如我重活一次,
我的心胸会开阔一点。
我会明白在我的周围,
大都是我值得信任的自己人。
——未央:《假如我重活一次》

人之将死,其言也善。死去的已不能复活,重要的是我们活着的时候,我们要生活得更聪明,也更理智一些。我们要是握有权力,决不能再轻易地“将九十八个灵魂打入深渊”;我们要是扩建新居,不要再用推土机铲平隔壁的托儿所!

几代人都在动乱岁月之后获得了这种觉醒,即使是那些曾经在雪白的墙上涂抹过粗暴的字的孩子,他们今天也已懂得,而且对着生活发誓——

我爱洁白的墙。
永远地不会在这墙上乱画,
不会的
像妈妈一样温和的晴空啊,
你听到了吗?
——梁小斌:《雪白的墙》

我们都听到了这个幼稚的然而又是庄严的声音。

此刻,我们仿佛置身在浩瀚无际的大海之旁,惊心动魄的狂涛挟带着泥沙已经退去,我们耳边还充满那令人心悸的雷电的回声。我们的生活仿佛就在这个交叉点上。我们将迎接晴空和海燕,我们也将迎接浪涛和风雨。但现在,我们谛听的是那刚刚过去的历史的声音，这种声音如上所述，是一种失去了单纯的沉郁之声。我们企望着新的浪涛的来归。

春天的步履也许是缓慢的，春天降临的过程中，也会有寒潮袭击，但春天毕竟不可抗拒。因此，我们的沉郁之声中蕴藏着不屈和坚毅，乐观的战斗精神和对于光明的向往。作为传达了新的时代的声音的诗歌，正因其包含了躁动不安的因素，而益发显示出真诚的和真实的力量。“我爱”一切，也包含爱生活中的艰难和拥挤，也许这爱的本身也理所当然地包含了叹息和“不满”。我们以为这是更大程度上的和谐。

漫步在诗的郊野*

——关于诗歌欣赏的通信

谢冕同志：

您好。

前年，我曾有幸听过您在大连作的关于诗歌的报告，对于您的分析、评论和鉴赏诗歌的水平，我十分敬羡。故此，我才冒昧地打扰您，把自己在欣赏诗歌时遇到的问题提出来，向您请教。

我虽然不会写诗，但是却特别喜欢读诗，尤其喜欢读那些含蓄的诗。常常我会反复吟诵一首喜欢的诗，如醉如痴。有人不解地问我："读诗有什么好处？你竟会这么喜欢！"诗歌对我有什么好处？我也真说不清楚，然而确实感到生活中需要有诗歌。

我告诉您自己这么喜欢诗，大概会给您造成一个错觉，以为我一定是能理解诗中言及的一切。不，这正是我要告诉您的苦恼——有些诗我欣赏不了，读不懂！有些用典的诗，我竟连字面也没弄明白；有些诗虽然字面意思好懂，但却总感到似是而非，似乎在那字里行间，作者还有许多许多话，这是些什么话呢？我却琢磨不出。真不知道是什么原因？

---

* 此文初刊于1981年11月5日—12月5日《海燕》1981年11—12月号，曾分作《懂一点诗歌欣赏常识》、《通过想象理解诗》、《韵味、"猜想"与音乐美》3题收入《文艺鉴赏指导(一)》，中国青年出版社1982年7月出版；后收《论诗》，仍题《漫步在诗的郊野》。据《海燕》编入。此文收入《文艺鉴赏指导(一)》时，文内关于《沙扬娜拉一首》的文字被当时的责任编辑作了错误的修改，事后责任编辑及出版社致信作者承担了责任并表示歉意。详情请参见第八卷的《为"沙扬娜拉"送行》。

我知道，写诗是要具备一定条件才行，难道欣赏诗歌也如此？那么我需要从哪些方面提高自己的欣赏诗的素养呢？

盼望得到您的帮助。

祝

近安！

薛石

1981.7.25

薛石同志：

来信收到。很感谢你对我的信任。作为一名教师和作者，关心、帮助青年同志，这是我应尽的责任，请不要客气。

你提出的诗歌欣赏问题，确实是个有趣且有意义的问题，很值得探讨。下面，我想从“欣赏的准备”和“重新创造的艺术天地”两个方面谈谈看法。

欣赏的准备

记得青年时代，我有一次惬意的江南之游。一个夏日的清晨，我登上了镇江的金山寺。长江浩浩从眼底流逝，我心中激动，却苦于无以形容。这时，眼前赫然跃出一副对联——

江流天地外，
山色有无中。

它带给我以极大的愉悦。它完成了眼前景与心中情的最忠实、精彩的表达。这是唐代诗人王维《汉江临眺》诗中的句子。它把临江远眺的景色构成了一幅雄浑而淡远的画图：因为站在高处，眼前一派江流无遮拦、江水仿佛泻到了天地之外的空阔无边的去处；而极目所见的山色，也因极远而极淡，淡到了若有若无的境界。这时节，我感到了诗歌神奇的魅力。它仅仅用了十个字，便把如此伟大的气势，如此复杂的情致，而又如此准确细致地凝聚在一起。后来，我又不只一次地眺远临江，王维的这两句诗总在我内心感奋之际，及时地出来伴我，助我领略那幽微曲折的诗的境界。我不知道，究竟是诗帮助我更好地欣赏了自然界，还是自然界帮助我更好地欣赏了诗！

也是那次远游，随后到了苏州。苏州的小巧玲珑的园林艺术，以建于城市而使人若置身山林为其特点。当我来到一座林园（忘了它的名字），那里树丛、流水、鸟鸣啁啾，蝉声盈耳。此时，我身憩一亭。亭上又有一联，也是前人的成句："蝉噪林更静，鸟鸣山更幽。"我的欣喜简直无可言状。我感到，诗不仅能够把我们的生活感受表达得曲尽其妙，而且还能够帮助人们在精神上创造出一个更为理想的境界。这些闲话，只是为了告诉你，能够理解并欣赏优美的诗歌，无疑将丰富我们的生活，久之，它将使我们的趣味变得更加高雅，心灵变得更加美好。

并不是所有识字的人都能正确欣赏诗。即使是识字的人，想获得好的欣赏效果，也不能没有必要的训练和指导。我以为诗的欣赏的第一步是要读懂，要弄通字面上的意义。对于诗歌欣赏，语言上的障碍不仅发生在古典诗歌方面，可以说，不论古今中外诗歌都存在这种语言的障碍。因为诗的语言在文学品种中有其特别之处。例如前面引到的王维的那两句诗，首先给人的印象是：当别的文学作品用很详细的文字表达对象时，诗却只能以极少的文字来完成这一任务。它的原则就是以极简括体现丰富，因而"寓万于一"就是它的规律。这就造成了诗的欣赏的第一座难关——语言。

中国诗歌经常用典，即是这一规律造成的后果之一。因为用一个典故，可以省去一大篇文字，是符合诗的精练原则的。陈毅《梅岭三章》中的"此头须向国门悬"，这一句就字面上是很浅显的，但其中就有典故，用的是春秋战国时代伍子胥因进谏吴王夫差而被杀，临死他矢志悬首国门以证明他所谏之不妄。懂得了这一点，才能领略到这句诗的更深沉的含义。又如唐代刘禹锡的诗《乌衣巷》："朱雀桥边野草花，乌衣巷口夕阳斜。旧时王谢堂前燕，飞入寻常百姓家。"读这首诗时，我们会感受到有节奏的语言造成的令人愉快的韵调，但这只是初步的。要达到正确的欣赏还需要克服某些困难。乌衣巷、朱雀桥都是南京秦淮河一带的地名，东晋豪门世族居住之地。王、谢指东晋宰相王导、谢安。了解了这些，再加上夕阳野草，燕子归来，人事已非的烘托，自然就能把握到诗中寄托的兴亡之叹。用典的例子，外国的诗中也有。美国诗人 T. S. 艾略特(1888—1965)的《荒原》，其中引用了大量的《圣经》以及但丁、莎士比亚著作中的典故，诗人本身为此加注，以帮助读者正确地欣赏它。

语言这一关卡的突破，只是给诗的欣赏创造了起码的条件。真正的欣赏入门，应当是对于诗篇的作者，以及它的创作的时代和社会背景的了解。记得前年，我曾向你推荐过下面这一首短诗：

> 走六小时寂寞的长途，
> 到你头边放一束红山茶，
> 我等待着，长夜漫漫，
> 你却卧听着海涛闲话。

这是戴望舒写于一九四四年底的《萧红墓畔口占》。萧红是一位著名的女作家，一九四二年病逝并葬于香港。抗战中，戴望舒在香港参与了进步的文化活动。一九四二年被日军所捕，曾作有著名的《狱中题壁》等诗。此时戴望舒身心交瘁，极思奋起，但又无以排解。谒萧红墓，墓畔口占四句，是他此时心中积郁的宣泄。尽管是"长夜漫漫"，但他还是坚定地"等待着"。但他写"你却卧听着海涛闲话"，却表现了这位曾经以《雨巷》一诗闻名于世的诗人，其心灵深处仍然不曾消失的寂寞感。他甚至羡慕萧红终于获得了解脱，羡慕她终于能够有此闲适："卧听海涛闲话"。要是我们进而了解了写作此诗的一九四四年的时代背景，了解了当时的祖国大陆和香港一隅的形势，我们就会从这短短的四行诗中获得丰硕的欣赏效果：战乱中的淳厚的友谊，隐蔽在字里行间的对于现实的抗议，以及坚韧的等待，《雨巷》作者的全部进取的，和不无局限的消隐的思想。要是我们欣赏时，不对诗的产生以及诗的作者的际遇作必要的了解，则我们非常可能把这首很有价值的诗，视同一般的怀人伤逝之作。

对于任何一首诗的欣赏的第一步，总要对它的作者和它所诞生的时代有一个初步的了解，没有这一点，我们的欣赏就是盲目的，甚至是歪曲的。例如脍炙人口的李煜的那首《虞美人》："春花秋月何时了，往事知多少！小楼昨夜又东风，故国不堪回首月明中。雕栏玉砌应犹在，只是朱颜改。问君能有几多愁，恰似一江春水向东流。"据说这是李煜囚中所写的一首词。他当时的遭遇很悲惨，居处有"老卒守门"，"不得与外人接"，"日夕以泪洗面"！要是不了解它的作者的身世和经历，即要是不了解这是南唐的亡国之君——李后主囚禁中退怀往事之作，就容易把这首寄寓着亡国的伤痛，以及留恋富贵繁华生活的极复杂的情绪，看成是一般的感旧伤逝。

新诗也是如此。早期新诗人中，郭沫若是一个毫不墨守成规而极富于创造力的诗人，他的《女神》是当时的"古怪诗"（借用目下新诗争论中的"新名词"）的集大成。其中有首十分"古怪"的《天狗》，也许你已读过："我是一条天狗呀！我把月来吞了，我把日来吞了，我把一切的星球来吞了，我把宇宙来吞了。我便是我了。"要是了解了写诗的郭沫若，以及写这首诗的时代背景，则眼前所展现的荒诞与狂暴便是可以理解的。这是个性解放的时代的产物，它传达了中国人民要求否定黑暗现实的意愿，以及对人的力量的觉醒。这样一来,这首“古怪诗”则是完全不古怪的。

> 假如我是一只鸟,
> 我也应该用嘶哑的喉咙歌唱:
> 这被暴风雨打击着的土地,
> 这永远汹涌着我们的悲愤的河流,
> 这无止息地吹刮着的激怒的风,
> 和那来自林间的无比温柔的黎明……
> ——然后我死了,
> 连羽毛也腐烂在土地里面。

这是艾青的《我爱这土地》。要正确欣赏这首诗,最主要的办法,是让我们“回到”诗人写诗的环境中去。写这首诗的一九三八年,中国的土地正在一块一块地被宰割,抗日烽火已经燃起,艾青在写《我爱这土地》之前,还写过《大堰河——我的保姆》、《雪落在中国的土地上》等诗篇。这是一个为旧中国的土地和人民的命运而悲哀的诗人。他此时的诗中迷漫着哀愁的情绪,但又不无激愤,他的主调是悲壮的。他没有失去对于“温柔的黎明”的信念,当祖国的国土正在沦丧的时候,他为“这被暴风雨打击着的土地”歌唱,并宣誓即使死去也要把羽毛奉献给它。要是不了解这首诗创作的时代气氛,我们便不容易把握到流淌诗中的爱国主义的激情,甚至我们会对它的悲凉产生不理解的情绪。这样,当然无助于正确的欣赏。对于所有时代的诗歌,我们都能欣赏,我们的秘诀只有一个,到那个时代的氛围中去感受。

重新创造的艺术天地

从根本上说,文学的欣赏活动,凭借语言这种无所不在的符号来进行,从符号再返回丰富的世界中来,这是一种再创造。诗歌的欣赏活动更是一种确切意义上的再创造。再创造的主要方式是想象活动。想象不仅对于诗人的创作是一种必要,想象对于读者的欣赏也是一种必要。可以认为,诗人通过想象创造出了诗的形象,读者通过想象正确地把握住诗人的艺术构思,并且丰富地再现了诗人创造的形象。譬如艾青的《我爱这土地》,当我们了解了这首诗的时代背景,我们开始进入对诗的本身的理解。这时,在我们的眼前展示的是诗的形象,这是诗人想象的产物。我们的欣赏活动可以认为是对于诗人想象活动的再经历和再体验。

《我爱这土地》的形象的核心,是一只不懈地为土地、河流、风和黎明歌唱,以及死后连羽毛也奉献给土地的多情鸟。诗人借这一只鸟的形象来表达他热爱受苦受难的祖国和人民的情怀。我们的读诗的全过程,我们的想象活动,都是围绕这只鸟的形象而展开的。我们对于诗中爱国主义激情的把握,是通过对于这只热爱土地的鸟的想象而获得的。离开了这些,我们将一无所获。

当我第一次读崔颢的一首《长干曲》,由于想象的展开所获得的愉快,至今我还记得。这一首诗只有三十个字:"君家何处住?妾住在横塘。停船暂借问,或恐是同乡。"整首诗不作任何描写叙述,但一个青年女子活泼、爽朗,而又令人亲近的形象跃然眼前:长江上两舟相逢,一个船家女,主动打问迎面而来的男子家住何处,是哪里人?她不等对方答话,又立即作了自我介绍。后两句,可以理解为女子的自语,或理解为她因自己的热情主动而显得唐突,想极力掩饰自己的羞窘:"停船相问,别无他因,也许你我是同乡……"长江滔滔,两舟邂逅,一对异性男女的友好相遇所引起的新颖与亲切之感,通过读者自由的想象,得到了显现。这是想象在欣赏中的作用,因此,我以为欣赏是一种再创造。

为了说明这种再创造,我再举徐志摩短诗《沙扬娜拉一首》

以为佐证。

> 最是那一低头的温柔，
>
> 　像一朵水莲花不胜凉风的娇羞，
>
> 道一声珍重，道一声珍重，
>
> 　那一声珍重里有甜蜜的忧愁
>
> 　　沙扬娜拉！

一朵水莲花在凉风中表现着婀娜的娇羞，诗人借此以形容这位日本女郎的温柔缱绻。我们欣赏这首诗，首先是从诗人提供的形象上开始我们的想象活动。从这一朵水莲花出发，想象那女郎的美丽，多情，柔情似水又充满了别离的轻愁。为什么说这是再创造？因为诗人并没有告诉我们这位女郎的年龄、容貌以及互道珍重的两人的关系，但这并不妨碍读者在自己的想象中创造出一个动人的画面来。这在诗的欣赏活动中不仅是允许的，而且是受到鼓励的。这种想象活动可以使欣赏者自己，或由此联想起来的其他人物“移入”那张他所再创造的画面中去——他可以把那一位水莲花似的女郎想象成自己的女友或爱人，他可以在一声充满“甜蜜的忧愁”的“沙扬娜拉”中，寄托着自己与心爱的朋友道别的那一份眷恋。就是说，他可以把“我”想象为诗中的人。

但是，我们也不可对诗的欣赏存在着不切实际的奢望，以为读诗可以“创造一切”，因而也可以洞悉一切。这是不可能的。诗不可能把什么都告诉我们，特别是由于它不可能详尽地叙事，由于交待情节、描写人物不是诗的擅长，因此，诗不可能更多地“告诉”我们什么，诗的特点在抒情。我们读诗并试图达到正确欣赏，不在于通过诗了解更多的事物。我们与其说是为了了解，不如说是为了感动。我们作为读者，希望通过诗的形象产生感情上的共鸣。《长干曲》也好，《沙扬娜拉一首》也好，我们希望这种欣赏的结果，不单是了解诗人的感情活动，而且寄托我们自己的情思，或者重温自己曾经有过的情感的经历。这就是诗的欣赏上的再创造。

我们为着克服欣赏上的困难，我们要做的一件事，就是要把诗中所提供给我们的东西“泡”出来。就是说，要把诗人由繁复的生活现象加以高度精练的东西，还原到它原先的状态中去。我们要把浓缩了的东西“泡”开，这是诗歌欣赏中必经的一段“工序”。（对于别的文体，这是不必需的，因为它通过详尽的文字尽可以把内容讲清楚。）上述情况在诗中通常被称为含蓄，即通过高度概括的语言，把众多的内容蕴蓄到最典型而又最精约的形象中来。下面是臧克家的《老马》诗中的句子：

总得叫大车装个够，
它横竖不说一句话，
背上的压力往肉里扣，
它把头沉重地垂下！

这里，写的是老马，但我们欣赏时，可以放开来想象它的寓意——诗是鼓励这么做的——我们相信：诗人写出来的是不胜重负的老马，而诗人心中要说的是他对于生活在皮鞭和奴役之下的劳苦人民的同情、以及对他们坚韧的毅力的赞美。

一般说来，优秀的诗篇总是避开了直说。因为不直说，因而增加了欣赏的困难。正常的状况，诗人总是不直接向读者进行灌输，他们只是含蓄地点拨你，然后给你以天女散花般的想象的自由。言在此而意在彼，不是说明着什么，而是隐喻着什么。这是诗的一般规律，也是欣赏诗歌所必不可少的一种思想准备，或者叫做训练。当我们读到陶渊明的“采菊东篱下，悠然见南山”时，我们当然知道，它的意思并不限于字面所传达的，它有着更为深远的含意。

我们要善于寻找并最后判断诗人提供的形象背后所蕴涵的情思，我们的欣赏活动不可停留在表面意思的掌握上。诗是高级的艺术，诗需要咀嚼再三，寻求真味。下面这些诗句，是一位青年诗人写的——

> 我把长城庄严地放上北方的山峦
> 像晃动着几千年沉重的锁链
> 像高举起刚刚死去的儿子
> 他的躯体还在我的手中抽搐
> 我的身后，有我的母亲
> 民族的骄傲，苦难和抗议
>
> ——江河：《祖国啊，祖国》

它表述的是一种复杂的感情。长城是我们民族古老文化的象征，要是我们把它当成了古董，而且一味地陶醉于先人创造的业绩，则长城也可能成为锁链，我们将因而停滞不前。当祖先遗留的旧物成为捆缚我们前进的脚步的锁链时，敏感的青年便要“诅咒”它，因为它给我们带来了苦难。这种诅咒，诗人把它表现为“刚刚死去的儿子”的形象，这种感情仍然是复杂的，它刚刚死去，但死去的又是母亲的儿子。这些诗句，表现了经历过十年动乱之后，一代青年对于封建主义余毒的憎恨，以及对于民族复兴的思考。

欣赏诗歌，由于它极精炼，我们不仅要努力把握它以少量字词包孕着的丰富的含义，而且要努力去寻求它的诗句之外包含的不尽的韵味。这在中国旧诗词的欣赏中是极为普遍的现象。例如采菊东篱，心境悠然与南山相合，情寄东篱之外。有一首唐诗，张继的《枫桥夜泊》：“月落乌啼霜满天，江枫渔火对愁眠。姑苏城外寒山寺，夜半钟声到客船。”它的繁复的色彩和音响，烘托着江天子夜的秋景。末尾一句，以传到客船的夜半悠悠钟声，给人留下了言语难以表达的离愁别绪。有趣的是，这种由具体的诗句引发的情思，其具体性可以因欣赏者的不同际遇而各不相同。它既有稳定性，又有“随意性”。例如《枫桥夜泊》，那悠扬的钟声造成的余韵，大体上总与羁旅客子的愁思有关。至于它在欣赏者心中所唤起的具体的思念，则是不可规定的：有人可因而感慨半生飘零，一事无成；有人可能思念老母娇妻，有人也许为友情的离弃而痛苦；也许为了贫病，也许为了惜逝……但那浮动在落月渔火的微茫中的是一缕轻愁，这则是相同的。

诗歌欣赏可以认为是读者在诗人所启示的范围内重新创造的艺术世界。这个世界最大的特点就是读者往往走进诗人所创造的境界中去，往往把自己内心的主观世界融进了诗的客观世界中去。人们读李后主的词：“问君能有几多愁，恰似一江春水向东流”，人们能够领会李煜对于繁华失落的哀伤，他们对这首词的感受一般也被规定在追怀往昔的范围之后，添加进去若干属于自己的东西，使得“问君能有几多愁”的“愁”成为不再是亡国之君的哀怨，而变成了属于每个人自己的怅惘、失落的情怀的寄托。

我们欣赏诗歌的目的，在于领略诗人抒写的情感，但这并非最后的目的。我们欣赏诗歌，预期通过诗人的启迪以引起共鸣式的感性的燃烧。所谓诗的作用和诗教，主要是指此而言。所谓诗的教育，也全在感情的潜移默化中进行。

由于诗歌形象的基本规律是以一代十，以少胜多，它极精约，极概括，因而留给欣赏者的联想空间就极宽阔。因为以极简约表现极丰富，读诗难免有时要“猜”。这种猜，在别的文体可能说明意义的含混；而在诗，离开了猜想的空间却可能意味着贫乏。当然，这种“猜想”应当与真正的晦涩加以区别。“猜想”不是因费解引起，乃是由于诗本身有太多的郁积，从而需要欣赏者以自己的经验和思考来加以补充和阐发。例如闻一多有一首

《口供》：

> 我不骗你，我不是什么诗人，
> 纵然我爱的是白石的坚贞，
> 青松和大海，鸦背驼着夕阳，
> 黄昏里织满了蝙蝠的翅膀。
> 你知道我爱英雄，也爱高山，
> 我爱一幅国旗在风中招展。
> 自从鹅黄和古铜色的菊花，
> 记着我的粮食是一壶苦茶！

这是全诗的主要段落。诗人的思想是明晰的：他爱我们祖国的传统文化以及民族的特有气质。青松、大海、凌霜的菊花和一壶苦茶，交织着一个爱国的、英雄的主题。可是，突然却冒出了这样两行，

> 可是还有一个我，你怕不怕？——
> 苍蝇似的思想，垃圾箱里爬。

对于这样一首诗，要达到正确的欣赏，就要开动机器"猜"。经过我们的思索，发现诗人一颗纯真、坦白的心在跳动：他没有把自己复杂的内心隐藏起来，而是勇敢地揭示在读者面前。它只是说明：由古老文明所培育的美好品德中，依然存在着不和谐，尽管这种不和谐是次要的。当然，这里所谓的"猜"，其实就是欣赏过程中对诗和诗人的综合性思考。

我不知道你读诗时是否感觉到，诗的语言是不连贯的、断断续续的，跳动性很大。为着使上述我们所谓的"综合性思考"能够顺利进行，我们需要对这种不连贯进行"加工"——即把不连贯的地方加以填补。这无论对旧诗新诗都是需要的。例如这样的诗句：

被最初的晨光照射
投身在光明的行列
直到谁也不再看见你
——艾青:《启明星》

这里就省略了许多关连,隐藏了许多阐发和判断。这一切,都留给读者的创造性的欣赏活动。这种现象在使用文言的旧诗中更为普遍。李商隐的《夜雨寄北》:"君问归期未有期,巴山夜雨涨秋池。何当共剪西窗烛,却话巴山夜雨时。"诗人写诗时旅居巴蜀,这是寄怀妻子的诗篇。这首短诗的时间和空间跨度都很大。前一个"巴山夜雨",是思念与惆怅此时此地的;后一个"巴山夜雨",跳到了想象中的未来,夫妻团聚后的彼时彼地。那时节,西窗闪着烛光,他们一起回想如今这个令人情思绵绵的雨夜。当诗中跳跃的奥妙被我们所理解,当跳跃之间的关连为我们所连缀,我们因创造性的艺术欣赏所获得的愉悦是难以形容的。

论及诗的欣赏,有一点是不可忘记的,也是别的语言艺术所缺乏的,即多数的诗是一种韵文,而且所有的诗都有节奏感。这样就使诗有异于其他文学品种:它大体能唱,即使不能唱,也大体可吟、可诵。我们读诗,除了求得内容的了解,还要求得语言形式的音乐美的感受。好的诗,反复吟哦是必要的。一首优秀的唐诗,可以流传千余年,人们总是一代一代地传诵。记得小时,南国秋夜,一张竹椅,一把蒲扇,虫鸣遍野,银河在天。不知有多少次,我吟诵着杜牧的诗:"银烛秋光冷画屏,轻罗小扇扑流萤。瑶阶夜色凉如水,卧看牵牛织女星。"这首小诗的内容,我已熟知,为什么要反复地吟它、咏它,而且一再沉浸在一种忘我的境界之中呢?为什么我们对于即使是最优秀的小说或散文也不会这样如醉如痴地反复地阅读它呢?这是由于诗的语言有浓厚的音乐性,除了内容,语言上也有足以唤起欣赏趣味的无穷魅力。

你信上说,你特别喜欢含蓄的诗。含蓄的诗经得起反复咀嚼。但明朗的也有它的好处:当诗歌表现一些重大和热烈的素材,明快而激昂的调子容易收到效果。而当诗用来传达心灵隐秘的声音,含蓄在这里将充分显示出它的优越性。在欣赏方面,你当然可以有偏爱。但是,我建议你可把欣赏的范围弄得宽广些,各种各样的诗都不拒绝阅读。这样,你就会开阔自己的视野。欣赏的目的是为了提高诗歌的素养,而宽广的兴趣将有助于达到这一目的。

以上是我对诗的欣赏问题的一些看法,供您参考。

祝

学习进步!

谢冕

1981.8.17

历史的沉思*

——建国三十年诗歌创作的回顾

(一) 跨入新时代的门槛

跨入这道门槛的时候,中国新诗已走了许多路。一九四九年全国第一次文代会的召开,被形容为两支队伍的大会师,新诗也是如此。两支队伍从不同的方向,在解放战争大胜利的感召下来到了新中国的、也是新诗的新时代门槛前。这个跨入是历史性的。在我们中国,几乎每个朝代的兴起,总伴随着一个新的诗歌时代的兴起。中华人民共和国的孕育诞生,同样作了这样的宣告。

因此,我们不能不怀着庄严感,来描述这伟大跨入之前的准备。

如火如荼的斗争,人民以烈火、硝烟和血泪为这个伟大的诗歌时代举行了奠基礼。我们诗歌新时代的发端不会是默默无闻的,它一定会展现它的鲜明的标志。在隆隆的炮声中,时代奇迹般地把两部诗集送到了我们手中!它们是李季的《王贵与李香香》和袁水拍的《马凡陀的山歌》。一部诗写在解放区明朗的蓝天下,在那里,高亢悠扬的信天游掠过延河的水面,窑洞昏暗的灯光记载了这部由艰苦的战斗和真挚爱情谱写的争取光明的史诗。世代爬滚在干涸的土地上受尽屈辱的人,第一次抖掉历史

---

* 此文初刊1982年7月15日—10月15日《当代文艺思潮》1982年第2—3期,初收《共和国的星光》,后收《当代学者自选文库·谢冕卷》。据《当代文艺思潮》编入。

的尘垢，经过殊死的搏斗，终于不再以奴隶的身份，而是以主人的身份站在温暖的阳光下。这是史诗的时代，它当然诞生了时代的史诗。以人民翻身解放为历史背景的叙事性长诗大批涌现，证实了闻一多的期望和预言：闻一多要求新时代要把诗作得“不像诗”，而要像小说戏剧，“至少让它多像点小说戏剧，少像点诗。”(《文学的历史动向》)抒情性的“纯诗”因素的减弱，叙事性的“非诗”因素的加强，造就了解放战争年代长篇叙事诗的发展。这还是诗歌感应了生活丰富而壮丽的内容、响应了时代高亢而激扬的节拍的产物——《王贵与李香香》等叙事诗出现的重大意义就在这里。

另一部诗写在中国最大的城市上海。那里展示了与黄土高原迥然不同的气氛。高楼连着高楼，宛如连绵不断的山峦；黄浦江上，汽笛似在呜咽，外白渡桥整日在隆隆声中震颤；入夜，霞飞路一带灯红酒绿，这是上海——病态的、畸形的城市。在那儿集中了旧中国最肮脏最丑恶的现实，纸醉金迷掩盖不住四野饥寒的呼号。《马凡陀的山歌》代表了人民的意愿，以讽刺的笔调，用歌谣的形式，向着黑暗的中国唱着诅咒和抗议的歌。要是说《王贵与李香香》的明朗、高亢、豪爽是西北高原的风貌色彩，则《马凡陀的山歌》是以微笑唱着痛苦的、颠倒的和古怪的歌。它用“拎起狗来打砖头，反被砖头咬一口”(《人咬狗》)这样的变态的形象向腐朽的、将要沉没的统治发出了挑战的鸣镝。也许仍然是事实回答了闻一多的呼唤，新诗给在国民党反动统治心脏地区的人民，敲响了战斗的鼓点。

这样，当分别战斗在解放区和国民党统治区的两路诗歌大军会聚在北京丰台车站，向着这座古城进发的时候，我们可以说，它们带来的是在斗争年月中形成、随后在新中国成为主流的、诗歌为现实生活服务(在很长时间被叫做为政治服务)的传统。两股水流：来自解放区的是一道以歌颂光明为主的水流，来自国民党统治区的是一道暴露黑暗为主的水流。两道水流汇合在一起,确定了新时代的诗的基本概念,或叫人民性,或叫战斗性,或叫现实主义,总之,它强调了诗歌对于时代、人民,以及人民为改变世界所进行的斗争的密不可分的“服务”、“反映”的关系。

当我们跨入新时代的门槛的时候,不能不扼要地说明这个跨入的准备。新中国诗歌的一切,它的成就与不足,它的经验与教训,几乎都不能脱离开这一历史性时期的诗歌的现实。

中国新诗的新时代,发端于人民革命取得全国胜利的一九四九年。这一年的春天来得格外早,也显得格外的暖和。淮海战场上的积雪早已消融,浸染过烈士鲜血的土地上萌发了早春的幼芽。这时节,人民解放军所有炮口都指向了江南,长江的巨浪在不安地拍打着石壁和沙滩。四月二十一日,毛泽东和朱德向人民解放军发出向全国进军的命令:“奋勇前进,坚决、彻底、干净、全部地歼灭中国境内一切敢于抵抗的国民党反动派,解放全国人民……”当日,人民解放军在西起九江东至江阴长达五百余里的江防上强渡长江。二十三日,六朝金粉的石头城陷落,红旗插上了国民党统治的中心南京城头。随后,开始了向国民党统治区的全面进攻。那真是一个让人热血沸腾的轰轰烈烈的年代,人民解放军的脚步所到之处,都响起了隆隆的腰鼓声。炮车在前进,头上插着伪装的步兵在前进。到了秋天,中国人民迎接了数千年历史上从来未有过的巨大丰收——中国的大部地区都插上了红旗。一九四九年九月二十一日,中国人民政治协商会议第一届全体会议在北京开幕,毛泽东同志在会上郑重宣告:“占人类四分之一的中国人从此站立起来了”,“我们的民族将从此列入爱好和平自由的世界各民族的大家庭,以勇敢而勤劳的姿态工作着,创造自己的文明和幸福,同时也促进世界的和平和自由。我们的民族将再也不是一个被人侮辱的民族了,我们已

经站起来了。”(《中国人民站起来了》)

产生在这个时期的诗歌,不能不被这历史性的重大转折决定性地影响着。整个五十年代,毛泽东同志这一雷电的宣告,始终激动着中国的诗人们。苦难年代里,人们失去了闲适与欢愉:或者是投身于伟大的事业,想的是为人民而献身,自觉自愿地失去了它;或者是反动派的压迫,求生的艰难,被迫地、强制性地失去了它。严峻的生活,呼唤着严峻的诗篇,轻松的情调似乎是一种亵渎,甚至是犯罪,至少有着极端不合时宜的尴尬。号角的呼啸掩盖了琴弦的颤动,粗犷豪放与精致柔婉是尖锐对立的。《王九诉苦》式的愤愤哭诉,《发热的只有枪筒子》式的无情揭露、乃至于用欢快而不免粗放的唢呐吹奏的《翻身道情》,与这个新生的时代才有充分的和谐。但若有人唱起早期戴望舒式的温柔缱绻的歌,则肯定是一种失去了和谐的不谐和音。那时候,我们听不到对于个人命运的吟哦和叹惋,也很少听到关于爱情、友谊乃至山川景物的讴歌,我们并不感到缺少了什么。迄今为止,我们总认为诗的秩序是正常的,诗的钟摆在合乎规律地摆动着。这时节,即使是唱过像《夜歌》那样柔和调子的何其芳,也彻底地改变着自己的诗风:

而且我的脑子是一个开着的窗子,
而且我的思想,我的众多的云,
向我纷乱地飘来,

而且五月,
白天有太好太好的太阳,
晚上有太好太好的月亮,……

如果何其芳此时重读他自己这样的诗句,也会认为是不可思议的。包括何其芳在内的几乎所有迎接了新中国诞生的诗人,心

中都充溢着那种代表着新时代降临的隆隆雷声,而情不自禁地唱起豪迈的歌声:

> 中华人民共和国
> 在隆隆的雷声里诞生。
>
> 是如此巨大的国家的诞生,
> 是经过了如此长期的苦痛
> 而又如此欢乐的诞生,
> 就不能不像暴风雨一样打击着敌人,
> 像雷一样发出震动着世界的声音……
>
> ——《我们最伟大的节日》

在这个伟大转折的历史性十字街头,诗人们都面临着重新确定前进的诗的观念的抉择。他们有着沉重的自我批判的觉醒——要是可以称为觉醒的话。何其芳把自己的诗集取名为《夜歌和白天的歌》,就蕴含着"一个旧我与一个新我在矛盾着,争吵着,排挤着"的意思。光明取代黑暗的时代,动摇了无数曾经习惯唱着小夜曲的诗人的观点;也是这个何其芳,他对自己简直有着难以容忍的愤怒:"当时为什么要那样反复地说着那些感伤、脆弱、空想的话呵。有什么了不得的事情值得那样缠绵悱恻,一唱三叹呵。现在自己读来不但不大同情,而且有些感到厌烦与可羞了。"(《夜歌和白天的歌》初版后记)

一九四九年,当毛泽东同志宣告中国人民已经站立起来的那个时候,尽管遥远的江南和祖国的边地,大炮还在幽暗的夜空中发出沉闷的轰鸣,但和平正在降临,人民正在告别苦难。仿佛长久的夜行,一双眼睛已经习惯了暗黑的环境,一旦东方吐曙,满眼金光,一切似都丢失,唯有光明占据了一切。支配着从建国到五十年代诗歌的,基本上是一曲光明颂。五四时期的诗坛巨星郭沫若有幸目睹了新中国这颗太阳的升起，他的凤凰真正再生了。但是，当凤凰的再生不再是神话而是现实的时候，他的诗的凤凰也断了想象和抒情的翅膀。现实的光芒太强烈了，他的眼前、胸中全被这突然喷射出来的强光所占领，他唱的是一曲现实的颂歌，像《新华颂》：

> 人民中国，屹立亚东，
> 光芒万丈，辐射寰空，
> 艰难缔造庆成功，
> 五星红旗遍地红。
> 生者众，物产丰，
> 工农长做主人翁。

这是郭沫若为迎接新中华诞生作的第一首颂歌，这是一首从形式的凝重到描刻的堂皇都称得上严格意义的“颂”。郭沫若对这首诗的创作相当重视，解放后的第一部诗集以此命名。从诗的整齐格局看，也许是他专为谱曲而作的歌词，也许未必是。这至少提醒我们注意，郭沫若作为新诗的奠基人，在这个新时代开始的时候即已表现出他的兴趣正在由新诗转向旧诗。更为重要的一个迹象是：在郭沫若的诗歌观念中，早期那种不强调诗歌社会功利，而十分强调“心中的诗意诗境底纯真表现”，认为真诗应当是“命泉中流出来的旋律，心琴上弹出来的乐曲，生底颤动，灵底喊叫”的倾向已经有了明确的改变。

这种改变不仅仅发生在郭沫若身上，而是整个诗坛都意识到了这一点。不同的是，郭沫若是感应最灵敏的一位，他在共和国成立的前夕，就有了这种觉醒，他的《新华颂》是写在一九四九年的九月二十日，即全国政协第一次全会召开的前夕的。袁水拍为第一本诗选所作的序言，是建国以来第一篇较为详尽地总结和论述建国以来诗创作的文章，其中阐明诗的观念在当时是具有权威性的。这篇文章对诗的社会功用，是要求它宣传、反映生活中的重大现实，而且这种反映应当是及时而迅速的。他写道："在诗歌中，农业的社会主义改造的大风暴也有了反映。郭小川、适夷的诗及时地来宣传这一伟大运动的历史意义。适夷用热情的诗句表现了毛主席的指示传到农村去以后的情势。"他因而断言："诗歌是能够，也应该迅速地反映现实中的重大事件，及时地发挥战斗作用的。"过了一年，臧克家在为1956年《诗选》写序，继续发挥了袁水拍的观点，他赞扬诗人的诗写出了"工人高度的劳动热情和竞赛情景"，当工人用铁轨铺成轨道的时候，诗人"用钢笔给它们做了诗的记录"，他进一步号召人们："我们一定要提高作品的思想性，一定要去追求、抓住有时代意义、现实意义强大的主题！"

这种观念从总的趋势看，具有革命性的意义。历来诗歌被主要地用来抒写个人的性情，新诗发展过程中虽有"中国诗歌会"等团体和诗人为促进诗与现实重大内容的联系作了努力，但诗与大众的脱离仍是重大的缺陷。革命的胜利，党对文艺工作的统一的全面的领导，有可能改善这方面的不足。我们的问题不是这种强调本身，我们的问题是在于因此而忽视了诗的基本性质和规律性：其一，诗可以、也应该"反映"现实，但这种反映的方式是抒情，而不是"及时地宣传"或"用诗作记录"，并且这种抒情在更多的情况下是通过诗人个人的感受，是充分个性化的；其二，诗除了应该关注现实的、革命的变革以及重大的生活内容之外，它还有着广阔的领域——较之政治的重大主题的领域，也许那一个领域是更为广阔的——这里包括了关于人生、自然的感受，关于友谊、爱情、婚姻的吟唱，关于童话和幻想，关于科学和技术……我们可以承认，政治题材是重大的，但同时我们也要承认，对于诗歌，政治以外的其他题材，也可以是同样重大的。

建国初期的诗歌，尽管没有谁作出确定的宣言，但现实的巨大变革吸引了所有诗人的注意，他们不能不思考诗与这一现实的理应有的密切关系。所有诗人的眼睛几乎是不约而同地都投向了这以中国人民前赴后继的奋斗和牺牲而换来的光明的现实，由衷地颂扬它，自觉地以诗句来表现它。后来，这种努力被归纳为诗歌为现实，也就是为政治服务的概念。

如同早期的《女神》，随后的《前茅》或《战声集》对各自时代都是一种概括性的典型一样，郭沫若解放后的创作活动，特别是解放初期的创作活动，同样是一种概括性的典型。新诗的奠基者，同时又是新诗风的倡导者。这种倡导者所产生的影响，当然有着可供我们分析评判的丰富性，论及优劣成败时它不会是单纯的。我们不希望对前辈作出轻率的判断，我们也不怀疑他们当年充沛的、然而也是单纯的热情。在当时，当新中国刚刚诞生的时候，郭沫若仍然是当之无愧的"第一诗人"，他率先写出了一系列配合中心任务或紧密地为政治服务的诗歌。建国一周年，他写《突飞猛进一周年》，列举诸多事实说明初生的祖国的确是在"突飞猛进"："我们已经制止了长期的通货膨胀，我们已经统一了全国的经济钱粮，物价稳定使投机者无从兴风作浪。婚姻法、土地法，工会法，接连地颁布，把几千年的封建制度已和根铲除。"抗美援朝，他写了灯影剧《火烧纸老虎》，那里有"工农青妇开讨论会"的场面，讨论美帝国主义侵略朝鲜的意图，其中有这样的诗句："美国强盗的目的不单是侵占朝鲜，它是想进一步侵占我们的南满北满，而且它同时还用武力干犯了越南，它的第七舰队更占领了我们的台湾。"他写《学文化》(1951 年)："毛主席告诉咱：咱们工人阶级当了家。要把中国现代化，要把中国工业化，当家的主人翁，必须学文化。"他写《防治棉蚜歌》(1951 年)："棉蚜的繁殖力量可惊人，人们听了会吓一跳。棉花生长的一个季节里，一头棉蚜要产子孙六亿兆(六万亿亿)。这是单性生殖的女儿国，一年间三十几代有多不会少。"我们今天读起来，觉得这不是诗，但是作者当年是这么写的，也许他以为，新时代到来了，诗应当走出象牙之塔，走向工人、农民、士兵，他们读懂了，诗也就有了生命力。诗摆脱了贵族化而走向平民化，诗写得不像诗而更像文化课本了，他们认为这就是诗的革命化。

从一九四九年的《新华颂》到一九五六年的《学科学》（在这首诗里，他仍然写着这样的诗句："大家齐努力，一起动手干！光辉的目标在眼前，加紧往前赶。"），郭沫若一直都在主动自觉地用诗来配合各项中心工作的宣传。收在《沫若文集》第二卷里的建国以来大部分诗作的题目都说明郭沫若创作的这种趋向：《集体力量的结晶》、《史无前例的大事》、《庆亚太和会》、《记世界人民和平大会》、《十月革命与中国》，《看了"抗美援朝"第二部》、《先进生产者颂》、《访"毛泽东号"机车》、《纪念孙中山》。新生活开始了，人们仿佛也就重新开始了生活，他们变得单纯而天真了。郭沫若写《女神》时，很年轻，但是我们感到了他的成熟；郭沫若写《学文化》一类诗时，他已是久经斗争磨炼的战士，但我们却不感到他的成熟。他的诗充满了稚气。不仅是郭沫若，老一辈的诗人似乎都在否定和批判自己——没有明确要求他们这样做，他们自己这么明确地做了——他们为自己过去脱离工农兵的"小资产阶级情调"而忏悔，他们恨不得重新开始学诗，学写那些工农兵都读得懂的诗。如今我们回顾这段历史，当我们读到郭沫若的"毛主席告诉咱：咱们工人阶级当了家"时，我们不要发笑，我们可以体会到，当年这位大诗人是怀着重新做起的虔诚心情来写这样的诗的。了解了这一点，我们当然也不会对艾青的《藏枪记》（这样的题目对于艾青本来就显得别扭）中居然写出"杨家有个杨大妈，今年年纪五十八"的诗句感到意外了。

回顾历史，我们便会清晰地看到，在三十余年的发展道路上，"配合任务"的诗风实际上从建国初期就开始了。那时人们对此引以为荣，丝毫没有觉察它将破坏诗歌艺术的发展。直到六十年代，有一位诗人在发言中还在理直气壮地发出呼吁：我们“非常想为配合政治任务而创作，可是我们在下面公社里，在偏僻的山区、海岛上，看到人民日报时，已经过了两三天、四五天，常常觉得来不及配合了。”（《关于诗歌的几个问题》，见《诗刊》1960 年 9 月号）这无疑是很有代表性的认识。

讨论当代诗歌的任何一个问题，都不能离开 1949 年开始的新的时代。许多诗人的困惑、彷徨以至诗风急剧的变化，都出于他所感到的新生活给予的压力。他们是自觉地感受到了这一点的：诗歌要为时代讴歌，要像建国之前分别战斗在两个战场时那样，歌颂光明，鞭挞黑暗，要维护诗歌在长期战斗中形成的观念——战斗性。跨入新的门槛，“老调子不合时宜了”，这是普遍的心理。无论如何，这种倾向是一种健康心理的反映。诗不能离开时代，也不能离开人民，特别是当人民蒙受苦难，当人民在血泊中昂起，而终于以自己的奋斗建立起一座人民的共和国大厦的时候，诗人会因为脱离了他们而感到深深愧疚的。因而，在解放初期，诗人们都在或多或少地否定着自己过去的诗歌美学观念。集中到一点，他们要把诗写得不像诗——至少不像过去他们所酷爱的诗。诗从宫殿走出来，诗要走向原野和工棚。

诗人本来就是为人民而存在。李季为《王贵与李香香》而存在，袁水拍为马凡陀的讽刺的打击力量而存在——它的颠颠倒倒之中有着深刻的真理。正如雨果说的：“诗人生来既是为了威吓也是为了给予。他使压迫者产生恐惧心理，使被压迎者心情安稳，得到慰藉。使刽子手们在他们血红的床上坐卧不宁，这便是诗人的光荣。经常总是由于诗人，暴君才惊醒过来这样说：‘我又做了一场噩梦。’所有的奴隶、被压迫者、受苦者、被骗者、不幸者、不得温饱者，都有权向诗人提出要求；诗人有一个债主，那便是人类。”（《莎士比亚论》）现在，在中国，暴君已被人民打倒，人民把一座辉煌的天安门（那上面镶嵌着一颗金光闪亮的庄严的徽志)送到了诗人的面前,人民完全有权向诗人索取债务。在这种索取面前,来到新中国门槛的诗人普遍地感到新我与旧我,新的要求与旧的情趣的矛盾和冲突,他们是不无惶惑之感的。的确,“对我们大多数人来说,占据我们心头的,永远是对我们亲身所处的时代的关心或焦虑,快乐或满足。”

于是,急切之中产生了郭沫若的《防治棉蚜歌》,也产生了艾青的《藏枪记》。只要我们审视历史,我们便会发觉:这一切是可以理解的。我们的诗歌也如我们的其他文艺体裁一样,受到毛泽东同志提出的工农兵方向的指导。由于全国的解放,工农兵方向作为党的文艺指导方针,得到了更彻底、更广泛的贯彻,这种思想指导不能不刺激着新诗的创作。新诗在它的成长过程中形成自己的有异于其他文体的艺术特点,它的艺术来源及成分是复杂的,它与欣赏者的关系也是复杂的。新诗是直接借鉴于外国诗歌而在自己民族的传统上形成的艺术,也是一种要有一定文化素养的特定对象欣赏的艺术。现在,我们的方针要求普及,在阳春白雪与下里巴人之间,宁取下里巴人而舍弃阳春白雪,这不能不带给习惯了自己的声音的诗人以极大的苦恼。加上我们长期以来的形式主义思想的推动,宣传上一再指责新诗的“根本性的缺点”和迄无成功,指责新诗“还没有能够很好和工农群众相结合,还没有真正地做到为工农兵群众所喜闻乐见”,“新诗下放到工农兵群众中去的还不多”(《诗风录·序》),这些,使新诗承受了它有史以来所没有的巨大压力。从根本上说,新诗应当与群众结合,应当为群众所喜闻乐见,但是,第一,这并不意味着新诗要降低自己的思想艺术水平去适应那些不识字的,或刚刚识了些字的群众的“喜闻乐见”,而且,也不应当认为群众的欣赏水平始终总是“小放牛”和“兰花花”;第二,新诗的走向群众,是与新诗的多样化不排斥的,把民歌奉为新诗的正宗未必妥当,把学习外国诗歌的诗作视为“资产阶级诗风”尤为不妥(如

《诗风录·序》说:“近几年来,在我们的诗创作中,党的为工农兵服务的文艺方针没有很好地被执行……特别是在反革命分子胡风和反党分子、所谓‘诗人’艾青等的影响下,在极少数诗人当中,资产阶级诗风有所滋长,民歌受到轻视……”)。况且,“新诗下放”这个概念是个并不科学的概念。诗如何“下放”?它应当“下放”到哪里去?像“生产队伍要雄壮,新生力量须用大力来培养,先进分子就是火车头,带动大家建成社会主义大殿堂”(郭沫若:《先进生产者颂》)这样的诗,叫做“下放”吗?其实,这样的诗应该叫做“下降”,诗,由艺术“下降”到标语口号。

很长时期以来,我们对新诗的群众化或民族化的概念是模糊的,我们把复杂的诗与现实、诗与时代、诗与人民的关系看得过于狭窄,过于片面,过分强调诗对现实的密切配合。其直接后果仍是:诗由演绎现实逐渐转向图解政治的倾向,从而使标语口号化有了发展,标语口号诗被视之为为政治服务而得到肯定。作为一代诗宗的郭沫若,对此也起了倡导的作用。一九五八年,在当时的政治热潮推动下,郭沫若为了配合“百花齐放”方针的宣传,一口气写了一〇一首的《百花齐放》。百花齐放是党的政策,属于政治范畴。把“百花”一词理解为“一百种花”本身就是生硬和牵强的,而居然还要每一朵都来解释时代精神,这只能导向诗歌图解政治的歧途。这是《水仙花》——

碧玉琢成的叶子,银白色的花,
简简单单,清清楚楚,到处为家。
我们是反保守、反浪费的先河,
活得省、活得快,活得好,活得多。

人们叫我们是水仙,倒也不错,
只凭一勺水,几粒石子过活。
我们是促进派,而不是促退派,

年年春节，为大家合唱迎春歌。

另一首《郁金香》，批判波斯诗人把这种花比着“自我陶醉”的酒杯，而唱出：“我们今天是要为大跃进而干杯，高呼中国共产党和毛主席万岁”，后半首甚至离开郁金香的题目而硬加上“黄河之水今后不会再从天上来，高峡出平湖，猿声不再在天上哀。最大的变异要看到黄海变成青海！全民振奋，真真正正是大有可为。”至此，诗歌已完完全全地脱离了抒情、形象、想象等一切诗的规律，而沦为拙劣的政治挂图。像这样生硬简单的政治比附在《百花齐放》中屡见不鲜，如“蒲包花是往来城乡间的花蒲包，带下乡去的是农业纲要四十条；原打算在十年内能够完全实现，谁知道不要七年就完成了。”蒲包花演绎而为花蒲包，花蒲包就可以“包”四十条，为什么要这样地生拉硬扯？因为政治需要，目的在于宣传由十年实现提前到七年实现，而这是和蒲包花毫无关系的。又如《石楠花》：“我们能耐寒，能生活在高山，北京应该多，却是大大不然。为什么不能栽培我们，同志，我们多么愿意：向党交心肝！”石楠花和“向党交心”之间是没有必然联系的，作者却加以生造，这就让人感到虚伪、滑稽，这就会引导读者产生不严肃的想法。当然，标语口号化不会风行，因为群众不喜欢这样的诗。标语口号并不就是诗的民族化和群众化，标语口号从根本上说是背离时代的要求，背离人民的意愿的。

跨入新的门槛之后，诗人的责任感无疑得到了加强，诗服务于祖国，服务于人民的意识从来没有像现在这样明确。诗歌在促进革命事业的进展和社会的进步方面，所起的作用也是前所未有的，这方面的成绩不应忘记和抹煞。但是，政治并不就是诗，诗的范围绝不狭小，而是极其宽广的。歌德说过：“我们现在最好赞成拿破仑的话：‘政治就是命运’，但是不应赞同最近某些文人所说的政治就是诗，认为政治是诗人的恰当题材。英国诗人汤姆逊用一年四季为题写过一篇好诗，但是他写的《自由》却是一篇坏诗，这并不因为诗人没有诗才，而是因为这个题目没有诗意。”(《歌德谈话录》)题目的有意义，并不等同于作为诗的题材也有意义，当我们考虑这一题材的价值的时候应当同时考虑当它成为艺术是否同样具有价值。这样看来，郭沫若摒弃了《晨安》、《立在地球边上放号》、《天狗》、《凤凰涅槃》一类诗题，而变换为《学文化》、《学科学》、《火烧纸老虎》，不能不是一种善意的误会。大约三十年间，诗歌领域缺乏诗意的应景的“任务诗”盛行，不能不说是新时代诗歌主流之外所产生的支流。但不论出现了怎样的令人遗憾的缺陷，我们对新诗政治性的加强感到满意，而且认定这是诗在新时代的重大进步。“美并不因服务于广大群众的自由和进步而降低了自己。如果诗导致一个民族的解放，这决不是诗的一个坏的终曲。不，有用于祖国或革命不会给诗歌带来任何损失。”(雨果:《莎士比亚论》)

(二)放声歌唱的年代

过了一段时间，中国的大地开始复苏。战场上的废墟得以清除，谷物开始在那里茂盛地生长，曾经发生过巷战的城市街头，街心的花园正在出现;工厂开始冒烟，马达开始转动。全国范围兴起了社会主义建设的热潮。时间能够匡正缺陷。当改变大地面貌的汽笛拉响之后，当我们的生活的确是在日新月异地发展变化的时候，那些单纯热情而不免空洞浮泛的、应景的诗篇迅速地(也许还应加上一个“基本地”)消失了。到了一九五六年，袁水拍为建国以来的第一本诗选作序的时候，他已经能够说:“诗歌创作中特别容易犯的概念化、标语口号化、公式化的毛病，在党的正确的文艺方针的领导下，几年来也有了一些克服。由于许多作家深入生活和注意现实的真实的反映和人物形象的描绘，过去常见的那种空洞的叫喊和人云亦云的抽象的议论已经减少了。”

数年前，革命刚刚取得胜利，战争的硝烟消失之后，红旗、秧歌、腰鼓、土改翻身、保家卫国，所有的中国人民都处在昂奋冲动之中。人们刚从艰苦的战斗环境中走来，除了一片通天的光明，的确看不清什么。似乎除了胜利，一切都来不及从容不迫地开始，即使是对已经开始了的，人们也都来不及从容不迫地体验。热情是充分的，又有新增生的历史使命感，于是产生了众多的空泛配合任务的诗。现在人们正从狂欢中冷静下来，建设的前景吸引了诗人的视线，这是前所未有的令人惊异的壮丽场面！人们依然是昂奋的，但创业的艰苦劳动使人们变得深沉而实际起来。

“黄昏过后不是黑夜，一片片灯光亮过星光”，这是邵燕祥《在大伙房水库工地上》的诗句。大伙房水库的名字早已被千百座超过它的、更为宏伟的名字所淹没；“黄昏过后不是黑夜”的景象在今天的中国也早已不是奇迹。但在当年，这情形不仅对于当时年仅二十一岁的邵燕祥，而且对于所有的从苦难中国走过来的中国诗人，都足以令他目乱心迷的。茫茫夜海的中国，何曾有过这样灯光灿烂的奇景！我们回顾社会主义建设初期的我们诗中最早响起的机器轰鸣，我们不能不记起这位当时相当年轻的诗人的努力。他把自己最早的两本诗集合辑定名为《到远方去》是含有深意的。我们已经告别了战争，我们正奔向远方，那里，沸腾的建设生活正召唤我们的青春年华：

在我将去的铁路线上，
还没有铁路的影子，
在我将去的矿井，
还只是一片荒凉。

但是没有的都将全有，
美好的希望都不会落空。

在这遥远的荒山僻壤，
将要涌起建设的喧声。
——《到远方去》

“没有的都将全有”，这正是单纯的、充满坚定信念的“五十年代精神”。那是《第一汽车厂工地的第二个雨季》，他的诗召唤着第一汽车厂的诞生；那是《我们架设了这条超高压送电线》，他的诗欢祝新中国第一条这样的送电线的架设；《我们的钻探船轰隆轰隆响》，他的诗预言了长江大桥的终将出现……一切都是如此的新鲜奇异，一切都是第一次在我们的国土上涌现，这使我们的诗人禁不住要喊：《我们爱我们的土地》。仍然是邵燕祥的诗，他浮雕似地把建国初期工业战线的蓬勃景象永远地保存了下来：

从一个工业基地，
到别一个工业基地，
道路在我们脚下很长，
岗位也很多。
有些人到达了宿营地，
有些人正在出发，
有些人在工地遇到老战友，
有些人又要分手上路。

到处都是这样朝气蓬勃的动人景象。印刷工人李学鳌有一首著名的诗《每当我印好一幅新地图的时候》，就记述了建国初期我们国家飞跃发展的情景：“昨天这儿还是一片空白，今天就出现一座工业城，明天当新地图上刚把这里添好新点、新线的时候，那边，又响起了震天的夯声……”共和国成立的最初几年，我们的生活确是日新月异的。旧中国太破败，停滞得也太久，我们似乎就是开天辟地的人。要是我们走进一座林场，我们就可能是第一批走进林场的人；要是我们飞越高空，我们就可能是第一批征服空中禁区的人。诗人们漫游在这获得新生的土地，他们感到了新生活的热情召唤：

> 我从东到西，从北到南，
> 处处看到喷吐珍珠的源泉。
>
> 记载下各民族生活的变迁，
> 岂不就是讴歌人民的诗篇？
>
> 热血在我的胸中鼓动：
> 激发我写出了所闻所见。

闻捷在《天山牧歌》的序诗中表达了诗人们的喜悦。还是那个邵燕祥，他形象地再现了那时节我们生活急速变化的节奏："我们正是在工棚周围筑起城市，在骆驼队旁边，让火车发出自豪的吼声"（《我们爱我们的土地》）。因此，当一位诗人写到改造荒山的人们时，他要代表新的生活宣布："它告诉远近的人民，云彩上面有了人烟。"（雁翼：《在云彩上面》）当另一位诗人攀缘曾经是很荒凉的山脉时，他禁不住要向世界发出欢呼："我们攀登的山脉，不再是寂寞无人烟的了"（徐迟：《我所攀登的山脉》）。生活确是以前所未有的惊人光彩展现在人们面前，它让人狂喜。人们很自然地联想到中国人民世世代代的苦难，他们痛苦地追求，他们痴心地梦想，如今一下子向我们打开了它的过去被囚禁在黑暗中的百宝箱，它便让人爱不释手了。于是，当他们把目光投向这些他们钟爱的事物时，他们恨不得把它的丝毫都逼真地保存在他的诗的摄影机中，这个时候，他忘记了诗的特性——他甚至宁肯把诗当成了记录，详尽地再现那生活的真实的图景，为了满足他人，也为了满足自己。

有一段时间，这类描写新事物的纪实的诗盛行。没有提炼的详尽的过程描写和情节交代的诗作到处可见，甚至以诗的语言笨拙地跟在事件的背后作新闻的记述，罗列现象，分类排比。要是有人把这样的倾向说成是现实主义精神的加强，那实在是一种误会。但事实是：这样的诗得到了肯定，有些作品被“诗选”入选。一首诗，写空军奉命空投支援进藏部队，它挨次写“命令传到飞行团”，“命令下达到领航员”，“命令下达到机械员”，“命令下达到空投员”，“命令下达到场站”，然后，飞机方才起飞；接着又写起飞之后由平稳到遇险的过程，最后才空投成功。这种办法对诗来说是犯忌的。诗重视通过诗人的自我来再现优美的感情，总是冷漠于对具体事物作客观的叙说。而在这首诗里，叙说却不厌其烦，这是典型的“写过程”的“现实主义”。又有一首诗，写边境小镇的“街日”，它只看重现象的罗列，从带着露水的香蕉椰子，到堆得高高的菠萝，木盆渔篓里的海鱼、池鱼——“有的像银锭一样白，有的长着骆驼形状的背脊，有的扬起尾巴要跳到盆子外边去”；他用这样拙愚的办法——让诗爬行的办法，来表现他所看到的兴旺发达的生活：

> 小摊的主人们用不着叫卖，
> 拿秤的主妇已经忙得喘不过气，
> 最后想留下一条金色的鲤鱼下酒，
> 一个开山的矿工却硬要买回家去……

街日的景象远不只这些，只是刚刚开头，而后，买花衣的、买钢笔的、“幸福地笑着又去买书籍”的、唱山歌的、倚着“刚买来的新农具”“笑眯眯地看着书皮上的毛主席”的……诗人一口气写到了街日的尾声，但是，事情还未了结：“四面八方还有人群涌来赶晚集。”

我们不愿不顾历史条件地责备那时并没有太多经验的作者，问题是，这样没完没了地罗列生活中的好气象，并不是个别诗人偶然犯下的过失，而是一种相当普遍的现象。五四以来我们不是出现过很多杰出的诗人吗？郭沫若、闻一多、徐志摩、戴望舒、艾青这些卓有成绩的诗人何曾这样地“再现”过现实？我们那时有一种错觉，我们以为只要拥有了新生活，我们也就理所当然地拥有了不包括前人经验的“现实主义”的新手法。有一首诗，在当时是十分有名的，其毛病与此完全一样。诗中主人翁有一双受苦受难的手，又有一双斗争和创造幸福的手。用一双手概括一代人的生活变迁，这本来是这首近一百五十行长诗的基本目的，但作者的方法不是提炼的和综合的办法，而是以描写历史进程的方法平面地铺展开来，一一加以列举：“二十二年啊，你就用这双手，放过财主的牛和马，拉过财主的车和船，拖秃了多少财主的锄头，磨钝了多少财主的刀镰”，“你就用这双手，更深半夜里替同伴们盖被，休息的时候便修筐擦锹。你就用这双手，把大山削平，让河水改流！”也许有人会认为这是一种现实主义的手法。但是，正由于我们对现实主义缺乏科学的理解，很长一段时间，我们把诗当成了表现先进人物、先进事迹的工具，而不是确认诗的抒写情感的基本职能。在这一点上，我们可以认为，由于我们的诗人太迷恋于新生活的新异和光彩，而又太过急切地去把握并表现它，加上我们对于五四以来新诗传统的褒贬扬抑存在着片面性，因而建国初期诗歌在表现新生活新事物（这是应当肯定的）的同时，已经开始了平庸地临摹现实的“现实主义”的弊病。

人们热爱这生活，但不可照搬这生活入诗。建国初期的诗创作一开始就由于观念上的错误而出现了诗与现实的关系过于直接和生硬的偏差。人们没有具体地分析过这个弊病产生的原因，只是一般地谴责过公式化。在五十年代，尽管没有条件对灰色平庸的摹写现实的倾向作出纠正——那时缺乏艺术民主的气氛，但是有的文章中已经提出了对我们颇有启发的见解。这里有一段话，可以认为是有一定的针对性的："在祖国早晨的太阳光下，伟大建设工作是紧张的，生活是沸腾的，我在默诵着郭沫若大气磅礴、冲击力旺盛的《晨安》和《立在地球边上放号》。我们耳朵里听到的、眼睛里看到的、心里感受到的，是一片时代的声音，一片强烈的色彩，一团动人肺腑的欣欣向荣的气氛。郭沫若抓住了'五四'的时代精神，写出了那些辉煌的诗篇，而我们呢，我们应当怎样地深入到现实生活里去，抓住它的脉搏，叫它成为自己诗篇的节奏呢？"（臧克家《1956 年诗选·序》）这一段话是臧克家说的，不难看出，五十年代中期的臧克家，还保留着进取的锐气。深入到现实生活里去，不是把生活当作书本来照抄，照搬，而是抓住它的"脉搏"，使它化为"诗篇的节奏"，不是生活的原样，而是脉搏化为节奏，只有这个，才是我们深入生活的目的——这对诗人是绝对如此的。

我们丝毫不怀疑诗人对于生活的钟情，但是，动人的生活是否只有这样一种动人的（要是可以称之为"动人"的话）"现实主义"的表现方式呢？当时，人们没有这样想过，他们只是对已经开始的生活很满意，也没有怀疑过他们对这种生活加以表述的方式。当然这是作为一种倾向存在的，并非所有的诗人都如此。有的诗人同样热情地抒写了他们对新生活的激情，然而并没有罗列现实，他知道提炼：

> 我爱我们祖国美丽的早晨，
> 每天，我看见的不是童话的梦境，
> 而是真实的人类奇绩，
> 在这辽阔纵横的土地上发生。
> 昨天，这里是丛草、湿水、泥泞，
> 今天，这里是钻探机、起重机、建设工棚。
>
> ——阮章竞：《祖国的早晨》

诗人这种对于生活的感情，不仅是真挚的，而且也可以认为是深刻的，之所以可以认为是深刻的，在于他们完全了解这种生活的获得是多么不易：

每一个人都有他的记忆，
知道胜利的获得并不容易，
红色的火光在平原上升腾，
把沉沉入睡的黑夜惊醒，
那是灾难的可怕的形象：
敌人在烧我们的村庄！
……
一个热炕，一碗锅边
贴熟的玉蜀黍饼子的香甜，
一家大小的欢快的团聚，
比起饥饿，寒冷和流离，
谁能说不该唱赞美的歌；……

——何其芳：《讨论宪法草案以后》

对于苦难太深重、噩梦太多的人，他于"幸福"极易满足。什么幸福？玉米贴饼的香味加上一家的团聚，这就足够了。为了这个理想的实现，就值得诗人献上唱不尽的颂歌。那时候，人们的思想比现在单纯得多，也纯真得多，他们认为新的生活一开了头，那光明、欢乐、幸福便是永恒的；他们不会想到苦难和黑暗，他们永别了忧伤。一位诗人由拖拉机下地引起的狂喜，而认定这种狂喜是永远的，"从今天，到永远，苦日子永不再回还！从今天，到永远，幸福日子无边沿！"（苗得雨：《拖拉机下地》）又有一位诗人，他的诗句几乎可以代表全中国兄弟民族那种无忧无虑的幸福感——

我快乐，我歌唱，

打从那一天起，我永别了忧伤。
我就整天整天地，
放开我紧缩过的心，纵情歌唱。
——壮族凌永宁：《我快乐，我歌唱》

一阵欢乐的旋风，掠过清澈见底的溪流，我们窥见了孩子们般的天真和狂喜，那种真挚的、噙着泪水的狂喜。不需要由谁来号召，新时代的开始，必然带来一个颂歌时代的开始，这种诗的主题的兴起，以及它后来的发展，无疑地具有充分的合理性和必然性。

就这样，当1956年7月22日北京日报以整版的篇幅刊登贺敬之的《放声歌唱》时，人们普遍觉得，这是他们所希望的表达他们心声理想的方式。关心诗歌的人，当时或事后都会觉得这首诗标志着一个诗的时代的开始。这个时代也许可以叫做颂歌的时代，这首歌也许可以叫做时代的颂歌。五十年代，党在人民群众中享有崇高的威信，是党领导人民开辟了中国历史的新时代，党是时代的脊梁，人民的心里有一曲党的颂歌，这支歌，由于贺敬之新鲜的、及时的和恰当的歌唱而得到了体现。人们至今还感激我们的诗人。关于这首歌的价值，当时编选诗选的臧克家只用很平淡的一句话作了介绍："'白毛女'的作者贺敬之，许久见不到他的作品了，为了庆祝党的诞生三十五周年，他以充沛的热情'放声歌唱'。"显然，他当时还不能对这首诗的出现作出历史性的估量。

《放声歌唱》是一曲党的颂歌，它把雄伟壮阔的气势与具体切实的抒情结合了起来，它从党的政治局写到了"我的支部"和"我"——一个普普通通的党员；它从历史写到了现实，便从战争年代带来的党的平易近人的作风得到了再现；它开创了一种激昂的但又是扎实的，热情的但又不是空洞和虚幻的抒情诗的格局。如今我们重读："在村头的树荫下/那少年飘泊者/和省委书记/一起/讨论着/关于诗的问题”,“在怀仁堂里/那年老的庄稼汉/和政治局委员们/一起/研究着/关于五年计划的/决议”时,我们深深地为贺敬之质朴的抒情所感动,我们怀念五十年代党和群众的平等亲密的关系。《放声歌唱》是真挚而实在的歌,它保存了当年我们为之激动,至今仍然为之激动的党的形象:

在节日里,
我们的党
　　没有
　　　　在酒杯和鲜花的包围中
　　　　　　醉意沉沉,
党,
　　正挥汗如雨!
　　　　工作着——
　　在共和国大厦的
　　　　建筑架上!

《放声歌唱》的历史性贡献,在于它开了一代诗风,在内容方面,它首创了立体的而不是平面的,切实的而不是虚夸的诗风;在形式方面,它首创了富有鼓动性的,传达出我们时代的昂扬节奏的政治抒情诗。它的优点在于单纯,单纯的热情;因为热情,他来不及,当时也没有可能看到事物哪怕是次要的另一面,他看到的只是遍体的光焰。但不论怎么说,这是五十年代的最强音,它的优点是不可企及的。今天的青年人可以有他们更为关注的诗,但是,希望他们也阅读《放声歌唱》这样的诗篇,至少它将告诉我们,我们曾经有过多么真诚的由衷的颂歌。

对于中国新诗的新阶段说来,颂歌题材的兴起是与诗的政治性的加强紧密相联的。《放声歌唱》是党的颂歌的典范作品,它又是政治抒情诗盛行的先声。政治抒情诗繁荣的现象,是中国人民生活的高度政治化所带来的崭新现象，这一现象的形成，有个持续发展的过程：开始是声势浩大的“反右派斗争”，后来是三面红旗运动与“大跃进”，我们的社会生活处在一种兴奋和狂热之中，人们忘掉了一切地流汗，喊口号，“放卫星”。的确是史无前例的“精神振奋，意气风发”。大跃进引起的弊端和危机的显露，出现了一些议论，于是“反右倾”，政治运动又一度兴起。进入六十年代，国际反帝反修的斗争使得本来就紧张的社会生活进一步笼罩着革命的气氛，那时我们经常召开大会，也经常游行，红旗漫卷，口号连天。这样的气氛使得诗歌的情调弃绝了柔和而变为刚强，弃绝了委婉而代之以雄健了。

革命代替了前一段诗人们所关注的现实的变革，建设的进展，对于现实的临摹已变得拘滞而被自觉地摒弃。

革命精神在诗中的发扬日益变得重要起来，要是把建国初期的诗歌与五十、六十年代之交这段时间的诗歌加以区别，其标志则是前者注意现实的变异，后者注重精神的发扬。诗歌技艺的精进当然使得那些幼稚摹写现实的风气得到了改变，但更重要的是社会生活的决定性影响。那时节，游行队伍中迸发着如雷的口号声，报纸和广播不间断地抨击帝国主义和修正主义的勾结。天安门前经常举行声讨和支援的集会，总是红旗，红旗，无间断的红旗；这让人想到：世界革命已经到来，中国进入共产主义已不再是遥远的未来了。在这样的背景下，把目光盯在一些太实际的事物上的人是缺乏远见卓识的。人们不是像过去那样热恋于表现哪里出现一条铁路或哪里新盖了一座工厂，而是要通过哪怕只是一方砚台，一支竹茅寻求革命精神的宣扬。过程变得不重要了，细节也可以不考虑，但是政治主题和革命思想的寄托却是灵魂和精髓。

政治在渗透到抒情领域中来，革命改造了部分的抒情诗，这就宣告了政治抒情诗作为一种新的诗的体式的诞生与壮大是一种必然。政治抒情诗的盛行是建国后新诗的一大成绩，是史无前例的。这是政治在我国社会生活中占有重要地位，以及在党的领导下，人们的政治热情日益高涨的现实所促成的。但是，在此后，也出现了若干不很健康的现象，一些人曾对此加以必要的提醒。王亚平在一九六〇年一月号《星星》上发表题为《那不是诗歌创作的坚实道路》一文指出："写政治抒情诗，要富有热情，还得有马列主义的理论素养，又有通过具体事物对政策的深刻感受，抒发出来的诗情，才是真实的动人心弦的。没有这些，就是虚伪的感情，不真实的诗！同时，我觉得一个初学写诗的同志政治思想修养差，历史知识不够，不应该抢着写毫无把握的政治抒情诗。"他指出"题材不熟悉，就没有思想基础，只好求之于贫乏的语言(没有思想，语言一定贫乏)。这一切正是严重地违犯了创作规律(任何作者都应该写他熟悉的题材)。"他的这一番预见性的话相反的招来了迅速的和严厉的批评，《诗刊》于一九六〇年二月号发表了《王亚平反对的是什么?》的文章，强制性地压下了正确的意见。一九五八年，随着新民歌的广泛宣传及其地位的加强，抒情诗的政治化已经出现端倪，改革在悄悄地进行着。六十年代初，出现了大量别有寄托的抒情诗，有的诗自然贴切，有了不少诗则显得生硬，仿佛是外加的政治，例如，明明是船走长江的感受，却偏要做政治的文章："胸中长江不倒流，此刻有舵手；"明明是写惊蛰这一自然节气，为了表现进步的时代精神却对诗题作了夸张的比附："十万里江山，十万里锦屏，十万里高亢歌声，漫漫四海来呼应！惊得牛鬼蛇神，胆裂心崩！"一首诗写"胡桃树"，对着胡桃树的感想是：应该把什么向祖国献出？最后想到像胡桃树那样有一万颗心，每颗心都像胡桃那样圆熟。一首诗写"川江领航员"，由于生硬地比附政治，使这首诗失去了现实感："即使在夜晚，你也能把航向分辨，数着江上的标灯，驶向太阳身边。"

人们都舍弃了过去那种写实的笔调，那种把笔墨专注于具体事件进程的诗篇已经基本消失。许多被叫做富有深意的诗篇，往往只是从具体对象的特征出发迫不及待地联想“重大主题”。这类诗篇，工业有，农业也有，似乎一切题材都在悄悄地起变化。“钢啊，钢！一身豪气一身光；巍然战斗在火热斗争的前线上”，很快，钢不再是钢，它成了无所不在的“精神”。同样，《浇铸者》也不再是“浇铸者”，它由原来具体对象幻化为抽象的精神：“砸断手铐脚镣，还要多少大锤？劈开黑牢铁门，还要多少钢斧？拨散满天阴霾，还要多少利剑？开辟灿烂生活，还要多少犁头？”由利剑可以类推一切，这里“浇铸”的都不是实体。因为从来没有一把具体的利剑可以拨散阴霾。这个时期的诗风就是追求这种由具体生发为抽象的概括，一个锻打车间高不过十尺，宽不过丈把，但是却联系世界上的雷电与云霞：“锻的是旗帜，打的是天下。”五十年代末到六十年代初，抒情诗的基本倾向是由写实转向象征。

到六十年代初，诗歌已经明确地由摹写现实而转向抒写激情，这一潮流，由于两首可以视为路标式的作品的出现而明朗化起来，它们是贺敬之的《雷锋之歌》和张万舒的《黄山松》。这两首诗，都蕴含了鲜明的时代精神。《雷锋之歌》顾名思义是一个具体的题目，按照习惯，很可能被写成《刘胡兰》一类的先进人物的事迹颂歌。但《雷锋之歌》恰恰只在借助英雄的业绩去概括、突现时代精神。它的没有成为叙事诗而只是抒情诗即是明证。它的目的不在表述雷锋的身世与事迹，它要“面对整个世界”发言，它的目的在于吹起“无产阶级大军的震天号声”，在于敲响“革命人生路上这嘹亮的钟声”。把具体的先进人物的事例材料改造成为声势宏大、激越奔放的长篇政治抒情诗，这标志六十年代的诗歌正在摆脱太具体的约束而走向象征，表现了追求更丰富的政治寄托的倾向。《黄山松》是短抒情诗，松树本身只是一个媒介，完全是寻求通过具体物象以作更大范围的抽象的概括：“九万里雷霆，八千里风暴，劈不歪，砍不动，轰不倒”，这与其说是写实，不如说是比附，是一种革命精神的寄托；“要站就站上云头，七十二峰你峰峰皆到；要飞就飞上九霄，把美好的天堂看个饱。”这与《雷锋之歌》的主旨完全相同，它不注重写具体的物事，而重在阐发某种情操，某种胸襟，某种气度。当然这一切都是为了那个时代的革命精神的体现。

以上所述，都是广泛意义的颂歌。如今翻开当时的刊物，可以看到这类颂歌的盛行，其盛况当然也是前所未有的。这一点应当认为是重大的诗歌现象。诗歌随时代而前进，但也受时代潮流的消极面的影响。我们开始了颂歌的时代，由此也派生出一些问题来：我们的时代只有颂歌。我们的错误并不在我们唱了颂歌，也不单是因为有人提倡；甚至也不主要是由于一种大的误解：对我们的时代只能唱颂歌。这是没有明文规定的，但的确有这样的风气。在当时一些文章中，我们经常可以读到这样褊狭的意见：有一位老诗人这样说过，“诗人对于现在，应该是个歌颂者，对于将来，应该是个预言者”（冯至：《漫谈新诗的努力方向》）。要是我们的新诗都按照这种提示的“方向”去“努力”，那就是确认诗人今天的使命只是唱颂歌，对于明天，只能充当先知，而不存在其他。尽管这些话所能产生的影响是有限的，但这种论点代表实际存在的情况。事情也远不是至此为止：严重的是，我们由于某一时期政治生活的不正常，我们助长了某些虚假的“颂歌”。

从五十年代开始，我们的颂歌从来未间断，颂人民，颂祖国，颂英雄，颂共产党，这一切，都有不容置疑的必要性和合理性，因为这一切都符合人民的根本利益，因为，正如一位诗人说的——

> 我们的土地
> 到底是我们的土地了！
> ——邵燕祥：《我们爱我们的土地》

但是，我们当时没有醒悟到，即使在我们的土地上，也是光明与黑暗相对立而存在，成功与失败相对立而存在，顺利与挫折相对立而存在，主流与逆流相对立而存在。太阳从遥远的天边照射着地球，一边是通天的明亮，另一边却是黑夜沉沉。一九五八年在一篇批判文章里，批判了“只歌颂光明太单纯了，生活复杂得多”的观点(《邵燕祥的创作歧途》)，其实，生活本来就是复杂的，否定光明面、对着光明不去歌颂是不对的，但无视光明背后的阴影，不去抨击和揭露那阴影岂不是容忍丑恶和伪善？要是说，我们的年青诗人当年为一名女工贾桂香的受屈辱与受迫害——是官僚主义和旧社会的习惯势力杀害了她，而不是光明杀害她——而发出激愤的声讨：

> 告诉我，回答我，是怎样的，
> 怎样的手，扼杀了贾桂香！
>
> ——《贾桂香》

我们应当看到诗人的热爱，而不应当把它歪曲为诗人的仇视。但历史就是这样在只许歌颂的武断与片面之下被歪曲了。一九五七年前后，我们在政治上，也在艺术上打击了颂歌以外的言论和作品，其后果是明显的。到了后来，我们的确只剩下对于今天的“歌颂者”——如同那位老诗人所主张的，除此以外的声音则基本上消失了。

建国初期，我们有过诸如标语口号化以及忽视诗的抒情特点、单纯用诗来摹写现实过程等等倾向，但我们一直在提倡并尊奉现实主义，我们一直坚信自己是在现实主义的道路上前进着。今天我们谴责的诗歌的“假、大、空”的痼弊并不产生在这个阶段，事情也许源起于五十年代的最后几年，那时，配合着经济上的共产风和浮夸风，我们曾有一次人为的(当然也是愚蠢的)“诗歌大跃进”运动。在确认革命的现实主义和革命的浪漫主义相结合的创作方法是“最好的创作方法”的命题下,也在当时根本无法讲清这两种方法在中国是如何“结合”的情况下,我们明显地冷淡了现实主义的宣传,而掀起了一股鼓吹浪漫主义的热潮。一九五八年六月号的诗刊就曾经以《我们需要浪漫主义》、《略谈我们时代的革命浪漫主义》、《幻想的时代》等一组文章集中地作了宣传。这种集中宣传表明,提倡“二革”的结合,实际上是在无法讲清“结合”的情况下提倡“浪漫主义”精神。有的文章讲,我们的浪漫主义应当“以急不可待的热情向人民展示光辉灿烂的未来”。“急不可待”恰好印证了当时的狂热与冒进的“心情”;又有文章讲“工人用铁锤猛追英国,农民双手把大山劈开……这就是我们时代的精神”,这就透露了我们当日对于未来的追求有着某种盲目性。我们的浪漫主义热潮的理论提出,就建立在马上就要实现共产主义这个观念的沙滩之上,所谓的“超英”“赶美”“跑步进入共产主义”,全是这种臆造的幻影。我们出现的一些大跃进民歌,其中不乏荒唐的“浪漫主义”。其中极端的例子如“麦秆粗粗像大缸,麦芒尖尖到天上,一片麦壳一片瓦,一粒麦子三天粮。杆当柱,芒当梁,麦壳当瓦盖楼房,楼房顶上写大字:社会主义大天堂”。这样的天堂原来是用空想的麦秆支撑起来的。

诗歌,由太过写实这个极端而转向了崇尚虚夸的一个极端。这个时期,那种唯恐疏漏了现实的材料的写实的风气已被夸大而不切实际的描写所代替,为了突出政治,不惜创造出虚假的形象为政治概念做替身。例如有这样一首《新娘子刚进庄》,闹新房的人向新娘子要糖吃,“新娘子笑容满面,她不慌也不忙,从怀里掏出张跃进计划,向大伙说端详”。政治概念已经把活生生的人物蛀空而只剩下一个精神的空壳。到了六十年代后期以及七十年代初,这种虚假的诗风已经席卷整个诗坛,与内容的虚假相适应,语言形象也渐趋夸饰而不切实。像“浩浩东风呵东风浩浩,熊熊烈火呵,烈火熊熊”这样的空话到处都是。为了掩饰内容的空虚，一种华靡的新骈体文应运而生，到处都是如下这样的陈词滥调："云涌星驰，飞泻滔滔江河；雷鸣电闪，射出道道剑火"，"千山竞秀——是你的滴滴春霖滋润，万花争艳，是你的缕缕春风催开"；在极"左"路线的破坏下，当我们的国民经济处于崩溃边缘时，我们的某些诗还在那里唱着虚伪的歌："红旗漫舞，彩霞千道；山河竞秀，凯歌如潮；时代的列车，电掣风驰，飞奔的骏马，仰空长啸，驮来了，煤山、油海、稻花、棉桃"，最后还要加上一个"啊，到处莺歌燕舞"。诗歌中充塞着这么多的"豪迈的谎言"，诗歌的威信可想而知。诗失去了贞操。更为严重的是，诗参与了六、七十年代之交的造神运动，颂歌的时代仍在继续，但像《放声歌唱》那样真挚的颂歌已经基本绝迹。与此同时却爆发出更多的充满了封建意识的对于神的礼颂曲。它歌颂的不再是活生生的人，而是万能的救世主：

豁然间，云蒸霞蔚，满天异彩，
一霎时，万象生辉，遍地花开。

这当然不是现实主义的歌，也许它正是某些人心目中的"浪漫主义"。这种颂歌颂的不是人，也不是人所创造的现实，而是能够呼风唤雨，驱邪镇妖的"超人"；"乌云压顶，你呼唤霹雳驱阴霾，妖雾迷漫，你浪卷疾风落尘埃"。这种带着封建意识的礼神曲，长期以来被神圣和庄严的外衣包裹着，掩盖了基本的违反人民创造历史的实质。

当五十年代我们跨进颂歌时代时，那时的诗境是一片光明澄澈的天空，我们一直引为自豪，我们以人民的颂歌丰富中国新诗的传统，而这种丰富的实质性后果是政治抒情诗的兴起以及它所创造的巨大成果。当时也有缺点，这就是歌颂光明被有意无意地当作了唯一的和绝对的。我们形而上学地认为，歌颂光明者其动机和效果总是好的，暴露黑暗者其动机和效果总是不好的，前者总是正确，后者难免谬误。我们绝不会想到，颂歌也有丑恶和虚假的，而“颂歌”也可以为丑恶的时代效劳，它可以污染人们的心灵，甚至可能断送我们的文明。

（三）抒情主人公的变异

中国革命带来了社会生活的根本变革，整个社会都经过了严密的组织。集体主义思想的灌输，为人民和革命而献身的道德观念的宣传，以及社会活动的广泛频繁的开展，带来了人们意识的巨大变化。要是说，三十年代初期，何其芳发出“如今我悼惜我丧失了的年华，悼惜它，如死在春条上的未开的花”的《慨叹》时，人们能够理解并能够欣赏，那么，到了四十年代初期，当他在《夜歌》中充满矛盾地自言自语——

> 我是如此快活地爱好我自己，
> 而又如此痛苦地要突破我自己，
> 提高我自己！

的时候，很多生活在与他同时代，而又或多或少地受到进步思潮影响的人，都会觉察到诗人情调上的柔弱与“不健康”。但是那时的人们，包括何其芳自己在内，仍然不会粗暴地否定它。这些诗句，作为一个时代的新旧之我的不和谐关系的声音而保留其价值。

随着革命的深入，尤其是我们的共和国成立之后，生活变得紧张，革命精神逐渐渗透到生活和诗中来，作为个人的我（有时称“小我”）渐渐消隐，而作为集体的我和我们（有时称“大我”）日益显示其确定“诗歌主调”的基本力量来。何其芳作为诗人，他的坦白和真诚体现在他不加掩饰的抒情主人公“我”上。社会正在迅速地改造，个人在这场改造中所受的冲击也是巨大的和深刻的。全国解放前后，何其芳诗作寥寥。解放前他的最后一首诗写于1946年(《新中国的梦想》),这也是那一年仅有的一首诗;从1946到1949年大约三年的时间,他写得更少,一共只有一首《我们最伟大的节日》;以后,又是长久的搁笔,长达三年。人们不禁对诗人的沉默提出了疑问:新的生活开始了,诗人为什么不歌唱?直至1952年他才迟迟作出了《回答》。这个"回答",一共九节的诗,他也写了将近三年。(诗后注:"一九五二年一月写成前五节,一九五四年劳动节前夕续完")。对于热心期待的读者,不少人对他的"回答"仍然感到失望:

从什么地方吹来的奇异的风
吹得我的船帆不停地颤动;
我的心就是这样被鼓动着,
它感到甜蜜,又有一些惊恐。
轻一点吹呵,让我在我的河流里
勇敢的航行,借着你的帮助,
不要猛烈地把我的桅杆吹断,
吹得我在波涛中迷失了道路。

读者的失望反映了时代的变异所带来的人们对诗的要求的变异。何其芳的"回答"是低调的,它不激扬,也不高昂,但是它有属于个人的纯粹的真实。尽管这时何其芳已经是一个从事革命工作多年的人,但是他仍然把他的充满矛盾的心境不加掩饰地表露出来。他感受到了他的"船帆""不停地颤动"的"风"——(这股风,不是如后来诗中无限地被重复的那种"浩荡"的"东风"),而是让诗人感到甜蜜,又有一些"惊恐"的"奇异的风"。他呼吁风儿"轻一点吹",让他在"我的河流里"航行(而不是如同后来那些诗篇一再重复的、在众所周知的、既非你的也非我的,而是在时代的大江大河大风大浪中"一往无前"的奔涌)。他甚至害怕那风太猛会把他的桅杆吹断。何其芳作为一位真诚笃实的诗人,他断然地杜绝了、摒弃了虚伪的感情和声音。他既承认有一个火一般灼热的感情,“我让它在我的唇边变为沉默”;他又承认有一种海水一样深的感情,但在他那里却又表现为“狭窄”而又“苛刻”。他坚持着诗要讲真话真情,他认为杯子里若不是满盛着醇酒,诗人就不应该把一滴夸大为一斗。这就是何其芳当年的“回答”。这种“回答”无疑的是“不合时宜”的。不是读者都变得对于诗歌的抒写真情失去了兴趣,生活的气氛会培养与之相适应的读者。当生活变得紧张、窘迫而无暇及其他的时候,这些读者也忘了生活的复杂性和丰富性,他们自然地会对何其芳这种充满矛盾的低调的回答感到失望:他们以为,在这个情绪高昂的时代,诗人理应都有高昂的情绪。现在看来,何其芳的回答是真挚的,唯其因为他真实地表现了新时代到来之后他的又适应又不适应的心情;唯其因为他真实地表现了他对诗的一贯主张和追求在时代潮流冲击下所发生的动摇和惶惑,他的《回答》将如他的《预言》,将作为真实的声音而保存下来。

何其芳是苦闷的。当他投身人民的壮丽斗争,他为自己过去那些“飘在空中的东西”而惭愧。他否定了它:“从今后我要叽叽喳喳发议论:情愿有一个茅草的屋顶,不爱云,不爱月亮,也不爱星星”。但他知道,他一些“根本问题”没有真正解决,他可以表示“不爱云”,但“众多的云”还是向他“纷乱地飘来”。这些“根本问题”之一,是何其芳在否定诗“是为了抒写自己,抒写自己的幻想、感觉、情感”的时候,连同诗表现感情的手段在一般的情况下总是通过“自我”这一根本规律也否定了。而这种否定对于擅长通过细腻的自我抒情完成诗的使命的何其芳简直就是丢失了“通灵玉”,这使得他在近三十年中几乎没有什么有影响的诗作。那时,不仅是何其芳,而且是相当多的诗人,有些问题是不明晰的。诗应当表现大众,但诗也不排斥表现自我;即使是表现大众的诗,往往也通过“自我”的表现得到表现。

旧的一套观念在动摇中。新的时代到来了，首先在诗的题材上发出了重大的变革，继而在诗的形象上也产生革命性的变动。这就是：诗中的“我”正在更多地为“我们”所代替。邵燕祥在他的诗中问道：请问是谁，在自己可爱的国土上，架起了第一条最大的超高压送电线。回答是前所未闻的响亮的强音：

我们！
我们！
是我们！
伟大的同代的代号，
伟大的后人的先人。
在我们每一步脚印上，
请你看社会主义的诞生。

诗人的“我”的地位在诗中正在被这由时代的隆隆的雷声中带来的“我们”的集体群象所代替，连那位惯常以自己特有的悲哀的声音唱着中国人民的苦难的艾青，唱着“假如我是一只鸟，我也应该用嘶哑的喉咙歌唱”的艾青，这时也完全处在“忘我”的境界之中。诗人自己的形象模糊了，而集体的形象加强了，在《新的年代冒着风雪来了》中，他唱的是一支崭新的“我们”的歌：“让我们乘着时间的列车，走上我们的新的路程；无边的大地覆盖着白雪，静静地静静地等待春天，当铁犁犁翻松软软的土地，原野将变成绿色的大海；我们的道路多么宽阔，……”艾青也许也有何其芳那样的苦闷，他除了还能够在国际题材的诗中施展他的独特的艺术个性之外，他只能在他的诗篇中隐匿自己。但这又不是他所情愿的，于是他转而写叙事诗，在那里，他可以逃避那种又要抒情又要隐藏的苦痛，但是一九五三年作《藏枪记》，一九五四年作《黑鳗》，艾青都没有取得预期的成功。

诗人们在新开始的诗歌年代里所有的一种矛盾的感觉，一种茫然无所适从的感觉,不是无故的。这与当时的理论指导有直接的关系。一位权威性的理论家指出,诗人的形象应当是"一个正面人物的典型形象"或者是"这首诗的唯一的典型形象",是"群众当中的一个先进人物,模范人物",认为"诗人只能是一个革命者,一个共产主义的战士,一个像毛泽东同志所说的'毫无自私自利之心'的人,'一个高尚的人,一个纯粹的人,一个有道德的人,一个脱离了低级趣味的人,一个有益于人民的人'"(袁水拍:《诗选》序言)。按照这样的理论要求,不是纯粹的人就无法写诗。但是现实生活中能够称之为"纯粹的人"的,甚至能够称之为"正面的典型形象"的,只能是少数或极少数。而多数人是平常人,是不"纯粹"的人。不纯粹的人而要写纯粹的诗,只能导向虚假。久之,对这种虚假的状态也就心安理得。一些人因而产生了错觉,认为说一些纯粹的大话才是正常的,反之,诗中流露了(只是流露了)某些有悖于纯粹的感情,那便是不正常的。我们便是这样地不知不觉地诱导着诗歌脱离诗人的个性,脱离活生生的具有普通人的情感而走向统一化和一般化。

这对于原先有着鲜明的个性的抒情诗人,无疑是一阵强烈的冲击波。被鲁迅誉为中国第一个抒情诗人的冯至,在这个冲击波中几乎失去了自制力。他在读了"大跃进民歌"之后对自己的过去作了完全的否定:"回过头来,再看一看我自己写的一些诗,真是苍白无力,暗淡无光。它们干巴巴的,没有血肉,缺乏又远大又切实的理想……""我最早写诗,不过是抒写个人的一些感触,后来范围比较扩大了也不过是写些个人主观上对于某些事物的看法;这个'个人'非常狭隘,看法多半是错误的,和广大人民的命运更是联系不起来。解放后,进行思想改造,接受马克思列宁主义的世界观,视界渐渐扩大,接触了许多感人的新事物,但是由于自己没有进行很好的改造,自己还沾着许多旧社会的脏东西,写起诗来,也就不免缩手缩脚,放不开笔,考虑过来,考虑过去，给自己定了不少清规戒律，事实上是个人主义在作祟”(《漫谈新诗努力的方向》)。这是这位诗人的一份“自我检查”。无非是说，过去，“不过”是写些“个人主观上对于某些事物的看法”，后来，因为个人主义没有改造彻底也写不出好诗。总之，他没有成为纯粹的人，在他的意识中还有“个人”的成分，因此，他写不好诗了。这种思想不仅产生于“大跃进”中，早在1955年他在自选的《冯至诗文选集》序中就已经否定自己过去的诗“抒写的是狭窄的情感，个人的哀愁”，而且他格外严厉地批判后期诗歌名作《十四行诗》“受西方资产阶级文艺影响很深，内容与形式都矫揉造作，所以这里一首也没有自选”。作为一位杰出抒情诗人，他如此简单地把反映现实、表现人民和“个人感触”“个人主观”加以对立，实在是令人吃惊。反对抒情诗的个人化和个性化，在当时是很时髦的，冯至大概是彻底的一个。

诗人不能脱离他的时代。新时代到来了，过去的奴隶成了时代的主人。愿意跟随时代前进的诗人，不能不考虑并调整诗与人民的关系，这是正当的。但是这种考虑，和诗人的丧失“自我”却不是同义语。诗歌服务于人民和社会的进步事业，并不能以取消诗人的通过自己内心、并以完全独特的个性化的方式再现生活及人们的情感为代价。冯至一再加以倡导的“非个人化”，其方向是与抒情诗的规律背道而驰的。

回顾五十年代诗歌实践，我们感受到了诗人们火一般的热情，他们急于歌颂工农兵，歌颂新生活，因而也急于使诗脱离如冯至所否定的“窄狭的个人主义”，急于使诗中出现“正面人物的典型形象”——抒情主人公成为如袁水拍所希望的那种“先进”“模范”和“纯粹”的形象。然而我们得到的多半是虚假情意。一个有趣的事实是，解放后，爱情诗退化了，真的爱情诗绝迹了，倒是闻捷的《天山牧歌》的出现，人们终于饶有兴趣地发现了中国毕竟还有一位以极大精力致力于爱情诗写作的人。但是，不论是《吐鲁番情歌》还是《果子沟山谣》，这位爱情诗人没有一首是为自己写的。他是一位专替别人做情诗的诗人。但即使这样的努力，也只能在思想比较开放的1956年才能实现。1957年之前，我们相对地存在一股较为轻松的气氛。也是那个1956年，以《西盟的早晨》等诗引起人们关注的一颗新的星辰——公刘，写出一组比较接近于实际意义的情诗，当人们读到：

> 天上的繁星有千万颗，
> 只有一颗属于我：
> 照耀吧，我的星辰！
> 照耀吧，我的命运的灯！
> 我以坚贞的手臂将你捧住，
> 你就永远不会陨落……

人们是吃惊的。这样没有什么政治意义的纯粹抒写个人情感的诗，竟然有人在写，而且竟然能够在刊物上公开发表！这即使在当时也是一种相当引人注目的举动。

人们在诗中寻找当时十分值得珍惜的"我"，这种心情是急切的。正是由于这个原因，当人们终于在激浪澎湃的雄伟大合唱——《放声歌唱》中发现了贺敬之的带着独特音色的"独唱"时，这种喜悦是意外的：漆黑的茅屋里，一块残席，一把破絮的"我"的诞生，父亲严厉的斥责，延安窑洞，三号军装的卷起的裤脚，老同志盖在自己身上的破大衣……贺敬之是一位擅长写"大江东去"那样豪放诗篇的诗人，他的诗歌的基本形象是革命战士的集体形象，但是，他在重要诗篇中，都注意地把"我"的声音加入到"我们"的合唱中来。他没有忘了让读者在雄浑的歌唱中捉摸到诗人真实的情感。不仅在《回延安》中，也不仅在《放声歌唱》中，甚至也在抒写一位青年的英雄精神的《雷锋之歌》中，他坚持写诗人的"自我"。他的真实的声音使这首壮丽的长诗更显得亲切而丰富。他把雷锋看作自己家庭的一个成员:“你的年纪,二十二岁——是我年轻的弟弟呵,你的生命如此光辉——却是我无比高大的长兄!”他把雷锋看作自己的亲密的战友:“不要说,我比你多有几年军龄,但是,在你面前,你是我的好班长,我是新兵。”这些抒情的诗句,既写出了雷锋的伟大,又写出了自己的谦逊。

在建国后诗歌发展中,诗中应该不应该有“我”,是否可写“真我”,始终存在着分歧的意见。郭小川在他的《致青年公民》等诗中用了第一人称的“我”,有人立即提出质问:为什么要有那么多的“我”?郭小川赶快加以解释。他承认“我号召你们”“我指望你们”等“实在是口气过大”,表示以后加以改正。至于“我”,他不无狼狈地辩证说:“只不过是一个代名词,类如小说中的第一人称,实在不是真的我,诗中所表述的,关于‘我’的经历、‘我’的思想和情绪,也决不完全是我自己的。我现在还不敢肯定,这样的看法是否恰当,我的用意确乎在此。请求读者予以谅解。”(《关于〈致青年公民〉的几点说明》)在这些“说明”中,可以看出诗人当时的不那么理直气壮的心情。但是,在当代的诗人中,郭小川却算是少有的敢于在诗中触及“真我”的一位诗人。

在较早的名篇《向困难进军》中,他一方面以激昂的热情号召青年公民的迎着困难前进,一方面,他又了无遮拦地向自己的听众剖析自己在革命队伍中的“烦恼和不安”。《山中》是一篇革命战士内心世界的独白。在宁静的山中,他住不下去,他心中思念那“每个山头都在炮火中颤动”的日子。他的心为此而忧伤,他不断地,一遍又一遍地喊道:“我要下去啦——”他让人们看到属于他的个性:

我的习性还没有多少变移,
沸腾的生活对我有着强大的吸引力。
我爱在那繁杂的事务中冲撞,

为公共利益的争吵也使我入迷，
我爱在那激动的会议里发言，
就是在嘈杂的人群中也能产生诗。

只是，他无法忍受，甚至一次也没有“听过这样的风声，看过这样的流云”。一九五七年，郭小川写过《自己的志愿》，在那里，他讲到自己参加革命的“风风雨雨的二十年”中曾经有过的缺点和过失：“一个微小的成功之后，有时在梦里却沉醉于自我欣赏的酒筵”，“在一帆风顺的时刻，有时由于不经心而为我们的事业招来祸患”。他不承认自己是一个“纯粹”的人，他只承认，“我还远不能说，我是一个健全的共产党员”。这种思想，在他最后几年写成的光辉诗篇《团泊洼的秋天》和《秋歌》中，得到了鲜明的体现——

我曾有过迷乱的时刻，于今一想，顿感阵阵心痛；
我曾有过灰心的日子，于今一想，顿感愧悔无穷。

以明澈纯净的语言揭示自己的弱点，使得他的形象臻于崇高。这是一位真实的和真诚的诗人。这一点，也许比他的相当高超的诗歌成就更为重要。

三十二年来诗歌界有若干次重要的批判，其中一次是围绕着郭小川的《望星空》而开展的。这篇引起争议的抒情诗，初稿写于一九五九年四月，改于当年八月，改成于当年十月，正是建国十周年，人民大会堂奠基落成的时刻。这首可以说是建国十周年，为人民大会堂落成而谱写的乐章，它的真正目的，在于颂扬，属于颂歌一类。全诗四章，前二章写未走进大会堂之前，面对浩瀚的星空所产生的关于人生、关于宇宙的浮想。他真正感到了宇宙充满神秘的伟大和永恒。他不无惆怅地唱：说什么，身宽气盛，年富力强，情豪志大，心豪胆壮，不如一颗小星星光亮，也不及银河一节长——

在伟大的宇宙空间，
人生不过是流星般闪光。
在无限的时间的河流里，
人生仅仅是微小微小的波浪。

后二节，写进入大会堂之后，面对那里人们双手创造出来的繁星满天的绮丽景色，他从幻想回到人生的战斗。他由衷地歌颂人生的壮丽，人类创造力的非凡和伟大："世界呀，由于人的生存而有了无穷的希望。"他承认刚才望星空时的想法是"错了"，"刚才是我望星空，而不是星空向我瞭望"，"我们生活着，而没有生命的宇宙，既不生活也不死亡"，面对这些，他说，"我有资格挺起胸膛"。

这首诗基本上是采用对照、反衬的方式，完成诗人对现实生活和战斗人生的歌颂。它的创作构思，前半是有意地加以渲染，借以烘托后半的非常与不平凡。从诗人的意图来说，是真心实意地要歌颂现实。《望星空》不是没有问题，它的问题在于前半作为烘托的分量过重，以至于当他真正要对人间唱颂歌时，艺术形象所能表达的力量相对地弱了，但有一点是许多评论者未曾加以认真探讨的，郭小川着手写这首颂诗时，他追求的是充分个性化的方式。他如同一贯所坚持的那样，在热情洋溢的颂歌中不隐藏诗人"自我"。贺敬之对郭小川的诗歌道路曾经有过一段中肯的评语："作为社会主义的新诗歌，郭小川向它提供的足以表明其根本特征的那些具有本质意义的东西，这就是：诗必须属于人民，属于社会主义事业。按照诗的规律来写和按照人民利益来写相一致。诗人的'自我'和人民的'大我'相结合，'诗学'和'政治学'的统一。诗人和战士的统一。"(《郭小川诗选》英文本序)就这样，在这首诗中，抒情主人公流露了自己的真情，而这个真情是与当时舆论所主张的"先进、模范、纯粹"等等不全吻合的，因此，他受到的非议正是预料之中的。

根本分歧在于，诗中应该不应该有“真我”？这个“我”既是真的，允许不允许他有“凡人”的一切？例如郭小川有望星空时所曾经感到的“惆怅”。评论家所指责这首诗中的感情是“极端陈腐，极端虚无主义”的评语，诚然是不符实际的。他所认为的“这首诗里的主导的东西，是个人主义，虚无主义的东西”也与实际不符。事实是，在诗人的真情流露之中，是否必须绝对正确和纯之又纯，这在当时，甚至在今天，也并没有解决。华夫在批评《望星空》时联系批判了郭小川写于1950年的《致大海》。在这种批评中我们仍然看到了这种批评所运用的标准仍然是诗中的“我”——抒情主人公的形象所蕴含的思想素质必须是纯粹的——纯粹的杜绝了个人主义的共产主义思想。《致大海》是郭小川人格光辉集中体现的一首诗。我们在这里用了“人格光辉”，那是为了高度评价他的真诚、坦白、不虚伪而特意选用的词组。虚伪的完美未必辉煌，有缺陷的真情倒可能是真正的美好——世上也许根本就不存在完美，所以不完美的光辉应当认为是正常的和正当的。

建国以来，我们很少读过像《致大海》这样坦白真诚的诗篇。(唯一可与之比拟的是陈毅的《六十三岁生日述怀》，但那是旧体诗。)在大海的博大面前，“我”感到了渺小，“我”因自己的渺小和窄狭而愧疚，而且真诚地承认：“我”从来也不是“骠悍而豁达的勇士”，曾经是“无端的忧郁像朝雾一样蒙住了我的少年”，曾经是“想在反侵略的战争中索取对于个人的酬劳”，只有到了革命的队伍，才“渐渐地与周围的世界趋于协调”。这些诗句，批评家当然无法挑剔，但他只用了非常冷漠的一句话加以评论：“有些段落是可读的。”这种冷漠正是诗歌理论对于真诗、“真我”冷漠的表现。它们的心已经热衷和向往于那些不发自内心、与真情实感不相干的大而空的“纯粹”，他们只能以鄙视的目光望着我们此刻视为珍宝的诗人的诚挚和坦白。于是他们像那些无端的责难那样对“明哲的神圣”、“为了一种神圣的爱”，以及有愧于“生活的琐屑和平庸”等词句加以挑剔。他们责备诗人“向大自然膜拜的消极感情”，责备他对“大海做出忏悔和祈求”，而且引用“让一切寒冷者在这里得到温暖”、“让一切因穷累而乏困的人，在这里进入幻丽和平安的梦境”之后，认为“这类的诗句，很难说它是共产主义的真正伟大崇高事物的拟人化”。这种批评的用意是清楚的，诗人的思想不许有杂质，他应该宣传纯粹的理念，而不论这种纯粹是否与他的内心取得一致，当他作上述那种宣传时，即使是阶级性或倾向性不鲜明的词语也不应使用。例如“神圣的爱”，尽管这里可以明确地认为它指的是积极的内容，但是也不允许；至于“明哲的神圣”更不允许，因为这类东西“很难说它是共产主义的真正伟大崇高事物的拟人化”。既然“很难说”，那就只能不许你说。他们在这里用的是袁水拍提出的标准，即诗中抒情主人公的形象，必须是一个“纯粹的人”。

我们对一个时代应当有它的基调和主调一说，不应持有异议。盛唐气象、建安风骨，都是如此。一个旷古未有的无产阶级政党领导的人民共和国的诞生，不能没有它的隆隆的雷电之声。但是，这并不意味着一个时代只能有一个声音或一个调子。当有人唱着豪放之歌时，不要轻责那些婉转低回的咏叹。每一个诗人都有一颗属于自己的诗心，它同样是一个多样、丰富、复杂的世界。而且我们还应当进一步确认：每一首诗都应当是一个新鲜的世界，犹如每一朵野花都是一个天国。新的时代到来了，人们的精神在现实生活日新月异变化的鼓舞下，不知不觉间变得昂奋起来。诗人理应发出昂奋的声音。我们的错误不是发出了这种声音，我们的错误在于我们认为，并且要求所有的声音都是昂奋的，除此而外的声音是不被提倡的。

前面，我们花了较多的篇幅论及我们熟悉的郭小川，现在我要谈论一位对我们来说是陌生但却创造了重大成绩的诗人，他是穆旦。

这位四十年代后期涌现的青年诗人，建国后如同他的同一流派的《九叶集》的作者们一样，基本上沉寂无闻。只是在百花齐放的 1957 年，他们才陆续发表了一些诗歌。以诗作的凝重和被袁可嘉称之为诗中的“自我搏斗”为特点的穆旦，在《诗刊》发表了《葬歌》。这是一曲诀别之歌：

> 你可是永别了，我的朋友？
> 我的阴影，我过去的自己？
> 天空这样蓝，日光这样温暖，
> 安息吧，让我以欢乐为祭！

较之穆旦过去的创作，这首诗是明朗的新声。我们本来应当热情欢迎经过一段时间的沉思和痛苦的“自我搏斗”所发出来的加入时代大合唱的新的声音。但是，他的诗显然是与众不同的。既然是与众不同的，他就难免要受到冷遇，以至谴责。他的并不高昂的歌声，当然不合时下的风尚：这么一个充满希望的时代，你为什么要唱《葬歌》？这当然也是“不能容忍的”。但毫无疑问，这是穆旦真实的声音，而且是以他所擅长的艺术方式予以表达的真实的声音。它的低回的觉醒的心曲，无疑属于我们的时代，但是当他从内心发出了决绝的呼喊：

> “哦，埋葬，埋葬，埋葬！”
> 我不禁对自己呼喊：
> 我这死亡的一角，
> 我过久地漂泊，茫然；
> 让我以眼泪洗身，
> 先感到忏悔的喜欢。

听到这个歌声，立即加以批驳的不是别人，而是我们前面加以详细论述的、自己也不断遭受过批驳的郭小川！郭小川认为穆旦的声音是“知识分子有气无力的叹息和幻梦”(《我们需要最强音》,文艺报,1958年第9期)。遭到简单粗暴袭击的人,他同样可以对他人简单粗暴。这就是中国批评界的悲哀。整个的局势是充满矛盾的,郭小川在诗中勇敢地坚持着他的探求,但当他接触到指导思想时,他和批判他的人却表现了高度的一致:“诗必须抒发无产阶级或英雄人民的革命豪情,而不是‘中间人物’或‘反面人物’的小资产阶级、资产阶级以及其他剥削阶级的感情”“诗中间,是可以出现‘我’字的,但这个‘我’,必须是无产阶级或英雄人民中的一个,最好是他们的代表,是他们的代言人。”(1969年《谈诗书简(二)》)结论是:诗歌的抒情主人公的形象发生了根本性的变异,对这种变异的总估价是前进的。但是,它同时带来了形象的萧条,这个问题的解决,只好留待日后的探求和突破。

(四)走向统一的新诗歌

当代诗歌的发展趋向,也许当两支诗歌队伍会师在北京的第一届文代会就是一个预兆——它不可避免地要走向统一。《马凡陀的山歌》当然是特定历史时期的产物,如同鲁迅风的杂文那样,拥有属于它的得而复又“失去”的繁荣期,此后似乎也没有复兴起来。至于《王贵与李香香》式的民歌体长篇叙事诗,李季解放后的《菊花石》和《杨高传》继续作了尝试,都没有作出超越前者的成绩。取得成功的倒是《玉门诗抄》和《生活之歌》一类的新尝试,在那里,李季既巩固了原有的成绩又试图作新的突破,眼界有新的开拓;阮章竞也没有拘泥于《漳河水》的成功经验,他的《虹霓集》和李季的《难忘的春天》一样,都力图对原来的成绩作出突破,这一点,都与袁水拍解放后的诗作有相近的格局。他们从不同的方向走来,终于不约而同地走向了同一个方向。他们是诗走向统一的先兆。

开始的时候，大家都没有意识到诗将如此发展，一切都是不知不觉间发生的。解放初期，大家似乎对诗都显得宽容，没有后来那样的紧迫感。一九五〇年，一位似乎是第一次写诗的青年诗人，写出了一首抒情长诗《和平的最强音》。这是一首相当欧化的自由诗，但却为它的作者石方禹赢得了留在人们记忆中长达三十年而不衰的记忆。此后作者似乎还写了几首这类的诗，却再也没有超越这首处女作。《和平的最强音》出来的时候，并没有引起人们关于它是否违背民族传统或民族风格一类的过敏性反应，那时的理论批评以及读者的心理，都没有达到后来那样程度的禁锢。《和平的最强音》一类的诗的出现虽然是不自觉的，但最终却因不合时宜而消隐了下去。解放初期的不曾禁锢的放松状态，不仅容许了《和平的最强音》的存在，而且也使得类似未央的《枪给我吧》、《驰过燃烧的村庄》一类的彻底的自由诗，堂堂正正走进优秀诗篇的行列。但是这种艺术自由的风气很快就雾一般地消失了。总的估价是，全国解放开始的当代诗歌是逐步走向统一的诗歌。

我们已经具有一切优裕的条件来“统一”诗歌。经过雄伟壮丽的人民解放战争，长期的战乱终于平息，我们取得了全国的统一。三十二年的社会主义革命和社会主义建设是在中国共产党的统一领导下进行的，令行禁止，党在全国范围内的领导进行得有条不紊而有着高度的效率。有一段时间，我们把这种统一强调到了非常的极限，我们连春种秋收都听从于统一的号令。这当然走上了不很正常的局面。这种社会的和政治的思潮，不能不影响到整个的社会生活，诗，不能不被这高度统一的政治台风所席卷。如同社会意识影响甚至决定了人们的穿着一样，有一段时间我们的服装连男女老少都消失了区别，它必然地影响，甚至也改变着诗的素质。

当然，这一趋向是一步一步地实现的，总的是为政治服务的目标，奠定了诗的统一的基础。为政治服务的总目标，使得诗的政治性大为加强，这样，政治性不强的，乃至非政治性的内容便受到了自然的限制。“为政治服务”这个提法是三十年来贯彻始终的，它是无所不在的统一力量。这是总的力量，但却非唯一的力量。随后，重大题材论在诗的领域也起了作用——集体主义是重大的，“个人主义”是渺小的；有教育意义是重大的，没有教育意义是微小的；英雄形象是重大的，中间人物形象是微小的；健康向上的内容是重大的，消极颓唐的内容是微小的等等。因为重视政治，自然地排斥非政治；因为重视“重大”题材，自然地排斥了“非重大”的题材，如此等等。我们诗歌就这样，像一块大蛋糕，被不断地切割着。虽然提出了百花齐放，但并没有真正地实行。而且这一方针在诗歌的贯彻，不久即为“二革结合”以及“两个基础”等等新鲜的提法所冲淡。我们提出“二革结合”是“最好的”创作方法，则在事实上排斥了其他的“不是最好”的创作方法；我们提出古典诗歌和民歌为诗的发展基础，则诗只能在民歌或古典诗歌的基础上“统一”，从而又排斥了除了民歌和古典诗歌以外的别的基础。

以上所见的大端，除此而外，还有不少的虽然不是正式的，但却是习见的提法。我们还曾经提过主流或时代主调说，主流应当是反映现实的伟大变革的时代最强音，主调应当是豪迈、昂扬的，诸如此类。“百花齐放，我们总有一个主流，我以为民歌应该是诗歌中的主流。”（邵荃麟：《民歌、浪漫主义，共产主义风格》）“我们的诗歌创作中应该从各个不同的方面传达出祖国建设事业前进的高亢的声音。这种声音应该是全部交响乐中的主调，如果这个声音减弱，那不是正常的现象。”（《反对诗歌创作的不良倾向及反党逆流》）这样，“主流”和“主调”又成为又一个新颖的统一诗歌的标准。主流之外的一切的非“主流”，无疑都受到了冷遇和排斥，“时代主调”也如此，它既是统一的条件、又是排他的标准——它必须唱高调,低调不行,悲调不行,小调也不见佳,这是自然而然的。

首先是诗歌为政治服务所产生的重大影响。我们在前面已经提到,这个影响甚至连最大的诗人郭沫若也难以规避——当然郭沫若恐怕并不是规避的问题。要是说,他初期写作《防治棉蚜歌》是由于政治热情的鼓动,则《百花齐放》的一百零一首却难以作这样的解释。再看艾青在他的解放初期的创作"危机"中,我们总感到他有一种无所适从的惶惑感。艾青当然是政治的诗人,他的诗歌的生命在于传达出了中国人民苦难年代的悲哀,悲哀是他的抗争的方式,但这一切是通过艾青的观感和艾青的方式,而不是统一的共有的方式。艾青在这一点上恪守诗歌的良知。他明确意识到:"并不是每首诗都在写自己;但是每首诗都由自己去写——就是通过自己的心去写。"(《艾青诗选·自序》1979年版)在逐渐地趋向于统一化的诗歌潮流中,他当然也不无勉强地顺从这个潮流,作了某些试探,例如写于1949年的《国旗》:"革命的旗　团结的旗　旗到那里　那里就胜利",失去了艾青的灵性,而只是抽象概念的演绎。又如《早晨三点钟》,是仿照当时流行的用第三者的叙说,客观讲述先进事物的诗篇——妻子早晨三点钟起来,打扮得漂漂亮亮,原来是等待电灯的放明。诗人怕别人看不懂,于是直接出场解释:

让我把她秘密告诉你们,
一个水电站的工程已经完成。
她的丈夫是设计也是监工,
此刻她的心呀是多么高兴;
为了几个城市的照明,
整整一年他没有回来,
好像一个军人出门打仗——
是对祖国的忠诚和对她的爱。

这些诗句像是李季的《玉门诗抄》。这样写诗显然不是艾青的特长，但他无法坚持原先的写法。他是一个有着独特艺术个性的诗人，他实在难以随波逐流，于是他很少创作。

艾青当然是艾青，他不是郭沫若。“积习”最深的当然要算郭小川。但是，经过了五十年代后期和六十年代初期的折腾，郭小川已经懂得了他在什么地方最易于触犯忌讳——诗要多写众所周知的理念，诗不要多写“我”。此后，在《甘蔗林——青纱帐》以及《昆仑行》中，他再也不愿重蹈《致大海》《望星空》一类的覆辙——只是在“四人帮”猖獗时期，他忍无可忍，方才在诗中有节制地重萌了“旧态”，如同《秋歌》和《团泊洼的秋天》所表现的。

生活在发展，而且趋于严酷。政治化的呼声愈来愈高，事情发展到了后来的“文革十年”令人难以置信的地步：文艺和诗歌都死亡了，全中国的广阔土地上只剩下八个样板戏。诗本来就在充斥着谎言的浊流中挣扎着。这时，一位诗人发出号召：《新诗也要学习革命样板戏》，随后还有几篇响应的文章。在那些年月，“政治”（那时的政治是多么龌龊！）几乎淹没了诗歌。发出这个号召的是一位五十年代很有才华的青年诗人。我们此处要提及他的是一首他因之在诗坛引起了关注，并奠定了他在读者心目中的地位的诗篇：《骑马挂枪走天下》。这首诗篇给新中国的新诗无疑是带来了崭新的贡献：它的充分的民族风格而又不是生硬的搬用，它的明快喜悦的旋律传达了新生活的节奏，它的富有地方色彩的明丽风物的描写，它超脱了从建国前后诗歌走向民间和适应人民欣赏习惯所形成的普遍模仿的风气，而铸就自成一格的新诗，特别是它展示的生活场景的开阔，体现了全国解放后的时代风貌等等。这些，我们要留给那些专门研究这一时期诗歌的人去完成。我们要十分遗憾地说明的是，这样一首给诗人赢得了读者信任的诗篇，由于诗人自己的不再信任，而被他本人作了面目全非的删改。这种删改的主观动因我们不清楚，但是，政治性的考虑对于诗歌的无形而长存的制约却是明显的：这种干预不一定，而且往往不会采取行政命令的方式；但诗人和读者往往因政治的原因而采取类似的动作。此诗写作并发表于一九五四年，到了一九七三年——即离创作将近二十年后，《螺号》再版时作了修改——一九七三年，正是“文化大革命”的后期。这是一首十分典型的诗人自改诗，我们从中可以窥见当代诗歌的一个共同性的“走向”。“我曾在大巴山前挖泥巴，我曾经拉纤推船下三峡”被改为“我曾在大巴山上种庄稼，我曾风雨推舟下三峡。”“挖泥巴”当然不如“种庄稼”严肃而正规，“拉纤推船”当然也不如“风雨推舟”健康而明朗。“为求解放把仗打，毛主席引我们到长白山下”，“引我们”变成了“指引我们”，“地冻三尺不愁冷”改成“地冻三尺心里暖”，都表明了一种趋向：以时下流行的政治术语和形容词，来替代那些政治色彩不够鲜明的形象、时代感不够“昂扬”的措词。这一切，寻求在政治上的稳妥的用意是明显的。最严重的修改在“到了南方”的那一大段，在八行集中描写中，几乎完全变了模样。原诗是：

我们到珠江边上把营扎，
推船的大哥为我饮战马，
采茶的大嫂为我沏茉莉花茶，
小姑娘为我把荔枝打。
东村西庄留我住，
张家李家喊我进来坐会吧！
家务事和我唠，
天天道不完知心话。

前四句有一种南国的生活情趣，后四句当然没有写好，松懈空疏，但是修改之后的八句，却令人吃惊：

我们到南海边把根扎，

乡亲们待我们胜过一家：
阿妈为我们补军装，
阿爹帮我们饮战马，
渔家姐妹举双桨，
风雨同舟过海峡，
军民联防去站岗，
同心协力保国家。

他迫不及待地把那些“套话”往诗行里塞，挤走的却是那些富有生活气息的活生生的情感，剩下来的只是一些僵死的“把根扎”“胜过一家”“风雨同舟”“军民联防”“同心协力”。这种改动，只能有一种解释，那就是用政治的概念术语来排挤活跃、生动的艺术的生命。

这首诗的修改不是这位诗人的个人现象——当然，这位诗人有属于他的特定的“个人现象”。我们感兴趣的是这首《骑马挂枪走天下》的修改，它的确传达了如下的确切的信息：由于政治的强调以及由此而产生的政治上的考虑，诗歌的新鲜而独特的形象和构思，乃至特有的诗意的语言和表现方法，正在被上述那种考虑所“统一”。这种考虑是现实的和实际的，在连绵不断的，而且是愈演愈烈的阶级斗争和政治运动中，人们的思维方式和适应生活的能力在产生急剧变化，诗人的思维和“自卫”的能力，也在发生急剧的变化，生存似乎比纯洁而美妙的缪斯更有吸引力，至少在不少人那里，作为艺术的诗较之作为政治的“诗”的地位，是有判若天地之分的。

在三十多年的发展中，对新诗起决定性的深刻的深远影响的是政治。特别是“为政治服务”的提出，在诗歌具体化为“为时代而歌”，或“作时代的号角和战鼓”，这些命题无疑都是正确的，但是当它被形容为唯一的命题时，却显得是不正确的了。诗歌意识到自己的庄严使命。为人民，为时代，为祖国而放歌，诗人在为进步诗歌鼓吹，这都是诗的神圣的义务。但是，这并不就是一切，这也不能代替一切。在诗歌领域，也有不属于政治而属于前进的时代的范畴，例如爱情和婚姻的永恒主题的讴歌，倒如纯粹个人的真挚友谊以及自古而今连绵不断的吟风月、弄花草的笔墨，它们有的涉及有的并不涉及政治，或与政治很疏远，但它们属于诗。但当我们用政治标准（这个标准是越来越苛刻，越来越狭窄的）来要求诗为之服务时，这只能成为极狭隘的范围内的"统一化"。这种在政治含义上的"统一"，三十多年来没有间断过。反右斗争开展以后，"左"的思潮得到迅速的展开，而且迫不及待地要以这种相当短见和窄狭的政治标准来统一诗歌，除了反对"反党逆流"之外，还反对诗歌创作中的"不良倾向"。甚至连这样一首普通的写生活小景的诗也难以幸免：

我不认识你，
你也不认识我；
但我们都认识这支音乐，
慢四步像抒情的流水，
快三步像燃烧的火；
你的脚踏着拍，
我的心却乱了旋律。

一对素不相识的青年男女，只是在舞会上相遇，产生了某些亲近感。要是爱情，这里也只是某种有可能发展为爱的因素。生活中有很多这样富有诗意的邂逅相遇，谁也没有说这就是生活的一切，但是，我们的批评家却质问："难道我们今天的幸福生活仅仅表现在'脚踏着拍'，'心却乱了旋律'上吗？难道青年男女崇高的爱情仅仅产生于'快三步'之中吗？"事情只是刚刚开始，更多的"难道"是在以后。诗，就是这样一步一步地被驱赶到窄狭的路上去，尽管有人认为不是窄狭，而是无比的"宽广"。

在新诗的发展中,1957 年是一个重要的年头。这一年提出了百花齐放。百花齐放是推动已经显示某种凝固趋向的新诗解放的动力。这一年,有两个诗歌刊物同时诞生,这当然是对百花齐放号召的响应。四川的《星星》似乎更显得雄心勃勃,充满朝气。他们把握住了早春时节的气候。他们觉得诗歌应该开放,应该走向多样,而不是走向统一。他们庄严宣告:"我们的名字是'星星',天上的星星,绝没有两颗完全相同的。人们喜欢启明星、北斗星、牛郎织女星,可是,也喜欢银河的小星、天边的孤星。我们希望射着各种不同光彩的星星,都聚到这里来,交映成灿烂的奇景。"对于走向凝固的诗歌,这里提出的观点具有充分的异端挑战的意味,它将受到传统观念的严重关切。果然,这个稿约是短命的,它只登了一期,以后再也没有出现。但是,他们仍然忠于自己的"宣言",第二期的《编后记》中,他们从诗的内在素质上发挥了"稿约"的论点:

> 人民有七种感情:喜、怒、哀、乐、爱、恶、欲。
> 缪司有七根琴弦:喜、怒、哀、乐、爱、恶、欲。
> 诗人的心,就是缪司的七弦琴。

他们认为:"'百花齐放,百家争鸣'在诗应该是让七弦交响。""抒人民之情"不会限制诗,因为人民的感情是无边的大海,但《星星》反对"单弦独奏"式的只准许或只规定抒某一种情。他们说:"那是怪癖。"

那时节,几乎是一天一个形势,当然形势是走向严酷和关闭。要真的实行百花齐放,要经过艰苦的磨难。第三期,《星星》来了个突变,它明显地唱了低调。在《编后记》中,它对"一百"作了规定性的阐述,强调"鸣放"必须是"有立场的放,有立场的争。所谓立场,自然是人民的立场,工人阶级的立场。"还有一段话,也属于对"宣言"的"修正":"如果说在'百花齐放,百家争鸣'的方针下，欢迎各种不同流派诗歌在我们的诗坛上出现的话，那么社会主义现实主义的诗篇，则应占为首的地位。”既然出现了“规定”“为首的地位”的规定，那么艺术上的争鸣和竞赛就显得不很适宜了。

仅仅过了半年，从十期开始《星星》重登稿约，不再讲各式各样的星星了，而是讲“我们的诗歌，应该是社会主义伟大时代的战鼓”。不再讲前提是实行百花齐放以求风格、题材、体裁的多样化，而是强调在六条标准的前提下“让我们诗歌百花齐放”——它不再是前提，而只是结果，而这个“果”是否能够“结”得出来，是大可怀疑的。从它的诞生到它实际上的消失，《星星》的生命是一个短促的过程，它只是一颗流星，划过黑暗的天空，在人们的记忆留下一道闪光的弧线。即使这道弧线，如今也留给人们以带着甜蜜而不免酸楚的回忆。人们曾经以多么天真烂漫的心情，希望过满天星斗的繁盛，而它留给我们的多半是冷月孤星的凄冷。

“凡是能开的花，全在开放；凡是能唱的鸟，全在歌唱。”1957年的早春时节，诗人严阵写了这首短诗，这当然是百花齐放整个环境的概括，但也是当时诗歌开放的乐观气氛的写实。那时，似乎只要是花，开放就是它的尽责，而不对它的形态或色泽作出规定；只要是鸟，歌唱就是它的尽责，而不对它的声音粗细或音调高低作出规定。可惜的是，这仍然只是诗人的浪漫情趣的反映，是理想主义的产物，事实还不是真的如此。我们仅从“星星”的陨落就可以窥见那段历史像是谎言赢得了人们的空喜。

1957年政治台风过后，一片肃杀的景象。接着“大跃进”来了，“大跃进”民歌应运而生。我们在以空前的狂热投入“三面红旗”的劳动与讴歌的同时，以几乎同等的狂热投入了“诗歌大跃进”。这个大跃进的主要目标是号称浪漫主义精神的大发扬。“放诗歌卫星”和“人人当诗人”，引发了一个空前规模的新诗发展问题的讨论，许多理论界的权威纷纷著文确认作为“共产主义文学的萌芽”的新民歌是新诗发展的方向，批判了对“民歌的局限性”哪怕只是稍有一点怀疑和提出不同意见的人。一方面是带有极大片面性的讨论，同时有更多的诗人力图迅速改变自己的诗风，他们天真地，同时也是虔诚地重新学习写诗——写民歌体的诗。所谓的改变诗风，就是放弃自己原来熟悉的形式，去写民歌体——具体些说，主要就是七言四行体民歌——的诗。这时郭沫若也以前所未有的热情写起了民歌体（“遍地皆诗写不赢”），起了倡导风气的作用。许多诗人相习成风。当然，这时出现的这种风气是受整个政治形势的影响的，诗人怀有一种单纯的热情。随后，新诗必须在古典诗歌和民歌的基础上发展理论的提出，都为这种诗的大跃进的狂热提供理论的根据和支持。它不仅巩固了这种热情，而且发展了这种热情。当然，两个基础的提出，其明显的目标仍然在于给诗提出一个走向统一的标准。长期来我们忽视外国诗歌传统的学习与借鉴。在新诗的发展中采取某些闭关锁国的狭隘的方针，都证明没有声称的、无形的“统一”精神在起作用。

以民歌或古典诗歌来统一诗歌的意图，迄今为止，仍不能认为已经消失。我们仍然可从当代诗歌的讨论中看到这个幽灵在游荡。新诗可以，也应该学习民歌和古典诗歌，但新诗却不能用它们来统一。因为由“五四”开始的新诗，路子比这要宽广得多。片面强调这个基础，必然驱使诗歌离开众多而宽广的道路走向单一而窄狭的道路。事实上，我们曾在这种单一而窄狭的路上行进。而我们并不自知，反而认为我们是在坚持健康、前进、革命的方向。这种事实上存在的倾向的最突出的事例恐怕莫过于要求诗歌形式的统一了。艾青曾在一篇文章中引述了这一主张的内容：“有人想建立一种共同所遵奉的形式，说是为了国家过渡时期总路线的需要”（《诗的形式问题》）。统一的总路线时期，要求着统一的格式的诗歌，这就是长期支配着我们的庸俗社会学的逻辑。总路线时期要有总路线的诗歌形式；大跃进时期要有大跃进的诗歌形式；“文化大革命”时期，就要求有文化大革命的诗歌形式……我们往往把这种主张和要求，误认为诗歌顺应时代要求而必须实行的措施。我们有时未作这样的宣言，但却是这样地实践着。

但长期支配着我们诗歌的形式方面的主导性理论的，却是“民族形式”。这原则上说来，是对的。中国的诗歌应该是中国民族形式的诗歌(但这种诗歌仍然也并不是唯一的，事实上，早就存在着不那么民族化的诗歌形式了，这种不是唯一的倾向，早在郭沫若时代就已经开始)，但是，我们仍然承认：这是我们要为之努力奋斗以求实现的目标。但这种主张绝不能导致拒绝对于外来影响的吸收以及实际上走向复古主义的道路——而这种危险是的的确确存在着的。其突出的例证是文革十年的诗歌创作的现状，我们把外来的优秀营养一律斥之为帝国主义的、资产阶级的、修正主义的、没落、腐朽、颓废、堕落的诗风。早在六十年代初期，距离文革的正式开始还有一段时间，那时就有人作了简单而偏激的主张：“修正主义的作品，抽象派的作品，自然主义的作品，都是一些忧伤、含糊、神经错乱的东西，我们诗的内容，风格就是清醒、乐观、意气风发。他们越是含糊，我们越明朗。他们越是写陈旧的精神状态，我们越要写出共产主义必然胜利的新的风格。他们宣扬个人主义，我们就越发的发扬集体主义。”(《关于诗歌的几个问题》，《诗刊》1960 年第 1 期)

这一段话有许多理论上的混乱我们不用去分析，但它明确表明在那个时代里，我们的艺术思想有多么混乱。“含糊”是不进步的或反动的；“明朗”是进步的或革命的；“清醒”和“乐观”的风格是积极的；“忧伤”和“神经错乱”的风格是消极的，如此等等。什么叫“含糊”，为什么要反对“含糊”，诗能够断然排斥“含糊”的语言和形象吗？在这里，那种企图以一种“风格”（要是承认他说的是风格的话）来统一诗歌的倾向是明显的——“他们越是含糊，我们越是明朗！”

在五十年代，艾青的理论是相当清醒和开放的。他没有苟同这种“统一”的呼喊。他说过：“从古到今，不是以某种统一的方式来表现事物，我们也大可不必停留在对于某种体裁的模仿而感到满足。我们更不必要求将来的人们也按照我们现在的形式来创作。”（《诗的形式问题》）艾青反驳了“民族形式是个原则问题”的观点。他尖锐地指出：“这意思就是说，中国诗的传统是‘五言体’和‘七言体’，诗人要是不按照这种体裁写作，就违反了原则。”“……我以为复古的倾向和爱国主义毫无关系，前者是已经沉淀了几十年的旧意识的复活，而后者则是从中国人民革命的需要出发，目的是把人民引导到共产主义。”在目前的新诗发展的讨论中，各种复古的倾向仍然伪装着最正统的爱国主义的面孔出现在我们面前，而其实质仍然是“已经沉淀了几十年的旧意识的复活”。

解放以来，政治运动左右着我们的社会生活，同样也左右着诗歌的发展。就形式而言，要是说，开国初期石方禹和未央能够堂堂皇皇地写着他们的纯粹的自由体不仅未受谴责反而受到包括何其芳在内的前辈诗人的褒扬，经过反胡风和反右派斗争，这种风气已经丧失殆尽了。自由诗被认为是违背民族传统的，它的提倡被认为是胡风以及艾青的蛊惑，被认为是对中国作风中国气派诗歌建设之反动。但是不管有多么强大的力量力图统一诗歌，即使在形式上诗歌仍然顽强地按照自己的规律发展着——当然是相当艰难地发展着。贺敬之的楼梯式的出现，是对于解放后迅速形成的“半格律或半自由”的四行体的冲决；郭小川则是一位诗歌形式的广泛试验与革新的专家，他的《白雪的赞歌》对于四行体的完备化作出了明显的贡献（当然闻捷似乎是此中致力最著的一位)，但他几乎马不停蹄地超越了自己达到的目标，他的短句如《月下》、《雾中》、《风前》，他的长句如《甘蔗林——青纱帐》、《青纱帐——甘蔗林》，他几乎无时无刻地总带给那种似乎加上了凝固剂的统一的诗以骚扰，这种骚扰无疑地有益于诗歌的健康进步。即使是处于劣势的自由诗也在悄悄地生存着。蔡其矫连续出了《回声集》、《回声续集》、《涛声集》，他把大海不羁的性格与奔放的韵律凝聚在他的诗中——他不断地受到批判，但他不轻易改变自己的追求。这种追求，艾青也是支持的。他的《诗的散文美》成了一面挑战性的旗帜。这篇文章，在他的《诗论》的最后一版中抽出，这当然反映当日的气氛。一九八〇年《诗论》重版，艾青经朋友的劝说重新收入，他对此说了如下的话："强调'散文美'，就是为了把诗从矫揉造作，华而不实的风气中摆脱出来，主张以现代的日常所用的鲜活的口语，表达自己所生活的时代——赋予诗以新的生机。"

至此，我们可以得出结论说：诗歌的统一不仅是不可能的，而且也是不正常的。诗歌和一切文艺一样，本身就应当多样，因而诗歌艺术的多元化是无法抗拒的规律——尽管目前有人试图作这样的抗拒。

一九八一年八月完稿于北戴河，
一九八二年三月重改于北京。

面对一个新的世界*

——一批青年诗人作品读后

这里展现的是青年一代真实的心声。它们告别了虚假，敢写自己的真情。尽管它们的作者各有不相同的艺术主张与追求——有的主张现实主义并信奉文学的反映论，有的不作这样的声称——但他们的共同特点是：他们不曾背弃生活，他们注重生活启示他们的诗情，而且以他们的诗对生活发出真诚的呼喊。

廉价的颂辞和苍白的"乐观主义"已经绝迹，而代之以现实生活的切实的和恰如其分的讴歌。当今青年的声音，已经失去了浮动在云端的那种轻飘飘的浪漫情趣，理智与冷静使得充满激情的歌声也变得沉甸甸的。这里是一首《土地情诗》（舒婷），她把那仿佛由沙沙作响的相思林组成的诗句，奉献给了这样一片雄浑而粗犷的土地：

> 在有力的犁刃和赤脚下
>   微微喘息着
> 被内心巨大的热能推动
>   上升与下沉着

尽管充满柔情，却蕴藉着严峻的思忖。在这位女青年的眼里，它既是"血运旺盛的热乎乎的土地"和"汗水发酵的油浸浸的土地"，却也是冰封、泥泞、龟裂了的"黑沉沉的、血汪汪的、白花花

---

* 此文初刊于1981年9月《星星》诗刊1981年第9期，初收《共和国的星光》。据《星星》诗刊编入。

的土地”！这是一个多么矛盾的复合体啊：即使是“情诗”，也不再有往日那样单纯的热狂！他们觉得仅仅是爱和感动还不够，现实的积垢阻碍着热情的迸发：我们的生活不全是蜜，也有苦汁；有众多的失落，却也萌生着希望。诗敏感，青年也敏感，它记述了这一切，而且引发人们思索。

他们不曾冷漠，也不曾麻木，他们唱着《我恨……》的歌（徐敬亚），喷射的却是对于生活的至爱。他们希望自己变成一张犁，能翻出一条条翠绿的江河；但是，那些枯槁的树桩的根须，还死死地攥着大地。于是，他们只能把自己的诗句化为那些失去了笑容和欢乐的爱与恨交杂的结晶体。青年人未曾脱离自己的时代，他们对现实怀有一种痛切的紧迫感。的确，我们的生活正变得越来越有生气，而现实中潜藏的痼弊也越来越得到暴露，这就造成了阴影与光明际会、希望与叹息纠结的特殊的生活情调。诗对此有敏锐的感应。在这一片多种情绪汇集，多种声音呼喊的喧腾的新的世界里，青年人在寻找属于自己的声音。

这将不是单一的和“共同的”声音，而是在各自的生命搏斗之中萌发、迸射出来的心灵的歌唱。不论是顾城对于世界的一片灰色之中突然闪耀而出的鲜红与淡绿的“感觉”，还是王小妮《马车晃呀晃》中“在棕色的长带子一样的土路上伸展”的梦境；不论是徐晓鹤那些由非常齐整的节行和动听的音韵组成的轻柔的诗句，还是江河（他的恢宏让人想起聂鲁达）那些由散文化的自由节调组成，而以抽象的概括为主要特征的雄浑的诗节，我们都可以从他们各自存在中寻求这种声音产生的必然。

在这里，多种多样的艺术实践得到了肯定。才树莲坚持以形象性的描摹再现她的“乡情”：“我就是我，要走自己的路”；徐国静的《柳哨》吹出了清新超脱的自由自在的调子，陈所巨则把乡村生活涂抹得鲜丽而奇幻——他在生活中看到了缺陷，他要在诗中把它改造得更为美好。同样的现实，可以产生如叶延滨的《干妈》那样沉重的歌吟，也可以产生如常荣那样美丽的、朦胧的、让人捉摸不定的绿色与春天的《背影》；顾城追求美的“净化的愉快”，他注重自己的“感觉”，而梁小斌则以单纯明净的象征手法表达复杂的哲理。生活是诗的光之源，但诗对于光，往往是反照与折射。现实生活的光照，在诗中，常常化为了奇幻莫测的虹霓。“美色不同面，皆佳于目；悲音不同声，皆快于耳”（王充：《论衡》），通往诗和艺术的道路，从来都是多样的。

他们是同代人，他们有着大致相同的经历与遭遇。但是，经过诗的三棱镜的折光，反照的却是颇不相同的色泽。可以肯定的是：积极的、进取的、切实的思考，正在代替迷信与盲从。杨牧的《天安门，我该怎样爱你》不同于以往不断重复的那些颂歌。他爱天安门，却不回避“沉重的忧虑”和“诚实的挑剔”，甚至宣称要以“我们党的磊落光明而重新赢得的崇高声誉”“重建天安门”。这种由痛苦的经验凝聚的爱，是闪光而沉重的晶体。这是洋溢着令人奋起的精神力量的崭新的颂歌，它促使党和人民反省，而又促使它们不失信心地前进。

共同的生活经历，共同的对于生活的思考和奋斗，他们毫无例外地都站到了历史伟大转折的交叉路口：红灯、绿灯、奔涌的人潮、喧腾的市声……但是，玫瑰花和紫罗兰终于获得了各自的色泽和香气。这是我们所乐于看到的诗歌回归它本来面目的合理的气象。无端的谴责“朦胧”或是不加分析地嘲讽“古怪”是不公平的。让朦胧与明朗，豪放与婉约，欢快与忧伤并存，也让“芙蓉出水”与“镂金错采”并存；可以婉转如流风回雪，也可以妩媚如落花依草；让一切花草都获得各自存在的价值，允许一切诗人都寻求自己的声音。在不长的时间内涌现的这些诗坛新秀之作所展现的，说明作为艺术的诗歌正在走向正常，尽管有些人为这种正常也感到不安。

这一代青年唱出了多种多样的声音。不必为它的作者讳，其中夹杂着轻淡的哀伤,也不无迷惘与失落之叹惋。这是可以理解的:噩梦刚刚逝去,现实仍使他们感到沉重。“从前我是莺雏,现在却像杜鹃,歌声既不温柔也不轻盈”(梅绍静:《杜鹃》),她的歌声里有血,即使是带血的歌唱,也要献给祖国“金黄的黎明”。这就是我们这些失去了童年或者失去了青春的一代人,严峻的,或者说冷酷的现实(这里主要指动乱的十年),使他们获得了对社会和人生的知识。《干妈》便是基于这样的生活经历创造出来的悲怆交响曲:黑暗岁月中有着淳朴的人性的闪光,一颗被遗弃的孤独的灵魂得到了爱的慰藉。它讴歌这位质朴如同黄土高原的土地的普通农妇;它诅咒自己那受了抚爱但并不纯净的灵魂,它勇敢地剖析这颗灵魂的愧疚与醒悟。这是一曲让人颤栗的诚实的心歌。这位没有名字的“干妈”,让我们想起艾青那同样没有名字的褓姆:“大堰河”。中国的大地繁衍着多么伟大的没有名字的母亲!可惜的是,数十年过去了,她们劳碌的一生,得到的仍然只是皱纹,以及默默的悲哀的死去。

这些给人以不宁的冲激的歌唱,来自不平常的生活的底层。虽然是畸形的,但却是严酷的现实,给这些诗篇提供了乳汁。“我得到了许多的欢乐,像海接受过最多的阳光;我尝过深深的痛苦,像海的每一滴水都是苦涩的;正是生活之风赋予我海样多的波涛——爱和憎掀动的感情!”(叶延滨)每一个青年都曾在这样的海中游泳,每一个青年的心中都有这样一个波涛汹涌的海。生活,是诗歌伟大的母亲。

刚刚逝去的一段生活,动乱、混浊,带来的主要是痛苦。谁也不能从自己的心灵中抹去这些痛苦的“擦痕”,尽管他可以强迫自己忘却,但有作为的一代人,正在痛苦的血泊中奋起。他们首先感到了“人的尊严和个性的光辉”,他们唾弃封建的愚昧以及神的迷信。他们昂首走在帝王的宫殿墙下,意识到:人,不再是一个灰色的蝼蚁:“我的头颅　我的喉结　高过　这宫墙的牙齿”(张学梦:《宫墙下》)。这是一种觉醒。觉醒的不是某一个人,而是整整一代人。这里还有一个诗题:《我庆幸》(高伐林):我终于告别了那“冰冷的梦境”,终于醒悟到不能再沦为石头。而我曾是一块石头,“是一页翻不动的历史沉重得需要铁支架撑持”,“是一团冻僵了的音符冰凉得像蝙蝠的灰翅”,然而,我庆幸,我终于不再是。如今——

我是一只轻盈的纸鸢,
一树灼热的榴花
一团飞旋的云丝……

生命回到了我的身上,我有色彩,我有活力,我会飞翔。这就是掀倒了石碑,跨出了门槛的觉醒的我。

一代人已经意识到了历史赋予的重负,他们不加犹豫地接受了,并且勇敢地向自己的长辈诚恳地呼吁:“老人,快把最重的担子交给我吧,我扶着你,也请你扶着我宽阔的肩膀”(徐敬亚:《致长者》)。就是这首诗的作者对自己的生活经历作了这样的叙述:“(我曾经)失去了思想,也失去了声音。忽然有一天,我觉得这时代是属于我们自己的了。生活从凝固走向跃动……”就是说,时代一旦回到了自己身边,他随之就要求把它压在自己的肩头,他要肩起时代前行。他们自豪地宣告:“我的歌　是昂起头颅　一次次扑向礁石　粉碎又摈合的海浪”(孙武军:《我的歌》)。

诚然,诗应当在时代的风云中呼啸,但从广义上说,这与当前青年诗创作的走向内心的探求并不对立。许多青年诗人摈弃了对于生活的外在摹写,而走向内在世界的刻画。他们认为心灵曾是诗的禁区,而那里,恰恰同样是一个宽广而深邃的海洋。擅长以典雅优美的形象,细腻而委婉地抒写女性隐秘的感情世界的舒婷,她的诗体现人性美,肯定并呼吁人间的友爱、互助与同情。不必讳言,在她的诗中总飘着那么一缕愁丝。她只是不能忘却,但也并未沉沦。她的诗同样关注着人民的运命,她对大地怀有对父母般的挚情。她善于揭示优美而丰富的女性的柔情,但她也有属于自己的坚韧:“即使冰雪封住了　每一条道路　仍有向远方出发的人”,“要是不敢承担欢愉与悲痛　灵魂有什么意义　还叫什么人生”(《赠别》),《赠别》就这样体现了这一代青年的勇敢和坚定。当渤海湾的“暴风过去之后”,她的内心刮起了愤怒的风暴——一个擅长抒写内心情感的诗人,当她把目光投向现实的丑恶,她内心暴出了无可遏制的愤激:

七十二双灼热的视线
没能把太阳
从水平上举起
七十二对钢缆般的臂膀
也没能加固
一小片覆没的陆地

他们像锚一样沉落了

一个普通人的价值正在重新获得历史的肯定和尊重,何况是“七十二”?她为这个数字的轻而易举地湮没而震惊!她反复向读者强调这个不应轻易忘却的数字:“七十二名儿子　使他们父亲的晚年黯淡　七十二名父亲　成为小儿子们遥远的记忆”,从父亲的角度看失去儿子的痛苦,又从儿子的角度看失去父亲的痛苦,总之是无可挽回的悲剧:他们死于愚蠢和专横,而不是死于促进社会的进步。为了人的价值,诗人提出了抗议。暴风过去之后,她望见海岸上翘首以望的人终于垂下了头——

像一个个粗大的问号
矗在港口,写在黄昏

她用这一个个巨大的问号,表达她的疑虑和质问。在这里,作为一个青年、她被意识到了的尊严的使命感所激动,她不能忘却她所生存的社会。

一代人在思考与探索中成熟起来,尽管他们青春的声音并不全是昂扬的,但成为主旋律的,却是久经动乱之后愤而励精图治的带着悲凉之气的豪壮。梁小斌的《雪白的墙》和《中国,我的钥匙丢了》是两首让人在沉思中奋起的诗。不难发现,尽管它们受到了某些外国诗人的启示,但却是诞生于中国历史和土地的诗篇。这是产生于黑暗与光明交叉点上、由诅咒与希望两大主题交织而成的雄浑的诗篇:蒙受苦难与屈辱的、经历过“没有书的童年”而长大的孩子,如今正在醒悟。他们憎恶那些肮脏的、被涂满“很多粗暴的字”的,而且因为那些辱骂而永远失去了爸爸的墙。他们已经懂得雪白的墙是文明的、美丽的、高尚的,从而发誓:

永远地不会在这墙上乱画,
不会的,
像妈妈一样温和的晴空啊,
你听到了吗?

我们听到了这真挚的,让人感动得想哭的呼声。那个愚昧而野蛮的年代,曾经想毁灭我们几代人的理智和良知,它没有办到。中国这一代新人从屈辱中走来,他们将用自己的生命和智慧去保卫每一堵雪白的墙。

梁小斌是一位工人,他喜欢单纯,他能够用非常朴素和平常的形象,表达深刻的哲理。《雪白的墙》和《中国,我的钥匙丢了》写的是一代人从极不寻常的遭遇中总结出来的人生经验,却以孩子的感觉和语言充满稚气地表达出来。他的诗,寓深厚于平淡，赋丰富于单纯，表面的平静覆盖着咆哮澎湃的海。在那疯狂的岁月，中国的孩子们把钥匙丢了。苦难的心灵，不愿再流浪，他们怀念家中那些儿童时代的画片，那夹在书页里的翠绿的三叶草，书橱中的《海涅歌谣》，他要举着这本书去赴女友的约会，可是——

> 这一切
> 这美好的一切都无法办到，
> 中国，我的钥匙丢了。

但希望不曾丢失。他们已经厌倦了那"红色大街疯狂地奔跑"，他们要回到自己那温馨的、亮着灯火的家。他们不能让钥匙永远遗落于草丛为风雨所腐蚀："我要顽强地寻找，希望能把你重新找到"；他们不仅寻找那开启门扉的钥匙，而是对"那一切丢失了的，我都在认真思考"。多么可爱，寻找那丢失了的钥匙以及思考那丢失了一切的一代！我们相信他们将能找到，他们将重新获得一切：他们将勇敢地肩负起历史的闸门，让诗情化为奔涌的潮水，给中国新诗注入新的血液。

丢失了钥匙之前，他们不免狂热；丢失了钥匙之后，他们不免怅惘；当然也有沉沦和颓丧，但毕竟只是少数。而整整一代人已从那历史的噩梦中醒来，他们已挣脱那令人迷惘的梦幻，他们要把重建生活的使命放在自己的双肩。他们要寻找那丢失了的钥匙，并决心以自己的觉醒来维护那些重新粉刷了的墙不再被涂污。

会做梦的凤尾竹*

——读白族诗人张长的诗

苍山洱海是他的家乡，西双版纳是他长期工作的地方，瑞丽是他的生活基地，在美丽、神奇、丰富的云南，三者之中得其一便足令人艳羡，张长却全占有了。他在一首诗中说自己是“一个在澜沧江上游生长，在澜沧江下游工作的白族人”，指的就是这个事实。张长没有辜负生活给予他的这一特殊的宠惠。从处女作《傣寨速写》（署名赵培中）和第一本诗集《澜沧江之歌》起，他便把全部激情献给了美好的滇边风情的抒写。张长说过，“生活中本来就有诗，诗人只是去发现诗”。收在诗集《凤尾竹的梦》中的，正是他二十多年来在美丽的生活中发现的美丽的诗的一部分。

诗人的发现，其实是一般人的不能或不曾发现，因而是一种创造。这种创造只能产生于对生活深有所知并深有所爱的人心中。读张长的诗可以感到，即使是对他十分熟悉的西双版纳（他在那里整整工作了十七年）和瑞丽（他在那里有许多熟悉的村寨和朋友），他也始终处于艰苦的发现之中。

他发现傣族是“世界上最爱笑的民族”，他写了老年人和年青人的笑声，他写：“最是那椰林小径碰到的村姑，瞅着瞅着，突地用头巾把嘴唇蒙住，但欢笑还是溢出了她的酒窝，跑了，留一

---

* 此文初刊于1981年12月22日《文艺报》1981年24期，初收《谢冕文学评论选》。据《文艺报》编入。

串笑声任你追逐……”西双版纳随处都可以遇见这样一幅令人喜悦的场面，这些场面被诗人的一片爱心所捕捉。但他的创造性的发现不限于此，他由今日笑声之多而深入思考“这个民族是不是不知道哭?”当然不是。在过去，这里有无数泪水沤瞎双眼的女奴，她们只是把昔日的泪水贮存起来，化为今日遍地晶莹的朝露。这样的发现凝成了他的崭新的构思:《泪的贮存》。于是，他便从一个本来平常的素材中开掘了深刻的主题。

二十多年中，张长在从西双版纳到瑞丽江畔的富饶的土地上行走，他采集那些繁生于热带沟谷雨林中的奇花异果；他观赏滇边特有的“中国的鸡到缅甸下蛋，缅甸的瓜蔓爬上中国的竹篱”的风光(《国境线》)。他无疑的是一位优美的抒情诗人，而且在他给我们当代诗歌带来的贡献中，完全不可低估他在传达云南边疆自然景色和各族人民风俗画方面的劳绩。在这部诗集中，《僾尼人的婚礼》和《贺新房》两个组诗，应当认为是张长创作中基石性的作品而予以肯定。他应当发挥他的这种为其他地区诗人所不具备的“优势”，多写能够传达边疆自然景色和各民族(包括他所从属的勤劳、美丽而多才多艺的白族)生活特色的诗篇。也许他在某一时期创作思想受到约束，他没有多写像《椰林小夜曲》之一、之二那样充满傣乡情趣的迷人的诗篇。在这点上，我同意晓雪的意见:“这样的风俗诗和爱情诗，他写得太少!”(《张长的诗》)

要作进一步探讨的是，张长对于滇边各民族生活的表现并不是表面的猎奇揽胜，他的特点在于对所表现的对象不乏历史性的思索，而且，他力图表现社会主义的光照给予那些长久蒙受苦难的少数民族以新的生机。在基诺山，他看到了基诺人第一座小学的诞生，他歌颂了第一个学生学会的第一个字:“一”，他想起这个字的形体——

像利箭，射杀了刻木结绳的过去，

像杠杆，撬起另一个世纪。

他由一件普通的事物看到了深邃的意义。他满怀信念地预告，无数的“一”将接踵而来：第一个电器工，第一台涡轮机，第一个艺术家，第一本诗集……在“平凡”的上面，他发现不平凡，这就是张长在诗歌创作中的追求。另一首《镣铐与犁》也写于基诺山。一位基诺少女，从“通巴”里倒出在头人家里刨出的镣铐。诗人从斑斑锈迹的镣铐上面听到的不仅是沉重的叹息，而且听到了新生活召唤的强音——它从获得新生活的基诺族的少女口中喊出：

春天来了，我们要播种，
从东到西，我要翻透社里的土地，
我，要铸一张犁！

张长善于在生活中发现诗意的题材，而且致力于从中揭示出属于当前时代的精神气质——这里，通过一个镣铐铸犁的构想，他让一个基诺少女喊出了不同凡响的宣告新时代诞生的雷电之声。他并不偏爱那些年代久远的习俗，他总力求在各民族传统文化中闪射出新时代的光芒。张长写的是新的诗，他能把传统边疆风俗画糅合着新生活的内容，而且一般说来糅合得自然和融洽。《僾尼人的婚礼》是一曲仿照古老的婚嫁歌而作的新诗。在《进门》一章中，写新娘来到夫家，要接受一套礼俗，包括请老人训诫，换妇人装束等。下面是老人告诫新娘应当遵守妇道：

会做饭的巧媳妇，
一甑饭就像棉花又泡又软，
要是头生、底糊、中间烂，
人家就说你是个懒婆娘。

（咦！笑啥哩！

祖辈的规矩就是这样!)
然后,然后你应该去采茶,
回来时,夜露应打湿衣裳。

然后,……一板正经的老人再说不下去了,
憋住笑的人群已经涨红脸庞,
只要再说一句就将爆出一场大笑,
他只好皱皱眉:"换装!"

他展开给我们看的不仅是僾尼人古朴的习俗,而且让我们在一个有限的场景中看到旧日遗留的秩序正在不可抗拒地被打破,新时代的激流不能不冲击着它:往日认为不可怀疑的神圣,如今正变得令人发笑,这,使得老人不能不为之"皱眉"。这样表现新旧生活的交替以及新生活发展轨迹的诗篇,不仅《僾尼人的婚礼》这一组,《贺新房》、《恩帅三的鼓点》、《伊香》、《沙木拉》等都有这样的特点。在那里,闪耀于古老的风土人情上面的新生活的光芒不是外加的,而体现为生活本身所固有的。

当然,这并不是张长诗作的全部情况,由于特定时期气氛的影响,在他的某些诗篇中,往往为了增强思想性的需要,从而在本来很优美的抒情画面上生硬地添加上政治性的说明。如《夜》《橄榄坝》(后者完全没有写好。橄榄坝是一个非常迷人的地方,张长不应当用生硬的"有意义的联想"冲淡了和改变了它的如情似梦的曼妙!)但是,张长创作的主流不是这些,他是一个对边疆风物怀有恋情的诗人,他珍惜那一切,一般说来,他不会用简单的比附和生硬的"配合"去破坏他所钟情的美。

张长的气质是内向的,他擅长通过新奇的想象,传达他的细腻的情怀。但我并不认为他只会唱那些轻婉的歌,尽管他也并不擅长唱那些粗放的歌。在张长诗中不难找到像大理石那样"坚硬"的形象和声音。就在收到集子中的最早的一首诗《大理石》中，我们听到了这样的声音：

> 敞开脊背，躺下！
> 你应当躺在最底层。
> 这是一个多么光荣而神圣的岗位——
> 背负着共和国的凯旋门。

随后，他还写了更为精彩的《界碑旁》：

> 界碑旁我们纵目左右眺望，
> 天空是这边蓝，太阳是这边亮，
> 做只鸟我也在祖国的树上营巢，
> 哪怕跨一步就是天堂！

这些诗句体现了张长艺术风格的另一面，“坚硬”的一面：一个边疆的儿子向着亲爱的祖国，唱着深情的豪迈的歌。这种豪迈和他一贯的柔情构成了一种复杂的情趣。在他的新作《三色虹》的自序中张长说到：“再艳丽的色彩如果只是一种，也难免觉得单调的。生活需要对比，艺术也需要对比。”对比，造成了上述的丰富，而这种对比，在张长的诗中较他的散文中为多。

历经浩劫的年代，不能不带给张长的诗以新的投影。写《大理石》时，是一九五八年，进了整整二十年，到一九七八年新写的几乎所有的诗，都因痛苦的沉思而变得严峻起来，张长早期创作那种单纯和明朗的气氛在减弱，他在生活的明亮的另一面看到了阴影，他的诗句变得沉重了。在瑞丽，他看到了熟悉而又古老的《牛车》，他没有兴发思古之幽情，他看到了这种滞涩的运输工具与前进的时代的极不谐调，他为瑞丽这既不吉瑞又不美丽的景象而痛苦。也是在瑞丽，他给我们讲《一条马路的故事》：那曾经是平坦的路，年久失修，如今破烂不堪。面对这些，张长式的抒情情调丧失殆尽：“‘路线斗争’讲了又讲，真正的路却没有人铺”！他控诉的是“四人帮”的统治。当他回顾这段丑恶的历史，他感到不可遏制的悲哀;悲哀的岂止是人,甚至在西双版纳密林中的大象,他写了《象的悲哀》——由于"四人帮"支使下的捕象队的大搜捕,大象家族不得不哀嚎着逃离国土。诗人以沉痛的诗句表达了他的愤怒:"'苛政猛于虎'——'四人帮'治下,电线杆如果有脚,它也要逃。"

噩梦般的刚刚消失的灾难,以及对于生活的严峻的思考,给张长的近作带来了某些明显的变化;那种纯粹意义的抒情诗情调减弱了,对生活,他似乎多了点愤怒,而少了点温情。张长的诗正在向着严酷的现实挺进。至于我们,我们当然愿意读到更多美丽的诗,我们当然愿意生活是美丽的。可以庆幸的是,西双版纳的原始森林仍然在亚热带的艳阳下闪着光,瑞丽江仍然缓缓地流过夹岸的凤尾竹丛。在那里,凤尾竹仍然做着美丽的梦。就在写《象的悲哀》——这是一首悲哀的诗——的同时,张长也写《凤尾竹的梦》(两首诗的写作日期仅差一天)。这是一丛充满幻想的、会做绮丽的梦的凤尾竹,它站在月光下,梦见自己原是一条绿色的河,从地下奔涌而出,凝固了,化为田野上的竹丛;它继续梦见这里盖起了高楼,在高楼与花丛之中,它重新化为了一簇簇"凤尾竹似的喷泉",点缀着这里美丽的夜晚。悲哀而不失信念,愤怒而不忘理想,多么让人欣慰:会做梦的凤尾竹!

并非宁静的沉思*

——为《花城》诗增刊作

我们生活在一个有着丰富的诗歌传统的国度。几乎每一个朝代的兴起,总伴随着一个辉煌的诗歌时代的兴起。一个诗的银河系沉落了,另一个诗的银河系在燃烧。在中国,诗歌家族数千年间繁衍不息。历时久远的、无数天才的艺术实践,筑就了一座诗的万里长城,它是丰富的。

因为丰富,迷恋并陶醉于这一传统,并使之成为不再发展的永恒,已近于一种惯性的力量。因为丰富,自满自足而墨守陈规的心理,也会被认为是正常。久之,这种心理,造就了近于凝固的观念。丰富有可能带来贫乏。而一个富足的诗的国度出现的这种贫乏,将给诗歌的发展带来严重的后果。

在中国,诗歌的革命是极为痛苦的。试图迈开的小小的一步,几乎都以几代人的情绪激动为代价。我这样看数千年间古典诗歌的流变;这样看胡适等人当年以"白话怪物"向着顽强的旧诗词的搏斗;也这样看当前的新诗的新探索所已经带来的不安。目前,中国新诗经历长久的挫折和停滞之后,正在失去平静。新的冲击的力量,正力图改变长达十余年的衰落和倒退,可以预期,随之而来的,将是新诗的走向更为广阔的世界,是新诗的前所未有的全面的复兴。

我们当然反对对于传统的虚无主义。我们确认我们正在沿

---

* 此文初刊于1981年《花城增刊·诗》,初收《论诗》。据《花城增刊·诗》编入。

着传统所开辟的河道向前流淌。但我们愿意提醒那些把传统视为古董的人们:传统可以发展我们,传统也可以窒息我们。“如果传统,这种传诸后世的唯一形式,只是追随上一代的方式,盲目或怯懦地抱住上一代的成就不放,那就应该断然抛弃传统。我们已经看到过许多类似的简单的潮流立刻就消失于沙滩中,新奇的东西总比反复出现的好。”(艾略特:《传统与个人才能》)在过去,也许也在目前的某些人那里,情况恰恰相反,对于层出不穷的陈词滥调,对于平庸的构思与灰色的形象,几乎都能容忍,都显示出少有大度而宽宏。但对于被艾略特称之为“新奇的东西”,我们目下称之为“古怪的东西”的,则不然,它使得一些长者甚至也失去了长者的风度。古怪的倒不是那事物的本身,而是对待“古怪”的显得古怪的态度。

我们承认没有昨天就没有今天,但是如果我们抱住的只是昨天而不去发展它,那么,我们就永远生活在昨天。今天是昨天的发展,但今天是要走向明天的。正是因此,谈新诗的“现状”不能不谈新诗的“旧况”。今天的许多优点是从昨天来的。同时,“现状”的许多症结可以从“旧况”中得到说明。展望和反思是如此紧密地联系在一起。

当我们回顾的时候,我们难免怅惘,我们的新诗走着多么曲折的道路,要是没有曲折,我们的成绩将是多么辉煌!这想法当然是天真的。当我们展望的时候,我们会感到新潮在涌起,它冲刷着历史,它有可能超越前人。我们当然要对此作出适当的评价。但当我们惊异于新人的光彩,我们自然地会想起他们的前辈——那些以诗的乳汁哺育这些新人的前辈,我们往往会忽略他们所生活的时代所带给他们的局限,从而作出不符合历史事实的估量,甚或施以责难。这使人们想起雨果的一个非常精彩的意见来:“崇高的东西,都是丰富的。”他认为莎士比亚不在但丁之上,莫里哀也不在阿里斯多芬之上,他们是平等的。人们对他们不好划等级，只能说，他们各自带来了什么，不曾带来什么；只要有崇高这一个条件足够了，那么，他就是永远不可超越的。从这个意义讲，不论后来会出现怎样的诗歌巨星，郭小川和贺敬之总是不可替代的。公刘和李瑛可以是辉煌的，但他们的存在将不会妨碍新人的崛起。属于今天的新人，他们同样有合乎逻辑的原因生存着。我们当然不会以李季和闻捷的成就去贬抑舒婷和北岛；我们也决不可以今天的江河和杨炼去非议业已取得巨大成就的他们的前辈。正如雨果说的："有了新的诗人，一切便又重新开始，但同时却并没有中断。每一个新出现的天才都是深谷。然而，彼此有着连贯，一个深谷连着一个深谷，这便是艺术的奥秘；就像苍天中的奥秘一样；而所有的天才好像星辰一样，通过发散他们的光而彼此交流。"(《莎士比亚论》)

没有中断，所有的深谷都彼此相连。那里流淌着清泉，那便是亘古不息的传统。可以探讨他们从前人那里继承了什么，发展了什么，而没有必要对他们分出高低。都是深谷，那里都充溢着鲜活的生命。《诗品》曾经把"九品论人"的方法应用到诗的批评中来。诗毕竟是诗，作为艺术，它的存在是独立的，不同时代的作品尤难比较。它的诞生是合理的，它的存在也是合理的。如同"大跃进民歌"，我们如今可以批评那段失去理智的历史，但是，它诞生了《红旗歌谣》。我们若恶意地嘲讽它便是轻率。那里保存了时代的虚妄，那里也保存了人民的真诚。它被保存了下来，后世的人们总从这些诗的化石的脉络与裂纹上去认识那已经过去的时代。

如今活着的诗未必完美，甚至也不求完美。有作为艺术活了下来，有作为化石活了下来，化石的作用在于提供人们辨认那已经消逝了的岁月。即使丑恶如同"样板诗"，我们从中可以窥见那时代的丑恶，作为历史上曾经产生的现象，都是可以理解的。只有历史，呈现出倾斜，它从远古的高处流向今天，而后，流向茫茫的洪荒。

交流促进了诗的发展。一个充满自信的时代和民族,对待外来文化总是宽容的,它有极大的包容性。犹如一个健康的人很少挑拣食物一样,他肠胃健全,一切都能消化并被吸收。因此他不畏惧。只有身体衰弱的人,他才表现为对食物的警惕,因为他缺乏自信。虚弱,就表现为褊狭,表现为神经过敏。诗歌的繁荣,总是与社会的开放以及自信力相结合。远的如汉唐,近的如“五四”。“五四”前后的诗的先驱者以及卓有成效的诗人,几乎总与外国诗歌和外国文化有联系,为疗救民族而到海外寻求其理,往往也带来了诗的火种。由于这些普罗米修斯的奋斗,使中西方的诗歌源流在新时代里得到了融汇。后来,我们开始“挑食”、“偏食”,我们按照既定的观念下的既定标准介绍诗人,而我们的标准本来就很褊狭。这样,升于我们诗歌天宇的新星,实属寥寥, 后来,随着我们自己的诗歌的消亡(我指的是在动乱年代曾经产生过的消亡),我们最后断绝了与外国诗歌的联系,过着真正的封闭式的生活。

诗歌没有国界。海涅、雪莱、拜伦的主要诗歌活动都在他们的国门之外,但不妨碍他们成为德国的和英国的民族的骄傲。但尤为重要的,他们毕竟是全人类的骄傲。

为什么允许引进国外的诗歌艺术就是“数典忘祖”呢?这种偏执不是非常的不可理解甚至是非常的可怕吗?要是观念正确,我们不避离经叛道之嫌,信守、并且坚持。要是观念错误,我们也有勇气扬弃它。我们当然希望我们的观念是正确的,而且期待着历史对它的证实。

一九八一年岁暮于北京

星星点燃的石烛[*]

——饶阶巴桑诗集《石烛》序

时光流逝，已是二十多年过去。那时他年轻，也热情，他唱着采撷自雪山之巅的雄奇的歌，跳着藏族美好的舞步："步步向太阳"。也是那时，我读到了这首诗，为他的真诚心音所动，我以"一个舞步，一朵鲜花"八个字，送给了这位当日还无缘结识的来自康藏高原的诗人。世界在这二十年里发生了急剧的变化，人事也如此。但我相信饶阶巴桑不会怀疑自己当年真诚的情感，如同我也不曾怀疑当年他的诗唤起我的真诚的情感一样。

我和饶阶巴桑第一次见面，是在二十年后一个美好的日子。我们的祖国和人民经历长久的灾难之后，重新获得了解放，我们都沐浴在一片崭新的阳光之中。那时，他在北京参加少数民族文学创作会，会议期间，他去八达岭，迈步在连登上月球的人也为之惊服的触天的"石烛"之侧。在被他称作国魂的长城上，他那审视事物的瞳孔，为探索而放大，为思辨而缩小，像一架为捕捉新星不断调节焦距的高倍望远镜，瞭望宛如染了色的星。他也踯躅在古都"迷过路的路上"，在不复存在的圆明园的宫阙外，向不复是海的海淀如痴人般地索要"浮力"，召唤百舸远发，驶往向科学进军的主航道。我多么感激他，他的笔甚至写到了我所居住的海淀。他以诗人的锐敏看到了正在复苏的文化与科学，

---

* 此文为《石烛》序，饶阶巴桑著，云南人民出版社 1982 年 10 月出版，初收《谢冕文学评论选》，题《星星点燃的石烛——评藏族诗人饶阶巴桑的诗》。据《石烛》编入。

他发现这里是一片有着“奇异的浮力”的“智慧的海”——“为了不在陆地上也发生沉船的悲剧,科学,正在创造黄金的海岸”。

不论是我,不论是饶阶巴桑,我们都在这二十年中失去了黄金般的年华。但我发现诗人的青春常在。尽管他在“自毁的蜡炬”的怪影下不无乖蹇,但是,仿佛艰难的岁月并没有投给他的心灵以暗影,未失对母亲——祖国的拳拳之心。他仍像二十年前那样,向着祖国和人民,写着热情与希望的诗篇。在边疆的野生芭蕉林中,他看见绿色的叶片上燃烧着烈火和热血,风声起处,发出了钢铁的音响。在鞍山,他呼喊:“让我代表南方,集中一万个夏天”,“让我代表北方,集中一万座火山”,投入炼钢炉“向一秒钟要钢”。站在纺织厂飞旋的纱锭前面,他情不自禁,想到的是奋斗和前进:“把热能、机械能一齐用于奋进,把拉力、推动力完全付之革命。”他依然用诗句表达着战士对祖国的忠诚。不过,他用的是更为成熟更为精致的个性化的语言:“我热爱自己的国境线,山株、野枝、彩石、斑蛋——几分钟之内清点一次,少一样就意味着决战。”(《判断》)为了表达士兵的忠于职守和他的不可侵犯的威严,在这里,“清点”和“决战”都是无可替代的独特用语。他总是把对祖国的爱表达得非常的真挚和精致,在《不对称的爱情》中,他用感激祖国首都对一位边疆战士的厚爱,反转来写士兵对祖国的赤诚:

> 你配给我的是圆的月,宽的海,甜的爱,
> 我配给你的只是一个野草搭的哨所,
> 和一个彩色的陨石垒的瞭望台。

他巧妙地用“不对称”来表达真正的对称:这简陋的哨所和瞭望台表达的正是戍边战士对于祖国的不加雕饰的深情至爱。

生活在变,诗不可能不变。较之往日,饶阶巴桑抒写的情怀显得深沉成熟了。那种“一个舞步,一朵鲜花”式的透明的单纯

感正在失去。他的诗,转向耐人咀嚼的蕴藉精微。他不满足于表面化的即事言情,而全力寻找对象间的内在联系的综合的揭示。例如,在北京,他看到了突出地面的万里长城与潜入地层的华北油田。在这历史性的升降沉浮的变革中,他对人所共知的现象通过诗人的思辨进行奇妙的组合,他把自然的奇迹升华而为精神的奇迹:

在京都之南,山,悄然逃遁了,
从地上撤出它立足悠久的阵地;
在京都之北,山,突然长高了,
向空间伸出布阵万里的蜿蜒崇级。

一方在地下开辟了古潜山的奇观,
一方在地上创造了古长城的奇迹,
二者都急不可耐地向北京提供着——
创造人间奇迹的伟大启示与魄力。
——《在奇迹之间》

这样,他创造出了新奇的诗篇。

饶阶巴桑的确已经告别"步步向太阳"那样近于明快清丽的风格,而转向雄浑奇崛。不论他写什么,他总竭力通过对象,揭示作为守卫边疆士兵的精神气质 。在完成这一使命的过程中,他不浮泛,他有缜密的诗思,他总是通过表层去揭示内核。如《影子的灵魂》,写的是长城,但不是徒作外在的描摹,他避开众人的熟路,大胆地透过表象去写长城之影,长城之魂:"长城的影子从万丈高空向我扑来!影子触地有声,影子伟岸有魂!"这是八行诗中的两行起句,开始便突兀不凡。他把空幻的影子写成了巨大无比的实物,它气势惊人,触地有声。但他写古老长城的目的在于写今天的长城:"我要仿效你投在茫茫大地上的影子,每日，向边疆的山林投下士兵的身影。”他珍重士兵的荣誉，不惜以长城之宏伟、坚毅、凝重相激励。

饶阶巴桑的诗有自己稳定的艺术追求。他能把把握对象的细微处和表现对象的雄浑结合起来。在他具体的描写中，他往往溢出秀美的细腻，如“清早，吐鲁番的葡萄在东边成熟；黄昏，吐鲁番的葡萄在西边变甜。黄昏和清早，太阳总是躲在骆驼背后，总是这样从驼峰之间张望吐鲁番”（《吐鲁番之恋》）。但他又总是造出某种雄浑的总体而显示它的强大之力。他不求以对事物的描摹如实而获得赞赏。他甚至有意地把诗的实境写得超脱和虚幻：

> 一声狮啸像雷击万面鼙鼓，
> 通知黎明已来到雪山之巅，
> 于是有鸟在老林枝头打鸣，
> 于是有人在夜的深处呐喊。
>
> ——《狮啸》

引发这些充满诡奇形象之诗句的，其实只是深夜时哨兵发射信号弹的普通事实。但他把一件平常的事，写得很不平常。充满奇特想象的《牛皮船》，也是这类诗的典型。他回避直接的陈述。他的诗似乎有意地追求曲折，要人揣摩，例如他说：“饮马的淡水湖只有寒星浮游，牧女的手镯和爱情埋在湖边”，别人就不一定这样写。

这些诗可以代表饶阶巴桑渐趋于稳定的风格。我不知道是否有人会据此责备饶阶巴桑的诗“不好懂”。巴桑力图和实际保持距离，不照直地描写，鄙弃机械地图解时事。但艺术上的距离并不等于生活上的脱节。他从来不曾放弃过诗人对生活的使命，他只是在论述时事时不作人云亦云的表述，而追求自己的方式。例如《日出》讲“一九七六年金色的十月之晨，撞醒了久病的时钟”,“久病的时钟”说明时间的停摆,一个形象,概括了一个倒退的时代;用“撞醒”而不用“拨动”之类的动词,说明这是一次突击性的启动,概括了那一特定事件的性质,及其给予历史的爆发式的影响。

历史的曲折,造成人民的成熟,也促成诗歌的成熟。《石烛》是一本创作结集,水平自有参差,但饶阶巴桑的创作显然也在走向成熟。对于不正常岁月里的丑恶和忧患所产生的愤激之情,使饶阶巴桑的诗充满深沉的哲理的思索。对那个时代的失去理智,他不乏深刻的反顾和谴责。他的诗思具有分辨隐秘的光效应的敏感。在历史深处发现照耀过几千年来路的“石烛”,在失误的对垒中看见蒙昧与野蛮煽起的“蓝得像狼的眼睛”的“烈火”。他问天:“穷则思变要多少万年”?他指地:“一穷二白永远感到荣耀”?他为时代的马达打着“冰冷的火花塞”而痛苦。他为安于“一圈庐壳”而羞耻。与饶阶巴桑相处之后,我发现他是一位雍容文静的人,但他面对这些,却是不可遏制地愤怒。然而他毕竟是一位对未来有理想的诗人,他不是在已经成为过去的巨轮运行的滞碍面前彷徨不前,而是欣慰于规律所奉献的自由,拥抱浑厚、透明,而且潜藏着无尽能源的古潜山。他用一个藏族的儿子饱含热泪的歌声,表达了中国各族人民对党的信赖。

理性的发条已经拧紧,
重新朝正转方向通过。
——《失踪的山》

他这样宣告着,也这样再度开始了自己的艺术青春。他唱着深沉、思索同时是有力的歌。他用自己心中的理想与希望的火光去涂染那些分布在哨所周围,险峡丛中的星辰。在他的笔下,星星闪烁着异样的色彩,它们让人想起丰富的,同时又是变幻莫测的生活力。我们的生活在不久之前曾经是灰色的,但如今充满了生命力。这一股生活的激流，犹如他笔下的《瀑布》，瀑布义无反顾地跳下悬崖，有人以为人间从此没有水了，它一定跌得粉碎，然而不是，——

瀑布落地就大声怒吼，
咬碎一路坚砂顽石兴波东赴。
有人惊喜从此人间有希望了，
——借它的性格去寻找道路。

他到处看到这一股无可阻挡的“瀑布”：“转炉运行，锻件飞旋，天车横越，钢锭把夜的阴影撞倒在迷茫的深渊”（《夜景》）。这是他在一个工厂看到的夜景。他把平常的生活写得充满了激越之情，这就是他所“染”就的无数星辰中的一颗，也是他所点燃的万山之上的“石烛”中的一支。这种激越不是我们过去习见的那种虚假的豪言。如钻石之被重新发现一样，人们发现了千万年被掩埋地层下的“失踪的山”，这些山峦一旦接受了世界的叩问，它们从灾难的血泊中一边跃起，一边发出痛切的呼喊：

让每一个人骄傲地说：
　　我是醒来的民族！
听古潜山愤怒地喊：
　　我是醒来的中国！
　　——《失踪的山》

要是我们的诗歌能够加入“醒来的中国”的愤怒的呐喊，那么光凭这一点，人们就有理由感激诗人。

一九八一年冬雪飘飞的季节于北京大学

北京书简

此书由人民文学出版社1981年2月出版，为新文学论丛丛书之一种。据此编入。

诗与人民

一九七六年萌起于天安门广场的伟大诗歌运动，告诉我们一个真理：诗属于人民。我愿意在这个庄严的命题下，开始我关于诗的书简。周总理逝世，人民自发地聚集天安门广场，借诗以为武器，寄托对人民的好总理的哀思，公开声讨“四人帮”的罪恶，其意义远远超出了诗的范畴。但它的确向我们证实，诗是与人民的悲哀和愤怒、斗争和胜利、祖国的前途、党的事业血肉不可分地联系在一起的。许多年青同志告诉我：当初他们喜欢诗，就像喜欢挂满露珠的花瓣。只是在丙辰清明那个雨泪纷纷的时节，他们才认识了诗的真谛。诗从本质上说，是血火与雷电。在他们的心目中：诗歌不再是美酒和鲜花，诗歌变成了战斗的旗帜和利剑。他们这样称赞天安门广场上的诗篇：“每一个字都经过血的铸炼，每一个字都燃烧着愤怒的火焰；不要说这只是墨写的诗句，敌人早被它吓得心惊胆战！它让坚强的流下眼泪，它让怯弱的变得勇敢，它让陌路人结成战斗的行列，它让沉默的人们高声呐喊……”许多同志正是在诗的战斗呐喊声中投身于那场保卫周总理、揭露“四人帮”的生死搏斗中去的。

在那严寒的一九七六年早春，天安门的凝云好似坚冰，人民的心头因敬爱的周总理的逝世以及“四人帮”的肆虐而冻结了。这时，巍峨的英雄纪念碑上出现了四个热烈的火团：

红心已结胜利果，
碧血再开革命花。
倘若魔怪喷毒火，

自有擒妖打鬼人。

只有亲身感受到那火团灼人的光焰的人才会理解：战斗的诗歌能够以怎样的神奇的力量驱走人们心头的悲哀，给人以一腔热血而投入斗争的海洋的。

在伟大的人民示威的日日夜夜，我耳边响起这样的诗句：

亲爱的战友，
抬起你那不屈的头；
不要说前面是浩瀚的沙漠，
要知道在浩瀚的沙漠里也有绿洲，
通往那里的路只有一条，
除了战斗，还是战斗！

我知道这是人民的召唤。人民用他的诗点燃了我们心头的战斗热情。这种感受，如同郭沫若的《女神》卷起的五四的狂飙，如同艾青的《火把》点燃的中国暗夜的光明，如同田间的《给战斗者》吹响的民族抗战的号角，如同贺敬之在"放声歌唱"、郭小川在呼唤"向困难进军"。这是激励人民热爱生活创造生活的诗，这是属于人民的诗。人民的和代表人民的诗歌，是不可战胜的、不朽的诗歌。

尽管剥削阶级可以是某一社会形态的统治阶级，尽管当它统治一切时也统治着诗。但从根本上讲，诗属于人民。如同一切物质文明是人民的劳动所创造的一样，在其基础上产生的诗，也是人民创造的。人民是诗的主人。"有一件事是很明显的，无论不从事生产的社会上层发生什么变化，没有一个生产者阶级，社会就不能生存。"[①]要是没有人民用血汗创造出来的光明，我

---

① 恩格斯：《必要的和多余的社会阶级》，《马克思恩格斯全集》第十九卷，第315页。

们的世界将是永恒的黑暗。诗同样也就不存在。“无产阶级在实际上表明,它而且只有它才是现代文明的支柱,它的劳动创造的财富和豪华,它的劳动是我们整个‘文化’的基石。”[1]

当文字还不曾产生时,人民就用口头创作并流传着自己的诗歌。这些诗歌,直接产生于他们的生产活动中。随着生产的节奏而发生协调这种节奏并鼓舞生产情绪的声音——这是无字的歌;而后,加进了实际的内容——这就是最初的诗。

我国古代有一首《弹歌》:“断竹,续竹,飞土,逐肉。”[2]从这首原始的猎歌中可以看到:诗怎样萌起于劳动,并且怎样反映了劳动的具体过程和内容。我们也从“昔葛天氏之乐,三人操牛尾,投足以歌八阕”[3]的记载中,看到了在古代,诗、歌、舞怎样从生产劳动这一母体中孕育并形成了三位一体的结合形式,诗正是由这一结合形式中独立出来的。离开了人民的生产劳动,就没有诗。

最初的诗歌,是人民创造的。世界诗史上最壮丽的诗篇——《伊利亚特》和《奥德赛》,是劳动人民通过口头流传、经过十多个世纪的集体创作才最后形成的。这两部同样是最为宏伟的诗,都在万行以上。我国最早的诗歌总集《诗经》,与荷马史诗大约同时形成。其中最大量、最有光彩的诗,是民歌。这些人民的歌声,不仅歌唱劳动和爱情,而且也歌唱他们的憎恨和愤怒。如《伐檀》,尖锐地揭露了剥削阶级的不劳而食;如《硕鼠》,通过贪婪的大老鼠的丑恶形象而勇敢地发出对统治者残酷剥削的控诉,都表现了奴隶对于剥削的最早的觉醒。

“人民不仅是创造一切物质价值的力量,人民也是精神价值

---

① 列宁:《革命的目的》,《列宁全集》第八卷,第 96 页。

② 《弹歌》,见《吴越春秋》。

③ 见《吕氏春秋·古乐篇》。

所从出的唯一永不枯竭的源泉，无论就时间、就美和创作天才来说，人民总是第一名的哲学家和诗人：他们创作了一切伟大的诗歌、大地上一切悲剧和悲剧中最宏伟的悲剧——世界文化史”。[①] 高尔基用上述的话，高度评价了人民在创造精神价值方面的不朽业绩。

剥削阶级从人民那里掠走诗歌，犹如他们掠走其他劳动产品一样。而后，他们开始培植他们自己的诗人，这就产生了中外都有的“宫廷诗人”一类的诗人。而后，他们在人民创造的基础上，“创造”他们的诗歌。剥削阶级对于文化史的贡献，固然应予以科学的历史的评价，但是，其本质特征是对于美的掠夺与摧残。以诗而言，鲁迅论过：“歌、诗、词、曲，我以为原是民间物，文人取为己有，越做越难懂，弄得变成僵石，他们就又去取一样，又来慢慢的绞死它。”[②]开始是掠取，而后是垄断。

人类文明的发展，使诗歌摆脱了原始的状态，而由主要是口头流传走向了主要是诗人的创作。于是出现了人民的诗人，以及能够站在人民立场同情人民、为人民歌唱的统治阶级中的进步诗人。这就构成了阶级社会中的进步诗歌——人民的诗歌。人民的智慧在诗人手中得到集中和发扬，一代又一代辉煌的诗人就是这样创造出来的。正是在这样的意义上，我们才认为，各个社会形态中的统治阶级，同样地为着人类的诗歌与文化的发展起着不可磨灭的历史贡献。但就其实质而言，人民是最坚固，最广大，最有创造力的诗的主人。

这种诗歌在思想内容上的基本特点是它的斗争性。这是战斗的诗。“男女有所怨恨，相从而歌。饥者歌其食，劳者歌其

---

① 高尔基：《个性的毁灭》。

② 《致姚克信》，《鲁迅全集》第十卷，第174—175页。

事。”[①]被压迫，因而劳苦；受剥削，因而饥饿；他们因为有“怨恨”，于是才“相从而歌”’。你听听劳动人民是怎样歌唱他们的“食”的：

> 高山即使变成酥油，
> 也是老爷们享受；
> 大河就是流着奶子，
> 我们也喝不上一口。
>
> ——《西藏民歌》

你再听听劳动人民是怎样歌唱他们的“穿”的：

> 没衣穿，
> 穿件衣服烂半边；
> 一条裤子七斤重，
> 六月日头晒五天。
>
> ——《广西民歌》

人民不仅有对于恶劣命运的控诉，而且也表达着他们的愿望与理想。在漫漫长夜里，他们的愿望甚至显得卑微。但这种卑微的愿望却是一声声凄惨的呻吟。一个童养媳，她的理想是能够安稳地睡一觉。她这样悲惨地唱着她的《瞌睡沉》：“瞌睡沉，瞌睡沉，瞌睡来了压死人。但愿公婆早早死，让我小媳妇一觉睡到大天明。”一个长工，他的理想是“生病”，他这样悲惨地唱着他的《长工拜拜天》：“拜拜天，拜拜地，拜拜天地你得知：天阴了，你别晴；天黑了，你别明；大小给点病，千万别送命。”我们只能含着泪，带着苦笑读完这种没有理想的“理想”之歌。

这是重压之下唱出的悲歌。因为是生长在无情的岩石夹缝之中，因而显得弯曲；它的生命力，正表现在这种恶劣的环境下

---

① 何休：《公羊传》宣公十五年注。

而还能弯曲地生长。人民的诗歌,囿于种种条件,受到了压抑,但它的主流是健康的,而且永远是那么健康地浩荡地奔流着。

云南有一首情歌,歌唱真挚而无畏的爱情:“铁打链子九尺九,哥拴脖子妹拴手,哪怕官家王法大,出了衙门手牵手。”这里的爱情,已经没有了那种习见的含情脉脉的意味,它有着烧红了的铁块那样烤人的灼热。这是一种勇敢的反抗的声音。这种声音,到了中国共产党领导的革命时代,就发展成下面这样的新时代的情歌:“要脑袋,你就取,姑娘怎能对你把头低?山前山后去打听,谁不知姑娘是红军妻?”(陕西)这当然也可认为是情歌。但爱情已经退到了次要的地位:为了红军妻子的荣誉,她可以牺牲生命,当然还有她引以为自豪的爱情。无产阶级领导的革命运动,给了诗歌以崭新的生命,要是说,过去的民歌是充满了坚强的反抗精神的话,那么,到了共产党领导的革命时代,这种反抗就有了明确的意识,坚定的目标了。人民不怕死:“悬崖松柏不怕风,革命不怕弹穿胸。杀头犹如风吹帽,坐牢好比虎养神。”(湖南土家族民歌)他们知道为什么活、为什么死:“松柴烤火十里香,穷人骨头坚如钢;死了要埋井冈山,活着就跟共产党。”(江西)这里,永远闪耀着共产主义世界观的光辉。

中国的封建社会长达数千年。数千年间,出现了光辉灿烂的封建文化。封建时代的诗歌创造了我国古典诗歌的高峰。我们说,这个高峰的形成归根结底是人民的功绩。人民创造了封建社会的物质文明,人民也在思想和艺术上哺育了封建时代那些诗的星群。尽管这些星群的绝大部分属于封建阶级的知识分子,然而,他们能够放光发热,无一不是从人民的燧石上取得火种的。

对于过去时代的诗歌,我们应当遵从如下的准则,即首先检查它对人民的态度、以及它在历史上有无进步意义,而对之采取不同的态度。正是因此,我们认为这些闪光的星群是属于人民的。我们怀着感激的心情，诵读一千多年前一位封建阶级诗人写的那首二十个字组成的《悯农》："春种一粒粟，秋成万颗籽，四海无闲田，农夫犹饿死。"作者李绅，他当然不可能了解他之所悯的实质，但是，由于他同情人民的遭遇，他所揭示的却是生活的真实。"可怜身上衣正单，心忧炭贱愿天寒"（《卖炭翁》），白居易对现实的概括是独特的，正因为独特，是以具有普遍性——在寒风中瑟缩的人们，"欢迎"寒风；裹着重裘，拥着火炉的人们，"厌恶"寒风。诗人和人民的心相通了，他的诗就有了生命。当他到达这种精神境界，他甚至可以发出愤怒的呐喊。还是这个白居易，他甚至厉声斥责那些不顾人民死活的官员："宣州太守知不知？一丈毯，千两丝，地不知寒人要暖，少夺人衣作地衣。"（《红绒毯》）这种现象，几乎是普遍的，人民不仅给诗人以情，而且给诗人以胆。杜荀鹤甚至敢于怒骂那些鱼肉人民的"父母官"，尽管他和他们同属于一个阶级："去岁曾经此县城，县民无口不冤声；今来县宰加朱绂，便是生灵血染成。"（《再经胡城县》）

"不知何处吹芦管，一夜征人尽望乡。"[①]一支封建时代的芦笛，尚可使军心一夜间离散，可见诗的威力。我曾想，要是换上一支无产阶级的汽笛以及凌空而起的号角，那么，诗歌感奋人、召唤人的作用，又该作何估量！

我有一种矛盾的心理：诗应当是美的，我们需要华美的诗；但是，我们又对那些繁采寡情的诗，特别是那些缺少时代气质的、不能发出粗犷的呐喊的诗产生恶感。每当读到这类被打磨得太玲珑剔透、太光滑、太精美的诗时，便自然地想起闻一多先生关于我们需要时代的鼓手、而琴师乃是第二步需要的号召。裴多菲说过：

---

① 李益：《夜上受降城闻笛》。

谁也不能再轻飘飘地
弹奏着他的和谐的歌！
谁要是拿起了琴来，
谁就担任了极重大的工作，
假如心头只能歌唱着
自己的悲哀和自己的欢笑，
那么，世界并不需要你，
不如把你的琴一起摔掉。

——《致十九世纪的诗人》

这位诗人睿智的声音应当引起我们的警觉。要知道，人民认为他们的歌声是不可剥夺的。他们因自己的自由的歌声而自豪。一首彝族民歌这样歌唱："遍山羊群是奴隶主的，软软牧鞭是奴隶主的，牧羊姑娘是奴隶主的，牧场唱起了悲歌，唯有歌声才是自己的。"要记住，人民为了争得歌唱的权利是付出了代价的。这种斗争换来的歌声，将会启示我们以不屈不挠的精神，献给人民以一支一支的战斗的号角。

生活(一)

你这样歌唱西双版纳：

> 如果小鸟不慎遗落一粒种籽，
> 这里的土地会慷慨地还它一串谷穗；
> 甚至，你要是高兴在这里插下手杖，
> 来年，收获的将是蝉鸣声声，绿荫一席……

因为我到过西双版纳肥沃得冒油的土地，所以，我相信这诗句是从活生生的生活之树长出来的沉甸甸的果实。

谈论艺术与生活的关系，最易产生混乱的莫过于诗。在所有的文艺作品中，没有如诗幻想得这么厉害的，也没有如诗这样鼓励不要把生活表现得太“实”、而要把生活表现得“虚”些的。也就是说，在所有的文艺作品中，没有哪一类作品在表面上比诗更“远离”生活的。然而，可以断定的是，不论哪一首诗，它的归宿地都是生活。离开了人们的社会生活，任何的诗都不会存在。尽管它开着奇花，结着异果，尽管它的绿色的叶片向着幻想的天空神秘地张开，诗，毕竟是一棵树，一棵长在大地上的真实的、有生命的树。

只要你承认诗是精神的一种产物，你就应该用马克思的如下一句话来阐明诗的根本属性：“观念的东西不外是移入人的头脑并在人的头脑中改造过的物质的东西而已。”[①]异常复杂的人

---

① 马克思：《〈资本论〉第一卷第二版跋》，《马克思恩格斯选集》第二卷，第217页。

类历史的发展规律，可以用一种最简单的概括加以阐明，这就是恩格斯认为马克思一生中极其伟大的发现之一，即：人们首先必须吃、喝、住、穿，然后才能从事政治、科学、艺术、宗教等等。诗的产生，也要这样来解释。我国古代有一部书，叫《古诗源》。可惜，《古诗源》并没有寻到诗源。诗的真源，在人民改造社会、改造自然的斗争中。

在一次座谈会上，我听到前辈诗人冰心惊叹她亲自听到的河南某地两句诗谚的精美："小麦盖上三层被，明年枕着馒头睡"。的确，这里充满了生气蓬勃的夸张的形象。它是诗，而且全然是萌发于香喷喷的生活的土壤中的诗。

因为诗同样产生于生活，因此，诗同样有资格反过来证明生活曾经是、以及现在是什么样子的。有趣的是，马克思和恩格斯都不约而同地用荷马史诗《伊利亚特》来论证他们对于历史的观点。恩格斯认为《伊利亚特》中关于完善的铁器、风箱、手捣臼、陶土辘轳，以及具有齿形城墙和城堡的城市的描述，证明希腊人当时已从野蛮时代进入了文明时期。马克思则引用下述诗句——

> 从那时起，长发的希腊人开始买葡萄酒：
> 有些是偿付青铜，有些是偿付发亮的铁，
> 有些是偿付牛皮，有些是偿付牛，
> 有些是偿付奴隶。

从中看到还没有钱币，交易还是以物易物的社会发展阶段。

正是由于诗这种反映生活又证明生活的性质，时隔二千余年，我们仍能从"女曰鸡鸣，士曰昧旦。子兴视夜：明星有烂，将翱将翔，弋凫与雁"（《诗经·女曰鸡鸣》）中感受到古代劳动人民的音容和他们的生活情趣。我们仍能从"采采芣苢，薄言采之，采采芣苢，薄言有之"（《诗经·芣苢》）中听到远古劳动的有节奏

的歌唱。“庭前八月梨枣熟，一日上树能千回”，杜甫用这样的诗句，使少年时代的真实生活画面永存；“六月禾未秀，官家已修仓”，聂夷中用这样的诗句，使我们长记封建社会残酷盘剥的黑暗。

诗美，就是人们创造生活的美；诗味，就是泥土味，机油味，火药味……要是说，一切的生活、劳动、斗争，这就是诗，从根本上看，是完全对的。但要是因而认为，写诗便是如此这般：有什么样的生活，就必然会有什么样的诗，却把问题看得太简单了。

当你在生活中，无疑你是置身在诗的唯一源泉中。但是，你仍要付出辛勤的汗水，才能为诗开源。一切劳动着的人，并不都是诗人；一切懂得劳动的人，并不一定懂得写诗。

有一个黄声笑，他旧社会在码头卖苦力，解放了当新码头工。因为他是个“老码头”，方知写码头之不易。有次劳动，他听到码头工人的一句豪言：“搭肩一抖货满仓”！他把这吸收到诗中来：“三峡巨人斗志昂，搭肩一抖货满仓。”于是词穷，写不下去。事过三日，他们装完货，汽笛长鸣，轮船要开了。汽笛启示了第三句诗的诞生：“胀得万只轮船叫”。待第四句写成，已是过了数日。那天工余休息，见一轮吐烟排浪向三峡迎面而来。黄声笑高兴地说，那第四句诗“忽然从浪头上跳了出来！”这就是：“头顶白云跑川江”。

三峡码头的汗水，铸就生活劳动的诗句。歌德说：“依靠体验，对我就是一切；臆想捏造不是我的事情！我始终认为，现实比我的天才更富于天才！”[①]那个时代的那么有才华的诗人，能说出这样的话，令人钦佩。

那些生恐浪花溅湿了羽毛的，恐怕永远只能写掠着水面飞的诗句。山阴道上，繁花满眼，浅薄而不深入的诗人，恐怕也只

---

① 转引自《马克思主义美学原理》，第 442 页。

能摘取几朵小花、几片零叶。没有深厚的生活,就没有深厚的诗,它们之间成正比。

当然,诗与生活的关系,并不如此直接和单纯。文艺若是镜子,则诗这面镜子是特别的:它往往让事物在镜中变形。首先,它往往不重事理,而重情怀。诗的职责在抒情,情生于物事,这是从根本上看,但诗往往隐物而显情。抒情仍然是生活的物质的反映,任何的情怀,喜怒哀乐,都不是无缘故的,追到根上,还是取决于社会的物质生活。还有,诗重幻想。它往往把生活写虚了。然而,没有实就没有虚。就是最虚的诗,也有最实的培育它的土壤。"空山不见人,但闻人语响",这是一首多么空灵的诗!然而,不见人,却有人语声,毕竟还是人在活动的反映。"松下问童子,言师采药去。只在此山中,云深不知处。"(贾岛:《寻隐者不遇》)这也是一首颇为空灵的诗。然而这空灵,依然有着产生空灵情调的客观依据。不是无缘无故,而是有缘有故。

此外,诗表现生活,很夸张。但夸张只是夸张生活的手段,实质却是生活。没有生活根据的夸大,是胡言乱语,并不是真实。而像这一首民歌唱的:"坡上翻地忙又忙,坡下打井闹嚷嚷,寒风吹来腊月雪,疑是春暖梨花扬。""腊月雪",变成了"梨花扬",不仅是雪花与梨花都是白色,纷纷扬扬的雪花恰如梨花迎风而舞。而且,尤为真实的是,它反映了人们心中没有冬天、心头充溢着融融春意的心境。像"大雪纷纷下,柴米都涨价,板凳当柴烧,吓得床儿怕"这首旧中国的民歌,是含泪的笑,人们并不觉得它失真,而是觉得,它比实际生活还要强烈。

正是因此,我才认为,你写:在西双版纳土地上,一根车杠可以长出一挂大车,那也是真实。尽管,事实上它长不出大车来,但是,那片肥沃的土地,却可以生长出亚热带令人迷幻的奇花异果。记得拜伦说过:"哪怕是最缥缈的空中楼阁,必须有事实来做基础,至于纯粹杜撰,那只是骗子的伎俩而已。”[1]

尽管诗海浩淼,激浪排空,但溯本求源,涓滴均有来历。“问渠哪得清如许?为有源头活水来”,这就是结论。

① 拜伦:《书简与日记》第四卷,转引自《文学评论》,1962年第一期。

生活(二)

诗在哪里？诗在火热的斗争中：诗在尘土飞扬的井场，诗在马达隆隆的车间，诗在渠水长流的田野，诗在军号嘹亮的边卡，诗在指示灯闪烁的电子计算机旁。

正是因此，斯大林才劝诗人杰米扬·别德内依“到巴库去玩一趟”：“如果你还没有看见过林立的石油井架，那么你就是什么也没有看到过。”[1]象牙塔里的诗人，也许也能做诗，但是只能做象牙塔里的诗。不见长江大河，便没有长江大河的诗情。“星垂平野阔，月涌大江流”(杜甫：《旅夜书怀》)，这气势多么豪雄，要没有实际的“旅夜”的感受，想得出来这等气势？岑参把边塞生活写得那么生动传神，在于他曾经生活在边塞；杜甫把离乱生涯写得那么真切感人，在于他有过离乱的生涯。李贺是个破落世家的公子，而且他的诗距现实生活远而富有幻想性。但他也离不开生活。传说他每日骑驴外出，遇有所感，书投囊中，归而整理为诗。这就是他的“深入”生活，当然，是他的贫乏生活中的无可奈何的出路。

毛泽东同志发表词六首时说，那些作品，都是“马背上哼成的”。的确，“当年鏖战急，弹洞前村壁”的真切；“齐声唤，前头捉了张辉瓒”的欢跃；“长空雁叫霜晨月”的悲凉；“风卷红旗过大关”的豪放，无不是产生在马背倥偬的战斗生活之中的。让我们到创造革命和建设胜利业绩的硝烟中，烽火里，马背上去探诗源！

---

① 斯大林：《给杰米扬·别德内依同志的信》，《斯大林全集》第六卷，第237、240页。

上述道理，对于不曾深入生活、或对此缺乏重视的人是重要的；但对于已在生活中、因写不出诗而苦恼的人，却远未解决问题。他们不是缺少生活，他们苦于不能表现。“不识庐山真面目，只缘身在此山中。”身在此山，还要会看山。许浑《早秋》有句：“高树晓还密，远山晴更多。”是树突然密了？山突然多了？当然不是。但是，早秋，清晨，雾气弥漫，树木葱郁，好似比平时更觉浓密；雨霁，天宇晴明，远山的轮廓在秋天明净的阳光下，更清晰了，平时望不见的，这时显了出来，因而，是“晴更多”。谁不曾晨起看树、雨后望山？然而，并不是人人都能发现这“密”、这“多”的。

你在生活中，当你还不是有心人时，是发现不了这生活的诗意的。因而，观察、体验、研究、分析，对于写诗的人，和所有从事文艺工作的人一样，都是极为重要的“八字诀”。

应该做一个勤于耕耘的人，而不要做生活的懒汉。遗憾的是，我们还有一些作者不忙于观察、体验，而忙于“伏案疾书”。这是舍本逐末。他虽置身生活中，却对生活的特点一无所知。手头恰好有一首写邮递员的诗：“身背邮包望北京，任重道远寄豪情。党的教导记心里，做颗革命螺丝钉。”他正在写邮递员，却又不在写邮递员；可以说，他在写一切。全诗只需改动二字，则无论套在哪里均可。不用“邮包”，用“药包”，可以；用“书包”，可以；用“背篓”，也可以。它的毛病在于没有扎实的观察体验，他并没有发现它的抒写对象的特点。写诗的第一步：写什么，总得像什么，关键在于把握事物的特性。“长安街上洪流浩荡，天安门前风雷震响”，充斥我们诗中的是太多诸如此类的“浩荡”、“震响”！我真怀疑这诗的作者是否真的到了长安街上、天安门前！可以断定，即使不到，也可以写出许许多多诸如此类的“浩荡”、“震响”！不要给诗贴标签，要让诗表现生活的个性化的真实容颜！

有些作者太热衷于“天寒地冻何所惧”一类的陈词滥调。他们离不开这类“何所惧”:“千难万险何所惧”,“刀山火海何所惧”,“天大困难何所惧”……想想有成就的诗人是怎么写“天寒地冻”的?是“水寒伤马骨”(陈琳:《饮马长城窟》);是“大雪满弓刀”(卢纶:《塞下曲》);是“纷纷暮雪下辕门,风掣红旗冻不翻”(岑参:《白雪歌送武判官归京》)。不是只有古人才能做到这点,今人同样能够做到。贺敬之歌颂党,他不是一般化的说“伟大”,他借节日里挥汗如雨地工作在脚手架上的建设工的形象来唱颂歌,这颂歌就不平常;李瑛哀悼周总理的逝世,他不是一般的说“高山肃立,江河呜咽”,他只是说:“我不相信,一九七六年的日历,会埋着这样苍白的日子”。他的一月哀思,便显得惊心动魄。

读过无数唱丰收的诗作,如“弯弯镰刀银光闪,战士挥镰麦田间”。不知何为战士?是公社社员如战士,还是真正的人民解放军战士,看不出来。这个正在收割的麦田,也全然没有特点。不辨南方、北方,难分平原、山冈。有一个年轻作者也写丰收,他写的是青年创业队“有史以来的第一次的播种,有史以来的第一次丰收”。那生活是他经历过的,他的“收秋”之声充满了那生活的特色:

> 枫橡树抖动浑身红叶,
> 告诉我们:秋!秋!秋!
> 山梨树展出满兜果实,
> 招呼人们:收!收!收!
>
> ——李松涛:《我们的盛秋》

你若写“丰收”,应当是写特选的那一次的丰收,而不是“一般”的丰收。用个别的丰收来表现一般的丰收,这才是文艺的、也是诗的规律。这个“我们的盛秋”,无疑要比那个“战士挥镰麦田间”好。同样写天安门前的游行,读光未然的“快跟上我的队伍,小跑一程”就较那个“洪流浩荡”真实而富有生活气息。有人写“潜伏哨”,只是“皮肉苦,脸含笑,手中武器握得牢”,却抓不住潜伏哨特有的东西。让人分不清是潜伏哨,还是海防哨、防空哨?而下面这首《伏击》(元辉)的诗句,只用几笔便勾出了潜伏生活特有的风貌:

此刻,我们的动作只有一个:
把身子化入岩石,化入草木,
仿佛地面上,
根本就没有我。
……
寂寞吗?
不寂寞。
趴下来,在地上贴上一只耳朵,
你听!祖国大地上那沸腾的生活。

作者只用一个“化”的动作,写尽了执行潜伏哨这一任务的特点;只用一个对于“寂寞”的理解,写尽伏击战士的精神。这种笔墨决非只从字面上理解潜伏哨者所能写出的。

诗,萌芽在生活,它是斗争的火花。但生活斗争并不全是诗。我们把握生活,这就是诗的矿石。矿石还不是钢铁,它只是造成钢铁的原料。当它还是矿石的时候,我们可以从它那不光滑、不细致的表面上,看到某些闪光的质素,但它并不是通体发光的金子。我们要把这些矿石开采出来,施以高温,让它熔化,排去杂质,“炼”出诗来。这就是最初步的诗的熔炼。

抗日战争有广阔的战场,有丰富的内容,但在田间笔下,只刀一般剜出最触目惊心的一角,来唤醒人民。这就是——

假使我们不去打仗,
敌人用刺刀

杀死了我们，
还要用手指着我们骨头说：
“看，
这是奴隶！”

这是炼诗。同样，抗美援朝战争，也有壮阔的场景，而未央的《枪给我吧》，只用淡淡的数笔，便勾画出一幅令人落泪又令人气壮的画面。这也是炼诗。唐山地震，人民是坚强的，天塌地陷，他们咬牙苦战，没有眼泪，更没有笑语。只是听说“北京平安”，这才露出了数日来的“第一丝笑容”。这“第一丝笑容”很启发人，它是生活本质的集中。笑容只有“一丝”，但却概括了生活的全部。我们开掘生活的矿藏，就是要挖出那可以概括全部心灵美的“第一丝笑容”。

渺小的生活，卑微的情操，与诗无缘。只是感到有意义还不够，诗应当写激动人心的东西。这里不是说题材，题材有大有小，不论大小，同样要开掘。大题材也可以写得毫无光彩，小题材有时却会闪出惊人的电火花。张天民的《爱情的故事》，只是写公园绿椅上一对年青人的情话。但他往深里挖，借为革命献身的一对青年夫妇坐老虎凳的联想，使这个“爱情的故事”变得极其严峻。诗人在这一对普通青年的谈情说爱背后，蕴藏着思想的锐刃，它让人深思。这也可以说，诗人在普通又普通、平凡又平凡的生活里，发现出不普通、不平凡的东西。

有无这种发现，不取决于天才，而在于真正与人民群众有共通的思想感情。要如此，我们就能“发现”先前没有“发现”的诗。我们不仅能够“发现”别人的“发现”，而且能够“发现”别人所不曾“发现”的。

只要我们勤奋地耕耘在生活的原野上，怀着劳动人民的炽热情感，我们就会像王老九那样，“发现”那满身光彩的埋于地内的珍珠，一声炸雷：“挤出土来把花开！”我们也就会像王铁人那样,“发现”工人阶级的吼声,它是那样的强大:“地球也要抖三抖!”生活得深,就能发现无数客观事物中的典型的本质的东西;生活得浅,它只是飘浮水面的油花,只能重复别人的东西,那些诗,当然是毫无生命力的。

诗要长成大树,当然靠根子扎得深,“吸取无所限”。然而又不可囿于此。诗要有大胸襟;它应当“身居茅屋,心怀天下”。这样,读万卷书、行万里路,就成为一个重要的辅助手段。若有条件,作祖国大好河山的“壮游”,也有必要。这一点,对于写诗的人,是不好简单地予以排斥的。当然,最基本和最重要的是深入,扎实,不可把主次颠倒了。要是我们在这里有限制的谈及“壮游”,却助长了本来就很“泛滥”的那些浅薄的“旅行诗”的更加“泛滥”,那决不是作者的本意。

抒　情

“难道热情不是诗的粮食、诗的薪火么?”[①]当我沉思于诗的基本素质,想起了拜伦这一十分肯定的反问。的确,要是说诗可以缺少别的什么,却断然不可缺少热情。热情,在这里是强烈的情感的同义语。也许激奋,也许欢欣,也许悲哀,也许愤怒,凡是诗中表现的情感,都要强烈。

抒写激情,是诗的使命。各个时代、各个阶级的诗人,都在抒写各个时代、各个阶级的激情中,完成其作为诗人的使命。歌德说:“当别人在他的痛苦中喑哑的时候,上帝给我才能来倾吐我的受难。”(《塔索》)郭沫若说:“诗的本职专在抒情。”(《三叶集》)诗人是人民欢乐和痛苦的琴弦。只要是好诗,就不能没有热情作为生命。李白远行,岸上踏歌声起,他为汪伦的友情所动,唱道:“桃花潭水深千尺,不及汪伦送我情”,你能说,这不是一种热情?孟浩然怀才不遇,满腹牢骚地苦吟:“不才明主弃,多病故人疏”,你能说,这不是一种热情?无疑的,这些封建时代的诗人,有其思想的局限性。他们的天地就那么大。但不论其为歌唱友谊,抑或叹息遭遇,这些诗句,都是那时代知识分子强烈情感(尽管是个人的)的抒发。封建时代的诗人,尚且如此,何况有着澎湃激情的无产阶级的歌者!太冷静了,写不了诗;至于冷漠,则是诗的敌人。所谓诗的抒情,即指诗要抒写激情;革命的诗歌,抒写革命的激情。没有激情,就没有诗。

---

① 拜伦:《书简与日记》,莫雷版,第五卷,引文见《文学评论》,1962年第一期。

诗的抒情和诗的言志是紧密相连的。最早提出“诗言志”的，是《尚书·虞书》。它只讲“诗言志，歌永言”，还没有把言志和抒情联系起来。而后，《诗大序》对此作了有趣的发挥：“诗者，志之所之也。在心为志，发言为诗。情动于中，而形于言。言之不足，故嗟叹之；嗟叹之不足，故永歌之；永歌之不足，不知手之舞之，足之蹈之也。”意思是说：人们的理想、愿望在心中，就叫志；用语言表达出来，就是诗；心中的志或言志的诗，都是由于“情动于中”即感情激动的产物。接着，它逐层描绘诗人情感激动的具体情状，由嗟叹、永歌，以至于手舞足蹈。

最明确地揭示诗的抒情这一特点的，是陆机。他的《文赋》“第一次铸成‘诗缘情而绮靡’这个新语”①。诗言志，是就诗的内容总是表达人们的意志、愿望这一一般规律说的；诗缘情，则就言志的方法是抒写激情这一特殊规律说的。很好地抒情的诗，必定是很好地言志的诗。《离骚》是典型的言志篇，也是典型的抒情篇。“此去泉台招旧部，旌旗十万斩阎罗”（陈毅）；“我来了，我喊一声，迸着血泪，‘这不是我的中华，不对，不对！’”（闻一多）这些诗句，不仅情深，而且志切。志借情得以表述，抒情乃是形象的言志。诗言志，言志的不仅诗；而诗缘情，却是诗所特有。（我们说到别一文体抒情味浓，是说它从诗那里借去了抒情的特性。）抒情，说到底都是言志。情不同，志有别，是因集团、阶级、时代而异的。

“人们首先必须吃、喝、住、穿，然后才能从事政治、科学、艺术、宗教等等；所以，直接的物质的生活资料的生产，因而一个民族或一个时代的一定的经济发展阶段，便构成为基础，人们的国家制度、法的观点、艺术以至宗教观念，就是从这个基础上发展起来的，因而，也必须由这个基础来解释，而不是像过去那样做

---

① 朱自清：《诗言志辩》。

得相反。”[1]正如恩格斯所判断的，这是马克思一生两个重大发现之一。马克思的这一天才发现，也从根本上解释了诗的基本规律。言志也好，缘情也好，这志，这情，都必须到马克思所揭示的那“历来为繁茂芜杂的意识形态所掩盖的一个简单事实”中去寻求答案。

“气之动物，物之感人，故摇荡性情，形诸舞咏。”（钟嵘：《诗品序》）古人讲的气很玄妙，但物却明确：物感了人，人的心情被“摇荡”了。决定人们的思想感情的不是别的，而是客观的生产斗争、阶级斗争以及科学实验。“爱是观念的东西，是客观实践的产物。”物质决定精神，斗争产生激情。诗歌若是抒写了由人们改造客观世界的斗争中所产生的强烈的感情，应当说，诗歌便获得了坚实的物质基础。从而说明，诗的热情的火焰，便不是无缘无故燃烧起来的。

“太阳落坡坡背黄，扯把蓑草套太阳；太阳套在松树上，一天变着两天长。”（四川奉节民歌）解放了的中国人民渴望摆脱贫困落后而产生的“一天变着两天长”的愿望和意志，导致了“扯把蓑草套太阳”的绮思异想。这一例子，不仅证明言志缘情都决定于客观的物质世界，而且反过来说明，某些诗歌抒情的空泛，在于它离开了情感所由产生的客观基础。火要烧得大，柴便要堆得高；要没有柴，哪来的火？没有“物”，当然无以“感人”，也不能“摇荡”人的心情，又从何谈“形诸舞咏”！

没有一八四四年德国的现实，没有对这一黑暗现实的憎恨，海涅就不会在《西里西亚的纺织工人》中发出“德意志，我们在织你的尸布”的诅咒。没有中国“五四”前后的现实，没有对旧中国的破败污秽的揪心的痛苦，郭沫若也不会在《女神之再生》中断然宣言：“新造的葡萄酒浆，不能盛在那旧了的皮囊。为容受你

---

① 恩格斯：《在马克思墓前的讲话》，《马克思恩格斯选集》第三卷，第 574 页。

们的新热新光，我要去创造个新鲜的太阳！"诗歌创作的契机，往往是思想感情的白热化。不论何等样子的诗，总应当是情感激动的产物。雪莱说："人不能说：'我要作诗'。即使是最伟大的诗人也不能说这类话。"[①]郭沫若也说过类似的话，他认为"诗不是'做'出来的，只是'写'出来的。"[②]他们的意思是相同的，诗人由于现实生活的刺激，心灵发生激烈的风暴，长歌当哭，不吐不快，是以只能"写"诗而不是"做"诗。他们不同意"做诗"，就是说，那种刻意"做"出来的东西，不会是激情（归根到底是激烈的生活斗争）的产儿。

最能代表"五四"精神的长诗《凤凰涅槃》的诞生，生动地证实了这种诗是"写"出来的状态，是诗歌创作很正常的状态。郭沫若自述，这首诗是在一天之内两次"火速地写成的"，写作的时候，"全身都有点作寒作冷，连牙关都只是打战"。他称这种激奋的状态为"神经性的发作"："在民八、民九之交，那种发作时时来袭我，一来袭我，我便和扶着乩笔的人一样，便写起诗来，有时连写也写不及。"[③]

"神经性的发作"当然只是一种形象的说法。从郭沫若创作《凤凰涅槃》的背景说，事实上，国家、民族、个人的积郁已久，经历了年年月月的酝酿，一朝喷发，不可扼制。此种现象，有人目之为灵感，这灵感却是客观生活斗争作用于诗人情感的瓜熟蒂落。由平日的量的增益，而突转为质的爆裂。这种爆裂，往往给人以"不假思索"的印象而产生出好的诗篇来。当然，这并不是唯一的现象，有的诗人，诗思缜密，不似长江大河那般急流汹涌，却如清泉徐涌，潺潺不绝。即使这样，也不能取消诗是情感白热

---

① 雪莱：《为诗辩护》，《古典文艺理论译丛》（一）。

② 郭沫若：《三叶集》。

③ 郭沫若：《我的作诗经过》。

化的产物这一论断。不过，只是存在着一旦感情爆发，成诗过程极为细密徐缓这一区别而已。

对没有激情就没有诗的权威性支持，就是："愤怒出诗人"[①]。恩格斯在引述了这一论断之后，紧接着就指出："愤怒在描写这些弊病，或者在抨击那些替统治阶级否认或美化这些弊病的和谐派的时候，是完全恰当的。"很清楚，恩格斯认为揭露旧制度的弊病，以及抨击那些否认这一弊病的人们时，理所当然地应当愤怒，而这种强烈的愤怒，可以产生出诗人来。恩格斯不仅没有认为唯有愤怒才有诗人，而且他的话还有力地支持了我们认为的诗要有激情的论点：即使是愤怒，也要愤怒得强烈！

愤怒如此，人们由生活决定的各式各样的感情，都应如此。平淡、冷漠，不会出诗；唯有炽热的燃烧，才能造就诗歌。唐代的元稹和白居易通信谈诗，列举了触动他的诗思的各种境遇，这对于我们理解诗的抒写激情的特点，颇有助益。元稹说："每公私感愤，道义激扬，朋友切磨，古今成败，日月迁逝，光景惨舒，山川胜势，风云景色，当花对酒，乐罢哀馀，通滞屈伸，悲欢合散，至于疾恙穷身，悼怀惜逝，凡所对遇异于常者，则欲赋诗。"[②]应当注意的是最后一句话："异于常者"，就是由不平常的感遇产生的不平常的情怀，往往是产生诗歌的因由。

不平则鸣。古人说的"饥者歌其食，劳者歌其事"，民歌唱的"做田郎辛苦唱山歌"，"唱歌为的是解忧愁"，这些，都是旧时代劳动人民的不平之鸣。当然，"男女有所怨恨，相从而歌"，只是诗歌产生原因的一个方面。在新社会，还有更主要的方面，诸如：困难的克服，英雄的献身，理想化为现实的欣悦，从痛苦中获得解放的欢乐，祖国进步，人民幸福，社会主义事业兴旺发

---

① 恩格斯：《反杜林论》，《马克思恩格斯选集》第三卷，第 189 页。

② 元稹：《叙诗寄乐天书》。

达……新时代到处都是诸如此类可歌可泣的诗泉。

记得你曾引用过王国维的"欢愉之辞难工，愁苦之言易巧"[①]这句话，我觉得这话说得有趣。它的确说明了创作中的某种现象：写欢乐要比写悲哀的难度大。但也不尽如此，杜甫在《闻官军收河南河北》写国土光复、返回故乡的欢乐，漫卷诗书，纵酒放歌，涕泪沾裳，一片狂喜之状，这欢乐就写得很工。当然，这是伟大诗人的手笔。总的说来，哀歌易于感人，受逼压而唱出抗争之声，往往一呼即出，易于成篇，从这点看，"愁苦之言易巧"不无道理。这从《天安门诗抄》的诞生及发表，便可得到佐证。心有郁积，不能不吐，发而为歌咏。这是诗的规律。

你也许记得西藏那首古老的民歌：《巨流啊，请告诉我吧》，那确是令人难忘的激情的悲歌：

拉萨河啊，
我悲哀得如此深蓝的巨流啊，
你日日夜夜哭得洼地突起，
你月月年年哭得高山沉落。
巨流啊，
请告诉我吧，
那一群群扇着翅膀的饿鹰，
从那险峻的岩石上一天飞离几次？

拉萨河啊，
我千年万代哭泣着的巨流啊，
你日日夜夜哭得太阳升起，
你月月年年哭得月亮下落，
巨流啊，

① 王国维：《人间词话》卷下。

请告诉我吧，
那些生下来就没有爸妈的孤儿，
从那挂着冰串的屋檐下一天走来几次？

拉萨河啊，
我泪水汇成的巨流啊，
你日日夜夜哭得翠柏变黄，
你月月年年哭得红花凋谢，
巨流啊，
请告诉我吧，
那些等待着由于支差而死在雪山峡谷中的
　情人的姑娘，
睁大着灰色的眼睛一天跑来几次？[①]

这首民歌感人的原因是多方面的，如饿鹰，孤儿，等待着那已经死去的情人的姑娘的形象，以及大胆而夸张的想象力、反复咏叹的排比乐段等等，但最主要的、成为诗的灵魂的，却是那不可抗拒的悲哀的激情。长歌当哭，悲哀也强烈得震撼心灵。这种由藏族农奴昔日苦难生活所铸就的深沉的悲哀之情，再借助于其他艺术手段的渲染，愈发显得动人。但无论如何，不能没有拜伦称之为“诗的粮食”、“诗的薪火”的热情——在这里，是悲哀的激情。诗离开了激情，犹如人体没有了血液的流淌，最后，生命会因之而萎缩。

抒情诗要寓激情于形象。赤裸裸的情，是不会激动人的，要有形象来展示它。李瑛写战斗的城瑷珲，充满了对沙皇侵略的痛恨之情，但他懂得借助形象以抒写激情：“我从泥土中拾起一片瓦砾，像看见满城烈火仍在燃烧。”一片瓦砾，集中了满城烈火，也集中了人民的满腔愤怒。张志民远游南疆，写：“谁把长虹河边挂？

① 见《密色协惹》。

翻身女儿浣红裙。”他只用一幅简单的画面，便令南疆的美好风物、人民心中的欢乐热浪，一齐涌到你的眼前。抒写激情不是干喊。不借助形象的喊，无论喊声多大，也没有力量。繁采寡情，味之必厌；情不附象，亦难感人。有经验的诗人，都懂得这点。李季致北京以敬意，并没有喊“我爱北京”，而只是借国庆日路边雪野上歪斜的字迹，点燃了冰天雪地中火一样的激情——

十月里，当你的礼炮
震动着祖国蓝色的天空，
是谁在油井区路边的雪地上，
歪斜地写了一长串——北京、北京……

——《致北京》

抒情诗要能感人，固然非借助形象不可。但最关键的条件，却在于典型化。抒情诗典型化也有它的特殊性，这就是，诗中经常出现的那个抒情主人公“我”，应该是抒情的“这一个”，是充满激情的“熟悉的陌生人”。说他“熟悉”，因为他代表了我们大家，他抒发人民的、阶级的共有的情怀；说他“陌生”，因为他个性化，诗人总是把自己的思想感情融入到抒情形象中去，因而这形象便带有诗人自己的突出的特点出现在我们面前。例如，庆祝粉碎“四人帮”的十月大游行，我们大家都有共同的经历：天安门前的鼓声、旗浪和鞭炮的火星，至今还那么鲜明地出现在我们眼前。但光未然的《革命人民的盛大节日》不仅表现了“同”，而且表现了“异”。唯其有“异”，因而有更大的“同”——他通过个人的特殊经历，表达了我们大家的普遍的激情。如“随它鞭炮的火星落入我的花发，快跟上我的队伍，小跑一程！”“同志们早就殷勤地互相叮咛：可得搞好身体，练好腿劲，单等到‘四人帮’覆灭之日，好参加这样热火朝天的大游行！”这便是光未然式的欢乐和激奋。诗写激情，不能满足于认同，还应刻意于求异。同与异的辩证统一,便是抒情的成功。

《雷锋之歌》通篇颂雷锋,但时时出现“我”;“我”并没有冲淡“雷锋”,而是更鲜明地烘托着“雷锋”。“我”虽然并非诗人自己,但却带有诗人鲜明的个性。无疑的,从

> 你的年纪,
> 二十二岁——
> 是我年轻的弟弟呵,
> 　　你的生命,
> 　　如此光辉——
> 　　却是我
> 　　无比高大的
> 　　长兄!

的歌唱中,我们看到了贺敬之,但是,不是也看到了我们自己?看到贺敬之,是陌生;看到我们自己,却熟悉。熟悉和陌生就是如此巧妙地交织在一起,构成了抒情诗的典型形象。

抒情诗不感人的弊病,目前主要是抒情主人公的个性化不足。许多诗篇都似曾相识。我们看不到有个性的心灵,有特色的音容。只有熟悉而不陌生,只有“万”而缺少“一”。这使我想起李白的诗来。李白斗酒诗百篇,他嗜酒。一位经常卖酒给他的老头死了,酒客怀念酒家,李白为他写了悼诗:“纪叟黄泉里,还应酿老春。夜台无晓日,沽酒与何人?”[①]怀念是真挚的,友情是深沉的,作为悼诗,却是不拘一格的。在短短的二十个字中,李白天真豁达的个性表现得充分,尽管有怀念,却于洒脱之中看到李白式的豪放与飘逸。

应该利用并发挥抒情诗直抒胸臆的特点。激情而能动人,

---

① 李白:《哭宣城善酿纪叟》。

其先决是它必须是真情。诗重真情,忌虚情。在抒情诗中,诗人的人格最无遮拦。而且,好的抒情诗人总是出以真心,吐以真情(当然,这心,这情,必须是高尚的),而且,往往不隐藏自己的局限与弱处。郭小川在《秋歌》中沉重地检讨自己:"我曾有过迷乱的时刻,于今一想,顿感阵阵心痛。"诗人有过"迷乱",并不损害他的形象;但他因而"顿感阵阵心痛",却投给我们以光辉。我们从"这一个"郭小川的声音里,听到了无产阶级先锋战士严于律己的高尚心灵的呼唤。陈总的诗,诗如其人,他总是无保留地袒露自己的真心,成为抒情诗人的楷模。六十三岁生日时节,他赋诗述怀,不是给自己摆战功,而是给自己摆缺点:

> 五次大革命,一个跟队人。
> 一喜得锻炼,一喜工作勤。
> 一喜有错误,痛改便光明。
> 一喜得帮助,周围是友情。
> 难得是诤友,当面敢批评。
> 有时难忍耐,猝然发雷霆。
> 继思不大妥,道歉亲上门。
> 于是又合作,相谅心气平。
>
> ——《六十三岁生日述怀》

他谈缺点,非常坦率,同时,也恰恰把自己的光辉,描写得非常充分(尽管这不是他的本意)。

书简已经很长,该结束了。我把最好的祝愿带给你。遥想春城此夜,在高原的月色下,喷吐着"翡翠的喷泉",那是何等的美景!你告诉过我,诗人李广田生前喜爱这热情而又有个性的银桦——亲昵地命名曰:翡翠的喷泉。我想,抒情诗的热情应如喷泉,而它又应是不断创造的、体现了诗人个性的"翡翠的喷泉"。是么?

叙　事

不论你怎样辩护，诗总是和叙事相矛盾的。如果要求诗像小说那样叙事，诗也就不存在了；抱着读小说的愿望来读诗（当然包括叙事诗在内）的，也难免要失望。叙事诗，并不是分行押韵的小说，也不能按照写小说的办法来写它。白居易的《长恨歌》是诗，陈鸿的《长恨歌传》是小说，二者都以唐明皇、杨贵妃的爱情生活为题材，但“传”却不能代替“歌”。我们读《长恨歌传》，是要了解曲折动人的故事，而我们读（应当说“诵”）《长恨歌》，却是要寻找《长恨歌传》以外的东西。

鹿能在山野间驰突，而鹰只能在苍穹里翱翔。小说可以从容不迫地编讲故事，诗却做不到这点。诚然，小说和诗都是生活的反映，但反映的方式却是非常不同的。诗要求专心致志地倾注全部热情去抒写由生活激发的情怀，它几乎是迫不及待地、燃烧式地、爆发式地从事这一使命，它几乎难以在冷静的状态下有条不紊地、慢条斯理地叙述故事。较之小说，诗是感情奔放的、急躁的、不冷静的，它总是要叫，要跳，要爆！诗的这种性质，要它叙事，便是十分不适应的。从这个意义上讲：诗与叙事对立。

但辩证唯物论的反映论认为，抒情的情，产生于人们改造客观世界的实践。实践就是事（叙事的事），情由事发，从这一意义讲，它们并不矛盾。只有把抒情建立在扎实的客观土壤上，它才会感人。的确，事是情的母体，但情却是事的不驯之子。它一旦由客观事物产生，就奔突、腾跃，如野马的无羁，母体难以管束它。这情况，在专注于抒情的诗中，尤其如此。写抒情诗，只要在重视诗的生活基础上、尊重抒情所特有的规律，抒情与叙事的矛盾并不明显。问题在叙事诗，这一诗体可以说是诗的变种，它强迫擅长抒情的诗去从事它所不擅长的叙事！

在抒情与叙事上，诗有鲜明的倾向。尽管它并不排斥叙事，但它却要以诗的特有规律统驭叙事。它要叙事诗在诗的抒情原则中就范，而绝不允许叙事把诗拉到小说王国去。在叙事诗中保持并维护诗的特性，从来就是一个艰苦的斗争。

维护叙事诗中的诗的特点，值得提及的有：精炼的原则，抒情的原则，宜于吟诵的原则。最后一点，问题不大，作者大体上总能在外形上采用诗的格式，从略。

叙事诗不能不叙事，既叙事，就要述人。人有各种情态，总要扮演各种故事；事则有始末过程，笔墨总要较单纯抒情的诗为多。聚蚊成雷，群轻折轴，维护诗的精炼性的斗争，在叙事诗中是绝不可怠忽的。布瓦洛曾经嘲笑过那些行文不精炼的叙事诗：

> 有时一个作家掌握的材料太多；
> 不把材料写尽就绝不把主题放过。
> 如遇到一座宫殿，便先写它的正面，
> 然后又写些平台，请你流连忘返；
> 这里是一个石阶，那里是一个走廊；
> 那里又是个阳台，栏杆都发着金光！
> 他数着天花板上圆的和椭圆的藻井：
> “到处都是雕花呀，到处都是绶带形！”
> 我跳过二十页想看看是否结束，
> 哪知还是在花园，简直无法逃出。[1]

---

① 布瓦洛：《诗的艺术》第一章。

提笔为诗，尽管是叙事诗，也应始终想到字斟句酌。不滥用一字一句，乃至一个标点，要做到疏而不遗，俭而无缺，文约而事丰。不是抒情的需要，绝不对人物事件作铺张的描述。抒情可以泼墨，叙事却要惜金。

写到这里，我忍不住要向你介绍古代叙事诗的典范之作。这就是北朝民歌的《木兰诗》。它在抒情与叙事这一对矛盾的处理上，倾向很是鲜明。按常理，既从军，不详写木兰从军的主要活动场所——战场，怎么行？《木兰诗》偏不！一首木兰诗，真说到木兰十载疆场生涯的，仅“朔气传金柝，寒光照铁衣。将军百战死，壮士十年归”四句二十字，概括而生动。二十字的前十字：有北国冬夜凛冽的寒风，寒风中传来更鼓之声，有古战场上凄清的月色，那月色反照着戍边将士甲胄的冷光，有声、有色！后十字：“将军百战死，壮士十年归”，有指挥作战的将帅，又有浴血沙场的士卒，他们都经历了血与火、生与死的奋斗。十个字，概括了为时十载的无数次大小战斗的艰苦！在叙事上，它很吝啬，但是字字千金，都用得恰到佳处。而在此前，写木兰离家，从家门口经黄河边到黑山头，行行复行行，一唱而三叹，用八句六十二个字，很铺张地抒写了一个少女女扮男装初离家乡远征边地的眷恋情怀。在此之后，写木兰归家，更铺张了，用了十六句八十四个字。写亲友的喜悦，同伴的惊愕，父母有父母的情态，阿姐有阿姐的情态，小弟有小弟的情态，木兰有木兰的情态，伙伴有伙伴的情态。这就是很有名的“爷娘闻女来，出郭相扶将”等句的描绘。

《木兰诗》懂得为了抒情而铺张地用墨，为叙事而简约地用墨。它懂得该省略处就省略，如诗叙事时常用的手法——跳跃，对事件的过程跳着写而不连着写。连着写便拙，跳着写，事半而功倍，便巧。《木兰诗》写木兰一路的情怀，很是细致多情。而结束了行旅，进入了战场，只“万里赴戎机，关山度若飞”二句，一跳，便从路上跳到了战事结束。这是很巧妙的一招。现代叙事诗《王贵与李香香》也如此。它写王贵被反动派所执，李香香前往游击队报信。从香香报信，游击队开会，订出战斗方案，战斗，到战斗结束，只用了如下四句："心急等不得豆腐烂"，写游击队员闻讯激昂；"定下个日子腊月二十三"，写游击队经过反复研究布置，定下了战斗计划；"半夜先捉定崔二爷"，写战斗在进行；"到天明大队开进死羊湾"，写战斗已经结束。一句一个跳跃，一句一个阶段，过程很清晰，又概括，又谨严。这便是：疏而不遗，俭而无缺。

《胡桃坡》(王致远)也有精彩的例证。该诗首章，写一九三〇年，胡桃女才一岁半。二章便写"熬六冬，过六夏，小女儿学妈纺棉花，忽听炮响马嘶叫，东洋鬼子乱天下"，四行诗，跳过六冬六夏，抗日战争爆发，胡桃女已是能"学妈纺棉花"的七、八岁的小丫头了。作者经这一大的跨栏跳，还不尽兴，紧接着又用四行诗，再来一次腾跃。这便是："阴天晴天难分清，母女炮火里过光景，七年八载熬三更，辈辈鸡儿照样鸣。"跳过了七年八载，经过这"风风雨雨十六年"，胡桃女已变成"生的灵醒人材好"的大姑娘了。八行诗，写了十六年，每行二年。不仅用墨俭省，而且历史背景，母女凄惶，女儿由小而大，均有清晰的交待。写的是大场面，大变化，用的是少得不能再少的文字。

事件过程的描写，用跳跃法来省略。人物环境的描写，也要省略，一般也不能如小说那样从容细致。最好的办法是，不细画眉目而采用概括的形容来勾画人物的整个神情。《长恨歌》先是用"回眸一笑百媚生"来写杨玉环的新艳，后来又以"梨花一枝春带雨"来概括留有离乱的印记又不失贵妃本色的迷人。这些形象化的特点是，不作细致的描状，而求用一个形象以传神。这位诗人的另一首叙事诗《琵琶行》亦有此法。该诗写江上逢歌女，仅以"千呼万唤始出来，犹抱琵琶半遮面"十四字，便写尽这个形象的神态情调。阮章竞的《漳河水》写大男子主义的二老怪受教育转变后，向苓苓赔礼，只用四句诗，便把小夫妻的复杂神情刻画入微：

举手额前脚立正，
二老怪今天像个民兵。
苓苓捂嘴低声啐：
“出什么洋相讨厌鬼！”

叙事诗除了写人，还要写景。写景也要极精练。老练的诗人，往往用一语而风光满眼。如杜甫《春望》写劫余城市，只“城春草木深”五字，便把春城人迹少而草木丛生的荒芜之状写得真切。白居易《长恨歌》写乱后宫苑，只“西宫南内多秋草，落叶满阶红不扫”二句，便有景有情地写出了满目疮痍的旧日繁华之地。写景要讲究，人物的对话也要讲究。原则也是要尽可能地省俭。能不说，就不说；能少说，就少说，诗厌恶那种夸夸其谈和滔滔不绝！不能少的，则要求用最少的笔墨精练而富有个性地对话。《漳河水》写荷荷哭诉自己的命运，其语言极精彩：

十七的闺女四十的汉，
光秃秃脑壳长毛脸，
活像个琉璃蛋！

马骡锅，骆驼背，
塌鼻子吊个没牙嘴，
黑心肝像鬼！

“媳妇是块烂锈铁，
揣在怀里暖不热！”
婆婆骂得绝！

“老婆是墙上一层泥！
你要死了我再娶！”
放他娘狗屁！

荷荷对丈夫从外形到内心的描写，她转述的婆婆的骂和丈夫的胡言乱语，以及她对这些思想的简要的评论，活活地写出：荷荷是这么一个语言干脆泼辣的荷荷，婆婆也是这么一个会以刻薄的语言骂人的婆婆。像“‘媳妇是块烂锈铁，揣在怀里暖不热！’婆婆骂得绝！”一共才三句，两句是婆婆的骂，一句是荷荷对这骂的评语，没有任何形容的文字，只是以鲜明的个性化的人物语言说明一切。

叙事诗，我看，与其说成是叙事的诗，不如说成是诗的叙事。把“诗”突出出来，是“诗”的、而不是“小说”或其他什么的“叙事”。首先是诗，是让诗来叙事。诗的叙事应当不同于小说的叙事。要有诗的特点，要有诗不可缺少的抒情的意味。为此，就要对叙事来一番诗的改造，要把小说叙事的那些“积习”改造成诗，把叙述改造成吟唱。

既曰叙事诗，则不可能全然排斥叙事。但高明的作者是让你看不出他在叙述事件。他把叙事溶化在抒情的过程中。“西征的队伍过秦川，红旗遮盖秦岭黄龙山；马头扬过咸阳桥，马尾还在黄河滩。”（《胡桃坡》）这四句，似在抒写军威之盛，其实是真写西征队伍的浩荡，不过，这浩荡带有诗的夸张的性质而已。

来一番诗的改造，即指叙事抒情化。叙事诗中的人物性格及心理描写以及对话，都应当是充分诗化的、有浓郁诗意的。要把平庸的没有诗意的描写坚决地从叙事诗中驱逐出去。要让诗的叙事呈现出浓厚的诗的气息来。李冰的《赵巧儿》这样写赵巧儿被地主囚禁时的心境——

变一个鸟儿飞了吧，
张开翅膀飞回家，
变一个鸟儿飞了吧，
飞到村边大树下，
变一把刀磨快刃，
把这些豺狼都杀尽，
大风把我吹走吧，
我死在天边也甘心，
大水把我冲走吧，
我死在东海也甘心。

诗化的人物心理描写，它充满诗的幻想的光芒和诗的激情。这种情感的强烈以及对自由向往的夸饰，充分地表达了主人公内心的渴想。从语言看，有意的复沓，造成一唱三叹的抒情气氛；它的不断反复，又反过来加强了争取自由的决心和信念。在这样浓郁的诗情之中，叙事诗完成了它的使命，而人们毫无枯乏之感。对话也如此，对话也要诗化。《张勇之歌》中《甘露》一章，在诗一样的雨后草原，有诗一样的一老一少的诗一样的对话：

老人说：
“好闺女，
这草原，大不大？宽不宽？”
张勇说：
“这草原，
天有多大它多大，
地有多宽它多宽！”

“草原这样大，
草原这样宽，

旧社会啊，
却没有我们的家园。
白天太阳是我的亲人，
夜里月亮是我的伙伴。
冬天羊群是我的皮袍，
夏天草地是我的卧毡。
羊有羊栏马有槽，
牧包外我和猎犬睡在一团……”

这对话，充满了生活的诗意，但又和普通的生活不一般，这是诗的对话。每一句都是人物在发言，每一句又都可令人吟咏再三。诗中人的对话，必须是诗人的对话。我看，这意见是对的。当然，实行起来颇为不易。

形象(一)

写诗,是人们对于世界的一种认识活动。它要遵循辩证唯物主义认识论的规律——同样发生并服务于人们的社会实践,而且不断地在社会实践中得到由浅入深的发展。“那些发展着自己的物质生产和物质交往的人们,在改变自己的这个现实的同时也改变着自己的思维和思维的产物。不是意识决定生活,而是生活决定意识。”①

诗的思维,有特殊性。诗是形象的,它要用形象来思维。它是思维的产物,如别林斯基所说,是“形象中的思维”;如高尔基所说,是“‘艺术的’思维”。诗人懂得把实际的生活内容艺术地改造为可感的东西,例如对于古老祖国的认识,抽象地讲,不会感人,要是这样说:

> 我把长城庄严地放上北方的山峦
> 像晃动几千年沉重的锁链
> 像高举刚刚死去的儿子
> 他的躯体还在我的手中抽搐
>
> ——江河:《祖国啊,祖国》

一种浑厚深沉的思绪便油然而生。

诗存在于生活。生活的一切,有形、有声、有色,假使可以比拟为图画的话,则是鲜明生动的活生生的图画。离开了具体可

① 马克思、恩格斯:《费尔巴哈》,《马克思恩格斯选集》第一卷,第31页。

感的形象,还有什么诗?离开了形象的思维,又怎能创造出形象的诗?

这封信,寄往宁夏。我的心,已飞向高高的六盘山——中国工农红军走过的六盘山,那是多么令人神往的山啊!我多想登上六盘之巅,迎风吟诵不朽的华章:《清平乐·六盘山》!我想,要是离开天高、云淡、南飞雁,离开六盘山的高峰,西风中卷拂的征旗,又从何抒写“不到长城非好汉”的壮志雄心。作为诗人,毛泽东同志在他酝酿这一名篇时,在他的全部思维过程中,充满了鲜明的形象。首先是六盘山一带的自然风物,这里的天空、云彩、雁群,这里的雄伟的峰峦,工农红军的战旗在飘扬。这一切,激起伟人的情思,使他缅想二万里行程的艰难曲折,使他对革命的必然胜利充满信心。当他在客观的形象中思维,他的心中,饱和着革命家的无坚不摧、无往不胜的豪情。他的思维是深入的,辩证的,但依赖的材料却是生动可感的。当他思维成熟,用文字表现这一思维时,也不是抽象的概括,仍然是那些充满生气的、鲜明活泼的形象:苍龙、长缨、长城、好汉。

在火热的生活中感受形象,由此深入生活的本质。在思维的全过程中,始终不舍弃那些生动可感的材料,最后,又以饱和着感情的活生生的形象再现那生活。“情曈昽而弥鲜,物昭晰而互进”(陆机:《文赋》),这正是对于形象思维的情状的描述:在思维的过程中,诗人的感情愈来愈鲜明,饱和着感情的客观形象纷纷拥进他的思维的天地中来。因此这种思维的全部内容是,从具体到具体,而不是从抽象到抽象(恐怕也不是具体——抽象——具体);从形象到形象,而不是从概念到概念。这种形象思维本身,就包含了由浅入深,由表及里,由感性到理性的认识发展的过程。

抒情言志是诗的职责。在阶级社会里,诗当然要不竭地高唱着、宣传着阶级的音响。但是,诗人总是在形象之中思维,并借助形象表达他的思维的结果。曹操的“烈士暮年，壮心不已”所以感人，在于他的壮烈的情思是包孕在“老骥伏枥，志在千里”的形象之中。离开了形象，壮心云云，不过是一句豪言。古代诗论告诉我们，春风春鸟，秋月秋蝉，夏云暑雨，冬日祁寒，四时的物象可以激发诗思。负戈外戍，杀气雄边，岑参因之有豪迈的塞上曲；带月荷锄，夕露沾衣，陶渊明因之有恬淡的田园诗。“明如韶山天一片，晶如南湖水一湾，坚如井冈石一块，亮如延安窗一扇。”（傅金城）这首怀念毛主席的诗，构想于毛主席桌上的玻璃板。鲜明的形象，确切的思想，这是一种形象思维。

或是雨花石，或是黄河水，或是韶山松，或是洞庭柳，或是日出黄山，或是柳绿江南，或是龙华桃花的壮丽，或是戈壁红柳的刚强，诗人的思维，遨游在形象的太空中。“少唱些政治高调，多注意些极平凡的但是生动的、来自生活的、被生活检验过的共产主义建设事实——我们全体，我们的作家、鼓动员、宣传员、组织员等等都应该不倦地重复这个口号。”[①]列宁的这些话，对我们有很深的启示。诗人就应当生活在这一生动的共产主义建设的事实中，这是一个形象的世界。

“四人帮”的“从路线出发”“主题先行”，与辩证唯物主义认识论背道而驰，也与诗的形象思维背道而驰。他们不要形象，只要思想。没有形象的思想（且不论“四人帮”的“思想”是什么货色），不是诗。“诗要用形象思维，不能如散文那样直说”。可见，形象思维与“直说”是对立的。扼杀形象思维而一味“直说”，最终是毁灭诗歌。缺乏艺术性的艺术品，无论政治上怎样进步，也是没有力量的。政治上进步的尚且如此，政治上反动的又该作何论？我们既反对政治观点错误的艺术品，也反对只有正确的政治观点而没有艺术力量的标语口号化。

① 列宁：《伟大的创举》，《列宁选集》第四卷，第8页。

韩愈的以文为诗，就是在诗中抽象说理；宋人多数诗的“味同嚼蜡”，就是因为违反了诗的形象思维规律。《山石》诸篇之所以还是可以的，就是说，在那些诗篇中还有形象思维。如《山石》，“升堂坐阶新雨足，芭蕉叶大支子肥”，有形象；而“人生如此自可乐，岂必局束为人鞿”，便流于说教，令人索然。诗也要说道理。革命的、无产阶级的诗，要说革命的、无产阶级的道理。这是谁也不应怀疑的。但是，不是“直说”，而应该形象地说。

现代有标语口号化，古代也有标语口号化。钟嵘就批评过：“永嘉时，贵黄、老，稍尚虚谈，于时篇什，理过其辞，淡乎寡味。爰及江表，微波尚传，孙绰、许询、桓、庾诸公诗，皆平典似道德论。”[①]可悲的是，在“四人帮”统治的年代，诗歌创作中这种“理过其辞，淡乎寡味”的“平典似道德论”的东西，并不太少。那时的某些诗篇，充斥着虚假的热情，空洞的高调，独独缺少的是寓于形象之中的思想的火花！

“我决不反对倾向诗本身”。但是，恩格斯主张“倾向应当从场面和情节中自然而然地流露出来，而不应当特别把它指点出来”[②]。恩格斯反对把“倾向”硬塞给读者。马克思也反对作为席勒主义的时代精神的单纯的传声筒。而“四人帮”却鼓吹“硬塞”，把诗当作“单纯的传声筒”。这样的诗，不会有读者，也不会有生命力。

诗人应当始终生活在斗争中。这样，丰富的斗争的形象便涌向他的眼前，流向他的笔尖。他感受的是形象，表现的也是形象。他有锐利而深刻的思想，但是思想融于形象之中。海涅《西利西亚的纺织工人》一诗，便寓思想于形象。它借“德意志，我们

---

① 钟嵘：《诗品序》。永嘉是晋怀帝年号。江表即江外，东晋都建康，故称东晋为江表。

② 恩格斯：《致明娜·考茨基》，《马克思恩格斯选集》第四卷，第454页。

在织你的尸布”的形象，对封建王朝和教会统治发出深刻的诅咒，从而赢得了恩格斯的赞赏，认为是“最有力的诗歌之一”。马雅可夫斯基的诗，是炸弹，是旗帜。但他并没有赤裸裸的杀、杀、杀。他写列宁的逝世，也没有我们喜欢用的“悲痛欲绝”，他的深深的悲痛，是用生动感人的形象来表示的：

电报

因为致哀的汽笛的长鸣

而嘶哑了。

风雪的眼泪

从旗帜的

发红的眼睑上落下。

诗鼓动人民，诗打击敌人。靠的是形象，而不是口号，尽管有时诗并不排斥口号。要是诗不用形象，而用现成的口号，那还有什么“为诗之不易”呢。贺敬之在《放声歌唱》中写的：“煤炭和布匹的洪流，又在突破定额的水位！早稻和新麦的行列，正千军万马奔向粮食！”要把这诗中的形象剥去，岂不剩下“煤棉增产，粮食丰收”这几个字吗？懂得形象思维的诗人，他不仅能够如海绵般地吸收形象，而且能给抽象的思想以形象，能够把口号化为生动的画面。

“总得叫大车装个够，它横竖不说一句话。背上的压力往肉里扣，它把头沉重地垂下”，这是臧克家的《老马》。尽管它“不说一句话”，只用一个形象却说尽了旧社会的千辛万苦！“进了村子不用问，大小石头都姓孙”，这是张志民的《王九诉苦》。尽管一切都“不用问”，只用一个形象却回答了地主阶级的千毒万狠！谁能说这些诗中没有“倾向”？它的长处就是用形象来表明倾向。这就是诗的形象思维的长处。

“无论何人要认识什么事物，除了同那个事物接触，即生活于(实践于)那个事物的环境中,是没有法子解决的。”[①]诗人的形象思维只能在产生形象的源泉——生活中进行。传说李贺“恒从小奚奴,骑距驴,背一古破锦囊,遇有所得.即书投囊中。”[②]唐代这位才华横溢的青年诗人,他的生活实在太窄狭了。他又不甘心于只写身边琐事,因此找出了这种办法。他要写诗,他就需要形象和形象思维,他是在他的可怜的天地中求出路。他背了一个破口袋外出,他的破口袋里,装的是他所感受到的形象的胚芽。“在这个封建关系解体的时期,我们从那些流浪的叫花子般的国王、无衣无食的雇佣兵和形形色色的冒险家身上,什么惊人的独特的形象不能发现呢!”[③]恩格斯在这里说的是封建关系解体的时代。而我们生活的时代,社会主义的阳光普照万物,我们生活中的形象宝石般闪亮。

形象思维,这是一道五彩虹霓,将引导我们在生活的原野上,采撷那些万紫千红的诗的形象之花。

---

① 《实践论》,《毛泽东选集》第一卷,第263页。

② 李商隐:《李长吉小传》。

③ 恩格斯:《致斐·拉萨尔》,《马克思恩格斯选集》第四卷,第345—346页。

形象(二)

我们要求诗宣示我们的理想和愿望,诗言志。而诗的言志,却不是赤裸裸地活脱出思想来,它总是让形象说话。屈原的《离骚》,是政治诗,但通篇都是形象在发言。他的政治理想,寓于美丽而芳香的兰蕙之中。他讲崇高的操守,是“制芰荷以为衣兮,集芙蓉以为裳”;他表达政治上的愤懑,寄托在“兰芷变而不芳”和“荃蕙化而为茅”上。他总是寓思想于形象,总是“愤世嫉邪意,寄在草木虫”[①]。诗,寄意于具体的形象,这是规律。

由恩格斯亲自译成德文、并推崇为“正确地表达了工人中的一般情绪”[②]的英国工人阶级诗歌《蒸汽王》,它的对资本主义的不调和的抗争精神,以及对机器“暴君”的憎恨,均是通过活生生的形象表达的。那“魔王”,那“暴君”,“像是一只烧红了的铁手,他能使人民成群地灭亡”,“他的心里有烈火在燃烧,他拿儿童当果腹的食粮”。我们首先感受到的是这祥的暴虐的恶人的形象,进而体会到它对资本主义的强烈抗议。可见,强烈的思想性,并不是形象性的减弱,恰恰相反,唯有生动的形象,才能精确地体现思想。“在乌云和大海之间,海燕像黑色的闪电高傲地飞翔。”在散文诗《海燕》中,高尔基用海燕无畏的形象,颂扬与暴风雨鏖战的革命者。“新造的葡萄酒浆,不能盛在那旧了的皮囊。为容受你们的新热、新光,我要去创造个新鲜的太阳!”在诗剧《女神

---

① 宋·梅尧臣:《答韩三子华韩五持国韩六玉汝见赠述诗》。

② 见《英国工人阶级状况》,《马克思恩格斯全集》第二卷,第471—473页。

之再生》里，郭沫若用创造太阳的女神的形象，借以表达对旧世界的否定。要是抽走这些"海燕"，这些"女神"，只留下抽象的观念——尽管它是非常先进的观念，作为诗，难以设想，它究竟还有多少让人情绪激昂的东西。

寓于形象的思想，比抽象说教更有力量，这是众所周知的。艺术的魅力产生于形象。诗歌，它一旦离开形象，也就失去了令人感奋的体现思想的物质。一般说来，诗让人直接感知的是生动活泼的形象，而它的思想感情，包孕于形象之中。它往往不是直接诉诸读者，而是通过形象让人悟出。雪压青松，霜欺红梅，在这形象背后，藏着凛然不畏强暴的革命气节。雕弓射虎，匕首屠龙，在活泼泼的形象中，蕴含着弱国必定战胜强国的革命辩证法。因此，别林斯基认定："诗的本质就在于给不具形的思想以生动的、感性的、美丽的形象。"(《杰尔查文的作品》)

我们之所以不仅需要报纸社论，而且还需要诗和艺术，就因为后者是形象的。"悲落叶于劲秋，喜柔条于芳春。"(《文赋》)秋天的落叶使人悲哀，春天的柔条使人喜悦，说明诗人在感受客观存在的同时，已融入了主观的情感，由此提炼出来的形象，必然是既反映了事物的本来样子、又体现了诗人情怀的结合物。我们会在诗的形象中得到艺术享受的满足，是因为形象再现了丰富多彩的人生画面，而且形象让我们受到诗人情绪的感染。"月明星稀，乌鹊南飞，绕树三匝，何枝可依。"(曹操《短歌行》)这里不仅有思想，而且有感情，因为这一切是具形的，因此便能打动人而历久不忘。同样道理，"抽刀断水水更流"(李白)，使人看见的，不仅是砍不断的流水，而且是割不断的愁绪，从而体现出诗人那无尽的对社会现实的不满；"洛阳亲友如相问，一片冰心在玉壶。"(王昌龄)对于亲友的可能问询，这里不作正面回答，而只托出个玉壶冰心，让人联想。形象大于思想！

把道理隐藏在形象中，而不是把诗当作时代精神的单调的传声筒，这样说当然不是在鼓吹非思想化。我们只是认为，形象性不仅有助于作品思想性的加强，而且能够使思想深刻化。“没有明月的中秋”比“凄凉的中秋”更觉凄凉；“没有人影的茅棚”，也比“空空的茅棚”更能打动读者，尽管它们所指是一样的。我们与其在诗中单调地说：“我们无比热爱人民公社”，不如像民歌那样形象地唱：“南山松柏青又青，人人爱社莫变心，莫学灯笼千只眼，要学蜡烛一条心。”一只灯笼，一根蜡烛，说明了多少道理！我们与其干巴巴地呼喊：战胜困难，勇敢向前，不如让形象出来，给年青一代以警醒：

骏马
　　在平地上如飞地奔走，
　　有时却不敢越过
　　　　　　　　湍急的河流；
大雁
　　在春天爱唱豪迈的歌曲，
　　一到严厉的冬天
　　　　歌声里就满含着哀愁……
　　——郭小川：《向困难进军》

除了极少数以非凡的人格、崇高的品德、甚至是赤诚的心和鲜红的血化成的诗篇（如夏明翰烈士的绝命诗），很少借助形象以外——这一类诗，诗人自己就是光彩照人的形象——诗，借形象来表达思想感情，是不可忽视的普遍规律。在《长征》诗中，毛主席并不直说长征即将胜利，而是借千里岷山积雪消融，以间接地传达出那胜利在望的喜悦。在《八十书怀》中，叶帅并没有用简单的豪言壮语抒写老骥伏枥的情怀，他只是向你展开一幅“满目青山夕照明”的壮丽画面，让你从中去揣摩诗人的心志。

有一首向科学进军的诗，它充分运用形象在今天与昨天、今天的科学攻关与昨天的战争之间搭起桥梁，认为我们当前的攻关战斗，同样是一场“泸定桥式的争夺”；实验室灯火通明，科学工作者坚持战斗，也和当年上甘岭战斗的“七天七夜，阵前守望，只啃一块冻硬的干粮”一样。它把自己所要讴歌的思想情怀藏在后面，让许多引人联想的形象活动着，从而让读者去发现作者所要表达的思想。诗作者的这种“藏起来”，和读者的这种“去发现”，很好地说明了诗人的形象创造与读者的形象欣赏之间的辩证关系。只有懒惰的作者，才会畏惧这份“麻烦”。也许他会贪图方便，不在概括提炼形象上下工夫，而让许多现成的词语，填满他的诗行。要真的如此，几乎可以肯定，将不会产生优秀的诗作。“言之无文，行而不远。”没有形象的诗，将不会让人激动。

让形象说话，而不是让抽象的道理说话，这是针砭诗歌创作标语口号化的良药。“倾向应当从场面和情节中自然而然地流露出来，而不应当特别把它指点出来”[①]，革命导师历来都这么告诫我们。恩格斯认为，“作者的见解愈隐蔽，对艺术作品来说就愈好。”[②]恩格斯说的“隐蔽”，我们的理解就是让作品的倾向“隐蔽”在形象后面。让读者直接接触的不是你的抽象道理，而是你给他的形象，通过形象悟出你的用心。鲁迅很反对诗中充斥的“打、打”“杀、杀”之类的空洞辞藻，他认为：“口号是口号，诗是诗，如果用进去还是好诗，用亦可，倘是坏诗，即和用不用都无关。譬如文学与宣传，原不过说：凡有文学，都是宣传，因为其中总不免传布着什么，但后来却有人解为文学必须故意做成宣传文字的样子了。诗必用口号，其误正等。”[③]

诗要有时代感，并不是喊口号就能解决的。从事诗创作的

---

① 见《致敏·考茨基》，《马克思恩格斯选集》第四卷，第 454 页。

② 见《致玛·哈克奈斯》，《马克思恩格斯选集》第四卷，第 462 页。

③ 鲁迅：《致蔡斐君》，《鲁迅全集》第十卷，第 281 页。

同志都清楚,空泛地抒情总是弊病,豪言壮语的堆砌,花花哨哨的概念游戏,只是没有分量的氢气球。诚然,口号也可入诗。但创造性的诗人总是巧妙地让口号形象化。贺敬之在《放声歌唱》中让我们的基建工地闪起"延安窑洞不灭的灯光",让我们农业合作社的麦场飘起"秋收起义的不朽的红旗",他并不简单地刷标语。在《雷锋之歌》中,他说,"哪怕它呵,北风欺我,把我黄河,一夜冰封!"也并不奋臂而呼,却是谁都明白他的愤怒。

马雅可夫斯基这样歌颂列宁:

这里
每一块石头,
由于第一次
十月进攻的
脚步声,
都认识列宁……
——《列宁》

这一形象的描述启发我们丰富的联想:列宁在战斗岗位上,在进攻炮火中,红军战士和人民熟悉与他们并肩作战的、率领他们进攻的领袖。尽可能地把政治术语化为生动可感的形象,改造其外形,保留其精髓,这当然比直接地引用流行的标语口号要费事一些,但诗的威力却会成倍地增长。不能一概反对口号入诗。在特定的场合,直接引用也有它的作用。如郭老的《水调歌头·粉碎"四人帮"》的结句就是。在当时,"拥护华主席,拥护党中央"是全国人民对自己的领袖和党的最诚挚的呼声。

形象是诗人的发现,更是诗人的创造。诗人对于生活的观察体验,总是从形象的感受入手,而后对生活提供的丰富的形象进行典型化的再创造。形象的鲜花,开放在生活的旷野。诗人必须到旷野上去,流汗,耕耘,栽培并采撷。只有这样,他才是丰富的，而不是空虚的。黑格尔说："在艺术和诗里，从'理想'开始总是很靠不住的，因为艺术家创作所依靠的是生活的富裕，而不是抽象的普泛观念的富裕。"①

诗的形象塑造，和叙事一类作品不同。诗要以最省俭的语言构成形象，同时又要求这形象能最大限度地激动读者和听众。这样，诗的形象不仅要求精炼、概括，而且要有最宽泛、最迅疾的鼓动效能。因而，诗的形象要克服语言材料缺乏音乐美术那样直接感知的弱点。为此，许多诗人致力于使诗的形象具有听觉、视觉，乃至触觉、嗅觉等效果。一夜春雨，晨起看花，那被雨洗过的花朵仿佛也增加了重量，这就是"晓看红湿处，花重锦官城"（杜甫：《春夜喜雨》）。不仅花的形象可以有重量感，声音的形象也可以有重量感，这就是"露重鼓寒声不起"（李贺：《雁门太守行》）。诗的塑造形象，手段是多样的，它可以化无形为有形，使一切具形化。这样，便可写出客观事物极微妙的情状。李瑛写《雨》：

> 满山是野草的清香，
> 满山是发光的新绿，
> 满山是喧闹的小溪……

他把单调的雨，写得丰富多彩，精到地描绘出雨中的山、山中的雨。山雨下来了：夹带着野草的清香，这是作用于嗅觉的；到处新绿闪光，是作用于视觉的；山雨下来得猛，顿时雨水汇成了小溪，发出了震耳的喧腾，这是作用于听觉的。雨后山中特有的景象，一霎时从短短的诗行中喷吐而出。他借形象让你多方面地、具体地、直接地感受到客观世界的变化。就雨写雨，写不出雨的声势和情调，借野草的清香，新绿的发光，小溪的喧闹写雨，再现

① 黑格尔：《美学》第一卷，第348页。

了可感的声音，色泽和气味，因而这山中的雨便是生动鲜明如真的被我们看到的一样。

诗的形象，不仅能把有形的写得绮丽多姿，甚或能把无形的化为真实可感。李贺写箜篌的声音："昆山玉碎凤凰叫，芙蓉泣露香兰笑"，两句之中，四个形象，四种动作表情，都是为了形容箜篌的声音。"玉碎，状其声之清脆；凤叫，状其声之和缓；蓉泣，状其声之惨淡；兰笑，状其声之冶丽。"[①]这样多方面的形容，诗人意犹未尽，于是又有"女娲炼石补天处，石破天惊逗秋雨"，这真是"石破天惊"的形象！贺敬之在《十年颂歌》中，用姑娘心中都是桂林山水来形容心灵的美丽，用青年的手都是五指山峰来形容手的坚强。"美丽"和"坚强"并不能造成具体可感的形象，还是空泛的，这就要求助于形象。既然心中有桂林山水，姑娘心灵的秀丽自不需说；既然手掌是五指山峰，青年巨手的坚强亦不待言。这是一种取譬连类。对比的两者之中，要相似，相似使人产生联想；又不能全似——全似则失去了联想所带来的艺术对比产生的美感。

各个艺术品种的形象，都各有特点。诗的形象特点之一，是它的跳跃性。形象如珍珠在诗中闪光，而且表面看来，那珍珠并无串它的线，似乎互不连贯。"春风。秋雨。晨雾，夕阳。""五月——麦浪。八月——海浪。桃花——南方。雪花——北方。"都是断断续续的跳闪着光莹的珍珠。不仅中国诗人，而且外国诗人也这样写：

> 此后，开展着，飞快地开展着，
> 元素，种族，调和，骚动，迅速
> 　　和大胆，
> 又是一个初生的世界，有着不断

---

① 王琦注李贺《李凭箜篌引》。

扩展的光荣的前景……
——惠特曼:《从巴门诺克开始》

这里散落的每颗珠子,仿佛是彼此游离的,但却被无形的线牵着、串着,诗人有自己的构思在牵着、串着这些闪光的珍珠。同时,诗人也鼓励读者用自己的想象,去把这些珍珠做成一串完美的项链或其它。“朝霞、夕阳、阵雨、彩虹,在肩头上来去匆匆”,这种形象的跳跃,由短促的词组所构成,仿佛电影的叠印似的,迅疾而生动地说出了斗争的艰苦和丰富,用字俭省,但却高度地概括。

不仅单独的形象可以跳跃,一组形象也可以这样跳跃,如:“雪夜敲门,大嫂温暖的笑脸;风雨夜渡,艄公血染的衣衫。”这两组形象,他只是随意类举,把用意放在形象后面,让你随着他的珠子去串,去想象那战争年代无数的雪夜开门迎接子弟兵的大嫂,去想象那无数为拯救亲人而冒死夜渡的艄公,去想象那鲜血凝成的军民情谊。这种表面上不连贯的跳动,为诗人的艺术思维所统御,它们之间有着严密的联系,只是不露痕迹罢了。这种“跨栏式”的跳跃的形象,可以造成非常奇妙的意境,是别的艺术所难以达到的。许多诗人成功地创用了这种不连贯,把遥遥相隔的形象“焊接”起来,使历史和现实,这里和那里,连在了一起,勾出了一幅丰富的画面来。小说的典型化中有嘴在彼处眼在此处的“凑”,诗的典型化中此种跳跃式的“焊接”与之相类。在《放声歌唱》中,贺敬之把高压线和古长城,联合收割机和大雁塔,长江大桥和黄鹤楼,宝成铁路和古栈道“焊接”了起来。不仅如此,甚至省港罢工的呼号声,会在今天的鼓风炉里呼呼作响;南昌起义的鲜血,会在今天的炼钢炉中跳荡。你想想,在这些“不相关”的形象的背后,由于诗人奇妙的“焊接”,蕴藏着多么强大的思想的能!这里,我没有谈及“想象”在塑造诗的形象中的作用,这个问题将在另一个地方谈到。

世界万物,气象万千,艺术形象,日新又新。形象的创造总在运动着、发展着,而不会是凝固和停滞的。把女人比作花,最先这样做的,可以认为是创造,但陈陈相因,便是陈词滥调。凡有诗,必须是新的诗。诗要新,首先是立意要新,但形象也要新,未有通篇都是陈旧不堪的形象而能成为新诗的。陆机说,“虽杼轴于予怀,怵他人之我先”,写诗的人,应当有这份唯恐拾人牙慧的警惕性;他还说,“谢朝华于已披,启夕秀于未振”,写诗的人,也应当有这份弃旧求新的顽强劲。

形象的创造是无止境的。诗人应当力求每首诗都有不重复别人的新鲜的东西。这样,我们的诗歌便会不断向前发展。我们古代的优秀诗人,就总是处在这种创造形象的竞技状态中。一个诗人以山形容愁:“夕阳楼上山重叠,未抵闲愁一倍多”(赵嘏)。一个诗人以海形容愁:“落红万点愁如海”(秦观)。一个诗人用多种形象形容愁:“试问闲愁都几许?一川烟草,满城风絮,梅子黄时雨”(贺铸)。又有一个诗人,她另辟蹊径,把愁写得有了重量:“只恐双溪舴艋舟,载不动,许多愁”(李清照)。这些封建时代的诗人们,他们有没完没了的感伤情绪,因而也在愁的形象上不断求新。我们生活的时代,有的是壮美的理想,广阔的前途,我们充满豪情地去夺取斗争的胜利。我们要能像他们写愁那样,去苦心孤诣地、出奇制胜地写我们的愿望和理想,该有多么好!

形象的新,在生活的深。创新的先决条件,是深入的观察体验。要是说,韩愈尚且能在若有若无的草色中发现早春的形象:“草色遥看近却无”;在我们到处都是春光的祖国原野上,我们寻觅、追逐春天最新的足迹,应当不是十分困难的。

想　象

你说，谁不能想象，谁就不会成为诗人。事实也许就是如此。拉法格回忆说，马克思最初在文学上的尝试就是诗，他“具有丰富的诗意的想象力”。毛泽东同志作为诗人，他同样具有这种“丰富的诗意的想象力”。他笔下的山山水水壮伟而奇幻，他笔下的斗争烟云瑰丽而多彩。他具有超迈的从现实出发而浮想联翩的诗才。

诗人是劳动者，同样是创造生活的人。但他不仅在实际上创造生活，而且也在想象中再现生活。当人们满怀深情地叙说，“我们永远不忘毛主席的功绩”时，诗人以惊人之句吟唱：“梦中想起毛主席，半夜三更太阳起！”事实是，太阳只在黎明升起。但是，在旧社会无边黑暗中挣扎了一辈子的受苦人，由于共产党的拯救，他不能不想、而且也在梦中想念人民的领袖。在夜里，在梦中，周围漆黑之中，眼前顿时升起了红光。这种想象，不正是对于生活的美好的再创造吗？

韩愈在唐代并不是想象力最丰富的诗人，就是他，甚至也说：“我愿生双翅，捕逐出八荒。精诚忽交通，百怪入我肠。刺手拔鲸牙，举瓢酌天浆。”（《调张藉》）经过诗人的头脑加工厂的加工，真实的生活，由于想象，无不镀上了光泽，它千奇百怪，异彩奇光！想象是诗对生活进行加工的基本的艺术手段，其实，也就是诗的典型化的基本的手段。只不过，这种典型化并不像其他艺术那样，主要地在人物形象上进行，而是更多地借助于夸张、比拟等手法，对人们产生于实际生活斗争的思想感情通过飞跃的大胆的想象，进行典型化的概括。一般说来，诗并不“如实”地反映生活，诗总是“想象”地反映生活。按照生活的原样“如实”地写，不是诗的典型；只有在无数的实际生活的原样的基础上，进行创造性的想象，这样的诗才具有典型的意义。

“南昌起义的鲜血，在我们的炼钢炉中正滚滚跳荡”，这不是“真的”，却也不是“假的”。不真，是因为鲜血不可能流入炼钢炉；不假，是说，革命传统代代传，我们的炼钢工人正是以南昌起义那样的革命精神忘我地劳动。合理的想象，只会把实际生活表现得更真实也更有力量。诗将事物呈现给我们的时候，不仅描绘出那些事物的实际的轮廓和线条，而且是在那些事物的四周投下灿烂的光彩，这光彩，主要是诗人的想象造成的。想象在诗歌再现生活过程中的地位是重要的。诗总是对现实的本质加以夸张，总是使诗中的生活比实际的生活更带幻想的色彩。

“石油工人一声吼，地球也要抖三抖。”满含着奋发图强革命激情的石油工人的吼声，诚然是震撼人心的，但地球因之发抖，却是想象的。钻机轰响，大地震动，这“吼”，这“抖”，有着坚实的生活基础。这种夸张现实的想象之笔，突出了石油工人的精神风貌，突出了生活强大而扎实的本质，比平铺直叙更有力量。“这个社好比灵芝草，出土露面苗苗小，毛主席担水及时浇，一夜长得比山高。”毛主席关怀农业合作化是事实，而毛主席担水浇灵芝却是想象；同样，农业合作化迅速发展是事实，而一夜长如山高却是想象。想象，的确从现实生活上“跳”得很高，但却离不开现实生活这块“弹跳板”，没有这板，没有这有力的弹跳，我们只会在地面上匍匐。

“课虚无以责有，叩寂寞以求音。”(《文赋》)虽然这望的“虚无”含有“无形”的意思。但仍须强调，想象并不从“虚无”来，而是生长于肥沃的生活土地上。诗的想象，当然是一种意识，意识一开始就是社会的产物。马克思和恩格斯说过：“我们的出发点是从事实际活动的人，而且从他们的现实生活过程中我们还可以揭示出这一生活过程在意识形态上的反射和回声的发展。甚至人们头脑中模糊的东西也是他们的可以通过经验来确定的、与物质前提相联系的物质生活过程的必然升华物。”[①]想象，作为一种艺术的思维活动(在诗中，更是一种万不可缺的思维活动)，是诗人和艺术家对生活“改造制作”的基本手段，它只能从人类的物质生活过程中得到解释，舍此没有别的解释。想象产生于磐石般坚实的生活基础之上，它不是“飞来石”。当然，它反映社会生活一般不采取直接的办法，如同革命导师所启示的，它一般总是现实生活过程的“反射”、“回声”、“必然升华物”。燕山有雪花，李白的“燕山雪花大如席”才不至于被斥为虚妄；忧愁而能生白发，他才有勇气说“白发三千丈，缘愁似个长”。想象并不是镜花水月，七宝楼台。想象是开放在人类认识这棵活生生的树上的真实的、而且是会结果实的花。我们祖国大地上热气腾腾的生活在诗人的眼中、笔底，由于想象这面折光镜，具有了比现实更为奇幻的光泽；人民心灵中燃烧的理想，由于想象这个鼓风机，而发出了眩目的、灼人的熊熊烈焰。

“呵，棕榈　是你的沉默举起叛逆者的剑又一次　风托起头发　像托起旗帜迎风招展”(北岛：《岛》)在这里，想象给众所周知的平常之物投以奇异的光环，于是，这平常之物仅仅因为有了想象，顿时显得神采飞扬。毛泽东同志逝世的时候，我们觉得只用平常的语言，难以描状我们的情感。这时，要是说，“我想像我是一只燕子，栖迟在箭楼的北京雨燕，绕着纪念堂四围的廊柱，飞旋在正阳门北，英雄碑南。”(邵燕祥：《献诗》)我们的怀念之情便跃出纸面。显然，“我是燕子”不是实际的可能，却比实际更有力量。想象力，是“十分强烈地促进人类发展的伟大天赋”，[②]马

① 《德意志意识形态》，人民出版社，1961年，第20页。

② 《马克思恩格斯论艺术》第二卷，第5页。

克思这样认为;“应当幻想!”[1]列宁也这样号召,他认为幻想甚至能支持和加强劳动者的毅力。

一个人,当他只是在那里亦步亦趋地摹写生活的原样,很难说,他会写出令人感奋的诗来;只有当他既站在坚实的大地上、而又拥有想象这一折光镜和鼓风机,可以预料,他将贻人民以奋然前行的旗帜和进军鼓。因为借助想象,他对生活的丰富材料进行了典型化的加工。真的,没有想象的诗,是不可想象的;不会想象的诗人,同样是不可想象的。

写到这里,想起了你寄自西双版纳的诗,西双版纳实在是让人幻想的地方。黎明之城飘浮着槟榔叶子香气的黄昏,罗梭江畔虫鸣似海的月夜,橄榄坝的椰树和竹楼在亚热带的艳阳下凝思,国境线上勐满街头赞哈抒情的吟哦,还有,那无所不在的西双版纳的绿,绿的天地,绿的云彩和雾气……西双版纳有一切条件激发诗人的想象。当然,我并不认为,只有西双版纳才能做到这点。事实上,我们祖国的每一个角落,我们生活的每一个场景,都有着迷人的潜藏的美。诗人不能忘记想象!

“语不惊人死不休”。诗人的惊人之语,往往总是大胆想象之语。诗人不喜欢平淡,他们觉得,与其说“愤怒”,不如说“血在燃烧”;与其说“痛苦”,不如说“心在流血”。恰到好处地说些惊人之语,在艺术上可以产生很大的冲击波。李白游洞庭,在他眼里,湖水都成了醇酒:“巴陵无限酒,醉杀洞庭秋”;李贺赞友人赠葛,眼前的葛变成了云蒸霞蔚的美丽的云天:“欲剪湘中一尺天,吴娥莫道吴刀涩”。在上述例子中,湖水与醇酒,葛与云天,总有着构成联想的契机,总有着引比连类的现实的缘由。想象就是这样,总在同与不同之际,似与不似之间,从一个侧面,曲折地揭示事物内在的美感。

---

① 《怎么办?》,《列宁全集》第五卷,第480页。

诗人之所以要千方百计地发挥他的想象力，就在于要从客观事物上面发掘出隐藏着的、不易发现也不易道破的本质特点。这样做，当然是为了造成强烈的艺术效果，以警醒和感奋人民。李瑛写《在军事分界线北侧》："一片国土被分成两半！一朵云被分成两半！一颗心被分成两半！"从一片国土到一朵云，是从现实而飞向想象，推进到"一颗心被分成两半"，把国土被分裂的情状表现得极其沉痛。美丽的三千里江山被人为地分成了两半，就像是把一朵云分成两半那样的荒唐，就像是把一颗心分成两半那样的痛苦。这种建立在现实基础上的想象之笔，如同火上泼油，能够更炽烈地点燃人们统一祖国的炽烈的情怀。国土被分成两半，是痛苦的现实，而云和心被分成两半，却是诗人独特的发现。这种发现当然是创造。"想象是创造的。"[①]被动地描摹生活谈不上创造。

细腻而扎实的观察体验，是创造性的想象的前提。而表现生活，却应当"精骛八极，心游万仞"(《文赋》)。马雅可夫斯基写沙皇统治的黑暗，那太阳也变得"疲惫而又迟缓"，"好像是斑疹伤寒"；写十月革命的喜悦，天空变成了"蓝色的丝绒"，从来没有这样好过。其实，太阳和天空都没有变，是人的思想情感变了。这种想象的再现比本来的生活新鲜、绮丽，甚至奇特。我国古代诗人，无论是苏轼较为切实的"欲识潮头高几许，越山浑在浪花中"(《八月十五看潮五绝》)，还是李贺充分幻想的"石榴花发满溪津，溪女洗花染白云"(《绿章封事》)，都通过想象直接或曲折地映照出生活的诗意。在中外优秀的诗篇中，到处可以看到想象的莹光闪耀。

在我国新诗的发展中，诗逐渐接近现实，深入人民生活的底层，现实性加强了，这是伟大的进步。但现实性的增强，绝不应

---

① 黑格尔：《美学》第一卷，朱光潜译，人民文学出版社 1962 年版。

是想象力的萎缩。只要合理,越是想象的诗篇,就越具有现实的战斗性。“五四”时期,郭沫若那些创造新鲜太阳的“女神”,那些烈火中自焚的“凤凰”,以及那可以吞吃一切的“天狗”,是多么大胆的想象,又传达了多么勇敢的反帝反封建的呼声!今天,展现在我们面前的是空前瑰丽绚烂的现实,是无比光明美好的明天。我们有一切必要,也有一切条件,唱出比前辈诗人更有想象力的诗句来。

事实上,当代许多诗人也在这样勤奋地歌唱着。老诗人臧克家有一首《抒情》:“自沐朝晖意蓊茏,休凭白首便呼翁。狂来欲碎玻璃镜,还我青春火样红。”白发苍苍的诗人,不愿意人们称他老人;生逢盛世,壮心不已,正思奋发,以至于要击碎镜子,大呼“还我青春”。这种飞跃的想象,却更强烈地表现了植根于事实之上的真切的情怀。诗人的心境,借一奇想,得到了酣畅透彻的宣泄。还有一位诗人,漫步在内蒙草原,一条小河,引动他美丽的遐想:

草原牧女又多了一面镜子,
马场小伙又多了一条带子,
乳厂师傅又多了一根弦子,
亮晶晶光闪闪的小河水。

——李瑛:《亮晶晶光闪闪的小河水》

其实,这只是一条人工河。在我们祖国的大地上,每天要出现多少条这样的小河啊!这只是平凡普通的现实,但由于诗人的想象,它变得妙不可言。于是,这平凡,这普通,唤起了人们的关注,人们发觉,这小河,美得像一面镜子,一条带子,一根弦子,又明亮,又柔和,又有美好的音响。想象掀开了帷幔,使人们习以为常的事物,发出了神奇的光彩。正是因此,黑格尔才说,“最杰出的艺术本领就是想象”[1]。可惜的是，我们当代诗人在这方面的艺术本领发挥得并不充分，我们奠基在现实土壤上的充分想象的诗篇还是太少。

诗人的想象，不能代替读者的想象。诗要有余味，在于诗人要给读者留下驰骋想象的天地。《忆秦娥·娄山关》的诗句："苍山如海，残阳如血。"从诗句本身看，是充分想象的：漫漫长征前路，如海的绵绵苍山，沐浴在如血的残阳中；同时，又留给读者以袅袅余音：海的苍茫，象征着长征途中多艰，血般殷红的夕照，象征着斗争的壮丽而悲烈！这是典范。白石老人画《十里蛙声出山泉》，画面上，只有几只活泼泼的蝌蚪，使你想起蛙鼓不绝的十里山泉。诗人应当有这样的本领，用极省俭的启发性的笔墨，让读者自己去开拓无限的想象的天地。给你几朵野花，你去想象无边的原野；给你一束流云，你去想象广阔的天空；给你一颗红五星，你去想象漫天烽火中挺进的铁军……但是，不给野花，不给流云，不给红五星，当然也无从引发读者的想象力。

在今天，想象的诗，不仅引导人们揭示生活的真谛，而且激发人们对于未来的信心。列宁断然宣言：应当绝对保证文学创作中思想和幻想的广阔天地。而且在艰难的时刻，列宁本人也从积极的幻想中受到鼓舞。一九〇九年，列宁流亡法国，据他夫人回忆："在这些艰苦的岁月中，伊里奇幻想得也最厉害，他老是幻想，跟蒙台居斯聊天，胜利地唱那支亚尔萨斯歌，夜里失眠了就读凡尔哈根。"[2]要是说，在被迫流亡的日子里，法国那些充满激情的民歌，曾经带给列宁以关于斗争和胜利的想象，那么，在我们今天这样充满希望的年代，我们有什么理由不让我们的诗和人民在一起，满怀希望地幻想明天呢？

---

① 黑格尔：《美学》第一卷，朱光潜译，人民文学出版社 1962 年版。

② 克鲁普斯卡娅：《回忆列宁》，见《列宁论文学与艺术》，第 862 页。

立意

有趣的是，读诗的人似乎并不关切那些合乎常理的景物，他们的关切在于你的因物立意。只要诗的立意有别，同一题材重复一万次，他们不厌其烦；假使立意不新，只需雷同一次，他们也缺乏耐心。事实上，我们民族仅松树一项，便写了近二千年[①]。而二千年来的读者，不论其社会制度如何演化，不论其阶级地位有什么变迁，总是兴致勃勃地吟哦着常青的松柏。很早，建安七子之一的刘桢(？—217)就写了："亭亭山上松，瑟瑟谷中风，风声一何盛，松枝一何劲。"(《赠从弟》)寄托在松树身上的悲凉之气很表现了他所生活的时代精神、所谓的建安风骨。这首专写松树的诗篇，很早就以立意高远而得到传诵。到了左思(250？—305？)，他写"郁郁涧底松，离离山上苗，以彼径寸茎，荫此百尺条。"(《咏史·其二》)借松树屈辱的遭遇，抒发了对当时"世胄蹑高位，英俊沉下僚"的门阀制度的悲愤。他从另一侧面来写松树，和刘桢不同了，咏松出了新意。此诗照样受到赞赏。到了当代，我们的无产阶级革命家笔下，董必武用"干挺不畏风，根深土嫌薄，吸取无所限，到老犹磅礴"(《答徐老延安赠别》)来颂扬扎根人民之中的不老的革命青春；陈毅用"大雪压青松，青松挺且直，欲知松高洁，待到雪化时"(《冬夜杂咏》)来讴歌顽强斗争、坚贞不屈的大无畏革命精神。他们的松树诗各有千秋，也

---

① 松柏较早见于《古诗十九首》，有"白杨何萧萧，松柏夹广路"、"古墓犁为田，松柏摧为薪"等句。《古诗十九首》系东汉、建安年代的作品。

各自广泛地流传。读者也没有因题材相同而因之热情稍减。

本世纪六十年代，一个青年诗人写的松树雄立在我们面前，它像号角一样鼓舞我们战胜西伯利亚来的严寒与冰雪，如黄山松那样坚贞不屈：

> 不怕山谷里阴风的夹袭，
> 你双臂一抖，抗得准，击得巧，
> 更不畏高山雪冷寒彻骨，
> 你折断了霜剑，扭弯了冰刀！
>
> 谁有你的根底艰难贫苦啊，
> 你从那紫色的岩石上挺起了腰；
> 即使是裸露着的根须，
> 也把山岩紧紧地拥抱！
>
> 你的雄姿像千古高峰不动摇，
> 每一根针叶都闪耀着骄傲；
> 那背阳的阴处，你横眉怒扫，
> 向着阳光，你迸出劲枝万千条！
>
> ——张万舒：《黄山松》

古往今来，悠悠千载，吟松不绝！有才能的诗人，能够在重复了千万次的题材上，根据时代的要求，阶级的愿望，结合自身的情怀拓以新境，立以新意。而读者总以欣悦的心情接受这各有立意的同一题材的诗篇。

诗在很大程度上，就是一种寄托。就是说，借某事某物某景，寄托自己的意志情怀，这就是言志，也就是抒情。寄托于某一客观事物，就是在某一客观事物上立意。显现出来的是具体的物象，隐藏其后的是诗人的情意。所谓兴托不奇，其实即立意不新。过去写兰蕙，写梅竹，写清流高峰，近世写红日，写灯塔，写映山红，都不是就此物说此物，而总是各有所寄。借此物言志，借彼物抒怀，这就是抒情诗的“奥秘”。

立意，就是诗人的政治思想、阶级立场、世界观以及道德情操（当然还有艺术素养）综合作用的体现。它是诗人内心世界的披露，同一事物在不同的诗人眼中可以是完全不同的形象，可以有完全不同的立意。是以同是梅花，可以是孤芳自赏的清逸的隐者，也可以是凌寒报春而不争春的革命的志士。同是黄山的松树，你若只看到“奇松、怪石、云海”黄山三奇之一的黄山松，那不过是普通的咏物写景，因它无新意，故终沦为平庸；你若看到它僻处深山不与世争用来抒写清高奇崛的情怀，那唱出的也断不是我们时代的声音；你现在让黄山松站立于风云翻滚的革命时代的顶巅，它的坚韧与不屈，都有了无产阶级斗争并胜利的时代的鲜明色彩，这样的黄山松，便理所当然地成了无产阶级迎风飘扬的战旗，如同前举《黄山松》所作的那样。诗重立意。

只有为数极少的诗，它只是直抒胸臆，便成绝唱。这大抵总是由于诗人人品极高，以他的崇高品行动人。这类作品，如文天祥的《过零丁洋》（“人生自古谁无死，留取丹心照汗青”）；陆游的《示儿》（“王师北定中原日，家祭无亡告乃翁”）；夏明翰的《绝命诗》（“砍头不要紧，只要主义真”）；陈毅的《梅岭三章》（“此去泉台招旧部，旌旗十万斩阎罗”）；郭小川的《秋歌》也是这样的作品：

> 我知道，总有一天，我会衰老，老态龙钟；
> 但愿我的心，还像入伍时候那样年青。
> 我知道，总有一天，我会化烟，烟气腾空；
> 但愿它像硝烟，火药味很浓，很浓。

这类作品，往往不要特别地“立意”，它们本身就是一种力量——思想力量和艺术力量的统一。写这样的诗，要有很高的思想境界，装假不得，因而很难。大量的诗不是这样，总是因事、因人、因物而有所寄托。它讲究立意，由于立意的新鲜不凡，这诗也新鲜不凡。臧克家为纪念鲁迅而写的《有的人》，关键不在写了鲁迅的平生事迹，而是借纪念鲁迅立以新意。以下，就是诗中的名句：

有的人活着
他已经死了；
有的人死了
他还活着。

这首诗写于建国初期，近三十年了。至今，我们还可从诗人在五十年代歌颂鲁迅的同时所加以揭露的那些丑恶的面孔中，联想到七十年代祸国殃民的“四人帮”的卑劣。那四个丑类想不朽，结果换来了举国上下的一致讨伐，这正是《有的人》当时所抨击的。这首《有的人》的立意不仅是新颖的，而且是经得起时间考验的。

画论讲意在笔先，丝毫没有“意”是先天的意思，而只是认为作者下笔之先要胸中有意，即胸有成竹。而诗人画师的胸中之意，虽先于笔，却不能先于存在以及由存在决定的思想情怀。诗中的意，是诗人思想情操的体现，但又不是思想情操的赤裸裸的体现。它包裹着艺术的形象，而这形象，也是客观事物的反映。如《黄山松》，它是表面上的松与实际要写的松的精神；黄山松的生态特征和作者要颂赞的那种战斗风格；是上述二者的自然而贴切的结合。意在笔先的诗的“意”，它是“立”在主观和客观一致的基础之上的。只有主观的意愿，而缺乏客观的依据，或是看到客观的黄山松的特征而并没有那样高尚的情怀，也不会结合而为《黄山松》。我们到过森林，也当然告别过森林，然而，我们未必写得出傅仇那样的《告别林场》来：

我们真不想离开这里，

但我们还要去采伐新林区；
什么时候我们再回来？
最早也是一百年，一个世纪！

一个世纪，一百个年辰，
再走进这青山的已经不是我们，
而是一批批共产主义的新人，
电气化的伐木者，我们的子孙。

这诗素朴，没有特别的技巧，但它立意奇高。不可否认，作者在林场有感受，也有“发现”，这是客观作用于他的，但又与他主观的思想境界结合了起来。在这个时候，就可以感到共产主义的崇高思想境界在《告别林场》这首诗立意中的不可忽视的地位了。思想情操不同，换上一个具有灰色人生观的作者，他可能要在这“再走进这青山的已经不是我们”的时刻，产生怅惘之感。而傅仇却把这种告别，化为共产主义激情的颂歌！立意不是一种技巧的运用，它是把诗人的思想情怀熔铸在客观的典型环境中的一种对生活的再创造。

要立意，首要炼意。“炼意”这词是我们的祖宗发明的。这是一个很好的词汇，它至少可以打破那些认为立意并不艰难、可以轻而易举地“立”起的想法。炼意如炼钢，要在通红的炉火中把矿石加以熔化，炼去杂质，加以锻压，而后成材。诗的炼意也如此，就是要从纷繁的生活矿石中，选矿、冶炼，在丰富之中提取精华。诗人的炼，就是诗人对于客观世界由浅入深、由表及里的把握；只有对于事物本质精神的认识，诗人才能炼出他的诗的优质钢。

“作画须先立意，若先不能立意，则胸无主宰，手心相错，断无足取。”[1]这里讲画，诗也同此。胸中有了主宰，就不至于“手

---

① 郑绩：《梦幻居学画简明》，见《画论丛刊》。

心相错”。佳章佳句,大体都需经过一番“烈火的考验”。有才能的诗人,能在平常中发现不平常,能把粗糙的乌黑的矿石炼成闪光的金属。炼意——立意,使诗人所咏的习见的题材具有了不平凡的意义。谁没有见过落花?但“落红不是无情物,化作春泥更护花”(龚自珍:《浩荡离愁白日斜》)却不是人人想得到的;石灰谁不识得?但“千锤万击出深山,烈火焚烧若等闲,粉身碎骨全不怕,要留青白在人间”(于谦:《石灰吟》)也不是人人唱得出的。因而可以说,重大的题材,新鲜的题材当然很好,但普通的题材,重复的题材也并非不好。讴歌人民的诗篇,可以永远唱下去,讴歌劳动的诗篇,也可以永远唱下去,但要篇篇均有新意方好。不然,即使是新鲜的题材,但立意无奇,只有一篇,也是旧的;只有一篇,也足令人生厌。

热爱革命领袖,这是很普通的感情,把这写成诗,也是通常的主题。但有一个诗人,在“路比云丝密”、而且路上缀满了人们的足迹的北京城里,一边跳着弦子,一边寻找无所不在的毛主席的足迹。由于立意精深,就把这常见的题材写新了。怀念周总理,这也是大家都有的感情,把这写成诗,也是常见的题材。但有一个诗人,她把怀念总理写成处处寻找、处处回答“他刚离去”,处处有总理,而处处又不见总理,用此寄托对周总理的怀颂之情,这就是立意的新颖。再举一例,矿工上井下井都乘坐罐笼,有一天,诗人觉得这罐笼是“祖国亲爱的手”;矿工采煤运煤,也是平常的劳动,有一天,诗人觉得“分明那一辆又一辆煤车,驮的是一轮又一轮太阳”;诗人据此为诗,就这样,一下子境界全出!

马雅可夫斯基为哀悼列宁的逝世,写了长诗《列宁》。他不是顺手拈取列宁的事迹,加以分行排列,而是在列宁革命一生中炼意。该诗写噩耗传来,其笔墨是让人震惊的:

假如

在博物院里陈列出

一个哭泣的布尔什维克，
那末，闲散的人们
　　　　　会整天地
　　　　　　站在博物院里。
是的——
　　这样的事
　　　　你几辈子也别想遇到！
白军的将军们
　　在我们的脊背烙印上
　　　　　　　　五角的星星，
马蒙托夫的
　　匪徒们
　　　　把我们活埋掉
　　　　　　　一直埋到头顶。
日本人
　　把我们扔到火车头的锅炉里
　　　　　　　　　　　活活烧死，
往我们的嘴里
　　　　灌上了铅和锡的熔液，
"投降吧！"他们吼叫
　　　　　　　　但是
燃烧的喉咙里
　　　　　只有六个字！
　　"共产主义万岁！"

马雅可夫斯基用这样的形象来悼念列宁的逝世，由于立意的创新，使他的诗不朽。反动派残暴折磨，布尔什维克宁死不屈。但现在，这些铁石心肠的革命者却哭泣了。这是马雅可夫斯基送给我们的诗句，这是他亲手冶炼的合金钢，它是闪光的、坚硬的、有力量的。

立意的前提是炼意，炼意的基础在精思。我们对生活中的人、事、物、景有了某些感受，这个感受开始一定是并不深入的。要多思，深思，更要精思！精思就是对我们所要表现的客观材料的本质，进行深入的探究。在精思的过程中，去把握那些素材的本质特征。想得不深，就是思得不精；思而不精，徒巧何为！

谈精思，要特别注意矛盾的特殊性。“任何运动形式，其内部都包含着本身特殊的矛盾。这种特殊的矛盾，就构成一事物区别于他事物的本质。这就是世界上诸种事物所以有千差万别的原因，或者叫做根据。”（《矛盾论》）精思，就是要寻找那存在于自然现象、社会现象，也存在于思想现象中的这个“千差万别的原因”或“根据”。李白诗：“日照香炉生紫烟”，（《望庐山瀑布》）香炉峰状如香炉，李白很好地把握了这一景色的特殊性。清晨，香炉峰顶云雾缭绕。太阳初升，红光穿过云层，那云雾被阳光映射，发出了绛紫色的烟气，仿佛是香炉点燃了它的香烟。说这是诗人浪漫主义的奇想，但无疑是李白对这自然景色静观默察、深思熟虑的再创造。由于诗人的精思，他不仅找到了香炉峰和千峰万岭的“千差万别”，而且找到了香炉峰之晨和其他千峰万峰之晨的“千差万别”。李长华的《访任羊成》也是，任羊成是高空作业的英雄，诗人写“访”，经过精思，有了新鲜的立意。这就是屡访而访不见，因为任羊成在“险山恶岭千万重”以外。这样的访，自然就把任羊成和一切的农业战线的英雄区别开来了。

陆游讲：“诗无杰思知才尽。”其实，诗无杰思，并非才尽，而是不曾精思。精思能够造成巧思、杰思、宏伟之思。若要求诗有杰思，那就应当深入事物的实际，去挖掘那些乌黑闪亮的矿石。

构 思

听说你在进行一首宏伟的诗的构思。花的海，诗的浪，不朽的英雄碑，悲哀和愤怒的飓风，成熟的革命者和正在斗争中成熟起来的千千万万年青人，都已在你的构思中出现。那真是一幅空前的历史性的画面。壮丽的斗争应当有壮丽的诗篇，唯有宏伟的构思才能与之相称。我预祝你的成功，而且急于知道这座未来大厦的建设蓝图。

诗人的构思就是工程师的蓝图。生活提供的诗的原料，就是工地上的砖、瓦、灰、沙、石以及钢筋。材料无非就是这些，但蓝图不同，将要出现的建筑物也就不同。超凡的构思可以造成华美的殿堂；平庸的构思，只能产生千篇一律的“火柴盒”。

有人说：“意随笔生，不假布置。”[①]这种说法否定了构思的存在。而构思是绝对必要的，不论是平庸的作品，还是超拔的作品，都各有自己的构思。当然，它们的构思有精粗优劣之分。斗酒百篇的李白，难道真的就是一边灌酒，一边涌出锦绣的诗句来？不对的。他也许诗思敏捷，也就是说构思的过程很短，但却不能取消构思。他的诗歌创作实践足可证实我们论断之不妄。李白写过许多赠别友人的诗，《赠汪伦》和《闻王昌龄左迁龙标遥有此寄》都是广为传诵的。“李白乘舟将欲行，忽闻岸上踏歌声，桃花潭水深千尺，不及汪伦送我情。”“杨花落尽子规啼，闻道龙

---

① 明·谢榛说：“宋人谓作诗贵先立意。李白斗酒百篇，岂先立许多意思而后措词哉？盖意随笔生，不假布置。”语见《四溟诗话》。

标过五溪，我寄愁心与明月，随君直到夜郎西。"同是赠别，前一首是汪伦送李白，李白题诗以谢；后一首，李白闻知昌龄迁贬，李白赠诗以慰。不仅角度不同，写法也不同。前一首写舟将发，汪伦踏歌至，殷殷情重，李白借一个眼前景为喻：千尺桃花潭水，不及汪伦送我情深。后一首写知友远别，春深愁重，又是借一个眼前景抒怀：明月在天，愁思遥寄，月随人往，我的愁心寄与明月长与你为伴。都写别离，都写友谊，两诗由于不同的构思，造成了迥异的艺术品。事实说明，李白不仅是篇篇有"布置"，而且篇篇有精到的"布置"。他是一个伟大的精于构思的诗人。

的确，在抒情诗创作酝酿的一系列思考活动中，只是停留在对于素材的社会意义的抽象思考上，只用思辨和推理来加以论证，这并不能最后形成抒情诗的艺术构思。抒情诗的构思属于形象思维的一个过程。在创作进行中，有时，或是一个闪光的思想，或是一个鲜明的形象，雷电一样击发我们的诗情，出现在我们诗思的最初一刻，化为一字、一韵、一句、一节，这往往便成为构思的契机。它使诗人奋然而起，以此为起点，迅疾地进行并完成诗的构思。这闪电般的爆发式，是客观存在作用于诗人构思的一种物质运动的必然。例如一个诗人，他听说一个朋友将远道来访，他计算着友人到达的日子，想象着这种相会的快乐，跑到楼上，盼着月亮快点圆。当他登楼望月时，心中突然涌出了这样的诗句：

> 闻道欲来相问讯，
> 西楼望月几回圆。

这是足以使他心跳的句子。他欣喜这诗句忠实、生动地说出了他的情怀，于是倍加珍爱。也许，这缀在韦应物的《寄李儋元锡》这首诗最后的诗句，竟是他在构思过程中最初出现的诗句；也许，这首著名的七言律诗的构思，竟是由这两个诗句起始的。这样的例子，我们经常遇到。这种爆发式的现象，在抒情诗的构思中，可能并不是偶然的现象。也许是五月，也许是北京的中山公园，您漫步中瞥见那厢一架紫藤花开得热闹，也许这时，你心中浮起一句新诗："一架紫萝深似海"。花深似海，古都春浓。你为此喜悦，觉得这诗句把眼前景色表现得简练、生动。但这里只有景，还没有说出心情。假使你是一个中年人，觉得青春已逝，犹思振发，就借景抒怀，接下去吟出了另一句："借得春光照华年"。这两句没头没脑的句子，还没有交代你来中山公园的因由始末，于是又用其它一些诗句加以补充，直到凑成一律或一绝为止。

韦应物的望月怀友诗缘情而生，你的紫藤花诗因景而发，这种构思的初起，都可能系由一个成为中心的诗句的出现。而它的出现，总是由于它很好地概括着未来作品所要表述的某些主要的社会内容以及由这内容而产生的感情活动。这就是陆机说的"立片言以居要，乃一篇之警策"(《文赋》)。"居要"的"片言"，可以成为一篇的"警策"，这话，很说出了抒情诗构思的某一方面的实质。诗的构思也有规律，但却不可能是构思一篇论文那样的规律。在很多时候，它往往就是如上述那种状态：在构思过程中，出现了"居要"的"片言"，这成了出发点，由此走完构思的全程。

自然界存在许多运动形式：机械运动，发声，发光，发热，电流，化分，化合，它们既相互依存，又从本质上相互区别，这种情形也存在于社会现象和思想现象。当这些客观运动呈现在我们眼前时，往往显示其本质的某些属性，如金刚钻的光泽，玉石的美纹，就是煤，也会在我们面前不掩饰它的乌黑闪亮。我们在生活中体验、观察，我们总会感受到生活中的那光泽，那美纹，那闪亮。这感受，往往能够成为构思的出发点。而后，诗人以更完全、更周密的内容来补充、丰富这一最初的感受。

诗人构思，一方面贵先立意，要胸有成竹，即对生活的改造制作有个整体的设计蓝图。同时,又因为诗重抒写情感,因而构思过程中,那种诗情的激发就占重要地位。往往有那种“突然”的诗思袭来。这种“突然”的诗思,其实不突然,正是生活的蕴蓄借一个场合,由于一定条件的“击发”而产生。如西楼望月就是,思友之心久有,但登上层楼,临月而浩叹,产生了我们说的那种“击发”。因而,诗的构思过程中,首先是胸有成竹的一面,说明感情是“凝固”地扎根于现实发展之中的,有它的规定性、稳定性;但又有行云流水的一面,说明感情的产生又不是呆板的、被动的,而是活跃的、波动状态的、充满了生命力的。

诗的构思没有固定的套数,而是诗成法立,各自有法。千篇一律的“构思”,事先定好的可以随意套用的“构思”,都会窒息诗的创作。但并不是说,构思无规律,构思要是一种客观存在,那就会有规律。规律不是人们随意编造的,它是客观存在。我们可以从无数的诗创作实践中,看到这种规律性。

通俗地解释诗的构思,即指对写诗材料的改造制作的思想结构而言。每首诗,使用的材料不同,因而结构的方法也不同。从这点说,每一首诗的艺术构思各有个性。但若对整个诗创作的构思规律加以归纳,也不难发现它们千差万别中的共性。

用两句现成的话,对这种共性加以说明,即不论每首诗存在什么样的差异,其构思总不出。“因技振叶”和“沿波讨源”两个路子。[1] “因枝振叶”,就是出本及末,先树要领,而后展开,加以发挥。“沿波讨源”,就是先不点明,依靠旁征博引,旁敲侧击,而后归纳,加以凝聚。华章伟著,千歌万曲,大抵不出这两种办法,或用其一,或二者并用。如《中国的十月》,是前一种办法,先立主干,即:中国一九七六年的十月,是无产阶级革命的又一重大战役的光辉一页;而后,再由这个“枝”去“振”那众多的“叶”,即:

---

① 语见陆机《文赋》:“或因枝而振叶,或沿波而讨源。”

这是严峻的十月，惊心动魄的十月，悲泪和喜泪交流的十月，万众欢呼的十月，等等，全诗成辐射状。如《甘蔗林——青纱帐》，是后一种办法，它把“源”藏而不露，让你看到的只是那汹涌而多变的“波”，时而南方的甘蔗林，时而北方的青纱帐，时而亲切，时而遥远，时而严峻，时而香甜，又是浓荫，又是长叶，就是不轻易点题。

尽管作了如上的归纳，但它们并不为构思提供诀窍。构思因人而异，绝无固定的套式，就说“因枝振叶”。各人各诗也都不同：我们姑且以音乐作比喻，《中国的十月》如变奏曲式，在主题的多次变奏中，揭示出这个十月的伟大与丰富；《一月的哀思》则如回旋曲式，在基本乐段（“车队像一条河”）和若干互不相同的插段的反复间隔出现中，造成了回环反复、哀思如缕的情调；而《周总理，你在哪里？》则采取更为自由的奏鸣曲式，先呈示主题（“人民想念你”），继展开主题（“我们对着高山喊”），最后再现主题（“你永远居住在人民心里”）。

照抄生活，无需构思。若要新颖地再现生活，就要有一个新颖的构思。构想对于创造性的诗歌是必不可少的。安史之乱中，杜甫在沦陷的长安思念妻儿，写了《月夜》。明明是自己想念妻子，却说“今夜鄜州月，闺中只独看”，明明是自己想念子女，却说“遥怜小儿女，未解忆长安”。古时战乱怀人之作多如牛毛，这首《月夜》却以新颖的构思，赢得了不朽的地位，徐迟谒聂耳墓有感而作，并不照直说怀念，只说“那个中国人没唱过他的歌？世界肃立听他歌的气壮神旺”，这构思便很精巧；公刘写北京的五一节，也不直接说宾朋满座，只说“半个世界站在阳台上观看”，这里也有他的新颖的构思。

构思由生活启示，精巧的构思必定是对生活巧妙的改造。“虽离方而遁圆，期穷形以尽相。”（陆机：《文赋》）就是说，为了用文学形象充分地刻画世界万物的形貌，方圆都不宜直说，要巧妙地离开方圆去说方圆。王建不说自己望月思乡，而说“今夜月明人尽望，不知秋思在谁家”（《十五夜望月》）；刘禹锡写望夫石翘首不动，却不照直去写，仿佛那石头真的在“望”：“望来已是几千载，只是当年初望时。”（《望夫石》）这些诗的构思，都有些巧劲。构思的这种巧劲，指的是，它把生活中的精髓的东西，通过某种恰当的艺术设计展示给读者；所谓构思精巧，指的是，诗人对这种体现了生活本质的东西，有一种别开生面的、恰到好处的揭示。或是一个新鲜的角度，或是一个机智的联想，或是一个巧妙的比喻，通过这些达到揭示生活真谛的目的，这是构思的巧。下面这首民歌是我们都熟悉的：“村前流水长又长，社员下地它照相，照了三百六十张，张张都有老队长。”这诗构思之巧，在于一个机智的流水照影的联想。《领头雁》也是一首民歌：

> 半夜三更会议散，
> 屋里飞出领头雁。
> 扛起家什上工地，
> 锤得石头直打颤。
> 大山一夜瘦一半！

屋里飞出领头雁角度新鲜，去掉了一般化。

构思的陈旧和千篇一律是当前诗歌创作的大病。经常读到写批判会的诗，若是一人发言，则必今昔对比、昔苦今甜；若是数人发言，则甲乙丙丁，各有代表性，逐一发言，如此等等。曾诵一首老队长写批判稿诗，当然也可划入批判会一类。队长一夜不眠，写至天明，并无一字，最后点出：满身伤痕就是批判稿。这个没有一字的批判稿写得好！未央的《一个姑娘在发言》，也是批判会一类。批判“四人帮”，题材并不新，但它有巧妙的构思。在诗章的跳动中，作者把批判会移动了两个时代：一个时代是二十八年前洞庭湖畔斗霸清匪——“那时姑娘的妈妈还是姑娘，像今天一样上台把地主控诉”；一个时代是三十五年前冀中平原的抗日烽火中——“那时姑娘的奶奶还是姑娘，像今天一样上台把汉奸控诉”；三代姑娘的控诉构成了一种鲜明的联想，这是精巧的构思造成的。

凡是别人有过的构思，尽管你不是抄袭、也确是你的创造，也要回避。凡是别人不曾有过的构思，尽管困难重重，也要千方百计、精益求精地促其完成。大家都表现过的那种批判会，我不表现。我要表现的，应当是老队长那不着一字的批判，以及那种三代姑娘在一个会场上的批判。若是写老保管，只有“雨夜去仓库站岗，刮风上稻垛盖粮”，便不写，一直要寻到老保管装有斗争的风风雨雨的“心房”：“心房，心房，铁打的粮仓”方肯动手。

陆游有诗：“天机云锦用在我，剪裁妙处非刀尺。”（《剑南诗稿》）对我们说来，生活便是云锦，这个不用刀尺的裁剪便是构思。一块色彩斑驳的寿山石，可以雕成一只百花争艳的大花篮，靠剪裁，靠巧妙地利用这块“云锦”。在此时，因材施艺是重要的，力避俗意也是重要的。我们看见过太多太多的硬梆梆的不近情理的“铁姑娘”、太多太多的千篇一律的总是“辫子一甩”“脚步矫健”的“铁姑娘”，但我们还是喜欢有特点的、确有创造的铁姑娘——

扎辫、背锤、扛钎，
高喊一声：“上山！”
惊得奶奶一身汗，
忙唤孙儿去打探。
孙儿回说：“姐贪玩，
不着地，不挨天，
她在陡崖打秋千。”

——管用和：《铁姑娘班班长》

我们且不说这七句诗写了三个人物,也不说这三个人物分别只用一、二、三句便写出了个性化的语言行动。我们只讲它的精巧构思、它的剪裁之妙。孙女是闯将,她的行动让奶奶不放心,但奶奶又无法了解,只好派孙儿去“侦探”,孙儿的“小报告”是孩子眼里看到的“事实”,这“事实”却使奶奶惊上加惊!姑娘一声喊,奶奶一身汗。奶奶于是派遣“侦察员”,“侦察员”打回来的报告更使奶奶惊怕万分!七句小诗,便有这么周到精巧的构思,这是让人高兴的。

诗意(一)

东海有碧浪白帆,闽江有夹岸榕荫,我的家乡,是让人感到诗意的地方。我曾在南日岛上度过战斗的岁月,日日夜夜谛听海浪扑打礁石的喧腾;我曾在水吉溪畔开始火红的青春,点燃过土改翻身的地契。战斗的家乡,处处有战斗的诗意。最近有青年朋友自闽西返京,他在那片红色的土地上听到了红色的诗:一位歌手,她生前用山歌为革命服务,她最后唱着山歌走向刑场。不要认为诗意只是如浅薄的诗人所指的那些轻飘飘的东西,在这里,它是激昂而悲壮的。

诗藏在生活中,诗意藏在诗中。说诗意只可意会不可言传是不对的。不过是,言传诗意有些困难而已。只要承认诗意(有人叫诗味)这个东西是存在的,那就是可以理解、可以说明、也可以掌握的。刘勰讲:“登山则情满于山,观海则意溢于海”,不仅讲了情和意的客观存在,而且讲了情和意是客观实践的产物。要是产生了山情海意,只是由于登山观海。意识只能是被意识到了的存在。物质的第一性,意识的第二性,完全适用于对诗意的解释。当然,这种解释还只是解释意识的共性,还没有解释诗意作为意识的一种的个性。看来,诗意是一种很特殊的意识的体现。它的属性,除了根本上说是由存在决定而外,还受诗的制约。

“人生易老天难老,岁岁重阳。今又重阳,战地黄花分外香。一年一度秋风劲,不似春光。胜似春光,寥廓江天万里霜。”表面看,诗人只是在那里讲重阳,霜天,战地的黄花,胜似春光的秋色,藏在这背后的却是革命者的情怀和气节。它让人们在诗的形象背后，品味到不尽的含义来，这是毛主席这首《重阳》词的“秘密”。在《梅岭三章》，我们在陈毅同志的名句“此去泉台招旧部，旌旗十万斩阎罗”中，同样可以寻到可供反复咀嚼的意味来。赴泉台、招旧部、举旌旗、斩阎罗，事实上不可能，但觉得这比实写更有力量，读之令人气壮。在形象外面，它还有让人反复思考的东西。从这里，我们不难发现诗意的不那么缥缈的足迹。

春天来了，柳树泛青，人们都看得见。但诗人若说：“不知细叶谁裁出，二月春风似剪刀”（贺知章），便觉得诗意盈篇；秋天来了，万山红染，人们也都习见。但诗人若说：“秋在万山深处红”（丘逢甲），也觉饶有余味。这种艺术效果的造成，是由于在生活独特感受的基础上，设想奇特，富有创造性。因为有深厚的酿造，它给读者提供的便是醇酒，而不是白水。

要使诗有意味，在于使诗的形象有大的概括力，其所包孕的内容含蓄蕴藉，而易于激发人们的联想。它寓丰富于单纯：所写为“一”，所指在“万”；“万”也不直说出来，让人通过“一”去体会，去找寻。齐白石画“寒夜客来茶当酒”，画面并无主客，甚至亦不见房舍星月，只是一个灯盏，几只茶具，一束腊梅。极简单，极朴素。但平淡之中有浓郁，单纯之中有丰富。这一切，当然都在画面之外，不直说，只是让人“思而得之”。这个“寒夜客来茶当酒”，是画，更是诗；与其说是画的力量，不如说更是诗的力量。这寒夜一杯茶，确比华堂一席酒更醇厚、更隽永、更浓郁。

古人说：“诗要有字外味，声外韵，题外意。”[①]那画外意，那诗外味，便是此刻我们要加以剖析的东西。诗的形象中不仅埋藏着让人惊醒感奋的东西，而且由于这些形象的启示，人们甚至超出形象而浮想，而获得了难以穷尽的意味来。从这个意义上说，那种把一切内容讲得详尽又详尽，让人一览无余的诗篇，就

---

① 何绍基：《题冯鲁川小相册论诗》。

少有诗味——诗人不想让人“思而得之”。正是因此，大家对那四句隽永有味的“村前流水长又长，社员下地它照相，照了三百六十张，张张都有老队长”赞不绝口。这首民歌，尽管不具体讲老队长的事迹，但是它让人回味，这是不写的写，因此丰富。比较之下，下面这首“详尽”的诗却贫乏：

叮叮叮，当当当，上工钟声谁敲响？
“你送粪，他上场”，谁把话茬派妥当？
“我来推，你来装”，谁和咱汗水一起淌？
批判稿，写满墙，是谁贴出第一张？
一件件，一桩桩，全记在我们心坎上。
干社会主义的带头人，谁不夸咱老队长。

它把所有都写到了，没有积蓄。而“村前流水长又长”不同，它留下的是“无限”，它呈露的只“一点”。

诗意一般不呈现于外，不是思想的赤裸的表露，更不会让人一览无余。它总是露出那么“一点”，留下那“无限”。如一只灯盏，几丛黄花，让人自己去寻觅那“无限”。这是诗意的主要表现形态，一言以蔽之，曰“意在言外”。

艾青最近写了首《伞》：

早上，我问伞：
“你喜欢太阳晒，
还是喜欢雨淋？”

伞笑了，它说：
“我考虑的不是这些。”

我追问它：
“你考虑些什么？”

伞说：
“我想的是——
雨天，不让大家衣服淋湿；
晴天，我是大家头上的云。”

这首诗，很有“味儿”。它的“味儿”从哪里来？从含蓄、蕴藉来。它没有我们常见的那些陈词滥调，也没有我们讨嫌的那些“豪言壮语”。没有“豪言壮语”，难道它的思想、情操，就不“豪”不“壮”了么？当然不。伞，它不“考虑”自己的“喜欢”，只是“想”别人的“需要”：雨天，不让大家淋湿了衣服，晴天，做人们头上的云。这当然是崇高的。但它不说尽，让你通过伞的形象去无边无际地体味。它的力量，在隽永之中。新诗中，这种有“味儿”的诗，真是凤毛麟角！一九四四年戴望舒作《萧红墓畔口占》，这是他一生最后几首诗中的一首：

走六小时寂寞的长途，
到你头边放一束红山茶，
我等待着，长夜漫漫，
你却卧听着海鸥闲话。

我们从这短短的四行诗中，感到作者寄于言外的无尽的意绪：深厚的友谊，深沉的思念。“我等待着”，这等待是寂寞而痛苦的；“长夜漫漫”，除了这四个字，他什么也没说，而那痛苦的心情，却表现得充分。“你却卧听着海鸥闲话”，这话，很难说究竟是为萧红惋惜，还是羡慕她的解脱。萧红是无须等待了，萧红也没有他那“长夜漫漫”的痛苦，萧红也许竟是幸福的。这里，有《雨巷》作者的局限，也有《雨巷》作者的愤懑。但无限情思，不着一字，却是诗意的所在。

再如：

雷锋，

我看见
在你的驾驶舱里，
那一尘不染的
车镜……

　　我看见
　　在你的窗前，
　　那直上云天的
　　高峰……

到底是写车镜，写高峰，还是写雷锋的心灵，雷锋的精神？一面车镜，一座高峰，提供了比这一个“一”更多的联想。许多诗都这样说明着诗意的所在：“采菊东篱下，悠然见南山。”在这动作神态的背后，有更多的没有说出的情味，表面上采菊看山，实际上另有所寄。“等待命令，还是一包一包的颗粒，一到岗位，就是一个坚强的整体；钢铁化水，是为了革命的需要，水泥成粉，是服从战斗的设计。”写的是水泥，颂的是革命人，它也有很多的意味，但不想直接地说出，显露出的只是极小的一点，更大的部分，留待读者去创造。言有尽，意无穷，这是诗歌概括生活的特点。咀嚼之后的橄榄的回味的甜，这回味，这甜，恰似诗意的创造与收获。

诗意在诗中，往往是那确定形象的“另有所指”。表面上写车镜，实际上另有所指；表面上写水泥，实际上另有所指。“一颗珍珠地内埋，满身光彩难出来，一声炸雷天地动，挤出土来把花开。”（王老九）表面上写珍珠，实际上另有所指。当你发现了诗人的“另有所指”，距离发现诗意，大概也不远了。

诗反映生活最讲精炼，为此，它就要在约束中求自由，在有限中求无限，诗意便是诗讲究精炼的副产品。它以含蓄蕴藉的方式，把丰富压缩在单纯里，压缩不了，就把它寄托在形象启迪的空间中。画家画“十里蛙声出山泉”，总不能把画幅真的拉长到十里，总要想法把这“十里蛙声”“压缩”在尺素之中。“竹锁桥边卖酒家”也是，要你画酒家，但酒家又要被竹丛“锁”住，看不见。又要你画，又不要你画出来。有个人聪明，他在密密竹丛上挑出了一面酒旗，这样，酒家就“锁”住了。诗虽无画幅的限制，但却有精炼的铁律。在精炼的铁律中求自由，创造诗意便是无可奈何的出路。有了诗意，从消极意味讲，确保不犯精炼的规。一以当十，一以求万，自然精炼。

讲一首诗有诗意，自然就包括了这诗意须是新的意思在内。所有可以称为诗意的诗，都应当是具有新意的诗。旧意当然也是一种诗意，但只有意，而此意乏新，仍然不会被认可。凡有诗，应是新诗；凡有意，应是新意，诗意是和创新联系在一起的。刘勰讲：“辞必穷力以追新”①，叶燮讲：“人未尝言，而自我始言之”②，都是讲写诗要有新意。写诗务去陈言，务去俗意。在生活的宝藏中，到处都有诗意，但收获属于耕耘的人，懒惰者只能拾取别人丢下的麦穗。

眼前是随风起伏的无边麦田，而我们总不能老是“麦浪翻卷”。“麦浪翻卷”在开始时，不啻是杰出的创造，是独特的发明。但若凡见麦熟必得“麦浪翻卷”者，他肯定无需对那麦收景象做什么观察和研究，他只是条件反射式地拾他人之牙慧。勤奋的人不同，他用心，他搜索别人搜索不到的地方。于是，他便在人们吟唱了千万遍的“麦浪”上，发现了全新的诗意：“八百里金麦一把扇，搧得长空万里蓝。”(《胡桃坡》)不要去发现人家已经发现的东西，而要在生活中去独立地发现崭新的诗意。诗人应当是发明家，而不应当是模仿者。

生活在前进，人类在进步，科学技术在飞跃发展。生活的每一时每一刻都呈现出千变万化的情状，事物运动的每一分每一

---

① 《文心雕龙·明诗》。

② 《原诗》。

秒都是个别的、特殊的，因而也只是新鲜的。“境界因地成形，移步换影，千奇万状。”[1]诗的新意不会被开掘净尽，诗意不会发生如世界能源那样的危机。

大量的新意是创造的，但创造不排斥继承与借鉴，创造性的继承也应当认为是创造。李商隐诗：“春蚕到死丝方尽，蜡炬成灰泪始干。”这是发掘于日常生活、衍化而为抒写情爱的充满诗意之句。到了《江姐》，变成了“春蚕到死丝不断，留赠他人御风寒。”一扫封建知识分子的悲观情调，而变为共产主义世界观的壮歌。这是诗意的创新。南朝谢灵运的“池塘生春草”（《登池上楼》）最为典型。春天乍临，池塘生草，谁不曾见？可是，谁也不写它。谢灵运写了，不仅轰动了当代，而且传为诗坛佳话。“春草池塘一句子，惊天动地至今传。”（吴可）“池塘春草谢家春，万古千秋五字新。”（元好问）说是惊天动地，万古常新，其实并没有什么了不起。只是由于这个谢灵运首先不是一个埋头“做”诗的人，其次他也不是一个人云亦云的人。他不做当时盛行的玄言诗，他把目光投向了清新的大自然，在清新活泼的自然的律动之中，他发现了美好的诗意。他只是把众所周知并认为不屑一写的事物，不加修饰地表现了出来。在这个意义上说，他是了不起的。诗意不神秘，并不是不可言传的。生活中时时处处均有新事物在产生，也肯定有新诗意在萌发！正如春天到了池塘一定会生春草一样。诗人要有“慧眼”，就应当认出它来。

写至此，夜深沉。想象中，你正推开那临江的窗子，让煦风送进白玉兰的花香。也许，在远处，还有渔火的闪烁。你生活在我们时代的诗意之中。这封书简，关于诗的意境，我几乎只字也无。而意境理所当然地属于诗意的范畴。纸短情长，预期在另一个场合，再把这长夜之谈继续下去。

---

① 布颜图：《画学心法问答》。

诗意(二)

重访井冈山归来,我依然沉浸在山中特有的那种把革命的热情与山川的雄丽揉在一起的气氛中。可以说,井冈山使我眷恋,这是很重要的因素。因此想起你提到的诗的意境来。我还是前信阐述的观点:诗意决定于诗境。大井有一块读书石,据说是毛泽东同志住在大井时,战务繁忙中偷闲读书的坐石。要是据此为诗,则一曲读书石诗的诗意,一定离不开大井,离不开大井旧居前这一块平常的石头。我想,这可说是造成那"意"的"境"。八角楼上一盏桐油灯,可以奏出一曲极其雄伟的星火燎原的交响曲;写有"朱德记"的一根竹扁担,王佐用过的铁尺钢剪,都可以启发人们无尽的诗思。所谓意在笔先,绝不可理解为诗意的产生无根由,或意可离境而独立。它只是说,诗人正式下笔之前,构思当已成熟。

彩云之南的你的家乡,是我向往的地方。我吟读那些描绘这一片美丽而神奇的土地的诗篇,感到了它们的诗意;这些诗意无不有力地唤起了我对产生它们的天空、大地、风物的真切的思念:碧罗雪山的雄伟;怒江河谷的苍郁;古老的三塔在洱海苍山清碧氛围中千载凝立;瑞丽那蝴蝶会般奇幻的街市;菠萝飘香的芒市风情;还有菩提与槟榔清影下的西双版纳的竹楼……所有的诗中之"意"都可以在产生它们的"境"中得到说明。诗意的意,与"意义"有别;诗要有意义,这是好的,但有意义的诗,并不就是有诗意的诗。确切些说,诗意的产生,在于意境的创造,诗意因意境的形成而得到确定。

诗的意境，只能用存在与意识、客体与主体（赋有意识和意志的人为主体，外界事物为客体）的关系加以阐明。在诗中，境是客体的体现，意是主体的意志情怀的体现。诗中抒发的思想感情，决定于客观生活斗争，意由境生，无境当然失意。诗歌抒发的情怀，最后都应当到存在这个意境的唯一母体去寻求解释："人们是自己的观念、思想等等的生产者，但这里说的人们是现实的，从事活动的人们，他们受着自己的生产力的一定发展以及与这种发展相适应的交往（直到它的最遥远的形式）所制约。""任何历史记载都应当从这些自然基础以及它们在历史进程中由于人们的活动而发生的变更出发。"（《德意志意识形态》）

但是，找到了产生诗歌的根源，以及产生诗意的客观基础，并不能保证诗和诗意都是美好的。它只是一种反映，反映有正误，有差异，也有优劣。因而，在一般诗歌中，情与景、神与物、意与境，并不都能达到和谐而统一，它们之间的正误、差异、优劣就造成了完美或不完美。要是意很好地反映了境，景很好地寄托了情，而二者又达到了高度的和谐统一，神与物游，意与境谐，情与景融，那么，就构成了好的意境，诗意的油然而生是很自然的。

所以，意境的形成是诗人的思想感情对客观事物本质的认识不断深化的具体表现，它是思维对存在，作者的主观对他所生活的客观反映的结果。意境的创造，即指诗人把来自生活的情意寻求一个更为典型的艺术环境的艺术实践。意境是诗的典型化的特殊表现形式。

"花鸟缠绵，云雷奋发，絃泉幽咽，雪月空明，诗不出此四境。"（刘熙载:《诗概》）这是讲四种较为典型的意境。花鸟的存在及其开放或啼鸣，作用于人，产生缠绵的情意。假若把它构造为诗的形象，则花鸟这一客体与人的主体产生的缠绵之情意融为一体，揉搓到浑成的境界，诗的意境于是构成。当然，这种意境高度和谐的形象，便会贻人以诗意。这是对立统一法则在诗的艺术创造中的体现。在这方面，古典诗论讲得最切近实际的是明代的谢榛。他认为情景的统一是做诗的根本："作诗本乎情景，孤不自成，两不相背"；又认为情景有矛盾，作者必须求其统一："情景有异同，模写有难易，诗有二要，莫切于斯者。观则同于外，感则异于内。当自用其心力，使内外如一，出入此心而无间也。"（《四溟诗话》）谢榛讲"孤不自成，两不相背"，便是讲主客体的相互依存；他讲"内外如一"，便是指情景、意境应融为一体，不可游离。

《诗经·采薇》："昔我往矣，杨柳依依；今我来思，雨雪霏霏。"其妙在于不单纯写景，而且情融于景，做到了"内外如一"，"两不相背"。意境统一生出诗意，依依杨柳，霏霏雨雪，蕴含着征人往返奔波的深沉的情思。依依杨柳，既是即目所见，又是征人乡情的描状。霏霏雨雪也如此：征战归来，又是一个苦雨凄风的日子，说明他的心情和外界景物是一致的，声情凄婉，感慨往复，有强烈的感染力。

"月落乌啼霜满天，江枫渔火对愁眠。姑苏城外寒山寺，夜半钟声到客船。"张继这首《枫桥夜泊》的魅力，并不在于这位羁旅的客子有什么惊人的悲苦，而在他所展示的深秋子夜的画幅中——月落、乌啼、霜天；江枫、渔火、孤舟；再加上那夜半响起的古刹钟声，创造出宁静、孤寂的诗境。诗的悠长的余韵，像那钟声似的，长久地萦回于人们的脑际，以至这么悠长地飘荡了一千二百余年！四句诗中，到处都是客观的景，而景中，又都不可分地糅合、溶解着主观的情。人的存在与人的情感在这个精美的艺术品中，不仅是准确地反映了，而且是把全部的情绪倾注于这一艺术环境中了。《枫桥夜泊》启示我们：存在与意识、物境与人情的游离，即意境游离的诗是难以流传的。单纯写故事的诗，不会流传；单纯写景物的诗，不会流传；离开了环境空洞地喊说"我有激情"的诗，也不会流传；唯有"内外如一"的诗，才能如《枫桥夜泊》这样千古流传。

不要误解，以为我们说的意境只有那种空灵神韵的诗篇才有。不是的。我们不仅从优美的叙事长诗《漳河水》中感到意境的统一，甚至也从汹涌澎湃的《凤凰涅槃》中感到意境的统一。很刚健的诗，很粗犷的诗，很素朴的诗，只要做到境中寓意，景中含情，读罢令人回味，即是富有意境的诗。意境古诗讲，新诗也要讲。前信述及的《肖红墓畔口占》便是一例，再看公刘的《西盟的早晨》：

我推开窗子，
一朵云飞进来——
带着深谷底层的寒气，
带着难以捉摸的旭日的光彩。

在哨兵的枪刺上，
凝结着昨夜的白霜；
军号以激昂的高音，
指挥着群山每天最初的合唱……

在这里，早晨打开窗子飞进来的一朵云，因为雾气迷濛，因而显得是“难以捉摸”。它写云，写哨兵的枪刺，写军号的高音。这里的八句诗，没有一字直接写边防战士的情怀。就像《枫桥夜泊》竭尽心力去写深秋江边的夜景一样，它竭尽心力去写西南边疆有特点的云，有特点的枪刺与号音，而把战士的情怀自然地、不知不觉地溶入了那边疆晨景的字字句句。“不着一字，尽得风流”！未央的《枪给我吧》是一首从内容到形式都极朴素的诗，但我们从一个战友呼唤烈士放松他至死还紧握着枪的手的场景中，听到了充溢在他心间的悲壮之情。这样的诗，尽管是不押韵的自由体，由于寓情于景，都富有诗意，然而，它既无“神韵”，又不“空灵”。

意境不是中国诗所独有，更不能为中国古诗所专断。只要承认这是诗对生活的一种特殊的概括，是一种哲学上存在与意识、客体与主体在艺术中的融会贯通，则应当承认：这是一种诗的规律性的体现。它当然包括了外国诗。惠特曼是一位很奔放的诗人。但是，长河奔流，也有委曲，激情千里，总有回旋。他的奔放之中，有隽永的意趣，如《火炬》便是：

在我的西北海岸，在深夜中，
　　一群渔夫站着瞭望，
在他们面前的湖上，
　　别的渔夫们在叉着鲑鱼，
一只朦胧暗影的小船，
　　横过了漆黑的水面，
在船首带着一只熊熊的火炬。

在深夜的朦胧的湖面上，一只小船，燃着一支熊熊的火炬，诗人仿佛只是在那里描绘一种客观的景色，但在这景色中，却同样燃烧着理想和希望的激情的火炬。被恩格斯誉为德国无产阶级第一个和最重要的诗人维尔特写过《啊，漫漫长夜苦无边》：

远山上晶莹白雪寒光闪闪！
寒冷中麋鹿豺狼浑身抖颤。
河面上冰层破裂隆隆作响，
森林里我的歌声四处荡漾。
我这首歌，郁闷而又低沉，
在漫漫冬夜的痛苦中谱成。
啊，漫漫长夜苦无边！
啊！漫漫长夜苦无边！

写的是长夜的漫漫，寒光闪闪的远山白雪，野兽为之颤栗的严寒,冰层断裂的隆隆声,以及弥漫于林中的郁闷而低沉的歌声,在这样具有独特气氛的环境中,流淌着维尔特为劳动人民的悲惨命运而发自内心的痛苦之情,尽管诗人并无一字具体述说他心中的深意。

所谓意在笔先或先须立意,并没有确认意是第一性的。它只是认为,作诗下笔之前,先要立意,它不回答意是怎么形成的。诗人胸中之情,当然是由诗人眼前之境决定,所以有人说:“境能夺人。”郭小川在《山中》喊:“我要下去啦”,他耐不住那山中的寂寞,是因为山中实在太寂寞;他思念战斗之情,不是无缘无故萌生的。是山中之诗境,决定了《山中》的诗情。在创作过程中,有时确有诗人胸中之情意“猝然与景相遇”的情况,但这仍然不能说明意的第一性。因为确定那胸中之情意的,是人的生活境遇,只有这,才能决定意识的存在。而“猝然相遇”的景,是另一个存在;只不过,后者唤起了诗人早先产生的情意而已(这情意当然也是存在决定的)。这样“猝然”的“遇”,在很长时期内,被称为灵感。其实,即只是日常实践的意识的产物,再次遇到了类似它所由生的母体——物质而已。上述的“遇”也不是不加选择的一触即发,也必然是那来自客观实践的“意识产儿”盘桓于心已久、一旦回到生活斗争的环境中来,一下子与足以寄托情思的景物相“遇”,产生了再一度的触景生情。要说这是灵感,则灵感的产生一点也不神妙。

主客、情景、意境的和谐融合,还不是意境的最后完成。意境要靠意匠来体现。杜甫讲“语不惊人死不休”,即指不仅意要惊人,而且语也要惊人。意境的最后完成,要靠“意匠惨淡经营中”。

创　新

我被一个十二岁孩子的诗吸引住了。他站在窗口，凝望着北京冬日的夜空，他觉得——

> 树枝想去撕裂天空，
> 但却只戳了几个微小的窟窿，
> 它透出了天外的光亮，
> 人们把它叫作月亮和星星。
>
> ——顾城:《星月的来由》

天真的幻想，给我们以新鲜的诗意。读诗的人是容易满足的，他并不苛求一个孩子给他以深邃的思想之启示，一个“新”字，就够使他欢喜！我想，无论是我，无论是你，也许是所有的读者，都不会喜欢人云亦云似曾相识的东西，更不会喜欢陈词滥调！可惜的是，前些年(甚至是目前)这类诗不仅有、而且还不少。《星月的来由》的作者现在已是青年，近年来他发表了一些作品，却远不如孩提时代写得新鲜。有一些诗，也理所当然地属于你我不喜欢之列。当然，不是他的才情消退了，这是“四人帮”文化专制主义造成的恶果。

人们创造着生活，也创作着生活的诗。写诗是一种创造。应当认为，凡写诗，都必须是一种异于前人、新于前人的创造性的诗。学诗的人，一旦摆脱了模仿的阶段，就应以这种标准要求自己。这是一个高的标准，但也是一个起码的标准。当然，这是不易的。韩愈说过:“惟陈言之务去，戛戛乎其难哉。”(《答李翊书》)这个毕生为了诗文的创新而苦斗的人,也感到实现这一追求的艰辛。但是,艺术创作的规律却是不可抗拒的:诗人要写新的诗,读者要读新的诗,在艺术创造和艺术欣赏上,大家都喜新而厌旧!

谢灵运的"池塘生春草"(《登池上楼》),是古典诗歌史上引起轰动的名句。其实,它并没有什么了不起的创造,它只是通过池塘中凌寒而长的泛着嫩绿光艳的春草,新鲜地捕捉住了春天最初的踪迹。"池塘春草谢家春,万古千秋五字新。"[①]人们高度评价的只是一个字:新。诗要出新,不在搜肠刮肚找出什么新奇之句,那样雕琢出来的东西不会是真的新。真正的新,即在认真观察生活的基础上,独到地发现出生活的新意新美来——"一语天然万古新"。"天然"并不能信手拈到,靠的是认识客观事物的本领和功夫。诗人和常人没有两样,并没有什么特殊之处,要有的话,那就是他善于观察,善于发现,而且善于表达。王籍写静静的山林,是:"蝉噪林逾静,鸟鸣山更幽。"(《入若耶溪》)他也没有蹈袭别人用过的形象,没有说树林睡着了,或是树林在沉思,它有意地避开直接对静的描写,而是创造性地通过蝉的"噪",鸟的"鸣",来写林的"静",山的"幽"。这两句诗,当时就获得"文外独绝"的评语。并非他有什么出奇制胜的"绝招",而只是从山中特有的喧闹中感受到特有的清幽。这感受,不仅是细致的,而且是独特的,为人人所共知,却为人人所不能道出,它是诗人自己的"发现"。所以,罗丹说:"美是到处都有的。对于我们的眼睛,不是缺少美,而是缺少发现。"[②]

旧诗如此,新诗也如此。"一颗珍珠土内埋,满身光彩难出来,炸雷一声天地动,挤出土来把花开。"这是一位农民诗人歌颂

---

① 元好问:《论诗三首》。

② 罗丹口述:《罗丹论艺术》,人民美术出版社,1978年,第62页。

"七一"的诗,他从泥堆湮没之中发现了闪闪发光的珍珠,怎么不是发现?矿工们上井下井都坐罐笼,诗人发现"罐笼是祖国亲爱的手,把矿工轻轻托上"(刘镇),又怎么不是发现?有自己发现的诗,当然不俗,也不熟,而是十分的新颖。

一架起重机在工作,建筑物的部件一个个在吊装,在那里,客观状态的每一刻,都是新的;一辆收割机在工作,田野上已经成熟的作物,一片片地被砍割,在那里,客观状态的每一刻,也都是新的。天上的云彩,海中的浪花,每一秒钟都呈现出完全不同的崭新的奇观。我们生活的世界,用日新月异来形容不够,应当用倏忽万变来形容。以此推断,我们的诗,它是倏忽万变的世界的形象化。因此,前一首诗和后一首诗、这人的诗和那人的诗,都应当不同,都应当不断以新的代替旧的,而重复、雷同、蹈袭,则应当认为不是正常的。传说李白登临黄鹤楼,叹息说:"眼前有景道不得,崔颢题诗在上头",他愧无新语,便搁笔不作。一代诗豪尚且如此,何况学诗的人?凡好的诗,没有不是新的诗。即使写同一事物,不同诗人的反映,不会也不应当是相同的,应当是崭新而且不重复的。要不如此,我们写了那么多歌颂新中国的诗篇,岂不成了循环反复的歌唱?事实是,凡稍有独立精神的诗人,他们歌颂月亮的皎洁,都是不断创新的各有特色的月光曲。

诗的新,包括构思的新,形象的新,表现手法的新,语言的新,等等。关键在于抓住事物的个性,作者要有不依赖别人的独立的发掘。关键并不在于题材,题材完全可以是相同的。但应当各自写新诗。有些题材,今天写,明天写,大家写,将来还要写,但真正有独立精神的作者总是写新的诗,尽管是同一题材的。前些日子,柯岩又写了一首怀念周总理的诗:《请允许……》——

假如我是一只鸿雁,
我将振翅飞上九天,

去看望两年不见的周总理，
为我们——
　　可又把白发增添？

假如我是一只银鳗，
我一定把五湖四海游遍，
用鳍尾丈量不尽的流水，
可深过——
　　人民对总理的眷恋？

诗人说，可惜我不是鸿雁，也不是银鳗，只好静静地坐在这里，绣出一幅周总理的画像。“请允许”，允许什么呢，允许我轻轻地掸去您的仆仆风尘，允许我“拂去您眉峰上当年的忧虑”，因为祖国已是春天。这又是一首完全新鲜的诗。它不仅和众多同类的诗区别开来，也和作者同类的诗，如大家都熟悉的《周总理，你在哪里？》区别开来。这就看出，从语言形象到艺术构思的新颖，而不论其题材是否相同，创造性的诗人，总是努力而且能够把每一首诗写成全新的诗。可贵的是这种独立创造的精神。

孩子学步要有人扶，写诗学步难免模仿前人和名家。在一定的阶段，这是允许的。但是，如果永远要人扶着，我们就永远不会独立走路。学诗更不能过于依赖别人。造成人云亦云、千篇一律的现象有诸种原因，其一，即过于依赖别人。一题到手，麇集于作者眼前、耳畔、脑中的，尽是一些别人用过的语言，唱过的调子，陈旧不堪的形象，似乎除了“东风浩荡”，“春意盎然”，他就别无良法。其实不然。一种强制性的简单可行的办法就是：凡是别人用过的、已经显得陈旧的方式尽量不用、甚至果断地予以摈弃，然后，你自己试着采用自己发现的形象、自己的声音和方式来歌唱。要做到写出的真是新的诗、我自己的诗，而不是旧的诗、别人的诗。必须勇敢地、创造地“言前人所未言，发前人所未发”。[1] 一般说来，开始为诗，总有他人的思路缠绕笔端。要赶走这些不是自己的“诗意”，剥去这一层，方见真诗。玉在璞中，凿开顽璞，方见真玉。过去有人说过：不恨我不见古人，恨古人不见我。这话有点狂劲，但是他那前无古人的雄心是可羡的。我们要学古人，但总不能沦为古人的奴隶。适当地有点狂劲，而少一点在古人、名人面前的“温顺”，对于创造新诗，倒是有好处的。

新诗的奠基人郭沫若，就是一位开创性的大师。他的《女神》，不仅以它那狂飙突进的革命精神，而且以它崭新的、创造性的艺术形象，开始中国新诗的新时代：凤凰在烈火中唱着永生之歌，反抗旧世界的“天狗”在飞奔，诗人在大洋之岸欢祝新世纪的“晨安”，“炉中煤”在为它心爱的祖国而狂热地燃烧。就是爱情的诗篇，也是全新的“郭沫若式的爱情，郭沫若式的情歌，郭沫若式的锦心绣口”[2]，如《瓶》中之《春莺曲》。在郭老等新诗开拓者的感召下，新诗的确继承了前辈诗人那种拓荒者的首创精神。当代诗人郭小川，便是一位勇于创新的诗人，在他不长的一生中，不断地进行着艺术“变法”。适应人民的需要，时代的发展，他不断地而且是明显地改变自己的诗风。从《向困难进军》到《甘蔗林——青纱帐》，从《林区三唱》到粉碎“四人帮”后传来的最后的《秋歌》，这位诗人几乎每一步都在作新的探索。郭小川赢得了读者的喜爱不是无因的。他的形象，对于墨守成规、缺乏创新勇气的作者，也是一面令人警觉的镜子。

---

① 叶燮：《原诗》。

② 张光年：《论郭沫若早期的诗》。

精　炼

一个金色的秋天，我在京郊密云的原野上，参加丰饶的收割。也许黄昏、也许星夜，成群的大雁飞来了，又成群的飞走了。我想起了唐代诗人的两句诗："星河秋一雁，砧杵夜千家"（韩翃：《酬程延秋夜即事见赠》）。第一句五个字，讲明季节是秋天，星河无疑指秋夜的星空，而且秋夜星空中还有一只孤飞的雁，五个字写出了多么广漠、寥廓而且凄清的秋夜景色。次句也是五个字，砧杵表明准备寒衣，秋夜，千家万户响起了砧杵之声，寥寥五字，传达出多么深远的意境。我惊叹古典诗歌的精炼了。

诗越写越长未必不是坏事，诗越写越不精炼肯定不是好事。精炼对别的文体，只是一种要求；精炼对于诗，却是一种必要。不精炼的文，甚至还不失其为有缺陷的好文；不精炼的诗，可以断定不会成为好诗。迄今为止，我们还没有读到一首不精炼而可以传诵久远的诗篇。

我希望、甚至我坚信，我这是判断，而不是武断。诗的实际，将是这一判断的后盾。在所有的文学种类中，诗是最讲精炼的，别的文体因不精炼而可能影响质量，在诗，不精炼就会造成失败。精炼与否，成为诗歌成败攸关的要害。抒情诗要精炼，叙事诗也要精炼；短诗要精炼，长诗更要精炼。一句话：诗不能不精炼！

有一句话构成的诗：

从你，我看到了那在入海处逐渐宏伟地扩大并展开的河口。

——惠特曼:《给老年》

有两句话构成的诗:

你吃的是什么,大地,你为什么这样渴?
你为什么要喝这样多的眼泪,这样多的鲜血?
——裴多菲:《你吃的是什么,大地……》

诗的这种精炼,别的文体是做不到的。让我们看看裴多菲这首诗,它把匈牙利大地比拟为人,这人渴极,但不喝水,而是无尽地喝人民的血泪。诗人站立在时代的山巅,向着用人民的眼泪和鲜血浸泡的灾难的祖国大地发问。不,与其说发问,不如说是质问和控诉!只有两句话,而且是不见答案的两个问句,它代替了千言万语,它极为精炼。用三言两语来代替千言万语,这是诗的秉素。

只有一种艺术,它的用字是一个一个计算的,这就是诗。在我国,古诗中的五绝,限定用二十个字,多一个也不行。但它却苛刻地要求包孕万象,含意深广。何塞·马蒂说过,“写作的艺术,不就是凝炼的艺术吗?”他是诗人,他主要是对诗艺术讲的。真的,我们确也可以这样说:诗的艺术,不就是凝炼的艺术吗?

诗的精炼有修辞方面的问题,但首先是诗反映生活的特点方面的问题。诗的言志的性质,使它侧重于因物抒情而对叙说过程表示冷淡。抒写激情的特性决定诗在反映生活内容上必须高度集中。繁琐的细枝末节的叙述,拖泥带水的无休止的形容和描写,都会冲淡诗的激情的迸射和爆发。诗要求一下子就把读者的注意力集中到题材的主要方面,像利剑一般刺向现实生活的中枢,而有意地忽略那些枝节部分。它大手大脚地摒弃那些不代表本质的东西。我们说,春天美好,春天杂花生树,群莺乱飞,春天有如花的太阳;太阳明亮,温暖,充满了生命的活力。诗若歌唱太阳,它必如凸透镜,要找出那最易燃烧的焦点来。又如瞄准,眼睛、缺口、准星,三点一线,扳机一扣,子弹呼啸而出,那是击火,撞针与子弹的底火相击!这好比诗的集中。

歌唱太阳的光明,要精炼;揭露长夜的黑暗,要精炼。这里有一首歌颂光明的诗,它是精炼的,由三句组成:"做了一辈子工,想都没敢想,收了个徒弟是厂长。"这里有一首揭露黑暗的诗,它也是精炼的,也由三句组成:"'中央'军一到,只有'三不要':石磨、石碾、石槽。"质朴的三句话,用一个"没敢想",说尽了新社会的幸福;同样质朴的三句话,用一个"三不要",说尽了反动派的残暴。歌颂新生活的光明,它并不东拉西扯,一下子把笔墨集中到最能说明问题本质的核心中来;当它揭露反动派的黑暗,也不面面俱到,也是一下子把笔墨集中到最能说明问题本质的核心中来。

精炼就是提炼精华,诗的精炼,即提炼生活的精华之物,这好像从水果中提炼果露,好像从海水中提炼晶莹的盐。"荞麦皮里你还榨油,穷人没肉你砸骨头"(张志民:《野女儿》),"朱门酒肉臭,路有冻死骨"(杜甫:《自京赴奉先县咏怀五百字》),就是这种对于生活的浓缩、提炼,使生活现象升华为精粹物。

为了精炼,诗忌平铺直叙。应当学会选取最集中地揭示事物实质的镜头。有幅版画,叫《蒲公英》:广阔的草地上,一个小女孩在无忧无虑地吹蒲公英。她的天真烂漫概括了我们时代崭新的生活。有座圆雕,叫《艰苦岁月》:长征途中,草地野营,老战士吹笛,小战士倚于膝前陷入遐想。洗炼,隽永,丰富,精粹,这些美术作品,有助于我们对诗的精炼的探索。认为画龙必画全龙,鳞爪均不可缺的画家,未必是内行;认为画龙可以藏头露尾,于云雾中显示一鳞半爪得其神韵的,则可能是艺术里手。精粹确实来自全体,但表现却不必拘于全体,示其传神的眼目即可。写诗,要有诸如此类的集中,则它的精炼是有保证的。

不仅内容集中,艺术也要集中。重要之点是抒情中心要突出，要找出那艺术形象的燃烧点。刘禹锡的《乌衣巷》，其一、二句："朱雀桥边野草花，乌衣巷口夕阳斜"，分别从地面、空间写乌衣巷的远景、大景、全景；其三、四句："旧日王谢堂前燕，飞入寻常百姓家"，则从历史与现实两个画面写近景、特写景。在这首小小的诗里，箭镞，四面八方都射向一个抒情中心，这中心便是金陵怀古。胡昭写《军帽底下的眼睛》，借志愿军伤员眼中所见白衣战士又天真、又明净、又温暖、又深沉的眼睛抒写情怀——

我要保卫那对眼睛——
妹妹的眼睛，妈妈的眼睛，
我亲爱的祖国的眼睛。

艺术焦点很明确，就是军帽底下那对眼睛，所有的抒情都向着它。诗一开始，以"透过炮火，透过烟雾"八个字简括背景，不写山岗，不写沟壕，不写衣着，不写表情，只是闪动着这对动人的眼睛。这眼睛便是抒情中心。一方面是所有的抒情向着眼睛集中，它围绕着这一环靶射击，三点一线，不左顾右盼；另一方面，它又不单调，而有丰富的变奏。由这双军帽底下的眼睛开始辐射为：妹妹的眼睛、妈妈的眼睛、祖国的眼睛；这双眼睛给同志以温暖，受温暖的人们又反过来要保卫这双眼睛。单纯和丰富，集中和辐射相结合。但主要是集中精炼，有了集中，才可能丰富。丰富产生于精炼之中。

诗的精炼，从内容表现上讲，要集中；从诗的艺术构想上讲，要找出抒情的中心；这些，均有待于语言的精炼的表达。古今中外的诗人莫不认为，写诗用字要经过锤炼，即所谓炼字炼句。我国古代诗论常论此道。马雅可夫斯基更以镭的开采来比喻"字矿"的开采与冶炼。语言是诗人手中的武器，不磨不快，不炼不精。众所周知的贾岛"推敲"的故事，已经传为诗坛佳话。古典诗中"春风又绿江南岸"（王安石：《泊船瓜州》），"红杏枝头春意闹”(宋祁:《玉楼春》),一绿一闹,有声有色,又极精炼。新民歌如“穿过柳树云,融进桃花山”在用字上也讲究。“穿过”本为“来自”,“融进”原作“进入”。各换了两个字,情趣大异。不仅说明小篷船由何处来往何处去,而且“穿过”、“融进”使船儿与柳树云、桃花山的环境溶成了一道,构成了和谐浑成的整体。用少得不能再少的文字,尽可能多地表现生活丰实的内容,这是诗歌用字的原则。

造成诗的精炼,还有其他一些因素,如大量使用比喻。如农民爱社,其道理用很多话也不易说得充分,但两个比喻,就解决问题:“莫学灯笼千只眼,要学蜡烛一条心。”又如说寡母孤儿日子难过,抽象地说就不如比喻来得生动而凝炼:“挡雨的草房倒了墙,迷雾的孤雁断翅膀,说是车儿呀,没轱辘,说是船儿呀,丢了桨!”造成诗的精炼,除了比喻,还有含蓄、跳跃,也都是构成的因素。普遍利用这一因素,均有于造成诗的精炼。

当前新诗,离精炼之道愈来愈远。“一行之间,必谬增数字;尺纸之内,恒虚费数行”,这种现象,难道不是随处可见?言简而意赅,文约而事丰,从来论文如此,何况于诗!饵鱼千钓,得之一筌;奇兵神将,持一当百。诗的抒情叙事,务去闲说虚词,这是断然的。《史记》写汉兵败绩,仅“睢水为之不流”(《项羽本纪》)六字;讲高祖之失萧何,也只“如失左右手”(《淮阴侯列传》)五字,均神态毕现。这种作文精于用字的功夫,堪为诗歌精炼的楷模。

风格(一)

静夜,灯下。我的案前,《毛泽东选集》第五卷散发着新鲜油墨的清香。书页翻到熟悉的《关于正确处理人民内部矛盾的问题》。在这样的时刻,在这春光明丽的季节,重新听到毛泽东同志“百花齐放、百家争鸣”的声音,心头浮起了融融春意。我禁不住要和此刻远在瑞丽江畔的你,作长夜之谈了。

如你上信所述,打倒“四人帮”后,在文艺园中,诗是最早冲破“帮八股”的禁律的。这个时期的诗,真正打动了人民群众,其原因:从内容上说,是诗歌抒发了八亿人民的爱与恨的真挚感情;从形式上说,是诗歌初步呈现出争奇斗艳的多种风格。广大诗歌作者,用色彩绚烂的各具特色的诗篇,讴歌我国人民在以华国锋同志为首的党中央领导下所取得的粉碎“四人帮”的伟大胜利,表达了亿万人民的共同心声。群众喜爱这些诗歌,是有理由的。

在《在延安文艺座谈会上的讲话》中,毛泽东同志就说过,“应该容许各种各色艺术品的自由竞争”。在《关于正确处理人民内部矛盾的问题》中,他进一步总结了文艺、科学发展的规律,提出了“百花齐放、百家争鸣”的方针。值得注意的是,他突出地把艺术风格问题与百花齐放联系在一起。他指出:“艺术上不同的形式和风格可以自由发展”;认为,利用行政力量,强制推行或禁止某种风格,将有害于艺术的发展。随后不久,毛泽东同志在给《诗刊》信中提到了诗应有“诗味”和“特色”的问题,我的理解,这是对诗歌作品中体现的诗人独特艺术风格的强调。

的确，诗要百花齐放，风格的多样化是不可忽视的；诗要走向群众，而忽视群众多样的艺术需要，只给他们某种单调划一的作品，也是不可想象的。我想，人民欣赏百花，是因为它们的色泽、芳香、形态都各有特点的缘故吧！

我们的诗，产生并服务于无产阶级摧毁旧世界的斗争。我们理所当然地要求在诗中听到时代的隆隆的雷电声，闻到无产阶级革命斗争的浓浓的硝烟味。我们理所当然地要求诗喊出人民共同的心声。但这绝不意味着我们赞同诗只用千篇一律的调子歌唱。

定型的工业产品，要求整齐划一，往往差之厘毫，便成废品。艺术的产品，却忌整齐划一，唯有千姿百态，才合乎规律。这是由于，人民的生活及其斗争，是丰富多彩的，绝不是单调刻板的。生活的浪涛，斗争的风云，它们奔突着，呼啸着，其力量是惊天动地的，但每朵浪花，每片云彩，却是千变万化而绝少重复的。

刀光剑影，浴血奋战，是斗争；横眉冷对，慷慨陈辞，也是斗争。斗争，从内容到形式，都极其丰富。有人说过，世上没有两粒完全相同的沙子。沙子尚且如此，那么我们更应当说，世上不应有两首完全相同的诗。又有人说过，天有飞沙走石，也有和风丽日，地有危峰峭壁，也有平原旷野，江海有浊浪崩云，也有平波展镜。世界在矛盾斗争中发展，也在矛盾斗争中展现无比纷繁的形象。

而诗，正是这种不断进行着的矛盾斗争的形象的反映。因此，恩格斯才十分称赞那些“作者的个性打开了最广阔的天地”的各具风格特征的德国优秀作品①；列宁才说，“在这个事业中，绝对必须保证有个人创造性和个人爱好的广阔天地，有思想和

---

① 马克思、恩格斯：《论艺术》，第四卷，第289页。

幻想、形式和内容的广阔天地。”[1]

太阳是明亮的。但在它照临下，万物的折光，却是无比丰富和极其奇妙的。“每一滴露水在太阳的照耀下都闪耀着无穷无尽的色彩”[2]，假使你是露珠，你就应该让读者看到你怎样用自己的方式和色泽，去反映太阳的光芒。正是由于奇光异彩的露珠的存在，才把太阳的光亮，反映得具体而充分。只有多种风格的诗歌，才能够淋漓尽致地、多方面地、有特点地反映出人民生活斗争的无比丰富的内容。

你说得对，当我们提倡诗人应当创造自己的艺术风格时，不应忽视的是，个人的艺术风格，总是受着时代和阶级的制约的。新时代和旧时代有不同的风格；无产阶级和一切剥削阶级有不同的风格。“我们必须坚持真理，而真理必须旗帜鲜明。……我们要教育人民认识真理，要动员人民起来为解放自己而斗争，就需要这种战斗的风格。”我想，这段话可以理解为是对我们时代、我们阶级的风格的一个高度概括。

同样不应忽视的是，不论哪个时代，不论哪个阶级，各个诗人，各种作品，其艺术风格又总是带着各自的千差万别的特点，而不会是一个时代、一个阶级只有一种风格。“清新庾开府，俊逸鲍参军”[3]，这里说的是李白的诗具有庾信和鲍照两人的不同的风格，又清新，又俊逸。同是唐代，同是封建阶级的知识分子，同是写边塞风物，“轮台九月风夜吼，一川碎石大如斗，随风满地石乱走”，岑参的风格是豪放的；“高高秋月照长城”，王昌龄的风格是清隽的。有人说，宋代苏轼的词应当由关西大汉用铜琶铁板伴奏，高歌他的“大江东去”；而柳永的词则应当由十八女郎执

---

① 《列宁选集》，第一卷，第 648 页。

② 《马克思恩格斯全集》，第一卷，第 7 页。

③ 杜甫：《春日忆李白》。

红牙拍板,低唱他的“杨柳岸、晓风残月”。这是对封建社会诗人的不同艺术风格的形象化描述。

想起我国无产阶级诗歌走过的道路,是令人激动的。三十五年前的红五月,毛泽东同志发表了《在延安文艺座谈会上的讲话》,为我们指出了文艺繁荣发展的正确道路。自那以后,不少诗人认真进行艺术实践,初步地有成效地形成了自己的艺术风格。例如,都是从民歌中吸取养分,李季的《王贵与李香香》显得高亢,而阮章竞的《漳河水》显得清丽。我们从田间的短诗中听到急促的鼓点,从张志民的《死不着》中感受到深沉和严峻。这些歌声,都使我们听到了中国大地上革命风暴的旋律,但却同时具有鲜明的个人风格。

“四人帮”妄图用僵死的教律来绞杀诗歌,(说到“绞杀”,你记得么,在西双版纳,你曾指给我看,那种原始森林中的可恶的寄生树,那些“绞杀者”!)正是为了灭绝社会主义的百花,培育他们的杂草。他们实行的是法西斯的文化专制主义!

然而,革命导师所英明揭示的规律是不可抗拒的。诗要抒情,抒人民之情;诗要言志,言革命之志。这是毫无疑义的。但无产阶级诗歌执行这一庄严的共同使命时,却提倡并鼓励诗人充分发挥自己的艺术创造性,努力体现出自己独特的艺术风格。相互比较,自由竞赛,彼此借鉴,将在政治上和艺术上促成这种繁荣发展。而英雄人民所进行的伟大斗争,也将得到充分的生动表现。人们从异中认同,在一中求万,从具有独特风格的作品中认识生活的普遍的真谛。

当前,许多诗作者都在遵循艺术发展的规律,努力用自己的方式歌唱,从而体现出各自的艺术风格来。同是悼念周恩来同志,郭小川这样写道:“哦,这是一个——十分悲壮的严峻而富有生机的冬季!”即使在极度悲哀之中,也不失他一贯的豪放风格,悲哀并没有淹没他那昂扬的斗志;李瑛这样写道:“我不相信一九七六年的日历,会埋着个这样苍白的日子”,他的深沉哀悼之情,以他所擅长的细致的方式表达,用语平易,却是惊心动魄的;光未然这样写:“新年中刚撕下了几页日历,竟撕裂了八亿人民的肝胆!”他的心灵的剧痛,是以真切、自然却遒劲有力的方式来表达的;而柯岩的《周总理,你在哪里?》、《我的爷爷》等近作,却以她特有的绵密、细腻,把磅礴的时代风云,凝聚在独具匠心的巧思之中。

你也许要问,为什么共同的生活,同样的题材,会有如此不同的表现呢?原因是多方面的,有作者不同的生活阅历、艺术素养等等,但至关紧要的是作者的思想及世界观。诗如其人。“我只有构成我的精神个体性的形式。‘风格就是人’。”[①]人格决定诗风,因此《文心雕龙》才说“各师成心,其异如面”;诗品体现人品,因此《诗品》在评诗时往往与评人结合在一起,如它评曹操的诗说“曹公古直,甚有悲凉之句”,姑不论它的评论是否妥切,只就它把句的“悲凉”和人的“古直”联系起来看,就足以说明它的精邃。诗的直抒胸臆,往往使读者直接感受到诗人的思想品格。诗的风格,往往是人格的艺术折射。当然,这样说,并不意味着我们无视诗人的艺术实践、艺术素养等等对于形成艺术风格的作用。

记得那年在西双版纳,我曾把你的诗比作向着太阳歌唱的太阳花。在这欢庆胜利的春季,你又到了我所喜欢的边城瑞丽。我想,你即将唱出的歌声,一定是既表达着我国各族人民对党和祖国的深情,又带着你们民族的和你自己的特有的艺术风格的歌声。

---

① 《马克思恩格斯全集》,第一卷,第7页。

风格(二)

毕丰的“风格即人”真是句名言。全世界的悭吝人,都不会忘记歌唱他的钱袋;只有慷慨悲歌之士,才能发出震撼人心的慷慨悲歌之辞。要是说,只有潇湘馆中的林黛玉,才唱得出那凄婉的《葬花辞》;那么,花花公子的薛蟠,哼他那粗俗不堪的“蚊子苍蝇歌”,则是理所当然的。一首《过零丁洋》的结句:“人生自古谁无死,留取丹心照汗青”,可以认为是文天祥一生的断语。夏明翰就义诗:“砍头不要紧,只要主义真,杀了夏明翰,还有后来人。”则是这位烈士共产主义世界观的全部表露,也是他辉煌一生的诗做的结论。

诗风与人格应当是一致的。好诗,必须是诗人的肺腑之言。一个人品不佳的人,即使满口豪言,也是虚假的;而虚假的诗,是不可能感动人的。叶挺的《囚歌》激动了那么多人,陈毅的《梅岭三章》激动了那么多人,郭小川的《秋歌》激动了那么多人,是因为他们的诗风中浸透了人格的光辉。“器大者声必闳,志高者意必远”[①],好诗风决定于好人格。“贾生俊发,故文洁而体清。”刘勰以此为例,证明作品及其作者总是“表里皆符”的。

“马克思的风格就是马克思自己”,李卜克内西这样断言,“《路易·波拿巴的雾月十八日》的语言就是箭和投枪,它的风格就是烙印和枪杀。如果憎恨、轻蔑、对自由的热爱曾经在什么地方用燃烧、破坏和激昂的语言表达过,那就是在《路易·波拿巴的

---

① 宋·范开:《稼轩词序》。

雾月十八日》这本书里。”(《忆马克思》)当然,人的品格,并不就是诗的风格。因为很多品格优秀的人,并没有成为诗人;而诗作的境界也并不与作者的思想境界等同。血管里流的是血,水管里流的是水,这是真理,因为作者的世界观及其政治立场总是诗歌思想性的决定因素。但若论及作品风格的形成,其原因却要复杂得多。

在上一次论及风格的书简中,我引用了《诗品》“曹公古直,甚有悲凉之句”的话。我以为钟嵘把曹操的为人与为诗联系起来看,很表现了一个古代诗歌理论家的气魄。近读元稹为杜甫墓志铭写的序,也对曹操父子的诗文发了议论。他说:“建安之后,天下文士遭罹兵战,曹氏父子鞍马间为文,往往横槊赋诗,故其遒壮抑扬冤哀悲离之作,尤极於古。”这比《诗品》所析充分得多。元稹是从作者的生活、境遇等多方面去寻求作品风格形成之解释的。

“笔区云谲,文苑波诡。”[①]作品的风格不仅似云彩和波浪那般富有变化,而且还是变化莫测的、亦即“诡谲”的云影波光。造成这一现象,世界观诚系重要的原因,但并非唯一的原因。“才有庸儁,气有刚柔,学有浅深,习有雅郑,并情性所铄,陶染所凝。”[②]刘勰就列举了风格形成的多方面的因素。尽管他没有、也不可能从唯物论的反映论的角度指出存在与思维关系这一根本的因素,但他也没有把道理说简单了。

许多诗歌现象都证明,风格的形成并不简单。因为一个作品的形成,除了思想上的因素,还有艺术上的因素。就思想艺术而言,又是因人而异的。作品是这一切的综合作用的结果。以一九五八年民歌为例。它们产生在同一时代,都是民歌,甚至都

---

① 刘勰:《文心雕龙·体性》。

② 同上。

写水利，但却可以风格迥异。有一首民歌来自安徽：大红旗下逞英豪，端起巢湖当水瓢，不怕老天不下雨，哪方干旱哪方浇。另一首民歌来自陕西：铁镢头，二斤半，一挖挖到水晶殿，龙王见了直打颤，就作揖，就许愿："缴水，缴水，我照办！"前者雄浑，大气磅礴；后者风趣，诙谐，而形神逼肖；二者风格判然有别，却都体现了那时代共同的精神气质。

谈论诗风，我们首先要看到诗是诗人写的，诗风与人格有同的一面，同时也要看到人除了共性，还有个性，而决定一个作品的除了思想和世界观因素，也还有其他方面的因素，因而又不能把人格与诗风完全等同。不然，就会导致共同的世界观只会产生共同风格的简单的结论。事实并不如此：朱总之诗苍劲，董老之诗朴实，陈总之诗峻拔，叶帅之诗清丽，而他们同是伟大的共产主义战士。

无论如何，追求风格的多样化是确定不移的，这与我们提倡诗人树立共产主义世界观并行不悖。应当认定：风格的各不相同是正常的，而所有的人却只有一种"共同"的风格，才是反常的。唐代的诗歌繁荣，恐怕主要不是因为诗人多，诗作多，而主要是因为它出现了多种风格的百花争艳的局面。雄浑如大海奔腾，秀拔如孤峰峭壁，壮丽如层楼叠阁，古雅如瑶瑟朱弦，老健如朔漠横雕，清逸如九皋鹤鸣，明净如乱山积雪，高远如长空片云，芳润如露蕙春兰，奇绝如鲸波蜃气……这是对唐代诗风的概略描述。明代的谢榛就此总结说："此见诸家所养之不同也。"（《四溟诗话》）这个"养"字是有讲究的，包括了我们前述的主客观诸因素。要是没有李白的豪放，杜甫的沉健，王维的恬淡，李贺的冷艳，韩愈的奇崛，没有杜牧的清，李商隐的秾，没有如柳荫春莺的白乐天，以及如草根秋虫的孟东野，没有郊寒岛瘦，郊寒白俗等等，等等，能有唐一代古典诗史上的高峰么？

共同的时代精神，只能由各不相同风格的作品体现出来。

同样是对于旧中国社会的批判与反叛的声音，鲁迅的“救救孩子”式的“呐喊”，深切而沉痛，郭沫若“我们要创造新鲜的太阳”式的“放号”，则是狂飙的运行，而有着雷鸣电闪般的澎湃。谁也不怀疑，不论鲁迅，不论郭沫若，都是“五四”文化革命的鲜艳战旗，他们的呐喊和放号都代表了当时先进的中国人的意志和愿望。他们以各具个性的风格连同那时代许多作家的许多风格，构成了“五四”时代的共同而又多彩的时代风格。

青年时代的恩格斯，曾在给友人的信中，称赞当时德国十分简洁和明晰的“现代文体”，特别称赞那些作家的个性打开了最广阔的天地的各种风格的竞赛：“海涅的文章光辉夺目，温巴尔格的文章热情明快，谷兹科夫的文章精确细致，有时闪着鲜明的阳光，居涅的文章通畅流利，有时光亮太多而阴影太少……”[①] 恩格斯和马克思不仅推崇各种风格独特的作家，而且也以自己文章的战斗风格而自豪：“假如这些蠢驴有机会读一读马克思和我的通信，他们就简直会呆得像木头似的。海涅的诗歌，比起我们的豪放的朝气蓬勃的散文，不啻是小孩的玩具。摩尔可能勃然狂怒起来，可是从没有叹一口气。当我把这些手稿重读一遍，我就大笑得伸不起腰来。”[②]

这种引用革命导师的话是愉快的，但是我们不能不从历史回到现实，不能不从水草丰茂的绿洲回到因干旱而逐渐沙化的草原。我们的现实是“四人帮”对诗创作的破坏、尤其对诗歌百花齐放的破坏远未恢复。我们前些时的诗歌，到处都是“似曾相识燕归来”，到处都是从内容到形式都“高度一致”的诗。不仅语言、形象惊人的雷同，甚至对生活的感受（要是还有“感受”的话）也是千篇一律的！造成这一现象，当然要追究到“四人帮”的文

① 恩格斯：《给格勒伯兄弟的信》，《马克思恩格斯论艺术》（四），第289页。

② 恩格斯：《给爱·伯恩施坦信》，《马克思恩格斯论艺术》（一），第117页。

化专制。前些年，我们年轻一代作者读不到优秀的诗歌，他们只好以流行的“时调”为楷模。于是，越学越“一致”。自此而后，读者、作者、评者、编者相沿成风，莫不以此种“一致”的作品为“一致”的标准，“非礼勿视，非礼勿听”，进行可怕的恶性循环。我们等待那些具有鲜明个性的新诗人出现。这种等待看来要有足够的耐心。一九七六年，金色的十月。老诗人相继获得解放，他们用长期形成的各具特色的歌喉歌唱，这使人们耳目为之一新：原来有这样好的诗！原来诗也可以这样写！

我们的年轻作者，他们并不是一开始就失去了自己的个性的。开始的时候，他们用新鲜而陌生的眼光看世界，也用幼稚的、然而却有特色的笔墨写人生和革命。然而，他们被那些“严厉”的批评吓坏了！那些批评持有一种最极端的标准，他们认定：只有“刚健”才是应予承认的与“革命”相称的风格；而革命，总是天然地摈斥一切不“刚健”的！直到打倒了“四人帮”，那些被吓坏的年轻人才逐渐地从惊恐和惶惑中得到解脱。他们开始试图用自己的声音喊叫了。一个男青年激昂的声音喊道：

如果没有清明，那血写的诗句，
也许有人对十月的胜利会感到突然。
我永远也不会忘记那些诗句，
就像不会忘记我的出生时间！

——李功达：《献给诗的诗》

一个女青年用柔和的声音写新的爱情诗篇：

我如果爱你——
绝不像攀援的凌霄花，
借你的高枝炫耀自己；
我如果爱你——
绝不学痴情的鸟儿

为绿荫重复单调的歌曲;
也不止像泉源
长年送来清凉的慰藉;
也不止像险峰
增加你的高度,衬托你的威仪。
甚至阳光,
甚至春雨。
不,这些都还不够!
我必须是你近旁的一株木棉,
作为树的形象和你站在一起。
——舒婷:《致橡树》

还有一个青年,他用已经显得老练的声音歌唱祖国:

从一有了知觉我就爱你
——中国,世界文化古老的高原
在神奇的东方
在无限的太平洋粗野地嘶叫着的波涛的上面
珠穆朗玛峰一样雄伟的耸立
——倩雯:《中国,一支嘹亮的歌》

听着这样的歌声,我感到了希望不会变为虚妄。对于还在彷徨的年轻人诉说的苦闷,我的答复是大胆的:照你喜欢的样子写!

当然,这种回答要担风险。什么?“照你喜欢的样子写”?能不考虑人民的需要、人民的喜欢么?他们的逻辑就是如此:强调了个人的喜欢,必然忽视或违背了人民的喜欢;而人民的喜欢,当然是与个人的喜欢水火不容的。他们顽强地条件反射式地认为:群众必定是只有一种共同的喜欢,也就是他们心目中那种永恒的“刚健”的喜欢!

人民的喜欢,难道不是万紫千红的百花?难道会是清一色的一个纸样剪出的假花?清一色的“花”,只在那种僵硬的思维中存在,在生机勃发的自然界是不存在的;清一色的“花”,只在“四人帮”统治的诗坛存在,并不在人民的春天存在。“你们赞美大自然悦人心目的千变万化和无穷无尽的丰富宝藏,你们并不要求玫瑰花和紫罗兰散发出同样的芳香,但你们为什么却要求世界上最丰富的东西——精神只能有一种存在的形式呢?”[①]不幸的是,中国的“四人帮”,比普鲁士的书报检查制走得还要远。他们不仅要求玫瑰花和紫罗兰散发出同样的芳香,他们甚至要求桂花结成桃子!他们不仅要求所有的花都开成红色,他们甚至痛恨无法迫使所有的花都开成马克思恩格斯公开抨击过的、实际上不可能有的“黑色的花朵”!他们就是这样一伙热昏的狂人!

的确,我们的读者要求诗人喊出时代的强音来,但并不要求用一种声音来喊。我们时代的生活,壮丽,丰富,人民要求用刚强的,也用柔和的;用粗犷的,也用细腻的;用雄浑的男低音,也用花腔女高音,用咏叹调,也用宣叙调……用各不相同的声音来喊。的确,人民要求诗人代他们说话,但并不要求用共同的方式,共同的腔调,而要求诗人用各自拥有的方式。你要是李太白,你就放歌:“君不见黄河之水天上来,奔流到海不复回”;你要是杜少陵,你就低吟:“无边落木萧萧下,不尽长江滚滚来”!你要是贺敬之,你就用《放声歌唱》的大海的排浪;你要是郭小川,你就用《向困难进军》的进军的鼓点。人们常说,要是有一千个莎士比亚,就会有一千个汉姆莱特。要是我们有一万个诗人,就应该有一万种歌唱的调子、歌唱的方式。我们不能只有一种诗

---

① 马克思、恩格斯:《评普鲁士最近的书报检查令》,引自《马克思恩格斯论艺术》(四),第254页。

人，即只有一副面孔一个嗓音的诗人。一个阵容整齐的交响乐队，能够展现那些浩瀚如海的音乐世界，不仅要有活泼轻扬的长笛，还应当有抒情徐缓的双簧管，不仅要有明快激昂的小号，而且要有热烈欢快的大锣大鼓！

多风格的诗歌的诞生，关键在于诗人要从“四人帮”禁锢精神的黑屋里走出来，敢于在明媚的阳光下，广阔的田野上，用自己特有的声音，照自己喜欢的样子写诗。不随俗，不附势，不亦步亦趋地随人之后，而敢于每时每刻都处在创造新诗的冲动之中，都处于要求突破自己和别人的热情之中。真是，要每时每刻！

然而，批评家（编辑是第一个批评家）却不能推卸自己的责任。诗风的提倡与批评界的思想解放成正比。一个思想僵硬、艺术趣味偏狭的批评家，是与培植鲜花的园丁的岗位不相称的。这种园丁，不应该只爱一种花，而应当爱各种各样的花，从菊花，牡丹，到二月兰。批评家应当也是识千里马的伯乐，也应当是能够领悟志在高山流水的知音！

批评家应当心胸宽广，他应当容得下诸种风格的诗歌。他不会埋没那些发出稀有之光的才情初露的无名作者，他应该发现那些长在荒山的未经驯养的“酸枣”和“野葡萄”。这些“酸枣”，这些“野葡萄”，看起来的确不如红苹果那般晶鲜光润，但是，它生在草莽之间，带着生活的淳朴的美，带着无拘束的“酸”和“野”，其生命力却是积极的，欢悦的，活泼的。

批评家的埋没诗才，一是缺乏眼力，他的目光，只能望见人云亦云的东西，他望不见新鲜的生命；一是他有私念，他缺乏那种与不拘一格的诗才共命的胆量与决心。梁代的江淹说过：“夫楚谣汉风，既非一骨；魏制晋造，固亦二体，譬犹兰朱成采，杂错之变无穷；宫角为音，靡曼之态不极；……至于世之诸贤，各滞所迷，莫不论甘而忌辛，好丹而非素。岂所谓通方广恕，好远兼爱者哉!”江淹批评的是那些“各滞所迷”的“世之诸贤”,这对我们的批评界,应当是有启示的。

我们面对着的,不是水草丰茂的绿洲,但却也并非荒原,我们面对着的是睡眼惺忪的今天的沃野。我们充满着希望。期待艺术风格的百花齐放,我们不仅寄望于诗人,而且寄望于包括文学编辑在内的批评界。马儿日行千里,寻马的伯乐也应快步向前。

韵律(一)

记得西双版纳之夜,在美丽的竹楼作客,呜呜的纺车声中,我听见过古老而又年青的傣家情歌的旋律。记得在你的故乡,透明的洱海岸,我仰望苍山,寻找那多情的望夫云,耳边飘来了同样古老而又年青的白族山歌的旋律。平原上的风,海面上的浪,大地有多少美好的声籁,诗中就有多少美好的旋律。

我到过工厂,马达沉雷般轰响,机床飞转,压延,敲击,奏着一曲现代化工业的雄浑乐章。这里,有诗的节奏。我到过农村,田野,钢铁在行进,电流在飞奔,甚至在喷洒农药的姑娘的背上,小马达也在抒情地唱着。这里,有诗的节奏。生活的声音,诗的声音;诗的节奏,劳动的节奏。许多人都证明过,民间最早的诗,正是从劳动的节奏中找到它的旋律的。

在古老的时代,纺纱人摇着纺车,唱着纺纱歌。纺纱歌的节奏,就是纺车转动的节奏。纺纱的劳动先于纺织歌,这是事实;纺织人坚信,他们的歌声可以激发纺车更快地旋转,这也是事实。在原始部落中,男人在前面挖掘,女人在后面撒种,他们唱着播种的歌,诗在这里萌芽。普列汉诺夫说过,在原始部落那里,每种劳动都有自己的歌,歌的拍子总是十分精确地适应于这种劳动的特有的生产动作的节奏。[①]

人类最早的舞,是狩猎情状的摹拟与再现;人类最早的歌,是劳动的辛劳与快乐的呼喊;人类最早的诗,是与劳动生产的物

① 普列汉诺夫:《没有地址的信》,第36页。

质之花并蒂而开的精神之花。诗在语言形式上的主要特征，是音乐性。诗是一种歌唱的文学。构成这种歌唱的文学的支架，是节奏。

要是说，诗的探源之行的目的地，是人类改造世界的生产劳动，那么，诗律的始祖就是劳动的节奏。节奏在诗的形式范畴的地位，与抒情在诗的内容范畴的地位相当，是足以显示诗的特性的决定性因素。

节奏在诗的音乐建筑中，犹如土木建筑中之方砖。是方砖，而不是别的，层层叠垒而为华堂伟阁。方砖就是音节，一定比例的长短、重轻、扬抑的音节，构成了不同语言的诗歌的音步。音步是节奏的基本单位。在汉语中，往往以两个字(一个双音节词为基础)组成的“顿”为一音节。这种两个字形成的小距离、轻停顿，亦可称之为音步。

音步大体相同的诗句，构成句与句间的节奏的和谐、匀称；由等音步的句子造成了句以上的诗节、诗章的节奏的和谐、匀称。可以看到，造成这诗中的节奏体系的方砖即基础的，是音步。闻一多的《死水》：

这是一沟绝望的死水，
清风吹不起半点漪沦。
不如多扔些破铜烂铁，
爽性泼你的剩菜残羹。

也许铜的要绿成翡翠，
铁罐上绣出几瓣桃花；
再让油腻织一层罗绮，
霉菌给他蒸生些云霞。

让死水酵成一沟绿酒，

飘满了珍珠似的白沫；
小珠笑一声变成大珠，
又被偷酒的花蚊咬破。

那么一沟绝望的死水，
也就夸得上几分鲜明。
如果青蛙耐不住寂寞，
又算死水唱出了歌声。

这是一沟绝望的死水，
这里断不是美的所在，
不如让给丑恶来开垦，
看他造出个什么世界。

这首《死水》，是一首规则的现代格律诗（所谓现代格律诗，其实并无公认的共同的格律，只是自己有格律而已）。《死水》每句由四个音步组成，由等音步的四句组成一节，再由等诗句的诗节组成整个乐章。全诗的节奏匀称、和谐，而产生这奇妙效果的，却是它的基础单位——音步，即我们喻之为的方砖："这是"、"一沟"、"绝望的"、"死水"；"清风"、"吹不起"、"半点"、"漪沦"……

格律，就是诗的律化。由野性的呼喊，到有节调的踏歌，是一大飞跃。由诗无定则，到诗的律化，也是一大飞跃。诗律，就是劳动节奏的诗化。在诗的律化过程中，节奏是太重要了。

诗的律化，各个民族、各个时代、各种语言，都不同。大体上讲，这种律化的要求是：声音要动听；韵调要和谐；在句式整齐的基础上谋求篇式的整齐。在这里，由语音的骈偶化开始的诗格上的骈偶化是重要的内容，其实质，仍然是要求造成更大范围的音调上的对称美。

声音要动听。其主要手段是韵语的使用，要押韵。韵好比铆钉,它能够铆住那支架上各个灵活的部件。押韵是通过声音联结、强化、突出诗的节奏。不论何种语言的诗,也不论它押韵的习惯如何,韵总起着加强节奏的作用。同时,押韵本身也是节奏化的产物。它总是规律地(更多地甚至是等时性地)再现某种近似的音响。这种音响的反复出现,唤起人们对于节奏的感受、并强调节奏的美感。

不论怎么说,押韵的诗行总比不押韵的诗行彼此的联结要紧:因为支架上有铆钉;不论怎么说,等时性的韵脚的出现,能够鲜明地展示那节奏的轮廓:晨钟能够渲染日出的壮丽。而无韵的诗,其鲜明度则相对地弱。

韵调要和谐。汉语语音有声调的变化,古汉语有平、上、去、入四声。我们的祖先根据自己语音的特点,创造性地总结了自己诗歌节奏的规律:这就是平仄的发现、划分与运用。平仄的讲究,就是追求声调和谐的一种努力。犹如英语诗讲轻重音,希腊诗讲长短音,汉语诗则讲平仄声。

汉语四声从音高的素质讲,可分基本的两个大类;平、仄。不升不降而拖长者为一类,即平声;或升、或降、或短促(上、去、入)者为一类,即仄声。成千上万的繁形异体的方块字,按上述标准,都分别归入了平仄两类之中。形象些说,平声如坦平舒展的大道,仄声似崎岖险仄之山径。汉语律诗的讲平仄,基本内容是:一、以两个字为一个节奏单位,平仄间隔递用;二、一联(单双相联二句为联)之中平仄必须相对;三、下一联出句的平仄,必须与上一联的平仄相黏。

上面讲的,略加解释。即:第一个内容,平仄递用在于造成声调上的起伏,使扬抑、疾徐、舒促交替出现,造成一种充分规则又有变化的节奏状态。第二、三个内容,则是在充分规则之中,为纠正太单调太一致而设。无规则,不免零乱;太规则,又不免单调。律诗(包括绝句)平仄的若干基本规定,就是要造成同与异、律与变的对立统一状态。敲乱钟，使人不宁。把同一口钟无变化地敲下去，也令人腻烦。柳暗花明又一村，这景色让人爽心悦目，因为有花有柳、有明有暗，两相映照。在暴风雨的雄浑之后，漫步於朗月清风的静谧中，是别有风趣的。一张一弛，文武之道。“好雨知时节，当春乃发生”，两句联读，扬抑相隔，连绵起伏，低昂互节，这就是沈约说的“若前有浮声，则后须切响”，以及他所揭晓的“一简之内，音韵尽殊；两句之中，轻重悉异”的“妙旨”。①

对称美在诗中是常见的现象。汉语诗由于充分发挥方块字的特点，对仗句异常发达。“晴川历历汉阳树，芳草萋萋鹦鹉洲”，“无边落木萧萧下，不尽长江滚滚来”，不仅声调，不仅词类，而且声、色、情、景都两两对仗，情调充分和谐，而且形成令人一唱三叹的气氛。我国旧诗的这一传统，也被新诗灵活地继承了下来。在新诗中，像“春秋在我们脚下交替，日月在我们肩头接班”这样的对仗句，俯拾皆是。甚至在被谑称为“楼梯”的句形参差不齐的诗句里，也渗透了这种工整对仗的努力：

啊，我看见：
　　每一个姑娘的
　　　　　心中
　　　　　　都是一片
　　　　　　　　桂林山水……
我看见：
　　每一个青年的
　　　　手掌
　　　　　都是一座
　　　　　　　五指山峰。

---

① 沈约：《宋书·谢灵运传》。

“姑娘”对“青年”,“心中”对“手掌”,“桂林山水”对“五指山峰”;前一个“楼梯”对后一个“楼梯”。有人认为,郭小川和贺敬之写的“楼梯”,是“舶来品”,这看法,只从外形上加以论断,殊不知,从“骨子”里看,它是民族化了的。

对仗造成的对称美,由字、词、词组、句,直至节、段,不断地扩展它的势力范围。仄仄对平平,流水对高山,这是基础,进而为句式、篇式的整齐对称。这种整齐化是和诗的语言音乐化密不可分的。

韵律(二)

诗歌艺术发展到一定阶段,便要求有较为完善的格律规范它。我国古典诗歌的早期成果,是以《诗经》的四言诗的成熟为标志的。而后,四言发展为五言,到五言诗的成熟;五言发展为七言,到七言近体诗的成熟,都分别经历了数百年的漫长岁月。诗的发展无止境。唐诗确是古典诗歌的高峰,但并不是绝顶。唐诗的高峰之后,诗的“造山”运动并没有停止,宋词成为毗邻唐诗而升出地壳的又一座高峰。宋词是对于唐诗严格格律的一次“反叛”。它不肯墨守成规,它另辟蹊径,创造了自己时代的艺术形式。这种艺术形式的一个突出特点,是打破唐诗那种整齐不变的句式,而出现了参差不齐的长短句。但宋词打破了一个凝固格律,却形成了一个更为僵硬的格律。其表现形式就是出现了众多的词牌、每一种词牌的格式中严格按照声韵平仄要求的“填词”。

诗的格律并不是守恒的,它如世界万物一样在不断的运动中。楚辞、汉赋(我指的是抒情小赋)、唐诗、宋词、元曲,都创造了各自时代的艺术光辉,但又都没有“长治久安”。格律的出现是一种进步,它应某种“约束”的要求而成立,随后就真的成为约束而渐告衰落;于是,便出现冲破这种约束的努力。开始是对于旧格律的破坏,与之同时,也是新格律的建设和形成。旧格律的破坏,新格律的建立,新格律变旧了,又要求有新的突破。诗的发展,除了内容随时代而迁移,形式也随时代而变异。

我国诗歌史上一次天翻地覆的剧变,是新体白话诗的诞生。

新诗的诞生也为上述诗歌形式的发展规律所统御。新诗的出现是“五四”新文化运动的一部分,也是“五四”反帝反封建伟大运动的一部分。新的民族觉醒的时代,要求发出新时代之吼声的新诗。中国古典诗歌形式在反对旧道德提倡新道德、反对旧文学提倡新文学这文化革命两大旗帜之下,已经黯然无光了。朱自清说过:“新诗运动从诗体解放下手。”①几乎可以这样认为,“五四”新文化运动的第一枪,是朝着已经凝固的古典诗格打的。在最初的一些文学改革的主张中,就有“文当废骈,诗当废律”之类的要求。那时,新诗是以对旧诗的彻底叛逆的形象而出现在新文学运动的舞台上的。胡适进行“放大了的小脚”式的“尝试”,谈不上与旧诗的决裂。一些更为彻底的变革在进行中。这就是朱自清称之为“自由诗派”所掀起的“小诗运动”。这类小诗,用散文化的句子自由地表达思想,全然抛弃格律,开创了新的风气。冰心就是用这种完全自由的形式,歌唱她的“春水”与“繁星”的:

> 成功的花,
> 人们只惊慕她现时的明艳!
> 　然而当初她的芽儿,
> 　　浸透了奋斗的泪泉,
> 　　洒遍了牺牲的血雨。

这内容,这意境,这形象,全是新的,给诗歌充进了崭新的生命。但很快,就出现了再一度把诗律化的力量。一九二六年《晨报诗镌》出版,以闻一多、徐志摩、朱湘等为代表的一些人出来为新诗“创格”而奋斗。闻一多主张诗应当具有“音乐的美、绘画的美、建筑的美”,主张要“带着镣铐跳舞”。他的这些主张,当然与新

---

① 朱自清:《中国新文学大系·诗集导言》。

诗散文化、自由化相对立。但正如新诗的自由化运动有其贡献一样，新诗的格律化运动也有其贡献。他们很注重诗的艺术美，注重节的匀称、句的均齐，目的在使新诗可吟可诵。闻一多的《死水》是较典型的，它每行九言，由四个音步组成，双句押韵，看起来整齐，听起来悦耳，而且节奏鲜明匀称。再如朱湘的《小河》：

> 烈日下我不怕燥热：
> 我头上是柳荫的青帷；
> 旷野里我不愁寂寞：
> 我耳边是黄莺的歌吹。

不仅讲究音节的谐和，而且平仄、对称都铺排得极其精美。这个后来被称作“新月”的诗歌流派，其主要思想倾向是资产阶级的，主要艺术倾向是唯美主义的，这些当然均不足取。但是他们在新诗的律化方面，特别是把西方格律诗的经验与汉语诗歌的特点相结合方面，做出了一些毋庸置疑的努力。其中如闻一多和徐志摩，他们在新诗格律化方面的业绩是应当记取的。

从 30 年代开始到 40 年代末，内忧外患频仍，阶级矛盾加剧，民族矛盾激化。时代要求进步的诗歌重新吹起进军的节奏，在抗战中、也在人民解放战争中发出雷霆之声。这样，华美富丽的格律便显得与时代不很协调，不合时宜了。甚至主张带着镣铐跳舞的闻一多，也在呼唤着更多的如田间那样写自由诗的“时代的鼓手”。他自己，也在这一庄严呼唤中，成为时代的一名英勇的鼓手，在人民解放的前夕，把满腔热血贡献给创造光明的斗争。闻一多在斗争的漩涡中几乎变了一个人。这时，他认为“几乎是完全重新做起的新诗”，还得“完全洗心革面，重新做起”。他甚至主张“要把诗做得不像诗”，并批判了“纯诗”的观点，认为“所谓‘纯诗’者，将来恐怕只能以一种类似解嘲与抱歉的姿态，为极少数人存在着。”①

这个时期两个产生了重大影响的诗人：艾青和田间，他们全是以完全解放的自由诗体吸引了人民。艾青的《大堰河——我的保姆》，让我们想到了新诗创造期那种不拘一格的奔流的旋律：

大堰河，为了生活
在她流尽了她的乳液之后，
她就开始用抱过我的两臂劳动了；
她含着笑，洗着我们的衣服，
她含着笑，提着菜篮到村边的结冰的池塘去，
她含着笑，切着冰屑悉索的萝卜，
她含着笑，用手掏着猪吃的麦糟，
她含着笑，扇着炖肉的炉子的火，
她含着笑，背了团箕到广场上去
　晒好那些大豆和小麦，
大堰河，为了生活，
在她流尽了她的乳液之后，
她就用抱过我的两臂，劳动了。

而田间的诗，则是“单调，但是响亮而沉重”的“鼓点”。如《给战斗者》：

光荣的名字
——人民！
人民呵，
站在卢沟桥
迎着狂风，

① 闻一多：《文学的历史动向》。《闻一多全集·选刊之一》，第205页。

吹起冲锋号；
人民呵，
在辽阔的大地之上，
巨人似的
雄伟地站起！

主要是素朴的，单纯里有火一样的赤热，它有内蕴的爆发的力量。这样的诗，在如火如荼的时代，当然会燃烧在为真理而斗争的人们的心头。

在新诗的发展中，始终有两股力量吸引着诗两边摆动：一股是诗的鼓动性，要它摆脱那凝固的格式而采取更为自由的方式、在战斗的原野上奔突呼号；一股是诗的歌唱性——即鲁迅所提倡的有节调又押大致相近的韵可供嘴唱的一种，亦即由于新诗的格律化而在声韵节调上更为精致的诗。要是把"五四"以来的诗歌潮流进行大的分类，则自由和格律可为两个基本的类别，尽管其间各个流派的差别还是很大的。只有郭沫若例外，他不能为上述分类所分割。

郭沫若是以狂飙雷电的歌唱出现在诗坛上的。他宣称"厌恶形式"，"我所著的一些东西，只不过尽我一时的冲动随便地乱跳乱舞罢了。"(《三叶集》)这类不拘形式的天风海涛般的歌唱，以《晨安》、《天狗》最为典型。但几乎同时，他又有句式较整齐的《炉中煤》之类的歌唱，至于稍后的《瓶》，更见工整婉约了。有趣的是《凤凰涅槃》那首长诗，其体式是奇怪的，从各节的气势看，飞流直下，一泻千里，是完全不拘一格的。但若从它的章法结构看，则乱中有法，以《凤凰更生歌》为最明显，其间各节结构几乎完全一致，有的甚至只变动个别的字，回环往复，一唱三叹。是郭沫若的《女神》，把西方的影响与中国的传统、把自由诗体与格律诗体最早作了结合。新诗在其创始期，便由它的奠基者提供了这种熔格律自由两派诗格于一炉的楷模，可惜没有很好地加以总结。

1942 的延安文艺座谈会后，新诗由于深入地与群众斗争相结合，从内容到形式都起了划时代的变化。从形式上讲，由于向民歌吸取了滋养，新诗更加民族化；由于诗人接近了民间，俚歌山谣堂堂正正地同时又是浩浩荡荡地开进新诗中来。这从延安座谈会后出现的若干代表作上均可看出，如诗集《东方红》、《佃户林》、《圈套》，长诗《王贵与李香香》、《漳河水》、《赶车传》等，都带有上述那些鲜明的时代的印记。

毛泽东同志在给陈毅同志谈诗的信中指出，“白话写诗，几十年来，迄无成功”，这指的是新诗形式方面游移不定的缺点。他说：“将来趋势，很可能从民歌中吸引养料和形式，发展成为一套吸引广大读者的新体诗歌”，这是对建立新体新诗的一种期望。联系他过去提出的“精炼、押韵、大体整齐”的主张看，他和鲁迅一样，都提倡能唱的、记得住的诗。这种“新体诗歌”的创立可以试验。但是，这种诗应当是善于表现新生活新斗争新思想的现代的诗，它有气势，有强烈的鼓动性，同时，又声韵铿锵，悦耳动听，颇堪吟诵。这种诗，应当不抛却“五四”以来的努力与经验。这包含：我们不要拒绝外国优秀诗歌给我们的启示，“五四”时期的诗，朱自清认为“最大的影响是外国的影响”；同时，又不要割断历史，新诗是从对旧诗批判之中诞生的，尽管“五四”当时人们没有讲，还是应当认为新诗是旧诗的否定、又是旧诗的继承。不论郭沫若、闻一多，还是徐志摩、戴望舒，他们的诗，仍然有着我们的历史的渊源。我国古代诗人的影响，不能不在他们的诗作中体现出来。

记得在黎明之城允景洪，我在你那浮动着油棕的清香的窗前谈到，新体诗歌的建立是必要的，我觉得一种诗格的形成与完善，会有助于一代诗歌的繁荣。我现在仍然这么认为。我们不妨回想一下，古代近体诗的成熟，曾经如何产生了形式的反作用的力量,从而有力地推动了唐诗高潮的到来。我们不要轻易否定这一点:一个民族的诗歌,应当有它相应的通行的固定的格式(这种格式不是一种、两种,而应是"一套"),这种格式将推动诗歌的繁荣。

但的确,生活在飞奔向前,人类已经进入了电子计算机的时代。由于人类社会生活的现代化,语言也在飞速发展,新语汇潮流般涌入,新时代的诗歌,应当充分传达出新时代生活的节奏和旋律。古体律诗和七言四句民歌体,已经不能适应甚至会束缚现代新诗内容的表达。未来的新体,的确应当是"新"的体,而不是别的形式的照搬,或是改头换面。与此同时,我主张现在所有的形式都不能废除,都应当存在,而且可以通行无阻地继续发展。未来的新体诗和新体诗以外的各体诗可以长期共存。这样,我们将会既有一种(或数种)大家公认的主要诗体(如律绝之在唐代),又有各种各式的辅助诗体(如乐府、五七言古诗以及四六言诗体等之在唐代)。我们新诗即使在诗体上,也要呈现出百花繁荣的局面。

闻一多讲诗的绘画美、音乐美、建筑美,其实就是诗的格律美。我觉得他没有讲另一种美,即诗的散文美,这是他当日的偏见。自由体的诗的散文美是格律诗所缺乏的,这是它的专长,我看,这也废除不得。

发了这么一通议论,你一定会笑我是在纸上谈兵。当然,这有赖于像你这样的写诗的人们的实践。也当然,搞理论的人,也不要发空论,要有条件,也应当拿起笔来,用实践来实现自己的理想。

散文诗

尽管节令已过了惊蛰，但北方的冻土似乎还在沉睡。只是在阳坡的黄草丛中，偶尔可以看到不怕冷的绿芽在悄悄地萌发。而在南国，已是烟雨迷濛、莺飞草长的阳春三月。记得你写过："在我的故乡，冬季是不会降雪的。""清泉流过草地。溪水在林中喧腾。翠菊在水边开花。阳光照耀，青藻随着水流在小涧里甩似的飘荡。"这是你写的散文诗。感谢你诗人的才情，你把南方的冬天写得多美。那"严寒没法封锁的冬季"尚且如此令我感动，何况如今，如今正是杏花、春雨、江南！

多年了，我爱读你写的散文诗，也爱读别人写的散文诗。有些关于散文诗的想法，能和同好谈谈是愉快的。哪怕有点班门弄斧，也顾不得了。

我觉得，要是把诗写成了散文，那是非常糟糕的；要是把散文写成了诗，却使人喜出望外。有一种文学体式，专注于把散文写成诗，那就是散文诗。散文诗也许是文学中的"两栖动物"。但正如青蛙不能算是鱼类一样，散文诗与其说是散文的诗化，不如说它不过是诗的变体。散文诗只是散文的近邻，而确是诗的近亲，它和诗有血缘关系。不能以散文诗的体式来判断它的归属：朱自清的《匆匆》，不分行，也不押韵，句式是参差不齐的，但朱自清自己把《匆匆》编入了诗集。作者的创作活动也说明它与诗的亲属关系。郭风在《叶笛集·后记》中写道："写作时，有的作品不知怎的我起初把它写成'诗'——说得明白一点，起初还是分行写的；看看实在不像诗，索性把句子联结起来，按文意分段，成为散文。”这说明，散文诗是诗的不分行、连着写。

旧时韵、散对立。从传统的意义讲，诗是韵文的一种（当然，不是所有的韵文都是诗）。近世，自由体的诗出现了，它冲破了诗国的平静，带进了散文的喧嚣。而散文诗比自由体走得更远：它甩掉了诗素有的形式，而穿上了诗从来要与之划清界限的散文的外套。这对于韵文的诗来说，确是一种不折不扣的“反叛”。

但是，诗没有理由把它看成逆子贰臣。散文诗只是脱去了诗的外壳，却始终没有抛弃诗的内核。它穿上了散文的外衣，而胸膛中跳动的，却仍然是一颗纯净的诗心。我要为散文诗辩护的是：它始终是属于诗的，它与诗的关系，散文其外，诗其内，是貌离而神合的。

既然如此，它因何又要“反叛”？诗的历史发展的结果，使诗的内容和形式都越来越圆熟精美。就其形式的发展看：格律愈趋整齐、繁复、严格。圆熟精美诚然好，音韵铿锵也诚然好，但事物的发展总是如此，太统一、太整齐了，便要求改变它、突破它。餐餐鱼肉，人们便想起清淡的菜蔬。晨钟暮鼓，悠然动听，但没有变化地重复敲打千百遍，也会使人厌烦。当人们为诗的严格的格律感到腻味的时候，散文诗便出现了。人们想摆脱诗的僵硬的形式，而留恋诗的活泼的生命，散文诗代表了突破格律的要求。它的“反叛”，在于要捣毁诗所炫耀的“建筑美”的殿堂。它要让诗的内在因素像活泼的山泉那样无拘无束地奔流。这就是我在那篇被你注意到的小文中发出议论的原因，我在那里说过：“散文诗不一定押韵，它是用散文写的诗，其内在特点是诗的，而在形式上，却应当是具有不整齐的散文美。”

散文诗不一定押韵，正是为了挣脱诗的镣铐而保存诗的个性的一种追求。其实不只押韵，应当是所有诗的格律的约束，包括句式，也不一定要五、七言。整齐是美的，老是那么整齐，就产生了单调，因而要造整齐的反。反其道而行之，采取了不整齐的形式，这就是所谓的“散文美”——不一定要押韵，不一定要整齐的句式，更不要分行排列。但散文诗摆脱了诗的形式的束缚，不等于说它不受诗的形式要素的某些影响，这点，留待后面提及。这里要强调的是它对诗的格律的冲击和反叛。

因为散文诗扬弃了诗的外壳而保留了诗的内核，“非诗”的因素将无所掩饰，也无可遁逃。在散文的形式下、而要保留并加强诗固有的东西，难度自然更大。由此可知散文诗并不易作。

散文诗是诗，这首先指的是，它要像诗一样抒情地反映生活。它表现诗意的生活，它抒写生活的诗意。极为重要的是，当它反映生活时，要像诗那样注意构成意境和大胆地想象。散文诗在生活素材上的选择，并不比抒情诗更为宽容，它甚至更为苛刻。柯蓝在《我谈〈早霞短笛〉》中说过：“比起一般的散文来，散文诗的取材，无论是寓意，或是抒情，或是写景，恐怕要更严格些。它要求我们从一些细小的动人的生活场景中，提炼出一种诗的意境。”它要让人从中有诗意可寻，甚至让人觉得这是充满了诗意的生活，觉得这生活充满了诗意。而在再现这一生活的过程中，它十分借重于诗人个人的想象力和情感的抒发。“一枚新月好像一朵桔子花，宁静地开放在浅蓝色的天空中”，散文诗就是这样用奇特的形象、色彩绚烂地点染着生活的美丽；“那笛声里，有故乡绿色平原上青草的香味”，散文诗把生活中美好的声音、色泽和香气像诗一般地加以再现。当鲁迅写作散文诗时，他像当代最好的抒情诗人那样地描写生活中浓郁的诗情。他的《雪》就是如此。那“隐约着青春消息”的“滋润美艳”的江南雪，那有着血红的宝珠山茶，白里隐青的单瓣梅花，深黄的磬口的腊梅花，以及有着冷绿杂草的雪野，那堆雪人的孩子们“紫芽姜一般的小手”，都使我们觉得这生活是充满了诗意的。它自然地透露出某种诗的情趣。它充分抒情地反映生活，而不是叙述着生活。这是诗歌反映生活的方式，尽管它用的是散文。

郭风把散文诗比作“叶笛”,柯蓝也把散文诗比作“短笛”。这说的是散文诗的体式短小,也说的是它反映生活的精炼。散文诗是抒情的,但抒情散文并不就是散文诗,尽管抒情散文也可能充满了诗意。到了划分发生困难时,短小便成了标准。散文诗只是短笛,它不是小提琴,不是长笛,更不是圆号。能够称之为散文诗,一般总是短笛式的短章。如郭沫若的《白发》就是用“心里的诗料”写成的短章:

> 许久储蓄在心里的诗料,今晨在理发店里又浮上心来了。——
>
> 你年青的,年青的,远隔河山的姑娘哟,你的名姓我不曾知道,你恕我只能这样叫你了。
>
> 那回是春天的晚上罢?你替我剪了头,替我刮了面,替我盥洗了,又替我涂了香膏。
>
> 你最后替我分头的时候,我在镜中看见你替我拔了一根白发。
>
> 呵,你年青的,年青的,远隔河山的姑娘哟,飘泊者自从那回离开你后又飘泊了三年。
>
> 但是你的慧心替我把青春留住了。

诗的精炼,在这里被保留了,于是体现为散文诗的短小。现代散文诗千字以上的鲜见,往往百数十字便构成极隽永的一首。体积冗长的文字,自然地便被取消了散文诗的资格。当然,短小而不具备诗的素质的,仍不算散文诗。像诗一样,散文诗需要集中地反映生活,大的场面包容不了时,它就凝聚地写,甚至从侧面写。有时,它只是含蓄地点出生活,而把更多的意味留在背后。柯蓝写海上的浮标灯:“海上的浮标灯,很谦逊地站在最远的地方。第一个迎接凶险的风浪。海上的浮标灯,永远沉默地埋头工作,日夜不停地指示方向。天色愈黑,浮标灯的灯光愈亮。”无疑地它取材于生活，但它把生活中丰富的真理，化为了凝炼的诗的格言。

散文诗可以而且应当写大的题材，但无论如何必须像诗那样地写，而不能像小说那样地写。高尔基的《海燕》，歌唱了革命者的情操，呼喊着斗争的暴风雨，题材很阔大，主题很庄严，但它用的是象征的方式，采取了大胆的想象。海燕在暴风雨中翱翔，这生活是多么富有诗意。因为它意在言外，因而凝炼，因而像诗那样地能够凝炼地概括着生活。茅盾的《白杨礼赞》，也是散文诗，同样是重大的富有意义的生活的诗化。

不能认为散文诗这支短笛只能吹奏纤弱的情感、只能表现小巧的场景。《海燕》和《白杨礼赞》都是充分抒情的，但它们的主题都与革命保持着最密切的联系，风格也不纤弱，前者粗犷，后者质朴。“不知何处吹芦管，一夜征人尽望乡。”在伟大的斗争中，“叶笛”也可以吹出时代的强音、起到号角的作用的。我们不会忘记，散文诗也参加了天安门诗歌运动英勇的战列。“纪念碑坚定地矗立在广场的中央！广场永远怀抱着自己的纪念碑！永远！永远！”这是《广场纪念碑》；“他富有全中国，他儿孙好几亿，遍地黄土都是坟，他把什么都留给了我们；他永远活在我们心里。他是谁？他是谁？他是总理！”这是《一份特殊的祭礼》。此外，《当我沉默的时候》、《我偏要来天安门》、《细看这几只乌鸦》，都是喷吐着人民爱与恨之火热烈的诗篇。

你说，“散文诗要求内在的旋律”。我赞同。我以为这主要指散文诗不是在外露的形式上、而是在实质上保持着诗所不可缺的音乐的素质。以郭风最近发表的《夜霜》为例：

> 我沿着溪边的小径，要走回到村里去。
>
> 我看见稻草垛上，凝结着白霜。
>
> 我看见池沼边的草地上，凝结着白霜。
>
> 我看见村庄的木栅、篱笆，凝结着白霜。

> 我看见溪岸上的乌柏树上，梅树上，凝结着白霜。
>
> 月亮好像一枚冰冷的黄玫瑰。北斗好像几颗冰冷的宝石。我看见月光和星光把乌柏树和梅树的树枝，画出树影来，画在溪岸的草地上。
>
> 我受到深深的感动了。可真是的，我看见溪岸上的草地，凝结着白霜，好像一块无尽铺展的白色画布，上面画出了非常美丽的树影，好像墨笔画出来的浓墨色的树影、淡墨色的树影。
>
> 这一刻间，我忽地无缘无故地思念起一位友人，一位刻苦的、勤奋的、谦逊而又有点固执的画家来了。

《夜霜》并不整齐，也没有韵脚，但是它有旋律。记得朱自清说过，复沓是歌谣的生命。《夜霜》的旋律，主要靠复沓来体现。前半反复出现的“凝结着白霜”是一种复沓，后半反复出现的“画出树影”也是。这样的反复回旋，构成了一唱三叹的诗的内在旋律。尽管它没有铿锵的韵，但却取得音乐的效果，取得鲜明的节奏感，而音乐性，是诗的要素之一。所谓抒情的特点，所谓歌唱的、音乐的特点，除了生活的诗意的表现，这种复沓正是散文诗维系诗的特点的通常手段。这在《白杨礼赞》中也可看到，其间反复出现的“白杨实在不是平凡的树”，在内容上是突出主题，在形式上便是加强这种旋律感。

更值得注意的是《夜霜》的末段：“这一刻间，我忽地无缘无故地思念起一位友人，一位刻苦的、勤奋的、谦逊而又有点固执的画家来了。”这是纯粹的诗的笔法。由“好像是墨笔画出来的”因而“想起画家”，并不是“无缘无故”的；但“墨笔画”毕竟只是“好像”，并不是画家的真画，由此想起友人，却有点“无缘无故”。这里，郭风采用的是诗的联想的跳动性。诗对生活的表达方式，总不是一步步地走，而是一级级地跳，它总是由情绪、由联想跳跃性地前进。表面上看，仿佛那联想来无迹去无踪，却有想象在背后牵线！

散文诗允许散文化，但毕竟是诗，却受着诗的章法的制约。我是由前述“内在的旋律”想起章法来的。散文诗当然不能杂乱无章，但它要让人觉得它自由、活泼，如行云流水。然而，它要章法，它要因文而异的各自的章法。《匆匆》篇首“但是，聪明的，你告诉我，我们的日子为什么一去不复返呢”，篇末几乎重复出现这段话。它有章法，如奏鸣曲般地重现着主题。《木兰溪畔一村庄》“这是一个小小的村庄。它像一朵花，开放在蓝色的木兰溪旁边”，诗中平凡三现，中间隔以两个大的段落。它也有章法，如回旋曲般重复着它的“基本乐段”。诸如此类，在诗歌创作中屡见不鲜，散文可用、亦可不用，而散文诗则不可或离，与诗全同。

散文诗的语言，同样要求有音乐性。这种音乐性，仿佛是诗中的素体，合唱中的无伴奏。同时，它要求语言的优美。散文诗既然失去了——是自觉地摒弃了——铿锵的韵，那末，诗的语言的音乐素质只能由韵以外的努力中去体现。散文诗的作者非常注意语言的优美生动。鲁迅的文风是严峻的，但当他写散文诗时，却充分表现出少有的轻松，著名的《秋夜》即如此。优美并不是千篇一律，有的婉转，有的柔美，有的却雄奇超拔，视题材和作者的风格而差异。郭沫若的《山茶花》清新可爱，巴金的《海的梦》热情流畅。而在天安门诗歌的作者那里，却呈现了全然不同的时代风格：“春雷在忍受了一个冬天以后，即将发出惊天动地的怒吼”，是雄壮的；“谁胆敢玷污您那无瑕的一生，回答他们的，将不是言语，而是刀戈”，是刚劲的；而“那几只乌鸦，听到没有？还不快下台滚蛋”，则表现人民的轻蔑与愤怒！

国内专致地写散文诗的不多，你是持之以恒的一个。散文诗的确是轻而又轻的武器，但它会在为人民的斗争中起到一剑一戟的作用，也会在文艺和诗的百花齐放中增添一枝一叶的春天的喧闹。而且，正如你前信说的，在我国，“散文诗的传统是很厚的,我们有一笔很厚的散文诗遗产。"文学史我不熟。但我知道,至少在一千六百年前,我们就出现了散文诗的成熟之作,那就是王羲之的《兰亭集序》。晋陶渊明的《归去来辞》、《桃花源记》,都是诗的散文、散文的诗,距今也是一千六百余年。唐代的伟大诗人李白不仅写诗,也写散文诗。他的《春夜宴桃李园序》,可与他的最著名的诗比美:"幽赏未已,高谈转清,开琼筵以坐花,飞羽觞以醉月。不有佳作,何伸雅怀?如诗不成,罚依金谷斗数。"有景、有情,更有那种不拘形迹的豪放气度!全文仅一百一十余字,是极精炼的一篇古典散文诗。唐宋著名的诗人,大都创作了著名的散文诗:柳宗元的《永州八记》,是游记体的散文诗组;刘禹锡的《陋室铭》通篇只有六十一个字;苏轼的前后《赤壁赋》,堪称这位诗人散文诗的双璧;欧阳修的《醉翁亭记》,起首"环滁皆山也"五字,就使后世之人信服其文字之精简;而《秋声赋》不仅写秋声之微妙与气势极为传神,甚至是童子的禀报"星月皎洁,明河在天,四无人声,声在树间。"也是极美好的诗句,欧阳修的一记一赋,简直创造了古典散文诗的高峰!历代这类文字甚多,不可遍举。

迨至"五四",新文学兴起,散文诗亦随之而兴。沈尹默的《三弦》,刊于《新青年》五卷二号,当是一九一八年的作品,这是较早出现的一首不分行的新诗、散文诗。中国新文学运动的三位伟大作家:鲁迅、郭沫若、茅盾,都写过精美的散文诗,前已提及。至于冰心的《往事》,更是新文学创业期规模较大的散文诗组。我国古典文学和新文学中这一笔丰富的散文诗遗产,我们应当珍惜它,要批判地继承它。

你们的刊物出散文专辑,由散文想起散文诗,不想竟在这里大谈其散文诗的诗的素质来了。所幸我还不曾绝口否认散文诗与散文的关系,毕竟还讲到它的"两栖"的属性。因此,这篇书简,也许还不至于文不对题的。

儿童诗

我想告诉人们，不要看轻儿童诗，它的价值同样可以是永恒的。我们都有过童年，我们肯定也都蒙受过儿童诗的恩惠。我说"肯定"，不是无根据的。我以为，即使我们不曾读到写成文字的儿童诗，我们也会接触到口头传播的儿童诗：妈妈美丽而温柔的催眠曲，夏夜纳凉时节奶奶令人神往的故事诗吟唱，稍大了，小伙伴们即兴的游戏歌……儿童诗是我们童年（不论是辛酸的或是幸福的童年）不可或离的真诚的伴侣。

普希金是伟大的俄罗斯诗人，人们不会忘记他的《致察尔达耶夫》、《我曾经爱过你》，同样也不会忘记他的《渔夫和金鱼的故事》。后者注入了童稚的心灵以多么美好的东西！金鱼的诚实，渔夫的善良，老太婆的贪婪，它给儿童以启蒙：要做一个诚实而善良的人，而不要做贪婪而残忍的人；像老太婆那样的人，她的最好归宿，不是黄金的宫殿，而是阴暗的土屋！普希金通过他的儿童诗，赠给一代又一代孩子的，是永恒的、美好的礼物——精神的力量。它和这些孩子的成长、未来的斗争生命与共。

可以说是"很久很久"以前，在很美很美的地方，我便读过你写的儿童诗。在那本用土纸印刷的、装帧简朴的诗集里，你把天真的幻想、诗意的图画、纯洁的情操、美丽的憧憬送给了当时还是少年的我。我不能忘记，那劳累了一天而被粗心的主人挤压在箱子里的"木偶戏"的小演员们的不平和抱怨，从中，我看到一颗善良的心在同情和体恤那些受压抑的弱者。我也不能忘记，那喧闹的田野上发生的"油菜花的童话"：油菜花的小发辫上簪着黄色的小野花，辛勤的蜜蜂唱着歌飞来了，他们在一起游玩，他们学着大人说着他们自己也不懂的话。至今，我还记得油菜花和蜜蜂两小无猜的友情，以及那“亮得像一枝花烛”的劳动的土地、春天的乡野。这童话，引动我的遐想。我的回忆是美丽的，我的一颗童心被你的诗篇唤醒了，我想起南国早春的艳阳，艳阳下繁忙而热闹的田野。我的心里充满了童年之恋，尽管我的童年多半是苦涩的。

“童心”，我的笔下竟然溜出了这个犯忌讳的字眼！第一次涉足此域，我竟踩到了儿童文学一个埋雷的禁区，我为自己吃惊了！我坦白承认，我不懂“童心说”的内涵，我也不了解批判这一理论的缘起。但我更不懂，为什么一说童心，便意味着不要党性！难道不提童心，就必然拥有和维护了文学的党性原则了？江青所鼓动出来的“儿歌”，可以说扼死了童心，但也丝毫没有无产阶级党性的气味，它只是资产阶级从事阴谋活动的陷阱。

当我想到童心，我只是想到儿童诗应有自己的特点，而不能全然抹煞这些特点。儿童诗是诗，它有诗的共性，但儿童诗又是为儿童写的、或儿童写的诗，它又有个性。谈儿童诗不准谈童心，而却允许老年之心、政客之心、篡党夺权之心横行其中，这正是刚刚消失的怪现象。那些抛弃了、扼杀了童心的儿童诗，那些“红小兵，气昂昂，狠批宋江狗豺狼”之类的“革命儿歌”，只能讨得江青一人的欢心，却遭到孩子们一致的唾弃。

儿童诗有特定的服务对象：它为孩子们而写（当然，好的儿童诗的读者，却不限于儿童）。这种以儿童为主要读者的诗歌，在它的创作过程中，从内容到形式，不能不受到特定对象的规定。给幼儿读的，要照顾到学龄前儿童的心理和接受能力，给其他少年儿童读的，也须各有侧重。但有一点是共同的，它应该毫无例外地拥有儿童的特点。离开了这一点，便不再是儿童诗。尽管它甚至可以是很好的诗。

不是所有的生活素材都适合写儿童诗，它应当挑选那些对儿童的健康成长有关联的、又为儿童所喜爱的、能够引起他们的阅读兴趣的生活内容。有的素材，老少咸宜，但为大人写和为孩子写便大不相同。孩子们怀念周爷爷，有孩子自己的方式。我们只能按照孩子的方式来写怀念的诗，而不能按照“高山肃立”、“江河呜咽”之类的方式。仅就这一点，就可以认为《天上的歌》(刘斌)是一首好的儿童诗。“他”不是在地上，而是在天上遇到了敬爱的周爷爷。写的是梦境，却表达了孩子的真情。这首诗中，就跳动着一颗童心，闪亮着一双孩子的眼睛，而它，却富有思想教育意义。大人为孩子写诗，既要用大人的眼光看生活(有助于诗的思想深刻性)，又要用孩子的眼光看生活(有助于诗的形象生动性)。他的观察体验的特点，是一颗童心在感受，像孩子一样设身处地地想、看、做。首先是孩子，而后才是大人、老师和教育者，这样，才有可能赢得小读者的欢喜。

作为社会主义文学的一个品种，儿童诗当然要教育儿童。但正如诗不能“直说”一样，儿童诗更要反对“直说”式的教育。对儿童教育，要杜绝空洞的说教。它要很轻松，有趣味。寓教育于趣味之中，我想，这将是对儿童乃至幼儿进行教育的儿童诗的切实的提法。构成趣味的最必要条件，是要天真烂漫，要像孩子那样充满稚气地看生活，用怯生生的充满幻想的声音歌唱生活。即使内容是严肃的，也不能少了孩子式的天真。(糟糕，又闪出了童心的影子!)僵硬的“教育”，要起反效果。

我要是孩子，我就欢迎轻松而有趣味的教育，自觉自愿的而不是强制的教育，孩子所能接受的方式的教育，而断然拒绝那种适得其反的“教育”。让儿童诗学会儿童所能接受的方式吧。要是写孩子热爱自己的教师，那就会是：深夜，我变成一颗小星星，飞呵飞呵，飞向老师的窗前，把星光洒在她面前的作业本上。要是告诫孩子学习要有恒心、要刻苦，那就给他讲一个“兔子学手艺”的故事：有一个兔子名叫巧巧，他跟猴子学爬高，跟熊猫学照相，跟鸭子学游泳，他对什么都有兴趣，但又学什么都缺乏耐心和不刻苦，他终于到老而一个手艺都没有学到。我想，这是儿童诗的教育。不能用“突出政治”把儿童诗搞成乏味的宣传品，不能把僵硬的填鸭式的“教育作用”挤走儿童诗的个性，也不能用简单的外加的比附来代替儿童诗鲜明生动的形象性。现在，该把前几年盛行的那种空洞的、概念的、模式的、空话连篇的，一言以蔽之，即不见“儿童”的儿童诗加以扫除的时候了。我们的孩子不要败坏胃口的空泛的说教，他们理所当然地要求得到寓教育于趣味之中的真正的艺术品。

记得我对《兔子和乌龟第二次赛跑》(罗丹)最先发生兴趣，是由于这题目吸引了我，它充满喜剧性的悬念。龟兔第一次赛跑，以跑得快而骄傲的兔子的失败而告终，这已是众所周知的故事。这第二次赛跑会是第一次比赛的重复呢，还是别有结论？它赢得了小读者的关切。结果是，乌龟犯了经验主义：“急什么，反正它会睡一觉”，“怕什么，反正这小子会骄傲”。反正他用老眼光看兔子。诗的作者没有把内容简单化，他还写了兔子取得胜利的思想斗争：半路上他也想过睡觉，当他跑得快时也有些飘飘然，但是，小兔子改正了过去的缺点，不自满，不松懈，他取得了优胜。这故事有趣，能打动幼小的心灵。其间，教育意义是充分的，但形象性也是充分的。它的教育作用是自然而然地使孩子心领神会，而不依赖于强加的办法。它并没有把“政治”的钙质，把“思想”石灰石的粉末撒在、填入儿童的脑袋里去，使未成长的大脑钙化。这话是你说的，我赞同，而且，我也觉得它是尖锐的。

回到那首龟兔赛跑上来。它的作者时刻在用孩子的眼光看生活，在用孩子的口吻讲故事，他记住，他是在为孩子写诗。他的诗歌形象里充满了孩子式的天真：他写小兔子狠狠记住了老山羊的劝告，以至于“把嘴唇咬成三瓣”；他写乌龟愧于回答兔子终于取胜的原因：

乌龟眨巴一阵眼睛，
忙把头缩进去了。

这些神情让人们想起那些动物，又让人们想起人，孩子式的天真与稚气，溢乎言表。写儿童诗，当然要想到自己是教育者，但更要想到自己是受教育者，童稚之心不可缺。刘心武在一篇文章中说到：下雪了，孩子们在院子里堆雪人玩。夜里，他的六岁孩子做梦，担心雪人受冻，把他拉进屋，结果雪人开始融化，又担心他化了，便又送回院里（《从源泉出发》）。我喜欢他讲的这个故事，我以为，这是一首真正的儿童诗的契机。因为它充满了童心的闪耀，它有着孩子式奇异的同时又是合乎情理的幻想。谁也无法否认，孩子的心灵是美好的，他乐于助人、他充满同情友爱之心，而这正是我们社会主义教育的潜移默化的结果。

在关于散文诗的书简中，我引用过刘半农的《雨》（它既是散文诗，又是儿童诗）：“妈！我要睡了！你就关上了窗，不要让雨打湿了我们的床。你就把我的小雨衣借给雨，不要让雨打湿了雨的衣裳。”这是孩子式的纠缠不清的、但又是充满了儿童情趣的话。这里的表述方式，是孩子的，而不是成人的。孩子把雨拟人，他怕雨也挨淋，他认为应该让妈妈借雨衣给雨。一会儿把雨当作对象，一会儿又把雨当作本体，这是孩子的逻辑，当然也体现了孩子的心地。写儿童诗，应当学会孩子那样想问题。在成人眼里，我们会比喻：向日葵像一轮金光闪闪的太阳；但到了孩子眼里，他们的想象令人吃惊：“太阳，好像一朵向日葵，而且，像爸爸一样，是会吸烟的。”这里，它的作者抓住了儿童思维的特点：它是不稳定的，跳动的！他一会儿把太阳比拟为向日葵，一会儿又比拟为爸爸，因为太阳也会抽烟。这想象，多么奇特而绚烂。

想象是诗的特点，是共性。但即使想象，在儿童诗，也仍然有着自己的特色：它应当是孩子在想象！应当有着如把雨衣借给雨，让雪人进屋免得受冷，太阳像爸爸因为太阳也抽烟之类的孩子的想象。在孩子眼里，雪白的瓢瓜的花儿是最明亮的星星；在孩子眼里，落花生为什么要在泥土下面结果，“是因为要做母亲了觉得害羞吗?”在孩子眼里，雨后的虹，是一座七彩桥，桥下有流水，而且应该会有轮船从桥下开过。这是诗人的想象，但更是孩子的想象。下面一首儿童诗，简直让我惊叹：

一只蝴蝶从竹篱外飞进来，
豌豆花问蝴蝶道：
“你是一朵飞起来的花吗?”
——郭风：《蝴蝶·豌豆花》

他出其不意地捕捉了孩子的闪光的想象。这在孩子，是天真的发问；在大人，却是妙不可言的神来之笔。

在诗认为共同的东西，在儿童诗无不例外地都要考虑它的表现的特殊性。想象如此，形象如此，语言也如此。“雪爷爷来了，小雪花儿，说不出心里有多高兴”，这酷似儿童的语言习惯；“芝麻黑，谷子黄，举着火把是高粱”，形象鲜明，音韵铿锵，顺口，好唱，又便于记忆。儿童诗的语言要平易浅显，要生动活泼，又要符合不同年龄的儿童的语言习惯。但最难的却是，它同时必须是提高了的语言，而不能是自然模仿的语言。而且，同是儿童语言，不同的作者应当有不同的各自独立的语言风格。

“你打扮得多么好看呢，”
蜜蜂赞美说，“你欢迎我来游玩吗?”

“你很好，”
油菜花害羞地说，“你的歌唱得很好。”

“对了，我唱得很好，”
蜜蜂夸耀地说，“我还会做工！”

不用点明，通过这断断续续的简明洁净的语言，我们看见了女孩的羞涩和纯真，也看到了男孩的率真而坦白，前者柔和，后者大胆，神情姿韵，各有其趣。这是郭风《油菜花的童话》中蜜蜂和油菜花的对话，这是一种脱离了机械模仿的创造性的语言。

在我这篇书简引用的作品中，的确很少“火药味”，轻柔婉转多而剑拔弩张少。也许有人对儿童诗的战斗性担忧，也许有人对那些作品的思想性产生疑虑。当然，像柯岩《我的爷爷》那样通过孩子的所见所闻，直接抒发了政治观点的作品是一种方式。柯岩的这首诗，不啻是少年儿童的良好教材。但我们不能因而排斥《蝴蝶·豌豆花》的方式，尤其对幼儿是如此。豌豆花问蝴蝶，“你是一朵飞起来的花吗?”这问话使我们想起生活在新中国美好阳光下无忧无虑的孩子所拥有的心境。这里有着美好生活的折光，而且，它产生美感，它能净化孩子的心灵。同样，像“豆荚内好像铺着一层天鹅绒。圆圆的豆粒好像姐妹一样，一起睡在这铺着天鹅绒的小床上。”这当然有细致观察创造出来的生活之美。写的是剥开的豌豆荚，却何尝不是新中国儿童生活的美好造型？这当然表现了诗人的政治观点、思想倾向，他唱的是颂歌。应当允许不同的方式，即使是颂歌，可以是直接的、激昂的，也可以是间接的，委婉而柔和的。儿童诗的教育作用当然不可削弱，它同样应是有思想的诗。但对儿童教育的思想性，绝不意味着简单化，它应当很生动，不枯燥。离开儿童特点去搞什么“突出政治”，只会事与愿违。

在品种繁多的诗歌中，儿童诗是组成的一个成分；而儿童诗本身，又是品种繁多的。一般内容的儿童诗仍是大量的，儿歌是其中可供吟唱的一种。寓言诗和童话诗是儿童诗中极普遍的形式，它得到孩子们的喜爱，它读来有趣，而且寓有深意。儿童诗也有讽刺诗。谜语诗则是一般诗歌所无而独为儿童诗所有的，它能在韵语的吟唱中启迪儿童的智力。儿童诗也可按内容进行划分，有专写国际题材的儿童诗，还有专为普及科学知识的科学诗。值得特别提及的是长期为创作科学诗而贡献心力的科学家诗人高士其。在他笔下，鼠疫杆菌是细菌“小人国”里的“头号战犯”；白血球是人体中的“抗战英雄”；在他笔下，科学化为了一个个活生生的形象。孩子们喜欢这位有学问又会唱好听的歌的伯伯。

又一次班门弄斧，我忐忑难安。尤为不宁的是，在这里，我不仅踩了“童心”这颗会爆炸的家伙，而且，通篇又似乎都在鼓吹“早被批臭”了的“儿童文学特殊论”。但，不谈特殊性又何以区别事物？何以谈了特殊性就意味着离经叛道？我实在惶惑之至了！目下清明已过，北国还是乍暖还寒时节。在这时暖时寒、时晴时阴的天气里，我好像又担心起什么来了。在这孩子看来未免可笑，但我们毕竟已过了孩子的年龄。

诗与时代

一种最通常的比喻：诗是炸弹和旗帜。炸弹和旗帜的素质，对诗来说，的确是最主要的素质之一。炸弹具有爆炸力，旗帜是指引前进的标志。这都是就其战斗的性能和号召的性能来为诗取比的。它要求诗成为不脱离现实斗争的战斗武器。诗这种武器，会喷火。有火的诗，是时代的诗。南北朝钟嵘写的《诗品》，是我爱读的一本古代诗理论书。它总是用非常简洁精到的语言，用一句话、两句话，或很少的几句话，对一个诗人的思想艺术作评语。有些评语相当精辟。如它认为晋代张华的诗讲究华艳，兴托不奇，接着说了一句很有分量的话："犹恨其儿女情多，风云气少。"钟嵘给张华作的这句诗评，距今至少有一千四百年的历史，但今天读来，还是十分新鲜而尖锐的。应当让诗中充满时代的烟云，而不应在诗中充斥着那种缠绵悱恻的儿女之情。郭小川在《秋歌》中说："我知道，总有一天，我会化烟，烟气腾空；但愿它像硝烟，火药味很浓，很浓。"他用生命写完了诗，他的生命就是火药，他的诗也充满了浓浓的硝烟！这样的生命，这样的诗，在人民群众的伟大斗争中，如炸弹般爆炸，如旗帜般招展。

文学是战斗的，诗歌更是战斗的。要是说一部伟大的长篇小说将对历史的发展作出重型武器那样贡献的话，则诗歌的确如同战旗那样，走在战斗队列、也走在一切轻重武器的前头。正是因此，写出了战斗的诗歌的作者，往往就构成了一个战士的形象。郭小川是我们的诗人，也是我们的战士。这在历史上也是如此。写了《离骚》的屈原，是我国第一个伟大的诗人，同时也是一个战士。他在诗歌中所倾泻的哀愁和愤懑并不是个人的,他含忠履洁,深思远虑,他的一颗伟大的诗心在为国、为民而跳动。正是因此,他那“临渊有怀沙之志,吟泽有憔悴之容”的诗作,才那么强烈地感动着后世的读者。

诗经常通过诗人的自我抒情来完成它的抒情职能。这不应造成错觉,以为诗只是为了歌唱自己的欢乐或不幸。为人民而歌,是伟大的;只为个人而歌,则是渺小的。这种区别,不在是否采用自我抒情的方式上,而在:你是通过个人抒情再往前走,一直走到歌唱时代的终点上,还是,你只是在个人抒情上停步,你的眼里并没有时代的浩渺云烟,而只是个人哀乐的雨丝风片。李白因个人的遭遇而有牢骚,但他抒写了时代的悲剧;杜甫因个人的遭遇而有悲叹,但他抒写了人民的苦难。

杜甫听到官军收复失地的消息,高兴得发狂:“剑外忽闻收蓟北,初闻涕泪满衣裳,却看妻子愁何在,漫卷诗书喜欲狂。”(《闻官军收河南河北》)他的狂喜与人民同;陆游临终仍以“死前恨不见中原”为终身之憾:“死去原知万事空,但悲不见九州同。王师北定中原日,家祭无忘告乃翁。”(《示儿》)他的悲哀也与人民同。有价值的诗歌,总与人民哀乐与共,总滚动着时代的隆隆行进之声。被李白称之为“小谢清发”的谢朓,他的“馀霞散成绮,澄江净如练”(《晚登三山还望京邑》)是美丽的诗句。但白居易说他:“丽则丽矣,吾不知其所讽焉”(《与元九书》),却也不无道理。单纯漂亮的诗有什么用呢?总得在时代的过程中起点作用。“歌诗合为事而作”,这主张是正确的。

没有一首不朽的诗,不是由于记下了诞生它的历史的面容,留下了滋养它的时代的烽烟,尽管它们采取了各不相同的反映方式。称之为诗之史的,必定是史之诗。我们从郭沫若华美而芳香的凤凰的歌唱中,从要创造新鲜太阳的女神的歌唱中,从要吞吃一切的天狗的歌唱中,望见了“五四”时期中国人民心头的火山的喷发，听到了那个伟大时代彻底反帝反封建的革命批判精神的呼啸。“五四”时代过去了，但郭沫若的《女神》却成为那个时代的一座丰碑。“屈平辞赋悬日月，楚王台榭空山丘。”诗史证明，与日月共不朽的，是那些吞吐时代烟云的诗篇。

诗人应当是战士。而要成为战士，他必须投身在伟大的时代洪流之中，他应当是时代的弄潮儿。唯有如此，他的诗中才不仅有时代的涛音，而且有人民的吼声。马克思了解雪莱，而且惋惜他的早逝。他认为雪莱是“真正的革命家，而且永远是社会主义的急先锋”[①]。在雪莱的思想中尽管有现实与理想的矛盾，也哀叹过“我跌在生活的荆棘上，我流血了”。但就他对待他所生活的时代的态度而言，却不失为无畏的战士。为世人传诵的著名诗句：“西风啊！冬天已经来到，春天还能很远么？”便是写在一八一九年英国统治阶级最无耻的曼彻斯特大屠杀之后的。他挺立在时代的前沿，他于是成为了战士般的时代的歌者。

的确，我们也可以写些轻松的意义并不重大的诗，可以写爱情诗，甚至只是朋友同志间过往唱酬的小诗，但这不能成为基本的和主要的题材。我们的社会主义诗歌，可以没有上述那些诗歌，但决不能没有郭小川的《向困难进军》式的歌唱，决不能没有贺敬之《雷锋之歌》式的歌唱。失去了它们，就如一支向前挺进的部队失去了进军号。闻一多曾在民族抗战的火热年代呼唤过时代的鼓手。他称赞田间的诗：“它只是一片沉着的鼓声，鼓舞你爱，鼓舞你恨，鼓励你活着，用最高限度的热与力活着，……这是一个需要鼓手的时代，让我们期待着更多的‘时代的鼓手’出现。”[②]我们的时代永远需要鼓手，我们的诗中，应当永远充满这种沉着而质朴的鼓舞人们前进的鼓声。当然，不一定都是田间

---

① 引自马克思、恩格斯，《论艺术》(二)，第261页。

② 闻一多：《时代的鼓手》，《闻一多全集》。

的方式，也可以是别的、众多的方式。其实，闻一多自己的《发现》：

> 我来了，我喊一声，迸着血泪，
> “这不是我的中华，不对，不对！”

也是一种鼓声，是一种在严格的韵律中跳动的鼓声。他的“血泪”是一种让人惊醒的鼓点。艾青的《我爱这土地》，也是鼓声：

> 为什么我的眼里常含泪水？
> 因为我对这土地爱得深沉……

尽管这声音中含有艾青常有的那种淡淡的哀愁，但是这首写于一九三八年的诗歌，的确传达了那个如火如荼的时代的声音！我们需要田间式的鼓点，但我们不能要求所有的诗人都像田间那样擂鼓。

真诚地记下当代人民的欢乐和悲哀（也许更多地通过“我”），诗人没有想到传之久远，而却会久远地流传。不是说，它会给未来的时代发出先知般的预言，而只是说，它将给未来时代的人们再现诞生了它的时代的岩浆的奔突。正是因此，我们不仅怀念女神时代的《女神》，抗战时期那些震荡心灵的“中国不会亡”、“向前走，别退后，牺牲已到最后关头”，怀念解放战争中的快板诗，怀念抗美援朝时期的“车过鸭绿江，好像飞一样”，“雄赳赳，气昂昂，跨过鸭绿江”，更怀念难忘的一九七六年清明节天安门前那空前的花海诗潮！

诗与政治

当我们说诗是炸弹和旗帜的时候，我们是在强调，诗不能漠视人民的痛苦和欢乐，时代的命运和前途。真正的诗是不会对此冷淡的，它总是对社会生活中富有意义的领域投以关切的目光。轻视政治的诗人是有的，而完全脱离政治的诗人则不会有。

意识决定于存在，精神产生自物质。物质生活的生产方式制约着整个的社会生活、政治生活和精神生活的过程。而政治，则是这一过程的集中而直接的反映。诗对奠定了人类社会生活这一物质基础的反映，一般采取间接的方式，而且往往要通过政治。有哪一个诗人不抒写他的情怀和理想？又有哪一个诗人的情怀与理想不流露着他作为社会一个成员的政治倾向和政治观点？诗人总是通过他倾向性的抒情，以曲折地反映他对社会经济基础的态度。

说“思无邪”也好，说“兴、观、群、怨”也好，中国儒家论诗，都鲜明地把诗的社会效果与政治作用联系在一起。出现在二千余年前的《离骚》，是一首成熟的抒情诗，又是一首深刻的政治诗。漫漫长路，上下求索，美人之怀，香草之叹，伟大的屈原当然是借此以抒发他政治上的失意与追求。“致君尧舜上，再使风物淳”（杜甫）是谈政治的；“不才明主弃，多病故人疏”（孟浩然）也是谈政治的。在封建社会里，诗人之谈政治，可以如杜甫那样，也可以如孟浩然那样，境界有高低，表现有曲直，大抵都难以摆脱政治生活对于诗人的影响。

当贝多芬讲“即使在皇座面前我也不会背弃真理”的时候，

当阿波里内尔讲“当年我有一支芦笛，拿法国大元帅的节杖我也不换”的时候，他们都不是在鼓吹脱离政治的“纯”的艺术，他们是在对政治关切的前提下维护艺术的“纯”。他们认为，不论是音乐，不论是诗，它在政治面前，是独立的，它可以为政治服务，但不是附庸和仆役。它只为人民和真理负责，而不为权力和地位负责。

不论什么时代，不论哪个阶级，负责任的诗人，总是希望他的诗能在参与现实的变革之中起作用。这种作用，通过影响人们的精神而最终影响于社会的政治。白居易说他的诗，“非求宫律高，不务文字奇，惟歌生民苦，愿得天子知。”(《寄唐生》)他希望诗歌能把人民的苦痛传达到最高统治者的耳边。诗的这种政治上的追求是显而易见的。裴多菲鄙夷那种只会“轻飘飘地”弹奏“和谐的歌”的诗人，他说：“假如心头只能歌唱自己的悲哀和欢笑，那么，世界并不需要你，不如把你的琴一起摔掉。”(《致十九世纪的诗人》)一般说来，诗人写诗，总求有补于世，当人民处于受压迫的状态时，它要为人民说话；当人民得到了他们应有的地位时，它为人民争取更好的前途而呼喊。鲁迅推崇的“摩罗诗力”，即指那些“立意在反抗，指归在动作”的诗之力。它们“大都不为顺世和乐之音，动吭一呼，闻者兴起，争天拒俗”(《摩罗诗力说》)，这是多么“雄桀伟美”的迷人的诗篇！

我以为，没有一个脱离政治的诗人而能成为伟大诗人的。被郭沫若比喻为“太平洋一般”的惠特曼没有脱离政治，被杜甫形容为“佯狂真可哀”的李白没有脱离政治。写了那么多星星、紫罗兰以及爱情的甜蜜蜜的诗句的海涅，却是一个至死也不离开战斗哨位、呼喊着“我是剑，我是火焰”的“决死的哨兵”：

一个岗哨空了！——伤口裂开——
一个人倒下了，别人跟着上来——
我的心摧毁了，武器没有摧毁，

我倒下了，并没有失败。

在海涅身上，最优美的抒情诗人和最英勇地向恶势力作战的士兵的双重身份，是完美地结合在一起的。当海涅幻想的时候，他看到了千年万载怀着爱情苦痛的"动也不动"的星星，当他意识到诗人的使命时，他却坚定地把诗人的双脚踩在坚实的大地母亲的身上。他认为，诗人应该是安泰，他不应该接受海格立斯的诱骗而飞上天空。

诗歌史上，和人民一道呼喊着前进，并且倒在为真理而斗争的沙场之上的诗人是太多了。雪莱写过大量的爱情诗，但是仅仅根据他的爱情诗的辉煌成就加以评价，雪莱就不是今天我们心目中的雪莱的样子。他可能是杰出的抒情诗人的雪莱，而不可能是诗人兼战士的英勇的雪莱。他的《西风颂》传诵至今，绝不是因为他写了自然风物。他那关于冬天已到，春天不远的诗句，激动了多少对春天怀着希望的人民的心弦，他参与了政治。与雪莱同时代的拜伦，也是这样一位参加现实斗争的战士。拜伦的诗情是由为各国人民争取民主自由而斗争的烈火点燃的。他热烈讴歌了真理战胜邪恶的抗争，他以坚定的信念宣告："如果可能，我一定向顽石说清，要它们起来反抗世上的暴君。"（《堂璜》）

"整整一代的革命者都是从涅克拉索夫的作品中得到鼓舞的。"列宁这样高度评价了诗与政治的紧密联系。诗与政治的这种联系是不容置疑的事实。但我们不应把它理解得太简单、太直接。不能因为政治之处于决定地位，而把诗溶解在政治中，使诗沦为政治或政治运动的附庸，从而失去了诗独有的个性。无论怎么说，把诗变成某种政治观念的灰暗的图解，变成某种政治运动的苍白的号筒，总不是一种正常的现象。不幸的是，这曾是我们那刚刚过去的十余年中屡见不鲜的事实。

诗反映现实。但是，诗的光芒照临包括现实之政治在内的世间万物，更多不是直射的，而往往是一种折光，一种反照。诗人总是按照自己喜欢的方式，借助一定的形象（甚至是夸张的或象征的形象）采取充分幻想的手段，以曲折地揭示事物的真谛。诗的形象，更多地表现为隐喻和寄托。直述其事，对于诗，从来不是一种好的方法。郭沫若写《炉中煤》，仿佛是一首为年青女郎的爱而燃烧的恋人曲，但却是“眷念祖国的情绪”的深情的抒发。闻一多写《忆菊》，也并非一般的吟花咏柳之作，在“金底黄、玉底白、春酿底绿、秋山底紫”的迷人色泽中，它传达出羁旅异域的客子对于故国山川风物的挚诚的忆念之情。诗不能充当政治事件或政治观点的说明书，它总是通过瑰丽的甚至是奇幻的形象，来表示它对生活的态度。

诗也许是最敏感、也最易冲动的一个文学品种。它可以对现实的变革迅疾地做出反映。有时，这种反映能产生很好的效果。但这并不能理解为诗的常态和固有的习性。的确，政治运动或重大的政治事件能够产生优秀的即兴诗篇，但也极有可能产生粗制滥造的应景之作。显然，诗歌创作不应成为突击性的运动。政治运动或政治思潮的兴起，也并不意味着要有一个诗歌运动相配合。我国曾经出现过诗歌大跃进的“运动”，已被证明是绝非成功的一次实践。诚然，诗歌伴随着某一政治运动而兴起，乃至本身就成为一个运动的例子是有的，例如，19 世纪英国宪章派诗歌即是。但是，宪章派诗歌并不是一个突击性的运动，它的形成至少延续了 30、40 两个年代，而且，这一运动不仅有政治的、也有文化的长期准备，《北极星》杂志就为此作出了贡献。

诗是激情的产物。诗人的激情，往往与国家民族的命运、与诗人所从属的阶级利益相契合。但也可能彼此隔膜或不和谐。尽管人们可以认为，诗人的热情应该为重大的政治主题而燃烧，这一般说来是对的，但却未必全然如此。诗人的激情可以表现在大至世界风云、国家兴亡的题目上,也可表现在小及家庭、友谊以及儿女之情的卿卿我我上。前已述及,海涅唱战歌的时候,可以是慷慨悲歌之士,但同时,他却是最优美的爱情诗人。《女神》是“五四”时代的狂飙之歌,但《女神》的作者,却写出了纯粹属于个人爱情主题的《瓶》。在郁达夫为《瓶》写的附记中,有一段非常精彩的叙述:“我想诗人的社会化也不要紧,不一定在诗里有手枪、炸弹、连写几百个‘革命’‘革命’的字样,才能配得上称真正的革命诗。……南欧的丹农雪奥作纯粹抒情诗时,是象牙塔里的梦者;挺身入世,可以作飞艇上的战士。中古有一位但丁,逐放在外,不妨对古国的专制,施以热烈的攻击,然而作抒情诗时,正应该望理想中的皮阿曲利斯而遥拜。”

这是说,一个热烈地投身于斗争的诗人,也并不是时时刻刻总是那么“政治化”的。他也许在诗中滚动着人民愤怒的雷电,但也会有花前月下的情致。对于诗和诗人的考察,全面总比片面好。郭沫若有《女神》,但也有《瓶》;闻一多有《死水》,但也有《红豆》。我们不因后者而贬低前者,也不因前者而无视后者。陶渊明被公认为是一个隐逸诗人,但萧统对他作了深入的分析,认为陶诗“语时事则指而可想,论怀抱则旷而且真”,他对当时的政治也并未遗忘和冷淡。就是这样一个看来未免古板的诗人,竟然也有昭明所述的“白璧微瑕,惟在《闲情》一赋。”(《陶渊明集序》)诗或诗人之与政治的关系,情况是相当复杂的。

诗史的事实告诉我们,诗与政治看来形影不离,但也并不总是“如胶似漆”。它有时也会远离政治的纷扰而躲到平静的角落去(这多半各有原由)。如画中的花鸟画,舞中的情绪舞,乐中的轻音乐,诗中也有男女情爱与自然风光的浅唱低吟。尽管这从来也不会构成诗的主流,但在生活中,它仍然是一种需要,它也有合理生长的权利。“大江东去”可以产生好诗,“小桥流水”也可以产生好诗;不应当因为“大江东去”更有意义而排斥“小桥流水”，当然，也不能因为“小桥流水”有其存在的合理性而垄断了诗。

尽管人们可以判断某类诗中没有或少有政治，例如一些爱情诗和山水诗中，但分析时也要切忌武断。一位诗人，写了一首散文诗：一个有霜的月夜，他陶醉于美好的村景，但他“忽地无缘无故地思念起一位友人，一位刻苦的、勤奋的、谦逊而又有点固执的画家来了”。恬淡的景色中蕴积着火辣辣的情感，它因政治而发，他在为无辜迫害而死的画家抗议！有的诗人，会用轻柔的歌声来委曲地传达他的愤怒。诗与政治的关系，真是一言难尽！当政治不允许诗自由歌唱时，诗也会借助于无倾向性的伪装，以曲折地表现出它的政治倾向性。

我写到这里，似乎又把问题绕了回来：风景和静物之中，也会听到炸弹的爆发、旗帜的激扬。不是吗？宋朝亡了，郑思肖于是画露根和无根的兰花；明朝亡了，八大山人于是画寂无人烟的穷山瘦水。吟风弄月之中，有时也潜伏着鲜明的政治。

但不论怎么说，我不同意把诗沦为被动的政治的留声机，更不同意让政治取代诗；更为重要的，我赞成闻一多对于时代鼓手的召唤。诗应当自觉、能动地通过自己创造性的形象和构思为现实的政治服务。在我们当代，琴师很多，而鼓手仍然很少，诗的艺术固然有待于提高，但诗的思想——能够喊出人民心声的，传达出时代的忧患与希望的思想，更是严重的匮缺。我不认为新诗存在着危机。诗要是有危机，则危机不在前者，而在后者。

当我构思这篇书简时，我有某种“不合时宜”之感，到书简写成时，我又有某种“趋尚时风”之虑。但这里所述，确是我始终的观点，是不受“政治”之影响的。我始终感激于闻一多的热情召唤。让我们有更多的举着火把的艾青，更多的擂着战鼓的田间，以及更多的写出了“顶真的生活的意义”的臧克家（闻一多：《烙印序》），给我们的征途以照明，给我们的步伐以节奏！

诗遗产

人民的劳动、斗争，是诗的无尽的宝藏。学诗，当然要向人民改变世界面貌的劳动、向人民火热的斗争生活学。陆游告诉他的儿子："汝果欲学诗，工夫在诗外。"[①]按照我们的理解，这是对"诗外的工夫"——生活、思想等的强调。

学诗，也还有"诗内的工夫"。要提高"诗内的工夫"，借鉴就是重要的。"有这个借鉴和没有这个借鉴是不同的，这里有文野之分，粗细之分，高低之分，快慢之分。"

"我们这个民族有数千年的历史，有它的特点，有它的许多珍贵品。"[②]这些珍贵品中，诗是闪着奇异的光彩的。我国诗史绵长。两千五百多年前，我们便有了第一部远古诗总集《诗经》。二千二百多年前，便出现了我国历史上第一个伟大的诗人屈原。在漫长的历史中，诗是不竭的长流水，出现过好几次诗的高潮。我们理所当然地要继承这一丰富的诗歌遗产，批判地吸收其中一切有益的东西，为创造今天的诗歌提供养分。"我们决不可拒绝继承和借鉴古人和外国人，哪怕是封建阶级和资产阶级的东西。"诚然，不论是封建阶级的东西，还是资产阶级的东西，会有局限，也会有毒素。但鲁迅譬喻得好："一道浊流，固然不如一杯清水的干净而澄明，但蒸馏了浊流的一部分，却就有许多杯净水

---

① 《示子通》。

② 《毛泽东选集》第二卷，第 499 页。

在。”[1]“四人帮”一伙，是破坏古为今用，破坏批判继承诗歌遗产的恶棍。这班恶劣的魔术师，玩弄着一只可以按照他们反革命意图随意翻转的口袋。口袋的一面，是拜倒在古人脚下的“复古主义”；口袋的另一面，则是极力鼓吹他们的“新纪元”、宣判古典文学“谈不上推陈出新，不能批判继承”的民族虚无主义。

今天的中国，是历史的中国的一个发展。今天的诗歌，是历史的诗歌的一个发展。推陈而出新，旧诗变新诗。新诗的发展，当然有其自身的规律，但仍离不开历史的渊源，离不开诗歌遗产的批判继承。诗歌史上的一切成就，都与时代的阶级斗争、生产斗争关系密切，也与诗歌发展过程中对前代诗歌的借鉴、继承关系密切。杜甫是一个大师，但他主张“别裁伪体”，“转益多师”。他说自己“颇学阴、何苦用心”，说李白“李侯有佳句，往往似阴铿”[2]，都承认对前辈诗人的继承关系，并不把自己描写成天才。前人评杜甫的诗“浑涵汪茫，千汇万状，兼古今而有之”[3]，正是对他和传统的师承关系的肯定。

恩格斯在一封信中谈到，他曾劝一个“小伙子”“应当暂时放弃蹩脚诗的创作，认真地研究各个民族的古典诗人，以便从头开始培养鉴赏力”，这样，“他将会成为一个十分像样的人，在文学方面也会创作出某些有价值的东西来”。[4] 这是意味深长的。恩格斯要求的是“研究各个民族的古典诗人”。我们不妨从我国的古典诗人开始，而后推及世界其他民族的古典诗人。

诗歌遗产中，民主性的精华或珍贵品，既指艺术形式，也指思想内容，而且越是优秀的作品，二者越是统一的。我们不能要

---

① 《鲁迅全集》第五卷，第221页。

② 分别见杜甫诗《解闷其七》、《与李十二白同寻范十隐居》。阴铿、何逊是南朝诗人。

③ 《新唐书·文艺传》。

④ 《马克思恩格斯全集》第二十九卷，第577—578页。

求古人具有今天的思想，也不期望他们来预言我们的时代。我们只能从他们特定的历史条件出发，根据他们的诗歌对人民的态度，以及是否有助于历史的进步，而决定我们的褒、贬、弃、取。

"待到秋来九月八，我花开后百花杀。冲天香阵透长安，满城尽带黄金甲！"读着这首《菊花诗》，我们不能不被黄巢笔下这奇异的形象所激奋。这是满身甲胄的战斗之花。它也香，但绝不是什么幽香、暗香，而是一种可以惊慑封建帝都的"冲天香阵"。这是一曲勇敢的诗的宣言，它投给封建黑牢以一线微光。从历史主义的观点看，它的思想力量是长存的。这样的"造反诗"，在古代诗歌中，为数当然并不多，但能够站在同情人民的立场慷慨浩歌的，却也不在少数。

"可怜身上衣正单，心忧炭贱愿天寒。"（白居易）这诗句，使我们看到挣扎在死亡线上的卖炭老人悲剧性的内心世界的披露。"四海无闲田，农夫犹饿死。"（李绅）这诗句，使我们听到对于封建剥削制度的悲愤的控诉。在长期的封建社会中，诗同样为统治阶级所垄断。劳动人民的声音，往往是由统治阶级中某些先进知识分子作为代言人呼喊出来。这是客观的事实。正是因此，可以认为，这类诗中有着人民智慧的闪光。从陆游的"王师北定中原日，家祭无忘告乃翁"①到丘逢甲的"四百万人同一哭，去年今日割台湾"②，不论年代多么久远，都能唤起我们抗击外来侵略的爱国热忱！

诗贵精炼。流金溢彩的我国古典诗歌艺术，首先值得注意的，也是精炼。"笼天地于形内，挫万物于笔端。"③古典诗人们善于把生活中无比丰富的内容加以锤炼、浓缩，用最精炼的语言

---

① 《示儿》。

② 《春愁》。

③ 陆机：《文赋》。

表达出来。像柳宗元的《江雪》，写了千山、万径，写了江、雪、钓翁（而居然还点出他的穿戴），开拓出一片寥廓苍茫的境界，一共只用了二十个字。这种郑重、严谨的用字的功夫，对于克服某些新诗的不凝炼、欠蕴藉，是有现实意义的。

当你打开任何一部古代诗人的作品，不论其思想、艺术的成就如何，都会在诗的精炼上找到你的老师。“朱门酒肉臭，路有冻死骨。”杜甫只用十个字，十个利剑一般的字，就戳穿了封建盛世虚幻的帷幕，剖开了贫富尖锐对立的血淋淋的现实。真是“笔落惊风雨，诗成泣鬼神”！诗的反映生活，是极精炼；要精炼，便要一下子准确地、不犹豫地刺入问题的要害。杜甫并不泛写，他只抓住“荣枯咫尺异”那足以表现“全部”的“个别”，把“酒肉臭”和“冻死骨”这两个尖锐对立的现象挑出来，并列在一起给你看！赵翼在《瓯北诗活》中说：“一入少陵手，便觉惊心动魄”。其奥秘即在于此。

能用一字，决不用二字；能用一句，决不用二句。诗人总是把字拿在手中，反复掂量，并不轻易抛出。像苏轼诗：“黑云翻墨未遮山，白雨跳珠乱入船，卷地风来忽吹散，望湖楼下水如天。”[①]字字句句，均有确定的任务，毫不浪费。一句写阴，二句写雨，三四句写晴。阴有阴景：黑云滚滚如翻墨，但还没把山全遮住；雨有雨景：白色的雨点珠子似地跳溅到船上；晴有晴景：一阵风来，驱走雨云，又是碧水如天的宁静。真是倏忽万变，变各有态，极其精炼，又不失生动的形象。

为要精炼，便要捕捉住对象的特征，抓住那具有典型意义的细节，以个别表现一般，以局部表现全体。这是“一斑”与“全豹”的辩证法。陆游写春雨初晴，并不把笔墨散开去写尽山川草木

---

① 《望湖楼上醉书》。

的春晴气象。他只抓住“小楼一夜听春雨，深巷明朝卖杏花”[①]的独特感受，在想象中，通过那迎着春雨乍放的带着晶莹水珠的杏花，托出一个充满生气的水灵灵的春天来。古典诗人大体上都有这种本事，他们善于结合自己的独特感受，抓住客观事物的富有特征的细节，有特点地表现那事物。如“今夜偏知春气暖，虫声新透绿窗纱”（刘方平），通过新鲜而细腻的对虫鸣的感受，写春夜的天气。在这里，诗人独特而富有创造性的观察、体验是极其重要的。陆游有诗：“拔地青苍五千仞，劳渠蟠屈小诗中。”[②]一首小诗，能容得下“拔地青苍五千仞”的奇峰巨峦，是要有些办法的。关键在于寻到那能够表现“全豹”的“一斑”来。

古代诗人并不满足于一般的精炼，他们艺术上精益求精的精神是惊人的。一首五言绝句，二十个字；一首七言律诗，也只五十六个字。他们便在这限制极严的笔墨中，去开拓无穷的天地，在不自由中求自由。炼辞，炼意，反复掂掇那几个字。这种精打细算的工夫，甚至超出了对已出现的字句的推敲、锤炼。这就是古代诗论经常讲的，对于字外味、声外韵、题外意的追求。他们懂得含蓄、蕴藉，不把意思说尽，懂得让读者去“思而得之”。他们的诗，很有味儿。白居易写《轻肥》，通篇只写那些权贵奢华的宴会，“食饱心自若，酒酣气益振”。诗的结语，是突兀出现的两句：“是岁江南旱，衢州人食人。”多么尖锐，多么深刻，多么沉痛！但是，诗人不可压抑的愤怒，几乎是不露声色地、极其含蓄地表达的。它的力量，不是表面的，而是内在的，字面上平和，但有爆炸力。而我们，往往叙事实而又实，抒情尽而又尽，把读者再创造的想象力压制再压制。结果呢，一览无余，索然乏味！

有味还是乏味，又多半与有无意境有关。体物缘情，景与情

---

① 《临安春雨初霁》。

② 《过灵石三峰》。

的交融，客观的境与主观的意的完美结合，构成诗的意境。“登山则情满于山，观海则意溢于海。”[1]诗人把自己的情感融注到景物中去，能够做到情满青山意溢沧海，他的诗便意趣盎然。反之，二者游离，或一方强加给另一方，这样的诗，便无味。“月落乌啼霜满天，江枫渔火对愁眠，姑苏城外寒山寺，夜半钟声到客船。”这是张继的《枫桥夜泊》。四句，二十八个字，一首短短的诗，已经流传了一千多年。这绝不是因为不同朝代的人都欣赏诗中那索漠的愁绪。主要的原因，恐怕在于，为诗人那么聪明地捕捉了最能触动旅人乡思的景色来写情怀所折服。在那里，孤舟夜泊的情绪和秋霜满天的子夜景色，是浑然一体的。这景，这情，好比是揉搓得极其均匀的面团，你想分出哪是水，哪是面粉，是办不到的。

意境的产生并不神秘，要“登山”，要“观海”，要对生活进行饱和着感情的观察、体验、研究、分析。古代有个画家，“画松十万本，始得其真”，诗人也如此。诗人的创造意境，不是凭空地“造”，总是主客观的一致。王国维说，诗人“所造之境，必合乎自然”。[2]“鸡声茅店月，人迹板桥霜”（温庭筠），一幅冬天晓行的典型画面，尽管它没去写人的情感，但辛劳奔波的情景却跃然而出。

诗歌形象的基本特点，是想象的。这是由于，诗人构成形象的材料是语言。语言并不提供直接的诉诸听觉或视觉的形象，而只能借助于人们的想象去间接地感知形象。这样，想象就是不可或缺的。古典诗人的想象力，至今还能成为我们的楷模。杨万里写流云遮住山头，是“一峰忽被云偷去”；贺知章写乍露的柳叶，是“不知细叶谁裁出，二月春风似剪刀”。“仍怜故乡水，万

---

① 刘勰：《文心雕龙·神思》。

② 王国维：《人间词话》。

里送行舟”,“春风知别苦,不遣柳条青”,李白笔下的风风水水,都充满了人的情感。把抽象的概念变成可感的形象,把虚变成实,甚至把无生命的东西拟人化,这些,都是诗歌塑造形象的常见手法。我曾舟行漓江。两岸,奇峰拔地而起;眼下,碧水款款而流。这时,韩愈著名的诗句:“江作青罗带,山如碧玉簪”,便脱口而出。这两个比喻,是诗人丰富的想象力的再创造。两件妇女的饰物,便写出了桂林山水柔美的特点。

我国古典诗歌的遗产,真正是个宝库。创造性地继承这一遗产,将在各个方面促进新诗的繁荣发展。例如诗的风格,古典诗人是百花竞艳的,有的豪放,有的婉约,有的秾丽,有的恬淡。既有像王维那样擅长写空山、寒水、静静的落花的诗人(“月出惊山鸟,时鸣春涧中”),也有像岑参那样致力于写酷寒、狂沙、暴风雪的诗人(“纷纷暮雪下辕门,风掣红旗冻不翻”);既有一树“樱桃带雨红”(冯延己)的清丽,也有“乱石崩云,惊涛裂岸,卷起千堆雪”(苏轼)的壮伟。同是一个诗人,笔墨也不单一,李白笔下的山水,可以飞动到“两岸猿声啼不住,轻舟已过万重山”,也可以静谧到“相看两不厌,只有敬亭山”。

古典诗歌不仅在艺术表现上为我们提供广泛的先例,在诗歌形式上也将给我们以启发。它的形式是多样的,有诗、词、曲、赋之分,诗之中,《诗经》是四言的,《楚辞》是“骚体”,五七言分古、近体,近体诗又分律、绝。道路十分宽阔。古典诗歌通过音节的均匀,语言的对称,达到节奏的和谐;通过押韵和平仄声的交替使用,使音调动听。古典诗歌大都能吟能唱。这些,均将给新诗语言的音乐性提供有益的经验。

毛主席说过:“继承和借鉴决不可以变成替代自己的创造,这是决不能替代的。文学艺术中对于古人和外国人的毫无批判的硬搬和模仿,乃是最没有出息的最害人的文学教条主义和艺术教条主义。”古典诗歌的思想艺术成就,不论是多么光辉灿烂,仍是属于封建时代的,要能够为今天服务,则要批判,则要加以改造。“文律运周,日新其业,变则其久,通则不乏。”[1]只有正确地继承借鉴,才能不乏;只有不断地革新创造,才能发展。继承是为了创新;学习古典诗歌遗产,是为了创造新时代的崭新的诗歌。这是我们的目的。

优秀的古典诗歌是它的时代的骄傲,我们则有自己时代的骄傲。如果说我们对新诗的发展还不满足,相信我们经过追源溯流的探究,必将作出无愧于我们时代的成绩来。“满眼生机转化钧,天工人巧日争新,预支五百年新意,到了千年又觉陈。”[2]新从旧来,并超过旧;然后,新又变旧,又有更新的超过它。长江后浪推前浪,一代新诗胜旧诗。诗要发展,这是规律。

---

① 刘勰:《文心雕龙·通变》。

② 赵翼:《论诗》。

诗批评

马克思有一则诗评的文字极为精彩。这段文字见于马克思一八三七年十一月十日写给父亲的信:“对现代生活加以责难,抱着空泛的和不定型的感情,缺乏自然的本色,凭头脑编造一切,充满现有的东西和应当有的东西之间的矛盾,没有富于诗意的思想而只有修饰上的考虑,也许还有某种感情的热力和大胆飞驰的渴望,——这就是我赠给燕妮的头三册诗的内容的特点。整个毫无边际的广阔的憧憬,在这里采取了各种各样的形式,所以诗句失去了必要的凝炼,变成了一种散漫的东西。”[1]马克思不仅曾经是诗人,而且也是诗评家。上引那段文字,尽管见诸信手写来的书信,并不是专门的诗评,但却可称为诗评的典范。它论及思想与艺术、优点与缺点,而且所有分析都基于诗所拥有的个性。

诗批评颇不易作,这种文字受诗的特性约束甚严。在文艺批评中,它是别具一格的个性很突出的一种。诗有文学的共性,又有诗的个性。诗的批评,当然要讲一般的文艺批评的标准,但又不是一般地运用这些标准,它要与诗的特性结合起来。如,马克思论及自己早年诗作内容时提到:“某种感情的热力和大胆飞驰的渴望”;论及作品形式时提到:“诗失去了必要的凝炼,变成了一种散漫的东西”,均系知诗者言。

---

① 马克思:《一八三七、十一、十给父亲的信》,见《马克思恩格斯论艺术》(四),第167页。

诗的评论当然要讲诗的思想内容。但当它论及诗的内容的思想性时,则要考虑诗如何言人民之志、抒人民之情。当论及诗的艺术,则要考虑它如何飞腾想象力以构成它的艺术形象、如何通过音乐的因素以组成语言的韵律感,等等。总的是,诗评要注重诗的个性。

诗评,通过诗的评论的个性,以体现文艺评论的共性。作为文艺批评组成部分的诗歌批评,是繁荣诗创作的一个重要方法。只有诗人的努力,而没有诗评的激励,诗的繁荣发展也会受到阻塞。正确的诗评,对诗人、对读者,都是一面镜子。诗人从中了解到自己创作的成败得失,读者从中认识到作品的价值。正确的诗评是沟通诗人、读者,此岸、彼岸的桥梁。诗评工作者是诗人的朋友,也是诗歌爱好者的朋友。特别是对诗人,他们应当是高山流水的知音。诗评若能句句打中诗人的心,甚至若能代他们说出心中有而口中无的意思时,这带给诗人的欣喜,自然是可以预料的。要体会创作的苦心,一首诗,展读案前,要有沉重感。须知除了粗率的作者而外,诗中之字字句句,俱是心血所凝!诗评工作者,请不要做冷冰冰的裁判者,和诗人做朋友吧!当然,他是诤友,而不是其他。

评诗首先知诗。知诗意思有二,其一,是共性。我以为评论工作就是一种调查研究,诗评就是一种对诗及其作者的调查研究。熟悉作品是诗评的基础,不论长诗短诗,要诵之再三,越熟越好。应给自己定下规矩:不熟悉作品,绝不作诗评。就诗论诗,难免局限,论诗及人,方见妥切。要对诗作者有了解,也要对所评以外的该作者的其他诗作有了解,甚至对这个诗人与其他诗人的联系也要有了解。谈杜甫“三吏”“三别”诸作,若对安史之乱时代背景及杜甫离乱生活遭遇有了解,那就可以说:评诗者知诗。评《秋歌二首》,若不了解郭小川受“四人帮”迫害及其斗争经历、若不了解他60年代曾有过秋歌之咏,就《秋歌二首》谈

《秋歌二首》，则不易说得透辟。

其二，从个性讲。知诗，指评者要了解诗反映生活的特殊规律、以及要了解这个诗人及其作品产生的规律。完全以评文之法评诗，行不通。就诗的形象而言，它总是抒情的、夸张的、往往带有很大的幻想性的。与叙事性作品相比较，它总显得"虚"一些。如《我来了》，若以为诗中"喝令三山五岭开道"的我便是真我或实我，那便牛头不对马嘴。这个大喊"我来了"的我，并不就是实际的我，它要丰富得多、概括得多。它是渴望摆脱贫困的中华民族意气风发的抒情典型。诗的构成形象方法，往往是幻想的、夸张的、大胆想象的，如上引的"我"。抒情诗中的我，被称为抒情主人公，它与小说中的第一人称并不完全相同，它既是真我，又不只是真我。如《放声歌唱》的我，是这一个贺敬之，又是千千万万的贺敬之；如《革命人民的盛大节日》的我，是这一个光未然，又是千千万万的光未然；都是抒情诗中的"熟悉的陌生人"。诗评处处都要顾及诗的特性。离开了诗的特性去评诗，必然失去诗评的个性。失了个性，也就失了事物的质的区别。

做诗人的朋友，不易；做诗人的知音，更难。他志在高山，你就听出是高山耸峙；他志在流水，你就听出是惊涛拍岸，知诗不易！有办法没有？办法就是评诗的人不要停留在抽象思维上，要把诗"还原"。"还原"到形象思维的过程中去，去寻觅诗人艺术构思的"旧径"，去思索诗人艺术匠心的所在。把你自己设想为诗人，使自己沉浸在诗人造诗的意境中。这样一来，你所发表的意见，就不会隔靴搔痒，而会言必中的。假使你对《一月的哀思》的艺术构思作了一番"还原"，回过头来评它，你便不会以为全诗分五章是由于情节发展的逻辑，而会理出它的感情发展的脉络。而且，会对诗人为何一再重复"车队像一条河，缓缓地流在深冬的风里"、"灵车，正经过十里长街，向西，向西"取得完全的理解。正是因此，我主张诗评作者要学着写点诗。写诗，主要是形象思维活动;评诗,主要是抽象思维活动。但二者有重叠,也有交叉。对于评论工作者,搞一些形象思维的创作活动,将会受益无穷。评诗而不知诗的情况,在当前,是存在的,而且也不是个别地存在的。以其昏昏,使人昭昭,怎么做得到呢?

诗评要有诗意,这是我的一个主张。不要以为是评论就应当摆出那种不惹人喜欢的面孔。诗评是艺术评论的一种。艺术评论评的是艺术,诗评评的是诗。艺术评论讲些艺术性,诗评讲些诗意,这是理所当然的。写诗是宣传,评诗也是宣传,宣传要注重效果,诗评要求人们爱读,这也应当是理所当然的。诗评不仅讲点文采,而且讲点诗的色彩,这只会有助于强化宣传的效果,而绝不会削弱这种效果。举凡文章的开头、结尾,都不要穿靴戴帽,千篇一律,应当不拘一格,千变万化。题目也应丰富多彩,使之具有形象性,招人注意。这些,虽系末节,注意了,会增强诗评的威力。

写诗要精炼,评诗也要精炼。古代诗评中,我最爱读的是锺嵘的《诗品》。他往往三言两语、甚至只用片言只语,便对一个诗人作出精辟的判断。《诗品》敢于立论,态度鲜明,有臧有否,又力求精当,不搞形而上学。它的批评作风严肃,尤为突出的是熔评人论诗于一炉。如以"曹公古直,甚有悲凉之句"一语断诗、人,前已有述,兹不赘。又如他说刘桢"仗气爱奇,动多振绝。真骨凌霜,高风跨俗。但气过其文,雕润恨少。然自陈思已下,桢称独步。"寥寥数语,对刘桢诗的风骨、格调、思想艺术的特点及短处,以及在诗史中的地位,作了全面扼要的评述。又如他评张华:"其体华艳,兴托不奇。巧用文字,务为妍冶。虽名高曩代,而疏亮之士,犹恨其儿女情多,风云气少。"这些批评的严肃科学态度,很表现了一个古代评论家的勇气。他尖锐地指出张华诗歌艺术的严重缺点,又适当肯定他的"华艳",并不全盘否定,他有分析。

由此我想起“四人帮”的文霸作风来，像姚文元那样“御封”的“金棍子”，是空前恶劣的。普希金说过：“批评是科学。批评是揭示文学艺术作品的美和缺点的科学。”科学就是实事求是，不要全盘肯定，捧之上天；也不要全盘否定，按之入地。要分析，分析出好处和短处，分析出香花或毒草。对于不是穿心烂的苹果——如同鲁迅教导的，则要耐心作剜烂苹果的工作，剜去烂的部分，留下可吃的部分。完全无缺的苹果若非没有也不是最多的，最多的是基本好而有缺陷的苹果。因而，批评家除了讲苹果的红、香、甜、脆等等而外，要恰如其分地讲缺点。至于烂透的苹果，当然弃之不惜。

在先前的书简中，我多处说到诗人要有“发现”。我以为诗评工作者也要有“发现”。不仅发现那些果园中晶光闪亮的熟苹果、红苹果、香苹果，也要发现那些山野中带着野性的、幼稚而质朴的野葡萄、酸葡萄、小葡萄。野葡萄，经过嫁接、栽培，可以成为良种。我们的祖国，幅员广阔，历史悠长，我们有丰富的诗歌遗产，而且有源远流长的诗歌传统。我们不仅会出现优秀的诗人，而且会出现伟大的诗人，这是肯定的。评论工作者在这个意义上，也是园丁。他要发现良种，而且要培育良种。给《孩儿塔》写序时，鲁迅已是中国文坛的巨人，而殷夫不过是一个青年作者。鲁迅为它下了多么大胆有力的判断：东方微光，林中响箭，冬末萌芽，进军的第一步！而且，更为惊人的是：“这诗属于别一世界!”鲁迅的目光多么睿智、多么深远！他对《孩儿塔》的评语中的“爱的大纛”、“憎的丰碑”，精辟地揭示了诗的崇高使命，在今日仍然是一种经典性的论断。闻一多是个诗人，也是个诗评家。他对艾青与田间的评价，不仅是精明的、勇敢的，而且是有预见性的。他关于“时代的鼓手”的肯定与呼吁，今天仍然成为诗评工作者站在时代前方的旗帜，鲜明发出号召的典范。是的，诗评工作是园丁的工作。这个园丁是神圣的，因为他栽培的是人民的歌者、阶级的鼓手、时代的号兵！

这种庄严的使命对诗评论的识别能力是个顽强的挑战。当萌芽状态的事物出现在我们的面前，我们是否有与之相应的胆识呢？这些话，恐怕是说得远了。当前的问题是：我们的诗评，要挣脱那些唯心主义的、形而上学的极“左”思潮的精神桎梏。我们的诗评要去掉那些偏见。批评家的心胸要宽广，要去掉那些窄狭的个人好恶。他应该允许并鼓励各种风格、各种流派的诗歌。诗歌要百花齐放，首先，诗评要鼓励百花齐放。要是只喜欢一种花，这个批评家，未免过于褊狭了。

后　记

开始写《北京书简》，是一九七七年的早春时节。那时，西山的积雪已经消融，北海的凝冰正在解冻，护城河岸的垂柳正积聚着充满生机的芽苞。我沐浴在春天的喜悦与希望之中。这时，距离那个金色的胜利之秋还不到半年。

我不是诗人，我没法加入诗人们噙着泪花的狂欢式的合唱。但我爱诗，也爱写诗的人们（尤其那些受屈辱、受压迫的年青的诗作者们），我要为他们贡献自己微薄的心力。诗歌已经被那四五个声名狼藉的政治流氓糟蹋得不像样子了。诗应当是什么样子的？诗本来是什么样子的？我要把自己的想法告诉那些认识的或不认识的朋友们。于是，从《风格》开始，我写了一篇又一篇通俗的、浅显的、普及的关于诗的书简。每简谈一个题目，太长了，就分两次谈完。且谈且写，断断续续，一年多的时间，竟也写了二十多封。在朋友们的督促之下，我把它们凑了起来。多谢人民文学出版社的同志们，由于他们的热情关怀、辛勤劳作，这个小册子终于出世了。

开始写《书简》时，我和大家一样，嘴唇被冬天的冰雪冻得麻木，手指也显得僵硬，我的思想还沉浸在昨夜的黑暗之中。那时，所能引用的材料极少、范围也窄狭，而我对诗的认识也很受局限，思想并不开放。现在，我回头看看两三年前的文字，真诚地感到了它的幼稚与肤浅。但也好，我毕竟留下了从冬天的冰雪中走来的重新起步的足迹。

谢　冕

一九七九年除夕于燕园